Otto Penzler (Hg.)
Heißa dann ist Mördertag

Weitere Titel des Herausgebers:

Nur einmal werden wir noch wach

Über den Herausgeber:

Otto Penzler ist einer der international führenden Fachleute für Kriminalliteratur. Er verlegt seit vielen Jahrzehnten Kriminalromane, hat in New York den legendären Mysterious Bookshop gegründet, ist Autor hochgelobter Fachliteratur und einer der versiertesten Herausgeber des Genres, der mehrfach ausgezeichnet wurde. Otto Penzler lebt mit seiner Frau Lisa Atkinson in New York und in Connecticut.

Otto Penzler (Hg.)

HEISSA DANN IST MÖRDERTAG

24 weitere Weihnachtskrimis

(+ eine Bonusgeschichte
zum 1. Weihnachtstag)

Ins Deutsche übertragen von Winfried Czech,
Axel Franken, Stefanie Heinen, Daniela Jarzynka,
Helmut W. Pesch, Barbara Röhl, Anna-Lena Römisch
und Rainer Schumacher

Mit Illustrationen von Melanie Korte

lübbe

Taschenbuchausgabe von Teil 2 der bei Bastei Lübbe
erschienenen Hardcoverausgabe
EINE LEICHE ZUM ADVENT – Das große Buch der Weihnachtskrimis
Enthält folgende Kapitel daraus: »Unheimliche Weihnachten«,
»Überraschende Weihnachten«, »Moderne Weihnachten«,
»Rätselhafte Weihnachten«, »Klassische Weihnachten«

Für die deutschsprachige Ausgabe:
Copyright © 2016 by Bastei Lübbe AG, Köln
Diese Ausgabe 2021 by Bastei Lübbe AG, Köln
Übersetzungen: Einzelnachweise jeweils am Ende der Geschichten
Innenillustrationen © Melanie Korte, Inkcraft
Titelillustration: XXX [Blockade bleibt]
Umschlaggestaltung: Christin Wilhelm, www.grafic4u.de
Satz: Greiner & Reichel, Köln
Gesetzt aus der Adobe Garamond Pro
Druck und Verarbeitung: GGP Media GmbH, Pößneck
Printed in Germany
ISBN 978-3-404-18552-8

1 3 5 4 2

Sie finden uns im Internet unter luebbe.de
Bitte beachten Sie auch: lesejury.de

Für Bradford Morrow

Einen originellen und wunderbaren Schriftsteller

Und weisen, unersetzlichen Freund.

Unheimliche Weihnachten 11

Peter Lovesey 13
Spuk im Royal Crescent 14

Edmund Cox 37
Ein Weihnachten im Zeltlager 38

Pat Frank 67
Das Weihnachts-UFO 68

Andrew Klavan 80
Der gläubige Killer 81

Fergus Hume 103
Das Weihnachtsgespenst 104

Max Allan Collins 126
Ein Kranz für Marley 127

Überraschende Weihnachten 177

Barry Perowne 179
Noel, Noel 180

Stanley Ellin 193
Tod am Heilig Abend 194

Joseph Shearing 208
Der chinesische Apfel 209

Moderne Weihnachten 233

Ed McBain 235
Krippenspiel 236

Doug Allyn 260
Ein vorgezogenes Weihnachtsfest 261

John Lutz 322
Der Baum 323

Sara Paretsky 337
Three-Dot Po 338

Dick Lochte 363
Mad Dog 364

Rätselhafte Weihnachten 405

Mary Higgins Clark 407
Das große Los 408

Isaac Asimov 432
Der dreizehnte Weihnachtstag 433

Ed Gorman 439
Das Weihnachtskätzchen 440

Klassische Weihnachten 481

G. K. Chesterton 483
Die Fliegenden Sterne 484

Rex Stout 505
Die Weihnachtsfeier 506

E. W. Hornung 585
Raffles' Vermächtnis 586

H. R. F. Keating 614
Ein Geschenk für Santa Sahib 615

Will Scott 626
Der Weihnachtszug 627

Robert Louis Stevenson 643
Markheim 644

O. Henry 672
Ein ganz besonderes Weihnachtsgeschenk 674

Edgar Wallace 682
Die Chopham-Affäre 683

Unheimliche
Weihnachten

Spuk im Royal Crescent
Peter Lovesey

Wenige zeitgenössische Kriminalschriftsteller sind von ihren Fans so geliebt worden wie Peter Lovesey, und noch weniger haben ein ähnliches Maß an Lob von Rezensenten und Kollegen erfahren. Sein erstes Buch *Wobble to Death* (1970) gewann den ersten Preis in einem von Macmillan gesponserten Wettbewerb für den besten Krimi. Der fabelhaft lustige Roman *The False Inspector Dew* (1982) gewann den Gold Dagger der (britischen) Crime Writers' Association. *Rough Rider* (1986) und *The Summons* (1995) wurden für Edgars nominiert. *Waxwork* (1978), *The Summons* und *Bloodhounds* (1996) gewannen alle CWA Silver Daggers, und im Jahr 2000 wurde Lovesey für sein Lebenswerk der CWA Carter Diamond Dagger verliehen. Es hat noch viele andere Auszeichnungen aus der ganzen Welt gegeben, aber Sie verstehen, worauf es hinausläuft. *Spuk im Royal Crescent* wurde erstmals veröffentlicht in *Mistletoe Mysteries*, herausgegeben von Charlotte MacLeod (New York, Mysterious Press, 1989).

Spuk im Royal Crescent

Peter Lovesey

Letzte Weihnachten wurde in einem gewissen Haus im Royal Crescent ein Gespenst gesehen. Glauben Sie mir, es ist wahr. Ich spreche aus persönlicher Erfahrung, als Einwohner der Stadt Bath und so etwas wie ein Sachverständiger für übersinnliche Phänomene. Ich gebe gerne zu, dass neunundneunzig Prozent der sogenannten Geistererscheinungen sich als Halluzinationen der ein oder anderen Art herausstellen, aber diese hier ist die Ausnahme, ein echtes Spukhaus. Aus Rücksicht auf die gegenwärtigen Eigentümer (die aus offensichtlichen Gründen ihre Privatsphäre zu schützen wünschen) werde ich die genaue Adresse nicht preisgeben, aber falls Sie mir nicht glauben, so lesen Sie, was mir am Heiligabend 1988 passiert ist.

Das Paar, dem dieses Haus gehört, war über die Weihnachtsfeiertage nach Norfolk gefahren und am Freitag, dem dreiundzwanzigsten Dezember, abgereist. Gute Planung. Das Gespenst sollte angeblich an Heiligabend umgehen. Da sie von meinem Interesse wussten, hatten sie mir das Haus großzügigerweise zur Verfügung gestellt. Ich bin übrigens ein ehemaliger Polizist, und es braucht viel, um mir Angst einzujagen.

Für diejenigen, die eine Gespenstergeschichte mit allem Drum und Dran mögen – tiefer Schnee und heulende Winde –, tut es mir leid. Ich muss Sie enttäuschen. 1988 gab es keine weißen Weihnachten in Bath. Es war für diese Jahreszeit ungewöhnlich warm. Es gab nicht mal Nebel. Alles, was ich an stimmungsvollen Effekten anbieten kann, sind ein Vollmond in jener Nacht und eine Eule, die regelmäßig in den Bäumen auf der anderen Seite des abschüssigen Rasens rief, der dem Crescent gegenüberliegt. Es muss eingeräumt werden, dass diese Eule keine gruselig aussehende Schleiereule, sondern ein Waldkauz war, der an diesem Abend eher ein hohes »Kie-wik« als ein Rufen von sich gab, was genau genommen recht heiter klang. Doch verzweifeln Sie nicht! Die Dinge, die sich in jener Nacht in dem Haus abspielten, machten die Abwesenheit von Werwölfen und Todesfeen im Freien mehr als wett.

Es ist unerlässlich für die Geschichte, dass Sie ausreichend über das Gebäude informiert sind, in welchem sich die Vorfälle ereigneten. Ob es Ihnen klar ist oder nicht, Sie haben den Royal Crescent wahrscheinlich schon einmal gesehen, wenn nicht als Ortsansässiger oder Tourist, dann in einem der zahllosen Filme, in denen er als Hintergrund der Handlung gedient hat. Er befindet sich in einer ruhigen Lage im Nordwesten der Stadt, umfasst dreißig Häuser in einer halb elliptischen Reihe und wurde 1774 nach den genauen Angaben von John Wood dem Jüngeren beendet. Er hält dem Vergleich mit jedem Wohnungsbau in Europa stand. Ich trotze jedem, der nicht auf seine unkomplizierte Erhabenheit anspricht, das majestätische Panorama des Portikus mit seinen 114 ionischen Säulen;

und auf die Fahrbahn davor, wo einst Jane Austen und Charles Dickens über das Kopfsteinpflaster geschritten sind. Aber Sie wollen, dass ich zu dem Gespenst komme.

Die erste Ahnung von etwas Unerklärlichem kam mir um etwa zwanzig nach elf an jenem Heiligabend. Ich befand mich im Wohnzimmer im ersten Stock. Ich hatte mich dort ein paar Stunden zuvor positioniert. Die Tür war angelehnt, und das Haus lag im Dunkeln. Nein, das ist nicht ganz präzise. Ich hätte einfach sagen sollen, dass keins der Lichter angeschaltet war; tatsächlich sorgte der Mondschein für ein gewisses Maß an Beleuchtung, silberblaue Rechtecke, die auf den Teppich und auf den Ständer des Weihnachtsbaums projiziert wurden und einen unendlich hübscheren Effekt als Lichterketten erzeugten. Die Möbel waren ebenfalls gut sichtbar, Sessel, Tisch und Flügel. Die Augen passen sich an. Ich fand es nicht unheimlich, allein in diesem unbeleuchteten Haus zu sein. Jeder weiß, dass es unwahrscheinlich ist, dass der Geist eines Verstorbenen in elektrischem Licht erscheint.

Kein Haus ist völlig still, erst recht kein zentralbeheiztes. Die Geräusche, die von den sich ausdehnenden Holzdielen in sogenannten Spukhäusern landauf, landab erzeugt werden, müssen Geisterjäger zu Hunderten zum Narren gehalten haben. In diesem Fall hatten die Eigentümer das Heizungssystem als Vorsichtsmaßnahme gegen plötzlich einsetzenden Frost eingeschaltet gelassen. Es war so eingestellt, dass es sich um elf abschaltete, sodass das Klopfen und Knarren, das ich jetzt hörte, das letzte für die Nacht gewesen sein sollte.

Wie es sich zeigte, war es kein Geräusch, das mich zuerst aufmerksam machte. Es war ein plötzlicher Luftzug an meinem Gesicht und ein Flattern von Weiß auf der anderen Seite des Zimmers. Ich spannte mich an. Im Haus war es still geworden. Ich durchquerte den Raum, um nachzuforschen.

Die Störung war von einer Weihnachtskarte verursacht worden, die vom Kaminsims in den Rost gefallen war. Daran war überhaupt nichts Beunruhigendes. Karten fallen immer runter. Deshalb hängen manche Menschen sie lieber an Schnüren auf. Ich bückte mich, hob die Karte auf, stellte sie wieder an ihren Platz und lächelte über meine überaktive Einbildungskraft.

Trotzdem hatte ich eindeutig einen Luftzug gespürt. Das Haus sollte eigentlich zugluftfrei sein. Sämtliche Türen und Fenster waren geschlossen und sorgfältig gegen die Elemente abgedichtet. Seltsam. Ich lauschte mit angehaltenem Atem. Das Wohnzimmer, in dem ich stand, hatte die ideale Lage, um jedes rätselhafte Geräusch im Haus aufzufangen. Es befand sich im Zentrum des Gebäudes. Unter mir waren das Erdgeschoss und der Keller, über mir der zweite Stock und der Dachboden.

Als ich nichts hörte, beschloss ich, hinaus auf den Flur zu gehen und dort zu horchen. Ich war zwar verwirrt, doch zu diesem Zeitpunkt noch nicht gewillt, eine übernatürliche Erklärung zu billigen. Ich tendierte zu der Überlegung, ob die Abschaltung der Zentralheizung irgendeine täuschende Umwälzung zur Folge gehabt haben könnte, die den Eindruck oder die Tatsache einer Unruhe in der Luft erweckt hatte. Die herunterfallende Karte war an sich nicht bedeutsam. Der Luftzug bedurfte einer Erklärung. Sie sehen, mein Geisteszustand war besonnen und analytisch.

Zehn oder fünfzehn Sekunden verstrichen. Ich beugte mich übers Treppengeländer und schaute nach unten, um mich zu vergewissern, dass die Haustür fest verschlossen war, und so war es auch. Dann vernahm ich ein Rascheln aus dem Zimmer, in dem ich gewesen war. Ich wusste, was es war – die Karte, die wieder in den Kaminrost gefallen war –, denn eine erneute, deutlich wahrnehmbare Luftbewegung hatte die Vorhänge am Treppenhausfenster in leichte Unruhe versetzt, sodass das Mondlicht nun anders auf die Stufen fiel. Ich hatte jetzt keinen Zweifel mehr, dass dies eine Untersuchung wert war. Meine einzige Unsicherheit war, ob ich mit den Stockwerken über oder unter mir beginnen sollte.

Ich entschied mich für Letzteres, da ich mir sagte, wenn, wie ich vermutete, jemand ein Fenster geöffnet hatte, so war es wahrscheinlich im Erdgeschoss oder im Keller. Meine Annahme war falsch. Ich will die Spannung nicht in die Länge ziehen. Ich möchte nur festhalten, dass ich Keller, Küche, Spülküche, Esszimmer und Arbeitszimmer überprüfte und jedes Fenster und jede Außentür fest verschlossen und von innen verriegelt vorfand. Keiner konnte nach mir hereingekommen sein.

Also arbeitete ich mich wieder nach oben vor, indem ich methodisch jedes Zimmer aufsuchte. Und auf der Treppe zum zweiten Stock hörte ich ein Seufzen.

Gelegentlich pflegte in viktorianischen Romanen eine Figur einen Seufzer »auszustoßen«. Irgendwie hatte mich der Satz schon immer gestört. Im richtigen Leben hatte ich noch nie ein so schweres Seufzen gehört, dass dazu körperliche Leistung nötig zu sein schien – bis zu diesem Moment. Das hier war ein Geräusch, das aus den Tiefen von jemandes innerem Wesen heraufgezogen wurde, so folgerte ich zumindest. Ob es tatsächlich von jemandem oder von *etwas* stammte, darüber konnte ich nur spekulieren.

Das Geräusch war eindeutig von oben gekommen. Inzwischen nicht mehr imstande, meine Erregung zu unterdrücken, stieg ich hoch bis zum Flur im zweiten Stock, wo ich drei Türen vorfand, allesamt geschlossen. Ich bewegte mich von einer zur andern, öffnete jede schnell und warf einen raschen Blick ins Innere. Zwei Schlafzimmer und ein Badezimmer. Ich zögerte. War das »Seufzen«, fragte ich mich, womöglich von irgendeiner Abweichung der Rohrleitungen verursacht worden? Unerwünschte Lufteinschlüsse sind eine häufig auftretende Eigenart in den komplizierten Systemen, die in diesen alten georgianischen Gebäuden installiert wurden. Die Häuser waren nicht mit Ventilen und Wasserbehältern gebaut worden. Die Leistungsfähigkeit der Rohrleitungen hing also von dem unterschiedlichen Geschick von Generationen von Klempnern ab.

Das Geräusch musste von eingeschlossener Luft verursacht worden sein.

Die Vernunft machte ihre Autorität wieder geltend. Ich würde meine Inspektion beenden und zu meiner vollständigen Zufriedenheit beweisen, dass das, was ich gehört hatte, weder menschlichen noch gespenstischen Ursprungs war. Ich schloss die Badezimmertür hinter mir und ging durch den Flur zur letzten Treppenflucht, die enger war als die, die ich bisher benutzt hatte. In früheren Zeiten hatte sie die Zugangsmöglichkeit zu den Dienstbotenquartieren auf dem Dachboden dargestellt. Ich warf einen Blick nach oben auf die weiß gestrichene Tür am Ende der Stufen und stellte fest, dass sie leicht angelehnt war.

Mein Fuß war gerade auf der ersten Stufe und meine Hand am Geländer, als ich mich versteifte. Diese Tür bewegte sich.

Sie wurde nach innen gezogen. Die Bewegung war langsam und

bedächtig. Als der Spalt sich vergrößerte, fiel aus dem Inneren ein schwacher Schimmer von Mondlicht auf die Wandverkleidung zu meiner Rechten. Ich starrte hinauf und sah die Gestalt einer Frau in der Tür erscheinen.

Sie trug ein weißes Kleid oder Gewand, das ihr bis zu den Füßen reichte. Ihr Haar hing lose bis auf Brusthöhe herab – feines, sich sanft bewegendes Haar, das von so blasser Farbe war, dass es mit dem Kleid zu verschmelzen schien. Auch ihre Haut wirkte blutleer. Die Augen hingegen waren pechschwarz. Sie weiteten sich, als sie mich erfassten. Ihre rechte Hand strebte ihrem Hals zu, und ich hörte sie ein Keuchen von sich geben.

Die Empfindungen, die ich in dem Moment durchlebte, als ich ihr gegenüberstand, sind schwer zu vermitteln. Ich war mir sicher, dass in den Stunden, wo ich hier gewesen war, nichts aus Fleisch und Blut das Haus betreten hatte. Alle Eingänge waren verriegelt – ich hatte es selbst überprüft. Ich konnte mir das Phänomen, oder was immer es war, das sich hier manifestiert hatte, nicht erklären, dennoch weigerte ich mich, davon überzeugt zu sein. Ich war nicht bereit zu akzeptieren, was meine Augen sahen und meine verstandesmäßigen Fähigkeiten sich nicht erklären konnten. Sie konnte kein Gespenst sein.

Ich sagte: »Wer sind Sie?«

Die Gestalt wankte wie bestürzt zurück. Einen Moment lang dachte ich, sie würde die Dachbodentür schließen, aber sie starrte mich weiter an, die Hand immer noch an den Hals gepresst. Sie hatte das Gesicht und die Figur einer jungen Frau, nicht älter als zwanzig.

Ich fragte: »Können Sie sprechen?«

Sie schien zu nicken.

Ich sagte: »Was machen Sie hier?«

Sie holte Atem. In einem seltsamen, halb geflüsterten Tonfall äußerte sie, als wäre es ein Echo meiner Worte: »Wer sind Sie?«

Ich machte einen Schritt nach oben auf sie zu. Das jagte ihr offensichtlich Angst ein, denn sie wich zurück und wurde im schattigen Inneren des Dachstuhlraums fast unsichtbar. Ich versuchte, ein paar beruhigende Worte hervorzukramen. »Es ist alles in Ordnung! Glauben Sie mir, alles ist in Ordnung!«

Dann zuckte ich überrascht zusammen. Unten läutete es an der Tür. Nach elf am Heiligabend!

Ich sagte: »Was in aller Welt …?«

Die Frau in Weiß wimmerte etwas, was ich nicht verstehen konnte.

Ich versuchte, es herunterzuspielen. »Ist wohl der Weihnachtsmann.«

Sie reagierte nicht.

Es läutete ein zweites Mal.

»Er sollte doch eigentlich den Schornstein benutzen«, sagte ich. Ich hatte schon beschlossen, den Besucher zu ignorieren, wer es auch sein mochte. *Ein* unangemeldeter Gast war alles, was ich verkraften konnte.

Die junge Frau machte den Mund auf, und die Worte kamen deutlich heraus. »Um Gottes willen, schicken Sie ihn fort!«

»Sie wissen, wer es ist?«

»Bitte! Ich flehe Sie an!«

»Wenn Sie wissen, wer es ist«, sagte ich ganz vernünftig, »möchten Sie dann nicht aufmachen?«

»Ich kann nicht.«

Wieder ertönte die Türglocke.

Ich fragte: »Ist es jemand, den Sie kennen?«

»Bitte! Sagen Sie ihm, er soll weggehen! Wenn Sie an die Tür gehen, wird er weggehen.«

Ich war bereit, mich überreden zu lassen. Ich brauchte ihre Kooperation. Ich wollte über sie Bescheid wissen. »Na schön«, gab ich nach. »Aber werden Sie noch hier sein, wenn ich zurückkomme?«

»Ich werde nicht verschwinden.«

Instinktiv vertraute ich ihr. Ich machte kehrt und stieg die zwei Treppen zur Diele hinunter. Wieder läutete es. Obwohl das Haus im Dunkeln lag, hatte der Besucher offenbar nicht die Absicht aufzugeben.

Ich schob die Riegel zurück, öffnete die Haustür einen Spaltbreit und schaute hinaus. Ein Mann stand auf der Stufe vor der Tür und hatte sich ans Eisengeländer gelehnt. Ein junger Mann in Lederjacke, die vor Nieten und Ketten glitzerte. Sein Kopf war rasiert. Er jedenfalls sah aus, als wäre er aus Fleisch und Blut. Er sagte: »Was hat dich aufgehalten?«

Ich sagte: »Was wollen Sie?«

Er starrte mich wütend an. »Himmelherrgott – wer zum Teufel sind Sie?« Seine Augen glitten zur Seite und überprüften die Nummer an der Wand.

Ich erwiderte mit eisiger Höflichkeit: »Ich denke, Sie müssen sich geirrt haben.«

»Nein«, sagte er. »Das ist schon das richtige Haus. Wie heißen Sie, Kumpel? Was machen Sie hier bei ausgeschalteten Lichtern?«

Ich erzählte ihm, dass ich übersinnliche Phänomene beobachten würde.

»Was?«

»Geister«, sagte ich. »Dieses Haus steht im Ruf, von Geistern heimgesucht zu werden. Die Eigentümer haben mir freundlicherweise erlaubt, heute Nacht hier Wache zu halten.«

»Ach ja?«, sagte er ziemlich skeptisch. »Gespenster also? Ich werd mal selbst einen Blick drauf werfen.« Mit diesen Worten versetzte er der Tür einen Stoß. Es gab keine Sicherheitskette, und ich war nicht in der Lage, dem Druck standzuhalten. »Geisterjäger, stimmt's, Kumpel? Sie würden doch nicht etwa gleichzeitig das Familiensilber mitgehen lassen? Sonst noch jemand hier?«

Ich sagte: »Ich erhebe Einspruch! Sie haben kein Recht, sich gewaltsam Einlass zu verschaffen!«

»Nicht mehr Recht als Sie«, sagte er und trat an mir vorbei. »Waren Sie oben, als ich geläutet habe?«

Ich sagte: »Ich werde die Polizei rufen!«

Er wedelte wegwerfend mit der Hand. »Nur zu. Ich gehe nach oben, in Ordnung?«

Blanke Panik brachte mich dazu zu sagen: »Wenn Sie das tun, werden Sie gefilmt!«

»Was?«

»Die Kameras sind aufnahmebereit«, log ich. »Das Haus ist mit Mikrofonen und Stolperdrähten bespickt!«

Er sagte: »Ich glaube Ihnen nicht!«, doch der Klang seiner Stimme bewies das Gegenteil.

»Dieses Gespenst soll an Heiligabend umgehen«, erzählte ich ihm. »Ich will es auf Film bannen.« Ich verlieh dem Wort »bannen« einen besonderen Nachdruck.

Er sagte: »Sie sind ja bekloppt!« Und mit so viel Würde, wie er aufbringen konnte, schlich er an die Tür zurück, die immer noch aufstand. Anscheinend wollte er gehen. »Sie sollte man wegsperren! Sie sind ja reif fürs Irrenhaus!«

Als er hinausging, sagte ich: »Soll ich den Eigentümern ausrichten, dass Sie vorbeigeschaut haben? Welchen Namen darf ich nennen?«

Er fluchte und wandte sich ab. Ich schloss die Tür und schob die Riegel wieder vor. Ich zitterte. Es war ein hässlicher, potenziell gefährlicher Zwischenfall gewesen. Ich bin nicht mehr fähig, einen Einbrecher so anzugehen wie früher, und ich war dankbar, dass mein Einfallsreichtum mir so gute Dienste geleistet hatte.

Ich stieg die Treppen wieder hoch, und als ich das Ende der ersten Flucht erreichte, wartete die junge Frau in Weiß auf mich. Sie musste zwei Stockwerke heruntergekommen sein, um mitzuhören, was gesagt wurde. Dieser Teil des Hauses war besser beleuchtet als die Dachbodentreppe, deshalb konnte ich sie mir genauer ansehen. Sie wirkte jetzt weniger ätherisch. Ihr Kleid war aus Seide oder Satin, stellte ich fest. Es war ein Abendkleid. Ihr Make-up war so blass wie das eines Pantomimen, mit Ausnahme des schwarzen Eyeliners.

Sie sagte: »Wie kann ich Ihnen nur genug danken?«

Ich antwortete rundheraus: »Was ich von Ihnen will, junge Dame, ist eine Erklärung!«

Sie verschränkte die Arme und rieb an den Ärmeln. »Ich fröstele hier. Würde es Ihnen etwas ausmachen, dort reinzugehen?«

Als wir uns ins Wohnzimmer begaben, fiel mir auf, dass sie keinen Versuch unternahm, das Licht anzuschalten. Sie zeigte auf ein Zigarettenpäckchen auf dem Tisch. »Haben Sie etwas dagegen?«

Ich fand ein paar Streichhölzer am Kamin und gab ihr Feuer. »Wer war das an der Tür?«

Sie inhalierte heftig. »Irgendein Kerl, den ich auf einer Party kennengelernt habe. Ich sollte eigentlich mit jemand anderem da sein, aber wir wurden getrennt. Sie wissen ja, wie das geht. Ehe ich michs versah, hat dieser Typ in der Lederjacke mich angequatscht. Anfangs war er in Ordnung. Ich wusste ja nicht, dass er so aufdringlich werden würde. Ich meine, ich habe ihn nicht ermutigt. Ich versuchte, abweisend zu sein. Er bot mir diese Pillen an, aber ich lehnte ab. Er sagte, sie würden mir helfen, mich zu entspannen. Inzwischen hatte ich Angst. Ich verdrückte mich schnell. Das Blöde war, dass ich mich nach oben verzog. Es waren jede Menge Leute da, und das schien mir der einfachste Weg zu sein. Der Typ folgte mir. Er folgte mir immer weiter. Ich ging bis ganz nach oben im Haus und schloss mich in einem Zimmer ein. Ich schob einen Schrank vor die Tür. Er schlug mit der Faust gegen die Tür, sagte, was er mit mir machen würde. Ich hatte eine Höllenangst. Alles, was mir einfiel, war, aus dem Fenster zu steigen, und das tat ich dann auch. Ich kletterte raus und fand mich da oben hinter der kleinen Steinmauer wieder.«

»Auf diesem Gebäude? Die Brüstung ganz oben?«

»Habe ich das nicht deutlich gemacht? Die Party fand in einem Haus ein paar Türen von Ihnen weg statt. Ich lief diesen schmalen Durchgang zwischen dem Dach und der Mauer entlang und probierte alle Fenster aus. Das oben war das erste, das ich bewegen konnte.«

»Das Dachbodenfenster! Jetzt begreife ich!« Der plötzliche Luftzug war erklärt und das Keuchen, als sie nach der Anstrengung tief Luft holte.

Sie sagte: »Ich bin wirklich dankbar.«

»Dankbar?«

»Ihnen dankbar, dass Sie ihn losgeworden sind.«

Ich sagte: »Es wäre vernünftig, jetzt ein Taxi zu rufen. Wo wohnen Sie?«

»Nicht weit von hier. Ich kann laufen.«

»Das wäre nicht ratsam, oder, nach dem, was passiert ist? Er ist hartnäckig. Vielleicht wartet er noch.«

»Daran habe ich nicht gedacht.« Sie drückte die Zigarette in einem Aschenbecher aus. Nach einem Moment der Überlegung fragte sie: »In Ordnung. Wo ist das Telefon?«

Es gab eins im Arbeitszimmer. Während sie beschäftigt war, ließ ich mir durch den Kopf gehen, was sie gesagt hatte. Ich glaubte kein Wort davon, aber mich beschäftigte etwas weitaus Wichtigeres.

Sie kam ins Zimmer zurück. »Zehn Minuten, meinen sie. Ist das wahr, was Sie unten gesagt haben, dass dieses Haus ein Spukhaus ist?«

»Mm?« Ich war immer noch in Gedanken versunken.

»Das Gespenst. Das ganze Zeug über versteckte Kameras. Haben Sie das so gemeint?«

»Es gibt keine Kameras. Ich bin bei technischer Ausrüstung nicht zu gebrauchen. Ich dachte mir, er würde es sich zweimal überlegen, ob er reinkommt, wenn er weiß, dass er gefilmt wird. Es war nur ein Bluff.«

»Und der Teil mit dem Gespenst?«

»Der hat gestimmt.«

»Würde es Ihnen etwas ausmachen, mir davon zu erzählen?«

»Haben Sie denn keine Angst vor dem Übersinnlichen?«

»Es ist schon gruselig, ja. Aber nicht so gruselig wie das, was schon passiert ist. Ich würde gern davon hören. Heiligabend ist eine großartige Nacht für eine Gespenstergeschichte.«

Ich sagte: »Es ist mehr als bloß eine Geschichte.«

»Bitte!«

»Unter einer Bedingung. Bevor Sie in dieses Taxi steigen, erzählen Sie mir die Wahrheit über sich – wieso Sie heute Abend wirklich in dieses Haus gekommen sind.«

Sie zögerte.

Ich sagte: »Weiter muss es nicht gehen.«

»Na schön. Erzählen Sie mir von dem Gespenst.« Sie griff nach einer weiteren Zigarette und hockte sich auf eine Sessellehne.

Ich ging zum Fenster hinüber und schaute über den Rasen auf die Silhouetten der Bäume, die sich vor dem Hintergrund der Lichter der Stadt abzeichneten. »Wie alle Gespenstergeschichten kann auch diese zu einer Geschichte von Tod und einem ruhelosen Geist zurückverfolgt werden. Vor ungefähr hundertfünfzig Jahren gehörte dieses Haus einem Offizier in der Armee, einem Oberst im Ruhestand namens Davenport. Er hatte eine Tochter mit Namen Rosamund, und man glaubte in der Stadt, dass er in sie vernarrt war. Sie wurde modisch gekleidet und erhielt eine gute Bildung, was in jenen Tagen mehr war, als die meisten jungen Frauen sich erhoffen durften. Rosamund war ein lebhaftes, intelligentes und attraktives Mädchen. Wenn sie ihr Haar lang trug, war es ganz wie Ihres, fein und überaus hell. Kein Wunder, dass sie Verehrer hatte. Derjenige, den sie am meisten favorisierte, war ein junger Mann aus Bristol, Luke Robertson, der zu dieser Zeit Architekt war. Gemäß der Sitte jener Tage entwickelten sie eine Bindung, die auf kaum mehr als ein paar Treffen mit Anstandsdame, einige Briefe, Gedichte und so weiter hinauslief. Sie waren Liebende in einem sehr altmodischen Sinn, den Sie womöglich schwer nachvollziehen können. Was das Körperliche betrifft, so war da nicht mehr als ein paar gestohlene Küsse, wenn überhaupt. Irgendwo hier in diesem Haus sollen ins Gebälk die verbundenen Buchstaben *L* und *R* eingeritzt sein. Ich kann sie Ihnen nicht zeigen. Ich habe sie nicht gefunden.«

Draußen rollte ein Taxi übers Kopfsteinpflaster. Ich beobachtete, wie es ein paar Häuser weiter unten anhielt. Zwei Paare kamen lachend aus dem Gebäude und stiegen in das Auto. Es war offensichtlich, dass sie eine Party verließen. Der schwere Beat der Musik wurde bis zu mir hochgetragen.

Ich sagte: »Ich frage mich, ob wohl schon Mitternacht ist. Wir könnten schon Weihnachten haben.«

Sie sagte: »Bitte erzählen Sie die Geschichte weiter!«

»Oberst Davenport – der Vater dieses Mädchens – war ein einsamer Mann. Seine Frau war einige Jahre zuvor gestorben. Neuerdings hatte er sich mit einer Nachbarin angefreundet, einer anderen Bewohnerin des Crescents, eine Witwe namens Mrs. Crandley, die auf die fünfzig zuging und in einem der Häuser ganz am anderen Ende des Gebäudes wohnte. Sie war Musikerin, Pianistin, und sie gab auch Unterricht. Eine ihrer Schülerinnen war Rosamund. Soweit man sagen kann, war Mrs. Crandley eine wirklich gute Lehrerin und das Mädchen eine vielversprechende Schülerin. Spielen Sie?«

»Was?«

Ich drehte mich zu ihr um. »Ich sagte, spielen Sie Klavier?«

»Oh. Nur ein bisschen«, antwortete das Mädchen.

»Sie haben mir Ihren Namen gar nicht gesagt.«

»Das würde ich auch lieber nicht, wenn es Ihnen nichts ausmacht. Was ist zwischen dem Oberst und Mrs. Crandley vorgefallen?«

»Ihre Freundschaft erblühte. Er wollte, dass sie ihn heiratet. Mrs. Crandley war nicht abgeneigt. Tatsächlich stimmte sie zu, unter einer Bedingung. Sie hatte einen Sohn von siebenundzwanzig mit Namen Justinian.«

»Wie war das?«

»Justinian. Es war damals Mode, seine Kinder nach Herrschern zu benennen. Dieser Justinian war ein langweiliger Bursche, und es gab nicht viel, was ihn empfohlen hätte. Er war faul und übergewichtig. Nur selten wagte er sich aus dem Haus. Mrs. Crandley verzweifelte an ihm.«

»Sie wollte ihn loswerden?«

»Darauf lief es hinaus. Sie wollte, dass er heiratete, und sah die perfekte Partnerin für ihn in Rosamund. Bestimmt würde so ein reizendes, talentiertes Mädchen ein paar positive Eigenschaften in ihrem plumpen Sohn hervorbringen. Mrs. Crandley widmete sich ihrem Plan sorgsam, bestand darauf, dass Justinian jedes Mal an die Tür ging, wenn Rosamund zu ihrem Musikunterricht kam. Dann sagte sie ihm, er solle sich hinsetzen und ihrem Spiel lauschen. Alles, was Mrs. Crandley tun konnte, um die Partie zu fördern, war getan. Justinian seinerseits war dazu bereit, bei dem Plan mitzuspielen. Ihm wurde versprochen, wenn er das Mädchen heiratete, bekäme er das Haus seiner Mutter, also würde sich sein Lebensschema wenig ändern, außer dass ihm eine hübsche Ehefrau Gesellschaft leisten würde statt einer unzufriedenen, nörgelnden Mutter. Er begann mit zunehmendem Wohlwollen nach Rosamund zu schielen. Darum willigte Mrs. Crandley, als der Oberst ihr einen Heiratsantrag machte, unter der Bedingung ein, dass Justinian gleichzeitig mit Rosamund verehelicht wurde.«

»Was war mit Rosamund? Ließ man ihr eine Wahl?«

»Sie müssen sich vor Augen führen, dass Ehen in jenen Tagen üblicherweise von den Eltern arrangiert wurden.«

»Aber Sie sagten, sie hatte schon einen Geliebten. Er war doch völlig respektabel, oder?«

Ich nickte. »Absolut. Aber Luke Robertson kam in Mrs. Crandleys Plan nicht vor. Er wurde ignoriert. Rosamund beugte sich dem Druck und verlobte sich im Herbst 1838 mit Justinian. Die Doppelhochzeit sollte am Heiligabend in der Abteikirche stattfinden.«

»Ach du meine Güte – ich glaube, ich kann den Rest der Geschichte erraten!«

»Es ist vielleicht nicht ganz so, wie Sie erwarten. Als der Tag der Hochzeit nahte, begann Rosamund vor der Aussicht zu grauen. Sie flehte ihren Vater an, ihr zu erlauben, die Verlobung zu lösen. Aber er wollte nichts davon wissen. Er liebte Mrs. Crandley, und seine Gedanken galten nur ihr. Verzweifelt schickte Rosamund das Dienstmädchen mit einer Nachricht zu Luke, in der sie ihn bat, sich heimlich mit ihr auf der Kellertreppe zu treffen. Sie hatte die romantische Vorstellung, dass Luke mit ihr durchbrennen würde.«

Meine Zuhörerin war gepackt. »Und, ist er gekommen?«

»Er kam. Rosamund sprudelte mit ihrer Geschichte heraus. Luke hörte ihr verständnisvoll zu, aber er war vorsichtig. Er hielt Durchbrennen für keine Lösung. Ganz tapfer erbot er sich, mit dem Oberst zu reden und ihn zu bitten, Rosamund zu erlauben, den Mann ihrer Wahl zu heiraten. Falls das fehlschlug, wollte er den Oberst daran erinnern, dass Rosamund nicht gezwungen werden konnte, das heilige Gelübde abzulegen. Ihre Zustimmung musste freiwillig in der Kirche gegeben werden, und sie hatte das Recht, sie zu verweigern. Diese unangenehme Unterredung fand tatsächlich ein oder zwei Tage später statt. Der Oberst war natürlich empört. Luke wurde des Hauses verwiesen, und ihm wurde verboten, Rosamund noch einmal zu sprechen. Das unglückselige Mädchen wurde von seinem Vater herbeizitiert und beschuldigt, auf niederträchtige Weise mit ihrem ehemaligen Geliebten zu verkehren. Die Geschichte von der geheimen Nachricht und dem Treffen auf der Treppe wurde aus ihr herausgebracht. Sie musste sich anhören, dass sie die Ehe ihres Vaters zerstören wolle. Man warf ihr Selbstsucht und Treulosigkeit vor. Schlimmer noch, womöglich würde Justinian sie wegen Bruch ihres Eheversprechens vor Gericht bringen.«

»Das arme kleine Ding! Ist sie daran zerbrochen?«

»Nein. Erstaunlicherweise ließ sie sich nicht unterkriegen. Lukes Unterstützung hatte ihr Mut gegeben. Sie würde Justinian nicht heiraten. Es war der Oberst, der einen Rückzieher machte. Er ging zu Mrs. Crandley. Als er zurückkehrte, teilte er Rosamund mit, dass seine Hochzeit nun doch nicht stattfinden würde. Mrs. Crandley hatte auf einer Doppelhochzeit bestanden, oder es würde gar keine geben.«

»Nicht für eine Million Pfund hätte ich in Rosamunds Haut stecken wollen!«

»Sie bekam von ihrem Vater gesagt, dass sie sich nicht besser als ein Dienstmädchen verhalten habe, als sie sich heimlich mit ihrem Geliebten auf der Kellertreppe getroffen habe, deshalb würde er sie in Zukunft auch wie ein Dienstmädchen behandeln. Und das tat er auch. Er entließ das Hausmädchen. Er befahl Rosamund, ihre Sachen in dessen Raum auf dem Dachboden zu schaffen, und gab ihr eine Liste mit Aufgaben, die sie von halb sechs in der Früh bis spät in den Abend auf Trab hielt.«

»Wie gemein!«

»Er lud seine ganze Verbitterung auf ihr ab.«

»Hat sie sich umgebracht?«

»Nein«, antwortete ich nach einem fast unmerklichen Zögern. »Sie wurde ermordet.«

»*Ermordet?*«

»Am Heiligabend, dem Tag, an dem die beiden Hochzeiten hätten stattfinden sollen, wurde sie in ihrem Bett erstickt.«

»Entsetzlich!«

»Jemand drückte ihr ein Kissen aufs Gesicht, bis sie aufhörte zu atmen. Am Weihnachtsmorgen fand die Köchin sie tot im Bett, nachdem sie es versäumt hatte, zum Dienst anzutreten. Man informierte den Oberst und schickte nach der Polizei.«

»Wer hat sie umgebracht?«

»Der Inspektor, der den Fall bearbeitete, ein hiesiger Mann ohne viel Erfahrung mit Gewaltverbrechen, hatte keine Zweifel, dass Oberst Davenport der Mörder war. Er hatte ein starkes Motiv. Der Groll, den er gegen seine Tochter hegte, hatte sich in der Art und Weise manifestiert, wie er sie behandelte. Es schien, als wäre seine Wut im Lauf der Zeit noch größer geworden. An dem Tage, als er eigentlich hätte heiraten sollen, war sie unerträglich geworden.«

»Hat es gestimmt? Hat er zugegeben, sie umgebracht zu haben?«

»Er weigerte sich, irgendeine Aussage zu machen. Aber die Indizien gegen ihn waren überwältigend. Acht Zentimeter Schnee fielen am Heiligabend. Es schneite bis ungefähr halb neun abends. Der Todeszeitpunkt wurde auf etwa dreiundzwanzig Uhr geschätzt. Als der Inspektor und seine Männer am nächsten Morgen eintrafen, waren auf dem Weg, der zur Haustür führte, keine Fußspuren zu sehen außer denen der Köchin, die die Polizei holen gegangen war. Die einzige andere Person im Haus war Oberst

Davenport. Also klagte man ihn des Mordes an seiner eigenen Tochter an. Die Verhandlung war kurz, denn er weigerte sich, sich zu verteidigen. Er blieb bis zum Ende stumm. Er wurde für schuldig befunden und im Februar 1839 in Bristol gehängt.«

Sie drückte die Zigarette aus. »Grauenvoll!«

»Ja.«

»Hinter der Geschichte steckt doch noch mehr, oder? Das Gespenst. Sie haben etwas von einem ruhelosen Geist erwähnt.«

Ich sagte: »Es blieb ein ungutes Gefühl zurück wegen der Tatsache, dass der Oberst das Verbrechen nicht zugeben wollte. Nachdem er für schuldig befunden und verurteilt worden war, versuchten sie ihn zu einem Geständnis zu überreden, dazu, seine Sünden vor seinem Schöpfer offenzulegen. Mörder gestanden häufig in den letzten Tagen, die ihnen noch blieben, selbst wenn sie während des ganzen Verfahrens ihre Unschuld beteuert hatten. Alle taten ihr Möglichstes, um ihn zu überreden – der Gefängnisdirektor, die Wärter, der Priester und selbst der Henker. Diese Leute hatten grauenvolle Pflichten zu erfüllen. Es hätte ihnen geholfen, zu wissen, dass der Mann, der zum Galgen schritt, auch wirklich des Verbrechens schuldig war. Doch dieser stolze alte Mann wollte kein einziges Wort sagen.«

»Es klingt fast, als täte er Ihnen leid. Es gab doch nicht wirklich einen Zweifel, oder?«

Ich sagte: »Seit eineinhalb Jahrhunderten gibt es eine fortlaufende Geschichte übersinnlicher Geschehnisse in diesem Haus. Denken Sie mal darüber nach! Angenommen, zum Beispiel, jemand anders hätte den Mord verübt?«

»Aber wer sonst hätte das gewesen sein können?«

»Justinian Crandley.«

33

»Das ist ausgeschlossen. Er hat nicht hier gewohnt. Seine Fuß-spuren wären im Schnee gewesen.«

»Nicht, wenn er das Haus so betreten hätte wie Sie heute Abend – am Dach entlang und durchs Dachbodenfenster. Er hät-te Rosamund ermorden und auf demselben Weg wieder zurück-kehren können.«

»Das wäre möglich, nehme ich an, aber warum – was war sein Motiv?«

»Rache. Er wäre Herr in seinem eigenen Haus gewesen, wenn die Hochzeit nicht abgesagt worden wäre. Stattdessen blickte er einer unbestimmten Zukunft mit seiner herrschsüchtigen und jetzt verbitterten Mutter entgegen. Er gab Rosamund die Schuld daran. Er beschloss, wenn er sie nicht zur Frau haben konnte, so sollte es auch kein anderer.«

»Ist es das, was Sie glauben?«

»Inzwischen ist es das.«

»Warum hat der Oberst ihnen dann nicht gesagt, dass er un-schuldig war?«

»Er hat sich selbst die Schuld gegeben. Er empfand tiefe Schuld-gefühle wegen der Art, wie er seine eigene Tochter behandelt hatte. Ohne seinen Egoismus hätte es nie einen Mord gegeben.«

»Meinen Sie, er kannte die Wahrheit?«

»Er muss darauf gekommen sein. Er liebte Mrs. Crandley zu sehr, um ihr noch weiteres Elend zuzufügen.«

Es folgten einige Momente des Schweigens, die schließlich von dem Geräusch von Autoreifen unten auf dem Kopfsteinpflaster beendet wurden.

Sie stand auf. »Heute Abend, als sie mich an der Dachbodentür gesehen haben, da dachten Sie, ich wäre Rosamunds Geist.«

Ich sagte: »Nein. Rosamund sucht dieses Haus nicht heim. Ihr Geist hat Frieden. Ich habe sie nicht mehr für ein echtes Gespenst gehalten, als ich Ihnen die Geschichte mit der Flucht vor dem Kerl in der Lederjacke abgenommen habe.«

Sie ging ans Fenster. »Das ist mein Taxi.«

Ich hatte nicht vor, sie gehen zu lassen, ohne dass sie die Wahrheit zugab. »Sie sind auf die Party zwei Häuser weiter gegangen mit dem Plan, in dieses Haus einzubrechen. Sie stiegen aufs Dach hinaus und verschafften sich mit Gewalt oben Einlass, wobei Sie vorhatten, Ihren Freund zur Haustür reinzulassen. Sie wollten in das Haus einbrechen.«

Sie atmete hörbar ein und wirbelte herum. »Woher haben Sie das gewusst?«

»Als ich die Tür öffnete, hat er Sie erwartet. Er sagte: ›Was hat dich aufgehalten?‹ Er wusste, an welchem Haus er läuten musste, also muss es geplant gewesen sein. Wäre Ihre Geschichte wahr gewesen, hätte er nicht gewusst, wohin er gehen muss.«

Sie starrte nach unten auf das wartende Taxi.

Ich sagte: »Bis ich das Taxi vorgeschlagen habe, waren Sie durchaus bereit, auf die Straße zu gehen, wo dieser Mann, der Sie angeblich bedroht hat, auf Sie wartete.«

»Ich gehe jetzt.«

»Und mir fiel auf, dass Sie nicht wollten, dass das Licht eingeschaltet wird.«

Ihr Tonfall änderte sich. »Sie sind nicht einer von der Bullerei, oder? Sie würden mich doch nicht ausliefern? Geben Sie mir eine Chance, ja? Es war das erste Mal. Ich werde es nie wieder versuchen!«

»Wie kann ich da sicher sein?«

»Ich gebe Ihnen meinen Namen und meine Adresse, wenn Sie wollen. Dann können Sie es überprüfen.«

Es genügt, wenn ich hier feststelle, dass sie mir diese Informationen zukommen ließ. Ich werde sie für mich behalten. Es ist nicht länger meine Aufgabe, Kleinkriminelle zu entlarven. Ich brachte sie zum Taxi. Sie versprach, ihren Freund nicht mehr zu sehen. Vielleicht finden Sie, ich habe sie zu leicht davonkommen lassen. Ihr Fehlverhalten war jedoch unbedeutend verglichen mit der Entdeckung, die ich gemacht hatte – und diese Entdeckung verdankte ich ihr.

Diese Entdeckung hat mich nämlich meiner Verpflichtung enthoben, wissen Sie. Ich habe Ihnen erzählt, dass ich früher einmal Polizist war. Genau genommen ein Inspektor. Ich beging einen fatalen Fehler. Ich hatte hundertfünfzig Jahre Zeit, um nach der Wahrheit zu suchen, und jetzt, wo ich sie gefunden habe, kann ich ruhen. Der Spuk im Royal Crescent hat ein Ende.

Originaltitel: *The Haunted Crescent*
Ins Deutsche übertragen von Axel Franken

Ein Weihnachten im Zeltlager
Edmund Cox

Während wir daran gewöhnt sind, an Weihnachten wie an ein Ereignis aus einem im viktorianischen England angesiedelten Roman von Dickens zu denken oder uns ein mit Schindeln verkleidetes Häuschen im verschneiten Connecticut vorzustellen, ist es doch ein Fest, das in allen Teilen der Welt begangen wird – verschneit oder nicht. Die vorliegende Geschichte stammt von Sir Edmund Charles Cox, der viele Jahre bei der indischen Polizei diente und mehrere Sachbücher über dieses Land schrieb. Er verfasste auch drei außergewöhnliche Kurzgeschichtensammlungen: *John Carruthers, Indian Policeman* (1905), *The Achievements of John Carruthers* (1911) und *The Exploits of Kesho Naik, Dacoit* (1912). In den Büchern über seinen britischen Polizisten steht Carruthers zwar im Zentrum aller Geschichten, aber jede wird von einem anderen der Beamten unter seinem Befehl erzählt. *Ein Weihnachten im Zeltlager* wurde erstmals in *The Achievements of John Carruthers* (London, Constable, 1911) veröffentlicht.

Ein Weihnachten im Zeltlager
Edmund Cox

Erzählt von William Trench,
District Superintendent of Police

Mr. Carruthers kochte vor Wut. Ich hatte ihn überhaupt selten wütend gesehen und noch nie in einem Zustand, der dem jetzigen nahegekommen wäre. Er starrte mich zornig an, bis ich das Gefühl hatte, sein Blick würde mich eingehen lassen wie eine Primel.

»Sie unbeschreiblicher Idiot!«, donnerte er. »Sie hoffnungsloser Narr! Sie haben sich auf Lebenszeit zugrunde gerichtet! Ich hatte tatsächlich gedacht, wir hätten einen einzigen geeigneten jungen Polizisten. Und das nach allem, was ich für Sie getan habe! Gott im Himmel, das ist zu ungeheuerlich! Vollkommen ruiniert! Aus Ihnen wird nie mehr ein anständiger Handgriff rauszukriegen sein! Das Gerede von Grips, Intellekt, Enthusiasmus, Leidenschaftlichkeit – und wofür das alles? Endlose Schwierigkeiten, Sorgen und Belästigungen! Verdammt, Mann, das ist untragbar!«

Und was war der Grund für diesen Zornausbruch? Bloß der, dass ich ihn gebeten hatte, mich zu meiner bevorstehenden Hochzeit zu beglückwünschen. Ich hatte gehofft, er wäre erfreut, besonders als ich ihm erzählte, dass sie das liebste Mädchen auf der Welt sei. Doch damit schien ich nur Öl ins Feuer gegossen zu haben.

»Das liebste Mädchen auf der Welt!«, schnaubte er. »Das sagen die Narren immer. Frühzeitig lernen sie dann, dass es weniger lieb als teuer ist, wenn sie für ihre Dummheit bezahlen müssen.«

Ich fühlte mich unaussprechlich verletzt und empört. Welches Verbrechen hatte ich begangen? Ich war jetzt sechsundzwanzig und alt genug, meine eigenen Entscheidungen zu treffen, fand ich; und viele Männer heirateten in diesem Alter und schienen so glücklich wie nur möglich. Ich war drei Monate lang auf Urlaub zu Hause gewesen und hatte mich verlobt mit – nun ja, dem liebsten Mädchen auf der Welt, und zwar in jeder Hinsicht. Es war jetzt August, und sie sollte im November herkommen, und wir würden in der Kathedrale zu Bombay getraut werden. Ich hatte die größte Achtung vor Mr. Carruthers und freute mich auf seine Gratulation zu meinem Glück. Und jetzt so behandelt zu werden! Ich fühlte mich außerordentlich irritiert. Wir standen beide eine Weile schweigend da. Er hatte mir keinen Stuhl angeboten.

»Vergeben Sie mir, wenn ich heftig gewesen bin, Trench«, sagte er schließlich und streckte die Hand aus, die ich ergriff. »Diese plötzliche Ankündigung hat mich ziemlich aus der Fassung gebracht. Warum haben Sie nicht ein wenig Rücksicht auf mich genommen und mir per Brief eine kleine Vorwarnung zukommen lassen?«

»Nun ja, wissen Sie, Sir«, antwortete ich, »ich wollte Ihnen eine Überraschung bereiten und Ihre Glückwünsche persönlich entgegennehmen.«

»Bei den Propheten«, sagte er, »Ihr Ziel, mir eine Überraschung zu bereiten, haben Sie gewiss erreicht; aber diese Art von Überraschung ist nicht gut für einen – nicht für mich jedenfalls. Und was meine Glückwünsche anbelangt, nun, mein lieber Junge, da Sie darum gebeten haben, fürchte ich, müssen Sie sie auch bekommen. Dies ist die Aussicht, zu der ich Sie beglückwünschen muss: ein sehr schöner, doch vergänglicher Blick ins Märchenland zu Beginn; dann unablässiges Denken an jede Rupie, jeden Anna und jeden Pie; Sorgen wegen der Gesundheit; Klagen darüber, auf einem elenden, langweiligen Revier zu sein, ungefähr alle zwei Jahre eine Versetzung zu ruinösen Kosten, denn ein doppelter Erste-Klasse-Fahrpreis ist für eine Familie nicht leicht zu stemmen; kein Geld, um im Urlaub nach Hause zu fahren, wenn Urlaub fällig ist; anstatt ein Verbrechen ausführlich zu untersuchen, wie Sie es sollten, planen, wie Sie schnell wieder zur Memsahib zurückkönnen; und um ein bisschen weiter in die Zukunft zu blicken, in fünfzehn Jahren, wenn Sie einundvierzig sind und eine großzügige Regierung Ihnen möglicherweise achthundert abgewertete Rupien im Monat bezahlt, werden zu Hause drei Kinder großgezogen, und die Frau wird dort sein, um sich um sie zu kümmern. Sie werden der Familie jeden Monat fünfhundert Rupien schicken; Sie werden Schulden haben wegen ihrer Dampfschiffüberfahrt, und während Sie die zu einem Satz von fünfzig Rupien monatlich abzahlen, bleiben Ihnen zweihundertfünfzig zum Leben, genauso viel, wie Sie hatten, als Sie ins Leben gestartet sind, ein nettes Einkommen, um damit die Position des Polizeichefs in einem Distrikt beizubehalten; Sie werden allein sein und kaputt und bekümmert und unfähig, Ihrer Arbeit gerecht zu werden; aber es wird kein Heimgehen für Sie geben, mein Junge, außer irgendeine alte Tante hinterlässt Ihnen eine Erbschaft; und lange bevor Ihre Pension fällig wird, werden Sie, auch wenn noch vergleichsweise jung an Jahren, ein mutloser, ausgelaugter, nutzloser alter Mann sein. Sie haben mich um meine Glückwünsche gebeten, und, bei Gott, Sie haben sie bekommen!«

Hier war Stoff zum Nachdenken. Ich hätte heulen können. Ich fühlte mich so elend bei dieser niederschmetternden Zusammenfassung meiner zukünftigen Lebensumstände. Denn ich wusste, auch wenn sie einseitig war und nichts über die eheliche Gemeinschaft aussagte und so weiter, dass die Wahrheit mich dennoch zwang zuzugeben, dass ich Ähnliches in anderen Fällen schon gesehen hatte. Trotzdem, wenn jeder, bei allen Ereignissen in Indien, so weit nach vorn blicken würde, würden nur sehr wenige Leute überhaupt heiraten; und diese Überlegung munterte mich auf, und ich sah die Zukunft wieder in helleren Farben. Genau genommen, wenn ich an das Mädchen dachte, das in wenigen Monaten herkommen würde, um meine Frau zu sein, und wie herrlich es sein würde, im Lager zu leben und zusammen zu reiten und in den Zelten zu tafeln und gemeinsam unter den Bäumen zu frühstücken, wie konnte ich da anders empfinden, als überglücklich mit meinem Leben zu sein? Und Mr. Carruthers, der mir, nachdem er mich nach Herzenslust ausgescholten hatte, zu meiner unbeschreiblichen Befriedigung alle Freude der Welt wünschte und meinte, wenn die Fotografie ihr auch nur annähernd gliche, wäre ich in der Tat ein Glückspilz. Er war mein Trauzeuge bei der Hochzeit und machte uns ein Geschenk zu diesem Anlass, eine prächtige Reviertonga mit zwei Hundertdreiundvierzig-cm-Ponys, die ebenso unterm Sattel wie im Geschirr gingen.

Das stolze Schiff »Arabia« traf eines Morgens spät im November im Hafen von Bombay ein und brachte eine gewisse Ellen Bramwell mit, ebenso wie ein paar Hundert andere Passagiere, die überhaupt nicht zählten. Innerhalb weniger Stunden waren wir verheiratet. Sie sah vollkommen aus in ihrem Brautkleid aus weichem, weißem Satin und einem Schleier aus Limerick-Seide, den schon ihre Mutter getragen hatte; und ich war selbstverständlich in voller Uniform. Nach der Zeremonie gab es ein sehr angenehmes Treffen einiger alter Freunde, und Mr. Carruthers hielt eine äußerst bewegende und humorvolle Rede, in der er dem glücklichen Paar alles Gute wünschte. Dann zogen wir uns um und legten unsere Reisekleidung an und begaben uns auf eine zehntägige Hochzeitsreise, die hoch zu dem entzückenden Bergposten von Matheran führte – ein paar Stunden im Zug und dann ein Sieben-Meilen-Ritt auf gemieteten Ponys den Berg hinauf. Ich werde nie vergessen, was für eine herrliche Zeit wir dort hatten. Doch ich muss meine Feder zurückhalten, oder sie wird davonfliegen und Blatt um Blatt über die Freuden Matherans füllen. Ich darf nicht versäumen, ein besonders willkommenes Hochzeitsgeschenk zu erwähnen; und das war die Bekanntmachung in der Regierungs-Gazette am Tag unserer Hochzeit, die mich dazu bestimmte, auf lange Zeit probeweise die Stelle des Deputy Superintendent der Polizei von Tarapur zu besetzen, dem Distrikt neben Somapur, wo wiederum Mr. Carruthers stationiert war.

»Das sind hervorragende Neuigkeiten, Trench«, sagte er. »Ich werde in einem Weihnachtszeltlager bei Loni sein, direkt in meinem Distrikt und an der Grenze zu Ihrem. Sie beide müssen die Feiertage mit mir verbringen, und wir wollen sehen, was Mrs. Trench mit einer Pistole oder einer Büchse anstellen kann.«

Natürlich nahmen wir an und freuten uns sehr auf diese fröhliche Zusammenkunft. Dinge, auf die man sich freut, werden manchmal den Erwartungen nicht gerecht; doch das traf hierauf gewiss nicht zu. Wir genossen es ungemein, und das trotz eines mysteriösen und aufregenden Zwischenfalls, der sich ereignete. Aber ich darf nicht vorgreifen. Es war außerordentlich gutes kaltes Wetter. Damit meine ich, dass es kälter als sonst war und Ellen froh über ihre Winterumhänge. Es gab nur einen Hauch von Frost frühmorgens, und es war beißend kalt, und alles sah traumhaft aus im strahlenden Sonnenschein, was nicht genügte, uns davon abzuhalten, den ganzen Tag lang draußen zu sein. Am späten Nachmittag von Heiligabend trafen wir im Lager ein, nach einer Vierundzwanzig-Meilen-Fahrt in unserer Hochzeitsgeschenks-Tonga, die Ponys so frisch, wie es besser nicht sein konnte, und bereit für noch viele weitere Meilen. Mr. Carruthers stand vor seinem Zelt und hieß uns aufs Herzlichste willkommen. Ich war überrascht, als ich sah, wie weitläufig das Lager war. Es gab ein halbes Dutzend große Zelte neben denen, die für die Unterbringung der Diener und Sepoys vorgesehen waren. Sie waren alle unter einem wunderschönen Mangohain errichtet. Alles war in makelloser Ordnung, und in den Boden eingepflanzte wilde Bananen steckten die Wege von Zelt zu Zelt ab. Ketten aus gelben Ringelblumen hingen an den so gebildeten Reihen; und Ellen meinte, sie hätte noch nie etwas gesehen, das dem Märchenland so nahe gekommen wäre.

»Übrigens, Trench«, sagte Mr. Carruthers, nachdem wir Grußworte getauscht hatten, »ich habe eine kleine Überraschung für Sie. Was meinen Sie, wer auf dem Weg hierher ist? Erinnern Sie sich an Ihren Besuch bei mir in Indapur, als uns der Steuereinnehmer geraubt wurde, ein gewisser Fleming mit Namen? Nun, er und die Memsahib und die beiden Kinder werden kommen. Ich rechne jede Minute mit ihnen. Sie war ziemlich hübsch, falls Sie sich erinnern. Jemand beschrieb sie als schön wie ein Traum und fand, sie hätte die wundervollsten Augen und Haare. Aber ich nehme nicht an, dass Ihnen solche Dinge aufgefallen wären.«

Es war gemein von Mr. Carruthers, sich dieser kleinen Hänselei hinzugeben; doch seine Augen zeigten nicht das kleinste Zwinkern, und Ellen schien keinerlei Verdacht zu schöpfen, dass er sich auf meine Kosten amüsierte. Ich hingegen zündete mir, so schnell ich konnte, eine Zigarette an, um meine Verwirrung zu verbergen. Die Flemings trafen zu gegebener Zeit ein. Er wirkte viel fröhlicher und lebendiger als früher; und obwohl nicht zu leugnen war, dass sie eine hübsche Frau war, wunderte ich mich, als ich sie neben Ellen sah, wie ich sie so sehr in Indapur hatte verehren können. Sie und meine Frau waren bald die besten Freundinnen, und wir alle waren eine äußerst fröhliche Gesellschaft. Nach dem Abendessen zogen wir unsere warmen Mäntel und Umhänge an und saßen an einem prasselnden Lagerfeuer ein kleines Stück weg von den Zelten, und Ellen nahm ihre Gitarre heraus und sang uns vor, und Mr. Carruthers war der strahlende Mittelpunkt des Ganzen; und das Ganze war herrlich. Ich vergaß zu erwähnen, dass den beiden kleinen Flemings, Jack und Dolly, als besondere Gunst erlaubt worden war aufzubleiben, und sie genossen alles genauso sehr wie die Älteren. Große Aufregung gab es, als es Zeit war, ins Bett zu gehen, bezüglich der Frage, ob der Weihnachtsmann denn den Weg ins Lager finden würde, um ihre Strümpfe zu füllen; aber Mr. Carruthers erzählte ihnen, dass der Weihnachtsmann sehr schlau war und sie sicher nicht enttäuschen würde. Und tatsächlich schien er die Zelte in der Nacht besucht zu haben, denn am nächsten Morgen waren die Strümpfe voll bis zum Rande. Doch ich habe eine Geschichte zu erzählen, und bei diesem Tempo werde ich nie dazu kommen. Aber es ist schwierig, solch eine vergnügte Zeit zu übergehen, ohne zu versuchen, etwas darüber zu schreiben. Es käme mir absolut undankbar vor, es nicht zu tun.

Der erste Weihnachtstag war in der Tat ein denkwürdiger Tag. Unser Gastgeber hatte angemessene Geschenke für alle besorgt; und alle Diener und Ordonnanzen wurden aufgerufen und gemäß ihrem Rang und ihren Verdiensten mit einer Rupie oder zwei bedacht, in Anerkennung wessen sie respektvoll den Sahib-logue für ihre Güte salamten, dass sie an Natal-kadin, oder dem Weihnachtstag, der Niedrigen gedacht hatten. Die Eingeborenen sprechen von Weihnachten immer als Natal. Ich vermute, das Wort wurde von den Portugiesen eingeführt. Nun, nach einem kräftigen Chota Hazri brachen wir alle auf. Wir fuhren sechs oder sieben Meilen in verschiedenen Beförderungsmitteln bis zu einer Waldlichtung, wo wir das Frühstück für uns vorbereitet fanden. Wir gingen ein bisschen auf die Jagd und wurden mit einem kleinen Beutel mit Wachteln und Schwarzwachteln belohnt. Mr. Carruthers führte Ellen in die Geheimnisse des Ladens und Abschießens eines Gewehrs ein und darin, nirgendwo im Speziellen hinzuzielen und den Vogel trotzdem herunterzuholen. Nach einem wunderbaren Tag im Dschungel begaben wir uns zum Abendessen zurück ins Lager, und als diese ganz und gar erfreuliche Mahlzeit mit ihren obligatorischen Mince Pies und Nachspeisen vorbei war, gab es für uns alle eine wundervolle Überraschung.

»Ich möchte, dass Sie kommen und sich etwas ansehen, was Sie interessieren könnte«, sagte unser Gastgeber. »Ziehen Sie warme Jacken an, und kommen Sie mit!«

Seinen Anweisungen gemäß gingen wir nach draußen; und siehe da, wo vorher eine Einzäunung aus Segeltuch gewesen war, der ich keine besondere Beachtung geschenkt hatte, stand jetzt ein glänzender, funkelnder, überwältigender Weihnachtsbaum, auf dessen Zweigen eine Menge hübscher Dinge ruhte. Das Entzücken von Jack und Dolly kannte bei diesem Anblick keine Grenzen, und wir alle verspürten eine prickelnde Erregung bei der unerwarteten Nachbildung des Symbols der Feierlichkeiten, die im lieben alten England in Tausenden von Zuhausen begangen wurden. Ellen konnte ihre Emotionen kaum im Zaum halten und umrundete den Baum wieder und wieder. Jack und Dolly wurden mit Geschenken beladen, und es gab etwas für alle von uns; doch damit waren die Geschehnisse noch nicht vorbei. Da war eine gewaltige Menge Einheimischer, die hergebeten worden waren. Jeder Einzelne in der Ortschaft, der Kinder hatte, schien da zu sein, einschließlich aller Polizisten, die mit jugendlichen Nachkommen gesegnet waren. Etwas Derartiges hatten die Einheimischen noch nie gesehen. Sie waren ungeheuer beeindruckt und gaben vielfältige »Wah, wah«, »Arhe Bapre« und ähnliche Ausrufe von sich. Für jedes Kind gab es etwas, sei es eine Handvoll Süßigkeiten oder ein glitzerndes Spielzeug, und ich denke, es wird lange dauern, bevor die Erinnerung an dieses Natal-kadin von Carruthers Sahib bei den Einwohnern von Loni verblasst. Es gibt Tage im Leben, die einem für immer im Gedächtnis bleiben, und ich bin sicher, dies war für alle von uns Engländern einer davon. Was die Einheimischen betraf, so war der Weihnachtsbaum ein Vorgeschmack auf Bihisht oder das Paradies. Nichtsdestoweniger kam es mir so vor, als läge eine Art von dunkler Vorahnung in der Luft. Mütter hielten ganz beharrlich ihre Kinder fest, ließen sie keinen Augenblick lang los, und bange Blicke waren deutlich wahrnehmbar. Jedoch sagte niemand etwas, und weder Mr. Carruthers noch ich wollten die Freude des Tages beeinträchtigen, indem wir fragten, ob etwas nicht in Ordnung sei, und damit einen Redefluss über irgendein mögliches oder unmögliches Thema herausforderten. So ging die ganze Menschenmenge ruhig fort, nachdem man Carruthers Sahib auf englische Sitte dreimal hatte hochleben lassen.

Am nächsten Morgen, als wir uns versammelt hatten und tüchtig unserem Chota Hazri zusprachen, erzählte Ellen uns plötzlich von einem sonderbaren Traum, den sie nachts gehabt hatte.

»Jedenfalls nehme ich an, dass es ein Traum gewesen sein muss«, sagte sie, »obwohl es mir in dem Moment nicht wie ein Traum vorkam. Aber wenn ich jetzt darüber nachdenke, kann es natürlich nichts anderes gewesen sein. Vielleicht ist es auf die Mince Pies zurückzuführen. Ich wachte mit dem Gefühl auf, dass sich jemand Fremdes im Zelt befand. Es war kein Laut zu hören, und zuerst konnte ich nichts sehen. Aber ich hatte den äußerst lebhaften Eindruck, dass jemand, oder etwas, anwesend war. Nach einem kurzen Zeitraum, was meinen Sie, was ich da sah? Eine große Gestalt ging am Fußende des Betts vorbei, und ihr Kopf war ein entsetzlicher Totenkopf mit roten Lichtern, die durch die Öffnungen funkelten, wo einmal ihre Augen gewesen waren. War das nicht furchterregend? Ich hätte laut aufschreien können, aber selbst dazu hatte ich zu viel Angst, und irgendetwas schien mich davon abzuhalten, einen Laut von mir zu geben. Die Gestalt verschwand so geräuschlos, wie sie gekommen war, und ich weiß nicht, wie sie das Zelt verlassen hat. Ich schlief schnell wieder ein; und inzwischen weiß ich natürlich, dass es ein Traum gewesen sein muss. Aber das war doch grauenhaft, nicht wahr?«

Mr. Carruthers wirkte sehr aufmerksam und besorgt, während er diesem Vortrag lauschte.

»Was für ein außerordentliches Zusammentreffen!«, rief er aus. »Sie wissen ja, dass ich ein Frühaufsteher bin; und während der letzten Stunde habe ich einer Abordnung der Bewohner Lonis zugehört, die wollen, dass ich einen Geist für sie exorziere. Die Aufgaben eines Polizisten in diesem Land sind von mannigfaltiger Natur. Apropos, Mrs. Trench, können Sie mir irgendeine weitere Beschreibung Ihres gespenstischen Besuchers geben?«

Ellen überlegte kurz und sagte dann:

»Ja; im Zelt brannte nämlich ein mattes Licht, und ich konnte sehen, dass die Erscheinung – oder was immer es war – ungefähr von mittlerer Größe war. Er – oder es (wie soll ich es nennen?) – trug gewöhnliche einheimische Tracht mit Ausnahme einer roten Weste mit Messingknöpfen.«

»Das ist in der Tat bemerkenswert«, sagte Mr. Carruthers. »Ich will Ihnen jetzt die Geschichte erzählen, die ich heute gehört habe. Das ganze Dorf befindet sich in einem Zustand der Bestürzung; und das alles wird von einem Gentleman verursacht, der genau der Beschreibung entspricht, die Sie mir von dem gegeben haben, was Sie in der Nacht gesehen haben. Das Eigenartige daran ist, als ich vor ein paar Jahren in dieser Gegend war, habe ich dieses Individuum persönlich gekannt, das von der Astralebene, oder wo immer er nach seiner Abreise aus Loni hingegangen ist, zurückgekehrt zu sein scheint. Sein Name war Maruti.«

»Und warum sollte es dann nicht der leibhaftige Maruti sein, der sich einen Schabernack erlaubt?«, fragte die sachliche Ellen.

»Weil«, erwiderte Mr. Carruthers, »Maruti tot und begraben ist, oder vielmehr verbrannt. Er war eine ziemlich leichtfertige Art Mensch, gab gern mehr Geld aus, als er verdiente. Er war, so wie es mir im Gedächtnis ist, sehr beliebt in der Nachbarschaft. Er und

seine Frau Chandra Bai wohnten in einer kleinen Hütte am Dorf-
rand. Bei ihnen lebte Marutis Bruder Dhondi, dessen Verstandes-
kraft von größter Beschränktheit war. Er war jedoch in der Lage,
seine Arbeit zu verrichten, die darin bestand, zu helfen, ein paar
Felder zu bestellen. Chandra Bai war keine schlecht aussehende
Frau, aber ein schrecklicher Hausdrachen; und mein Freund Maruti wurde ausnahmslos besiegt, wenn es ein Wortgefecht gab. Sie
war, genau wie ihr Mann, äußerst verschwenderisch und mochte neue Saris und Schmuckstücke. Maruti war durchaus bemüht,
sie zufriedenzustellen, aber das hatte zur Folge, dass er sich mehr
und mehr beim Geldverleiher des Dorfes, einem Mann namens
Kashiram, in Schulden stürzte, und am Ende waren seine Felder
hoffnungslos mit Hypotheken belastet. Ich habe seine zwei Felder
erwähnt, und in der Tat waren es auch nur zwei, die von irgendeinem Nutzen waren. Es gab jedoch noch ein drittes, ein kläg-
liches, dürres Stück Land, dem er aus sentimentalen Gründen
größeren Wert beimaß als seinen wirklich fruchtbaren Feldern,
denn sein Besitz war seit unvordenklichen Zeiten ein Streitobjekt
zwischen seinen eigenen Vorfahren und denen eines gewissen Tatya, eines Nachbarn Marutis, gewesen. Dieser Tatya, der jetzt das
Land für sich beanspruchte, war ein anmaßender, einschüchtern-
der Mann; und zwischen ihm und Maruti herrschte erbitterte
Feindschaft. Jeden hatte man drohen gehört, dass er dem anderen
das wertlose Leben nähme, wenn er nicht seinen Anspruch auf
das umstrittene Feld aufgäbe. Ich muss erwähnen, Mrs. Trench,
dass Maruti, der hochgradig eingebildet war, einen beträchtlich
größeren Turban zu tragen pflegte, als sein Stand ihn berechtigte,
und er war sehr stolz auf eine lächerliche rote Weste mit Messingknöpfen. Nun haben Sie alle Personen der Handlung. Im Laufe

der Zeit wurde Marutis finanzielle Situation immer schlimmer. Chandra Bai rügte ihn dafür, dass er ihr nicht mehr Geld zum Kauf von Kleidern und Schmuckstücken gab, mit denen sie sich herausputzen konnte; Kashiram weigerte sich, ihm auch nur noch einen Pice über das hinaus vorzulegen, was er ihm bereits gegeben hatte, und Tatyas Feindschaft wurde erbitterter denn je. Eines Nachts plötzlich verschwand Maruti. Das war vor wenig mehr als zwei Jahren, als ich in diesem Distrikt war. Es wurden Nachforschungen in jede Richtung angestellt, aber von Maruti oder seiner roten Weste wurde nicht die geringste Spur gefunden. Das schien Chandra Bai zur Besinnung zu bringen, und sie und Dhondi schafften es, die beiden Felder zu bestellen, die Zinsen auf die Hypotheken zu bezahlen und eine Zeit lang ein Dach über dem Kopf zu behalten. Doch Tatya nahm das umstrittene Stück Land in Besitz. Da die letzte Ernte schlecht war, standen die Zinsen für die Hypotheken nicht zur Verfügung, und Kashiram hat beim Zivilgericht die Zwangsvollstreckung in die Wege geleitet. Nun, wie ich Ihnen erzählt habe, kam heute am frühen Morgen eine Abordnung zu mir. Mit ungewöhnlichster Rücksichtnahme auf die Gefühle eines Sahibs hatten sie darauf verzichtet, vorher etwas zu sagen, um uns nicht Weihnachten zu verderben; doch länger konnten sie nicht schweigen. Dies ist ihre Geschichte. Vor vier Tagen, am Tag bevor ich in dieses Lager kam, waren einige Kulis damit beschäftigt, ungefähr eine halbe Meile von hier eine neue öffentliche Straße zu bauen, und sie mussten einen großen Steinhaufen entfernen. Was meinen Sie, was sie unter den Steinen fanden? Die Leiche oder vielmehr das Skelett von Maruti, denn das Fleisch war natürlich nicht mehr da; aber an der Identität bestand kein Zweifel wegen der roten Weste, der Messingknöpfe und des außergewöhnlichen Turbans, die, wenngleich mehr oder weniger fleckig, klar zu erkennen waren. Anstatt die Polizei zu informieren und eine Untersuchung der Überreste vornehmen zu lassen, verbrannten sie sie, rote Weste, Messingknöpfe und alles, noch in derselben Nacht, mit den üblichen Zeremonien. Dann gab es Ärger. Seit seinem Verschwinden hatte Maruti friedlich unter seinen Steinen geschlafen; doch sein Geist war offensichtlich ungehalten über die unverantwortliche Störung seines Ruheplatzes, und sein Gespenst begann seinen früheren Verwandten und Bekannten zuzusetzen. Das Gespenst war nicht zufriedengestellt mit dem Zubehör, das er in diesem Leben getragen hatte. Da waren die ursprüngliche rote Weste, die Messingknöpfe und der große Turban; aber sein Gesicht war ein Totenkopf, in dessen Augenhöhlen Feuer glommen, genau wie Sie es beschreiben, Mrs. Trench. Zuerst ging er zu seinem eigenen Haus, wo Dhondi und Chandra Bai gerade beim Essen saßen. Mit heiserem Flüstern stieß er ›Hütet euch!‹ aus. Chandra Bai fiel in Ohnmacht, wohingegen Dhondi schreiend mit seiner außerordentlichen Geschichte durch die Straßen des Dorfes lief. Als Nächstes besuchte das Gespenst Kashiram, den Geldverleiher, und sagte: ›Gib mir meinen Hypothekenpfandbrief, oder du stirbst!‹ Schrecklich verängstigt und kaum wissend, ob er seine fünf Sinne beisammenhatte oder nicht, holte der Sowar das Dokument hervor, warf es seinem schauerlichen Besucher vor die Füße und rannte um sein Leben. Als Nächstes erschien er seinem alten Widersacher Tatya und sagte: ›Deine Zeit ist gekommen!‹ Seither verhält Tatya sich wie ein Verrückter. Das Gespenst ist noch von verschiedenen anderen Leuten gesehen worden, und das ganze Dorf befindet sich, wie schon gesagt, in einem Zustand der Bestürzung.«

»Gütiger Himmel! Wie erstaunlich! Wie außergewöhnlich!«, waren einige der Ausrufe, die wir Zuhörer machten, als wir diese Erzählung hörten.

»Augenblick«, fuhr Mr. Carruthers fort, »ich bin noch nicht am Ende! Wie es scheint, hat man gestern Nacht, nachdem alle vom Weihnachtsbaum weggegangen waren, ein äußerst aufwendiges Ritual durchgeführt, das geeignet ist, jeden Geist auf der Welt zu exorzieren. Folgendes scheint der Kern der Geschehnisse gewesen zu sein. Alle Kastengenossen von Maruti gingen, zusammen mit Chandra Bai, zu der Stelle, wo Marutis Leiche gefunden worden war. Sie nahmen einen gewissen Mahdu mit sich, einen Gondhali oder Meister okkulter Zeremonien, und Govind, einen Bhagat oder Medium, eine Art Mittelsmann, der die Kommunikation zwischen Sterblichen und der unsichtbaren Welt überträgt. Die versammelten Personen ließen sich im Kreis um diese beiden Vermittler des Übernatürlichen nieder. Eine Zeit lang saßen Mahdu und Govind tief in Gedanken versunken da, und dann begann Mahdu mit einem eigenartigen, klagenden Gesang, in welchem er an den Geist Marutis appellierte, friedlich in der Unterwelt zu bleiben und davon abzulassen, die Einwohner von Loni heimzusuchen. Als Nächstes nahm Govind einen Kupfertopf und bat alle Anwesenden, eine kleine Münze beizusteuern, die für solche Annehmlichkeiten und Luxusgüter aufgewendet werden sollte, die der verstorbene Maruti womöglich an seinem gegenwärtigen Wohnsitz wünschte. Die Sammlung erfolgte ordnungsgemäß, und so bestrebt waren die Leute, den Geist zu beschwichtigen, dass viele ihm obendrein andere Sachen versprachen, wie einen Regenschirm, einen Messinglota, um daraus zu trinken, oder ein Paar Schuhe; und Tatya, der äußerst widerstrebend zu der geheimen Versammlung mitgeschleppt worden war, machte sich erbötig, eine rote Weste mit Messingknöpfen zu geben, ähnlich der, die Maruti immer auf Erden getragen hatte. Bei der Erwähnung jedes dieser Gegenstände sagte Govind: ›Empfange diese Gabe, Maruti, für deine Bedürfnisse in deiner neuen Wohnstatt.‹ Als Nächstes nahm Mahdu einen schwarzen Hahn aus der Tasche, in der er hereingebracht worden war, und ging dazu über, ihm die Kehle durchzuschneiden, wobei er einige gruselige Beschwörungsformeln hersagte, und versprengte dann das Blut über der Stelle, wo die Leiche gefunden worden war, und sogar über die Zuschauer.«

»Wie entsetzlich!«, rief Ellen aus. »Wozu um alles in der Welt war das denn?«

»Das war augenscheinlich ein wichtiger Bestandteil des Rituals, das notwendig ist, um einen Geist zu exorzieren«, antwortete Mr. Carruthers. »Um fortzufahren, als dies erledigt war, rief die ganze Versammlung auf Anweisung von Mahdu dreimal: ›Oh Shiva, empfange seinen Geist!‹, und mit einem allgemeinen Gefühl der Befriedigung und der Zuversicht, dass ihre Bemühungen von Erfolg gekrönt sein würden, waren sie im Begriff, in ihre Häuser zurückzukehren, als zu ihrem Entsetzen der Geist Marutis mit seinem grässlichen Totenkopf und den Lichtern in den Augen erschien, und, indem er die Hände in Tatyas Richtung streckte, sagte: ›Deine Zeit ist gekommen!‹ Unter wilden Entsetzensschreien zerstreute sich die Versammlung in alle Winde und überließ dem Gespenst das Feld. Und jetzt, wo sie feststellen, dass ihre Götter sie im Stich gelassen haben, sind sie zu mir gekommen, damit ich ihnen aus der Patsche helfe. Die Sache liegt ziemlich außerhalb meines Tätigkeitsbereichs, und ich gebe zu, dass ich meinen Weg nicht genau sehen kann. Ich wäre geneigt gewesen zu glauben, das

Ganze sei eine Folge von Einbildung, wäre da nicht Mrs. Trenchs Erzählung.«

»Ich bin mir ganz sicher, dass es für meinen Teil keine Einbildung war«, sagte Ellen. »Entweder war es ein Traum oder irgendeine Erscheinung. Warum sollte ich mir genau dasselbe einbilden oder es träumen, was all diese Leute gesehen zu haben glauben, insbesondere wo ich doch vorher nie etwas davon gehört habe?«

»Eben, Mrs. Trench. Nun, da Sie die Einzige von uns sind, die die Erscheinung gesehen hat, frage ich mich, was Sie davon halten, nachdem Sie die ganze Geschichte gehört haben. Haben Sie irgendeine Theorie anzubieten oder irgendeinen Ratschlag für mich, wie ich das Geheimnis aufklären kann?«

»Ich bin sehr geschmeichelt, dass Sie mich um Rat fragen«, sagte sie, »aber halb fürchte ich, dass Sie sich über mich lustig machen. Ich kann keine Erklärung anbieten, viel weniger noch eine Lösung des Rätsels. Es ist schrecklich mysteriös. Das Sonderbare ist, dass der Geist Marutis sich völlig ruhig verhalten hat, bis die Leiche des armen Mannes gefunden wurde. Was war die Fügung, die ihn von da an wandeln ließ? Denn offensichtlich wusste der Geist alles über seine weltlichen Angelegenheiten, zumal er prompt den Geldverleiher und den anderen Mann besuchte. Ich komme noch nicht mit den merkwürdigen Namen zurecht. Und dann der Totenkopf und die Lichter in den Augen. Es ist alles völlig unbegreiflich. Und wieso sollte er zu mir gekommen sein? Ich will Ihnen sagen, was ich glaube, Mr. Carruthers, und das ist, dass die Leute, die dieses aufwendige Ritual und die Beschwörung durchgeführt haben, dem armen Geist nicht annähernd genug gegeben oder versprochen haben. Genau genommen waren sie sehr geizig. Man stelle sich vor, ein Regenschirm und ein Paar Schuhe!

Nun, wenn der Rivale seinen Anspruch auf das Feld aufgeben und der Geldverleiher die Hypothek ohne Zwangsvollstreckung weiterlaufen lassen würde, dann wäre der Geist vielleicht zufrieden und würde Ruhe geben.«

»Bei Gott, famos! Mrs. Trench, das ist eine sehr präzise Zusammenfassung. Es geht doch nichts darüber, die Tatsachen zu ordnen; das ist die erste Aufgabe eines Polizisten. Sie werden der Truppe noch alle Ehre machen. Diese Sache muss durchdacht werden; aber wir werden bei Ihrem Vorschlag ansetzen. Ich werde nach diesen Leuten schicken lassen und ein Gespräch mit ihnen führen. Jeder mag der Unterhaltung folgen.«

Zu gegebener Zeit trafen alle ein. Da waren Mahdu, der Gondhali, und Govind, das Medium; da war Chandra Bai, die ungeachtet der Hypothek einige feine Schmuckstücke aus Gold trug; Dhondi, der Bruder des Geistes; Kashiram, der Geldverleiher; und Tatya, der Anspruchsteller des umstrittenen Feldes.

»Schaut her«, sagte Mr. Carruthers, als sie alle Platz genommen hatten, »ich habe viel über diese Angelegenheit nachgedacht; und ich habe diese Dame nach ihrer Meinung gefragt, die viel mehr über Gespenster weiß als ich und die den Geist von Maruti sogar gesehen hat, genau wie ihr ihn alle beschreibt. Er kam letzte Nacht ins Zelt der Dame, nachdem er euch an der Stelle, wo die Leiche gefunden worden war, so in Schrecken versetzt hat. Das beweist, dass eure Geschichte wirklich wahr ist. Nun, wie ich euch schon gesagt habe, dies ist eine sehr weise Dame und gelehrt auf dem Gebiet der Geister. Und dies ist, was sie sagt. Zu Marutis Lebzeiten habt ihr ihm viel Mühe gemacht; nach seinem Tod war er es zufrieden, nichts zu tun und ruhig zu bleiben. Aber ihr habt seinen Leichnam gestört, und das hat ihn verstimmt. Ihr habt versucht, ihn zu beschwichtigen, indem ihr eine Sammlung kleiner Münzen zu seinen Gunsten abgehalten und ihm einen Regenschirm und ein Paar Schuhe und dergleichen versprochen habt; und Tatya, der das Land in Besitz genommen hat, das Maruti für das seine hielt, hat ihm eine rote Weste und ein paar Knöpfe versprochen. Ist das nicht läppisch? Ist das nicht verachtenswert? Ihr habt die Feindschaft eines Geistes heraufbeschworen, der euch allen unvorstellbaren Ärger bereiten kann, und da denkt ihr, ihr könnt ihn mit kleinlichen Geschenken wie denen, von denen ihr mir erzählt habt, beschwichtigen? Diese weise Dame hier sagt, dass es sich nicht um einen gewöhnlichen Geist handelt. Das Tragen eines Totenkopfes mit Lichtern anstelle von Augen zeigt, dass es sich um einen ganz außergewöhnlichen Geist handelt, und deshalb sind außerordentliche Maßnahmen erforderlich, um seinen Unwillen abzuwenden. Wenn ihr also von eurem Schrecken erlöst werden wollt, müsst ihr alle das geben, was ihr wirklich wertschätzt. Erklärt ihr euch dazu bereit?«

Es erhob sich ein Gemurmel, aus dem hervorging, dass sie dem Vorschlag alle zustimmten.

»Na gut. Nun, erst einmal hast du, Chandra Bai, dich sehr falsch damit verhalten – in Anbetracht der Tatsache, dass dein Gatte ein armer und gleichzeitig ein großzügiger, freigebiger Mann war –, so verschwenderisch zu sein und dir teure Kleider und Schmuck zu gönnen, die dir zu schenken er sich unmöglich leisten konnte, und auch damit, ihn immerfort auszuschimpfen und ihm das Leben ungemütlich zu machen. Du trägst immer noch kostbaren Schmuck, obwohl dein Land wahrscheinlich verloren für dich ist. Was du dem Geist deines verstorbenen Mannes geben wirst, ist all dein Schmuck und eine schriftliche Aussage, dass du bereust, ihn so schlecht behandelt zu haben. Willst du das machen, oder willst du für den Rest deines Lebens von seinem Geist geplagt werden? Ja, ich dachte mir, dass du damit einverstanden bist. Nun zu dir, Kashiram, von dir will ich genaue Angaben über deine Forderungen gegenüber Maruti und seiner Familie haben. Ich kann nach deinen Büchern schicken lassen, es ist also zwecklos, mir irgendwelche Lügen aufzutischen. Ja, ich dachte mir, dass es etwas in der Art ist. Insgesamt nach und nach vorgestreckt: sechshundert Rupien. Bereits bezahlte Zinsen: neunhundert Rupien. Noch fällige Zinsen: vierhundert Rupien. Gesamtschuld für Zinsen und Kapital: eintausend Rupien. Und da wundert ihr Sowars euch, dass man euch hin und wieder die Nase abschneidet! Nun, was du ihm geben wirst, ist Folgendes: eine Bestätigung, dass man dir nichts mehr schuldet, weder an Zinsen noch an Kapital. Bist du damit einverstanden, oder willst du dich lieber für den Rest deines Lebens vom Geist Marutis plagen lassen? Ja, das dachte ich mir. Du, Tatya, wirst ein Dokument unterzeichnen, dass du auf alle Ansprüche auf das umstrittene Feld verzichtest. Das ist ein herber Schlag für dich, aber immer noch besser, als dir das Leben von dem Geist ruinieren zu lassen. Als Nächstes zu Mahdu und Govind. Ihr solltet euer Geschäft besser kennen! So was, einen so außergewöhnlichen Geist mit solchem Plunder abspeisen zu wollen! Also, dies ist meine Anweisung: Ihr werdet euch heute Nacht noch einmal dort treffen, wo ihr euch gestern Nacht getroffen habt, und dem Geist diese neuen Geschenke machen. Ihr könnt alle Zeremonien und Beschwörungen durchführen, die ihr wollt, außer dass kein Hahn getötet werden darf. Diese Dame wird anwesend sein, und sie sagt, dass es kein Hahnenopfer geben darf, weil Geister das nicht wirklich mögen, und sie weiß alles über Geister. Und nun ist es euch erlaubt zu gehen.«

Ich erklärte Ellen alles, was Mr. Carruthers in der Landessprache gesagt hatte, und sie tadelte ihn so streng sie konnte, weil er ihr die ganze Verantwortung auferlegt hatte. Aber ich glaube nicht, dass sie ernsthaft verärgert war. Immerhin freute sie sich ziemlich auf die Aussicht, der nächtlichen Zeremonie beiwohnen zu können, auch wenn ihr die Vorstellung nicht wenig Angst machte. Aber die Flemings versprachen, ebenfalls mitzukommen, und das gab ihr den Mut zurück. Den ganzen Tag über waren wir ganz aufgeregt wegen des Geistes und stellten alle möglichen Vermutungen bezüglich des merkwürdigen Rätsels an. Die Meinungen darüber, ob die vorgeschlagene Abhilfe Wirkung zeigen würde oder nicht, waren geteilt. Mr. Carruthers wollte keine Theorie äußern. Er bestand darauf, dass der Fall in den Händen von Mrs. Trench liege und dass er nur ihre Vorschläge ausführe. Sie und nur sie allein von unserer Gruppe sei es gewesen, die den Geist gesehen habe, und das sei ein klares Zeichen dafür, dass sie die Leitung der ganzen Untersuchung haben sollte. Sie habe so gut angefangen, dass er vollstes Vertrauen habe in ihre Fertigkeiten und ihren Verstand sowie ihre Fähigkeit, das Rätsel zu lösen. Bei diesen Worten lachte Ellen, und obwohl sie alle ihr zugeschriebenen Stärken ableugnete, versprach sie doch, ihr Bestes zu tun. Wir verbrachten einen höchst angenehmen Tag. Am Nachmittag fuhren wir zu den Ruinen eines wirklich schönen Hindutempels, die vier oder fünf Meilen entfernt lagen, und tranken dort an einem plätschernden Bach Tee. Mr. Carruthers hatte uns gebeten, ihn zu entschuldigen, wenn er die Gruppe nicht begleitete, mit der Begründung, dass er dringende Arbeit zu erledigen habe. Aber wir verspotteten ihn und bestanden darauf, dass er mitkam. Er sah sich vollkommen außerstande, den vereinten Einwänden und Bitten von Ellen und

Mrs. Fleming sowie Jack und Dolly zu widerstehen, was er wohl getan hätte, wenn es nur um Mr. Fleming und mich gegangen wären. Mrs. Fleming sagte, wenn er nicht bei uns wäre, um auf ihren Ehemann aufzupassen, würde dieser womöglich wieder weggezaubert werden, vielleicht dieses Mal von dem Geist, und dann wäre keine Brieftaube in seiner Tasche, um einem Retter den richtigen Weg zu weisen. Also genossen wir den Ausflug weidlich und vergaßen das Gespenst völlig und kamen zurück, um uns zum Abendessen umzuziehen. Mr. Carruthers war immer sehr korrekt, was vorschriftsmäßige Dinnerkleidung anbelangte, im Lager genau wie überall sonst. Er sagte, sie mache den entscheidenden Unterschied zwischen Fressen und Speisen. Beim Mahl drehte sich die Unterhaltung natürlich hauptsächlich um das kommende Ereignis, und nachdem wir ein paar Weihnachtsknallbonbons geöffnet und auf das Wohl abwesender Freunde getrunken hatten, legten wir unsere wärmsten Umhänge an und begaben uns zum Schauplatz der Beschwörung. Es gab keine Straße, deshalb mussten wir zu Fuß gehen, und es war stockfinster; aber mithilfe einiger Laternen gelang es uns, den Weg ohne besondere Schwierigkeiten zu finden. Als wir an dem Ort ankamen, war schon eine riesige Menschenmenge zugegen, und wir fanden eine Reihe von Stühlen vor, die für die Sahib-logue aufgestellt worden waren. Auf Mr. Carruthers Anweisung hin wurden unsere Laternen heruntergedreht.

»Eine Sache muss ich noch sagen, bevor Mahdu und Govind anfangen«, erklärte Mr. Carruthers. »Ihr wisst alle, weshalb wir hier sind, nämlich um dem Geist von Maruti großzügige und angemessene Opfergaben darzubringen. Govind wird diese Gaben dem Geist des Verstorbenen aufzählen, und wir dürfen sicher sein, dass er sie akzeptieren und euch nicht mehr heimsuchen wird. Es ist jedoch nur vernünftig, davon auszugehen, dass er zugegen sein wird, um die Gaben anzunehmen; deshalb lautet meine Anweisung, dass ihr euch nicht fürchtet und wegrennt, wenn er kommt, sondern einfach bleibt, wo ihr seid. Und nun, Mahdu und Govind, könnt ihr beginnen.«

Es war ein sonderbarer Anblick, wenn man es denn tatsächlich einen Anblick hätte nennen können. Als unsere Augen sich an die Dunkelheit gewöhnt hatten, konnten wir gerade so einen riesigen Ring von Menschen erkennen, die sich dicht zusammendrängten, während in der Mitte die beiden Mystiker saßen, Mahdu der Zeremonienmeister und Govind das Medium. Mahdu heischte Schweigen; und ich muss zugeben, dass uns alle während der ausgedehnten Zeitspanne absoluter Stille, die darauf folgte, ein Empfinden der Ehrfurcht und von etwas Übernatürlichem beschlich. Wir konnten so eben den Meister der okkulten Gelehrsamkeit ausmachen, der irgendein sonderbares Ritual durchführte. Endlich stand Govind auf und hub einen lang gezogenen, herzzerreißenden Klagegesang an, der aus den Tiefen der Erde zu dringen schien und ausreichen sollte, um jeden Geist der Welt zu vertreiben. Nach und nach verwob der Gesang sich zu verständlichen Worten, und wir konnten eine Anrufung Shivas verstehen, die Seele des verstorbenen Maruti, zu deren Wohle sie nun die umfassendsten Opfergaben dargebracht hatten, aufzunehmen und ihr Frieden zu schenken. Dann richtete das Medium seine Bitten an den Verstorbenen.

»Geist von Maruti«, rief er, »sei zufrieden mit unseren Opfergaben! Es ist zu uns eine Dame gekommen, jung an Jahren, doch alt an Weisheit und mit voller Kenntnis der unsichtbaren Welt, die uns gelehrt hat, dass das, was wir angeboten hatten, ungenügend war. Jetzt bieten wir dir diese Dinge an: Tatya gibt seinen Anspruch auf das umstrittene Feld auf; Kashiram erlässt die Schulden, die du zu Lebzeiten bei ihm gemacht hast; Chandra Bai gibt all ihren Schmuck und bietet Wiedergutmachung für ihre harschen Worte an. Und Carruthers Sahib ist Zeuge. Wir bitten dich, oh Geist des Maruti, deine Zustimmung zu bekunden und uns nicht weiter heimzusuchen.«

Ein plötzliches Durcheinander am uns gegenüberliegenden Teil des Kreises zog unsere Aufmerksamkeit auf sich. Leute wichen zur Seite und gaben eine Lücke frei. Es gab Schreie und Gekreische; Männer warfen sich nieder, und Frauen fielen in Ohnmacht. Denn dort, vordringend durch die Lücke, war eine große Gestalt mit zwei Lichtern als Augen und – ja, jetzt konnten wir es erkennen – einem Totenschädel als Kopf. Alle waren in Aufruhr und standen kurz davor, um ihr Leben zu rennen.

»Ruhe!«, rief Mr. Carruthers und sprang auf. »Seid still! Es gibt nichts zu fürchten. Ich hatte euch doch gesagt, dass der Geist von Maruti zu erwarten ist. Die weise Dame sagt, ihr sollt ihm zuhören. Govind, wiederhole die Angebote, die gemacht wurden!«

Die Zähne des Mediums schienen zu klappern, als er dieser Aufforderung nachkam; aber er beendete seine Aufgabe, auch wenn er ganz offensichtlich überall anders lieber gewesen wäre als dort, wo er gerade war.

»Und nun, Geist von Maruti«, sagte Mr. Carruthers, »gebietet die weise Dame dir zu sprechen. Nimmst du diese Angebote an und wirst du aufhören, die Menschen von Loni heimzusuchen?«

»Die weise Dame hat gesprochen, und so soll es sein«, antwortete der Geist mit sonderbar menschlicher Stimme. »Mein Geist ist zufrieden.« Und als Zeichen der Einigung gingen auch schon die Lichter in den Augen des Totenschädels aus.

Mr. Carruthers sprang nach vorn und stellte sich neben die Erscheinung.

»Und nun, liebe Leute, könnt ihr gehen«, sagte er zu der versammelten Menschenmenge. »Ihr habt das Versprechen gehört und dürft sicher sein, dass ihr nicht mehr heimgesucht werdet.«

Der Anweisung zu gehen wurde nicht viel Abneigung entgegengebracht; schon eilten alle davon, so schnell die Beine sie tragen wollten.

»Was für ein Spaß!«, sagte Jack; doch Dolly hielt sich an ihrer Mutter fest.

»Jetzt ist bei ein oder zwei Punkten eine kleine Erklärung erforderlich«, sagte Mr. Carruthers, als er wieder zu unseren Stühlen kam und die große Gestalt mit sich führte. Aber zuerst will ich noch eine Sache sehen. Maruti, schalte deine Lichter ein!«

Sofort leuchteten die Lichter in den Augenhöhlen des Totenschädels auf. Sie erzeugten ausreichend Helligkeit, um die Gestalt eines Mannes auszumachen, der eine rote Weste mit Messingknöpfen und einen absonderlich großen Turban trug. Eine genauere Betrachtung zeigte uns, dass der Schädel das echte Gesicht nicht exakt bedeckte, sondern vielmehr darüberlag, sodass er der Gestalt einen zusätzlichen Anschein von Größe verlieh. Der Turban war raffiniert am Schädel befestigt, aber im Dunkeln – und natürlich würde die Erscheinung sich nur manifestieren, wenn es finster wäre oder es nur ganz schwaches Licht gäbe, so wie normalerweise in den Häusern der Einheimischen –, im Dunkeln würde das nicht auffallen. Dann befahl Mr. Carruthers den Ordonnanzen, die Laternen hochzudrehen, die wir mitgebracht hatten, und unwiderstehlich komisch war der Anblick des Geistes von Maruti unter dem vereinten Schein unserer grellen Lampen.

»Wie funktioniert der Trick?«, fragte Mr. Carruthers.

»Sahib, yih lictric lait hai«, lautete die Antwort, was »Es ist elektrisches Licht« bedeutet. »Es ist fast aufgebraucht«, fuhr der Sprecher fort, »aber diesen Narren hier hat es Angst gemacht. Ein Sahib gab mir den Apparat, als ich auf einer Zuckerplantage auf Mauritius war; da habe ich mir dieses Spektakel ausgedacht.«

Das Gespenst lachte. Es war ganz und gar nicht gruselig oder unheimlich, sondern ein gutes, herzliches, seelenerquickendes Lachen. Wir stimmten alle darin ein und lachten, bis uns die Tränen kamen.

»Nun, Mrs. Trench«, sagte Mr. Carruthers, »wir werden die Erklärung des Geistes gleich bekommen. Würden Sie mir inzwischen etwas verraten? Sie wussten doch die ganze Zeit, dass es sich um den echten Maruti handelte, nicht wahr?«

»Ich war mir dessen sicher«, antwortete Ellen, »trotz der Schwierigkeiten und Unwahrscheinlichkeiten. Warum er exakt von der Zeit an erschienen sein sollte, wo die Leiche gefunden und verbrannt wurde, weiß ich nicht. Aber das spielte auch keine große Rolle. Ich glaube nicht an Geister, deshalb war ich mir sicher, dass es ein Mensch gewesen sein musste. Er wusste zu viel über Marutis Privatangelegenheiten, als dass es sich um jemand anders als Maruti selbst hätte handeln können. Was die Leiche anbelangt, so hätte sie von irgendwem sein können, rote Weste hin, rote Weste her. Das Angebot an roten Westen in der Welt, selbst mit Messingknöpfen daran, ist nicht zwangsläufig auf eine beschränkt.«

»*Shabash* – gut gemacht!«, sagte Mr. Carruthers. »Sie würden eine gute Polizistin abgeben! Und dann Ihr Ratschlag mit den Opfergaben?«

»Na ja, ich dachte mir, dass Maruti ziemlich grob behandelt worden war, da wollte ich etwas für ihn tun. Soweit ich es erkennen kann, hat er jetzt alles, was er sich gewünscht hat.«

»Vortrefflich!«, sagte Mr. Carruthers. »Und jetzt, Maruti, kannst du uns deine Geschichte erzählen. Wie waren die Umstände, unter denen du Loni verlassen hast?«

»Sahib, ich will dir die Wahrheit sagen. Das Schicksal war gegen mich. Ich muss nicht wiederholen, was dem Sahib schon bekannt ist. Da waren Kashiram und Tatya, und da war Chandra Bai. Ich sagte mir, dass ich heimlich weggehen muss und nicht zurückkommen darf, bis ich tausend Rupien habe. Sahib, ich habe mehr als tausend mitgebracht – mein Lohn auf den Zuckerplantagen. Jawohl, ich ging mit fünfzig Rupien in der Tasche weg und sagte kein Wort. Ich hatte vor, mein Leben noch einmal neu zu beginnen. Ich gab meinen Namen Maruti auf, nannte mich Sakharam. Wie das Glück es wollte, begegnete ich, als ich das Dorf nach Einbruch der Dunkelheit verließ, einem Bettler, der mich um ein Almosen bat. Ich bot ihm eine Rupie, wenn er seine Lumpen gegen meine rote Weste und den großen Turban eintauschte. Das tat er nur zu gerne. Ich habe danach nicht mehr an ihn gedacht. Ich ging nach Mauritius, bekam gute Löhne und sparte sie. Vor ein paar Tagen bin ich zurückgekommen. Ich hatte mir eine Weste und einen Turban gekauft wie die, die ich früher immer getragen hatte. Aber ich wollte anfangs nicht erkannt werden. Ich wollte sehen, was sich in meiner Abwesenheit ereignet hatte, deshalb versteckte ich meine guten Sachen im Dschungel vor dem Dorf, legte ärmliche Kleidung an und verhüllte mein Gesicht. Sahib, zu meinem Erstaunen stieß ich sofort auf eine Trauergesellschaft, die gerade einen Leichnam verbrennen wollte, der meine alte Weste und meinen Turban trug. Da fiel mir der Bettler wieder ein, mit dem ich die Kleider getauscht hatte. Die Leute sagten alle, es sei die Leiche Marutis; und es war schon eigenartig, Zeuge der eigenen Bestattungsfeier zu sein. Und ich hörte von Tatya und dem Feld und Kashiram und der Zwangsvollstreckung. Und ich lachte und schwor, gerächt zu werden. Und dann war da Chandra Bai. Ihre Zunge ist spitz, und sie hatte es verdient, dass man ihr einen Schrecken einjagte, aber ich sehnte mich sehr danach, sie zu sehen. Und jetzt ist, durch die Gunst des Sahibs und der weisen Dame, mein Schicksal glücklich geworden.«

»Eine sehr interessante Geschichte, Maruti«, sagte Mr. Carruthers. »Aber was hattest du im Zelt der weisen Dame zu suchen?«

»Die Wahrheit ist, Sahib, du hast mich schon früher gekannt und bist nett zu mir gewesen, und da bekam ich Lust, den Sahib in seinem Zelt zu besuchen, doch als ich es betrat und merkte, dass es nicht das Zelt des Sahibs war, schämte ich mich und ging wieder in den Dschungel, um mich zu verstecken.«

»Nun, Maruti, das Beste, was du tun kannst, ist, morgen früh in mein Lager zu kommen, damit ich dich dort deiner Familie und deinen Freunden vorstellen kann, um weiteren Ärger zu vermeiden. Da ist noch jemand, den ich morgen früh sehen muss, und das ist Tatya. Da ist nämlich noch die Sache mit dem Bettler, der umgebracht wurde, als er Kleider trug, die ihn wie Maruti aussehen ließen. Tatya hat davon geredet, Maruti umbringen zu lassen. Krishna«, wandte er sich an den Hauptwachtmeister der Gruppe, »gib bekannt, dass Tatya morgen als Allererstes zu mir kommen soll!«

Ich darf hier beiläufig bemerken, dass Tatya am folgenden Morgen nicht erschien, denn er verschwand und wurde nie wieder gesehen. Selbstverständlich wäre der Beweis praktisch unmöglich gewesen; aber es gab keinen Gewissenszweifel, dass er den Bettler, den er für Maruti hielt, getötet und die Leiche unter den Steinen versteckt hatte.

Wir gingen zurück zu den Zelten, und eine Flasche Champagner wurde geöffnet und geleert und, wie ich meine, obendrein noch ein Bier; und es wurde über die Abenteuer des Tages viel geredet und gelacht. Mr. Carruthers sagte, Ellen sei die geborene Detektivin und das vielversprechendste Mitglied der Polizei, und er verzieh mir völlig, geheiratet zu haben.

Alles in allem war dies wirklich das schönste Weihnachtsfest, an das ich mich erinnern kann.

Originaltitel: *A Christmas in Camp*
Ins Deutsche übertragen von Axel Franken

Das Weihnachts-Ufo
Pat Frank

Harry Hart Frank, der unter dem Pseudonym Pat Frank Geschichten und Bücher schrieb, war Autor, Journalist und Regierungsberater. Nach dem Militärdienst im Zweiten Weltkrieg nahm er die Arbeit als Journalist wieder auf, begann aber ebenfalls, Sachbücher zu schreiben, in denen er die Washingtoner Bürokratie aufs Korn nahm und viele Behauptungen, wie gut die Regierung funktioniere, infrage stellte. Harts bis heute bekanntestes Buch ist der Roman *Alas, Babylon* (1959), in dem die Geschichte von Durchschnittsamerikanern in einer isolierten Gemeinde in Florida erzählt wird, die nach einem sowjetisch-amerikanischen Atomkrieg ums Überleben kämpfen. *Das Weihnachts-Ufo* wurde erstmals aufgenommen in *This Week's Stories of Mystery and Suspense* (New York, Random House, 1957).

Das Weihnachts-Ufo
Pat Frank

Als die Luftwaffe die Angelegenheit später vertraulich auswertete, entfiel ein Großteil des Tadels auf die Verzögerung bei der Meldung der ursprünglichen Sichtung. Schuld an dieser Verzögerung war der Flieger 2/c Warren Pitts, aber der Grund für Pitts Versäumnis wurde nie dem Papier anvertraut, denn er hätte zu gefühlsbetont und unmilitärisch geklungen. Die Wahrheit ist, dass Warren Pitts erst achtzehn war, und er hatte Heimweh und weinte auf seinem Posten.

Pitts war der jüngste von fünf zugeteilten Technikern an jenem Morgen und hatte einen 48-Stunden-Dienst in der Radar-Frühwarn-Baracke auf einem vom Wind glatt gefegten Hügel, der den ausgedehnten Stützpunkt Thule im nördlichen Grönland überblickte.

Es war Tail-End-Charley-Dienst, wie es im Fliegerjargon hieß. Unten auf dem Stützpunkt waren alle am feiern. Im Kino war eine USO-Theatertruppe mit Tänzerinnen aus Hollywood. Pitts hatte seit drei Monaten keine Frau mehr gesehen. In der Sporthalle gab es einen Weihnachtsbaum, eingeflogen aus Maine im Bombenschacht einer B-36. Es war der einzige Baum im Umkreis von tausend Meilen. In den Klubs und Aufenthaltsräumen fanden Partys statt, und in den Kantinen wurde Truthahn serviert, und überall lagen Berge noch nicht verteilter Post und Päckchen. Das Weihnachtspaket, das seine Familie ihm versprochen hatte, hatte Pitts nicht bekommen.

Sogar in der Radar-Baracke gab es eine Art Feier. In dem anderen Raum hatten die älteren Männer aus Büchsenmilch, Eipulver, Vanilleextrakt und medizinischem Alkohol einen Eierpunsch zusammengebraut. Weil Pitts nicht trank, hatte er die Sechs-bis-Mitternacht-Wache gezogen.

Der andere Raum war hell und warm, und sie hörten sich Weihnachtsmusik im Radio an, und Sergeant Hake erzählte fast glaubhafte Geschichten über Mädchen, die er in den Staaten gekannt hatte.

Im Beobachtungsraum gab es kein Licht, damit die Sicht besser war. Pitts saß einsam in der Dunkelheit und sah zu, wie ein dünner weißer Splitter hypnotische Kreise auf dem Bildschirm beschrieb.

Er dachte nicht an sich als Hüter eines Kontinents. Er dachte an die heiße Sonne Tucsons. Seit Wochen hatte er die Sonne nicht gesehen und würde sie noch viele Wochen nicht sehen. Er sagte laut: »Oh Gott, ich will nach Hause!«

Als er schließlich aufblickte, war da ein fetter, grüner, leuchtender Punkt, der ihn böse vom rechten oberen Quadranten des Bildschirms anblinkte. Pitts hatte keine Ahnung, wie lange er schon da war. Er konnte über den Pol gekommen oder aus Osten hereingeflogen sein. Das Radar hatte eine Reichweite von vielleicht 300 Meilen. Als er den Punkt zum ersten Mal sah, näherte er sich dem 150-Meilen-Kreis.

Hätte Pitts die Sichtung sofort gemeldet, wäre in Thule ein erfolgreiches Abfangen möglich gewesen, doch das tat er nicht. Er sagte dem Punkt, er solle weggehen. Er flehte ihn an wegzugehen. Gelegentlich überquerten russische Wetterflugzeuge den Pol, doch stets machten sie kehrt und flogen zurück, und er wünschte, der Punkt würde dasselbe machen, damit er Sergeant Hake nichts erklären müsste. Der Punkt kam weiter näher und ging um den Rand des 150-Meilen-Kreises herum, als würde er einen vorsichtigen Umweg machen.

Pitts erhob sich von seinem Feldstuhl und rief: »Ich habe ein unbekanntes Flugobjekt!«

Abgesehen von Sinatra, der »White Christmas« sang, herrschte auf einmal Stille in dem andern Raum, und dann waren sie plötzlich alle bei ihm. Hake beobachtete den leuchtenden Punkt drei Umdrehungen lang und fragte dann: »Wie lange warst du eingeschlafen, Junge?«

»Ich war nicht eingeschlafen! Ehrlich nicht!«

Der Sergeant bemerkte die geröteten Augen des Jungen und die Tränenspuren auf seinem erschöpften Gesicht. Er wandte sich wieder dem Oszilloskop zu.

»Was meinen Sie, was es ist?«, fragte Pitts ängstlich.

»Es könnte eine große fliegende Untertasse sein«, meinte Hake, »oder es könnte der Weihnachtsmann mit acht kleinen Rentieren sein, oder es könnte ein feindlicher Düsenbomber sein.« Er griff nach dem Telefon und rief das Radarkontrollzentrum an.

In dieser Nacht hatte Leutnant Preble Dienst, ein ernster junger Mann. Entlang den Wänden im Kontrollzentrum waren viele Arten von Radargeräten angeordnet, darunter auch ein Verstärkergerät von der Frühwarnanlage auf dem Hügel. Dieses Gerät schaltete

Leutnant Preble ein. Als es warm wurde, erschien der leuchtende Punkt. Er schätzte das unbekannte Flugobjekt auf 140 Meilen von Thule entfernt, Peilung achtzig Grad, Geschwindigkeit 400 Knoten, Kurs genau nach Süden.

Es konnte ein skandinavisches Linienflugzeug unterwegs nach Kanada und Chicago sein. Und es konnte ein Düsentankflugzeug auf einem Übungsflug von Prestwick, Schottland sein, das es in der letzten Stunde versäumt hatte, seine Position zu melden.

Oder es konnte ein feindlicher Düsenbomber sein, der um Thule herumschlich.

Was es auch war, die Radarkontrolle hatte den Dauerbefehl, Kampfflugzeuge zu starten und die Geschützgruppen in Alarmbereitschaft zu versetzen, wenn ein unbekanntes Flugobjekt nicht innerhalb von sechzig Sekunden identifiziert werden konnte. Dies wäre auch sicher geschehen, wären nicht gewisse menschliche Faktoren ins Spiel gekommen.

Leutnant Preble spielte oft Schach mit einem gewissen Hauptmann Canova, einem F-94-Kampfpiloten, und in diesem Moment hielten sich Hauptmann Canova und sein Radarbeobachter im Bereitschaftsraum auf. Bei einem Alarm würden sie starten müssen – die Ersten, die der eisigen Luft Trotz zu bieten hätten.

Auf einem Stützpunkt wie Thule wird man viele Poker-, Bridge- und Gin-Rommé-Spieler finden, jedoch wenige dem Schach Zugetane. Deshalb waren Leutnant Preble und Hauptmann Canova dicke Freunde, und Preble wusste, dass dies wahrscheinlich Canovas letzte Schicht in Thule war.

Am Morgen würde Canova zusammenpacken und das aus Schottland ankommende Tankflugzeug besteigen. Canovas Frau war krank, und der Hauptmann hatte Urlaub aus dringenden familiären Gründen bekommen. Die Basis des Tankflugzeugs war Westover Field, Massachusetts, und Canova lebte in Boston. Er sollte in der Christnacht bei seiner Frau sein – außer im Falle eines Zwischenfalls.

Draußen lag die Temperatur bei minus vierzig Grad Celsius, und der Wind war ein unsteter Phase drei – über fünfzig Knoten. Falls das unbekannte Flugobjekt Kurs und Geschwindigkeit beibehielt, würde es ein extremes Langstreckenabfangen werden, außerhalb des schützenden Mantels seines Radars. Es konnte also sehr wohl einen Zwischenfall geben.

Preble wandte sich an seinen Kommunikationsoffizier und sagte: »Versuchen wir mal, dieses Objekt anzufunken. Rufen Sie das Tankflugzeug noch mal!«

Das Tankflugzeug antwortete nicht. Preble machte sich keine Sorgen wegen des Flugzeugs – es hatte keine Notrufe gegeben, und in der Nähe des magnetischen Pols zuoberst auf der Welt spielte der Funk oft verrückt.

Sie versuchten es auf den zivilen Kanälen. Keine Antwort.

Preble hielt sich an seinem Schreibtisch fest. Der Punkt hatte sich auf 120 Meilen angenähert, befand sich jetzt aber genau östlich von Thule und bewegte sich schnell südlich. Jede Sekunde brachte ihn nun weg. Wenn er nicht sofort Canova hochschickte, gäbe es keine Chance mehr auf ein Abfangen.

Er sah auf die Uhr. Der große Sekundenzeiger sauste hinab wie eine Guillotine.

Selbst wenn Canova das Objekt abschoss, würde es sich womöglich als Passagierflugzeug voller Menschen entpuppen, die Weihnachten zu Hause sein wollten.

Doch was immer das unbekannte Objekt auch war, ein Alarm würde die USO-Aufführung im Kino beenden und die Klubs leeren und einige Tausend Soldaten und Richtschützen und Flieger auf ihre Posten in der furchtbaren Kälte schicken und ihnen das Weihnachtsfest verderben. Wenn Canova ein freundliches Flugzeug abschoss, würde es für Leutnant Preble keinen Platz mehr in Thule geben – vielleicht nirgendwo mehr.

Preble schlug mit der Hand auf den roten Alarmknopf und sprach ins Mikrofon: »Alarmstart, Blitz Blau! Gefechtsbereitschaft, Blitz Rot!«

Er sah auf die Uhr und vermerkte Stunde, Minute und Sekunde. In weniger als drei Minuten würde Canova in der Luft sein und Anweisungen verlangen. Aber die Jagd würde lang sein und ihn über das Randgebiet und die Orientierungshilfe seines Radars hinaustragen. Tief im Innern wusste Preble, dass es zu spät war. Draußen hörte er die Sirenen heulen.

Um 18:24 Uhr Östliche Standardzeit, Heiligabend, erreichte die dringliche Meldung aus Thule den riesigen Krisenraum des Östlichen Verteidigungskommandos, Newburgh, New York. Ein unbekanntes Flugobjekt war an Thule vorbeigeschlüpft. Der Abfangversuch war gescheitert und der Pilot auf den Stützpunkt zurückgekehrt. Das Objekt war unterwegs nach Labrador oder Neufundland mit mehr als 400 Meilen die Stunde, geschätzte Höhe 30000 Fuß.

Auf den Schultern von Major Hayden, einem Fliegerass in zwei Kriegen, aber dem jüngste und am wenigsten erfahrene Offizier unter den Führungskräften, lastete die entsetzliche Verantwortung für den Schutz und die Sicherheit des wesentlichen Drittels der Vereinigten Staaten, von Chicago östlich bis zum Atlantik. Das war normal an Heiligabend, denn als Einziger unter den leitenden Kontrolleuren war Major Hayden Junggeselle.

Diese erste Meldung beunruhigte Major Hayden nicht. Die Prognosen des Geheimdienstes für den Tag zeigten, dass die Welt – zu dieser Jahreszeit – vergleichsweise friedlich war. Auch handelte es sich nur um ein Flugzeug, und Major Hayden glaubte nicht, dass ein Angriff von einem einzigen oder selbst einer so geringen Anzahl wie einhundert Flugzeugen gestartet werden würde.

Außerdem konnte das unbekannte Flugobjekt vernünftig erklärt werden. Eine seiner Navigationstafeln zeigte jedes Luftfahrzeug, militärisch wie zivil, das Kurs auf den Osten der Vereinigten Staaten hielt. Das Objekt konnte eine britische Comet sein, die angekündigt hatte, weit nördlich zu fliegen, um den Strahlstrom zu nutzen. Es konnte eine skandinavische Linienmaschine mit Ziel Goose Bay sein. Es konnte fast alles sein.

Mayor Hayden befahl eine Gruppe von Miniaturflugzeugen auf der Navigationstafel an die Stelle, wo das Objekt – prognostiziertem Kurs und Geschwindigkeit zufolge – sein sollte. Eine rote Fahne kennzeichnete das Flugzeug als nicht identifiziert. Er würde es im Auge behalten.

Den General wollte er nicht damit belästigen, obwohl dieser den Krisenraum um sechs aufgesucht und kurz inspiziert hatte. Der General wirkte ständig besorgt. Das mag daran gelegen haben, dass am 7. Dezember 1941, als Hayden selbst im zweiten Jahr auf der Hochschule war, der General, der damals noch Major war, in Hickam Field, Hawaii, eine Bomberstaffel befehligt hatte und all seine Flugzeuge am Boden mit Bomben beworfen und zerstört worden waren. Das Letzte, was der General gesagt hatte, war: »Ich werde zum Abendessen zu meiner Tochter gehen. Sie kennen ja die Nummer. Wenn irgendetwas passiert, rufen Sie mich an!«

Noch glaubte Major Hayden nicht, dass wirklich irgendetwas passiert war. Außerdem wusste er, dass der General an Heiligabend immer den Baum für seine Enkelkinder schmückte. Das wollte er ihm nicht verderben.

Wen Major Hayden hingegen anrief, war der Verbindungsoffizier der Royal Canadian Air Force, und von der Situation in Kenntnis setzte er auch die abgelegenen Stützpunkte und die grenznahen Radarstationen. Dann wartete er.

Eine Stunde später kamen die ersten Berichte herein. Das Düsentankflugzeug aus Prestwick tauchte in Thule auf; sein Funkgerät war ausgefallen. Die Comet landete nach einer Rekordüberquerung in Gander; sie war nicht in der Nähe von Thule gewesen. Die skandinavische Maschine, stellte sich heraus, saß in Island fest.

Major Hayden machte sich Sorgen. Alle fünfzehn Minuten rückte eins seiner Mädchen das rot beflaggte unbekannte Flugobjekt näher an seinen Luftraum. Der Flugkörper wurde zum einzigen Objekt, das er auf der Tafel sehen konnte. Er versetzte alle Jägerstützpunkte nördlich von Washington und die Flugabwehrleute und das GOC, das Bodenüberwachungskorps, in Alarmbereitschaft. Das GOC bedauerte; es bezweifelte, dass viele seiner Posten bemannt waren. Das GOC würde tun, was es konnte, aber er dürfe nicht vergessen, dass es sich um Freiwillige handle und dass heute Heiligabend sei.

Als die zweite Sichtung hereinkam, konnte an der Bedrohung kein Zweifel mehr bestehen. Der Radar in Limestone, Maine, fing einen unidentifizierten Punkt auf, der sich mit 600 Knoten auf 40 000 Fuß bewegte. Er kam aus einem nicht bewachten kanadischen Sektor heraus. Statt sich entlang der Küste südwärts auf die dicht bevölkerten Gebiete zuzubewegen, hatte er Kurs aufs Meer genommen, war steil heruntergegangen und verschwunden. Er war so schnell aufgetaucht und hatte den Radarschirm so plötzlich verlassen, dass ein Abfangen nicht möglich gewesen war. Die besten Nachtjägerpiloten Limestones waren ältere Männer und im Weihnachtsurlaub.

Major Hayden wusste, was passiert und womit zu rechnen war. Der Eindringling hatte schlau die Patrouillenboote und Flugplätze in Küstennähe gemieden; anschließend hatte er die Gefahrenzone mit enormer Geschwindigkeit durchquert.

Sobald er auf dem Meer war, war er auf 4000 Fuß heruntergegangen – sicher vor dem Auge des Radars. Jetzt würde er hereinkommen und, ganz tief fliegend, sein Ziel anvisieren und so das Überraschungsmoment auf seiner Seite haben. Major Hayden rief den General an.

Als in West Point im Haus der Smith das Telefon klingelte, balancierte der General, ein schlanker Mann mit eisengrauem Haar, gerade oben auf einer Leiter und befestigte den Engel an der Spitze des Baums, während seine Enkelkinder ihm mit schrillen Stimmen ihre Ratschläge und Ermahnungen zuriefen. Tracy Smith, seine Tochter, ging an den Apparat und sagte: »Es ist für dich, Papa.«

Der General sagte: »Sag ihnen, ich bin beschäftigt! Sie sollen eine Minute warten.«

Der General brauchte drei Minuten, um den Engel genau so zu platzieren, wie er es wollte, und zwar kerzengerade und aufrecht. »Tja«, meinte er, als er von der Leiter stieg, »da ist der Engel, der über dieses Haus wacht.« In diesem Moment waren drei Minuten womöglich der kritische Faktor.

Der General nahm den Hörer. Wortlos hörte er zu und sagte dann: »In Ordnung, höchste Alarmbereitschaft. Ordnen Sie SCAT an! SCAT ist alles, was uns jetzt noch retten kann. Ich bin unterwegs.«

Als er den Hörer weglegte, sah der General zehn Jahre älter aus. Seine Tochter fragte: »Was ist los?«

»Ein nicht identifiziertes Flugzeug«, antwortete er, während er den Mantel anzog, »vor der Küste. Ich glaube, ein Feind.«

»Nur eines?«, fragte Tracy Smith.

»Ein Flugzeug, eine Bombe, eine Stadt«, sagte der General. »Vielleicht New York.«

Und fort war er.

In aller Eile gab Major Hayden den SCAT-Befehl an jeden Luftlandeplatz in seiner Zone weiter. SCAT stand für Sicherheitskontrolle des Luftverkehrs. Unter SCAT musste jedes Flugzeug, militärisch wie zivil – ausgenommen Kampfflugzeuge auf taktischer Mission – sofort auf dem nächsten Flugplatz landen. In dreißig Minuten musste der Luftraum von allem geräumt sein außer dem Feind und unseren Kampfpiloten, um der Flakartillerie und den Nike-Raketenbatterien eine Chance zu geben, in übervölkerten Gegenden zu operieren.

Sehr bald entdeckte Major Hayden, dass ausgerechnet an diesem speziellen Abend SCAT nicht ordnungsgemäß operieren konnte. In allen großen Städten erreichte der Feiertagsverkehr neue Rekordmarken. Flugzeuge sammelten sich in Schichten bis in eine Höhe von 20 000 Fuß über Idlewild, La Guardia und Newark. In Boston, Philadelphia-Camden und Washington National war es dasselbe. Sämtliche Luftwege zwischen den Städten waren verstopft. Er wusste nicht, wie lange es dauern würde, bis die Nike-Raketen eingesetzt werden konnten. Eine Nike ist zwar eine schlaue Rakete, aber ein Linienflugzeug mit achtzig Passagieren an Bord von einem Düsenbomber unterscheiden kann sie nicht.

Der General kam in den Krisenraum, als gerade der Bericht von einem einsamen Erkundungsflieger in East Moriches, Long Island, hereinkam. Ein riesiges Düsenflugzeug war mit einer Geschwindigkeit, die zu schätzen er sich weigerte, vom Meer hereingekommen. Es hatte Pfeilflügel, und die vier Triebwerke waren in diesen Flügeln untergebracht, dicht am Rumpf. Es war größer als eine B-47. Es war auf 2000 Fuß hereingekommen, und er schwor, dass es mit einem roten Stern gekennzeichnet war.

Da wusste der General, dass es zu spät war, sofern er nicht befahl, alles vom Himmel zu schießen. Das konnte er nicht tun – nicht an Weihnachten.

Ein paar Minuten später gesellte sich ein seltsames Flugzeug zur Platzrunde über Idlewild, indem es sich vorsichtig zwischen zwei Constellations schob. Es war ein Düsenflugzeug. Eine der Constellations kam zur Landung herein, und dann schaltete das Düsenflugzeug die Tragflächenlichter ein und landete auch. Es rollte zum Verwaltungsgebäude hin, als ob ihm der Flugplatz gehörte, und eine nach der anderen wurden die blauen und roten Flammen seiner Triebwerke ausgelöscht. Drei Männer stiegen aus. Sie trugen sonderbare Uniformen.

Der Verbindungsoffizier der Luftwaffe in Idlewild meldete dem General telefonisch die Neuigkeit. »Zwei davon sind Polen, der Dritte ein Tscheche.

Das Flugzeug ist der neue russische Typ 428, den sie am letzten Maifeiertag über Moskau gezeigt haben, nur ist dieses hier als Wetterschiff ausgerüstet. Diese drei Kerle sagen, sie hätten die Sache schon fast ein Jahr geplant. Einer von ihnen lebte früher in Hamtramck, und ein anderer hat einen Onkel in Pittsburgh, und sie sprechen alle Englisch.«

»Das ist ja fabelhaft!«, sagte der General. »Aber es ist ein Wunder, dass sie es bis hierher geschafft haben. Eigentlich hätten sie schon lange abgeschossen worden sein müssen.«

»Nun ja«, meinte der Verbindungsoffizier, »sie sagen, sie hätten alles so geplant. Nichts würde den Amerikanern so viel bedeuten wie Weihnachten.«

»Ja«, sagte der General. »Das sind drei schlaue Männer. Wahrhaft weise.«

Originaltitel: *The Christmas Bogey*
Ins Deutsche übertragen von Axel Franken

Der gläubige Killer
Andrew Klavan

Andrew Klavan ist ein weltweit bekannter Thriller-Autor. Neben mehreren Nominierungen wurde er zweimal mit dem Edgar Award ausgezeichnet, zum einen für seinen ersten Krimi *Mrs. White* (1983), den er zusammen mit seinem Bruder Laurence unter dem Pseudonym Margaret Tracy schrieb, verfilmt als *Das Auge des Killers* (*White in the Eye*, 1987) mit David Keith und Cathy Moriarty, zum anderen für *Gefährliche Unschuld* (*The Rain*, 1988), den er als Keith Peterson veröffentlichte. 1992 wurde er mit *Die Augen der Nacht* (*Don't Say a Word*) für den besten Roman nominiert. Auch dieses Buch wurde 2001 unter dem Titel *Sag kein Wort* mit Michael Douglas in der Hauptrolle verfilmt. Den gleichnamigen Film nach seinem Roman *Ein wahres Verbrechen* (*True Crime*, 1995) drehte 1999 Clint Eastwood als Hauptdarsteller und Regisseur. Klavan schreibt immer noch sehr erfolgreiche Thriller und ist darüber hinaus ein eifriger Blogger mit libertär-konservativen Ansichten. *Der gläubige Killer* erschien zuerst in Form eines gedruckten Hefts als Weihnachtsgeschenk für Kunden der New Yorker Krimi-Buchhandlung *The Mysterious Bookshop*.

Der gläubige Killer
Andrew Klavan

Einen gewissen Teil meiner vergeudeten Jugend habe ich im Beruf des Journalismus verplempert. Ich bin nicht stolz darauf, aber ein Mann muss sehen, wie er sich über Wasser hält. Tatsächlich habe ich durch die Arbeit als Reporter so einiges fürs Leben gelernt. Vor allem lernte ich, wie man gleichzeitig vollkommen ehrlich sein und lügen kann. Denn so funktioniert das Geschäft. Es ist nicht etwa so, dass jemand hingeht und einfach Dinge in die Welt setzt – jedenfalls nicht andauernd. Nein, die meiste Zeit lernen Zeitungsleute, wie man Fakten auswählt, was man berichtet und was nicht und was das Gefühl des Lesers, dass diese dämlichen Behauptungen wahr sind, verstärkt oder zumindest die Erkenntnis verzögert, dass alles, was dort gesagt wird, nachweisbar falsch ist. Wenn man einen Menschen sieht, der die Finger in die Ohren steckt und lauthals vor sich hin pfeift, weil er die Wahrheit nicht hören will, kann man davon ausgehen, dass er ein Idiot ist. Wenn er aber einem anderen die Finger in die Ohren steckt und anfängt zu pfeifen, dann ist er ein Journalist.

Als ein Beispiel dafür, was ich meine, nehmen Sie die berühmte Schießerei über dem Mysterious Bookshop in jenem Stadtteil im Herzen Manhattans, der als Tribeca bekannt ist. Aufgrund der dramatischen Umstände, der beteiligten Personen und der Aufsehen erregenden Festnahmen, die sich daran anschlossen, wurde in den Zeitungen und Fernsehnachrichten wochenlang über den Fall berichtet. Jeder Kriminalexperte im Land scheint dazu seine fünf Minuten des Ruhms in den Talkshows genossen zu haben. Zwei komplette Sachbücher wurden darüber geschrieben und mindestens ein Roman. Und neben mehreren Kino- und Fernsehfilmen, die sich von jenem Fall inspirieren ließen, gab es ein Doku-Drama zum Thema nach dem Drehbuch eines Pulitzer-Preisträgers, auch wenn es nie im Kino gezeigt wurde, sondern direkt auf DVD erschien.

Trotz alledem hat niemand die Geschichte richtig verstanden. Oh, einige der Tatsachen hat man ganz gut rekonstruieren können. Aber die Wahrheit, der ist man nicht mal ansatzweise nahegekommen. Warum? Weil die Autoren Journalisten waren und weil die Wahrheit ihr Empfinden verletzte und ihren Vorstellungen von der Welt zuwiderlief.

So schwafelten sie davon, wie die Cosa Nostra von den Prozessen der Achtziger- und Neunzigerjahre geschwächt worden sei und wie neue Banden sich breitgemacht hätten, um sich die verwaisten Pfründe unter den Nagel zu reißen. Sie konzentrierten sich auf Sarkesians »Verrat« an Picarone und spekulierten über die wechselnden Loyalitäten der Unterwelt und ethnische Spannungen. Sie gruben sogar Beweise für eine Art professioneller Rivalität zwischen Sarkesian und dem Mann aus, der als »der Schatten« bekannt ist.

Aber in Wahrheit war dies von Anfang eine Geschichte von Glauben und Vergebung – und eine recht wundersame Geschichte, wenn man das Ende bedenkt. Und das war zu viel für sie – die Journalisten, meine ich. Sie konnten es, ja, wollten es nicht so sehen. Und weil sie es nicht sehen konnten, haben sie die Tatsachen auf eine Weise geschildert, dass auch andere es nicht sehen konnten.

Es liegt daher bei mir, die Geschichte so zu erzählen, wie sie sich tatsächlich zugetragen hat.

Zunächst einmal sei gesagt, dass Sarkesian Christ war, ein frommer Katholik. Sooft er konnte, ging er zur Kommunion, jeden Tag, wenn es möglich war, und mindestens einmal pro Woche zur Beichte. Was er dort beichtete, weiß ich nicht, aber es muss ziemlich interessant gewesen sein; denn abgesehen davon, dass er ein gläubiger Christ war, war Sarkesian auch ein Vollstrecker – ein Killer, wenn es sein musste – für Raymond Picarone. Wie Sarkesian diese beiden verschiedenen Seiten seines Lebens miteinander vereinbarte, lässt sich ganz einfach erklären: Er war dumm. Manche Menschen sind eben so – viele Menschen, wenn Sie mich fragen –, und er war einer von ihnen: dumm wie Bohnenstroh.

Also konnte es passieren, dass Sarkesian am Morgen vor dem Friedensfürsten kniete und den Herrn bat, ihm seine Schuld zu vergeben, wie auch er seinen Schuldigern vergebe; dass er aufmerksam einer Predigt über Liebe und Mitleid lauschte; dass er seine Augen mit kindlicher Freude zu dem Priester erhob, der ihm den Leib Gottes reichte – und dann abmarschierte, um einem von Picarones Schuldigern die Faust in den Mund zu rammen, bis die Zähne des Mannes wie Kieselsteine über den Boden sprangen. Praktisch jeder Journalist, der über die Geschichte berichtete, hat die Ernsthaftigkeit von Sarkesians Glauben in Abrede gestellt, weil er eben so handelte; aber sie irrten sich. Ja, auch wenn es Ihnen seltsam erscheinen mag, wie ein Mensch seinen Glauben in der einen Kammer seines Gehirns und seine Taten in einer anderen bewahren und niemals Letztere im Lichte des Ersteren betrachten kann ... nun, Glückwunsch, Sie haben das Zeug, selbst ein Journalist zu werden.

Nein. Sarkesian betete mit ganzem Herzen und machte seinen Job mit ganzem Herzen, und dass sein Job auch Mord umfasste, wusste jeder, der ihn kannte. Dass er einen solchen Mord effizient und anscheinend ohne Gewissensbisse ausführen konnte, machte ihn bei den Feinden seines Auftraggebers sehr gefürchtet. Es machte ihn auch sehr geschätzt bei seinem Auftraggeber.

»Sarkesian«, pflegte Raymond Picarone mit einem beifälligen Lächeln zu sagen, »ist nicht der Hellste in der Birne, aber wenn man ihm sagt, was zu tun ist, dann erledigt er es.«

Nun geschah es eines Tages, dass das, was für Picarone zu erledigen war, der Mord an einem jungen Mann namens Steven Bean war. Bean war ein kleiner Laufbursche in Picarones Organisation und eine schmierige Ratte, selbst nach den Maßstäben jener Gesellschaft. Zum dritten Mal innerhalb von sechs Monaten hatte Picarone Bean dabei ertappt, dass dieser etwas von seinem Gewinn für sich abschöpfte, und daher beschlossen, ein Exempel an ihm zu statuieren.

So ließ er sich Sarkesian in seinen Herrenclub auf der West 45th Street kommen und sagte zu ihm: »Sarkesian ... Stevie B ... es läuft nicht gut ... müssen da eine Regelung finden.« Picarone redete immer in solchen unvollständigen Halbsätzen, um irgendwelche Gesetzeshüter zu verwirren, die vielleicht mit elektronischen Mitteln sein Gespräch mithörten.

Leider war Sarkesian, der, wie gesagt, nicht der Hellste war, häufig ebenfalls verwirrt. »Eine Regelung«, wiederholte er langsam, wobei er das Wort zerkaute, als wäre es eine feste Masse, und mit seinen schweren Lidern blinzelte.

»Ja, ja«, sagte Picarone ungeduldig. »Bean und wir … ich glaube, das war's … du verstehst, was ich meine? Es hat keinen Zweck … wir müssen uns von ihm trennen.«

Sarkesian blinzelte wieder und leckte sich unsicher die dicken Lippen.

»Mach ihn alle!«, knurrte Picarone. »Würdest du ihn bitte einfach umbringen? Gott, kapierst du denn gar nichts?«

Sarkesians Miene hellte sich auf, da er nun begriff, was von ihm verlangt wurde, und er trollte sich.

Es war Mitte Dezember, und die Stadt war im Weihnachtsfieber. Über der Fifth Avenue und 57th Street hing die große Schneeflocke, und an der Eisbahn im Stadtzentrum funkelte der große Weihnachtsbaum in allen Farben. Riesige Girlanden schmückten die Seiten einiger Gebäude, an anderen erstrahlten vielfarbige Lichter. Die ganze Woche schon waren erste Schneeflocken vom Norden hergeweht, genug um der Stadt ein winterliches Flair zu geben, aber nicht so viele, dass sie einem auf die Nerven gegangen wären oder den Verkehr aufgehalten hätten.

Als somit Steven Bean eines frühen Abends in seinem kleinen Ein-Zimmer-Apartment in der Upper West Side erwachte und ans Fenster wankte, fiel sein Blick auf eine fröhlich-weihnachtliche Szenerie. Schnee lag in der Luft, und Lichter schienen in den Fenstern der Apartmenthäuser auf der anderen Straßenseite. An den Türen hingen grüne Girlanden, und von der Straßenecke, wo Santa Claus stand, wehte der Klang eines Glöckchens herüber.

Wer leider auch hereinschneite, war Sarkesian, der über den Bürgersteig marschiert kam, um ihm das Lebenslicht auszublasen.

Steven war sich seiner Schuld voll bewusst, wie es uns allen oft ergeht, auch wenn er dieses Bewusstsein weitgehend in den Hintergrund gedrängt hatte, wie wir es gleichfalls alle gerne tun. Aber als er Sarkesian, die großen Schultern gegen den Wind gebeugt, mit den Händen in den Taschen heranstapfen sah, schoss das Schuldbewusstsein wieder an die Oberfläche und ihm direkt vor Augen, und Steven war sich völlig klar, was der Vollstrecker mit ihm vorhatte.

Er sprang vom Sofa, streifte hastig die Jeans über seine dürren Beine und zwängte seine Füße in die Sneaker. Er hatte bereits ein Sweatshirt an und war dabei, sich eine blaue Skijacke überzuziehen, als er aus dem Apartment stürmte. Während er die Treppen hinaufrannte, vernahm er, wie drei Stockwerke tiefer die Haustür zuschlug. Als er den nächsten Absatz erreichte, hörte er hinter sich Sarkesians schwere Schritte näher kommen.

Vom obersten Stockwerk führte eine Leiter zu einer Luke hinauf. Steven kletterte sie rasch hoch, stieß die Luke auf und stieg hindurch aufs Dach.

Über ihm öffnete sich der weiße Himmel, und die wirbelnden Flocken fielen kalt auf sein Gesicht. Steven hastete durch die kühle Luft, vorbei am Wasserspeicher, bis zum Rand des Daches und sprang über einen schmalen Spalt auf das Dach des Nachbargebäudes. Dort stieg er durch eine andere Dachluke und eine weitere Leiter hinunter und lief dann durchs Treppenhaus bis nach unten. Wenige Augenblicke später rannte er bereits über den feuchtdunklen Bürgersteig und schlängelte sich zwischen den heimkehrenden Passanten hindurch. Die Straßenlaternen gingen an, während er weiterlief, und ließen den fallenden Schnee weiß vor dem dunklen Himmel erglitzern.

Im Laufen fragte sich Steven, was er nun tun sollte, aber es war in Wirklichkeit eine rhetorische Frage. Es gab nur einen Ort, den er aufsuchen konnte: das kleine Theater, wo er seine jüngere Schwester finden würde.

Hailey Bean war Mitte zwanzig und an dem Punkt, wo ihr allmählich klar wurde, dass sie nie eine erfolgreiche Schauspielerin werden würde. Sie war ein nettes Mädchen, freundlich, sanft und liebenswert und dabei bodenständig und ehrlich. Was heißt, dass sie für ein Leben im Showgeschäft völlig ungeeignet war.

Derzeit jedoch probte sie für eine kleine Nebenrolle in einem früher mal populären Stück, das in einem Off-(um nicht zu sagen Off-Off-)Broadway-Theater wiederbelebt werden sollte. Haileys Rolle war die eines Engels. Am Ende des ersten Akts sollte sie an einem Geschirr festgebunden von oben auf die Bühne herabgelassen werden. In der Luft schwebend würde sie dann Worte der Prophezeiung sprechen, ehe der Vorhang des ersten Akts fiel. Der ganze Auftritt dauerte nur fünfundvierzig Sekunden – mit einem weiteren Auftritt von ungefähr gleicher Länge im zweiten Akt –, aber an ihm hing das ganze Stück. Ein aufwendiges Kostüm – ein goldgesäumtes weißes Gewand mit zwei riesigen Engelsflügeln – war entworfen worden, um Haileys attraktive, doch nicht sonderlich eindrucksvolle Figur besser zur Geltung zu bringen, und elektronische Verstärkungs- und Halleffekte sollten ihre angenehme, aber nicht gerade ehrfurchtgebietende Stimme verstärken.

Hailey sprach gerade hinter der Bühne des Theaters mit dem Bühnentechniker, als Steven die Hintertür aufriss. In dem Bemühen, so wenig wie möglich aufzufallen, drückte er sich in eine dunkle Ecke – wo er nur um so mehr Aufsehen erregte, indem er flüsternd und heftig gestikulierend die Aufmerksamkeit seiner Schwester auf sich zu lenken versuchte.

Der unterschiedliche Charakter von Hailey und ihrem Bruder lässt sich vielleicht zumindest teilweise damit erklären, dass sie genau genommen nur Halbgeschwister waren. Steven hatte den erbitterten Scheidungskampf seiner Elten mitgekriegt, während Hailey in der zweiten, stabileren Ehe ihrer Mutter und einer liebevolleren Umgebung aufgewachsen war. Hailey war sich dessen bewusst und empfand Mitgefühl für ihren Bruder. Aber sie wusste auch, dass er unehrlich, rücksichtslos und gefährlich war, außerstande, für sie mehr als eine Art wimmernden, zischenden Neid und Angst vor ihrer Anständigkeit zu empfinden, Gefühle, die in Hass umzukippen drohten, wenn sie ihm irgendetwas verweigerte, das er von ihr wollte.

»Er ist hinter mir her«, waren die ersten Worte, die er keuchend hervorstieß.

»Jetzt beruhige dich erst mal.« Hailey fasste ihn sanft beim Arm. »Wer ist hinter dir her?«

»Sarkesian. Er will mich umbringen.«

Hailey schluckte und straffte sich. Sie zweifelte nicht an dem, was er sagte. Sie kannte ihn zu gut. »Wie kann ich dir helfen?«

»Versteck mich!«, winselte Steven.

»Steven, wo soll ich dich verstecken? Mein Apartment ist der erste Ort, wo er dich suchen wird.«

»Du hast doch sicher Freunde!«

»Oh, Steven, ich kann dich nicht zu meinen Freunden schicken, wenn ein Killer hinter dir her ist.«

»Dann gib mir wenigstens etwas Geld, damit ich mich absetzen kann.«

»Ich habe kein Geld mehr.«

»Ich bin dein Bruder, und jemand will mich kaltblütig umbringen, und du willst keinen Finger für mich krumm machen?«, wimmerte Steven.

Hailey seufzte. Sie wusste, dass er nur versuchte, ihr Schuldgefühle einzureden, aber dass sie es wusste, machte die Sache nicht besser: Sie fühlte sich trotzdem schuldig. Insbesondere weil sie, wie sie sich selbst eingestehen musste, nicht vollkommen ehrlich mit ihm war, was das Geld betraf.

Hailey arbeitete tagsüber als Angestellte im Mysterious Bookshop, einer Buchhandlung in der Warren Street in Downtown New York, die sich auf Kriminalliteratur spezialisiert hatte. Weil Hailey hübsch, effizient und hinreißend weiblich war, hatte der väterliche Besitzer des Ladens sie in sein Herz geschlossen. Um ihr zu helfen, hatte er ihr eine günstige Wohnung im selben Haus wie der Laden besorgt, und so waren ihre Mietkosten und Ausgaben relativ gering. Zwar war es richtig, dass sie Steven vor sechs Monaten, als er Probleme mit Picarones Buchmachern bekommen hatte, fast ihre gesamten Ersparnisse ausgehändigt hatte, aber Hailey hatte durch Überstunden und Verzicht auf Luxusartikel seitdem tatsächlich wieder ein bisschen ansparen können. Allerdings hatte sie das starke Gefühl, dass sie das Geld sehr bald brauchen würde. Ohne sich dessen voll bewusst zu sein, hatte sie Pläne zu schmieden begonnen, ihre Schauspielerkarriere an den Nagel zu hängen und wieder auf die Schule zu gehen.

Sie zögerte ein paar weitere Sekunden, aber sie konnte Stevens panischem Blick, seinem anklagenden Gewinsel und ihren eigenen Schuldgefühlen nicht entrinnen. Schließlich sagte sie: »In Ordnung. Ich kann jetzt hier nicht weg. Aber komm um neun zurück, wenn die Probe vorbei ist, und dann gehen wir zur Bank, und ich gebe dir, was ich habe.«

Steven wimmerte und bettelte noch ein bisschen weiter, in der Hoffnung, sie überreden zu können, jetzt gleich mit ihm zur Bank zu gehen oder ihm ihre Scheckkarte zu überlassen, aber Hailey ließ sich nicht erweichen, und schließlich verdrückte er sich nach draußen in den Schnee.

An einem anderen Tag hätte er sie vielleicht davon überzeugen können, gleich mitzukommen. Aber für diesen Abend war eine spezielle Probe angesetzt, die vor allem die Figur betraf, die sie darstellen sollte. Und so begab es sich, dass Hailey ungefähr eine Stunde nach dem Gespräch mit ihrem Bruder in ein weißgoldenes Gewand mit Engelsflügeln gekleidet mitten in der Luft ungefähr drei Meter hoch über der Bühne hing.

Sie war allein. Die anderen Schauspieler waren bereits gegangen. Nur der Regisseur und der Bühnentechniker waren noch da, und sie saßen im Dunkeln in der Kabine hinter dem obersten Rang. Sie hatten den Echo-Effekt für Haileys Stimme eingepegelt und besprachen nun verschiedene Möglichkeiten der Beleuchtung, doch von Haileys Position aus war ihre Unterhaltung nicht zu hören. Das Theater ringsum war still. Außerdem lag der ganze Raum völlig im Dunkeln, außer wenn ein Scheinwerfer angeschaltet wurde und Hailey in ihrem prächtigen Flügelkostüm aufleuchten ließ. Der Lichtkegel erfasste sie einen Moment mit seinem hellen Schein, während der Regisseur die Wirksamkeit der Intensität und Farbe des Lichts prüfte. Dann ging das Licht wieder aus, und der Techniker und er setzten ihre unhörbare Diskussion fort.

Für Hailey war es eine ziemlich langweilige Angelegenheit. Und weil das Geschirr, an dem sie hing, in das Fleisch unter ihren Armen schnitt, war es auch eine ziemlich unbequeme Stellung. Um sich abzulenken, ging sie im Stillen immer wieder ihren Text durch, aber da sie nur vier Zeilen zu sagen hatte, begannen ihre Gedanken zu wandern. Sie dachte natürlich an Steven, an die Gefahr, in der er sich befand, und die Probleme, die er als Kind gehabt hatte, und an sein verpfuschtes Leben. Sie dachte an das Geld, das sie ihm geben wollte, und wie hart sie dafür gearbeitet hatte und wie lange sie brauchen würde, um wieder etwas zu sparen. Sie grämte sich, dass sie wohl nie einen Weg finden würde, ihr Leben zu verbessern. Ja, wenn sie nur ein klein wenig mehr als ein Jahrzehnt in die Zukunft hätte blicken können, dann hätte sie sich selbst als Herrin eines großen Anwesens im Nordwesten Connecticuts sehen können und als stolze Mutter von nicht weniger als fünf Kindern und Frau eines Mannes, der mehr Liebe und Dankbarkeit für sie empfand, als ich es beschreiben kann. Aber im gegenwärtigen Augenblick lag dies alles noch verborgen in den Nebeln der Zeit, und sie hing voller Angst und Sorgen in der Dunkelheit.

In diesem Augenblick sah sie einen hellen Lichtstreifen in den Mittelgang des Zuschauerraums fallen. Irgendjemand – ein Mann – hatte die Tür vom Foyer aus geöffnet, und sie hatte keinen Zweifel, um wen es sich handelte. Ein Kerl von dieser Größe mit solch einer Gestalt – das war mit Sicherheit dieser Sarkesian, von dem ihr Bruder gesprochen hatte, der Killer, der gekommen war, um ihn zu töten.

Von ihrer luftigen Position aus sah Hailey, wie der Mann langsam den Gang hinunterkam, zweifellos auf der Jagd nach Steven. Sie hielt den Atem an. Ihr Herz klopfte in der Brust. Der Killer kam näher, bis er dicht vor der Bühne stand. Unmittelbar unter ihr blieb er stehen. Sarkesian ließ den Blick nach rechts und links schweifen, von einer Seitenbühne zur anderen. Hailey zitterte vor Angst, er könnte die Augen heben und sie sehen.

Und dann ging der Scheinwerfer an.

Plötzlich, zu Haileys Entsetzen, war sie komplett sichtbar, hilflos und lächerlich in ihrem weiß-goldenen Gewand mit den großen Engelsflügeln an ihren Seiten in der Luft hängend.

Sarkesian blickte auf – und Hailey war überrascht, als sie sah, dass er noch entsetzter zu sein schien als sie. Er stieß einen Schrei aus. Er riss seine riesigen Prankenhände hoch. Er taumelte zurück, als hätte er Angst, Hailey würde ihn auf der Stelle zu Boden schmettern. Zitternd stand er da, unfähig sich zu rühren, und starrte mit einer Mischung aus Schrecken und Ehrfurcht zu ihr hoch.

Hailey begriff sofort, was geschehen war – begriff, was Sarkesian zu sehen meinte, und erkannte zugleich die unglaubliche Frömmigkeit und noch unglaublichere Dummheit eines Mannes, der imstande war, so etwas zu glauben. Mit einer gedankenschnellen Reaktion hob sie den Arm und deutete streng mit dem Finger auf ihn.

»Sarkesian!«, donnerte sie – und der Echoeffekt, den der Regisseur eingeschaltet gelassen hatte, verstärkte ihre Stimme, sodass sie vom Boden bis zum Dachgestühl vibrierte. »Sarkesian – bereue!«

Und dann, wie gelenkt von einer höheren Macht als der des Regisseurs, erlosch das Licht des Scheinwerfers wieder.

Hailey konnte nicht sehen, was als Nächstes geschah. Das Licht hatte sie einen Moment lang geblendet. Aber sie hörte, wie Sarkesian ein unmenschliches Wimmern ausstieß – und im nächsten Augenblick hörte sie, wie sein riesenhafter Körper sich rumpelnd durch den Mittelgang entfernte, als er panikerfüllt den Weg ins Freie suchte.

Die Tür am Ende des Saales wurde aufgerissen. Sarkesians massive Silhouette erfüllte den lichterhellten Türrahmen. Dann war er fort. Nur noch das Licht war zu sehen. Die Tür schloss sich. Dunkelheit brach wieder herein.

Nicht einen Blick warf Sarkesian zurück. Er sah nicht nach rechts oder links. Er rannte aus dem Theater und auf die Straße und wäre fast von einem vorbeifahrenden Taxi erfasst worden. Das Nächste, woran er sich erinnerte, war, wie er über der Kühlerhaube des Taxis hing, sich mit beiden Händen gegen das nasse Metall stützte und durch die Windschutzscheibe den erschrockenen Fahrer anstarrte. Er wedelte wild mit dem Arm, um den Taxifahrer vom Weiterfahren abzuhalten, während er zur Seitentür des Autos stolperte, sie aufriss und sich auf den Rücksitz fallen ließ. Keuchend nannte er dem Fahrer seine Adresse. Den ganzen Weg nach Hause über saß er zusammengekauert, zitternd und wimmernd in einer Ecke des Fonds.

Vielleicht finden Sie das zum Lachen. Aber selbst außerhalb des Journalismus sind Wahrheit und Fiktion manchmal unentwirrbar miteinander verflochten. Eine Gestalt der Fantasie, ein Mythos, selbst ein Betrug mag uns zu einer mächtigen Offenbarung führen. Bei Licht betrachtet, wie sonst gelangen wir an eine Offenbarung? Wenn Sarkesian durch Haileys geistesgegenwärtige Reaktion ausgetrickst worden war, wenn sie ihn dazu gebracht hatte, in sein Apartment zu taumeln und auf die Knie zu fallen, wenn sie ihn betend und weinend zu der Erkenntnis brachte, dass er sein ganzes Leben lang auf schreckliche Weise gegen Gottes Gebote verstoßen hatte – war diese Erkenntnis weniger wahr durch die Art und Weise, wie sie ihm zuteilgeworden war?

Wie dem auch sei, Tatsache ist, dass er die ganze Nacht auf den

Knien verbrachte. Und als endlich der Tag heraufdämmerte, wusste er genau, was er zu tun hatte.

Er ging zu Picarone. Er fand seinen Boss beim Frühstück mit seiner Frau auf der Terrasse ihres Penthouse. Die Gegenwart der glamourösen und hochherrschaftlichen Mrs. P. schüchterte Sarkesian ein, und er sprach mit gesenktem Kopf, den Blick auf die titanischen Füße gerichtet.

»Kann das nicht, was ich machen soll«, sagte er mit langsamer, dumpfer Stimme. »Ich kann das nicht mehr tun. Die bösen Dinge. Muss jetzt, weiß nicht, gute Dinge tun. Wirklich gute Dinge. Wie die Bibel sagt.«

»O-o-ooh«, sagte Picarone. »Ja. Die Bibel. Sicher. Sicher, Sarkesian. Ich hab verstanden. Wir geben dir jetzt nur noch gute Dinge zu tun. Wie die Bibel sagt, genau.«

Es war, wie Mrs. Picarone später ihren Freundinnen erzählte, anrührend, mit anzusehen, wie Sarkesians großes, aus Granit gehauenes Gesicht unter einem kindlichen Lächeln erstrahlte, als er wie im Traum aus dem Raum schwebte.

Als er fort war, griff Picarone zum Telefon. »He«, sagte er. »Du musst dich für mich um jemanden kümmern ... ein kleines Wiesel namens Steven Bean ... Und bei der Gelegenheit kannst du auch Sarkesian ... na, du weißt schon.«

Der Anruf hatte einem Mann namens Billy Shine gegolten. Allen, die ihn fürchteten, war er als »der Schatten« bekannt. Es gab keinen, der ihn nicht fürchtete. Er war ein hagerer, sehniger Mann mit einem langen Rattengesicht. Er bewegte sich wie Rauch, und ein Teil des Schreckens, den er verbreitete, war auf die Tatsache gegründet, dass er wie aus dem Nichts plötzlich neben einem auftauchen konnte. Er konnte jeden aufspüren, überall, komme, was da wolle. Und wenn er jemanden aufspürte, dann war dieser kurz darauf tot.

Sarkesian hätte ihn niemals kommen sehen. Aber er hatte einen Tipp erhalten – war vorgewarnt worden, dass der Schatten ihm auf den Fersen war. Mrs. Picarone war aufrichtig gewesen, als sie ihren Freundinnen erzählte, Sarkesians schlichter Glaube habe sie angerührt. Sie ging selbst regelmäßig zur Kirche. Manchmal lag sie nachts wach, von Gewissensbissen gequält, wenn sie an den Gegensatz zwischen den Geboten ihres Glaubens und den Quellen ihres Wohlstands dachte. Normalerweise beruhigte sich ihr Gewissen wieder, wenn sie den Inhalt ihres Schmuckkästchens eine Viertelstunde lang durch die Finger gleiten ließ, bis sie wieder schlafen konnte. Aber an diesem Abend reichte das irgendwie nicht aus. Um ihr Gewissen zu erleichtern, machte sie daher einen heimlichen Anruf bei einer Maniküre, mit der Sarkesian manchmal das Bett teilte.

Steven Bean schlief derweil friedlich zusammengerollt auf dem Sofa in seinem Apartment. Ich weiß, Sie glauben, er wäre inzwischen ganz woanders, irgendwo weit weg. Aber nachdem er seiner Schwester das letzte Geld abgenommen hatte, um seine Flucht zu finanzieren, war ihm die brillante Idee gekommen, den Einsatz ein wenig aufzustocken, indem er an einer rund um die Uhr laufenden Pokerrunde teilnahm. Als er am Abend wieder auf die Straße hinaustrat, war er erneut pleite – und so müde, dass er sich selbst einredete, sein Apartment sei inzwischen wohl wieder sicher. Sarkesian hatte ihm bestimmt nur einen Schrecken einjagen sollen. Womöglich war er auch nur in der Gegend gewesen, um jemand anders aufzusuchen. Vielleicht war es ja Stevens eigenes schlechtes Gewissen gewesen, das ihn zu vorschnellen Schlüssen und Panik verleitet hatte, als er den Killer kommen sah. Was er wirklich brauchte, sagte er sich, war eine Mütze Schlaf auf seinem eigenen kleinen Sofa daheim. Und so ging er also wider nach Hause, und nach ein paar Drinks und einem Joint oder zwei war er so müde, dass er wie ein Baby einschlief.

Es ist erstaunlich, was Menschen so alles tun. Es ist erstaunlich, wie wenig Zeit zwischen unseren Handlungen und deren möglichen Folgen liegen kann, bevor die Folgen uns gänzlich aus dem Sinn geraten. Es wurde ein Uhr nachts, und Steven lag immer noch mit den Händen unter dem Kopf auf dem Sofa und schnarchte so tief, dass selbst das Summen der Türklingel ihn nicht aufzuwecken vermochte.

Was ihn aber aufweckte, war das Krachen, als die Tür mit einem Knall aufgetreten wurde und Teile des splitternden Holzrahmens durch das Zimmer flogen. Das ließ ihn hochschießen, sodass er mit vor Schrecken weit aufgerissenen Augen und offenem Mund kerzengerade auf seiner Bettstatt saß. Bevor er ein Wort sagen oder auch nur einen Gedanken fassen konnte, packte ihn jemand am Hemd.

Es war Sarkesian.

»Der Schatten kommt«, sagte der Riese. »Steh auf. Gehen wir.«

Was geschehen war: Sarkesian war durch seine Begegnung mit dem »Engel des Herrn« ein neuer Mensch geworden, und er war entschlossen, ein solcher zu bleiben. Nachdem er die Warnung der Maniküre erhalten hatte, war ihm klar gewesen, dass es nicht ausreichte, sich allein zu retten. Er wusste, dass der Schatten zuerst Steven aufsuchen würde, und begriff, dass er auch ihn beschützen musste. Ein strengerer Moralist, als ich es bin, könnte sich fragen, warum er nicht die Polizei rief. Aber andere hatten die Polizei gerufen, um dem Schatten zu entgehen, und jetzt waren sie tot. Nein, Sarkesian wusste, dass Stevens Sicherheit nun in seinen Händen lag. Also war er jetzt hier und rüttelte ihn wach.

Als er den schrecklichen Namen »der Schatten« hörte, verschwand auch der letzte Rest von Stevens trunkener Selbstzufriedenheit wie ein Pikass unter den Fingern eines Magiers. Er wusste nicht, wieso Sarkesian gekommen war, um ihm zu helfen. Im Augenblick wusste er kaum, wo er war. Aber ihm war klar, dass er wegmusste – und dass es keine sichere Zuflucht vor jemandem wie Billy Shine gab.

Sarkesian wartete nicht ab, bis Steven diese Gedankengänge zu Ende geführt hatte. Er packte ihn am Arm, zog ihm Hose und Sweatshirt über und schleifte ihn aus der Tür. Sie waren schon halb die zweite Treppe hinunter, Sarkesian vorneweg, als er wieder das Wort ergriff.

»Wohin kannst du gehen?«, fragte er Steven über die Schulter.

Und Steven, immer noch benommen vom Schlaf, gab die einzige Antwort, die ihm einfiel. »Tribeca. Über dem Buchladen. Meine Schwester wohnt da.«

Sie wechselten zweimal das Taxi, um einen möglichen Verfolger abzuschütteln. Die letzten paar Blocks gingen sie zu Fuß. Schließlich rannten sie zusammen durch die Kälte. Die Reihe von eleganten Stadthäusern zu ihrer Rechten warf schräge Schatten auf den Boulevard. Weihnachtsschmuck und farbige Lichter hingen in den Fenstern. Und Schnee fiel, eine dünne Schicht, die ihre Schritte dämpfte, während sie rannten.

Als sie sich dem Mysterious Bookshop näherten, sahen sie warmes gelbes Licht aus dessen Schaufenster dringen, das einen länglichen Pfuhl auf dem verschneiten Bürgersteig bildete. Schattenhafte Gestalten bewegten sich hinter der bunten Auslage im Schaufenster. Aus dem Inneren des Ladens waren Stimmengewirr und Lachen zu hören sowie die Melodie eines Weihnachtsliedes: »O Holy Night«.

Mit einem leisen Fluch begriff Sarkesian, was da drinnen los war: eine Weihnachtsfeier.

Einen Augenblick später wurden die Stimmen und die Musik lauter. Die Tür der Buchhandlung öffnete sich. Ein Mann und eine Frau verließen die Feier und winkten über die Schulter zurück, als sie lachend in die Nacht hinaustraten.

Plötzlich wurde Steven hart in eine Nische gepresst. Sarkesians massiver Körper nagelte ihn fest, deckte ihn. So blieben sie dort stehen, bis das Paar sich Richtung West Broadway entfernte.

Als Sarkesian ihn wieder freigegeben hatte, war Steven imstande, seinen Arm so weit zu heben, dass er auf den Namen seiner Schwester auf einem Briefkasten in der Eingangsnische deuten konnte. Sarkesian nickte. Aber Steven drückte nicht auf die Klingel unter Haileys Namen. Er hatte Angst, dass sie ihn abweisen würde. Stattdessen machte er sich an dem Haustürschloss zu schaffen. Seine Finger zitterten vor Angst und Kälte, aber es war kein besonders kompliziertes Schloss. Innerhalb weniger Sekunden hatte er es geöffnet, und sie waren drin.

Die Stimmen und die Musik aus der Buchhandlung drangen durch die Wand. »O Little Town of Bethlehem« folgte ihnen die Treppe hinauf, als Sarkesian und Steven die Stufen zum vierten Stock hochstiegen. Sie liefen den Flur entlang bis zur letzten Tür. Steven schlug mit der Faust dagegen. »Hailey! Ich bin's! Mach auf!«

Einen Moment lang herrschte Stille. Steven wurde von der Angst gepackt, dass auch Hailey auf der Party unten im Buchladen sein könnte. Aber da ertönte gedämpft ihre schläfrige Stimme von drinnen: »Steven?«

»Hailey, bitte! Es geht um Leben und Tod!«

Man hörte, wie eine Kette zurückgezogen wurde. Die Tür öffnete sich einen Spaltbreit …

Und in dem Augenblick spürte Sarkesian, der neben Steven wartete, ein Frösteln in seinem Nacken und wandte sich um.

Am anderen Ende des Flurs stand der Schatten.

Er war dort in der für ihn typischen Art aufgetaucht, ohne Warnung, leise wie Rauch. Und wie Rauch trieb er jetzt auf sie zu.

Sarkesian reagierte sofort. Mit einer Hand stieß er Steven nach vorn, in Haileys Apartment hinein. Mit der anderen zog er seine Pistole.

Der Schatten hatte auch eine Pistole. Er hob sie und richtete sie auf Sarkesian.

»Mach das bloß nicht, Billy Shine!«, schrie Sarkesian.

Er hörte einen lauten Schlag: Der entsetzte Steven hatte die Tür hinter sich zugeknallt, in der Hoffnung, Sarkesian würde den Schatten töten, während er sich drinnen versteckte. Doch das änderte nichts für Sarkesian. Er bewegte sich bereits den Flur hinab auf Shine zu.

Die zwei Killer gingen mit gezückten Pistolen aufeinander zu. Sie waren fünfzig Schritte voneinander entfernt, dann vierzig, dann fünfunddreißig. Sarkesian rief noch einmal: »Mach das nicht!« Der Schatten antwortete mit einem Pistolenschuss. Sarkesian feuerte zurück. Wieder und wieder betätigten die Männer in schneller Folge die Abzüge ihrer Kanonen. Ein Knall vermischte sich mit dem nächsten, ein ohrenbetäubender Lärm in dem engen Gang. Die beiden gingen schießend aufeinander zu, als ob keine

Kugel ihnen etwas anhaben könnte, obwohl das heiße Metall in ihre Körper drang und ihre Eingeweide zerfetzte.

Endlich waren ihnen die Patronen ausgegangen. Jeder von beiden hörte das Klicken einer leeren Kammer. Sie blieben stehen, wo sie waren, keine zehn Schritte voneinander entfernt. Shine senkte den Arm mit der Pistole und Sarkesian ebenso. Shine lächelte. Dann kippte er vornüber auf den Boden, und der Schatten lag tot vor Sarkesians Füßen.

Sarkesian sah ihn kaum an. Er setzte sich wieder in Bewegung und ging weiter, trat über die am Boden liegende Leiche, ohne innezuhalten. Die Pistole entglitt seinen Fingern und fiel mit einem dumpfen Aufprall auf den Teppichboden. Erst als er die Treppe erreichte, schwankte Sarkesian eine Sekunde lang. Er hielt sich am Geländer fest, bis er wieder gerade stand. Dann ging er die Treppe hinunter.

Die ganze Zeit hatte sich im vierten Stock niemand aus seiner Wohnung getraut. Die Leute hatten den Schusswechsel gehört und sich ihren Teil gedacht. Sie hatten die Polizei angerufen und sich bedeckt gehalten. Aber auf den Etagen darunter gingen Türen auf, und Gesichter spähten heraus. Der Klang der Weihnachtslieder aus dem Buchladen wurde lauter: »Silent Night«.

Als die Sekunden vergingen, ohne dass weitere Schüsse fielen, wagten sich auch die Bewohner der vierten Etage aus ihren Löchern. Hailey öffnete ebenfalls die Tür und spähte hinaus. Steven blieb hinter ihr in Deckung und sah ihr über die Schulter.

»Ja!«, stieß er aus und ballte triumphierend die Faust, als er sah, dass der Schatten reglos am Boden lag.

Aber Hailey sagte: »Was ist mit Sarkesian?«

Steven hatte ihr in einem einzigen Satz von seiner Rettung erzählt. Den Rest hatte sie erraten, hatte gemutmaßt, was als Folge ihrer Begegnung im Theater in Sarkesian vorgegangen war. Zartfühlend, wie sie war, hatte sie Mitleid mit dem Mann. Sie hatte das Gefühl, als wäre sie teilweise schuld an den Verletzungen, die er zweifellos davongetragen hatte.

Sie trat aus ihrem Apartment auf den Flur.

»Hailey! Hiergeblieben!«, zischte Steven hinter ihr her und winkte sie hektisch zurück.

Aber Hailey ging vorsichtig weiter, bis sie die Treppe erreichte. Eine Blutspur zog sich über die Stufen. Mit einem leisen besorgten Aufschrei stieg sie die Treppe hinunter.

Sarkesian lag draußen vor der Tür auf dem Rücken. Sein Blut tränkte den Schnee. Die Feiernden im Mysterious Bookshop waren auf die Straße geströmt, um dem Lärm nachzugehen, und standen jetzt um ihn herum. Sirengeheul wurde lauter, als die Polizei anrückte. Die Tür zur Buchhandlung stand offen, sodass »Stille Nacht« durch das Fenster in die Nacht tönte.

Niemand traute sich an den gefallenen Riesen heran. Er lag allein inmitten der Menge. Er blinzelte in die fallenden Schneeflocken hinauf. Sein Atem ging schwer.

Dann kam Hailey zu ihm. Ihr langes weißes Nachthemd bauschte sich hinter ihr. Viele haben gesehen und gehört, was dann geschah. Viele von ihnen haben mit den Journalisten darüber gesprochen, die bald darauf in Scharen die Szene betraten. Und doch wurde in keiner einzigen Zeitung abgedruckt, nicht einmal im Radio oder Fernsehen erwähnt, was dann geschah. Dies hier ist das erste Mal, dass die Geschichte richtig zu Ende erzählt wird.

Hailey kniete sich neben Sarkesian in den Schnee. Sie beugte sich zu ihm nieder. Er regte sich, wandte die Augen zu ihr. Er versuchte zu sprechen. Es ging nicht. Er leckte sich die Lippen und versuchte es erneut.

»Ich sehe ...«, flüsterte er mit rauer Stimme, »einen Engel.«

»Oh, Sarkesian«, sagte Hailey kläglich. »Ich bin kein Engel, nicht wirklich.«

Sarkesian blinzelte und und schüttelte den Kopf. »Nein«, flüsterte er. »Da.« Und mit einem Aufbäumen hob er seine riesige Pranke und zeigte über ihre Schulter gen Himmel.

Dann fiel seine Hand zurück in den Schnee, und er war tot.

Originaltitel: *The Killer Christian*
Ins Deutsche übertragen von
Helmut W. Pesch

Das Weihnachtsgespenst
Fergus Hume

Obwohl Charles Dickens und Wilkie Collins Kriminalromane geschrieben haben, betrachteten weder Verleger noch Buchhändler,
noch Kritiker sie als dem Genre zugehörig. Daher kommt Fergus
Hume die Ehre zu, den Krimi-Bestseller des neunzehnten Jahrhunderts verfasst zu haben, der auch so genannt wurde, *The Mystery of a Hansom Cab* (1886). Er zahlte die Veröffentlichung selbst,
doch der Roman hatte rasch Erfolg, und er verkaufte alle Rechte
daran für fünfzig Pfund Sterling an eine englische Investorengrup-
pe. Hume schrieb noch weitere einhundertdreißig Romane – die
alle vollständig in Vergessenheit geraten sind. *Das Weihnachtsgespenst* erschien zum ersten Mal in der Kurzgeschichtensammlung des Autors mit dem Titel *The Dancer in Red* (London, Digby,
1906).

Das Weihnachstgespenst

Fergus Hume

Nie werde ich das schreckliche Weihnachten vergessen, das ich im
Jahr 93 auf Ringshaw Grange verbrachte. Als Armeearzt habe ich
in fernen Landen schon merkwürdige Abenteuer erlebt und in den
Kleinkriegen, die an den Grenzen unseres Empire ständig geführt
werden, allerhand Grauenhaftes gesehen; doch ein alter Landsitz
in Hampshire sollte zum Schauplatz der denkwürdigsten Episode
meines Lebens werden. Das Erlebnis war schmerzhaft, und ich
hoffe, es wird sich nie wiederholen; doch ein so grausiges Ereignis
wird wahrscheinlich nicht noch einmal geschehen. Falls sich meine
Geschichte mehr wie eine Erzählung denn wie die Wahrheit lesen
sollte, kann ich nur den abgedroschenen Satz zitieren, nach dem
die Letztere merkwürdiger ist als die Erstere. Oftmals in meinem
unsteten Leben habe ich den Beweis dafür angetreten, dass dieses
Sprichwort zutrifft.

Die ganze Angelegenheit entsprang daraus, dass Frank Ringan mir eine Einladung sandte, das Weihnachtsfest mit ihm und
seinem Cousin Percy auf dem Sitz der Familie in der Nähe von
Christchurch zu verbringen. Zu jener Zeit war ich zu einem Hei-

maturlaub aus Indien zurückgekehrt; und kurz nach meiner Ankunft traf ich in der Piccadilly Street zufällig mit Percy Ringan zusammen. Er war ein Australier, mit dem ich vor einigen Jahren in Melbourne gut befreundet war; ein schmucker kleiner Mann mit glattem, blondem Haar und durchscheinendem Teint, der so zerbrechlich wirkte wie ein Bild auf Dresdener Porzellan und doch schneidig und voller Elan war. Er war herzkrank und neigte dazu, gelegentlich in Ohnmacht zu fallen; doch er kämpfte mit stillem Mut gegen seine tödliche Krankheit an, und unter Einhaltung gewisser Vorsichtsmaßnahmen gegen übermäßige Aufregung gelang es ihm, das Leben recht gut zu genießen.

Ungeachtet seiner auffälligen Weichheit und seiner kriecherischen Unterwürfigkeit gegenüber Rang und Namen mochte ich den kleinen Mann wegen seiner vielen guten Eigenschaften sehr gern. Bei dieser Gelegenheit war ich froh, ihn zu sehen, und verlieh meiner Freude Ausdruck.

»Obwohl ich nicht damit gerechnet hätte, Sie in England zu sehen«, sagte ich, nachdem wir die ersten Begrüßungsworte ausgetauscht hatten.

»Ich bin seit neun Monaten in London, mein lieber Lascelles«, erklärte er auf seine übliche affektierte Art, »teils zur Zerstreuung und teils, um meinen Cousin Frank zu besuchen – der mich in der Tat eingeladen hat, aus Australien herüberzukommen.«

»Ist das der reiche Cousin, von dem Sie in Melbourne immer gesprochen haben?«

»Ja. Aber Frank ist nicht reich. Ich bin der Wohlhabende unter den Ringans, doch er ist das Familienoberhaupt. Verstehen Sie, Doktor«, fuhr Percy fort, nahm meinen Arm und sprach im Plauderton weiter, »da mein Vater ein jüngerer Sohn war, wanderte er während des Goldrausches nach Melbourne aus und machte dort sein Glück. Sein Bruder blieb zu Hause auf dem Familiensitz und hatte wenig Geld, um die Würde der Familie zu wahren; daher unterstützte mein Vater das Oberhaupt seiner Familie von Zeit zu Zeit. Vor fünf Jahren starben sowohl mein Onkel als auch mein Vater, und Frank und ich erbten; der eine den Familienbesitz und der andere das australische Vermögen. Daher ...«

»Und jetzt helfen Sie wie Ihr Vater vor Ihnen Ihrem Cousin dabei, die Würde der Familie zu wahren.«

»Allerdings, so ist es«, gestand Percy offen. »Sehen Sie, wir Ringans legen großen Wert auf unsere Abstammung und Stellung. So sehr, dass wir uns gegenseitig als Erben eingesetzt haben.«

»Was meinen Sie?«

»Nun, wenn ich sterbe, erbt Frank mein Geld; und wenn er stirbt, erbe ich die Ländereien der Ringans. Es erscheint seltsam, dass ich Ihnen das alles erzähle, Lascelles; aber wir standen uns in den alten Zeiten so nahe, dass Sie gewiss meinen offensichtlichen Überschwang verstehen.«

Angesichts des Grundes, den Percy für seine Vertraulichkeit anführte, konnte ich mir ein Schmunzeln nicht versagen, besonders, da es ein so schwacher war. Der kleine Mann besaß eine Zunge wie ein Stadtschreier und konnte seine Privatangelegenheiten ebenso wenig für sich behalten wie eine Frau ein Geheimnis. Außerdem war mir vollkommen klar, dass er mich aus seinem tief verwurzelten Snobismus heraus mit der Stellung und langen Ahnenreihe seiner Familie beeindrucken wollte, sowie mit der – zweifellos zutreffenden – Tatsache, dass sie dem Landadel des Königreichs angehörte.

Diese Schwäche zeugte zwar von schlechtem Geschmack, aber

sie war recht harmlos, und ich sah wegen seines Geständnisses nicht auf ihn herab. Dennoch war ich ein wenig gelangweilt, da ich wenig Interesse für die Erörterung solcher Trivialitäten aufbringen konnte, und verließ Percy kurz darauf, nachdem ich versprochen hatte, in der folgenden Woche mit ihm zu Abend zu essen.

Bei diesem Essen, das im Athenaeum Club stattfand, lernte ich das Oberhaupt der Familie Ringan kennen; oder, einfacher ausgedrückt, Percys Cousin Frank. Wie der Australier war er klein und elegant, erfreute sich jedoch weit besserer Gesundheit und besaß nicht die effeminierte Art des anderen. Doch im Großen und Ganzen mochte ich Percy am liebsten, denn Frank strahlte etwas Verschlagenes aus, das mir nicht gefiel; und er bevormundete seinen Cousin aus den Kolonien auf ziemlich herablassende Art.

Letzterer sah mit großer Hochachtung zu seinem englischen Verwandten auf und hätte, da bin ich mir sicher, bereitwillig sein Vermögen hergeschenkt, um das etwas beschlagene Wappen der Ringans wieder zu vergolden. Äußerlich waren die beiden Cousins einander so ähnlich, dass sie einen an Tweedledum und Tweedledee erinnerten; doch nach reiflicher Überlegung kam ich zu dem Schluss, dass Percy der Gutmütigere und Ehrenhaftere der beiden war.

Aus einem unbekannten Grund schien Frank Ringan den Wunsch zu hegen, die Bekanntschaft mit mir zu kultivieren; und auf die eine oder andere Art traf ich ihn während meines Aufenthalts in London recht oft. Schließlich, als ich abreiste, um Verwandte in Norfolk zu besuchen, lud er mich ein, Weihnachten auf Ringshaw Grange zu verbringen – wie sich später zeigen sollte, nicht ohne Hintergedanken.

»Ein Nein akzeptiere ich nicht als Antwort«, erklärte er mit einer Herzlichkeit, die ihm schlecht zu Gesicht stand. »Percy hat als Ihr alter Freund sein Herz daran gehängt, dass ich Sie einlade; und – falls ich das sagen darf – mein Herz hängt ebenfalls daran.«

»Oh, Sie müssen wirklich kommen, Lascelles«, rief Percy eifrig. »Wir wollen Weihnachten auf die echte, alte englische Art feiern. Im Stile Washington Irvings, Sie wissen schon: Stechpalmen, Weihnachtsbowle, Spiele und Mistelzweige.«

»Und vielleicht einem Gespenst oder so«, schloss Frank lachend, aber mit einem Seitenblick zu seinem erwartungsvollen kleinen Cousin.

»Aha«, sagte ich. »Auf Ihrem Grange geht also ein Geist um.«

»Das will ich wohl meinen«, sagte Percy, ehe sein Cousin sich zu Wort melden konnte, »und zwar ein gutes altes Gespenst aus der Zeit von Queen Anne. Kommen Sie zu uns, Doktor, und Frank bringt Sie in dem Zimmer unter, in dem es spukt.«

»Nein!«, schrie Frank so scharf, dass es mich verblüffte. »Ich stecke niemanden in das Blaue Zimmer; das könnte fatale Folgen nach sich ziehen. Sie lächeln, Lascelles, aber ich versichere Ihnen, dass die Existenz unseres Gespensts bewiesen ist!«

»Das ist ein Paradoxon; ein Geist kann nicht existieren. Aber die Geschichte Ihres Gespensts ...«

»... ist zu lang, um sie jetzt zu erzählen«, sagte Frank lachend. »Kommen Sie nach Grange, und Sie sollen sie hören.«

»Sehr gut«, gab ich zurück, denn ich fühlte mich von der Idee eines Spukhauses angezogen. »Sie können zu Weihnachten auf mich zählen. Aber ich warne Sie, Ringan, ich glaube nicht an Gespenster. Geister sind mit dem Gaslicht ausgestorben.«

»Dann müssen sie mit dem elektrischen Licht zurückgekehrt sein«, entgegnete Frank Ringan, »denn es besteht kein Zweifel daran, dass Lady Joan auf Grange umgeht. Ich habe nichts dagegen, da es zum Ruf des Hauses beiträgt.«

»Alle alten Familien haben ein Gespenst«, erklärte Percy wichtigtuerisch. »Das ist ganz natürlich, wenn man bedeutende Vorfahren hat.«

Einstweilen wurde nicht mehr über dieses Thema gesprochen, doch als Endergebnis dieser Unterhaltung fand ich mich zwei oder drei Tage vor Weihnachten auf Ringshaw Grange ein. Um die Wahrheit zu sagen, war ich mehr um Percys als um meiner selbst willen gekommen, da ich wusste, dass der kleine Mann herzkrank war und ein plötzlicher Schock für ihn tödlich sein konnte. Falls in der ungesunden Atmosphäre eines alten Hauses die Bewohner begannen, über Geister und Kobolde zu reden, konnte das gefährliche Folgen für einen so exaltierten und anfälligen Mann wie Percy Ringan zeitigen.

Dies, zusammen mit dem verstohlenen Wunsch, das Gespenst zu sehen, war der Grund, aus dem ich mich als Gast auf Ringshaw Grange wiederfand. Auf eine Weise bedaure ich den Besuch; doch auf eine andere betrachte ich es als Fügung des Schicksals, dass ich dort war. In meiner Abwesenheit hätte die Katastrophe größer ausfallen können, obwohl kaum schrecklicher.

Ringshaw Grange war ein bizarres Gemäuer aus elisabethanischer Zeit, das ganz aus Giebeln, Bleiglasfenstern, Erkern und Söllern zu bestehen schien und aussah wie eine Illustration aus einer alten Weihnachtsgeschichte. Es lag inmitten eines weitläufigen Parks, dessen Bäume fast bis an die Tür reichten, und als ich es zum ersten Mal im Mondschein erblickte – denn ich traf mit einem späten Zug aus London ein –, schien es mir ein geeigneter Wohnort für ein Gespenst zu sein.

Es war der Inbegriff eines Spukhauses, und als ich die Schwelle überschritt, hoffte ich nur, dass das ortsansässige Gespenst sich dieser Umgebung würdig erweisen würde. Ich war überzeugt davon, in einem so interessanten Haus kein langweiliges Weihnachtsfest zu verleben; aber – Gott helfe mir – mit einem so tragischen Ausgang des Festes hätte ich nicht gerechnet.

Da unser Gastgeber Junggeselle war und keine weiblichen Verwandten besaß, die im Hause die Honneurs hätte machen können, waren die Gäste sämtlich männlichen Geschlechts. Allerdings gab es eine Haushälterin – eine entfernte Cousine, wie ich vermutete –, die schon älter war, sich aber sehr jugendlich kleidete und verhielt. Sie wurde Miss Laura genannt, aber niemand bekam sie oft zu Gesicht, da sie sich abgesehen von der Ausführung ihrer Pflichten meist in ihren eigenen Räumen aufhielt.

Also bestand unsere Gesellschaft aus jungen Herren, von denen außer meiner Person niemand über dreißig war und nur wenige mit besonderer Intelligenz begabt waren. Die Gespräche drehten sich größtenteils um Sport, Pferderennen, Großwildjagd und Segeln, sodass ich dieser Themen ab und an überdrüssig wurde und mich in die Bibliothek zurückzog, um zu lesen und zu schreiben. Am Tag nach meiner Ankunft führte mich Frank durch das Haus.

Das Haus war ein wunderbarer alter Kasten mit breiten Fluren, die sich endlos dahinschlängelten wie das Labyrinth des Dädalus, kleinen, altmodisch eingerichteten Zimmern und weitläufigen Empfangssuiten mit polierten Böden und bemalten Decken. Auch die übliche Anzahl Familienporträts sah ernst von den Wänden herunter; außerdem gab es matte Rüstungen und uralte Gobelins, die mit grausigen und schauderhaften Legenden aus der Vergangenheit bestickt waren.

Das alte Haus war mit so seltenen Schätzen vollgestopft, dass ein Antiquar den Verstand verloren hätte, und mit dem Treibgut aus vielen Jahrhunderten angefüllt, und das alles hatte im Lauf der Zeit denselben weichen Farbton angenommen, sodass alles ineinander überzugehen schien. Ich muss sagen, dass ich Ringshaw Grange bezaubernd fand und mich nicht mehr darüber wunderte, dass Percy Ringan so stolz auf seine Familie und ihren vergangenen Ruhm war.

»Das ist alles gut und schön«, sagte Frank, zu dem ich eine Bemerkung in diesem Sinne machte, »Percy ist reich, und wenn ihm dieses Haus gehörte, könnte er es angemessen unterhalten; aber ich bin so arm wie eine Kirchenmaus, und wenn ich nicht reich heirate oder eine große Erbschaft mache, werden Haus und Einrichtung, Park und Wald vielleicht unter den Hammer kommen.«

Während er das sagte, sah er düster drein, und da ich das Gefühl hatte, eine heikle Angelegenheit angesprochen zu haben, wechselte ich hastig das Thema, indem ich ihn bat, mir das berühmte Blaue Zimmer zu zeigen, in dem es angeblich spukte. Dies war das wahre Mekka meine Pilgerreise nach Hampshire.

»Es liegt an diesem Gang«, erklärte Frank und ging voraus, »und nicht weit von Ihrem Quartier entfernt. Nichts darin deutet auf einen Geist hin – jedenfalls nicht bei Tag –, aber dennoch spukt es dort.«

Mit diesen Worten führte er mich in einen großen Raum mit niedriger Decke und einem breiten Fenster mit Aussicht auf den ungepflegten Park, der an dieser Stelle eher einem Wald glich. An den Wänden hingen blaue Stoffe, die mit grotesken Gestalten aus schwarzen Borten oder Fäden bestickt waren; woraus genau, weiß ich nicht. Auch ein großes, altmodisches Bett mit einem Baldachin und gemusterten Vorhängen und eine Anzahl sperriger Möbelstücke aus der frühen georgianischen Epoche befanden sich darin. Nachdem das Zimmer seit vielen Jahren unbewohnt war, wirkte es betrübt und still – falls man diesen Ausdruck gebrauchen darf – und sah in meinen Augen schauerlich genug aus, um ein ganzes Bataillon von Geistern heraufzubeschwören, ein einzelnes Gespenst sowieso.

»Das finde ich nicht!«, erklärte ich auf die Bemerkung meines Gastgebers hin. »Meiner Meinung nach ist es geradezu der Inbegriff eines Raums, in dem es spukt. Wie lautet die Sage dazu?«

»Ich erzähle sie Ihnen an Heiligabend«, gab Ringan zurück. »Es ist eine Geschichte, bei der einem das Blut stockt.«

»Glauben Sie daran?«, fragte ich, überrascht über die ernste Miene des Sprechers.

»Ich habe Beweis genug, der mich zum Glauben nötigt«, entgegnete er trocken und schloss damit das Thema einstweilen ab.

An Heiligabend, als unsere ganze Gesellschaft sich in der Bibliothek um ein gewaltiges Kaminfeuer versammelte, kam es erneut zur Sprache. Draußen lag hoher Schnee, und die kargen Bäume ragten schwarz und blattlos aus der weißen Fläche empor. Der Himmel war von einem kalten Blau voller scharf funkelnder Sterne, und ein hart wirkender Mond stand daran. Auf dem Schnee hoben sich die Schatten miteinander verflochtener Äste schwarz ab wie mit Tusche gezeichnet, und die Kälte war arktisch.

Aber uns, die wir in einem mit Stechpalmen geschmückten Raum vor einem herrlichen Feuer saßen, das tapfer den breiten Kamin hinauftoste, focht die zu Eis erstarrte Welt draußen nicht an. Wir lachten und plauderten, sangen Lieder und erinnerten uns an Abenteuer, bis wir gegen zehn Uhr in eine für Schauergeschichten empfängliche Stimmung verfielen, die gut zu dieser von Kobolden heimgesuchten Jahreszeit passte. So wurde Frank Ringan aufgefordert, die Sage des Hauses zu erzählen, damit uns das Blut in den Adern gefror. Er ließ sich nicht lange bitten.

»Während der Herrschaft der guten Königin Anne«, begann er mit einem dem Thema angemessenen Ernst, »gehörte dieses Haus meinem Vorfahren Hugh Ringan. Er war ein verschlossener Misanthrop, nachdem er als junger Mann durch den Verrat einer Frau enttäuscht worden war. Da er dem schönen Geschlecht misstraute, weigerte er sich viele Jahre lang zu heiraten; erst als er fünfzig Jahre zählte, legten die Reize eines hübschen Mädchens ihm die Fesseln der Ehe an. Die Dame war Joan Challoner, die Tochter des Earl of Branscourt, die als eine der Schönheiten an Königin Annes Hof galt.

Hugh begegnete ihr in London, und angesichts ihrer unschuldigen und kindlichen Erscheinung glaubte er, sie werde ihm eine getreue Ehefrau sein; er heiratete sie, nachdem er ihr sechs Monate lang den Hof gemacht hatte, und brachte sie mit allen Ehren nach Ringshaw Grange. Nach seiner Hochzeit wurde er fröhlicher und misstraute seinen Mitmenschen weniger. Lady Joan war ihm alles, was eine Ehefrau sein kann, und schien ihrem Mann und Kind – denn sie wurde bald Mutter – treu ergeben zu sein. Doch an einem Heiligabend fand all dies Glück ein Ende.«

»Oh«, versetzte ich ein wenig zynisch. »Dann war Lady Joan also auch nicht besser als der Rest ihres Geschlechts.«

»Das dachte Hugh Ringan auch, Doktor; doch genau wie Sie irrte er. Lady Joan bewohnte das Blaue Zimmer, das ich Ihnen kürzlich gezeigt habe; und als Hugh am Heiligabend nach Hause ritt, sah er einen Mann aus dem Fenster steigen. Wie vom Donner gerührt galoppierte er dem Mann nach und stellte ihn, bevor er ein Pferd, das auf ihn wartete, besteigen konnte. Der Kavalier war ein gut aussehender junger Bursche von fünfundzwanzig, der sich weigerte, Hughs Fragen zu beantworten. Hugh, der verständlicherweise glaubte, es mit einem Liebhaber seiner Frau zu tun zu haben, forderte den Fremden zum Duell und tötete ihn nach hartem Kampf.

Er ließ ihn tot im Schnee liegen, ritt zurück nach Grange und stürmte zu seiner Frau hinein, um ihr Untreue vorzuwerfen. Vergeblich versuchte Lady Joan sich zu verteidigen, indem sie erklärte, der Besucher sei ihr Bruder gewesen, der an einer Verschwörung zur Wiedereinsetzung James' II. beteiligt sei und deswegen seine Anwesenheit in England geheim halten wolle. Hugh glaubte ihr nicht und erklärte ihr rundheraus, er habe ihren Liebhaber getötet, worauf Lady Joan in eine Flut von Vorwürfen ausbrach und ihren Mann verfluchte. In seiner Wut auf das, was er für ihre Dreistigkeit hielt, versuchte Hugh zuerst, sie zu töten. Doch dann fand er, dass das nicht Strafe genug sei, und hackte ihr die rechte Hand ab.«

»Warum?«, fragten alle, die nicht mit dieser Information gerechnet hatten.

»Erstens, weil Lady Joan sehr stolz auf ihre schönen weißen Hände war, und zweitens hatte Hugh gesehen, wie der Fremde ihr die Hand – die rechte Hand – geküsst hatte, bevor er aus dem Fenster stieg. Aus diesen Gründen hat er sie so furchtbar verstümmelt.«

»Und sie ist gestorben.«

»Ja, eine Woche, nachdem er ihr die Hand abgehackt hatte. Und sie schwor, sie würde zurückkommen und alle im Blauen Zimmer – also alle, die dort schliefen – berühren, denen der Tod vorbestimmt sei. Sie hielt ihr Versprechen, denn viele Menschen, die in diesem unheilvollen Zimmer geschlafen haben, wurden von der Geisterhand der verstorbenen Lady Joan berührt und starben in der Folge.«

»Hat Hugh herausgefunden, dass seine Frau unschuldig war?«

»Ja«, antwortete Ringan, »und zwar keine vier Wochen nach ihrem Tod. Der Fremde war wahrhaftig ihr Bruder, der an einer Verschwörung zugunsten von James II. beteiligt war, wie sie gesagt hatte. Hugh wurde nicht von Menschenhand für sein Verbrechen bestraft, aber im Lauf des folgenden Jahrs schlief er im Blauen Zimmer und wurde am nächsten Morgen tot aufgefunden. Um sein rechtes Handgelenk zog sich der Abdruck von drei Fingern. Man war der Ansicht, er habe aus Reue den Tod herausgefordert, indem er in dem von seiner Frau mit einem Fluch belegten Zimmer nächtigte.«

»Und er trug ein Mal?«

»Rote Male an seinem rechten Handgelenk, die wie eine Verbrennung aussahen; der Abdruck von drei Fingern. Seit dieser Zeit spukt es in dem Zimmer.«

»Stirbt denn jeder, der darin schläft?«, fragte ich.

»Nein. Viele Menschen sind am Morgen wohlauf und munter aufgestanden. Nur die, die zu einem frühen Tod verurteilt sind, werden davon berührt!«

»Wann geschah das zum letzten Mal?«

»Vor drei Jahren«, lautete Franks unerwartete Antwort. »Ein Freund von mir namens Herbert Spencer wollte in dem Zimmer übernachten. Er sah den Geist und wurde von ihm berührt. Am nächsten Morgen hat er mir die Male gezeigt – drei rote Abdrücke von Fingern.«

»Hat sich das Omen erfüllt?«

»Ja. Spencer starb drei Monate später. Sein Pferd hat ihn abgeworfen.«

Ich wollte noch weitere skeptische Fragen stellen, als wir von draußen Schreie vernahmen, und als die Tür aufgerissen wurde und Miss Laura in großer Aufregung hereinstürzte, sprangen wir alle auf. »Feuer! Feuer!«, schrie sie völlig außer sich. »Oh! Mr. Ringan«, sagte sie, an Percy gerichtet, »Ihr Zimmer brennt! Ich ...«

Mehr brauchten wir nicht zu hören, sondern liefen wie ein Mann hinauf zu Percys Zimmer. Dicker Rauch wälzte sich aus der Tür, und drinnen züngelten Flammen. Frank Ringan jedoch handelte schnell und bewahrte einen kühlen Kopf. Er ließ die Alarmglocke läuten und rief Diener, Stallknechte und Pferdeburschen zusammen, und in zwanzig Minuten war das Feuer gelöscht.

Gefragt, wie das Feuer ausgebrochen sei, schilderte Miss Laura unter viel hysterischem Schluchzen, sie sei in Percys Zimmer gegangen, um sich davon zu überzeugen, dass alles bereit für die Nacht und bequem hergerichtet sei. Unglücklicherweise wehte der Wind einen der Bettvorhänge auf die Kerze zu, die sie in der Hand trug, und innerhalb von Sekunden stand das Zimmer in hellen Flammen. Nachdem Frank Miss Laura beruhigt hatte, die keine Schuld an dem Unglück trug, wandte Frank sich an seinen Cousin. Inzwischen waren wir in die Bibliothek zurückgekehrt.

»Mein lieber Junge«, sagte er, »dein Zimmer steht unter Wasser, und alles ist verkohlt. Ich fürchte, dort kannst du heute Nacht nicht bleiben, aber ich weiß nicht, wo ich dich unterbringen soll, außer, du nimmst das Blaue Zimmer.«

»Das Blaue Zimmer!«, riefen wir alle aus. »Was? Das Spukzimmer?«

»Ja, alle anderen Zimmer sind besetzt. Dennoch, wenn Percy Angst hat …«

»Angst!«, schrie Percy empört. »Ich habe überhaupt keine Angst. Ich schlafe mit dem größten Vergnügen im Blauen Zimmer.«

»Aber der Geist …«

»Der Geist ficht mich nicht an«, unterbrach der Australier ihn nervös auflachend. »In unserem Teil der Welt gibt es keine Gespenster, und da ich noch keines gesehen habe, glaube ich nicht, dass so etwas existiert.«

Wir versuchten ihn alle davon abzubringen, in dem Spukzimmer zu schlafen, und mehrere von uns erboten sich, ihm für die Nacht unser Quartier zu überlassen – Frank eingeschlossen. Doch Percy fühlte sich in seinem Stolz getroffen und war entschlossen, sein Wort zu halten. Wie ich schon sagte, hatte er Schneid, und die Vorstellung, wir könnten ihn für einen Feigling halten, spornte ihn an, sich unseren Beschwörungen zu widersetzen.

Schlussendlich begab er sich kurz vor Mitternacht zum Blauen Zimmer und erklärte seine Absicht, darin zu schlafen. Angesichts solcher Hartnäckigkeit blieb nichts mehr zu sagen, und so zogen wir uns einer nach dem anderen zurück, ohne zu ahnen, was noch vor dem Morgen geschehen sollte. Also hatte das Blaue Zimmer an Heiligabend einen unerwarteten Bewohner.

Nachdem ich nach oben gegangen war, konnte ich nicht schlafen. Die Geschichte, die Frank Ringan erzählt hatte, beschäftigte meine Fantasie, und der Gedanke, dass Percy in diesem unheimlichen Zimmer schlief, machte mich nervös. Ich selbst glaubte nicht an Geister, und Percy, soweit ich wusste, ebenfalls nicht; aber der kleine Mann war herzkrank – und unsere Geistergeschichten hatten ihn in große Aufregung versetzt –, und falls in diesem Zimmer etwas Ungewöhnliches vorfiel – selbst wenn es natürlichen Ursprungs wäre –, konnte der Schock fatale Auswirkungen auf seinen Bewohner haben.

Mir war klar, dass Percy sich aus Stolz weigern würde, das Zimmer zu räumen, doch ich war entschlossen, ihn nicht darin schlafen zu lassen; und nachdem das Zureden nichts gefruchtet hatte, griff ich zu einer List. Ich führte meine Hausapotheke mit mir, nahm sie aus meinem Handkoffer und bereitete ein starkes Betäubungsmittel zu. Dieses ließ ich auf dem Tisch stehen und ging zum Blauen Zimmer, das, wie schon erwähnt, nicht sehr weit entfernt von meinem lag.

Auf mein Klopfen hin öffnete Percy die Tür. Er trug einen Pyjama, und ich erkannte auf den ersten Blick, dass die geisterhafte Atmosphäre bereits an seinen Nerven zehrte. Er wirkte blass und besorgt, aber er hatte die Lippen trotzig zusammengepresst und würde sich meinen Vorhaltungen wahrscheinlich widersetzen. Doch aus Diplomatie machte ich ihm keine, sondern brachte einfach mein Anliegen vor; tatsächlich sogar unverblümter als nötig.

»Kommen Sie mit in mein Zimmer, Percy«, sagte ich, als er erschien, »und lassen Sie sich etwas für Ihre Nerven geben.«

»Ich habe keine Angst!«, entgegnete er trotzig.

»Wer sagt denn das?«, erwiderte ich heftig. »Sie glauben nicht mehr an Geister als ich, warum sollten Sie also Angst haben? Aber nach dem Feueralarm sind Ihre Nerven angegriffen, und ich möchte Ihnen etwas zur Beruhigung geben. Sonst finden Sie keinen Schlaf.«

»Gegen einen beruhigenden Trank hätte ich sicher nichts«, sagte der kleine Mann. »Haben Sie ihn hier?«

»Nein, in meinem Zimmer, ein paar Meter entfernt. Kommen Sie.«

Getäuscht durch meine Rede und mein Auftreten folgte Percy mir in mein Zimmer und schluckte fügsam die Medizin. Unter dem Vorwand, er dürfe unmittelbar nach dem Trank nicht gehen, setzte ich ihn in einen bequemen Lehnsessel. Mein Experiment war erfolgreich, denn in weniger als zehn Minuten schlief der arme kleine Mann unter dem Einfluss des Betäubungsmittels fest. Als er auf diese Weise hilflos war, legte ich ihn auf mein Bett, überzeugt davon, dass er erst spät am nächsten Tag aufwachen würde. Nachdem meine Aufgabe erfüllt war, löschte ich das Licht und begab mich selbst in das Blaue Zimmer, denn ich beabsichtigte, die Nacht dort zu verbringen.

Man mag fragen, warum ich das tat, während ich mit Leichtigkeit auf dem Sofa in meinem eigenen Zimmer hätte nächtigen können; aber Tatsache ist, dass ich darauf brannte, in einem Spukzimmer zu schlafen. Ich glaubte nicht an Geister, da ich noch nie einen gesehen hatte, aber da sich mir hier die Chance bot, mit einem echten Phantom zusammenzutreffen, mochte ich mir die Gelegenheit nicht entgehen lassen.

Daher bezog ich, als ich sah, dass Percy für die Nacht in Sicherheit war, Quartier im Revier des Geistes, sehr neugierig, aber – wie ich mit Sicherheit sagen kann – ohne Angst. Dennoch nahm ich für den Fall, dass die jungen Dummköpfe im Haus zu Streichen aufgelegt waren, meinen Revolver mit. So vorbereitet schloss ich die Tür des Blauen Zimmers ab, legte mich zu Bett und ließ die Kerze brennen. Den Revolver steckte ich unter mein Kissen, um ihn, falls es notwendig würde, rasch zur Hand zu haben.

»Jetzt«, sagte ich mir finster, während ich es mir bequem machte, »bin ich bereit für Geister, Kobolde oder Scherzbolde.«

Lange lag ich wach und starrte die wunderlichen Gestalten auf den blauen Draperien des Raums an. In dem blassen Schein der Kerze wirkten sie unheimlich genug, um jedermanns Nerven zu strapazieren; und als die Wandbehänge im Luftzug flatterten, schienen sich die Gestalten zu bewegen, als wären sie lebendig. Allein wegen dieses Anblicks war ich froh, dass Percy nicht in diesem Zimmer genächtigt hatte. Ich konnte mir gut vorstellen, wie der arme Mann mit bleichem Gesicht und pochendem Herzen in dem riesigen Bett gelegen, auf jedes Knarren gelauscht und den an den Wänden wabernden fantastischen Stickereien zugesehen hätte. So mutig er auch war, ich bin mir sicher, dass die Geräusche und der Anblick dieses Zimmers seine Nerven beansprucht hätten. Ich fühlte mich trotz meiner Skepsis selbst nicht besonders wohl.

Als die Kerze ziemlich tief heruntergebrannt war, schlief ich ein. Ich weiß nicht, wie lange ich schlummerte, doch ich erwachte mit dem Eindruck, dass sich jemand oder etwas im Zimmer befand. Die Kerze war fast bis auf den Halter heruntergebrannt, und die Flamme flackerte und hüpfte ruckartig, sodass das Zimmer in einem Moment erleuchtet wurde und im nächsten fast dunkel dalag. Ich hörte leise Schritte durch das Zimmer kommen, und in einem jähen Aufflackern der Kerze erblickte ich eine kleine Frau, die neben dem Bett stand. Sie war in ein Gewand aus geblümtem Brokatstoff gekleidet und trug den hohen Kopfputz einer Frau aus der Queen-Anne-Zeit. Ihr Gesicht konnte ich kaum erkennen, da die Kerzenflamme nur kurz hochgeschossen war; aber ich spürte das, was die Schotten einen Todesschauer nennen, als mir klar wurde, dass dies wahrhaftig der Geist von Lady Joan war.

Als das Licht der verlöschenden Kerze abermals aufflammte, sah ich, dass der Geist näher gekommen war und spürte mehr, als ich es sah, wie er sich über mich beugte. Ein schwacher Moschushauch lag in der Luft, und ich hörte im Halbdunkel das leise Rascheln der Brokatröcke. Im nächsten Moment fühlte ich, wie ein glühender Schmerz sich meines rechten Handgelenks bemächtigte, und der plötzliche Schmerz riss meine Nerven aus ihrer Lähmung.

Mit einem Aufschrei wälzte ich mich davon, fort von dem Geist, riss mein Handgelenk aus diesem grausigen Griff und tastete, fast wahnsinnig vor Schmerz, mit meiner linken Hand nach dem Revolver. Als ich ihn ergriff, flackerte die Flamme ein letztes Mal auf, und ich sah, wie der Geist davonglitt, auf die Wandbehänge zu. Sekundenschnell hob ich den Revolver und feuerte. In nächsten Moment erscholl ein heftiger Schrei voll Entsetzen und Schmerz, dann fiel ein schwerer Körper zu Boden, und fast noch bevor mir klar wurde, wo ich mich befand, stand ich draußen vor der Tür des Spukzimmers. Um auf mich aufmerksam zu machen, feuerte ich den Revolver noch einmal ab, während in der Finsternis das Ding auf dem Boden grauenerregend stöhnte.

Sekunden später kamen Gäste und Dienstboten, alle in verschiedenen Stadien der Entkleidung, mit Lichtern in den Händen den Flur entlanggelaufen. Ein Stimmengewirr erhob sich, und ich brachte ein paar unzusammenhängende Worte der Erklärung heraus und trat als Erster ins Zimmer. Dort, auf dem Boden, lag der Geist, und wir senkten die Kerzen, um in sein Gesicht zu sehen. Als ich erkannte, wen ich vor mir hatte, richtete ich mich mit einem Aufschrei auf.

»Frank Ringan!«

Es war in der Tat Frank Ringan, mit Perücke und Brotkatkleid als Frau verkleidet. Mit gespenstischer Miene sah er mich an, und sein Mund arbeitete nervös. Mühsam stützte er sich auf die Hände und versuchte zu sprechen – um zu gestehen oder sich zu rechtfertigen, weiß ich nicht. Doch der Versuch war zu viel für ihn, denn ein erstickter Schrei kam über seine Lippen, ein Blutschwall schoss aus seinem Mund, und er sackte zurück, tot.

Über die restlichen Ereignisse dieser schrecklichen Nacht breite ich den Mantel des Schweigens. Von einigen Dingen spricht man besser nicht. Ich will nur festhalten, dass während des ganzen Grauens und der Verwirrung dank meines starken Schlaftrunkes, der ihm das Leben gerettet hatte, Percy Ringan friedlich wie ein Kind schlummerte.

Im Licht des Morgens klärte sich vieles auf. Wir stellten fest, dass eines der Paneele hinter den Wandbehängen des Blauen Zimmers offen stand und in einen Geheimgang führte, der bei genauer Untersuchung in Frank Ringans Schlafzimmer endete. Auf dem Boden entdeckten wir eine zarte Hand aus Stahl, an der Spuren zeigten, dass sie ins Feuer gehalten worden war. An meinem rechten Handgelenk befanden sich drei ausgeprägte Verbrennungen, die ich ohne Zögern als von der mechanischen Hand verursacht erkannte, die wir neben dem Toten fanden. Und die Erklärung für alles kam von Miss Laura, die mit rasendem Entsetzen auf den Tod ihres Herrn reagierte und in ihrem ersten Ausbruch von Trauer und Angst etwas gestand, von dem ich mir sicher bin, dass sie es in ihren ruhigeren Momenten bedauern würde.

»Das ist alles Franks Schuld«, erklärte sie unter Tränen. »Er war arm und wollte reich werden. Er hat Percy dazu gebracht, sein Testament zu seinen Gunsten zu verfassen, und wollte ihn durch Erschrecken umbringen. Er wusste, dass Percy herzkrank war und ein Schock tödliche Wirkung haben könnte; und so dachte er sich aus, dass Percy an Heiligabend im Blauen Zimmer schlafen solle. Er selbst hat den Geist von Lady Joan mit der brennenden Hand gespielt. Es war eine Hand aus Stahl, die er in seinem eigenen Zimmer erhitzte, um die, die sie berührte, mit einer Narbe zu zeichnen.«

»Wessen Idee war das?«, fragte ich, entsetzt über die teuflische Raffinesse dieses Plans.

»Franks«, antwortete Miss Laura freimütig. »Er hatte versprochen, mich zur Frau zu nehmen, wenn ich ihm helfen würde, durch Percys Tod an das Geld zu kommen. Wir haben festgestellt, dass es einen Geheimgang gibt, der in das Blaue Zimmer führt, daher haben wir vor einigen Jahren die Geschichte erfunden, es spuke dort.«

»Warum denn, in Gottes Namen?«

»Weil Frank immer arm gewesen ist. Er wusste, dass sein Cousin in Australien herzkrank war, und lud ihn nach Hause ein, um ihn durch Furcht umzubringen. Zur Sicherheit sprach er ständig von dem Spukzimmer und erzählte die Geschichte, damit bei Percys Ankunft alles vorbereitet war. Unsere Pläne gingen auf. Percy traf ein, und Frank brachte ihn dazu, das Testament zu seinen Gunsten aufzusetzen. Dann erzählte er ihm die Geschichte von Lady Joan und ihrer Hand, und indem ich gestern Abend Percys Zimmer in Brand setzte, brachte ich ihn dazu, im Blauen Zimmer zu nächtigen, ohne dass es verdächtig wirkte.«

»Sie böses Weib!«, rief ich aus. »Dann haben Sie Percys Zimmer mit Absicht angezündet?«

»Ja. Frank hat versprochen, mich zu heiraten, wenn ich ihm helfen würde. Wir mussten Percy dazu bewegen, im Blauen Zimmer zu schlafen, und das habe ich zuwege gebracht, indem ich sein Zimmer in Brand setzte. Wenn Frank als Lady Joan ihn mit der stählernen Hand berührt hätte, wäre er vor Schreck gestorben, und niemand hätte etwas geahnt. Indem Sie, Dr. Lascelles, in dem Spukzimmer geschlafen haben, haben Sie Percy das Leben gerettet; und doch gehörte es zum Plan, dass Frank Sie hierher eingeladen hat, damit Sie nachher die Leiche untersuchen und einen natürlichen Tod bescheinigen könnten.«

»Hat Frank auch vor einigen Jahren Herbert Spencer das Handgelenk verbrannt?«, fragte ich.

»Ja!«, antwortete Miss Laura und wischte sich die rotgeweinten Augen. »Wir dachten, wenn der Geist auch ein paar anderen Menschen erschiene, würde das Percys Tod natürlicher aussehen lassen. Dass Mr. Spencer drei Monate nach der Berührung durch den Geist starb, war reiner Zufall.«

»Wissen Sie, dass Sie eine sehr böse Frau sind, Miss Laura?«

»Ich bin eine sehr unglückliche«, entgegnete sie. »Ich habe den einzigen Mann verloren, den ich je geliebt habe; und sein erbärmlicher Cousin lebt, um seine Nachfolge als Herr über Ringshaw Grange anzutreten.«

Das war das einzige Gespräch, das ich mit der elenden Frau führte, denn kurz darauf verschwand sie, und ich vermute, sie muss sich ins Ausland abgesetzt haben, da man nie wieder von ihr hörte. Bei der gerichtlichen Untersuchung von Franks Leiche kam die ganze seltsame Geschichte ans Licht, und die Londoner Presse berichtete zur Bestürzung der Geisterseher des Langen und Breiten darüber; denn der Ruhm von Ringshaw Grange als Spukhaus war im Lande groß gewesen.

Ich fürchtete, die Geschworenen könnten mich wegen Totschlags verurteilen, doch die besonderen Eigenheiten des Falles wurden in Betracht gezogen, und man sprach mich von jeder Schuld frei; kurz darauf kehrte ich mit unbeflecktem Ruf nach Indien zurück. Percy Ringan war furchtbar erschüttert, als er vom Tod seines Cousins erfuhr, und schockiert von dessen Verrat. Doch er fand Trost darin, nun das Familienoberhaupt zu sein, und da er heute auf Ringshaw Grange ein beschauliches Leben führt, ist es sehr unwahrscheinlich, dass seine Herzkrankheit ihm ein frühes Ende beschert – und falls doch, wird kein Geist damit zu tun haben.

Das Blaue Zimmer ist verschlossen, denn dort geht jetzt ein böserer Geist um als der von Lady Joan, deren – rein fiktive – Sage Frank so geschickt ersonnen hatte. Dort spukt das Gespenst eines kaltblütigen Schurken, der in seine eigene Falle ging und seinen Tod in genau dem Moment fand, als er den eines anderen einfädelte. Was mich betrifft, so habe ich die Geisterjagd und das Schlafen in Spukzimmern aufgegeben. Nichts wird mich je wieder in Versuchung führen, in diese Richtung zu experimentieren. Ein solches Abenteuer reicht mir für das ganze Leben.

Originaltitel: *The Ghost's Touch*
Ins Deutsche übertragen von Barbara Röhl

Ein Kranz für Marley
Max Allan Collins

Der vielseitige und produktive Max Allan Collins hat Dutzende
von Romanen geschrieben, darunter einige über Nolan, einen Auftragskiller; Mallory, einen Krimiautor, der reale Verbrechen auf-
klärt; Eliot Ness, der als Anführer der »Unbestechlichen« berühmt
wurde; und Nathan Heller, einen Chicagoer Privatdetektiv, der in
wohlbekannte Verbrechen der Ära verwickelt wird und so berühmte Persönlichkeiten wie Orson Welles und die Fächertänzerin Sally
Rand trifft. Er schrieb auch den Dick-Tracy-Comic-Strip, einige
Batman-Comichefte und erschuf die Comic-Privatdetektivin Ms.
Tree. Seine Graphic Novel *Road to Perdition* war die Grundlage des
mit einem Oscar ausgezeichneten Tom-Hanks-Films. *Ein Kranz
für Marley* wurde erstmals in *Dante's Disciples* veröffentlicht, herausgegeben von Peter Crowther und Edward E. Kramer (Clarks-
ton, GA, White Wolf, 1995).

Ein Kranz für Marley

Max Allan Collins

Privatdetektiv Richard Stone hatte nicht viel übrig für Feste oder Feiertage – und erst recht nichts fürs Feiern an Festtagen.

Nichtsdestoweniger beschloss er an diesem Heiligabend im Jahre unseres Herrn 1942, in der bescheidenen Zwei-Zimmer-Suite aus Büroräumen in Wabash, die er sich einst mit seinem verstorbenen Partner Jake Marley geteilt hatte, eine kleine Party zu schmeißen.

Anwesend bei den Feierlichkeiten waren seine rötlich blond gelockte, schnuckelige Sekretärin Katie Crockett und sein unverbrauchter junger Partner Joey Ernest. Der Letzte, der eintraf, war sein bester Freund (zumindest seit Jake gestorben war), der vierschrötige Ermittler der Mordkommission Sgt. Hank Ross.

Katie hatte ein bisschen Lametta aufgehängt und einen kleinen Baum neben ihrem Empfangsschalter aufgestellt. In diesem Augenblick stieß die kleine Gruppe mit einem weihnachtlichen, stark mit Rum versetzten Eierflip an. Die Laune des auf finstere Weise attraktiven Stone war gut – erst heute Morgen war er dank seiner Senkfüße als untauglich erklärt worden.

»Jeder Plattfuß sollte 4-F kriegen!«, lachte er.

»Was hast du gemacht?«, fragte Ross. »Den Arzt der Musterungskommission bestochen?«

»Was kümmert's dich?« Stone grinste. »Ihr Cops werdet doch automatisch zurückgestellt!«

Und die beiden Männer stießen an.

In Wirklichkeit war das Bestechen des Arztes der Musterungskommission exakt das, was Stone gemacht hatte; aber er sah keine Notwendigkeit, es zu erwähnen.

»Zum Teufel«, sagte Joey – und aus dem Mund dieses Kindes war das ein ordentlicher Fluch –, »ich wünschte, ich *könnte* gehen! Wenn nicht dieses verdammte perforierte Trommelfell wäre ...«

»Du und Sinatra!«, lachte Stone.

Katie sagte nichts; ihr Blick ruhte auf dem gerahmten Bild auf ihrem Schreibtisch – ihr junger Bruder Ben, der Weihnachten irgendwo im Pazifik verbrachte.

»Ich habe Geschenke für euch alle«, sagte Stone und reichte Umschläge herum.

»Was ist das?«, fragte Joey verwirrt, und als er seinen Umschlag öffnete, fand er einen Zettel mit einem Namen und einer Adresse an der South Side.

»Der beste Schwarzmarktschlachter in der Stadt«, erklärte Stone. »Du und deine bessere Hälfte samt Nachwuchs können das nächste Jahr mit ein paar Filets beginnen, auf mich.«

»Da käme ich mir komisch vor ... es ist nicht legal ...«

»Jesus! Wie kannst du so ein Spießer sein und trotzdem für mich arbeiten? Du hast Glück, dass Arbeitskräfte knapp sind, Kleiner!«

Ross, den Umschlag offen, blätterte fünf Zwanzig-Dollar-Scheine durch. »Du weißt einfach immer, was du mir besorgen kannst, Stoney!«

»Ist halt einfach, für Cops einzukaufen«, antwortete Stone.

Katie, die verlegen wirkte, raunte Stone ihren Dank ins Ohr.

»Gern geschehen, Baby«, sagte er. »Es ist ebenso sehr für mich wie für dich.«

Er hatte ihr einen Fünfzig-Dollar-Gutschein für den Damen-wäsche-Verkaufstisch bei Marshall Field's geschenkt. Nicht jeder Boss wäre so großzügig.

Sie hatten auch alle Geschenke für ihn: Von Joey bekam er eine Zehn-Dollar-Kriegsanleihe, von Katie ein handgearbeitetes lederenes Schulterhalfter und von Hank den neuesten *Esquire*-Kalender von Varga.

»Um dieser Rattenfalle ein bisschen Niveau zu geben«, erklärte der Cop.

Joey hob seinen Becher. »Auf Mr. Marley!«, sagte er.

»Auf Mr. Marley!«, sagte Katie mit plötzlich feuchten Augen. »Friede seiner Seele!«

»Jau«, sagte Ross und hob seinen Becher, »auf Jake – ein Jahr tot auf den Tag genau.«

»Auf die Nacht eigentlich«, sagte Stone und hob auch seinen Becher. »Was soll's – auf meinen Partner Jake. Du warst zwar ein elender Dreckskerl, aber trotzdem frohe Weihnachten!«

»Du solltest nicht so reden!«, sagte Katie.

»Selbst dann nicht, wenn es die Wahrheit ist?«, fragte Stone mit einem Grinsen.

Plötzlich wurde es still.

Dann fragte Ross: »Macht es dir denn gar nichts aus, Stoney? Du bist Detektiv, und der Mord an deinem Partner bleibt ungelöst? Ist das nicht schlecht fürs Geschäft?«

»Nö. Nicht wenn man hauptsächlich in Scheidungen macht.«

Ross grinste, schüttelte den Kopf. »Stoney, du bist uns allen ein Vorbild«, sagte er, winkte und schlenderte hinaus.

Katies Miene war tief betrübt. »Bedeutet Mr. Marleys Tod dir denn gar nichts? Er war dein bester Freund!«

Stone tätschelte die .38er unter seiner Schulter. »Sadie hier ist mein bester Freund. Und klar, Marleys Tod bedeutet mir was: volle Inhaberschaft des Geschäftes, und der einzige Name an der Tür ist meiner.«

Sie schüttelte den Kopf, langsam, traurig. »Ich bin so enttäuscht von dir, Richard ...«

Er nahm sie sanft beiseite. »Dann bin ich nicht mehr willkommen in deiner Wohnung?«, flüsterte er.

»Natürlich bist du willkommen! Ich hoffe immer noch, dass du morgen kommst und das Weihnachtsessen mit mir und meiner Familie einnimmst.«

»Ich hab nicht viel für Familientreffen übrig. Reicht es nicht, dass ich euch den Schwarzmarkt-Truthahn organisiert habe?«

»Richard!« Sie brachte ihn zum Schweigen. »Wenn Joey was hört ...«

»Was, und herausfindet, dass du nicht die Heilige Kate bist?« Er gab ihr einen Schmatzer auf die Stirn und tätschelte ihren Hintern. »Wir seh'n uns am Tag darauf ... Wir versuchen es mal mit dem neuen Casino in der Rush Street.«

Sie seufzte, sagte: »Frohe Weihnachten, Richard!«, nahm ihren Mantel und ihre Handtasche und ging hinaus.

Jetzt waren nur noch Joey und Stone da. Der jüngere Mann sagte: »Wissen Sie, Katie fängt an, Verdacht zu schöpfen.«

»In Bezug worauf?«

»In Bezug worauf! In Bezug auf Sie und Mrs. Marley!«

Stone prustete. »Katie denkt bloß, ich bin nett zur Witwe meines verstorbenen Partners.«

»Ihr ›Nettsein‹ ist zum Teil der Grund dafür, weshalb es so verdächtig aussieht. Während Sie heute weg waren, hat Mrs. Marley ungefähr fünfmal angerufen.«

»Zum Henker! Davon hat Katie gar nichts gesagt!«

»Sehen Sie, was ich meine?« Joey pflückte seinen Überzieher vom Kleiderständer. »Mr. Stone – bitte erwarten Sie nicht von mir, Sie weiter zu decken! Ich komme mir dabei ... schmutzig vor.«

»Bist du *sicher*, dass du in Chicago geboren bist, Kleiner?« Stone machte ihm die Tür auf. »Geh nach Hause! Ich wünsch dir ein höllisch fröhliches kleines Weihnachten! Erzähl den Kindern, dass der Weihnachtsmann kommt, schick sie hoch ins Bett und mach's der Alten einmal unterm Mistelzweig für mich!«

»Danke für die warmen Worte, Mr. Stone«, sagte er und war weg.

Stone – jetzt allein – beschloss, den Eierflip zu überspringen und sich direkt dem Rum zuzuwenden. Er schüttete gerade einen Becher hinunter, als ein Klopfen ihn an die Tür rief.

Zwei Vertreter der Heilsarmee traten in sein Vorzimmer, in Uniform – ein weißhaariger alter Herr mit einem Spendeneimer und ein hübsches, wohlgeformtes Ding, dessen unschuldiges Gesicht unter der Heilsarmeehaube ungeschminkt war.

»Wir kommen in einigen der Büros vorbei, um –«, setzte der alte Mann an.

»... die Leute anzubetteln«, beendete Stone seinen Satz. »Klar doch. Nimm dir von dem Eierflip, Paps.« Dann schenkte er der jungen Frau ein warmes Lächeln. »Herzchen, tritt in mein privates Büro ein ... dort bewahre ich das Bargeld auf.«

Er schloss sich und das kleine Frauenzimmer in seinem Büro ein und nahm einen Zwanzig-Dollar-Schein aus seiner Geldkassette in der Schreibtischschublade, dann steckte er den Schein in die Wölbung der Bluse des Mädchens.

Ihre Augen weiteten sich. »Bitte!«

»Baby, du musst nicht ›bitte‹ sagen!« Stone legte die Hand auf ihre Hüfte und zog sie an sich. »Na komm ... gib dem Weihnachtsmann einen Kuss!«

Ihre Ohrfeige klang wie ein Schuss und brannte wie die Hölle. Er schnappte sich den Schein wieder aus ihrer Bluse.

»*Du* bist ja in toller Weihnachtsstimmung!«, sagte er, öffnete die Tür und schob sie ins Vorzimmer.

»Was hat das zu bedeuten?«, haspelte der alte Mann, und Stone knüllte den Zwanziger zusammen, warf ihn in den Eimer und schob beide aus der Tür.

»Spießer!«, brummte er und kehrte zu seinem Rum zurück.

Bald darauf ging die Tür auf, und eine Frau in Schwarz erschien darin wie ein kurvenreiches Gespenst. Ihre Haare waren platinblond, ihre Lippen blutrot, wie Schnitte in ihrem kantigen weißen Joan-Crawford-Gesicht. Es war schon eine Weile her, seit sie die vierzig gesehen hatte, aber sie war besser konserviert als Omas Erdbeermarmelade.

Sofort fiel sie ihm in die Arme. »Fröhliche Weihnachten, Liebling!«

»Da scheiß ich drauf!«, sagte er kalt und schob sie weg.

»Liebling ... was ist los ...?«

»Du hast schon wieder im Büro angerufen! Ich hab dir gesagt, du sollst das lassen! Die Leute kommen auf dumme Gedanken.«

Er war es tausendmal mit ihr durchgegangen: Sie waren die idealen Verdächtigen bei dem Mord an Jake Marley; keiner von ihnen hatte ein Alibi für die Tatzeit – Stone war allein in seiner Wohnung gewesen, und Maggie behauptete, auch sie sei allein in ihrer Wohnung gewesen.

Aber um sich gegenseitig zu decken, hatten sie die Cops angelogen und angegeben, sie seien zusammen in Marleys Penthaus gewesen und hätten auf seine Rückkehr gewartet, um ein gemeinsames Heiligabendessen einzunehmen.

»Wenn die Leute uns für ein Pärchen halten«, sagte Stone ihr, »werden wir zu Hauptverdächtigen!«

»Es ist doch schon ein Jahr her ...«

»Das ist nicht lange genug.«

Sie warf den Kopf zurück, und ihr blondes Haar schimmerte, ebenso wie ihre Diamantohrringe. »Ich will aus dem Schwarz raus und ungeniert an deiner Seite sein ...«

»Seit wann hast du dich jemals wegen irgendwas geniert?« Er schauderte und wünschte, er wäre Maggie Marley nie begegnet, geschweige denn ins Bett mit ihr gestiegen; jetzt steckte er mit ihr unter einer Decke, Gott weiß wie lange schon, und das nicht nur im wörtlichen Sinne ...

Sie berührte sein Gesicht mit einer behandschuhten Hand. »Verbringen wir den Heiligabend zusammen, Richard?«

»Kann nicht, Baby. Muss ihn mit Verwandten verbringen.«

»Wem, Onkel und Tante?« Sie lächelte ungläubig. »Ich kann nicht glauben, dass du wieder aufs Land fährst, um sie zu besuchen ... Du *hasst* es dort!«

»Hey, es wäre nicht richtig, sie nicht zu besuchen. Weihnachten und alles.«

Ihr Blick verriet Besorgnis. »Ich hatte gehofft, wir könnten reden. Richard ... wir haben vielleicht ein Problem ...«

»Und was bitte?«

»Eddie versucht, mich zu erpressen.«

»Eddie? Was will dieser schleimige kleine Scheißkerl?« Eddie war Jake Marleys Bruder.

»Er ist bis über beide Ohren beim Outfit verschuldet.«

»Was, hat er schon wieder gespielt? Der lernt's auch nie ...«

»Er versucht, Zaster aus mir rauszupressen«, sagte sie eindringlich. »Er hat Fotos von uns, zusammen ... in diesem Badeort!«

»Na und?« Er zuckte die Schultern.

»Fotos von uns in *unserem* Zimmer in diesem Badeort ... und er hat die Gästeanmeldung.«

Stone runzelte die Stirn. »Das war nur eine Woche nachdem Jake umgebracht wurde.«

»Ich weiß. Du hast mich ... getröstet.«

Wen wollte sie veräppeln?

Stone sagte: »Ich werde mit ihm reden.«

Sie kam wieder nah an ihn heran. »Er wartet im Moment auf mich, in der Blue Spot Bar ... würdest du für mich zu der Zusammenkunft erscheinen, Richard?«

Und sie küsste ihn. Niemand küsste heißer als dieses Weibsbild. Oder kälter ...

Eine halbe Stunde später betrat Stone die verrauchte Kneipe in der Rush Street, wo eine Sängerin in einem bis zu den Zehennägeln geschlitzten Kleid das Mikrofon umklammerte und falsch »White Christmas« sang.

Er fand die schnurrbärtige Ratte Eddie Marley an der Theke, wo er bei einem Scotch saß – ein kahlköpfiger kleiner Mann mit

Fliege und kariertem Anzug mit wattierten Schultern und eng zulaufender Hose.

»Hey, Dickie, schön, dich zu sehen. Kommst du einen kippen?«

»Nenn mich nicht ›Dickie‹!«

»Dann halt Stoney.«

»Nimm deinen Überzieher und lass uns in meinem Büro reden!«, sagte Stone mit einem Nicken zur Hintertür.

Eine Katze, die eine Ratte jagte, brachte Mülleimer zum Scheppern, als die beiden Männer auf die Gasse hinaustraten. Ein kalter Weihnachtsregen fiel und sammelte sich in Pfützen auf den gefrorenen Überresten des Schnee- und Eissturms der Woche zuvor. Eddie stellte sich in einen überdachten Eingang, nahm eine Zigarette heraus, und Stone, eine im Regen stehende Statue, beugte sich vor, um sie ihm mit einem Zippo anzuzünden.

Einen Moment lang war die Welt nicht pechschwarz. Aber nur einen Moment lang.

»Ich zieh dich da echt nicht *gern* mit rein, Stoney ... aber wenn ich beim Outfit nicht fünf Riesen ausspucke, werd ich '43 nicht mehr erleben! Mein Bruder hat mich nämlich auf dem Trockenen sitzen lassen.«

»Ich bin vor Rührung ganz sprachlos, Eddie.«

Eddie zuckte mit den Schultern. »Jakes Lebensversicherung hat ordentlich gelöhnt – doppelte Versicherungssumme bei Unfalltod. Maggie hat's also gut getroffen. Und die Büropartnerschaft ist auf dich zurückgefallen – du hast also hübsch abgesahnt. Wo bleibt da Eddie?«

Stone hob ihn am Hals hoch. Der kleine Mann riss die Augen auf, die Zigarette fiel ihm aus den Lippen und erlosch zischend in einer Pfütze.

»Du bleibst am Arsch, Eddie.«

Und der Detektiv schleuderte den kleinen Mann in die Gasse aufs Pflaster, wo er gegen ein paar Mülleimer prallte.

»Das hättste nich tun soll'n, du Dreckskerl! Ich hab Beweise gegen dich!«

Stones Schritte spritzten auf den kleinen Mann zu. »Du hast nichts, Eddie.«

»Ich hab Fotos! Ich hab deine Handschrift auf einer Motelanmeldung!«

»Versuch nicht, *mir* zu erzählen, wie das Schlafzimmer-Schnüffler-Geschäft läuft! Du bringst mir die Negative und die Seite mit der Anmeldung, und ich gebe dir fünf Hunderter. Erste und letzte Zahlung.«

Die Ratte machte große Augen. »Fünf Hunderter? Ich brauche fünf *Riesen* bis morgen – sie brechen mir die Knie, wenn ich nicht voll bezahle! Hab ein Herz – zeig etwas weihnachtliche Nächstenliebe, um Himmels willen!«

Stone zog sich den Kragen seines Trenchcoats ins Gesicht. »Ich hab schon im Büro gespendet, Eddie. Fünf Hunderter ist alles, was du kriegst.«

»Wer bist du – Scrooge? Maggie ist reich! Und du bist selbst gestopft wie 'ne Weihnachtsgans!«

Stone trat Eddie in die Seite, und der kleine Mann heulte auf.

»Die Negative und die Seite mit der Anmeldung, Eddie. Pumpst du mich noch mal an, wirst du dauerhaft ein Bad im Chicago River nehmen. Einverstanden?«

»Einverstanden! Tu mir nicht mehr weh! *Einverstanden!*«

»Fröhliche Weihnachten, Schwachkopf!«, sagte Stone und ging aus der Gasse hinaus, wobei er kurz in der Nähe der Straße stehen blieb, um sich selbst eine Zigarette anzuzünden. Weihnachtslieder drangen aus Kaufhauslautsprechern: »*Freue dich, Welt!*«

»Am Arsch!«, brummte er und hielt ein Taxi an. Auf dem Rücksitz nahm er ein paar Schluck Rum aus einem Flachmann. Der Taxifahrer erging sich in Feiertagsgeplauder, und Stone sagte: »Ich mache Ihnen einen Vorschlag – hören Sie mit dem Gequatsche auf, und vielleicht kriegen Sie ein Weihnachtstrinkgeld.«

In seinem Gold-Coast-Wohnhaus wartete Stone gerade auf den Fahrstuhl, als er eine seltsame Reflektion in einem Spiegel der Eingangshalle erhaschte. Er sah – oder *glaubte* zu sehen – eine imposante Gestalt in Trenchcoat und Filzhut hinter sich stehen.

Sein verstorbener Partner – Jake Marley!

Stone wirbelte herum … aber da war niemand.

Er stieß die Luft aus, warf noch einmal einen Blick in den Spiegel und sah nur sich selbst. »Kein Rum mehr für dich, Kumpel.«

Im siebten Stock schloss Stone die 714 auf und schlüpfte in seine Wohnung. Die *Art Moderne*-Möbel spiegelten seinen finanziellen Erfolg wider; das einträgliche Geschäft mit den Scheidungen hatte ihn praktisch reich gemacht. Er warf den Mantel auf eine halbrunde weiße Couch, lockerte die Krawatte und begab sich an seine gut bestückte Bar, denn die Sache mit dem Rum hatte er sich bereits anders überlegt.

Es war natürlich gelogen gewesen, dass er seinen Onkel und seine Tante besuchen wollte. Weihnachten am Arsch der Welt – *das* war ein Witz! Es hatte nur als Ausrede gedient, um die Nacht nicht mit dieser blutsaugenden Maggie verbringen zu müssen.

Er belegte eine Scheibe Roggenbrot mit Salami und Schweizer Käse aus dem Kühlschrank und schmierte scharfen Senf darauf. Dann schlenderte er wieder ins Wohnzimmer, wo nur die kleine Lampe brannte, schaltete sein Schrankradio ein und suchte nach einer Sportübertragung oder Swingmusik oder sogar Kriegsnachrichten, Hauptsache etwas anderes als diese verdammten Weihnachtslieder. Doch der rührselige Mist war alles, was er finden konnte, und angewidert schaltete er das Gerät wieder aus.

Er ließ sich in einem bequemen, dick gepolsterten Sessel nieder, das Schulterhalfter immer noch um, und aß und trank. Langeweile schlich sich an ihn heran wie Bodennebel.

Katie war heute Abend mit ihrer Familie zugange, und sogar die meisten Nutten, die er kannte, hatten sich die Nacht freigenommen.

Ach, zum Teufel!, dachte er. *Dann werde ich eben meine eigene gute Gesellschaft genießen ...*

Ohne es zu merken, döste er ein; ein Geräusch weckte ihn, und Sadie – seine zuverlässige .38er – lag in seiner Hand, bevor er die Augen ganz aufgemacht hatte.

»Wer ist da?«, fragte er und stand auf. Jemand hatte die Lampe ausgeschaltet! *Wer zum Teufel?* Es war fast völlig dunkel im Zimmer ...

»'tschuldige, Jüngelchen«, sagte eine vertraute Stimme. »Das Licht tut meinen Glotzern weh.«

Am Fenster stand sein verstorbener Partner – Jake Marley.

»Ich muss träumen«, folgerte Stone rational nach dem allerkürzesten Zusammenzucken, »denn, Kumpel – du bist mausetot!«

»Ich bin tot, schon gut«, sagte Marley. »Ein ganzes Jahr bin ich schon tot.« Rotes Neonlicht fiel durch das Fenster dahinter pulsierend auf die große Gestalt im Trenchcoat mit Filzhut – ein falkenartig attraktiver Mann mit gefurchtem Gesicht und dünnem Schnurrbart. »Aber, Jüngelchen – träumen tust du nicht.«

»Was *ist* das für ein Witz …?«

Stone ging zu Marley hin und nahm ihn in Augenschein: keine Schminke, keine Maske – es war keine Verkleidung. Und der Trenchcoat wies vorne vier versengte Löcher auf.

Einschusslöcher.

Er legte eine Hand auf Marleys Schulter – und sie glitt einfach hindurch.

»Jesus!« Stone trat zurück. »Du bist nicht tot – ich bin sternhagelvoll!« Er wandte sich ab. »Hab wohl Angstzustände oder so was. Wenn ich aufwache, solltest du besser weg sein, sonst ruf ich Ripley …«

Marley lächelte ein wenig. »Niemand außer dir kann mich sehen, Jüngelchen. Wenn du darüber sprichst, stecken sie dich in die Klapse und schmeißen den Schlüssel weg. Was dagegen, wenn ich mich setze? Meine Füße bringen mich um.«

»Deine Augen tun weh, deine Füße tun weh – was für ein gottverdammtes Gespenst bist du eigentlich?«

»Genau, was du gesagt hast, Jüngelchen«, antwortete Marley und kam langsam aufs Sofa zu, schleppend, zum Geräusch von metallischem Schaben. »Ein gott*verdammtes* Gespenst … und das werde ich auch bleiben, wenn du dich nicht für mich einsetzt.«

Marleys Füße unter dem Trenchcoat steckten in schweren Fußfesseln, wie bei dem Gefangenen einer Sträflingskolonne.

»Wenn du denkst, *meine* sind schwer«, sagte Marley, »dann solltest du mal sehen, was die Jungs in der Werkstatt für dich zurechtbasteln.«

Das Gespenst setzte sich schwerfällig hin; die Ketten an seinen Füßen rasselten. Stone hielt Abstand.

»Was willst du von mir, Jake?«

»Das beinah Unmögliche, Jüngelchen – ich will, dass du das Richtige tust.«

»Das Richtige?«

»Finde heraus, wer mich ermordet hat, du Grützkopf! Herrgott!« Bei diesem letzten Ausruf zog Marley den Kopf ein, warf einen Blick nach oben und murmelte: »War nicht böse gemeint, Boss«, ehe er fortfuhr. »Du bist ein Detektiv, Stoney – wenn der Partner eines Detektivs getötet wird, erwartet man von dem Detektiv, dass er irgendetwas unternimmt. Das ist der Kodex.«

»Das ist Schwachsinn«, erwiderte Stone. »Ich habe die Ermittlungen der Polizei überlassen, und die hat es vermasselt. Punkt.«

»*Neiiiin!*«, stöhnte Marley und klang zum ersten Mal wie ein Gespenst, sodass sich Stone die Nackenhaare sträubten. »Ich war dein Partner, ich war dein einziger Freund … dein *Mentor* … und du hast den Mord an mir ungelöst gelassen und derweil mein Geschäft übernommen – *und* meine Frau.«

Wieder zuckte Stone zusammen; zündete sich eine Lucky an. »Du weißt davon, was? Das mit Maggie, meine ich.«

»Natürlich weiß ich davon!« Marley winkte ab. »Ach, darum schere ich mich einen feuchten Kehricht … sie war schon immer eine Hexe und eine Schlampe noch dazu. Sie in seinem Leben zu haben ist Strafe genug für *jedes* Verbrechen. Aber, Jüngelchen – du und ich, wir sind miteinander *verbunden*! Aneinandergekettet bis in alle Ewigkeit …«

Stone prustete, überzeugt davon zu träumen. »Wirklich, Jake? Wie kommt's?«

Marley beugte sich vor, und die Ketten klirrten. »Mein bester Freund – ein Detektiv – fand, ich sei nicht mal eine mickrige Morduntersuchung wert. Da, wo ich herkomme, ist ein Mann, der in seinem besten Freund nicht mehr Loyalität erwecken kann, als du an den Tag legst, eine verlorene Seele.«

Stone zuckte die Schultern. »Es war nichts Persönliches.«

»Oh, ich nehme es *wirklich* persönlich, ermordet zu werden! Und dir war es scheißegal, *wer* mich umgebracht hat! Und das ist der Grund, weshalb *du* so gut wie verdammt bist.«

»Quatsch mit Soße!« Stone berührte seinen Bauch. »… vielleicht auch mit Salami …«

Marley bewegte sich in seinem Sessel, und die Ketten rasselten. »Du *wusstest*, dass ich mich immer um meinen kleinen Bruder Eddie gekümmert habe – er ist eine Laus und ein Schwächling, aber er war der einzige Bruder, den ich hatte … und was hast du für Eddie getan? Hast ihn gegen ein paar Mülleimer geworfen! Hast ihn den Jungs überlassen, damit sie ihm ein Paar Betonschuhe anpassen!«

»Er ist eine Ratte.«

»Er ist der Bruder deines toten besten Freundes! Sei ein bisschen nachsichtig mit ihm!«

»Ich bin nachsichtig mit ihm gewesen! Ich habe ihn nicht umgebracht, als er versucht hat, mich zu erpressen.«

»Damit, dass du mit der Frau seines toten Bruders schläfst, meinst du?«

Stone fuchtelte abschätzig in der Luft herum. »Zur Hölle mit dir, Marley! Du bist nicht real! Du bist ein verdorbenes Stück Wurst. Senf, der mir nicht bekommt. Ich gehe jetzt ins Bett.«

»Du hast zum ersten Mal recht – zur Hölle mit mir«, sagte Mar-

ley. »Aber da wirst du auch hingehen ... oder jedenfalls ins Wartezimmer der Hölle. So wie ich.« Marleys Stimme wurde bittend.
»Stoney – hilf mir aus der Sache raus, Kumpel. Hilf dir selbst!«

»Und wie?«

»Kläre meine Ermordung auf!«

Stone blies einen Rauchkringel. »Ist das alles?«

Marley stand auf, und ein heulender Wind schien durch die
Wohnung zu wehen, dass die Gardinen wie von Geisterhand flatterten. »*Es bedeutet mir etwas!*«

Jetzt war Stone am Schwitzen; das hier geschah *tatsächlich*.

»Vor einem Jahr«, sagte Marley mit tiefer, polternder Stimme,
»fanden sie mich in der Gasse hinter dem Bismarck-Hotel, mit
dem Rücken zur Wand, eine Kugel in der Pumpe, zwei im Bauch
und eine dazwischen ... *weißt du noch?*«

Und Marley streifte den von Schüssen versengten Trenchcoat
ab, um die vier Wunden zu enthüllen – rote Neonlichtstrahlen aus
dem Fenster hinter ihm durchdrangen Marley wie Schwerter die
Kiste eines Zauberers.

»*Weißt du noch?*«

Stone wich zurück, tätschelte die Luft mit den Handflächen.
»Okay, okay ... warum *erzählst* du mir nicht einfach, wer dich
abserviert hat, und ich werde für dich die Rechnung begleichen.
Dann sind wir quitt.«

»So einfach ist das nicht ... ich kann nicht ... es ist mir nicht
erlaubt, es dir zu erzählen.«

»Wer hat diese gottverdammten Regeln gemacht?«

Marley zog eine Braue hoch, hob einen Finger, zeigte nach
oben. »Schon wieder richtig. Um uns beide zu retten, musst du
wie ein Detektiv vorgehen ... du musst nach Hinweisen suchen ...

und du musst das *selbst* machen … obwohl man dir schon helfen wird.«

»Wie?«

»Du wirst noch drei weitere Besucher bekommen.«

»Prima! Wer kommt zuerst? Karloff oder Lugosi?«

Marley bewegte sich unter Kettengeklirr von der Couch weg zur Tür. »Vermassle es nicht, um unser beider willen, Jungchen«, sagte er und ging durch die Tür – *durch* die Tür.

Stone stand da und starrte auf die Stelle, wo sein verstorbener Partner buchstäblich verschwunden war, und schüttelte den Kopf. Dann ging er an die Bar und schenkte sich einen Drink ein. Schon bald stellte er die Realität dessen, was gerade passiert war, infrage; und einen Drink später wankte er ins Schlafzimmer und warf sich, vollständig bekleidet, aufs Bett.

Er schlief den gesunden Schlaf des Volltrunkenen, als sein Bett angerempelt wurde.

Jemand trat dagegen.

Als er im Halbdunkel wach wurde, sagte Stone: »Wer zum Henker …«

Über ihm zeichnete sich eine einigermaßen gut aussehende Gestalt mit Clark-Gable-Schnurrbart und Strohhut in einem zweireihigen weißen Seersucker-Anzug ab.

Stone hechtete nach Sadie, seiner .38er, die im Schulterhalfter überm Nachttisch hing, aber dann, von einem Augenblick auf den andern, war der Kerl verschwunden.

»Hier drüben, Kleiner.«

Stone drehte sich um, und da stand der Kerl mit dem keck aufgesetzten Strohhut und stocherte mit einem Zahnstocher in seinen Zähnen herum.

»Spar dir die Munition«, sagte der Kerl. »Sie haben mich schon erwischt.«

Und er knöpfte das Jackett auf und demonstrierte mehrere hässlich klaffende Austrittswunden.

»In den Rücken«, sagte der Kerl, »diese Schweinehunde!«

Der Kerl kam Stone merkwürdig bekannt vor. »Wer zum Teufel sind Sie?«

»Ich will's mal so formulieren: Wenn ein Haufen schießwütiger Bundesbeamter hinter dir her ist, dann lauf nicht in die Gasse neben dem Biograph-Kino – das ist 'ne Sackgasse, Bruder.«

»John Dillinger!«

»Richtig – nur spricht man es mit einem hartem ›g‹, wie in Gewehr: Dil-lin-*ger*. Okay, Söhnchen? Das bringt mich nämlich immer auf die Palme.« Dillinger knöpfte sein Jackett wieder zu.

»Sie … Sie können unmöglich in *diesem* Anzug getötet worden sein!«

»Nee – der ist neu. Weihnachtsgeschenk vom Boss. Ich hab ein ziemlich gutes Geschäft hier laufen – ich helfe Trotteln wie dir bei der Wiedergutmachung. Noch fünfhundert Jahre, und ich werde rausgeholt.«

»Wie genau soll ein billiger Gangster wie Sie *mir* helfen, etwas wiedergutzumachen?«

Dillinger packte Stone an der Hemdbrust. Stone versuchte, den Geist zu schlagen, aber seine Hand glitt wirkungslos durch ihn durch.

»An John Dillinger ist nichts billig! Ich habe keinen ausgeraubt außer Banken, und die Zeiten waren hart, damals, die Banken waren die Bösen … und ich hab nie jemanden erschossen. Andernfalls hätt ich die große Hitze gekriegt.«

»Die große Hitze?«

Dillinger zog eine Augenbraue hoch und streckte einen Daumen nach unten. »Wohin dein Weg dich führt, Kleiner, wenn man dir deinen miesen Kopf nicht ordentlich zurechtrückt. Komm mit mir mit!«

»Wo geh'n wir hin?«

»In deine Vergangenheit. Vielleicht bin deswegen ich für dieses Ding ausgewählt worden – weißt du, ich bin auf einem Bauernhof im Mittleren Westen groß geworden, genau wie du. Komm schon! Bring mich nicht dazu, dich zu schleppen …«

Widerstrebend folgte Stone dem Geist ins nächste Zimmer …

… wo Stone sich nicht im Wohnzimmer seiner Wohnung wiederfand, sondern im verschneiten Garten vor einem kleinen Bauernhaus. Schneeflocken fielen träge auf eine idyllische Winterlandschaft; ein achtjähriger Junge war damit beschäftigt, einen Schneemann zu bauen.

»Ich kenne diesen Ort!«, sagte Stone.

»Du kennst auch den Jungen«, antwortete Dillinger. »Das bist du. Du wohnst in diesem Haus.«

»Wieso friere ich nicht? Es muss unter null sein, aber ich fühle mich immer noch wie in meiner Wohnung.«

»Du bist hier ein Schatten, genau wie ich«, sagte Dillinger.

»Dickie!«, rief eine Stimme von der Veranda. »Komm rein – du holst dir noch den Tod!«

»Mama!«, sagte Stone und ging auf sie zu. Er betrachtete ihr heiteres, schönes Gesicht in der Tür. »Mama …«

Er wollte sie berühren, und seine Hand glitt durch sie hindurch.

Hinter ihm sagte Dillinger: »Ich hab's dir ja gesagt, Kleiner – du bist ein Schatten. Lehn dich einfach zurück und sieh zu – vielleicht lernst du was.«

Dann lief der achtjährige Dickie Stone direkt durch den Schatten seines zukünftigen Ichs ins Haus und ließ, nachdem er die Tür hinter sich zugemacht hatte, Stone und Dillinger auf der Veranda zurück.

»Und jetzt?«, fragte Stone.

»Seit wann scheust du dich davor, dir irgendwo unbefugt Einlass zu verschaffen?«, erwiderte Dillinger. Und ging *durch* die Tür.

»Das sagt gerade der Richtige!«, brummte Stone. Er holte tief Luft und folgte ihm.

Stone fand sich in dem gemütlichen Bauernhaus wieder, das von einem Holzofen beheizt wurde, dessen Wärme er überraschenderweise fühlen konnte. In einer Ecke des bescheiden eingerichteten Wohnzimmers stand eine Kiefer, fast zu groß für den Raum, die mit Lametta und einem Stern geschmückt war und unter der verpackte Geschenke verstreut lagen. Ein kleines Klavier drückte sich an eine Wand. Stone sah zu, wie sein achtjähriges Ich Fliegermütze, Wollmantel und Stiefel auszog und sich an einen kleinen Tisch setzte, wo es an einem Puzzle zu arbeiten begann.

»Fünfhundert Teile«, sagte Stone. »Es ist ein Bild von Tom Mix und seinem Pferd soundso.«

»Tony«, sagte Dillinger.

»Gott, wie diese Kiefer duftet! Und die Mahlzeit, die meine Mutter kocht! Wenn ich ein Schatten bin, wie kommt es dann, dass ich ihr Essen riechen kann?«

»Hey, Kumpel – frag nicht mich! Ich bin bloß der Fremdenführer. Vielleicht will da oben jemand, dass deinem Gedächtnis auf die Sprünge geholfen wird.«

Stone bewegte sich in die Küche, wo seine Mutter Soße rührend am Herd stand.

»Gott, duftet diese Bratensoße gut ... können Sie es auch riechen?«

»Nein«, antwortete Dillinger.

»Sie backt auch Pastetenfüllung ... Sie haben echt Glück, dass Sie die nicht riechen können! Müll! Aber Papa hat es immer gemocht ...«

»Meine Mama hat zu Weihnachten immer einen klasse Plumpudding gemacht«, sagte Dillinger.

»Meine auch! Er kocht gerade auf dem Herd! Können Sie ihn riechen?«

»Nein! Das hier ist deine Vergangenheit, Kumpel, nicht meine ...«

Die Hintertür ging auf, und ein Mann in blauer Jeansjacke und mit Wollstrickmütze kam herein und stapfte den Schnee von seinen Arbeitsschuhen.

»So wie diese Pastete muss es im Himmel riechen!«, sagte der Mann. Seine sanften himmelblauen Augen passten nicht zu seinem harten, wettergegerbten Gesicht.

»Papa!«, sagte Stone.

Der Mann zog die Jacke aus und ging geradewegs durch den Schatten seines erwachsenen Sohns. »Die Straßen sind immer noch zugeschneit«, teilte sein Vater seiner Mutter mit.

»Oje! Ich hatte so mit Bob und Helen zum Weihnachtsessen gerechnet!«

»Das sind mein Onkel und meine Tante«, klärte Stone Dillinger auf. »Bob war Mamas Bruder.«

»Sie werden kommen«, sagte Papa Stone mit einem dünnen

Lächeln. »Davey hat Pferd und Wagen genommen und ist in die Stadt gefahren, um sie abzuholen.«

»Mein Bruder Davey«, erläuterte Stone Dillinger.

»Oje!«, sagte seine Mutter. »Er ist so anfällig … ach, wie konntest du nur …«

»Einen Jungen ausschicken, um die Arbeit eines Mannes zu machen? Sarah, Davey ist sechzehn! So stolz ich auch auf den Jungen wegen seiner Schulnoten bin, er muss lernen, ein Mann zu sein. Und überhaupt, er wollte es ja machen. Er hilft gerne.«

Stones Mama konnte nur immer wieder »Oje!« sagen.

»Hör zu, Sarah, ich werde nicht zulassen, dass diese Jungen verhätschelt werden!«

»Na ja, mich hat der alte Wichser bestimmt nicht verhätschelt«, meinte Stone zu Dillinger.

»Davey hat einfach nicht Dickies Temperament«, sagte Papa. »Dickie gerät ständig in Schwierigkeiten und hat bestimmt nicht die Noten wie Davey, aber der Junge hat Mumm und Tatkraft.«

Stone hatte nie gewusst, dass sein Vater so von ihm dachte.

»Warum bist du dann so streng mit dem Jungen, Jess?«, fragte seine Mutter. »Als du ihn letztes Mal beim Blaumachen erwischt hast, hast du ihm die Striemen seines Lebens verpasst!«

»Wie soll es der Junge denn sonst lernen? So hat mein Vater *mir* beigebracht, den Pfad der Tugend zu gehen.«

»Wohl eher den Pfad des Gürtels«, sagte Stone.

Mama streichelte Papa übers raue Gesicht. »Du liebst deine Söhne beide. Es ist Weihnachten, Jess. Wieso sagst du ihnen nicht, was du empfindest?«

»Das wissen sie«, erwiderte er schroff.

Gefühle wallten in Stone auf, und das gefiel ihm nicht. »Hey,

Fremdenführer – mir reicht's ... ich habe gesehen, was ich verkraften kann ...«

»Noch nicht ganz«, entgegnete Dillinger. »Lass uns in das andere Zimmer gehen!«

Das taten sie, aber auf einmal war es später, schon dunkel, und das Wohnzimmer voller Familienmitglieder, die auf Sofas und Sesseln und sogar auf dem Boden saßen und nach einem Abendessen, von dem alle schwärmten, Apfelwein tranken.

Ein dicklicher, gemütlicher Mann in den Vierzigern sagte gerade zum achtjährigen Dickie: »Wie gefällt dir dein Geschenk, junger Mann?«

Der Junge trug eine Polizistenmütze und ein kleines Blechabzeichen; er hatte auch einen Miniaturschlagstock, ein Paar Handschellen und eine Trillerpfeife. »Es ist der Hammer, Onkel Bob!«

»Wo hat er nur diese vulgären Ausdrücke her?«, fragte seine Mutter missbilligend, jedoch nicht streng.

»*Cap'n Billy's Whiz Bang*«, flüsterte Stone Dillinger zu.

»Hab selbst nie eine Ausgabe verpasst«, meinte Dillinger.

Der Junge fing an, schrill auf seinem neuen Spielzeug zu pfeifen, und es gab Gelächter, doch der Vater des Jungen sagte: »Genug jetzt!«

Und der Junge gehorchte.

Die Tür ging auf. Ein Junge von sechzehn, aber dünn und nicht viel größer als Dickie, kam herein; dick in Winterkleider gepackt, brachte er einen Stapel Feuerholz für den Ofen herein.

»Davey«, sagte Stone.

»Mochtest du deinen älteren Bruder?«, erkundigte sich Dillinger.

»Er war ein toller Kerl. Man konnte immer auf ihn zählen,

wenn man ein Lächeln nötig hatte oder Hilfe brauchte ... aber was hat es ihm gebracht?«

Nachdem er die Winterjacke ausgezogen und das Feuerholz abgelegt hatte, ging Davey zu seinem jüngeren Bruder hinüber und zerzauste ihm die Haare. »Na, kriegst du die bösen Jungs, kleiner Bruder?«

»Ich werd sie knuffen«, sagte Dickie, »und dann leg ich ihnen die Handschellen an!«

»An Weihnachten?«, fragte Davey. »Selbst Ganoven haben ein Recht, die Geburt des Heilands zu feiern, findest du nicht?«

»Ja. Na ja, also gut ... dann eben am Tag danach.«

Alle lachten, als der kleine Dickie mit seinem Schlagstock nach imaginären Verbrechern schlug.

»Dickie, mein Junge«, sagte Onkel Bob, »eines Tages werde ich dich im Revier einstellen.«

Stone erklärte Dillinger: »Er war Polizeichef, drüben in DeKalb.«

»Toll«, kommentierte Dillinger.

Davey sagte: »Mama – warum setzt du dich nicht ans Klavier und hilfst uns allen, in Weihnachtsstimmung zu kommen?«

»Genau, Mama!«, fiel der kleine Dickie ein. »Kitzle die ollen Tasten!«

Bald war die Gruppe dabei, Weihnachtslieder zu singen, wobei Davey sie leitete: »*God Rest Ye Merry Gentlemen ...*«

»Genug gesehen?«, fragte Dillinger.

»Einen Moment noch«, bat Stone. »Lassen Sie mich noch ein bisschen hören ... dies ist das letzte anständige Weihnachten, an das ich mich erinnern kann ...«

Nach einer Weile begannen die fröhlich singenden Leute zu verblassen, doch das Zimmer blieb, und plötzlich sah Stone die

Gestalt seines Vaters, der am Fenster kniete, ein Gewehr in den Händen, das Gesicht grausam verzerrt. Es gab keinen Weihnachtsbaum, obwohl Stone sofort wusste, dass dies tatsächlich ein späterer Weihnachtstag in der Geschichte seiner Familie war. Seine Mutter kauerte am Klavier; sie schien verängstigt und den Tränen nah zu sein. Ein vierzehn Jahre alter Dickie hockte neben seinem Vater beim Fenster.

»Gott!«, sagte Stone. »Nicht *dieses* Weihnachten …!«

»Sohn«, sagte sein Papa gerade zu dem jugendlichen Stone, »ich will, dass du und deine Mutter hinausgehen!«

»Nein, Papa! Ich will bei dir bleiben! Mama sollte gehen, aber – «

»Du bist noch nicht zu groß, um dir das Fell zu versohlen, Junge.«

»Papa …«

Eine Stimme draußen rief durch ein Megafon: »Jess! Hier ist Bob! Lass mich wenigstens reinkommen, um mit dir zu reden!«

»Wenn die Hölle zufriert!«, rief Papa. »Und jetzt runter von meinem Grundstück, oder ich knalle dich ab, so wahr mir Gott helfe!«

»Jess, das ist mein Bruder!«, sagte Mama, der inzwischen die Tränen über die Wangen flossen. »Und es … es ist nicht *unser* Grundstück, nicht mehr …«

»Wem gehört es denn? Der Bank? Haben die Leute von der Bank diesen Boden zwanzig Jahre lang bearbeitet? Haben die Leute von der Bank Blut und Schweiß und Jahre in dieses Land gesteckt?«

Dillinger stieß Stone mit dem Ellbogen an. »*Deshalb brauchte* dieses Land Kerle wie mich. Sag – wo ist überhaupt dein älterer Bruder?«

»Tot«, sagte Stone. »Er hat sich im Winter '28 eine Lungenentzündung eingefangen … ist Stunde über Stunde im Freien geblieben, um dabei zu helfen, die Blechkiste der Familie aus einem Straßengraben zu ziehen. Alle Träume meiner Eltern starben mit ihm.«

»Lass Bob reinkommen«, sagte Mama. »Hör dir an, was er zu sagen hat.«

Papa dachte darüber nach; er sah jetzt so viel älter aus. Nicht Jahre älter – Jahrzehnte. Schließlich sagte er: »Na schön. Weil du es bist, Sarah. Nur weil er ein Verwandter von dir ist.«

Als sich die Tür öffnete und Bob hereinkam, war er unter einer pelzgefütterten Jacke in voller Polizistenmontur; das Abzeichen an seiner Mütze schimmerte.

»Jess«, sagte er feierlich, »du bist mit deinem Latein am Ende. Ich wünschte, ich könnte dir helfen, aber die Bank hat die Zwangsvollstreckung eingeleitet, und Gesetz ist Gesetz.«

»Wieso ist das Gesetz auf *ihrer* Seite?«, fragte der jugendliche Stone. »Soll das Gesetz nicht eigentlich allen in gleicher Weise helfen?«

»Leute mit Geld werden verdammt viel gleicher behandelt, mein Sohn«, erklärte sein Vater bitter.

»Ich habe eine Übereinkunft getroffen«, fuhr Bob fort. »Ihr dürft die Möbel behalten. Ich kann mit dem Gefängniswagen herkommen und ihn mit euren Sachen vollladen; wir werden sie in meiner Garage lagern. Es wird keine Anklage erhoben werden. Helen und ich haben Platz für dich und Sarah und Dick – ihr könnt bei uns wohnen, bis ihr etwas findet.«

Das Gewehr lag immer noch in Papas Händen. »*Das hier* ist mein Zuhause, Robert.«

»Nein, Jess – es ist ein Haus, das der Bank gehört. Dein Zuhause ist deine Familie, und die nimmst du mit dir. Lass mich dir eine Frage stellen – was würde Davey wollen, dass du tust?«

Stone sah weg; er wusste, was kommen würde: eines von zwei Malen, wo er seinen Vater weinen sehen hatte – das andere war in der Nacht gewesen, in der Davey starb.

Während eine einzelne Träne über seine Wange lief, sagte Papa: »Und wie soll ich meine Familie ernähren?«

Bobs Stimme war sanft. »Ich habe Freunde in der Stacheldrahtfabrik. Hab schon mit ihnen über dich gesprochen. Sie stellen dich ein. Arbeit zu haben in Zeiten wie diesen ist ein Segen.«

Papa nickte. Er seufzte und übergab Bob das Gewehr. »Danke, Robert.«

»Ja, Onkel Bob«, sagte der jugendliche Stone sarkastisch. »Frohe Weihnachten – scheiß drauf!«

»Richard!«, sagte seine Mama.

Sein Vater gab ihm eine Ohrfeige.

»Wenn du das je wieder machst, alter Mann«, sagte der jugendliche Stone und zeigte drohend mit dem Finger auf seinen Vater, »verpasse ich dir eine, dass du Sterne siehst!«

Und als sein jugendliches Ich hinausrannte, schüttelte Stone den Kopf. »Herrje! Musste ich das zu ihm gerade dann sagen? Die arme Sau ist am absoluten Tiefpunkt angekommen, und ich finde einen Weg, ihn noch tiefer hinabzustoßen …«

Papa stand stocksteif da, den Blick zu Boden gerichtet, während Mama sich mit einer verzweifelten Umarmung an ihn klammerte. Onkel Bob, der sich seiner selbst zu schämen schien, trottete hinaus.

»Du warst bloß ein Jugendlicher«, sagte Dillinger. »Was wusstest du schon?«

»Warum lassen Sie mich diese Hölle durchleben?«, fragte Stone frustriert. »Ich kann die Vergangenheit nicht ändern! Was hat

153

irgendetwas hiervon damit zu tun, dass ich herausfinden soll, wer Jake Marley umgebracht hat?«

»Frag nicht mich!«, brauste Dillinger auf. »Ich bin nur die verdammte Hilfskraft!«

Der Geist des Bankräubers stapfte hinaus, und Stone – nicht erpicht darauf, in diesem Teil seiner Vergangenheit allein gelassen zu werden – folgte ihm schnell.

Jetzt befanden sich Stone und sein gespenstischer Begleiter im Eingangsbereich eines Kleinstadt-Polizeireviers, in dem Beamte herumschlenderten und ein Empfangsschalter zu erkennen war. Dillinger führte Stone zu einem abgeteilten Büro, in dem ein Weihnachtskranz an einer Milchglastür hing, durch die sie, ohne sie zu öffnen, hindurchgingen.

Jake Marley, stellvertretender Polizeichef von DeKalb, Illinois, saß entspannt auf seinem Stuhl an seinem Schreibtisch und öffnete lächelnd Weihnachtskarten; dabei fielen aus jeder Karte frische grüne Geldscheine.

»Eine Menge Leute dachten an Weihnachten an Jake«, sagte Stone.

»Eine Menge Leute erinnern sich an Weihnachten an eine *Menge* Cops«, spöttelte Dillinger.

Ein Klopfen an der Tür veranlasste Marley dazu, das Geld schnell in einer Schreibtischschublade verschwinden zu lassen. »Ja?«, rief er barsch. »Was ist?«

Der uniformierte Polizeibeamte, der hereinschaute, war ein junger Dick Stone. »Deputy Chief Marley? Man hat mir gesagt, Sie wollten, dass ich kurz vorbeikomme ...?«

»Kommen Sie rein, Jüngelchen, kommen Sie rein!« Der aalglatte schnurrbärtige stellvertretende Polizeichef deutete großzügig auf den Stuhl auf der anderen Seite seines Schreibtischs. »Pflanzen Sie sich da hin!«

Der junge Stone setzte sich, während sein zukünftiges Ich und der Geist eines Staatsfeinds daneben lauschten.

Marley strapazierte sein Lächeln ein bisschen zu viel. »Gestern war Ihr erster Tag, habe ich gehört.«

»Jawohl, Sir.«

»Nun, ich wollte nur, dass Sie wissen, dass ich es Ihnen nicht anlaste, überhaupt nicht – dass Sie die Stelle durch Vitamin B bekommen haben.«

»Was soll das bedeuten?«

Marley zuckte die Schultern. »Gar nichts. Ein Mann tut, was er tun muss, um voranzukommen. Es ist allerdings ungewöhnlich, dass Ihr Onkel Bob solche Spielchen spielt. Er ist ein echt anständiger Kerl.«

»Onkel Bob mag ein bisschen spießig sein, aber er gehört zur Familie, und ich stehe zu ihm.«

»Prima! Bewundernswert, Jüngelchen. Bewundernswert. Aber hier in der Gegend gehen Dinge vor sich, von denen er nichts weiß ... und ich möchte, dass das auch so bleibt.«

Der junge Stone runzelte die Stirn. »Was zum Beispiel?«

»Ich will es mal so ausdrücken – wenn Sie jeden Monat einen Fünfzig-Dollar-Schein kriegen würden, nur um in die andere Richtung zu schauen ... wenn es für etwas echt Harmloses wäre ... könnten Sie dann nachts schlafen?«

»In die andere Richtung schauen – wie?«

Marley erklärte, dass er aus Chicago kam – '26 hatte ein dortiger Kongressabgeordneter ein paar Räder für ihn geschmiert, damit er auf diesem ländlichen Posten als stellvertretender Polizeichef landen und dem Outfit, der Mafia von Chicago, ein paar Gefallen erweisen konnte.

»Momentan ist nicht so viel los«, sagte Marley, »nicht wie damals in den trocknen Tagen, als die Jungs noch Brennereien hier draußen hatten. Ein paar Wirtshäuser an der Straße, wo die Leute ein bisschen außerlegalen Spaß haben konnten …«

»Glücksspiel und Mädchen, meinen Sie.«

»Genau. Und es gibt da ein Gehöft, das die Jungs benutzen, wenn es in der Stadt zu heiß wird, und ein Feld, wo sie gern ein bisschen was … anpflanzen … ab und zu.«

»Ich glaube nicht, dass ich nachts ruhig schlafen könnte, wenn ich wüsste, dass das vor sich geht.«

Marleys Augenbrauen schossen in die Höhe. »Ach?«

»Nicht für fünfzig im Monat.« Der junge Beamte grinste. »Fünfundsiebzig, dann vielleicht. Ein Hunderter, und ich wäre eingeschlafen, sobald mein Kopf das Kissen berührt.«

Marley streckte ihm die Hand über den Schreibtisch hinweg hin. »Ich glaube, das ist der Beginn einer wunderbaren Freundschaft.«

Sie schüttelten einander die Hände, aber als der junge Stone seine zurückzog, lag ein Hunderter drin.

»Frohe Weihnachten, Mr. Marley!«

»Nennen Sie mich Jake. Auf gute Zusammenarbeit, Jüngelchen!«

Dillinger zupfte Stone am Ärmel, und sie gingen durch die Wand und befanden sich plötzlich in einem anderen Büro: dem Vorzimmer von MARLEY UND STONE: VERTRAULICHE ERMITTLUNGEN. Katie goss einen Christbaum in der Ecke.

»Dies ist … was?«, fragte Dillinger Stone. »Vor fünf Jahren?«

»Richtig. Heiligabend '37, glaube ich …«

Marley flüsterte gerade einem fünf Jahre jüngeren Stone etwas zu: »Eine gut aussehende Schnecke hast du da eingestellt!«

»Sie wird ein bisschen Klasse ins Vorzimmer bringen. Und vergiss nicht, Jake – ich habe sie zuerst gesehen!«

Marley grinste. »Wozu brauche ich ein Kind wie sie, wenn ich eine Frau wie Maggie habe? Ah! Wenn man vom Teufel spricht ...«

Maggie betrat das Vorzimmer am Arm eines blonden, jungenhaft attraktiven Mannes in einem eleganten Geschäftsanzug.

»Stoney«, sagte Marley, »darf ich dir unseren größten Auftraggeber vorstellen: Das ist Larry Turner ... er ist der Vizepräsident bei Consolidated und schanzt uns die ganzen Ermittlungen zu.«

»Ohne Sie könnten wir das hier nicht machen, Mr. Turner«, sagte Stone.

»Sagen Sie Larry zu mir«, antwortete Turner. »Es ist ein Vergnügen, Geschäfte mit einer Firma mit so guten Verbindungen zu machen.«

Dillinger fragte: »Was hat dieser Pfadfinder denn für Beweggründe?«

Stone klärte ihn auf: »Wir haben diesem Pfadfinder zwanzig Prozent von dem, was seine Firma uns zahlt, rückvergütet, vom ersten Tag an. Ich weiß nicht, woher Jake ihn kannte, aber Consolidated war der Kunde, der es uns ermöglichte, DeKalb zu verlassen und einen Laden im Loop aufzumachen.«

»Was hat dein Onkel Bob empfunden, als du die Polizei verlassen hast?«

»Er hat fast geheult ... er hatte immer gedacht, ich würde eines Tages in seine Fußstapfen treten. Armer Hinterwäldler ... hatte keinen blassen Schimmer – die ganzen Bestechungsgelder flossen direkt vor seiner Nase vorbei.«

»Zu seinem Deputy Chief und seinem Neffen, meinst du.«

Stone schwieg, aber sein Fünf-Jahre-vorher-Ich sagte gerade zu Marley: »Hör mal – diese Versicherungsmasche ist ja prima, aber die richtig fette Knete liegt im Scheidungsgeschäft.«

»Du hast recht, Jüngelchen. Ich habe es auch schon durchdacht … wir besorgen uns die belastenden Fotos des betrügenden Ehepartners, dann verkaufen wir sie an den Höchstbietenden.«

»Super! Das kriegen sie dann dafür, nicht zu lieben, zu achten und zu ehren!«

Die Privatdetektive brachen in wieherndes Gelächter aus. Katie schaute in ihre Richtung und lächelte, froh darüber, zu sehen, dass ihre Bosse sich an Heiligabend so gut amüsierten.

»Komm mit!«, forderte Dillinger Stone mit gekrümmtem Zeigefinger auf.

Und der verstorbene Bankräuber führte Stone durch eine Wand in die Gasse, in der Jake Marley zusammengekrümmt an einer Backsteinmauer lag, zwischen zwei Mülleimern, von Kugeln durchlöchert, die Augen aufgerissen und leer und stierend.

Sgt. Hank Ross zeigte Stone gerade die Leiche. »Ich dachte, das solltest du besser sehen, Kumpel. Der arme Tölpel hat nicht mal seine eigene Kanone ziehen können. Steckt immer noch unter seinem zugeknöpften Überzieher. Der Schütze muss jemand gewesen sein, der ihn gekannt hat, meinst du nicht auch?«

Stone zuckte die Achsel. »Du bist der Mordermittler.«

»Na, na, Stoney … ich will nicht, dass du in dieser Sache ermittelst. Ich weiß ja, dass er dein Partner war und dein Freund, aber …«

»Du hast es mir ausgeredet.« Stone zündete sich eine Lucky an. »Ich werde mich darum kümmern, die Witwe zu informieren.«

Ross schaute ihn bloß an. Dann sagte er: »Fröhliche gottverdammte Weihnachten, Stoney.«

»Scheiß drauf!«, erwiderte er und wandte sich von seinem toten Partner ab.

»Ui!«, sagte Dillinger. »Das war eiskalt! Hättest du nicht wenigstens eine Träne für deinen alten Kumpel rausquetschen können?«

Stone schwieg. Sein Vorjahres-Ich ging mitten durch ihn hindurch.

»Sie wollen die Wahrheit, Dillin-*ger*? Alles, was ich gedacht habe, war, dass Jake bei all den Leuten, die er abgezockt hat, Glück hatte, überhaupt so lange zu leben. Und dass unser Partnerschaftsvertrag klar darlegte, dass das Geschäft jetzt mir gehörte.«

»Sackerment! Und ich dachte, Gillis wäre gefühllos!«

»Gillis?«

»Lester Gillis. Dir als Babyface Nelson bekannt. Gehen wir, Söhnchen! Du und ich sind an der Endstation.«

Und Dillinger stieß Stone fest an – direkt durch die Backsteinmauer; und als der Detektiv blinzelte, lag er allein in seiner Wohnung auf dem Bett.

Er setzte sich auf, rieb sich die Augen, kratzte sich am Kopf. »Fleischmangel hin, Fleischmangel her, die Salami wird weggeworfen!«

Er ließ sich wieder aufs Bett plumpsen, nach wie vor vollständig bekleidet, und starrte die Decke an; der Traum ließ ihm keine Ruhe – Gedanken, Bilder, von seiner Mutter, seinem Vater, Bruder, sogar Marley, schwebten vor ihm, sprachen zu ihm …

Draußen im anderen Zimmer klingelte es an der Tür; er schreckte hoch. Er warf einen Blick auf den runden Bakelitwecker auf dem Nachttisch: zwei Uhr nachts. Wer zum Teufel wollte ihn um diese Zeit besuchen?

Andererseits, dachte er, während er zur Tür wankte, *wäre es zur Abwechslung mal ganz nett, sich mit jemandem mit Pulsschlag zu unterhalten* ...

Und dort an seiner Türschwelle stand ein fesch uniformierter Soldat, ein frisch geschrubbter junger Mann, das Schiffchen in die Stirn gezogen.

»Mr. Stone?«

»Ben? Bist das du? Ben Crockett!« Stones Grinsen reichte von einem Ohr zum anderen. »Katies kleiner Bruder, zurück aus dem Krieg – Mann, wird *die* sich freuen!«

Der Junge wirkte irgendwie benommen, als er hereinkam.

»Äh, Ben, falls du nach Katie suchst, die ist heute Nacht bei sich zu Hause.«

»Ich bin hier, um Sie zu sehen, Mr. Stone.«

»Na, das ist ja bombig, Junge ... aber warum?«

»Ich bin mir nicht ganz sicher«, antwortete der Junge. »Darf ich mich setzen?«

»Klar doch, Junge, klar! Willst du was zu trinken?«

»Nein, danke. Sie müssen mich entschuldigen, Sir – ich bin irgendwie verwirrt. Die Anweisungen, die ich bekommen habe ... die waren ziemlich verrückt.«

»Anweisungen?«

»Ja. Das hier ist ein befristeter Auftrag. Sie haben aber gesagt, ich sei ›einzigartig qualifiziert‹ für diese Mission.«

»Was sollst du für sie machen, Junge? Mich zu einer neuen ärztlichen Untersuchung zerren?«

»Da fällt mir ein!« Soldat Crockett kramte in der Hosentasche herum und fand ein Stück Papier. »Sagt Ihnen das irgendwas? ›Sagen Sie dem F-4 Mr. Stone, dass er *wirklich* Plattfüße hat und der Arzt, den er bestochen hat, *ihn* betrogen hat.‹«

Stones Kinnlade klappte herunter, dann lachte er. »Tja, so sind die Ärzte in Chicago! Und, ist das deine ganze ›Mission‹?«

Der Junge steckte den Zettel weg. »Nein. Da ist noch mehr … und es ist *schräg*. Ich soll Ihnen sagen, Sie sollen in den Spiegel schauen.«

»In den Spiegel schauen?«

»Ja – den da drüben, nehme ich an.«

»Junge …«

»Bitte, Mr. Stone. Ich glaube, ich komme zu Weihnachten nicht nach Hause, ehe ich das hier erledigt habe.«

Stone seufzte, sagte Okay und schlurfte hinüber zu dem Spiegel neben seinem Schrankradio; er sah sein inzwischen unrasiertes Spiegelbild mit den leicht verquollenen Augen und den Jungen mit seinem adretten Schiffchen, der ihm ernst über die Schulter blickte. »Und jetzt, Junge?«

»Sie sollen da reinschauen, das ist alles. Man hat mir gesagt, Sie würden den morgigen Tag sehen … aber eigentlich ist es schon nach Mitternacht, oder? Egal, jedenfalls den ersten Weihnachtsfeiertag 1942 …«

Und der Spiegel vor Stone wurde zu einem Fenster. Durch das Fenster sah er Maggie Marley und Larry Turner, den Vizepräsidenten der Versicherungsgesellschaft, wie sie mit Cocktailgläsern anstießen – Maggie in einem Negligé, Turner in einem Smokingjackett; sie kuschelten auf einer Couch in ihrer schicken Wohnung.

»Was zum Teufel ist das?«, fragte Stone. »Maggie und diese Schlange Turner … seit wann sind *die* ein Paar?«

»Wie lange«, sagte Maggie zu Turner, »muss ich ihn noch ertragen?«

»Du *brauchst* Stone«, erwiderte Turner und liebkoste ihren Hals. »Er ist dein Alibi, Baby.«

»Aber ich habe Jake nicht *umgebracht*!«

»Natürlich nicht. Natürlich hast du das nicht … wie dem auch sei, lass ihn ein bisschen zappeln, dann servierst du ihn ab. Im Moment brauchst du ihn noch. Er hat dir geholfen, Eddie loszuwerden, oder?«

Maggie blickte finster drein. »Na ja … damit hast du recht. Aber wenn er mich berührt … dann kriege ich eine Gänsehaut …«

»Hey du kleine – «, setzte Stone an.

Aber das Bild im Spiegel verschwamm und wurde durch ein anderes ersetzt: Eddie Marley in seiner schäbigen kleinen Wohnung, der den Kopf einzog und nicht an die Tür ging, als jemand von draußen mit der Faust dagegenschlug.

»Lass uns rein, Eddie! Wir haben ein Weihnachtsgeschenk für dich!«

Eddie, der schwitzte und wie verrückt zitterte, schaute auf ein gerahmtes Foto seines verstorbenen Bruders Jake.

»Wie konntest du mir das antun, Jake?«, flüsterte er. »Du hast mir versprochen, dich um mich zu kümmern …«

Die Tür zersplitterte und ging krachend auf, und zwei Outfit-Schläger – riesige, ungeschlachte, gesichtslose Kreaturen in Überziehern und Filzhüten – trieben ihn rasch in die Enge.

»Gebt mir noch eine Woche, Leute! Ich kann euch heute fünfhundert geben, als Überbrückung bis dahin!«

»Zu spät, Eddie«, sagte ein unheilbringender Gorilla. »Du hast das Outfit einmal zu oft warten lassen …«

Eine Hand füllte sich mit einer .45er Automatik, die einmal, zweimal, dreimal Feuer spuckte. Eddie brach blutend zusammen. Sterbend.

»Jake ... Jake ... du hast mich im Stich gelassen ... du hattest es versprochen ...«

Der Spiegel verschwamm wieder. Stone sah Crockett an. »Ist das eine beschlossene Sache, Junge? Wenn das am ersten Weihnachtstag passiert, kann ich dann der kleinen Ratte noch aus der Klemme helfen?«

»Das weiß ich nicht, Mr. Stone. Das haben sie mir nicht gesagt.«

Ein neues Bild begann sich im Spiegel zu formen: Stones junger Angestellter Joey Ernest, der in seinem Wohnzimmer neben dem Kamin saß und düster dreinblickte – genau genommen schien er den Tränen nahe zu sein. In der Nähe spielten sein kleiner Junge von sechs und sein kleines Mädchen von vier Jahren mit ein paar schönen neuen Spielsachen unter einem hell erleuchteten Christbaum.

Joeys Frau Linda, eine hübsche Blondine in einem roten Weihnachtskleid, kam und legte den Arm um ihn.

»Warum bist du so traurig, Liebling?«

»Ich kann mir nicht helfen ... ich weiß, ich sollte glücklich sein. Es war ein großartiges Weihnachten ... aber ich ... ich schäme mich so ...«

»Liebling ...«

»Andere Männer in meinem Alter kämpfen an blutigen Stränden, um Ruhm und Ehre von Gott und Vaterland zu verteidigen. Und ich, ich krieche unter Betten und verstecke mich in Hotelschränken und mache schmutzige Bilder von Ehebrechern!«

»Joey! Die Kinder!«

»Ich weiß! Die Kinder ... Ich will ihnen ein gutes Leben bieten ... aber muss ich das auf diese Weise machen? Indem ich meinen liebestollen Boss decke, unter einer Million anderer Demütigungen? Ich kündige! Ich schwöre, am Montag werde ich kündigen!«

Sie küsste ihn auf die Wange. »Ich werde zu dir halten!«

Er sah sie mit einem Hundeblick an. »Ich hätte uns mit den ganzen Ratenkäufen nicht bis über beide Ohren reinreiten dürfen ... Wie sollen wir das bloß schaffen, Linda?«

»Ich werde die Stelle in der Waffenfabrik annehmen. Mama kann nach den Kindern sehen, wenn wir beide nicht da sind. Das wird schon klappen.«

»Ach, Linda! Ich liebe dich so sehr! Frohe Weihnachten, Baby!«

»Frohe Weihnachten, Liebling!«

Sie umarmten sich, während das Bild verschwamm.

Jetzt füllte sich der Spiegel mit der Ansicht obdachloser Männer in einer Suppenküche. Sie standen für Suppe, Brot und eine warme Mahlzeit an. Sie wurden von der hübschen jungen Heilsarmee-Arbeiterin bedient, bei der Stone im Büro einen Annäherungsversuch unternommen hatte. Im Hintergrund sangen Männerstimmen ein Weihnachtslied: »*God Rest Ye Merry Gentlemen.*«

»Dieses Lied haben wir immer zu Hause gesungen«, erzählte Stone dem Soldaten. »Meine Mutter hat Klavier dazu gespielt. Herrgott! Was für ein Schurke!«

»Wer, Mr. Stone?«

Aber der Spiegel zeigte schon wieder ein anderes Bild: Katie Crockett zusammen mit einer dicklichen älteren Frau und einem gebrechlich aussehenden älteren Mann ...

»Hey, Junge«, sagte Stone, »das ist deine Schwester!«

»Und meine Eltern«, sagte Ben Crockett leise.

… die um den Christbaum in Katies kleiner Wohnung saßen und Geschenke auspackten und fröhlich plauderten. Es klingelte an der Tür, und Katie sprang auf, um aufzumachen.

Aber sie kam nicht zurückgesprungen.

»Es … es ist ein Telegramm vom Kriegsministerium«, sagte Katie.

»Oh nein!«, sagte ihre Mutter. »Nicht …«

»Es ist Ben, nicht wahr?«, sagte ihr Vater.

Sie drängten sich zusammen und lasen das Telegramm, und Tränen strömten über ihre Wangen.

»Na ja, das stimmt nicht, Junge«, sagte Stone zu Crockett. »Morgen gehst du da hin und klärst die Sache auf. Es bricht ihnen das Herz – sie glauben, du wärst tot!«

»Mr. Stone«, entgegnete der Junge und nahm sein Schiffchen ab und enthüllte ein Einschussloch mitten in der Stirn, »ich fürchte, sie haben recht.«

»Mein Gott …!«

»Ich muss jetzt heimgehen«, sagte Ben. »Sagen Sie Schwesterchen, dass ich sie liebe. Würden Sie das für mich tun, Mr. Stone? Und meinen Eltern auch?«

Wie ein weiteres Bild, das im Spiegel verschwamm, verblasste der junge Soldat.

Wieder allein in seinem Schlafzimmer hielt Stone seinen Brummschädel mit beiden Händen fest. »Hat mir jemand einen präparierten Drink untergejubelt?« Erschöpft schwankte er zurück zum Bett, fiel mit dem Gesicht voran darauf, und barmherziger Schlaf sank über ihn herab.

Mein Weihnachten wird traurig sein ohne dich ...

Stones Augen klappten auf; sein Schlafzimmer war immer noch dunkel. Jemand sang, eine Art Country-Bing-Crosby, eine sonderbare Stimme, eine diesseitige schauerliche Stimme.

... blue Christmas, that's certain ...

Der kleine runde Wecker zeigte vier Uhr in der Früh an.

... decorations of white ...

»Was ist denn das für ein Lärm, verflucht noch mal? Das Radio?«

»Das bin ich, Sir«, sagte dieselbe Stimme. Samtig, Bariton, nuschelig.

Stone schleppte sich aus dem Bett und erblickte die seltsamste Erscheinung von allen: Der Mann, der vor ihm stand, trug weiße Lederklamotten mit einem Umhang, der vor Strass nur so glitzerte. Der (leicht übergewichtige) Mann hatte ziemlich lange rabenschwarze Haare, ein unverschämt hübsches, wenngleich aufgedunsenes Gesicht und Augen mit schweren Lidern.

»Wer zum Henker sind Sie?«

»Ah, ich will nich' unbescheiden klingen, Sir«, sagte er heiser, »aber wo ich herkomme, nennt man mich den ›King‹.«

»Erzählen Sie mir nicht, Sie sind Jesus Christus!«, sagte Stone und riss die Augen auf.

»Wohl kaum, Sir. Ich bin bloß ein armer Junge vom Land. Im Augenblick bin ich ungefähr sieben Jahre alt, Sir.«

»Wenn Sie sieben sind, würde ich an Ihrer Stelle weniger Schokoriegel essen!«

Die Erscheinung in Weiß kam auf ihn zu, ein Ledergespenst; auch seine Schuhe waren sonderbar – strassbesetzte weiße Cowboystiefel. »Ich fürchte, Sie verstehen nicht, Sir – ich bin der Geist von jemandem, der zu Ihrer Zeit erst kurz auf der Welt weilt und noch nicht erwachsen geworden ist, geschweige denn gestorben.«

»Sie sind noch nicht gestorben, aber Sie sind ein Geist? Ein Geist in einem weißen Lederanzug! Das ist bis jetzt das Beste! Das ist bis jetzt mein Favorit ...«

»Sehen Sie, ich war eine sehr berühmte Person oder werde es sein. Und ich will wirklich nicht prahlen, aber ich war größer als die Beatles.«

»Sie sind der größte Käfer, der mir je untergekommen ist, basta, Kumpel!«

»Sir, ich habe Schindluder mit meinem Talent getrieben und mit meinem Körper, deshalb muss ich ein paar Schulden abzahlen. So bin ich auch zu diesem Auftritt gekommen.«

»›Auftritt‹?«

»Ich bin hier, um Ihnen eine kleine Vorschau auf kommende Attraktionen zu geben, Sir. Etwas, was ungefähr nächste Weihnachten stattfinden wird ... Weihnachten '43 ...«

Die Erscheinung nahm eine merkwürdige Pose ein, als würde sie ihren ganzen Körper in einen Hinweispfeil verwandeln, und plötzlich befanden sich sowohl der King als auch Stone in einer kleinen Kapelle, die ziemlich aufdringlich mit Weihnachtsschmuck dekoriert war, der irgendwie unkirchlich schien.

»Wo *sind* wir?«

»Willkommen in *meiner* Welt, Sir! Wir sind ein paar Jahre zu früh dran, um es zu ermessen, aber eines Tages wird dies eine richtige ›Bright Light City‹ sein.«

»Wovon reden Sie überhaupt?«

Der King grinste sich einen. »Wir sind in Vegas, Mann!«

Vorn in der Kapelle standen ein Mann und eine Frau einem

Geistlichen gegenüber. Orgelmusik aus der Konserve wurde eingespielt. Eine Trauung war im Gang.

Stone ging hin, um es sich anzusehen.

»Da hol mich doch der Teufel!«, entfuhr es ihm.

»Genau das versuchen wir zu verhindern, Sir.«

»Das sind Maggie und dieser Widerling Larry Turner! Wie sie in den Hafen der Ehe einlaufen! Na ja, gut, dass wir sie los sind ...«

»Vielleicht sollten Sie sehen, wie *Sie* das nächste Weihnachten verbringen ...«

Und jetzt befanden sich Stone und der Strassgeist in einer Gefängniszelle. Ebenso ein abgehärmt aussehender Nächstjahres-Stone – in weiß-schwarzer Gefängniskleidung, auf seiner Pritsche hockend und verzweifelt wirkend. Auf einem Stuhl ihm gegenüber saß Sgt. Hank Ross.

»Hank, du weißt, dass ich unschuldig bin!«

»Ich glaube dir ja, Stoney. Aber die Geschworenen haben das nicht. Dieser Augenzeuge ...«

»Man hat ihn gekauft und dafür bezahlt!«

»... und deine Waffe, die sich als die Mordwaffe herausgestellt hat, tja ...«

»Du kriegst von einem anonymen Anrufer den Tipp, die Kugeln, die Jake umgebracht haben, mit meiner Waffe zu vergleichen, ein *Jahr* später, und du findest es nicht verdächtig?«

»Die ballistischen Tests waren positiv.«

»Irgendein betrügerischer Cop muss die echten Kugeln vertauscht haben mit falschen, die aus meiner Waffe abgefeuert wurden! Ich habe dir doch gesagt, Hank, als ich nach Miami in Urlaub gefahren bin, habe ich die Pistole in meiner Schreibtischschublade gelassen! Jeder hätte sie –«

»Schnee von gestern, Stoney.«

»Du musst mir glauben ...«

»Tu ich ja. Aber deine Berufung wurde abgelehnt ...«

»Was ist mit dem Gouverneur?«

»Die Zeitungen wollen deinen Arsch, und der Gouverneur will Wählerstimmen. Du weißt, wie es läuft.«

»Ja, Hank. Ich weiß, wie es läuft, schon gut ...«

»Stoney, du solltest besser mit deinem Schöpfer ins Reine kommen.« Ross seufzte schwer. »Denn morgen um diese Zeit ... wirst du ihm gegenübertreten.«

Ross klopfte seinem Freund auf die Schulter, rief nach dem Wärter und war schnell fort. Stone stand auf und umklammerte die Gitterstäbe seiner Zelle, während eine einsame Mundharmonika ›Herbei, o ihr Gläubigen‹ spielte.

»Todestrakt?«, sagte Stone zum King. »Nächste Weihnachten sitze ich im Todestrakt?«

»Sir, ich fürchte, das stimmt. Und ich glaube, wir müssen weitergehen ...«

Und sie waren wieder in der Wohnung.

»Ich habe keine Ahnung, wer zum Teufel Sie sind«, sagte Stone, »aber Sie haben was gut bei mir. Von allen Visionen, die ich heute Nacht gesehen habe, sind Ihre diejenigen, die mir alles klargemacht haben.«

»Vielen Dank«, sagte der King.

Stone wandte kurz den Blick ab, aber als er wieder hinsah, hatte sein Besucher das Gebäude verlassen.

Fast schwindelig fiel Stone wieder aufs Bett; in seinem Kopf drehte sich alles; der Schlaf senkte sich über ihn ...

Als er wach wurde, war es fast Mittag. Er fühlte sich wie neugeboren. Er duschte und rasierte sich und pfiff dabei »Freue dich, Welt«. Als er sich anzog, legte er das Schulterhalfter mit seinem Revolver an, nahm die Waffe heraus und überprüfte die Trommel.

»Mensch, Sadie!«, sagte Stone. »Was bist du nur für ein Mädchen! An Weihnachten geladen ...«

Er kicherte und wollte die Waffe gerade zurückstecken, als er die Stirn runzelte und sich die .38er genauer besah, insbesondere den Griff.

»Hol mich der Teufel!«, sagte er zu sich. Dann lächelte er wissend: »Oder vielleicht auch nicht!«

Er steckte den Revolver wieder in das handgefertigte Schulterhalfter und warf seinen Mantel über. Dann überlegte er kurz, ging an seinen Wandtresor, zählte fünftausend Dollar in Hundertern ab und steckte das Bündel ein.

Als Stone an Eddies Wohnungstür klopfte, bekam er keine Antwort. Kam er zu spät? Er schrie: »Eddie – hier ist Stone! Ich hab dein Geld! Alle fünf Riesen!«

Endlich lugte Eddie heraus; er war ein bisschen zerschrammt von der groben Behandlung, die Stone ihm am Abend zuvor hatte angedeihen lassen. »Was soll das sein – ein Witz?«

»Nein. Lass mich rein.«

In der kleinen Wohnung – übersät mit alten Ausgaben von *Racing News*, schmutzigen Klamotten und Pappkartons von Essen zum Mitnehmen – zählte Stone einem fassungslosen Eddie das Geld vor.

»Was ist das?«

»Das ist ein Weihnachtsgeschenk, du kleine Ratte.«

»Wieso ...?«

»Du bist der Bruder meines Partners. Ich hatte die Pflicht, dir zu helfen. Aber hiermit hat es sich auch ... das wird dir heute aus der Klemme helfen, und in Zukunft fragst du mich nicht mehr nach finanzieller Unterstützung, kapiert? Wenn die Schläger kommen, zahlst du sie aus. Und wenn du deine Spielsucht loswerden willst, könnte ich Arbeit für dich im Büro finden. Aber ansonsten bist du ganz auf dich allein gestellt!«

»Ich kapier's nicht. Wieso hilfst du mir, nachdem ich dich erpressen wollte ...?«

»Ach so, na ja, falls du *das* noch mal versuchst, breche ich dir die Arme.«

»Na, das klingt doch nach dem alten Stoney!«

»Nein – der alte Stoney hätte dich umgebracht. Eddie – du hast gesagt, dein Bruder habe versprochen, sich ›um dich zu kümmern‹, falls ihm etwas zustoßen würde. Du schienst dir deiner Sache echt sicher zu sein ...«

Eddie nickte nachdrücklich. »Er hat mir gesagt, ich stünde in seiner Versicherungspolice – fünfzig Prozent sollten an mich gehen, aber irgendwie hat diese Hexe sich *alles* unter den Nagel gerissen!«

Nicht lange danach klopfte Stone an die Tür der Penthousewohnung der Witwe Marley.

Maggie versuchte, sich ihr Unbehagen darüber, Stone zu sehen, nicht anmerken zu lassen. »Ja, Richard«, sagte sie und hob die Stimme, »was für eine nette Weihnachtsüberra–«

Aber er schob sich an ihr vorbei, bevor Larry Turner sich ein Versteck suchen konnte. Er stellte Turner am Kamin, wo keine Strümpfe aufgehängt waren.

»Fröhliche Weihnachten, Larry«, sagte Stone. »Ich habe ein Geschenk für Sie ...«

Stone zog die .38er unter der Schulter hervor und richtete sie auf den zitternden Turner, der immer noch das seidene Smokingjackett trug, das Stone letzte Nacht in der Vision im Spiegel gesehen hatte.

»Eigentlich ist es ein Geschenk, das Sie *mir* gemacht haben«, sagte Stone. »Meine beste Freundin – mein bestes Mädchen – ist Sadie. Mein Revolver. Schon irgendwie eine traurige Bemerkung, oder?«

»Ich weiß nicht, was in Sie gefahren ist, Stone … nur hören Sie auf, mit diesem Ding auf mich zu zielen …«

»Das Komische ist, das hier ist nicht Sadie. Stellen Sie sich vor – über ein Jahr lang ziehe ich mit der falschen Frau durch die Gegend, ohne es zu wissen!«

Maggie sagte: »Richard, bitte steck diese Waffe weg – «

»Süße, würde es dir etwas ausmachen, dich da rüber zu deinem Freund zu stellen? Ich glaube ehrlich nicht, dass du über diese Sache Bescheid wusstest, aber ich werde kein Risiko eingehen.«

Sie wollte etwas sagen, aber Stone herrschte sie an: »Beweg dich!«, und mit der .38er dirigierte er sie zu Turner hinüber.

Stone fuhr fort: »Irgendwann letztes Jahr, Larry … ich weiß nicht, wann genau, nur dass es vor Heiligabend gewesen sein muss … haben Sie meine Sadie gestohlen und durch eine ähnliche Waffe ersetzt. Das Problem ist, bei Sadie fehlt ein kleines Stückchen am Griff … winzig, aber es fehlt, nur dass es bei *dieser* Waffe nicht fehlt.«

»Warum zum Henker sollte ich das tun?«, fragte Turner.

»Weil Sie *meine* Waffe benutzen wollten, um Jake damit umzubringen. Was Sie auch taten.«

»Jake umbringen! Warum sollte ich – «

»Weil Sie und Maggie ein Paar sind. Ein heimliches Paar, aber ein Paar. Sie haben die Versicherungspolice manipuliert, sodass *all* die Dollars der doppelten Abfindung an Maggie gingen, obwohl Jake wollte, dass sein nichtsnutziger Bruder die Hälfte bekommt. Jake hielt Sie für einen Freund – deshalb waren seine Hände in den Taschen und seine Waffe unter seinem Mantel, als Sie dicht an ihn herangingen und ihm diese achtunddreißigkalibrigen Weihnachtsgrüße schickten.«

»Mit *Ihrer* Waffe? Wenn irgendetwas hiervon wahr wäre, dann hätte ich diese Waffe der Polizei gegeben, schon vor langer Zeit.«

»Nicht unbedingt. Sie sind ein Versicherungsmann … meine Waffe zu benutzen war wie eine Versicherung abzuschließen. Jedes Mal, wenn es so aussah, als würden Sie – oder auch Maggie – in Verdacht geraten, konnten Sie die Waffen wieder vertauschen und einen hübschen kleinen anonymen Anruf machen.«

Maggie beobachtete Turner mit großen Augen und wachsendem Entsetzen. »Ist das wahr? Hast du Jake getötet?«

»Das ist Unsinn!«, sagte er herablassend zu ihr.

»Nun«, sagte sie bitter, »und was war das dann für eine Pistole, die ich für dich in meinen Wandtresor legen sollte? Zu meinem ›Schutz‹, hast du gesagt!«

»Halt die Klappe!«, sagte er.

»Jetzt weiß ich, was ich zu Weihnachten will«, sagte Stone. »Maggie, mach den Safe auf!«

Sie ging zu einem Ölgemälde von ihr selbst, nahm es ab und enthüllte den runden Safe, den sie öffnete.

»Tritt zur Seite, Süße«, befahl Stone, »und lass *ihn* die Waffe rausholen!«

Der schwitzende Turner fuhr sich mit der Zunge über die Lippen, griff hinein und packte den Revolver, wirbelte herum, feuerte, hechtete hinter die nahe Couch. Als Turner um die Ecke schielte, um wieder auf Stone zu schießen, hatte sich der Detektiv schon auf den Boden fallen lassen. Stone erwiderte das Feuer, und seine Kugel durchschlug ein dickes Sofakissen. Turner tauchte wieder auf, und Stone erwischte ihn an der Schulter.

Turner schrie auf und fiel hin; der fallen gelassene Revolver schlitterte harmlos über den Marmorboden.

Stone stellte sich über Turner, der wütend und von Schmerz gepeinigt hochsah und sich die angeschossene Schulter hielt. »Sie *wollten*, dass ich mir eine Schießerei mit Ihnen liefere!«

»Ganz recht.«

»*Wieso?*«

»Weil alles Theorie war, bis Sie versucht haben, mich zu erschießen. Jetzt hat es für die Cops und vor Gericht Hand und Fuß.«

»Sie Dreckskerl, Stone ... warum tun Sie es nicht einfach? Warum erschießen Sie mich nicht einfach und fertig?«

»Das habe ich nicht vor. Zuerst einmal gefällt mir der Gedanke, dass Sie das nächste Weihnachten im Todestrakt verbringen. Zweitens sind Sie es nicht wert, dass ich Ihretwegen in die Hölle komme.«

Stone rief Sgt. Ross an. »Ja, ich weiß, dass du zu Hause bist, Hank – aber ich habe noch ein Geschenk für dich – schön eingepackt ...«

Er legte auf und merkte dann, dass er einer durchtrieben lächelnden Maggie gegenüberstand.

»Nimmst du es mir übel?«, fragte sie.

»Nö. Wir sind beide Lumpen. Wir spielen beide miteinander herum.«

Maggie blickte ihn verführerisch an; ließ einen Finger an seinem Arm auf und ab wandern. »Du warst so *sexy* bei dieser Schießerei ... ich glaube nicht, dass ich mich jemals mehr zu dir hingezogen gefühlt habe ...«

Er lachte bloß, schüttelte den Kopf und schob sie sanft beiseite.

»Eher würde ich in die Hölle gehen«, sagte er.

Später, nachdem Turner Ross übergeben worden war, machte Stone einen Abstecher zu Joey Ernests Haus am nördlichen Stadtrand.

»Mr. Stone – was tun Sie denn hier?«

»Ich wollte dir nur frohe Weihnachten wünschen, Junge. Und dir mitteilen, dass mein guter Vorsatz zum neuen Jahr ist, mit dem Scheidungsgeschäft Schluss zu machen.«

»Wirklich?«

»Wirklich. Ich kann an Aufträge mit Kundenkrediten rankommen ... das wird keine Reichtümer abwerfen, aber wir können noch in den Spiegel schauen.«

Joeys Gesicht hellte sich auf. »Sie wissen gar nicht, was mir das bedeutet, Mr. Stone!«

»Ich denke, vielleicht weiß ich das doch. Nebenbei bemerkt, Mrs. Marley und ich sind auseinander. Sie brauchen ihren dreckigen Boss nicht mehr zu decken.«

»Mr. Stone ... kommen Sie rein, und sagen Sie meiner Familie guten Tag! Wir haben uns noch nicht zum Abendessen hingesetzt. Bitte leisten Sie uns Gesellschaft!«

»Ich würde ja gerne hallo sagen, aber ich kann nicht lange bleiben. Ich habe noch eine andere Verabredung.«

Schließlich klopfte er an die Tür von Katies kleiner Wohnung.

»Nanu ... Richard!« Ihr strahlendes Gesicht verriet ihm, dass gewisse Neuigkeiten sie noch nicht erreicht hatten.

»Darf ein Kerl seine Meinung ändern? Und seine Gepflogenheiten? Ich würde gern Weihnachten mit dir und deiner Familie verbringen.«

Sie hakte ihn unter und führte ihn hinein. »Ach, sie werden so begeistert sein, dich kennenzulernen! Du hast mich so glücklich gemacht, Richard ...«

»Ich wollte einfach nur bei dir sein heute«, antwortete er, »und vielleicht könnten wir ja irgendwann, vor Neujahr, rüberfahren nach DeKalb und meinen Onkel Bob und Tante Helen besuchen.«

»Das wäre herrlich!«, sagte sie, während sie ihn ins Wohnzimmer mit dem glitzernden Christbaum führte. Ihre Mutter und ihr Vater erhoben sich lächelnd von der Couch.

Es würde ein trauriges Weihnachten für diese Familie werden, wenn es an der Tür klingelte, was allzu bald geschehen würde; aber wenn es so weit war, wollte Stone wenigstens bei ihnen sein.

Bei Katie.

Und wenn sie irgendwann ans Grab des jungen Soldaten gingen, um ein Gebet zu sprechen und einen Kranz niederzulegen, würde Stone dasselbe für seinen verstorbenen Freund und Partner machen.

Originaltitel: *A Wreath for Marley*
Ins Deutsche übertragen von Axel Franken

Überraschende Weihnachten

Noel, Noel
Barry Perowne

Der großartigste Kriminelle der Literatur ist A. J. Raffles, der Gentleman-Juwelendieb, den E. W. Hornung am Ende des Viktorianischen Zeitalters erschuf. 1921, ein paar Jahre nach dem Tod des Autors, war die Figur immer noch dermaßen populär, dass das britische Magazin *The Thriller* Philip Atkey (der das Pseudonym Barry Perowne benutzte) bat, die Abenteuer des Gauners fortzuführen, und Atkey schrieb in der Folge mehr Geschichten über Raffles als dessen Erfinder selbst. Im Lauf einer fünfzigjährigen Karriere verfasste er Hunderte von Erzählungen und mehr als zwanzig Romane, von denen viele den charmanten Geldschrankknacker und seinen Handlanger Bunny Manders als Protagonisten hatten. *Noel, Noel* wurde erstmals in der Sammlung *Murder Under the Mistletoe* veröffentlicht, herausgegeben von Cynthia Manson (New York, Signet, 1992).

Noel, Noel
Barry Perowne

Es war an einem grauen Dezembermorgen unter einem schnee-
verhangenen Himmel, als ich das Kolonialministerium (Abteilung
Pazifik) auf dessen Wunsch in Sachen meines kürzlich verstorbenen Bruders aufsuchte. Als seinem einzigen noch lebenden Verwandten in England übergab man mir einen Brief vom Resident
Commissioner der abgelegenen Inselgruppe, auf der mein Bruder
sein Leben beschlossen hatte. Mit dem Brief ging eine Fotografie
seines Grabes einher, und man reichte mir zudem eine Schachtel oder kleine Kiste, in die sonderbare Inselzeichnungen einge-
schnitzt waren. Man hatte sie in seinem palmengedeckten Haus
gefunden und erklärte mir, sie enthalte eine Handschrift auto-
biografischer Natur, die er hinterlassen habe.

Der Beamte, der mich befragte, war eine Person schwer zu
schätzenden Alters, tadellos gekleidet mit schwarzem Jackett und
gestreifter Hose und von ausgesuchter Höflichkeit. Als ich mich
verabschiedete, half er mir in meinen Tweedmantel, reichte mir
meine graue Melone und meinen Gehstock. Zweifelsohne aus
Achtung vor meiner Gebrechlichkeit und meinem Silberhaar be-

stand er darauf, mir die Kiste nach draußen zum wartenden Taxi zu tragen.

Inzwischen hatte es richtig zu schneien begonnen.

»In ein paar Tagen ist Weihnachten«, sagte mein Beamter, als wir uns durchs Taxifenster die Hand gaben, »und es wird ein weißes Weihnachten werden.«

Er bedachte mich mit einem recht merkwürdigen Blick, und ich hatte, als sich das Taxi zur Victoria Station in Bewegung setzte, keinen Zweifel daran, dass er an meinen Bruder gedacht hatte, der am ersten Weihnachtsfeiertag zur Welt gekommen war und dementsprechend den Namen Noel erhalten hatte, wie Weihnachten in England ja auch genannt wird.

Ich wohnte auf dem Land, und als ich mit dem Zug nach Hause zurückfuhr, hatte ich ein Erste-Klasse-Abteil für mich allein. Bevor ich die Kiste auf dem Sitz neben mir öffnete, betrachtete ich noch einmal das Foto der weit entfernten Gedenkstätte meines Bruders. Ein kleiner Obelisk, der aussah, als bestünde er aus weißer Koralle, trug die eigenartige Grabinschrift »1°58'N 157°27'W«, zusammen mit zwei Initialenpaaren, dem meines Bruders und, so hatte man mir gesagt, dem der Frau, mit der er sehr viele Jahre (auch wenn ich heute zum ersten Mal davon erfahren hatte) äußerst glücklich verheiratet war.

Was diese Jahre anging, so erfüllten die Begriffe, die der Resident Commissioner benutzte, um sie zu beschreiben, mich mit Verwunderung, als ich seinen Brief noch einmal überflog: »Geliebt von dieser kleinen Gemeinde von zweiundvierzig Seelen – eine Quelle des Trostes – weise in der Ratsversammlung – freundlich, mutig, selbstlos –«

Beim besten Willen konnte ich in diesem Bild nicht meinen

Bruder wiedererkennen, so wie er mir vertraut gewesen war. Zur Aufklärung wandte ich mich der Kiste auf dem Sitz neben mir zu. Ich betrachtete kurz die Schnitzereien: Zeichnungen von Auslegerkanus, Paddeln, Kokospalmen, Schildkröten und Landkrabben, und als ich – mit einem unbehaglichen Gefühl, als wäre ich ein Eindringling – den Deckel hochhob, entströmte der Kiste ein dezenter Duft, den meine Einbildungskraft mit Palmenfasern und Meeresmuscheln, Sonnenschein und Korallengrotten, gebackener Brotfrucht und Frangipaniblüten in Verbindung brachte. Ich atmete wieder, so schien es mir – in diesem Zug, der durch den Dezemberschneefall schaukelte –, die Passatwinde ein, die mir aus den Seiten meiner Kindheitslektüre – näher als in diesen Büchern bin ich dem Pazifik nie gekommen – entgegengeweht waren.

Ich nahm das Manuskript meines Bruders aus der Kiste, fuhr mit dem Finger über den ausgefransten Einband, blätterte aufs Geratewohl in den vergilbten Seiten. Sie waren mit verblassten Wörtern in einer Handschrift bedeckt, die ich auch nach all den langen Jahren als die meines Bruders wiedererkannte. Und beim ersten Satz, einfach und konventionell – *Meine früheste Erinnerung ist Weihnachten im Jahr 1880* –, nickte ich vor mich hin, denn ich erinnerte mich an dieses und viele andere Weihnachten zu Hause.

Ich war fünf Jahre älter als Noel. Wir waren eine große Familie und lebten in einem weitläufigen Landhaus, und unser Vater, normalerweise ein Furcht einflößender Mensch, war zur Weihnachtszeit stets gut gelaunt und ausgelassen. Für uns, seine acht Kinder, war es immer mit Abstand die unbeschwerteste Zeit des Jahres. Das war in Kindheit und Jugend insbesondere für Noel so, den Jüngsten von uns, da es doch sowohl sein Geburtstag als auch die Zeit des Jahres war, nach der er benannt war. Für Noel war es eine

Zeit purer Magie. Seine Augen leuchteten vor Begeisterung. Er war ein hübscher Junge, sensibel und fantasievoll, kein bisschen wie wir anderen, die ziemlich unscheinbar und langweilig waren. Ja, zur Weihnachtszeit war mein Noel als Junge immer in Hochform – wenngleich er sich später, im jungen Mannesalter, gewissermaßen als Reaktion auf einen äußerst unglücklichen Umstand, immer von seiner unseligen schlechtesten Seite zeigte.

Meine Schwester Emily bemerkte einmal: »Ich nehme an, es ist natürlich, dass Weihnachten Noel sogar noch mehr bedeutet als uns anderen, aber weißt du, manchmal frage ich mich, ob seine Begeisterung ganz gesund ist. Sein Bestreben, dass wir alle hier zusammen sind, seine Sorge, ob es auch zur rechten Zeit schneien wird, seine heillose Verschwendung, mit der er die Weihnachtssänger belohnen würde, wenn wir ihn nicht zurückhielten – das alles lässt mich überlegen, ob es nicht irgendwo in ihm drin eine gewisse Labilität gibt. Wirklich, manchmal zittere ich vor Angst, wenn ich an seine Zukunft denke.«

Sie hatte guten Grund dazu. Mit sechzehn begann er mit dem Gesetz in Konflikt zu geraten. Mit achtzehn gab sein Verhalten Anlass zu tieferer Beunruhigung. Mit zwanzig, während er in Shropshire bei einem Immobilienmakler in der Lehre war, schlug er derart über die Stränge, dass mein Vater ihm sagte, er solle sich nie mehr zu Hause blicken lassen.

Armer Noel. Weihnachten war nicht dasselbe für ihn ohne uns – oder für uns ohne ihn. Einige von uns waren inzwischen verheiratet, aber aus Achtung vor unserem Vater kamen wir immer in unserem alten Zuhause zusammen. Unsere natürliche Langweiligkeit, der die Inspiration von Noels Anwesenheit fehlte, war ziemlich betäubend.

Was Noel betraf, so wurde er, nachdem er verstoßen worden war, gleich zur nächsten Weihnachtszeit vor einen Londoner Richter geführt und wegen Trunkenheit und beleidigenden Benehmens angeklagt. Wir erfuhren später davon. Als man ihn fragte, ob er etwas zu sagen habe, gab er die Schuld an seinem Fehlverhalten seinem plötzlichen Bedürfnis, die Erinnerung an vergangene fröhliche Weihnachten in dem Heim, aus dem ihn seine eigene Torheit für immer ausgesperrt hatte, zu ertränken.

»Junger Mann«, sagte der Richter, »Ihre Schwierigkeiten sind weniger einzigartig als Ihre Einfälle. Zu dieser Zeit des Jahres sind wir alle anfällig für Selbstmitleid. Wir alle haben Erinnerungen und bereuen Dinge. Zur Weihnachtszeit sind wir alle empfindsam, aber es ist ein Zeichen von Unreife, zuzulassen, dass ein solch allgemeines Gefühl sich – wie in Ihrem Fall – krankhaft entwickeln kann. Klage abgewiesen, aber verlassen Sie das Gericht noch nicht! Ich bin noch nicht mit Ihnen fertig!«

Was dann kam, war überraschend. Der Richter, vielleicht bewegt von Noels gutem Aussehen und seinem charmanten Auftreten und von einem gewissen Pathos der Verirrung, lud ihn über Weihnachten als Gast zu sich nach Hause ein. Der Besuch zog sich in die Länge. Lange nachdem die Stechpalmen heruntergenommen worden waren, lungerte mein Bruder noch immer im Haus des Richters herum. Anstatt ihm das zu verübeln, entwickelten der Richter und die Dame des Hauses eine wachsende Zuneigung zu ihm. In gewissem Sinne adoptierten sie ihn; doch weil es ihnen nicht gefiel, ihn untätig zu sehen, fanden sie für ihn eine vernünftige Arbeitsstelle in einer Stadt an der Südküste.

Das folgende Weihnachten sah Noel erneut in Schwierigkeiten. Es war so ernst, dass er, statt »nach Hause« ins Heim des Richters zurückzukehren, wo man ihn zu Heiligabend erwartete, dem bedauernswerten Mann ein Telegramm schickte, in dem er seine Absicht ankündigte, sich um Mitternacht vom Kreidefelsen Beachy Head zu stürzen.

Der beunruhigte Richter ließ die Polizei zu der Stelle eilen. Noel jedoch war, nachdem er sein Telegramm geschickt hatte, dem Alkohol erlegen und wurde später besinnungslos in einer schneebedeckten Strandmuschel gefunden. Obwohl der Richter wütend war, gab er der Forderung seiner Frau nach, er solle die Schwierigkeiten aus dem Weg räumen, in denen Noel steckte; aber er erklärte meinem Bruder, er könne fortan auf seine eigene Weise zum Teufel gehen.

Der Richter und seine Frau hingegen fuhren nach Aix-les-Bains, um sich von den unverdienten Aufregungen zu erholen. Eines Morgens, als sie im angenehmen Wintersonnenschein von ihrem Hotel zu den heilenden Bädern spazierten, stürzte ein Mann hinter einer Dattelpalme hervor und pflanzte sich mitten in ihren Weg.

Es war mein Bruder Noel, gut aussehend wie immer, aber sehr ungepflegt und in einem Zustand der Erregung, der typisch für ihn war und den meine Schwester Emily einmal als »ungesund« bezeichnet hatte.

»Zum Teufel gehen, darf ich?«, schrie er den Richter an. »Auf meine eigene Weise? Na schön, sehen Sie genau hin! *Das* ist meine Weise!«

Seine Hand fuhr blitzschnell zum Mund. Ein Gendarm im Mantel kam angerannt und blies in seine Trillerpfeife. Mein Bruder Noel torkelte heftig nach links. Seine Knie wurden weich. Die Frau des Richters schrie. Mein Bruder Noel fiel mit weißem Schaum vor dem Mund zusammengekrümmt vor ihre Füße.

Später wurde festgestellt, dass er Seife gegessen hatte.

Seine Absicht hatte darin bestanden, das Ehepaar derart zu ängstigen, dass sie ihn gnädig wieder bei sich aufnähmen. Das Außergewöhnliche an der Sache war, dass der Richter ihn nicht ins Gefängnis stecken ließ. Er hätte es zwar gern getan, aber seine brave Frau war der Ansicht, dass es keinen Zweck hätte, Noel einzusperren, weil er in ein oder zwei Monaten wieder frei wäre – und damit frei, sie wieder zu drangsalieren. Dann würde sie sich nicht mehr trauen, einen Fuß vor die Tür zu setzen, meinte sie, vor Angst, er könnte aus dem Gebüsch gesprungen kommen und sich direkt vor ihren Augen mit einem Rasiermesser die Pulsadern aufschneiden. Er müsse weggeschickt werden, verlangte sie, irgendwohin ganz weit weg.

Daraufhin stellte der Richter die finanziellen Mittel für Noels Auswanderung nach Australien zur Verfügung.

Zu Hause hörten wir – seine Familie – erst später von alldem. Zwischenzeitlich waren mein Vater und auch meine Schwester Emily verstorben, und diejenigen unter uns, die immer noch im Haus unserer Familie lebten, hatten beschlossen, die Vergangenheit ruhen zu lassen und Noel willkommen zu heißen, sollte er je wieder auftauchen.

Aber wir hörten nichts von ihm, und erst jetzt, als ich im Zug saß und sein Manuskript las, erfuhr ich von den Abenteuern, von denen ich bis dahin nicht die geringste Ahnung gehabt hatte.

Ich legte das Buch kurz auf meinen Knien ab. Das Licht im Abteil war angegangen. Draußen fielen dicke Schneeflocken, und Wälder und Äcker schimmerten unter einem weißen Mantel in der Dämmerung des Dezemberabends.

Armer Noel, dachte ich erneut; er war ein unverbesserlicher Taugenichts gewesen, als er England verlassen hatte. Ich staunte wieder über den Brief, den mir das Kolonialministerium ausgehändigt hatte und der so voll des Lobes über meinen Bruder war. Welche Erfahrungen hatte er gemacht, die ihn derart verändert hatten?

Ich nahm das Buch wieder zur Hand und las von einer anhaltenden Reihe von Unverschämtheiten und Katastrophen. Binnen eines Jahres war der Boden in Australien zu heiß für ihn geworden, als dass er noch länger dort hätte bleiben können. Er sah sich gezwungen, klammheimlich an Bord eines Handelsschoners, der *Ellis P. Harkness*, das Land zu verlassen, dessen Kapitän ein zahnloser Cockney namens Larkin war, ein ebenso unverbesserlicher Halunke wie mein Bruder.

Der Dritte an Bord des Schoners war ein schlanker, brauner, stiller, stets lächelnder Junge, ein Eingeborener aus Tokelau mit Namen Rahpi. Er war viel zu gut für die edle Gesellschaft, in der er segelte, aber während der Monate der Gaunereien und des Profitmachens zwischen den Inselgruppen diente er ihnen treu, und meinem Bruder bezeugte der Junge eine unerklärliche Ergebenheit.

Eines Tages, als sich die beiden Männer übel gelaunt in der Kajüte betranken, ließ ein aufgeregter Schrei von Rahpi, der das Ruder übernommen hatte, sie über den Niedergang an Deck wanken. Der Junge zeigte nach Steuerbord. Weit entfernt über der schimmernden See war unter dem blauen Pazifikhimmel ein offenes Boot zu erkennen. Der vorherrschende Ostwind blies leicht und unbeständig; das Segel des Bootes flatterte. Es war offensichtich, dass keine Hand am Steuerruder war.

Am Nachmittag hatte der Schoner das Boot erreicht. In ihm lag die von der Sonne geschwärzte Leiche eines Mannes. Mein Bruder Noel ließ sich in den Kahn hinunter, um den Toten zu untersuchen. Er hielt einen Waschlederbeutel mit den brüchigen Fingern umklammert. Noel löste ihn aus dem Griff des Toten und schüttete den Inhalt auf seine Hand. Sein Herz machte einen Sprung.

Perlen!

Er spürte das Schaukeln des Bootes, als Larkin hereinsprang.

»Halbe-halbe, Partner!«, schlug Larkin vor. »Was hältst du davon, Partner?«

Noel sah ihn an. Larkins Augen verengten sich, die Zunge wanderte über den zahnlosen Gaumen, die rechte Hand lag angespannt auf der Wölbung, die ein Revolver in der Tasche seiner verschlissenen Segeltuchhose verursachte.

Mein Bruder lächelte. »Halbe-halbe, so soll es sein!«

Larkin sah mit durchtriebener Schadenfreude auf die Perlen in der Hand meines Bruders Noel. »Was für ein Weihnachtsgeschenk, Partner!«, sagte er. »Was, Partner?«

Der strahlende Tag schien sich für meinen Bruder plötzlich seltsam zu verdunkeln. Langsam wiederholte er: »Weihnachtsgeschenk?«

Larkin fuhr auf. Es war, als ob er urplötzlich versessen darauf wäre, einen Grund für einen Angriff zu finden, einen Vorwand für einen Kampf.

»Was, du gemeiner, kaputter Säufer«, schrie er, »hast du denn keinen Funken Anstand mehr im Leib? Hast du zu Hause denn keine Familie, die dich vor Scham erröten lässt, wenn du zu einer Zeit wie dieser an sie denkst? Weißt du denn nicht, dass morgen Heiligabend ist?«

Die Perlen rollten unbeachtet aus der Hand meines Bruders aufs Bootsdeck. Larkin warf sich auf die Knie und überschüttete den Toten mit Verwünschungen, weil er ihn zur Seite schieben musste, um an den Kiel zu gelangen. Noel schwang sich zurück aufs Deck des Schoners. Er schob sich an dem verwunderten Rahpi vorbei und stürmte nach unten, wo er seine Mütze quer durch die Kajüte schleuderte und nach einer Flasche griff.

In dieser Nacht stand er schwankend am Ruder und brütete angetrunken vor sich hin, ohne den sternenklaren Himmel eines Blickes zu würdigen. Heftiger denn je zuvor quälte ihn die Erinnerung an lange verlorene, glückliche Weihnachtstage. Er konnte sie weder wieder erleben noch vergessen. Diese Sehnsucht nach Vergangenem, die alle Menschen kennen – die jedoch in meinem Bruder Noel eine krankhafte, zerstörerische Wirkung entfachte –, machte ihn so verzweifelt wie ein gefangenes Tier. Er verspürte das dringende Verlangen zu fliehen, woraus sich in seinem benebelten Verstand der Plan formte, den Schoner und die Perlen an sich zu bringen und *sich Larkin vom Hals zu schaffen* –

Unvermittelt ließ er das Steuerrad los, sodass es sich ziellos hin und her drehte, und torkelte über den Niedergang in die Kajüte hinunter. Die Lampe im Innern schwankte in den Kardanringen und erzeugte einen ölig-gelben Schimmer, in dem die Schatten sich bewegten. Larkin lag schnarchend auf dem Rücken in der Koje, der zahnlose Mund geöffnet, der Gaumen rosig schimmernd unter einem struppigen Bart.

Mein Bruder hielt den Atem an und schob eine Hand unter das Kissen des Schläfers. Er fühlte den waschledernen Beutel, den Revolverknauf. Vorsichtig zog er beide heraus. Er hob den Revolver an Larkins Kopf, doch dann musste er an Rahpi denken. Der Junge aus Tokelau schlief in der Vorpiek; er würde einen Schuss hören. Mein Bruder stand da und biss sich auf die Lippen. Die Wut stieg wieder in ihm hoch. Töte einen, töte beide! Rahpi musste

auch dran glauben. Er musste gestellt und erbarmungslos nieder-
geschossen werden.

Wieder hob mein Bruder den Revolver an Larkins Kopf. In
diesem Moment geriet der führungslose Schoner durch ein plötzliches Auffrischen des Windes ins Schlingern und brachte Noel aus
dem Gleichgewicht. Bevor er sich wieder fangen konnte, schlug
der Sturm zu – einer jener Pazifikstürme, die ein aufmerksamer
Steuermann in der Ferne rechtzeitig genug herannahen sieht, um
schnell die Segel zu reffen und alles festzuzurren. Aber da war kein
Steuermann, und mit Brausen und prasselndem Regen und brül-
lendem Wind war der Sturm auf einmal über ihnen. Larkin erwachte mit einem Schrei, als der Schoner hoch auf die Kämme der
Sturzwellen gehoben und dann taumelnd wieder in die Wellentä-
ler geschleudert wurde. Glas zerbarst, die Lampe erlosch.

Die beiden Männer wurden zusammengeworfen und kämpften
miteinander darum, als Erster zum Niedergang zu gelangen. Letzten Endes schafften es beide an Deck und klammerten sich fest,
wo sie es vermochten, bis eine Welle sie mitriss. Durch das Getöse
rings um sie ertönte ein tieferes, entfernteres Geräusch, ein Geräusch wie Donnergrollen.

»Brecher!«, schrie Larkin gellend.

Danach hatte meine Bruder Noel der Handschrift zufolge keine
klare Vorstellung mehr von den Ereignissen, keine Erinnerung daran, wie es ihm gelang, sich an dem Riff festzuhalten, auf das der
Schoner geworfen wurde. Er wusste nicht, wie viele Stunden vergangen waren, als er das Bewusstsein wiedererlangte. Sein ganzer
Körper schmerzte von den fürchterlichen Abschürfungen, die die
Korallen verursacht hatten. Sein Kopf schien Tonnen zu wiegen,
als er ihn hob.

Er zwang sich auf die Knie hoch. Der unermessliche Morgenhimmel schimmerte in strahlenden Perlmutttönen. Der vorübergezogene Sturm hatte das Meer blank und glatt bis zum Horizont zurückgelassen, nur hier und da um das Riff herum schäumte die Gischt mit blendendem Weiß gegen das Blau des Ozeans. In einiger Entfernung von ihm suchten zwei Gestalten langsam und mühevoll, gelegentlich stolpernd, den Weg an der Klippe entlang.

Noel beobachtete sie, während er sein Herz in der Brust schwer und verhalten schlagen spürte. Larkin und Rahpi! Am Leben! Mit einem Anflug von Entsetzen erinnerte er sich daran, wie er ein paar Stunden zuvor in seiner Verblendung fast zum Mörder geworden wäre. Purer Zufall hatte ihn vor diesem schrecklichen Abgrund zurückgehalten. Doch sie lebten, und er atmete tief durch, dankbar und erleichtert.

Ein Rufen drang zu ihm, das nicht von den Männern auf dem Riff, sondern von der Lagune in dessen Schutz kam. Mühsam rappelte Noel sich hoch, während sein vom Salzwasser durchdrungener Körper schmerzte, und drehte sich um. Die Lagune lag ruhig vor ihm. An ihrem Rand war ein weißer Strand mit windschiefen Palmen zu erkennen. Ein Kanu, angetrieben von Paddeln, die beim Ein- und Auftauchen aufblitzten, kam schnell auf ihn zu. Es saßen zwei Personen darin, ein junger Mann und ein Mädchen. Sie trugen Wickelröcke in bunten Farben; glänzende schwarze Haare fielen dem Mädchen über die braunen Schultern.

»Hallo?«, rief der junge Mann Noel zu. »Alles in Ordnung da drüben? Hallo?«

Mein Bruder hob langsam die Hand zum Gruß. Er fragte sich, wo er war. Der junge Mann hatte Englisch gesprochen. Als sie sich dem Riff näherten, drehten die beiden, anscheinend Bruder und

Schwester und tahitianischer Abstammung, mit ihrem Kanu bei und landeten es am Strand.

Das Mädchen blickte meinen Bruder mit dunklen, sanften Augen an, in denen ein verwunderter Ausdruck zu liegen schien. Sie war sehr schön. Mein Bruder hatte das eigenartige Gefühl, dass ihre Begegnung unvermeidlich gewesen war – dass er an den einen Ort auf der Welt gekommen war, wo er Frieden finden konnte – dass hier vor ihm der Beginn seines wahren Lebens lag.

Als Kapitän Cook die Insel am 24. Dezember 1777 auf genau 1°58'N 157°27'W. entdeckt hatte, war niemand hier gewesen, um ihn zu empfangen. Aber für meinen Bruder Noel war dieses Mädchen da, und es lächelte ihn ernst an und doch mit einer Art Staunen in den Augen, als ob sie lange auf ihn gewartet hätte und nicht ganz glauben könnte, dass er endlich doch noch gekommen war.

»Willkommen«, sagte sie, »auf der Weihnachtsinsel.«

Originaltitel: *Noel, Noel*
Ins Deutsche übertragen von Axel Franken

Tod am Heiligabend
Stanley Ellin

Stanley Ellin, dreimaliger Gewinner des Edgar Awards und 1981 Preisträger des Grand Master Awards der Mystery Writers of America, war einer von Amerikas größten Autoren von Kurzgeschichten des zwanzigsten Jahrhunderts. Seine erste Erzählung *The Speciality of the House* (1948) fand immer wieder Eingang in die Anthologien klassischer Kriminalliteratur und wurde für eine Folge der Fernsehserie *Alfred Hitchcock Presents* adaptiert. Viele weitere seiner Geschichten wurden von Hitchcock und anderen fürs Fernsehen bearbeitet und sechs seiner Erzählungen für Edgars nominiert, von denen zwei einen gewannen; sein grandioser Roman *The Eighth Circle* (1958) wurde ebenfalls mit einem Edgar ausgezeichnet. Jede seiner Geschichten ist ein vollkommen geschliffenes Juwel, wie Sie sehen werden, wenn Sie dieses Meisterstück lesen. *Tod am Heiligabend* erlebte seine Erstveröffentlichung 1950 in der Januar-Ausgabe des *Ellery Queen's Mystery Magazine*; 1956 wurde es erstmals in eine Anthologie aufgenommen, und zwar in *Mystery Stories* (New York, Simon & Schuster).

Tod am Heiligabend
Stanley Ellin

Als Kind war ich unglaublich beeindruckt vom Haus der Boerums gewesen. Damals war es noch ziemlich neu und glanzvoll; ein riesiger Haufen viktorianischer Verschnörkelungen, Aussparungen und Buntglasfenster, zusammengeworfen in solch chaotischer Überfülle, dass er kaum mit einem Blick zu umfassen war. Als ich jedoch an diesem frühen Weihnachtsabend davorstand, konnte ich keinen Nachhall jenes jugendlichen Eindrucks mehr finden. Der Glanz war schon vor langer Zeit verschwunden; Gebälk, Glas, Metall, alles war zu einem trostlosen Grau verschmolzen, und die Rollläden hinter den Fenstern waren vollständig heruntergelassen, sodass das Haus dem Vorübergehenden ein Dutzend blind starrende Augen zu präsentieren schien.

Als ich mit meinem Stock energisch an die Tür klopfte, wurde sie von Celia geöffnet.

»Es gibt eine Türglocke, die bequem zu erreichen ist!«, sagte sie. Sie trug immer noch das längst aus der Mode gekommene und arg zerknitterte schwarze Kleid, das sie aus dem Schrankkoffer ihrer Mutter gezogen haben musste, und sie sah – mehr denn je – wie das Ebenbild der alten Katrin in ihren späteren Jahren aus: der dürre Körper, die fest zusammengepressten Lippen, die farblosen Haare, die so straff nach hinten gebunden waren, dass sie jede Falte aus ihrer Stirn zogen. Sie erinnerte mich an ein Tellereisen, bereit, sich schlagartig um jede Hand zu schließen, die sie unbedacht berührte.

Ich sagte: »Mir ist durchaus bewusst, dass die Türglocke abgeklemmt wurde, Celia«, und ging an ihr vorbei in die Diele. Ohne den Kopf zu drehen, wusste ich, dass sie mich wütend anstarrte; dann schniefte sie einmal, hart und trocken, und schlug die Tür zu. Sofort befanden wir uns in einer trüben Dunkelheit, bei der mir der Geruch von Holzfäule im Halse stecken blieb. Ich tastete nach dem kleinen Schalter, doch Celia sagte scharf: »Nicht! Das ist nicht die Zeit für Lichter!«

Ich kehrte mich dem verschwommenen Weiß ihres Gesichtes zu, das alles war, was ich von ihr sehen konnte. »Celia«, sagte ich, »erspare mir die Theatralik!«

»In diesem Haus hat es einen Todesfall gegeben. Das weißt du.«

»Dazu habe ich guten Grund«, erwiderte ich, »aber deine jetzige Vorstellung beeindruckt mich nicht.«

»Sie war die Frau meines eigenen Bruders. Sie war mir sehr lieb.«

In der Düsternis machte ich einen Schritt auf sie zu und legte meinen Stock auf ihre Schulter. »Celia«, sagte ich, »lass mich dir als Anwalt deiner Familie einen Ratschlag geben. Die Untersuchung ist aus und vorbei, und du bist freigesprochen worden. Aber schon damals hat dir niemand ein Wort von deinen edlen Empfindungen geglaubt, und das wird auch nie jemand. Vergiss das nicht, Celia!«

Sie fuhr so abrupt zurück, dass mir der Stock fast aus der Hand fiel. »Bist du gekommen, um mir das mitzuteilen?«, fragte sie.

Ich sagte: »Ich bin gekommen, weil ich wusste, dein Bruder würde mich heute sehen wollen. Und wenn mir die Bemerkung erlaubt ist, ich schlage vor, dass du dich abseits hältst, während ich mit ihm rede. Ich will keine Szenen.«

»Dann halte dich selbst von ihm fern!«, schrie sie. »Er war bei der Untersuchung dabei. Er hat gesehen, wie sie meinen Namen reingewaschen haben! Bald wird er, was er Schlechtes über mich denkt, vergessen haben. Halte dich von ihm fern, damit er vergessen kann!«

Vor Wut zeigte sie sich von ihrer schlechtesten Seite, und um das Eis zu brechen, ging ich den dunklen Treppenaufgang hoch, eine Hand vorsichtig am Geländer. Aber ich hörte, wie sie mir eifrig hinterherkam, und auf irgendeine unheimliche Weise schien es, als würde sie sich nicht an mich wenden, sondern das Ächzen der Stufen unter unseren Füßen beantworten.

»Wenn er zu mir kommt, werde ich ihm vergeben. Anfangs war ich mir nicht sicher, aber jetzt weiß ich es. Ich habe darum gebetet, geführt zu werden, und mir wurde gesagt, dass das Leben zu kurz ist für Hass. Wenn er also zu mir kommt, werde ich ihm vergeben.«

Ich erreichte das Ende der Treppe und wäre fast der Länge nach hingefallen. Ich fluchte verärgert, als ich mich aufrichtete. »Wenn du schon keinen Gebrauch von den Lampen machst, Celia, solltest du wenigstens den Weg frei halten. Warum schaffst du dieses Zeug nicht hier raus?«

»Ach«, sagte sie, »das sind alles die Habseligkeiten der armen Jessie. Es schmerzt Charlie, etwas von ihren Sachen zu sehen, ich wusste, dass es das Beste wäre – all ihren Besitz rauszuwerfen.«

Dann tauchte eine Spur von Beunruhigung in ihrer Stimme auf. »Aber du sagst Charlie doch nichts davon, oder? Du sagst es ihm doch nicht?«, fragte sie und wiederholte es immer wieder mit stets höherem Tonfall, als ich mich von ihr fortbewegte, sodass, als ich Charlies Zimmer betrat und die Tür hinter mir schloss, es fast so klang, als hätte ich eine zwitschernde Fledermaus hinter mir zurückgelassen.

Wie im übrigen Haus waren die Rollläden in Charlies Zimmer in voller Länge heruntergelassen. Aber eine einzelne Glühbirne im Kronleuchter an der Decke blendete mich vorübergehend, und ich musste zweimal hinschauen, ehe ich Charlie sah, wie er der Länge nach auf dem Bett lag, einen Arm über die Augen geworfen. Dann rappelte er sich langsam hoch und guckte mich an.

»Na«, sagte er schließlich mit einem Nicken zur Tür hin, »sie hat dir wohl kein Licht für den Weg nach oben gegeben, stimmt's?«

»Nein«, bestätigte ich, »aber ich kenne den Weg ja.«

»Sie ist wie ein Maulwurf«, fuhr er fort. »Kommt im Dunkeln besser zurecht als ich im Hellen. Ist wohl so auch besser für sie. Andernfalls schaut sie auf einmal noch in einen Spiegel und erschrickt vor dem, was sie da sieht.«

»Ja«, antwortete ich, »sie scheint es sehr schwer zu nehmen.«

Er lachte kurz und schrill wie ein bellender Seelöwe. »Das kommt, weil sie immer noch die Furcht in sich trägt. Alles, was man mittlerweile aus ihr rauskriegt, ist, wie sie Jessie geliebt hat und wie leid es ihr tut. Vielleicht denkt sie sich, wenn sie es oft genug sagt, glauben die Leute es ihr am Ende. Aber gib ihr ein wenig Zeit, und sie wird wieder dieselbe alte Celia sein.«

Ich legte meinen Hut und meinen Stock aufs Bett und meinen Mantel daneben. Dann zog ich eine Zigarre heraus und wartete, bis er nach einem Streichholz tastete und mir Feuer gab. Seine Hand zitterte so heftig, dass es ihm beim ersten Versuch misslang und er verärgert vor sich hin murmelte. Dann hauchte ich langsam eine Rauchwolke zur Decke hin aus und wartete.

Charlie war fünf Jahre jünger als Celia, doch als ich ihn da sah, fiel mir auf, dass er zehn Jahre älter aussah. Sein Haar war genauso blassblond, fast farblos, sodass schwer zu sagen war, ob es ergraute oder nicht. Aber seine Wangen trugen feine silberhelle Stoppeln, und unter seinen Augen hingen große blauschwarze Tränensäcke. Und während sich Celia auf ein starres und unnachgiebiges Rückgrat stützte, schlaffte Charlie ab, ob er stand oder saß, als wäre er kurz davor, nach vorn zu kippen. Er starrte mich an und zupfte unsicher an dem schlappen Schnurrbart, der an seinen Mundwinkeln herabhing.

»Du weißt, weshalb ich dich sehen wollte, nicht wahr?«, fragte er.

»Ich kann es mir denken«, erwiderte ich, »aber es wäre mir lieber, du sagst es mir.«

»Ich will es für dich auf den Punkt bringen«, sagte er: »Es geht um Celia. Ich will sehen, dass sie bekommt, was sie verdient. Kein Gefängnis. Ich will, dass das Gesetz sie ergreift und tötet, und ich will dabei sein, um zuzuschauen.«

Ein großer Aschebrocken fiel auf den Boden, und ich rieb ihn mit dem Schuh sorgfältig in den Teppich. Ich sagte: »Du warst bei der Untersuchung dabei, Charlie; du hast gesehen, was passiert ist. Celia ist freigesprochen worden, und sofern keine zusätzlichen Beweise beigebracht werden können, bleibt sie frei.«

»Beweise! Mein Gott, wie viele Beweise braucht man denn noch! Sie haben sich oben auf der Treppe gestritten, dass die Fetzen flogen. Celia hat Jessie einfach gepackt und hinuntergeworfen und sie umgebracht. Das ist doch Mord, oder? Genauso, als hätte sie eine Pistole oder Gift oder was weiß ich benutzt, wenn die Treppe nicht gerade in der Nähe gewesen wäre!«

Ich setzte mich müde in den alten Ledersessel und betrachtete die neue Asche, die sich an meiner Zigarre bildete. »Lass es mich dir vom rechtlichen Standpunkt aus darlegen«, sagte ich, und durch das monotone Geräusch meiner Stimme muss es wie eine gut eingeprägte Formel geklungen haben. »Zuerst einmal gab es keine Zeugen.«

»Ich habe Jessie schreien hören, und ich habe sie fallen hören!«, beharrte er. »Und als ich rausgerannt bin und sie dort gefunden habe, hörte ich Celia genau in dem Moment ihre Tür zuknallen. Sie hat Jessie gestoßen und danach wie eine Ratte das Weite gesucht.«

»Aber du hast überhaupt nichts *gesehen*. Und weil Celia behauptet, nicht dort gewesen zu sein, gibt es keine Zeugen. Mit anderen Worten, Celias Geschichte hebt deine Geschichte auf, und weil du kein Augenzeuge warst, kannst du nicht gut einen Mord aus dem machen, was vielleicht ein Unfall war.«

Langsam schüttelte er den Kopf.

»Das glaubst du doch nicht«, sagte er. »Das glaubst du doch nicht wirklich. Denn falls doch, kannst du jetzt gehen und brauchst nie mehr in meine Nähe zu kommen.«

»Es spielt keine Rolle, was ich glaube; ich lege dir nur die rechtlichen Aspekte des Falles dar. Wie sieht's mit dem Motiv aus? Was hatte Celia durch Jessies Tod zu gewinnen? Gewiss ist kein Geld oder Besitz im Spiel; sie ist finanziell ebenso unabhängig, wie du es bist.«

Charlie setzte sich auf die Bettkante, stützte die Hände auf die Knie und beugte sich zu mir hin. »Nein«, flüsterte er, »es ist kein Geld oder Besitz im Spiel.«

Hilflos breitete ich die Arme aus. »Siehst du?«

»Aber du weißt, worum es geht«, fuhr er fort. »Es geht um mich. Am Anfang war es die alte Dame mit ihren Herzproblemen, jedes Mal, wenn ich versuchte, meine Seele für mich selbst zu beanspruchen. Dann, als sie starb und ich dachte, ich wäre frei, war es Celia. Von dem Augenblick an, an dem ich morgens aufstand, bis zum Zubettgehen am Abend, war es auf jedem Schritt des Weges Celia. Sie hatte nie einen Ehemann oder ein Baby – aber sie hatte mich!«

Ich sagte ruhig: »Sie ist deine Schwester, Charlie. Sie liebt dich«, und er stieß dasselbe unerfreuliche, kurze Lachen aus.

»Sie liebt mich, wie Efeu einen Baum liebt. Wenn ich jetzt zurückdenke, kann ich immer noch nicht erkennen, wie sie es gemacht hat, aber sie brauchte mich bloß auf eine bestimmte Art anzusehen, und sämtliche Kraft wich aus mir. Und so war es, bis ich Jessie kennenlernte … Ich erinnere mich an den Tag, an dem ich Jessie mit nach Hause brachte und Celia erzählte, dass wir verheiratet seien. Sie schluckte es hinunter, aber dieser Ausdruck in ihren Augen – denselben muss sie gehabt haben, als sie Jessie die Treppe runtergestoßen hat.«

Ich sagte: »Aber du hast bei der Untersuchung zugegeben, dass du nie gesehen hast, dass sie Jessie bedroht oder irgendetwas getan hätte, um ihr zu schaden.«

»Natürlich habe ich es nie *gesehen*! Aber als Jessie jeden Tag tief betrübt herumlief und kein Wort sagte oder jede Nacht im Bett weinte und mir nicht verraten wollte, warum, da begriff ich verdammt gut, was hier vorging. Du weißt, wie Jessie war. Sie war nicht so klug oder hübsch, aber sie war so herzensgut wie ein Mensch nur sein kann, und sie war verrückt nach mir. Und als sie nach nur einem Monat anfing, all das Strahlen zu verlieren, das aus ihr kam, da wusste ich, warum. Ich redete mit ihr, und ich redete mit Celia, aber beide schüttelten bloß den Kopf. Ich konnte nichts aus ihnen rauskriegen, doch als es passierte, als ich Jessie da liegen sah, da überraschte es mich nicht. Vielleicht klingt das seltsam, aber es überraschte mich kein bisschen.«

»Ich denke, es hat niemanden überrascht, der Celia kennt«, sagte ich, »aber du kannst daraus keinen Fall konstruieren.«

Er schlug sich mit der Faust aufs Knie und wiegte sich von einer Seite zur anderen. »Was kann ich unternehmen?«, fragte er. »Dafür brauche ich dich – um mir zu sagen, was ich unternehmen soll. Mein ganzes Leben lang bin ich ihretwegen nie dazu gekommen, irgendwas zu unternehmen. Darauf baut sie jetzt – dass ich nichts unternehmen werde und sie damit davonkommt. Nach einer Weile wird dann Gras über die Sache wachsen, und wir werden wieder genau da sein, wo wir angefangen haben.«

Ich sagte: »Charlie, du steigerst dich da vergeblich in etwas hinein.«

Er stand auf und starrte die Tür an, dann mich. »Aber ich kann etwas unternehmen!«, flüsterte er. »Weißt du, was?«

Er wartete mit der freudigen Erwartung desjenigen, der ein raffiniertes Rätsel gestellt hat und weiß, dass die Lösung den Zuhörer verblüffen wird. Ich erhob mich und blickte ihn an und schüttelte langsam den Kopf. »Nein«, sagte ich. »Woran du auch denkst, schlag es dir aus dem Kopf!«

»Bring mich nicht durcheinander!«, erwiderte er. »Du weißt, dass man mit einem Mord davonkommen kann, wenn man so schlau ist wie Celia. Hältst du mich für weniger schlau als Celia?«

Ich packte ihn fest bei den Schultern. »Um Gottes willen, Charlie«, sagte ich, »fang nicht an, so zu reden!«

Er entwand sich meinen Händen und taumelte zurück an die Wand. Seine Augen glänzten, und seine Zähne waren hinter den zurückgezogenen Lippen zu sehen. »Was soll ich denn machen?«, rief er. »Alles vergessen, jetzt, wo Jessie tot und begraben ist? Hier rumsitzen, bis Celia es sattbekommt, Angst vor mir zu haben und mich auch noch umbringt?«

Mein Alter und mein Leibesumfang hatten bei unserem kleinen Gerangel Verrat an mir geübt, und nun fand ich mich selbst würde- und atemlos wieder. »Ich will dir etwas sagen«, sagte ich. »Du hast dieses Haus seit der Untersuchung nicht mehr verlassen. Es wird Zeit, dass du rausgehst, und wenn du auch nur durch die Straßen spazierst und dich umschaust.«

»Damit mich alle auslachen können, die mich sehen!«

»Das käme auf einen Versuch an«, meinte ich. »Al Sharp hat erzählt, dass ein paar deiner Freunde heute Abend zum Grillen bei ihm in der Kneipe sind und er dich gern dabeihaben würde. Das ist mein Rat – wozu immer er auch gut sein mag.«

»Er ist zu gar nichts gut!«, befand Celia. Die Tür hatte sich geöffnet, und sie stand steif da, die Augen zusammengekniffen wider das Licht im Zimmer. Charlie drehte sich zu ihr hin, und seine Zähne mahlten.

»Celia«, sagte er, »ich habe dir gesagt, du sollst nie in dieses Zimmer kommen!«

Ihr Gesicht blieb ausdruckslos. »Ich bin nicht *drin*. Ich bin gekommen, um dir zu sagen, dass dein Abendessen fertig ist.«

Er machte einen bedrohlichen Schritt auf sie zu. »Hast du das Ohr lange genug an der Tür gehabt, um alles zu hören, was ich gesagt habe? Oder soll ich es für dich wiederholen?«

»Ich habe eine unchristliche und unflätige Sache gehört«, sagte sie ruhig, »eine Einladung zum Trinken und Lärmen, während dieses Haus in Trauer ist. Ich finde, ich habe alles Recht, dagegen etwas einzuwenden.«

Er blickte sie ungläubig an und musste um Worte ringen. »Celia, sag mir, dass das nicht dein Ernst ist! Nur der schwärzeste Heuchler der Welt oder ein Geisteskranker könnte sagen, was du gerade gesagt hast, und es ernst meinen!«

Das entzündete einen Funken in ihr. »Geisteskrank!«, schrie sie. »*Du* wagst es, dieses Wort zu gebrauchen? Eingesperrt in dein Zimmer führst du Selbstgespräche und denkst dir Gott weiß was!« Unvermittelt wandte sie sich an mich. »Du hast mit ihm geredet. Du solltest es wissen. Ist es möglich, dass – «

»Er ist ebenso zurechnungsfähig wie du, Celia«, sagte ich bedeutungsschwer.

»Dann sollte er wissen, dass man in Zeiten wie dieser nicht in Kneipen trinkt! Wie konntest du ihm das vorschlagen?«

Sie schleuderte mir die Frage mit einer Miene so boshaften Triumphs entgegen, dass ich mich völlig vergaß. »Wenn du nicht gerade Vorbereitungen treffen würdest, Jessies Sachen rauszuwerfen, Celia, dann würde ich diese Frage ernst nehmen!«

Die Bemerkung war unverantwortlich, und ich hatte sofort Grund, sie zu bereuen. Bevor ich mich bewegen konnte, war Charlie an mir vorbei und hatte Celias Arme mit einem lähmenden Griff gepackt.

»Du hast es gewagt, in ihr Zimmer zu gehen?«, tobte er, indem er sie wild schüttelte. »Antworte!« Und dann, als ihm die panische Angst in ihrem Gesicht die Antwort lieferte, ließ er ihre Arme fallen, als wären sie glühend heiß, und sank in sich zusammen, den Kopf gesenkt.

Celia streckte eine begütigende Hand nach ihm aus. »Charlie«, wimmerte sie, »verstehst du es denn nicht? Es quält dich doch, ihre Sachen um dich zu haben! Ich wollte dir nur helfen!«

»Wo sind ihre Sachen?«

»An der Treppe, Charlie. Es ist alles da.«

Er ging in den Flur, und als das Geräusch seiner unsicheren Schritte sich entfernte, konnte ich spüren, wie mein Herzschlag sich auf seine normale Geschwindigkeit verlangsamte. Celia drehte sich um, um mich anzusehen, und es lag so ein rasender Hass in ihrem Gesicht, dass ich nur noch das verzweifelte Bedürfnis verspürte, sofort aus diesem Haus zu kommen. Ich nahm meine Sachen vom Bett und wollte an ihr vorbeigehen, doch sie blockierte die Tür.

»Siehst du, was du angerichtet hast?«, flüsterte sie heiser. »Jetzt werde ich alles wieder wegpacken müssen – nur deinetwegen!«

»Das ist ganz allein deine Entscheidung, Celia«, sagte ich in einem kühlen Ton.

»Du!«, sagte sie. »Du alter Narr! Du hättest bei ihr stehen sollen, als ich –«

Ich ließ meinen Stock jäh auf ihre Schulter fallen und konnte sie darunter zusammenzucken spüren. »Als dein Anwalt, Celia«, sagte ich, »empfehle ich dir, deiner Zunge nur im Schlaf Bewegung zu verschaffen, wenn man dich nicht für das zur Verantwortung ziehen kann, was du von dir gibst!«

Sie sagte nichts mehr, aber ich achtete darauf, dass sie in sicherem Abstand vor mir blieb, bis ich wieder draußen auf der Straße war.

Vom Haus der Boerums zu Al Sharps »Bar und Grill« waren es nur ein paar Minuten zu Fuß, und ich legte sie schnell zurück, dankbar für das Brennen der klaren Winterluft auf meinem Gesicht. Al stand allein hinterm Tresen und polierte eifrig Gläser, und als er mich hereinkommen sah, begrüßte er mich fröhlich. »Frohe Weihnachten, Herr Anwalt!«, sagte er.

»Ihnen auch«, bedankte ich mich und sah zu, wie er eine tröstlich aussehende Flasche und zwei Gläser auf die Theke stellte.

»Sie sind so zuverlässig wie die Jahreszeiten, Herr Anwalt«, meinte Al und schenkte jedem von uns ordentlich ein. »Ich hatte jeden Moment mit Ihnen gerechnet.«

Wir prosteten einander zu, und Al lehnte sich vertrauensvoll über die Theke. »Kommen Sie gerade von dort?«

»Ja«, sagte ich.

»Haben Sie Charlie gesehen?«

»Und Celia«, sagte ich.

»Tja«, meinte Al, »das ist nichts Außergewöhnliches. Ich habe sie auch schon gesehen, wenn sie vorbeikommt, um Einkäufe zu erledigen. Läuft mit gesenktem Kopf und ihrem schwarzen Tuch drüber vorbei, als würde sie von was gejagt. Ich schätze, so ist es wohl auch.«

»So ist es wohl auch«, sagte ich.

»Aber Charlie ist der, um den es geht. Ihn bekommt man gar nicht mehr zu Gesicht. Haben Sie ihm gesagt, dass ich ihn gern mal sehen würde?«

»Ja«, sagte ich, »das habe ich.«

»Was hat er geantwortet?«

»Nichts. Celia meinte, es wäre falsch für ihn, hierherzukommen, während er in Trauer ist.«

Al stieß einen leisen und aussagekräftigen Pfiff aus und ließ einen Zeigefinger vor seiner Stirn kreisen. »Verraten Sie mir«, sagte er, »halten Sie es für sicher für die beiden, so allein miteinander zu sein? Ich meine, so, wie die Dinge liegen, und so, wie Charlie empfindet, könnte das zu weiterem Ärger führen.«

»Heute Abend sah es eine Zeit lang danach aus«, sagte ich. »Aber es ging vorüber.«

»Bis zum nächsten Mal«, sagte Al.

»Ich werde da sein«, sagte ich.

Al schaute mich kopfschüttelnd an. »Nichts ändert sich in diesem Haus«, meinte er. »Überhaupt nichts. Deshalb kann man alle Antworten im Voraus rausfinden. Deshalb habe ich auch gewusst, dass Sie jeden Moment hier stehen und mit mir reden würden.«

Ich hatte immer noch den Geruch der Holzfäule im Haus in der Nase, und mir war klar, dass es Tage dauern würde, bis er meinen Kleidern nicht mehr anhaftete.

»Dies ist ein Tag, den ich gern für immer aus dem Kalender streichen möchte«, sagte ich.

»Und sie mit ihren Schwierigkeiten allein lassen. Es würde ihnen recht geschehen.«

»Sie sind nicht allein«, sagte ich. »Jessie ist bei ihnen. Jessie wird immer bei ihnen sein, bis dieses Haus und alles, was darin ist, nicht mehr existiert.«

Al runzelte die Stirn. »Es ist das Seltsamste, was je in dieser Stadt passiert ist, nicht wahr? Das Haus ganz schwarz, sie, die wie gehetzt durch die Straßen läuft, er, der dort in diesem Zimmer liegt und nur die Wände anstarren kann, und das seit – wann war es noch, als Jessie gestürzt ist, Herr Anwalt?«

Indem ich die Augen ein wenig bewegte, konnte ich in dem Spiegel hinter Al mein eigenes Gesicht sehen: gerötet, mit starken Hängebacken, ein bisschen ungläubig.

Tod am Heiligabend

»Vor zwanzig Jahren«, hörte ich mich sagen. »Heute Abend vor genau zwanzig Jahren.«

Originaltitel: *Death on Christmas Eve*
Ins Deutsche übertragen von Axel Franken

Der chinesische Apfel
Joseph Shearing

Die meisten Bücher, die Margaret Gabrielle Vere Campbell Long unter dem Pseudonym Joseph Shearing schrieb, sind historische Romane, die größtenteils auf wahren Kriminalfällen beruhen. Während die anderen *noms de plume* der äußerst produktiven Autorin in Vergessenheit geraten sind, haben die Namen Marjorie Bowen und Shearing die Zeit überdauert. Zu Shearings bekanntesten Kriminalromanen gehören *Moss Rose* (1934), der 1947 unter demselben Titel verfilmt wurde; *Blanche Fury* (1939), der 1948 auch verfilmt wurde, sowie der Psychothriller *So Evil My Love*, der die Vorlage für den Film mit Ann Todd, Ray Milland und Geraldine Fitzgerald bildete und im England des Jahres 1876 spielt. (In England lief der Film ebenfalls unter dem Titel *So Evil My Love*, während er in den USA den Titel *The Obsessed* trug.) *Der chinesische Apfel* erschien erstmals im April 1949 in *Ellery Queen's Mystery Magazine*.

Der chinesische Apfel

Joseph Shearing

Isabelle Crosland fühlte sich äußerst niedergedrückt, als der Zug, den sie an der Fähre genommen hatte, in den weitläufigen Londoner Bahnhof einfuhr. Die Gaslaternen, die in regelmäßigen Abständen am Bahnsteig angebracht waren, beleuchteten wenig mehr als Schmutz, Nebel und zusammengedrängte, in Umhänge und Umschlagtücher gehüllte Gestalten. Es war ein Fehler gewesen, an Heiligabend einzutreffen; eine Folge von verpassten Zügen, Unentschlossenheit und ihrem Widerwillen gegen die ganze Reise. Die Wahrheit war, dass sie überhaupt nicht nach London hatte kommen wollen. Sie hatte zu lange in Italien gelebt, um sich in England wohlzufühlen. In Florenz hatte sie Freunde, Bewunderer, das, was man »private Mittel« nennt, und war Musikkennerin. Sie trat gelegentlich am Cembalo auf und schrieb viel über antike Musikinstrumente und alte Musik. Sie war verheiratet gewesen, vor einigen Jahren verwitwet und hatte sich als kinderlose Frau gut mit dem Leben arrangiert. Aber mit dem Leben in Florenz, nicht in London. Mrs. Crosland missfiel es außerordentlich, diese Pflicht zu erfüllen. Sie sah das Leben gern von der leichten Seite, ja sogar mit einem Hauch von Ironie und Desinteresse; und hier saß sie in diesem düsteren, kalten Bahnhof und hatte den schönen Süden hinter sich gelassen, nur weil sie sich dazu verpflichtet fühlte.

Wie sehr ich es verabscheue, dachte sie, während sie zusah, wie der Träger ihr Gepäck herausstellte, das Richtige zu tun; es kleidet nicht, zumindest mich nicht.

Eine verwitwete Schwester, an die sie sich kaum erinnerte, war verstorben und hatte ein Kind zurückgelassen, das allein auf der Welt stand. Sie, diese Lucy Bayward, hatte ihr geschrieben, und ihre Anwälte ebenfalls. Mrs. Crosland war ihre einzige Verwandte. Nicht Geld war vonnöten, sondern menschliche Zuneigung. Endlich war alles arrangiert worden: Die Kleine reiste aus Wiltshire an, und Mrs. Crosland würde sich in London mit ihr treffen und sie mit nach Italien nehmen.

Das würde wirklich, überlegte Isabelle Crosland, ein fades Weihnachten werden. Sie wünschte, sie könnte die Verantwortung abwälzen; und während die vierrädrige Mietkutsche sie durch die düsteren Straßen trug, fragte sie sich, ob sie es vielleicht vermeiden konnte, Lucy mit nach Italien zu nehmen.

London wirkte bedrückend auf sie. Die Rinnsteine waren voll mit Schnee, und über allem lag ein gelblicher Nebel.

Ich bin eine Närrin, dachte Mrs. Crosland, dass ich Florenz überhaupt verlassen habe. Man hätte die ganze Angelegenheit schriftlich regeln können.

Dem Ort ihres Treffens konnte sie wenig abgewinnen. Es war das alte Haus in Islington, wo ihre Schwester und sie geboren waren und ihre Kindheit verlebt hatten. Das Haus gehörte ihr, und der Mieter war kürzlich ausgezogen, sodass es leer stand. Auch praktisch und passend. Nur, dass Isabelle Crosland nicht unbedingt den Wunsch verspürte, in diese tristen Räume zurückzukehren. Sie hatte keine guten Erinnerungen an ihre Kindheit und Jugend. Martha hatte geheiratet, wenn auch einen schlechten Mann, und war früh entkommen. Isabelle war geblieben, zu lange, und war dann aus Verzweiflung eine Ehe eingegangen, und nur Italien und die Musik hatten sie gerettet. Und noch auf andere Weise war der Süden ihre Rettung gewesen. Ihr Mann, ein langweiliger, pensionierter Offizier auf halbem Sold, war an Malaria gestorben.

Jetzt kehrte sie zurück. An Heiligabend würde sich nicht viel verändert haben; sie hatte das Haus immer möbliert vermietet. Warum hatte sie diese schweren Möbel aus jamaikanischem Mahagoni nicht schon vor langer Zeit verkauft? Wahrscheinlich aus Feigheit, denn sie hegte nicht den Wunsch, ihretwegen einen Briefwechsel anzufangen oder überhaupt davon zu hören. Da war es, genau wie in ihrer Erinnerung; Roscoe Square mit der Kirche und dem Friedhof in der Mitte und den Häusern, die einander wie ein Ei dem anderen glichen, mit Stuck, Brüstungen und den halbrunden Oberlichtern über den Türen mit ihren schweren Türklopfern.

Die Straßenlampen brannten. Es war wirklich ziemlich spät abends. Kein Wunder, dachte Mrs. Crosland, dass ich mich erschöpft fühle. Beim Anblick des Platzes überlief es sie kalt; es war, als hätte eine bösartige Macht sie hierher zurückgelockt. Rund um das Eckhaus direkt gegenüber ihrem, das Nummer 12 war, hatte sich eine Gruppe Menschen versammelt. Weihnachtssinger, dachte sie, oder eine große Gesellschaft. Aber es schienen keine Kinder darunter zu sein, und die Menge wirkte sehr still.

In ihrem eigenen Haus brannte Licht. Erleichtert sah sie die helle Fassade. Sowohl im Salon als auch in den Zimmern darüber flackerte das Gaslicht. Dann war Lucy schon eingetroffen. Dieser Teil des Arrangements war also gut verlaufen. Die Anwälte mussten die Schlüssel geschickt haben, wie Isabelle Crosland sie angewiesen hatte, und das Mädchen war so vernünftig gewesen, vor der Ankunft des Fährzugs nach London zu kommen.

Trotzdem fühlte Mrs. Crosland sich grundlos deprimiert. Schließlich hätte sie in dem verhassten Haus gern noch ein paar Stunden für sich gehabt.

Ihre eigenen Schlüssel steckten griffbereit in ihrer Handtasche. Sie öffnete die Haustür und erschauerte. Es war, als wäre sie wieder Kind und fürchte sich vor der lauten Stimme ihres Vaters oder ihrer Mutter.

Eigentlich hätte ein Hausmädchen anwesend sein sollen. Da Mrs. Crosland sehr auf ihren Komfort hielt, hatte sie eine Frau angeschrieben, die sie schon lange beschäftigte, und sie gebeten, sie zu erwarten. Die Frau hatte geantwortet und versprochen, ihre Anweisungen zu befolgen. Aber jetzt rief sie vergeblich »Mrs. Jocelyn! Mrs. Jocelyn!« durch das von Gaslicht erhellte Haus.

Der Kutscher mochte weder sein Pferd noch seine Decken im Stich lassen, aber ihr kurzes Zögern fand bald ein Ende. Einer der dahergelaufenen Müßiggänger, die man häufiger als früher auf den Straßen herumlungern sah, trat heran. Mrs. Croslands Koffer und Taschen wurden in den Flur gestellt, und ihren Fahrpreis hatte sie mit dem englischen Geld, das sie wohlweislich in Dover eingetauscht hatte, bezahlt.

Die Mietdroschke fuhr davon und war bald im Nebel verschwunden. Aber der dürre Jugendliche drückte sich noch herum. Er wies auf die Menschenmenge auf der anderen Seite des Platzes, die einen dunkleren Fleck in der düsteren Umgebung bildete.

»Dort ist etwas passiert, Mum«, flüsterte er.

»Etwas Schreckliches, meinen Sie?« Mrs. Crosland ärgerte sich über sich selbst, weil sie das gesagt hatte. »Nein, natürlich nicht«, setzte sie hinzu. »Das ist eine Weihnachtsgesellschaft.« Mit diesen Worten schloss sie die Haustür, sperrte die Dunkelheit aus und stand in dem von Lampen erhellten Vorraum.

Sie ging in den Salon, an den sie sich so gut erinnerte und den sie zu Recht hasste.

Der letzte, von ihr klug ausgewählte Mieter hatte alles fast zu gut erhalten zurückgelassen. Bis auf einige helle Flecken an den Wänden, wo Bilder gehangen hatten, sah alles wie früher aus.

Finster blickte Mrs. Crosland in die Runde und überlegte, wie dumm sie gewesen war, so lange hierzubleiben.

Im Kamin brannte Feuer, und eine Platte mit Kuchen und Wein stand auf dem tiefroten Mahagoni-Tisch.

In einem Anflug von Mut kehrte Mrs. Crosland in den Flur zurück. »Lucy, Lucy, meine Liebe«, rief sie und versuchte einen freundlichen Ton in ihre Stimme zu legen, »ich bin es, deine Tante Isabelle Crosland.«

Sie war verdrossen über sich selbst, weil ihre Worte nicht warmherziger klangen. Ich bin für jegliche Familienbeziehungen verdorben, dachte sie.

Ein hochgewachsenes Mädchen trat auf den Treppenabsatz im ersten Stock.

»Ich warte«, sagte sie, »schon ziemlich lange.«

Mrs. Crosland war erleichtert darüber, kein geistloses, langweiliges Wesen vor sich zu haben, und in derselben Sekunde verübelte sie der anderen ihr selbstbewusstes Auftreten.

»Nun«, sagte sie und milderte ihre Worte mit einem Lächeln ab,

»es sieht nicht so aus, als wäre es nötig gewesen, dass ich zu deiner Rettung herbeieile.«

Lucy Bayward kam die Treppe herunter.

»Ich versichere Ihnen, dass ich extrem froh bin, Sie zu sehen«, sagte sie ernst.

Die beiden Frauen setzten sich in den Salon. Mrs. Crosland fand, dass Lucy älter wirkte als achtzehn und auch auf ihre dunkle, eher auffällige Art schön war. War sie so, wie man es bei einer Tochter von Martha erwartet hätte? Nun, warum nicht?

»Ich hatte Mrs. Jocelyn erwartet, Lucy.«

»Oh, sie war hier; wie Sie sehen, hat sie alles vorbereitet – dann habe ich sie nach Hause geschickt, weil Heiligabend ist.«

Das bedauerte Mrs. Crosland; sie war daran gewöhnt, umfänglich bedient zu werden. »Wir werden erst nach Weihnachten reisen können«, klagte sie.

»Aber wir können es uns hier sehr behaglich machen«, meinte Lucy lächelnd.

»Nein«, gab Mrs. Crosland zurück und musste sich beinahe zu den nächsten Worten zwingen. »Ich glaube nicht, dass ich das kann – es mir hier behaglich machen –, ich finde, wir sollten lieber in ein Hotel ziehen.«

»Aber Sie haben dieses Treffen arrangiert.«

»Das war unbedacht von mir. Du hast ja keine Ahnung … du bist noch nicht gereist?«

»Nein.«

»Nun, dann kannst du nicht wissen, wie anders es in Florenz ist, wo die Sonne scheint und man seine Freunde um sich hat …«

»Ich hoffe, wir werden Freundinnen.«

»Oh, das hoffe ich auch. Das habe ich nicht gemeint, nur den Platz und das Haus. Verstehst du, ich habe meine Kindheit hier verbracht.«

Lucy zuckte leicht die Achseln. Sie schenkte sich ein Glas Wein ein. Was für einen falschen Eindruck diese schulmädchenhaften Briefe von ihr vermittelt hatten! Mrs. Crosland war ärgerlich, größtenteils auf sich selbst.

»Da wir schon davon gesprochen haben – du hast eigene Freunde?«, fragte sie.

Lucy beugte ihren dunklen Kopf.

»Wirklich«, setzte Mrs. Crosland hinzu, »ich habe mir zu viele Gedanken gemacht. Auch hätte ich diese ermüdende Reise nicht zu Weihnachten auf mich zu nehmen brauchen.«

»Das tut mir leid – dass Sie das meinetwegen getan haben; aber glauben Sie mir, dass Sie mir die allergrößte Hilfe sind.«

Sofort entschuldigte sich Mrs. Crosland.

»Ich bin übermüdet und sollte nicht so reden. Ich trinke auch ein Glas Wein. Wir sollten uns kennenlernen.«

Sie tranken und musterten sich dabei eingehend.

Lucy hörte nicht auf, Mrs. Crosland zu erstaunen. Sie trug nicht einmal Trauer, sondern ein ziemlich schlecht sitzendes Kleid aus steingrauem Satin, ihr glattes Haar war kürzlich zu Ringellocken gedreht worden, und sie hatte ohne Zweifel einen Hauch Rouge aufgetragen.

»Willst du mit nach Italien kommen? Hast du Pläne?«

»Ja – und dazu gehört auch eine Auslandsreise. Aber keine Angst, ich werde Ihnen nicht zur Last fallen.«

»Diese Unabhängigkeit hättest du auch brieflich zum Ausdruck bringen können«, meinte Mrs. Crosland lächelnd. »Ich gehe meinen eigenen Interessen nach – etwas, das Marthas Tod unterbrochen hat …«

»Der Tod ist immer eine Unterbrechung – für jemanden oder etwas, nicht wahr?«

»Ja, und ich habe das sehr hart ausgedrückt. Ich meine, du kommst mir nicht vor wie ein bäuerliches Mädchen, das auf Mitgefühl erpicht ist.«

»In Florenz muss es angenehm sein«, sagte Lucy. »London gefällt mir überhaupt nicht.«

»Aber du bist doch erst seit ein paar Stunden hier …«

»Lange genug, um es nicht zu mögen …«

»Und magst du auch dein eigenes Zuhause nicht?«

»Sie waren in Ihrer Jugend auch nicht glücklich, oder?«, fragte Lucy und sah sie durchdringend an.

»Nein, nein, ich verstehe. Die arme Martha war sicherlich einfachen Geistes, und dein Vater ist lange tot. Ein sehr eingeschränktes Leben, sehe ich.«

»Das kann man wohl sagen. Man hat mir alles verwehrt. Ich hatte nicht einmal so viel Freiheit und Taschengeld wie das Küchenmädchen.«

»So ist es mir auch ergangen«, sagte Mrs. Crosland und war selbst schockiert über ihr Geständnis.

»Man ist auf sich gestellt und muss mit dunklen Dingen kämpfen«, meinte Lucy. »Mir missfällt kein Ort, sondern ein Zustand – jung zu sein, verletzlich und ohnmächtig.«

»So, wie ich es war«, pflichtete Mrs. Crosland ihr bei. »Ich bin entkommen, und jetzt habe ich die Musik.«

»Ich werde andere Dinge haben.« Lucy nippte an ihrem Wein.

»Nun, ich muss es ansprechen: Du bist nicht das, was ich erwartet hatte. Du bist jünger, als ich war, als ich fortkonnte«, bemerkte Mrs. Crosland.

»Trotzdem zu alt, um zu ertragen, was ich erlitten habe.«

Mrs. Crosland erschauerte. »Ich hätte nie damit gerechnet, das zu hören«, erklärte sie. »Ich dachte, du wärest eher ein zartes kleines Wesen.«

»Und das bin ich nicht?«

»Nein, du kommst mir sogar sehr entschlossen vor.«

»So, ich bringe Ihre kleineren Koffer nach oben. Morgen früh kommt ja Mrs. Jocelyn.«

»Gutes Kind.« Mrs. Crosland versuchte, freundlich zu klingen. Sie hatte das Gefühl, sie müsste die Situation besser im Griff haben. Sie hatte sie selbst über sich gebracht, und nun glitt sie ihr aus der Hand.

»Pass mit dem kleinsten Koffer, dem aus rotem Leder, auf; darin sind einige englische Goldmünzen und eine Kette aus falschen Perlen, die ich dir als Weihnachtsgeschenk mitgebracht habe ...«

Mrs. Crosland hatte das Gefühl, dass der letzte Teil ihres Satzes nicht richtig angekommen war. »... Perlen, sie sind wirklich sehr hübsch.«

»Diese hier auch.« Lucy legte die Hand an ihr schlecht sitzendes Brusttuch und zog eine Perlenschnur hervor.

»Echte Perlen«, sagte Mrs. Crosland ernüchtert. »Ich wusste gar nicht, dass Martha ...«

Lucy öffnete den Verschluss der Kette und legte sie auf den Tisch; der Anblick dieser Kostbarkeit brachte Mrs. Croslands gewohnte ständige Beherrschung etwas ins Wanken. Sie dachte an Schönheit, an Meerwasser, an Tränen und ihre eigene Jugend, die vergeudet und verronnen war wie Wasser, das im Sand verläuft.

»Ich wünschte, ich wäre nie in dieses Haus zurückgekehrt«, stieß sie leidenschaftlich hervor.

Lucy ging nach oben. Mrs. Crosland hörte, wie sie sich über ihr bewegte. Wie gut sie dieses Zimmer kannte. Das beste Zimmer, in dem ihre Eltern geschlafen hatten, den riesigen Schrank, den gewaltigen Frisiertisch, die Stiche, die ernste Langeweile, die Stunden, die kein Ende zu nehmen schienen. Was war denn nur in ihrem Leben schiefgegangen? Heftig und eingeschüchtert, beinahe verängstigt durch das Haus stellte sich Mrs. Crosland diese Frage.

Das Feuer brannte herunter, und sie legte mit kalten Händen Holz nach.

Wie dumm von ihr, zurückzukommen. Obwohl es so vernünftig war. Man musste vorsichtig mit diesen vernünftigen Entscheidungen sein. Sie hätte das Unvernünftige tun sollen, das Unverantwortliche, dieses alte Haus vergessen und mit Lucy in ein schönes Hotel ziehen.

Oben bewegten sich die Schritte hin und her. Mrs. Crosland erinnerte sich an alte Geschichten über Spukhäuser. Wie Schritte in einem oberen Stockwerk erklangen und dann, wenn man nachsah, der Raum leer war.

Angenommen, sie würde jetzt nach oben gehen und feststellen, dass das große Schlafzimmer leer war und Lucy verschwunden! Stattdessen trat Lucy in den Salon.

»Ich habe den Bettwärmer schon vor über zwei Stunden hineingetan, das Feuer brennt hell, und ich habe Ihre Sachen zurechtgelegt …«

Mrs. Crosland war ihr dankbar, aber sie fühlte sich ziemlich apathisch.

Diese Reise hatte ihren mühsam erworbenen Gleichmut gestört. Sie war wirklich müde, und die Bewegungen des Schiffs und das Rattern des Zugs ließen ihre Sinne immer noch schwanken.

»Danke, Lucy, Liebes«, sagte sie kleinlaut, und dann stützte sie den Kopf in die Hand und den Ellbogen auf den Tisch und begann zu weinen.

Lucy betrachtete sie gelassen und trank noch ein Glas Wein.

»Es ist das Haus«, wimmerte Mrs. Crosland, »hierher zurückzukehren – und diese Perlen – eine solche Kette hatte ich noch nie ...«

Sie dachte an ihre Freunde, an ihr sogenanntes erfolgreiches Leben und daran, wie wenig sie wirklich besaß.

Sie beneidete diese junge Frau, die rechtzeitig entkommen war.

»Vielleicht hattest du ja einen Komplizen?«, fragte sie listig.

»Oh ja, sonst wäre ich machtlos gewesen.«

Mrs. Crosland war interessiert und durch den Wein und die Müdigkeit leicht verwirrt. Vielleicht, dachte sie, meinte Lucy, dass sie mit einem jungen Mann verlobt war, den Martha nicht gebilligt hatte. Aber was meinten sie beide mit dem Wort ›Komplize‹?

»Mir hat wohl Charles Crosland geholfen«, gestand seine Witwe. »Er hat mich geheiratet, und wir sind nach Italien gegangen. Allein hätte ich nie den Mut dazu aufgebracht. Und als er starb, hatte ich die Musik gefunden, sie verstanden und konnte damit Geld verdienen ...« Vielleicht, dachte sie bei sich, wird Lucy doch nicht mit mir nach Italien kommen wollen – was für eine Erleichterung, wenn sie jemanden heiratet. Es ist mir eigentlich gleich, ob sie einen Grobian gefunden hat, denn ich mag sie nicht – nein, und auch nicht die Pflicht, die Belastung und dass sie mir ein Klotz am Bein sein wird.

Sie war sich sicher, dass es das Haus war, das ihr diese Gefühle einflößte. Denn in diesem Haus hatte sie so oft getan, was sie hatte tun müssen. Diese armseligen Mahlzeiten, das unglückliche Schweigen, die gewalttätigen Reden. Diese Unterdrückung von allem, was man gern tat oder sich wünschte.

»Ich sehe, dass Sie gelitten haben müssen, Mrs. Crosland«, sagte Lucy. »Ich habe nicht das Gefühl, Ihnen weniger förmlich begegnen zu können – schließlich sind wir uns fremd. Morgen früh werde ich Ihnen von meinen Plänen erzählen ...«

»Ich bin wohl kaum in der Weihnachtszeit aus Italien angereist, um etwas über deine Pläne zu hören«, gab Mrs. Crosland in einem verdrießlichen Ton zurück, für den sie sich schämte. »Ich hatte den Eindruck, du wärest recht unselbstständig und bräuchtest meine Fürsorge.«

»Ich habe Ihnen schon gesagt, dass Sie mir den größtmöglichen Dienst erweisen«, versicherte Lucy ihr, während sie gleichzeitig die Perlen nahm und an ihrem Busen barg. »Ich trage Trauer, wenn ich ausgehe, aber im Haus habe ich das Gefühl, es ist eine Farce«, setzte sie hinzu.

»Ich habe wegen meiner Eltern nie schwarz getragen«, erklärte Mrs. Crosland. »Sie sind ziemlich früh gestorben, einer nach dem anderen; nachdem sie niemanden mehr zu quälen hatten, wurde ihr Leben unerträglich.«

Lucy saß da und wandte dem Feuer ihr Profil zu. Sie war dünn, mit schrägstehenden Augenbrauen und einem Grübchen unten am Hals.

»Ich wünschte, du würdest dieses Kleid ändern lassen, sodass es dir passt«, bemerkte Mrs. Crosland. »In grauem Satin könntest du auch unmöglich reisen ...«

»Oh nein, ich habe ein paar Pelze und einen warmen Umhang in einem dunklen Roséton.«

»Dann hat man dich sicherlich nicht so knapp gehalten wie mich.«

»Vielleicht habe ich mich nachher selbst bedient – ist das nicht das Vernünftigste?«

»Du meinst, du hast diese Kleider seit Marthas Tod gekauft? Ich kann mir nicht vorstellen, dass du die Zeit oder das Geld dazu hattest.« Mrs. Crosland nahm sich vor, die Anwälte zu konsultieren und sich zu erkundigen, wie es um Lucys Verhältnisse stand.

»Vielleicht hast du ja größere Mittel, als ich dachte«, bemerkte sie. »Ich dachte immer, Martha besäße sehr wenig.«

»Ich habe nicht viel«, sagte Lucy. »Aber ich weiß, wie ich es auszugeben habe. Und wie ich mehr verdienen kann.«

Mrs. Crosland stand auf. Die massiven Möbelstücke schienen auf sie zuzurücken, als zweifelten sie ihr bloßes Recht auf Leben an.

In der Tat, in diesem Haus existierte sie nicht; sie war nur der Geist des Kindes, des Mädchens, das an diesem Ort, in diesem Haus, an diesem Platz mit der Kirche und dem Friedhof in seiner Mitte so viel gelitten hatte und all dem gerade noch rechtzeitig entronnen war. Lucy stand ebenfalls auf.

»Erstaunlich«, seufzte sie, »wie viel Überdruss es im Leben gibt. Wenn ich an all die langweiligen Weihnachten denke ...«

»Ich auch«, sagte Mrs. Crosland beinahe entsetzt. »Es war immer so viel schlimmer, wenn andere Menschen Freude zu haben schienen.« Ängstlich sah sie sich um. »Wenn ich daran denke, wie oft Wohlwollen und Zuneigung geheuchelt wurden ...«

»Denken Sie nicht daran«, mahnte die Jüngere. »Gehen Sie nach oben, wo ich alles für Sie hergerichtet habe.«

»Ich fürchte mich vor dem Schlafzimmer.«

In der leeren Küche unter ihnen schlug die eiserne Glocke an.

»Die Weihnachtssinger«, setzte Mrs. Crosland hinzu. »Ich erinnere mich, dass wir ihnen früher sechs Pence gegeben haben, nicht mehr. Aber ich habe keinen Gesang gehört.«

»Da war auch keiner. Ich fürchte, diese Leute, die an dem Eckhaus standen, sind zurückgekehrt.«

Mrs. Crosland erinnerte sich vage an die Menschenmenge, die sie vom Kutschenfenster aus gesehen hatte; ein dunkler Fleck in der Finsternis. »Du meinst, es war schon einmal jemand hier? Weswegen?«

»Ich glaube, es hat einen Unfall gegeben. Jemand wurde verletzt ...«

»Aber was kann das mit uns zu tun haben?«

»Natürlich nichts. Aber er hat gesagt, er werde vielleicht wiederkommen ...«

»Wer ist ›er‹?«

Mrs. Crosland klang verwirrt, und dann läutete die Glocke erneut.

»Oh, geh doch öffnen, sei ein braves Kind«, sagte sie. Sie war froh über die Ablenkung. Sie versuchte, sich auf den Namen der Leute zu besinnen, die in dem Eckhaus gegenüber gelebt hatten. Hatten sie nicht ... Inglis geheißen? Und ein Familienmitglied war Nonne gewesen, eine sehr fröhliche, immer strahlende Nonne, oder trog ihre Erinnerung sie ganz und gar?

Zitternd beugte sie sich über das Feuer und dachte an jene dumpfen Weihnachtstage in der Vergangenheit, als die Schönheit und der Zauber der Feiertage weit weg zu sein schienen, wie hinter einer dicken Mauer aus kleinen Ziegeln. Das war immer das

Schlimmste daran gewesen; dass irgendwo, vielleicht ganz in der Nähe, Menschen tatsächlich Spaß gehabt hatten.

Sie hörte, wie Lucy im Flur mit einem Mann sprach. Dem Komplizen vielleicht? Sie spürte, dass sie geneigt war, in Eifersucht und Feindseligkeit zu verfallen.

Doch der nüchtern wirkende Mann mittleren Alters, der hinter Lucy in den Salon trat, konnte unmöglich romantische Absichten hegen.

Er trug einen graumelierten Anzug und hielt einen Bowler-Hut in der Hand. Er wirkte ziemlich selbstbewusst, schien aber nicht mit einem freundlichen Empfang zu rechnen.

»Bedaure, Sie noch einmal stören zu müssen«, sagte er.

»Mir tut leid, dass Sie es tun«, pflichtete Mrs. Crosland ihm bei. »Aber auf der anderen Seite hege ich alles andere als angenehme Erinnerungen an dieses Haus.«

»Teale der Name, Henry Teale«, sagte der Fremde.

»Bitte setzen Sie sich«, sagte Mrs. Crosland.

Der Fremde, dieser Mr. Teale, setzte sich auf den Rand des Stuhls, was sehr reserviert wirkte. Bald war Mrs. Crosland fasziniert von dem, was er zu sagen hatte.

Er war Polizist in Privatkleidung. Mrs. Crosland dachte über das Wort »privat« nach – »Privatleben«, »private Mittel«. Er war wegen der Inglis-Sache gekommen, im Eckhaus.

»Oh ja, ich erinnere mich, dass sie so hießen, aber wir kannten niemanden von ihnen – aus wem besteht sie jetzt, die Familie Inglis?«

»Ich habe Miss Bayward hier schon davon erzählt – es war eine alte Dame; seit mehreren Jahren lebte dort nur eine alte Dame mit einer Gesellschafterin ...«

»Und sie wurde tot aufgefunden, haben Sie mir gesagt, Mr. Teale«, bemerkte Lucy.

»Ermordet, sagt der Arzt, und das war auch von Anfang an der Verdacht.«

»Ich hatte vergessen, dass Sie das gesagt hatten, Mr. Teale. In ihrem Alter scheint es nicht so sehr darauf anzukommen – Sie sagten doch, sie sei über achtzig gewesen, nicht wahr?«, fragte Lucy und schenkte dem Detective ein Glas Wein ein.

»Sehr alt, fast neunzig, soweit ich weiß, Miss Bayward. Aber Mord bleibt Mord.«

Mrs. Crosland empfand diese Angelegenheit als zusätzliche Last. Mord am Roscoe Square an Heiligabend. Sie hatte das Gefühl, sich bei Lucy entschuldigen zu müssen. »Wahrscheinlich hatte sich deswegen diese Menschenmenge versammelt«, bemerkte sie.

»Ja, solche Neuigkeiten sprechen sich rasch herum, Ma'am. Ein Neffe schaute zum Tee herein und fand sie – tot.«

Mr. Teale ging die Umstände des Verbrechens durch, als entledige er sich einer Pflicht. Das Haus war ausgeplündert worden, und der Verdacht war auf die Gesellschafterin gefallen, die verschwunden war. Die alte Mrs. Inglis hatte so zurückgezogen gelebt, dass niemand wusste, was sie besessen hatte. Der Neffe, Mr. Clinton, war der Meinung, dass viel Bargeld im Haus gelegen haben musste. Jeden Monat war eine große Summe vom Bankkonto der Inglis' abgehoben worden, und sehr wenig davon wurde ausgegeben. Die Gesellschafterin war fremd in Islington. Sie war erst seit wenigen Wochen angestellt und war verschleiert und bescheiden herumgehuscht, um die mageren Einkäufe für die exzentrische alte Dame zu erledigen.

Die Frau, deren Nachfolgerin sie gewesen war, war vor einigen Monaten unter Tränen und großer Aufregung gegangen. Wo dieses neue Wesen herkam, wusste niemand – vielleicht aus einem Waisenhaus; sie muss ohne Freunde und verloren gewesen sein, um solch eine Stellung anzutreten.

»Das haben Sie mir doch schon alles erzählt«, protestierte Lucy.

»Ja, Miss, aber ich habe auch gesagt, ich müsse Mrs. Crosland sehen, sobald sie eintrifft.«

»Nun, Sie sehen Sie jetzt«, bemerkte besagte Dame. »Und ich kann Ihnen überhaupt nicht behilflich sein. Es interessiert mich nicht einmal. Ich habe, als ich hier lebte, ein so abgeschiedenes Leben geführt, dass ich nichts von dem mitbekommen habe, was hier vorging – nicht einmal an dem Platz.«

»Das habe ich auch von Miss Bayward hier gehört, aber ich dachte, Sie hätten vielleicht jemanden gesehen; ich spreche nicht von der Vergangenheit, sondern von der Gegenwart ...«

»Jemanden hier gesehen ... an Heiligabend ...?«

M. Teale seufzte, als hätte er in der Tat zu viel erwartet. »Wir haben die Nachbarschaft durchkämmt, können aber keine Spur von ihr finden ...«

»Warum sollten Sie auch? Natürlich ist sie geflohen und schon weit fort ...«

»Schwierig, denn die Bahnhöfe und dann die Häfen werden alle überwacht.«

»Sie dürfen noch einmal den Keller durchsuchen, wenn Sie möchten«, sagte Lucy. »Ich bin mir sicher, meine Tante hätte nichts dagegen ...«

Mrs. Crosland legte dem Detective keine Steine in den Weg, aber ihr kam die ganze Situation grotesk vor.

»Ich hoffe, Sie entkommt«, entfuhr es Mrs. Crosland, die zunehmend müde und verwirrt durch den Wein war, den sie auf leeren Magen getrunken hatte. »Das arme Ding ... eingeschlossen ... wie in einen Käfig gesperrt ...«

»Der Mord war sehr brutal«, erklärte Mr. Teale gleichmütig.

»Tatsächlich? Ich nehme an, eine Überdosis eines Schlaftrunks?«

»Nein, Ma'am, nach der Art von David und Goliath, sagte der Arzt. Eine seltene Art von Mord. Ein großer, runder Stein in einer Schlinge, wie man ihn leicht in der Dämmerung am Fluss finden kann, vielleicht mit einem Damenschal geschleudert.«

Mrs. Crosland lachte. Die Vorstellung, wie diese unglückliche Gesellschafterin am Ende eines trostlosen Tags durch die zweifelhaften Straßen am Hafen schlich, um mit ihrer Steinschleuder zu üben, erschien ihr absurd.

»Ich weiß, worüber Sie lachen«, meinte Mr. Teale kalt. »Aber sie hat ihr Ziel gefunden – den kahlen Schädel von Mrs. Inglis, die in ihrem Sessel eingenickt war ...«

»Die Versuchung könnte man verstehen«, pflichtete Mrs. Crosland ihm bei. »Aber ich bezweifle, dass sie die Fähigkeit besaß.«

»Das Haus hat einen schönen, ummauerten Garten«, erklärte der Detective. »Und, wie ich schon sagte, diese kleinen Nebenstraßen. Jedenfalls ist ihr der Schädel feinsäuberlich eingeschlagen worden; sie hat nicht gelitten, verstehen Sie.«

»Oh, sie muss sehr gelitten haben, damit so etwas möglich war«, brach es aus Mrs. Crosland heraus. »Die Mörderin, meine ich ...«

»Das finde ich auch«, sagte Lucy nüchtern.

»Darüber steht mir kein Urteil zu«, bemerkte der Detective. »Ich muss sie aber finden, wenn ich kann. Wir haben Nebel; und dann der ganze Trubel durch die Weihnachtsfeiern, Weihnachtssinger und die späten Gottesdienste in allen Kirchen.«

Spontan zog Mrs. Crosland die Vorhänge zurück. Ja, die Kirche war hell erleuchtet, genau wie in ihrer Erinnerung. Das Licht strömte aus den Fenstern über den Kirchhof, über Sarkophage und Grabsteine, und versickerte dann.

»Wohin würde eine solche Frau sich wenden?«, fragte Lucy und sah über Mrs. Croslands Schulter zum Kirchhof.

»Das müssen wir herausfinden«, meinte Mr. Teale vorsichtig. »Ich mache mich wieder auf den Weg, die Damen. Ich will Sie nur noch davor warnen, Fremde einzulassen, die vielleicht unter irgendeinem Vorwand herkommen. Man weiß nie.«

»Was war denn Davids Stein? Ein glatter Kieselstein? Ich habe es vergessen.« Mrs. Crosland ließ die Vorhänge vor die Aussicht auf die Kirche und die trübe, neblige Dämmerung auf dem von Gaslaternen erhellten Platz fallen.

»Der Arzt meint, es müsse ein schwerer, gut gezielter Stein gewesen sein, und genauso einer fehlt. Mr. Clinton, der Neffe, der sie als Einziger besuchte, aber nicht ihr Vertrauen genoss, sagte, er habe eine solche Waffe bemerkt, die bei jedem seiner Besuche auf dem Tisch der alten Dame gelegen habe.«

»Wie ist das möglich?«, fragte Mrs. Crosland.

Mr. Teale erklärte, der Gegenstand sei als chinesischer Apfel bekannt. Aus weißer Jade, mit einer Vertiefung wie bei der echten Frucht und einem daran hängenden Blatt, und alles aus einem Stück geschnitzt und auf Hochglanz poliert. Die alte Dame hatte ihn sehr geliebt, und er eignete sich ausgezeichnet als Waffe.

»Aber diese schreckliche Gesellschafterin«, sagte Mrs. Crosland, die sich jetzt widersinnigerweise von dem Verbrechen abgestoßen

fühlte, »konnte doch keine Zeit gehabt haben, mit dieser ... ausgezeichneten Waffe zu üben – dazu war sie nicht lange genug bei
Mrs. Inglis.«

»Ah«, meinte Mr. Teale lächelnd. »Wir wissen ja nicht, wo sie
zuvor war, Ma'am. Sie hätte sich an einem abgelegenen Ort viel
Übung verschaffen können – an Vögeln, Ma'am, und Kaninchen.
In den Wäldern auf der Lauer liegen, wie junge Burschen das
tun.«

Mrs. Crosland gefiel die Vorstellung einer Frau, die versteckt
mit einer Steinschleuder auf der Lauer lag, nicht. Sie wünschte
dem Detective einen guten Abend, und Lucy brachte ihn zur Tür.

In dem Moment, in dem sie allein war, goss sich Mrs. Crosland
noch ein Glas Wein ein. Als Lucy zurückkehrte, brach es aus ihr
heraus.

»Ach, Lucy, das kommt dabei heraus, wenn man Menschen
zu weit treibt – sie töten und flüchten gierig mit ihrer Beute. Ich
wünschte wirklich, das wäre nicht geschehen. Was glaubst du,
was für eine Frau das gewesen sein mag? Verhärtet, natürlich, und
schon älter ...«

»Bei seinem letzten Besuch meinte Mr. Teale, sie könnte als fast
alles maskiert sein.«

»Als fast alles«, wiederholte Mrs. Crosland und dachte an die
vielen Verkleidungen, die sie selbst getragen hatte, bis sie sich im
wunderbar blauen Italien wiedergefunden hatte, immer noch verkleidet, aber auf recht angenehme Art. Sie hoffte, dass ihr diese
Maske jetzt nicht entrissen würde; das alte Haus wirkte äußerst
bedrückend, und es war töricht gewesen, hierher zurückzukehren.
Natürlich war es eine Erleichterung, dass Lucy eigene Pläne zu
haben schien. Aber worauf es wirklich ankam, war das Haus; die

Rückkehr hierher, bei der sie alles unverändert vorgefunden hatte, und die Erinnerungen an ihre schreckliche Kindheit.

Auch Lucy hatte anscheinend gelitten. Merkwürdig, dass sie Lucy nicht mochte und keinerlei Sympathie für sie oder ihre Pläne empfand.

Endlich fand sie den Weg nach oben und musste sich dem nur allzu vertrauten Schlafzimmer stellen. Ihr eigenes lag auf der Rückseite des Hauses; jedenfalls war das früher so gewesen. So durfte sie nicht denken; ihr Zimmer lag jetzt in der bezaubernden Villa in Fiesole, und dieser Ort hier hatte nicht das Geringste mit ihr zu tun.

Doch das stimmte nicht, und die Erkenntnis legte sich über sie wie ein bleierner Schleier. Natürlich hatte es das. Sie war zurückgekehrt und war nicht nur Lucy begegnet, sondern ihrer eigenen Kindheit.

Die alte Mrs. Inglis – welchen Platz hatte sie darin?

Wahrscheinlich war sie immer dagewesen, sogar, als die Frau, die jetzt Isabelle Crosland war, ein Kind gewesen war. Immer da, obskur, exzentrisch, und hatte eine lange Reihe von Gesellschafterinnen verschlissen, bis eine von ihnen ihr mit dem aus Jade geschnitzten chinesischen Apfel, den sie mit einem Damenschal schleuderte, den Schädel eingeschlagen hatte.

»Ach, du meine Güte«, murmelte Mrs. Crosland, »was hat diese alte, sehr alte Frau mit mir zu tun?«

Ihre Koffer standen neben dem Bett. Sie war zu müde, um sich damit zu beschäftigen. Lucy hatte gewissenhaft ihre Toilettenartikel herausgelegt. Sie begann sich auszukleiden. Ihr blieb nichts anderes übrig, als sich zur Ruhe zu legen; was bedeutete es ihr schon, dass in Islington eine Mörderin gejagt wurde – was hatte Mr. Teale noch gesagt? Die Bahnhöfe, die Häfen … Sie war halb ausgezogen und hatte sich ihr Umschlagtuch umgelegt, als es an der Haustür läutete.

Hastig bedeckte sie sich und trat hinaus auf den Treppenabsatz. Wenigstens eine Ausrede, um sich nicht in das große, förmliche Bett zu legen, in dem ihre Eltern gestorben waren, selbst wenn nur Mr. Teale zurückgekehrt war. Lucy stand schon in der Eingangshalle und sprach mit jemandem. Das Gaslicht im Gang fiel auf das Mädchen in dem steingrauen Satinkleid und den Mann auf der Schwelle, mit dem sie sprach.

Es war nicht Mr. Teale.

Isabelle Crosland, die auf halber Höhe auf der Treppe stand, erhaschte einen Blick auf ein spitzes, hell ausgeleuchtetes Gesicht. Ein junger Mann mit hochgeschlagenem Kragen und erwartungsvoll leuchtenden Augen. Er sagte etwas, das Isabelle Crosland nicht hören konnte, und dann schloss Lucy die schwere Haustür.

Sie blickte zu ihrer Tante auf. »Ich habe für die Nacht abgeschlossen«, erklärte sie.

»Wer war das?«, fragte Mrs. Crosland, der es peinlich war, dass Lucy sie entdeckt hatte.

»Nur ein Nachbar; ein Klatschmaul.«

Lucys Stimme klang begütigend. Sie riet ihrer Tante, zu Bett zu gehen.

»Es ist wirklich schon sehr spät. In der Kirche ist es wieder dunkel. Alle Leute sind nach Hause gegangen.«

»Welches Zimmer hast du, Liebes?«

»Ihr altes, glaube ich; das große Zimmer, das nach hinten hinaus liegt.«

»Oh, ja … das …«

»Nun, machen Sie sich keine Gedanken – es war ein ziemlich unangenehmer Abend, aber jetzt ist er ja vorüber.«

Dunkel und blass stand Lucy in der Tür und zögerte kurz. Aus unerfindlichen Gründen beschloss Mrs. Crosland, sie nicht zu küssen, und wünschte ihr mit erzwungener Fröhlichkeit eine gute Nacht.

Als sie allein war, zog sie an der Kette der Gaslichtlampe und stand sofort im Dunkeln. Nur Lichtkreise, die über die Decke zogen, wiesen darauf hin, dass eine einsame Hansom-Taxe vorüberzog.

Vielleicht Mr. Teale, der nach Hause fuhr.

Auch Mrs. Inglis würde inzwischen weggebracht worden sein; das Eckhaus gegenüber musste leer sein.

Isabelle Crosland konnte sich doch nicht dazu überwinden, in dem Bett zu schlafen. Sie wickelte sich in Reisedecken, die sie im Dunkel ertastete, und rollte sich auf der Couch zusammen. Bald schlief sie ein, hatte aber keine angenehmen Träume. Beklemmende Fantasien erdrückten sie, und mehrmals wachte sie mit einem Aufschrei auf.

Jedes Mal erkannte sie bedrückt und enttäuscht, dass sie nicht in Florenz war.

Im Morgengrauen ging sie nach unten; der Morgen des ersten Weihnachtstages, wie lächerlich!

Von Lucy keine Spur; und das kalte, trostlose Haus kam ihr wie eine Falle, wie ein Gefängnis vor.

Mrs. Crosland, die vor Verdruss fast weinte, sah sich gezwungen, einen Blick in das Zimmer zu werfen, das einst ihres gewesen war. Das Bett war unberührt. Auf dem Wabenmuster der weißen Bettdecke lagen ein Päckchen und eine Nachricht.

Das einzelne Blatt bedeckte einen geöffneten Brief. Mrs. Crosland sah auf das mit »Lucy Bayward« unterzeichnete Schreiben. In einer kindlichen, ungelenken Schrift entschuldigte sich die Verfasserin dafür, dass sie erst nach den Feiertagen in London eintreffen werde.

Die Notiz war in einer anderen Handschrift verfasst.

Ich hatte versprochen, Ihnen meine Pläne mitzuteilen. Ich bin mit meinem Komplizen den Fluss hinunter geflüchtet. Diesen Brief habe ich gefunden, als ich in Ihrem leerstehenden Haus Zuflucht gesucht habe. Das ganze Arrangement war mir äußerst nützlich. Die falschen Perlen für Lucy habe ich zurückgelassen, da ich die meiner verstorbenen Arbeitgeberin habe, aber das Gold habe ich genommen. Niemand wird uns jemals finden. Ich hinterlasse Ihnen ein Weihnachtsgeschenk.

Mit kalten Fingern löste Mrs. Crosland die Verpackung. In dem unheimlichen Halbdunkel erblickte sie den chinesischen Apfel.

Originaltitel: *The Chinese Apple*
Ins Deutsche übertragen von Barbara Röhl

Moderne
Weihnachten

Krippenspiel
Ed McBain

Unter dem Pseudonym Ed McBain hat Evan Hunter die kultige Serie über das 87. Polizeirevier erschaffen, die beste und berühmteste Serie über Polizeiarbeit, die je verfasst worden ist, und das mit einem einmaligen Konzept. Der gesamte Dienstraum des Reviers war der Held, nicht nur ein Beamter, auch wenn Steve Carella oft in den Mittelpunkt rückte. Unter seinem eigenen Namen schrieb Hunter *Die Saat der Gewalt* (1955), den ersten bedeutenden Roman, der sich mit Jugend- und Bandenkriminalität in New York auseinandersetzte. *Krippenspiel* wiederum wurde erstmals im *Playboy* veröffentlicht und 1984 als Leseheft für die Mitglieder der Mystery Guild.

Krippenspiel
Ed McBain

Detective Steve Carella war allein im Dienstraum. Für Heiligabend war es ziemlich ruhig.

Normalerweise brach hier im selben Augenblick die Hölle los,
da die Geschäfte schlossen, doch an diesem Abend war es im gesamten Revier ungewöhnlich still. Kein Telefon klingelte; keine
Schreibmaschine klapperte, und keine Streifenbeamten kamen
oben vorbei, um zu fragen, ob irgendjemand in den Büros gerade
Kaffee kochte. Jetzt war nur Carella hier. Er saß an seinem Schreibtisch und überprüfte den Bericht, den er gerade getippt hatte, auf
Rechtschreibfehler. Und tatsächlich hatte er »Bewaffnet« in »Be-
waffneter Raubüberfall« falsch geschrieben. Stattdessen stand dort
nun »Bewaffelt«. Carella korrigierte den Fehler mit einem Kugel-
schreiber und gab der Straftat wieder ihren korrekten Namen: Be-
waffneter Raubüberfall ... Ein kleiner Schnapsladen an der Culver
Avenue. Der Typ war einfach mit einer .357 Magnum und einem
leeren Kartoffelsack durch die Tür spaziert. Der Besitzer betätig-
te daraufhin den stummen Alarm, und die beiden Uniformierten

von Boy One hatten sich den Kerl geschnappt, als er wieder aus dem Laden gekommen war.

Carella zog das Kohlepapier zwischen den drei Blättern heraus. Das weiße kam in den obersten Korb, das pinkfarbene in die Ablage für Miscolo unten im Archiv, und das gelbe war für den Lieutenant bestimmt. Zehn Uhr dreißig. Um Viertel vor zwölf würde die Nachtschicht sie ablösen, vielleicht auch ein wenig früher. Es war ja Heiligabend.

Gott, war das hier ruhig.

Carella stand auf und ging um die hohen Aktenschränke herum, die den Rest des Dienstraums von einem kleinen Becken in der Ecke trennten. An ruhigen Abenden wie diesem konnte man leicht bei der Arbeit einschlafen. Carella öffnete den Hahn und spritzte sich Wasser ins Gesicht. Er war ein großer Mann, und der Spiegel über dem Becken hing zu tief für ihn, sodass er seine Haare nicht sehen konnte. Der Spiegel erfasste gerade noch so Carellas Augen. Sie waren ein wenig schräg, was ihm ein leicht asiatisches Aussehen verlieh. Carella trocknete sich Gesicht und Hände mit einem Papiertuch ab, das er anschließend in den Mülleimer unter dem Becken warf. Dann gähnte er, schaute wieder auf die Uhr und stellte wenig überrascht fest, dass seit dem letzten Mal erst zwei Minuten vergangen waren. Die stillen Nächte konnten einen echt fertigmachen. Carella hatte es lieber, wenn richtig was los war.

Carella ging zu den Fenstern auf der anderen Seite des Dienstraums und schaute auf die Straße hinunter. Dort unten sah es genauso ruhig aus wie hier oben. Es waren kaum Fahrzeuge oder Fußgänger unterwegs; aber natürlich waren die meisten Menschen mit Sicherheit schon daheim und legten letzte Hand an ihre Weihnachtsbäume. Die Wetterfrösche hatten Schnee versprochen, aber bis jetzt war noch nichts davon zu sehen. Carella wandte sich wieder vom Fenster ab, und plötzlich wurde es blutig.

Das Erste, was Carella sah, war das Blut, das Cotton Hawes über das Gesicht lief. Hawes schob zwei weiße Männer durch die Schranke, die den Dienstraum vom Flur davor trennte. Die Männer waren mit Handschellen aneinandergefesselt, und einer von ihnen beschwerte sich, dass Hawes die Fesseln zu fest angelegt habe.

»Ich zeige dir gleich ›zu fest‹«, knurrte Hawes und stieß die beiden Kerle vorwärts. Einer von ihnen fiel kopfüber in den Dienstraum und zog den anderen mit sich. Beide waren deutlich kleiner als Hawes, der sie wie eine rothaarige Furie überragte. Die weiße Strähne über der rechten Schläfe verstärkte diesen wütenden Eindruck noch. Dort hatte ein Einbrecher ihn mit einem Messer erwischt, und das Haar war weiß nachgewachsen. Jetzt war das Weiße voller Blut, das aus einer Wunde an der Stirn stammte und Hawes über die rechte Seite lief. Dass die beiden Männer, die er vor sich her trieb, ebenfalls bluteten, schien ihn nicht zu trösten.

»Was zum Teufel ist das denn?«, fragte Carella und riss die Augen auf.

Er war bereits auf dem Weg durch den Dienstraum, um zu helfen. Doch Hawes brauchte keine Hilfe. Er hatte alles unter Kontrolle. Außerdem waren sie hier in einem Polizeirevier und nicht auf der großen, bösen Straße. Die beiden Männer, die Hawes gebracht hatte, schauten sich missbilligend um. Sie hatten offenbar nicht geplant, Heiligabend auf einem Polizeirevier zu verbringen, und die leere Zelle in der Ecke des Raums wirkte nicht gerade einladend auf sie. Einer von ihnen blickte immer wieder über die

Schulter, um zu sehen, ob Hawes ihnen wieder einen Stoß versetzen würde, und der sah tatsächlich so aus, als würde er den beiden
gleich den Hals umdrehen.

»Setzen!«, brüllte Hawes, ging zum Spiegel über dem Becken
und betrachtete sein Gesicht. Dann riss er ein Papiertuch ab,
machte es nass und tupfte sich die offene Wunde ab. Sie blutete
weiter.

»Ich sollte wohl besser einen Krankenwagen rufen«, sagte Carella.

»Nein«, hielt Hawes ihn zurück. »Ich brauche keinen.«

»*Wir* aber!«, beschwerte sich einer der beiden Männer.

Er blutete aus einer Wunde an der linken Wange, und der
Mann, an den er gefesselt war, hatte eine Platzwunde am Kinn.
Auch sein Hemd war voller Blut und über den Rippen zerrissen.

Hawes drehte sich zu Carella um. »Was habe ich eigentlich mit
dieser Tüte gemacht? Hast du mich mit einer Einkaufstüte kommen sehen?«

»Nein«, antwortete Carella. »Was ist denn passiert?«

»Ich muss sie unten am Empfang gelassen haben«, sagte Hawes
und ging geradewegs zum Telefon. Er hob ab, wählte drei Zahlen und sagte: »Dave? Cotton hier. Habe ich bei dir unten eine
Einkaufstüte stehenlassen?« Kurz hörte er zu. »Kannst du jemanden damit raufschicken?«, bat er. »Danke.« Er legte auf. »Also, was
ich für einen Ärger mit dieser Verhaftung hatte ...«, seufzte er. »Da
will ich nicht auch noch die Beweise verlieren.«

»Sie haben doch gar keine Beweise«, erklärte der Mann mit der
blutenden Wunde an der Wange.

»Habe ich nicht gesagt, ihr sollt den Mund halten?«, sagte Hawes und ging auf ihn zu. »Wie heißt du?«

»Wie soll ich Ihnen das sagen, wenn ich doch den Mund halten soll?«

»Möchtest du mir deinen Namen lieber ohne Zähne sagen?«, knurrte Hawes. Carella hatte ihn noch nie so wütend gesehen. Das Blut lief ihm noch immer über die Wange. »Wie heißt du, verdammt?«, schrie er.

»Ich rufe jetzt einen Krankenwagen«, sagte Carella.

»Gut«, sagte der Mann mit dem blutenden Kinn.

»Für wen ist das hier?«, rief ein uniformierter Beamter von der Eingangsschranke.

»Bringen Sie das rein, und stellen Sie es auf meinen Tisch«, sagte Hawes. »Wie heißen Sie?«

»Henry«, antwortete der Cop.

»Sie habe ich nicht gemeint«, erwiderte Hawes.

»Welcher ist denn Ihr Tisch?«, fragte der Cop.

»Der da drüben«, sagte Hawes und machte eine vage Geste in die entsprechende Richtung.

»Was ist hier oben denn passiert?«, fragte der Uniformierte und stellte die Tüte auf den Schreibtisch, von dem er glaubte, dass Hawes ihn gemeint hatte. Die Tüte stammte aus einem großen Einkaufszentrum. Ein grüner Mistelzweig und eine rote Schleife waren darauf gedruckt. Carella, der bereits den Hörer in der Hand hatte, schaute zu der Tüte, während er die Nummer des Mercy General wählte.

»Dein Name«, sagte Hawes zu dem Mann, der an der Wange blutete.

»Ich werde Ihnen gar nichts sagen, bevor Sie mir nicht meine Rechte vorgelesen haben«, zischte der Mann.

»Ich heiße Jimmy«, sagte der andere.

»Jimmy wie?«

»Idiot! Sag ihm nichts, bevor er dir nicht deine Rechte vorgelesen hat!«

»Halt den Mund«, knurrte Hawes. »Jimmy wie?«

»Knowles. James Nelson Knowles.«

»Na, toll«, knurrte der Mann mit der blutenden Wange.

»Und was ist mit dir?«, verlangte Hawes von ihm zu wissen. »Willst du die ganze Nacht lang anonym bleiben?«

Carella sagte am Telefon: »Und *ich* sage Ihnen, wir haben hier oben drei Leute, die bluten wie verrückt.«

»Ich brauche keinen Krankenwagen«, erklärte Hawes erneut.

»Dann machen Sie eben so schnell, wie Sie können, ja?« Carella legte auf. »Die haben alle Hände voll zu tun. Es kann also noch eine Weile dauern. Wo ist der Erste-Hilfe-Kasten?« Er ging zu den Aktenschränken. »Wir haben hier doch einen Erste-Hilfe-Kasten, oder?«

»Die Wunde ist infiziert«, sagte der anonyme Mann. »Ich werde die Stadt verklagen. Wenn ich in Polizeigewahrsam sterbe, dann bricht hier die Hölle los. Das können Sie mir ruhig glauben.«

»Welchen Namen sollen wir denn auf den Totenschein schreiben?«, fragte Hawes.

»Wer zum Teufel hat den denn bei den Vermissten abgelegt?«, knurrte Carella am Aktenschrank.

»Jetzt sag ihm schon, wie du heißt«, verlangte Knowles.

»Thomas Carmody. Zufrieden?«, sagte der andere Mann. Er sprach mit Knowles, als sei es unter seiner Würde, mit einem Cop zu reden.

Carella gab Hawes den Erste-Hilfe-Kasten. »Mach da einen Verband drum«, sagte er. »Du siehst beschissen aus.«

»Was ist mit uns *Bürgern*?«, verlangte Carmody zu wissen. »Siehst du das?«, wandte er sich an Knowles. »Sie kümmern sich immer zuerst um sich selbst.«

»Aufstehen«, forderte Carella ihn auf.

»Ah, ja«, sagte Carmody. »Jetzt kommt der Schlauch.«

Hawes ging mit dem Erste-Hilfe-Kasten zum Spiegel, und Carella führte Knowles und Carmody zur Zelle. Er zog die Riegel zurück, nahm den beiden die Handschellen ab und sagte: »Rein mit euch.« Carmody und Knowles gingen in die Zelle, und Carella verriegelte die Tür wieder. Die beiden Männer schauten sich um, als wollten sie erst einmal sehen, ob die Unterkunft ihrem Geschmack entsprach. Die schweren Gitterstäbe waren mit Stahldraht bespannt; allerdings gab es keine Sitzgelegenheit. Die beiden Männer liefen auf und ab und schauten sich die Kritzeleien an der Rückwand an. Carella ging zu Hawes, der sich gerade die Wunde abtupfte.

»Du solltest da besser Peroxid drauftun«, bemerkte Carella. »Und noch einmal … Was ist denn passiert?«

»Wo ist die Einkaufstüte?«, fragte Hawes.

»Auf dem Tisch da drüben. Was ist passiert?«

»Ich habe einen 10–20 an der Ecke Culver und Zwölfte überprüft. Ein Typ ist einfach reingekommen und hat einen Fernseher gestohlen, den dieser andere Typ verpackt im Schrank stehen hatte. Er wollte ihn seiner Frau zu Weihnachten schenken. Sie waren nebenan mit ihren Freunden und haben was getrunken. Der Einbrecher muss durch ein Fenster an der Feuerleiter gekommen sein. Aber wie auch immer … Der Fernseher war weg. Also habe ich mir alles aufgeschrieben – als bestünde die Chance, das Ding zurückzubekommen – und bin dann wieder runtergegangen. Auf dem Weg zum Wagen habe ich dann weiter die Straße runter Brüllen und Schreien gehört. Natürlich bin ich sofort los und habe die beiden Typen hier gefunden, die sich um die Einkaufstasche da auf dem Tisch gestritten haben.«

»Das war alles deine Schuld«, sagte Carmody zu Knowles.

»Egal. Es ist doch ohnehin nicht unsere Tasche«, erwiderte Knowles.

»Ich habe mir gedacht, die beiden haben einfach einen über den Durst getrunken«, fuhr Hawes fort und klebte ein Pflaster auf seine Wunde. »Ich bin also zu ihnen, um ihnen zu sagen, dass sie sich wieder beruhigen und nach Hause gehen sollen. Immerhin haben wir ja Weihnachten. Doch plötzlich hat einer von denen ein Messer in der Hand.«

»Also ich nicht«, rief Carmody aus dem Käfig.

»Ich auch nicht«, ergänzte Knowles.

»Ich weiß nicht mehr, wer als Erster auf wen eingestochen hat«, erzählte Hawes, »aber auf einmal war da jede Menge Blut. Dann bekommt der andere Kerl irgendwie das Messer zu fassen und sticht damit zu, und kaum hab ich mich's versehen, da bin ich mittendrin und bekomme auch was ab. Wie sich dann herausstellte ...«

»Was für ein Messer denn?«, rief Carmody. »Das haben Sie wohl geträumt.«

»Ja, was für ein Messer?«, stimmte Knowles mit ein.

»Das Messer, das du an der Ecke Culver und Elfte in den Kanal geworfen hast«, antwortete Hawes. »Das Messer, das meine Kollegen genau in diesem Moment im Dreck suchen. Und das ausgerechnet an Weihnachten«, stöhnte er und betrachtete das Pflaster auf seiner Stirn. »Toll. Wirklich toll.«

Carella ging zur Zelle, öffnete die Tür und gab Carmody den Erste-Hilfe-Kasten. »Hier«, sagte er.

»Ich warte lieber auf den Krankenwagen«, erklärte Carmody. »Ich brauche eine richtige medizinische Versorgung.«

»Wie du willst«, sagte Carella. »Was ist mit dir?«

»Wenn er auf den Krankenwagen wartet, dann warte ich auch«, antwortete Knowles.

Carella verriegelte die Zelle wieder und ging zu Hawes, der sich inzwischen mit einem feuchten Handtuch das Blut aus den Haaren wusch. »Worüber haben die sich eigentlich gestritten?«, fragte Carella.

»Niemand hat sich über irgendwas gestritten!«, rief Carmody von hinten.

»Wir sind gute Freunde«, fügte Knowles hinzu.

»Um das Zeug in der Tüte da«, sagte Hawes.

»Ich hab diese Tüte noch nie im Leben gesehen«, erklärte Carmody.

»Ich auch nicht«, sagte Knowles.

»Was ist denn da drin?«, fragte Carella.

»Was glaubst du wohl?«, erwiderte Hawes.

»Weihrauch«, sagte Carmody.

»Myrrhe«, sagte Knowles, und die beiden Männer lachten laut.

»Da ist genug Pot drin, um die ganze Stadt bis Neujahr glücklich zu machen«, erklärte Hawes.

»Okay. Gehen wir«, sagte eine Stimme an der Schranke.

Die beiden Detectives drehten sich um und sahen Meyer, der einen Jugendlichen in den Raum schob. Der Junge war ungefähr vierzehn Jahre alt und führte ein Schaf an einer Leine. Die Wolle des Schafs war verdreckt, der Junge sah genauso schmutzig aus.

Meyer trug einen dicken Mantel, aber keinen Hut. Neben dem Jungen wirkte er geradezu elegant.

»Ich habe uns einen Schäfer besorgt«, verkündete er. Seine blauen Augen funkelten, und seine Wangen waren von der Kälte draußen rot. »Draußen schneit es.«

»Ich bin kein Schäfer«, schmollte der Junge.

»Stimmt«, erwiderte Meyer und zog sich den Mantel aus. »Du bist ein Dieb. Setz dich da drüben hin. Und nimm dein Schaf mit.«

»Schafe übertragen Krankheiten«, rief Carmody aus der Zelle.

»Wer hat dich denn gefragt?«, entgegnete Meyer.

»Wenn ich mir irgendeine Krankheit von dem Vieh hole, dann verklage ich die Stadt«, sagte Carmody.

Als Antwort darauf kackte das Schaf auf den Boden.

»Na, toll«, seufzte Meyer. »Warum hast du nicht irgendein sauberes Vieh gestohlen wie eine Schlange zum Beispiel?«

»Meine Schwester wollte aber ein Schaf zu Weihnachten«, antwortete der Junge.

»Der ist im Zoo tatsächlich in den Kinderbauernhof eingebrochen und hat ein Schaf geklaut. Ist das zu glauben?« Meyer schüttelte den Kopf. »Weißt du eigentlich, was du für Schafdiebstahl bekommen kannst? Wenn du Pech hast, zwanzig Jahre.«

»*Fünfzig* Jahre«, erhöhte Hawes.

»Aber meine Schwester wollte doch ein Schaf«, sagte der Junge und zuckte mit den Schultern.

»Seine Schwester ist wohl Little Bo Peep«, bemerkte Meyer. »Was ist denn mit deinem Kopf passiert, Hawes?«

»Ich bin mitten in einen Drogendeal gerannt«, antwortete Hawes.

»Das sind nicht unsere Drogen da in der Tasche«, protestierte Knowles.

»Wann bekommen wir eigentlich einen Rechtsanwalt?«, verlangte Carmody zu wissen.

»Ach, haltet doch die Klappe«, knurrte Hawes.

»Sag ihnen nichts, bevor sie dir nicht deine Rechte vorgelesen haben, Junge«, riet Carmody dem Schafdieb.

»Wer macht eigentlich die Schafkacke weg?«, fragte Carella.

»Will jemand Kaffee?«, rief Miscolo vom Eingang. »Ich habe gerade frischen aufgesetzt.« Er trug einen blauen Pullover über seiner blauen Uniformhose, und er lächelte … bis er das Schaf sah. Er riss die Augen auf. »Was ist das denn?«, verlangte er zu wissen. »Ein Rentier?«

»Ja, das ist Rudolph«, sagte Carmody in der Zelle.

»Ist das wirklich ein *Rentier*?«, hakte Miscolo ungläubig nach.

»Nein, das ist ein Waschbär«, erklärte Knowles.

»Das ist das Weihnachtsgeschenk für meine Schwester«, sagte der Junge.

»Ich bin ziemlich sicher, dass es gegen die Vorschriften verstößt, ein Rentier im Dienstraum zu haben«, sagte Miscolo. »Also … Will jemand Kaffee?«

»Ich hätte schon gern eine Tasse«, antwortete Carmody.

»Ich rate davon ab«, erklärte Meyer.

»Selbst an Heiligabend beschweren sich die Leute über meinen Kaffee.« Miscolo schüttelte den Kopf. »Aber wenn jemand trotzdem einen will, er steht in meinem Büro.«

»Ich hab doch schon gesagt, dass ich einen will«, rief Carmody.

»Du bist noch nicht im Knast«, erklärte Miscolo, »und das hier ist keine Suppenküche.«

»Aber wir haben Weihnachten«, erwiderte Carmody. »Und wir bekommen trotzdem keinen Kaffee?«

»Sorgt lieber mal dafür, dass dieses Vieh verschwindet«, sagte Miscolo zu niemandem im Besonderen und verschwand wieder.

»Warum lassen Sie mich das Schaf denn nicht zu meiner Schwester bringen?«, verlangte der Junge zu wissen.

»Weil es nicht *dein* Schaf ist«, antwortete Meyer. »Es gehört dem Zoo, und du hast es gestohlen.«

»Der Zoo gehört allen in der Stadt«, erklärte der Junge im Brustton der Überzeugung.

»Genau!«, ermunterte ihn Carmody. »Zeig's ihm, Junge!«

»Was höre ich da?«, rief Bert Kling von der Schranke. »Rein da, Mister.« Sein blondes Haar war nass vom Schnee. In der einen Hand trug er eine große Reisetasche, und die andere lag auf der Schulter eines großen schwarzen Mannes, der mit Handschellen auf dem Rücken gefesselt war. Der Schwarze trug ein rot kariertes Holzfällerhemd. Seine Schultern waren ebenfalls nass, und Schneeflocken glitzerten in seinem lockigen schwarzen Haar. Kling schaute zu dem Schaf. »Miscolo hat gesagt, das wär ein Rentier«, erklärte er verwundert.

»Miscolo ist eben ein Stadtkind«, seufzte Carella.

»Das bin ich auch«, sagte Kling. »Trotzdem kann ich ein Rentier von einem Schaf unterscheiden.« Er schaute nach unten. »Wer hat hier denn auf den Boden gekackt?«

»Das Schaf«, antwortete Meyer.

»Das Geschenk für meine Schwester«, korrigierte der Junge ihn.

Kling stellte die schwere Tasche ab und führte den Schwarzen zur Zelle. »Okay. Zurück«, sagte er zu Carmody und Knowles und wartete, bis sie sich von der Tür entfernt hatten. Dann öffnete er die Tür, nahm seinem Gefangenen die Handschellen ab und sagte: »Fühl dich ganz wie zu Hause.« Schließlich drehte er sich wieder zu seinen Kollegen um. »Gibt es hier irgendwo Kaffee?«

»In Miscolos Büro. Das hast du doch gehört«, antwortete Carella.

»Ich meine *echten* Kaffee«, erwiderte Kling.

»Was ist eigentlich in der Tasche?«, fragte Hawes. »Sieht verdammt schwer aus, das Ding.«

»Silber und Gold«, antwortete Kling. »Mein Freund da hat einen Pfandleiher überfallen. Der Laden wollte gerade schließen, da ist der Typ mit einer abgesägten Schrotflinte einfach reinmarschiert und hat alles verlangt, was da so in den Vitrinen war. Ich habe auch noch eine Gitarre unten im Wagen. Spielst du eigentlich Gitarre?«, fragte er den Schwarzen im Käfig.

Der Schwarze schwieg.

»Auf jeden Fall ist in der Tasche genügend Schmuck, um selbst die Königin von England glücklich zu machen«, sagte Kling.

»Und wo ist die Schrotflinte?«, fragte Meyer.

»Im Wagen«, antwortete Kling. »Ich habe schließlich nur zwei Hände.« Er schaute zu Hawes. »Was ist denn mit deinem Kopf passiert?«

»Ich bin es allmählich leid, jedem zu erklären, was mit meinem Kopf passiert ist«, knurrte Hawes.

»Wann kommt eigentlich der Krankenwagen?«, verlangte Carmody zu wissen. »Ich verblute hier.«

»Dann nimm dir was aus dem Erste-Hilfe-Kasten«, sagte Carella.

»Ja, klar, und dann kann ich Sie nicht mehr verklagen, weil Sie mir ja so toll geholfen haben. Niemals!«

Hawes trat ans Fenster.

»Da draußen schneit es immer heftiger«, bemerkte er.

»Glaubst du, die Nachtschicht hat Schwierigkeiten durchzukommen?«, fragte Meyer.

»Vielleicht. Da liegen schon ein paar Zoll auf der Straße.«

Hawes drehte sich zur Uhr um.

Meyer tat es ihm nach.

Und plötzlich schauten alle im Raum auf die Uhr.

Die Detectives machten sich Sorgen, dass ihre Ablösung sich verspäten könnte und sie somit später nach Hause kommen würden als erwartet. Die Männer in der Zelle dachten, dass die Gerechtigkeit vielleicht nicht ganz so schnell ihren Lauf nehmen würde, wenn alles verschneit war, und der Junge an Meyers Schreibtisch dachte, dass es nur noch eine halbe Stunde bis Heiligabend war, und dass seine Schwester nun doch nicht ihr Schaf bekommen würde. Im Dienstraum war es nun fast so still wie zu dem Zeitpunkt, da Carella noch allein gewesen war.

Und dann kam Andy Parker mit seinen Gefangenen.

»Bewegt euch«, sagte er und öffnete die Schranke.

Parker trug eine Lederjacke, mit der er wie ein Biker aussah, und darunter ein kariertes Flanellhemd und einen roten Schal. Die blaue Strickmütze auf seinem Kopf war schneebedeckt, wie auch seine blaue Cordhose. Selbst an seinem Dreitagebart klebten Schneeflocken. Seine Gefangenen sahen genauso weiß aus, und ihre Gesichter waren blass und verängstigt.

Der junge Mann trug einen zerknitterten schwarzen Anzug. Der Schnee darauf schmolz rasch, während sein Träger verunsichert am Eingang zum Dienstraum stand. Unter dem Anzug hatte er nur ein Hemd mit offenem Kragen, keine Krawatte. Carella schätzte ihn auf etwa zwanzig. Die junge Frau – oder besser das Mädchen – konnte unmöglich älter als sechzehn sein. Sie trug einen offenen Sommermantel über etwas, das Carellas Mutter ein Hauskleid genannt hätte, ein bedrucktes Baumwollding mit Knöpfen am Kragen. Ihr langes schwarzes Haar war weiß vom Schnee, und sie hatte die Augen weit aufgerissen. Zitternd stand sie an der Schranke. Carella hatte noch nie jemanden gesehen, der so verängstigt gewirkt hatte.

Und sie sah auch hochschwanger aus.

Während Carella sie beobachtete, griff sie sich plötzlich an den Bauch und verzog das Gesicht vor Schmerz. Sofort wusste Carella, dass sie bereits Wehen hatte.

»Ich habe gesagt, *Bewegt euch*«, fauchte Parker, und Carella hatte den Eindruck, als würde er das schwangere Mädchen gleich in den Dienstraum *stoßen*. Doch stattdessen schob er sich an dem Pärchen vorbei und ging geradewegs zur Garderobe. »Was zum Teufel ist das denn? Ein Schaf?«

»Das ist das Weihnachtsgeschenk für meine Schwester«, antwortete der Junge, obwohl Parker gar nicht mit ihm gesprochen hatte.

»Wie schön für sie«, sagte Parker.

An seinem Schreibtisch gab es nur einen weiteren Stuhl. Der junge Mann in dem durchnässten Anzug zog ihn für das Mädchen zurück, und sie setzte sich. Dann stellte er sich neben sie, während Parker sich ebenfalls setzte und ein Formular in die Schreibmaschine spannte.

»Ich hoffe, ihr habt eure Autos gut angekettet«, sagte er zu niemandem im Besonderen. Dann wandte er sich an das Mädchen: »Wie heißt du, Schwester?«

»Maria Garcia Lopez«, antwortete das Mädchen und zuckte wieder vor Schmerz.

»Sie hat Wehen«, sagte Carella und lief zum Telefon.

»Bist du jetzt etwa Arzt?«, erwiderte Parker und wandte sich erneut an das Mädchen. »Wie alt bist du, Maria?«

»Sechzehn.«

»Und wo wohnst du?«

»Nun, ja, das ist das Problem«, mischte sich der junge Mann ein.

»Wer hat denn mit dir geredet?«, knurrte Parker.

»Sie haben Maria gefragt, wo …«

»Hör zu. Verstehst du kein Englisch?«, unterbrach Parker ihn. »Wenn ich mit dem Mädchen spreche, dann brauche ich keine Hilfe, vor allem nicht von …«

»Sie wollen wissen, wo wir leben …«

»Ich will die Adresse von dem *Mädchen* hier …«

»Sie wollen *unsere* Adresse«, entgegnete der junge Mann.

»Okay. Wie heißt du, Klugscheißer?«

»José Lopez.«

»José Lopez? Der berühmte Stierkämpfer?«, erwiderte Parker und schaute in der Hoffnung auf einen Lacher zu Carella.

Carella hing wieder am Telefon. »Ich *weiß*, dass ich Sie bereits angerufen habe«, sagte er, »aber jetzt haben wir hier oben auch noch eine Schwangere. Könnten Sie dem Krankwagen bitte sagen, dass er sich beeilen soll?«

»Ich bin kein Stierkämpfer«, sagte José zu Parker.

»Was bist du dann?«

»In Puerto Rico habe ich Zuckerrohr geschnitten, aber jetzt habe ich keinen Job. Deshalb sind meine Frau und ich ja in diese Stadt gekommen. Um einen Job zu finden. Bevor das Baby kommt.«

»Und was habt ihr in dem verlassenen Gebäude gemacht?«, verlangte Parker zu wissen und drehte sich wieder zu Carella um. »Ich habe sie in einem verlassenen Haus unten an der Sechsten gefunden. Da haben sie an einem Lagerfeuer gehockt.«

Carella hatte gerade aufgelegt. »Da draußen bewegt sich gar nichts mehr«, verkündete er. »Sie haben keine Ahnung, wann der Krankenwagen es zu uns schafft.«

»Ihr wisst doch sicher, dass es gegen das Gesetz verstößt, sich in einem Gebäude einzunisten, das der Stadt gehört, oder?«, sagte Parker. »Das nennt man Hausbesetzung, José. Du weißt doch, was das ist, oder? Und du weißt sicher auch, wie man es nennt, wenn man innerhalb eines Gebäudes ein Feuer entfacht. Das ist Brandstiftung, José!«

»Uns war kalt«, verteidigte sich José.

»Oooh, den armen Kindern war also kalt, ja?«, erwiderte Parker.

»Jetzt beruhige dich mal«, mischte Carella sich in sanftem Ton ein. »Immerhin haben wir Heiligabend.«

»Ja, und? Nur weil Weihnachten ist, darf doch niemand das Gesetz brechen.«

»Das Mädchen hat Wehen«, sagte Carella. »Sie könnte jeden Augenblick ihr Kind bekommen. Also schalt mal einen Gang zurück, verdammt noch mal.«

Parker starrte ihn kurz an; dann wandte er sich wieder an José. »Okay«, sagte er, »ihr seid also aus Puerto Rico gekommen, um euch hier Jobs zu suchen ...«

»Si, senor.«

»Sprich Englisch mit mir. Und unterbrich mich nicht. Ihr wollt also Arbeit. Glaubt ihr etwa, hier wachsen die Jobs auf den Bäumen?«

»Mein Cousin hat gesagt, er hat einen Job für mich. Er hat gesagt, ich kann in der Fabrik arbeiten, wo auch er sein Geld verdient. Er hat gesagt, ich soll herkommen.«

»Oh, jetzt gibt es da also einen Cousin«, sagte Parker und verdrehte die Augen. Diesmal wandte er sich an Hawes in der Hoffnung, in ihm ein empfänglicheres Publikum zu finden als in Carella. »Wie heißt dein Cousin denn?«, fragte er José.

»Cirilo Lopez.«

»Noch ein Stierkämpfer?«, erwiderte Parker und zwinkerte Hawes zu, doch Hawes erwiderte das Zwinkern nicht.

»Warum lassen Sie ihn nicht einfach in Ruhe?«, rief Carmody aus dem Käfig.

Parker drehte sich mit dem Stuhl zu ihm um. »Wer hat das gesagt?«, verlangte er zu wissen und schaute zu dem Schwarzen. »Warst du das?«

Der Schwarze antwortete nicht darauf.

»*Ich* habe das gesagt«, gestand Carmody.

»Weshalb sitzt du da drin?«

»Wegen Weihrauch und Myrrhe«, antwortete Carmody und lachte, und Knowles stimmte in das Lachen ein. Der Schwarze lächelte noch nicht einmal.

»Was ist mit dir?«, fragte Parker und schaute den Schwarzen an.

»Der gehört mir«, sagte Kling. »Die große Tasche da ist voller heißer Ware.«

»Da haben wir ja eine nette Truppe beisammen«, schnaubte Parker und drehte sich mit dem Stuhl wieder zu seinem Schreibtisch.

»Ich warte noch immer auf eure Adresse«, sagte er, »auf eine *legale* Adresse.«

»Wir sollten bei meinem Cousin wohnen«, antwortete José. »Er hat gesagt, er hat ein Zimmer für uns.«

»Und wo ist das?«, fragte Parker.

»1124 Mason Avenue, Apartment 32.«

»Aber da gibt es kein Zimmer für uns«, sagte Maria. »Cirilo ist … Er ist …« Sie schnappte nach Luft und verzog erneut das Gesicht vor Schmerz.

José nahm ihre Hand. Maria schaute zu ihm auf. »Die Lady nebenan«, sagte er zu Parker, »sie hat uns gesagt, er sei weggezogen.«

»Wann habt ihr zum letzten Mal von ihm gehört?«

»Letzten Monat.«

»Ihr habt also nie daran gedacht, das erst mal zu überprüfen. Ihr seid einfach aus Puerto Rico hierhergekommen, ohne euch vorher zu vergewissern, dass euer Cousin noch da ist. Wirklich brillant. Hast du das gehört, Bert?«, wandte er sich an Kling. »Wir haben hier richtige Luxusreisende. Mitten im Dezember kommen sie in Sommerkleidung nach New York und landen in einem leeren Haus.«

»Sie haben doch nur gedacht, ihr Vetter sei noch da. Das ist alles«, erwiderte Kling. Er beobachtete das Mädchen, das sich verzweifelt den Bauch hielt.

»Okay. Was ist das für ein Notfall hier?«, verlangte eine Stimme am Eingang zu wissen.

Der Mann, der dort stand, hatte eine kleine schwarze Tasche in der Hand und trug einen schweren dunklen Mantel über einer weißen Hose und einem weißen Hemd. Der Schnee auf seinen Schultern und im Haar war so weiß wie seine Kleidung. »Mercy

General, zu Ihren Diensten«, sagte er. »Tut mir leid, dass wir so spät kommen, aber es ist viel los … ganz zu schweigen davon, dass draußen zwei Zoll Schnee liegen. Wo ist der Patient?«

»Sie sollten sich lieber mal das Mädchen ansehen«, sagte Carella. »Sie hat …«

»Hier drüben!«, rief Carmody aus der Zelle.

»Ich auch!«, stimmte Knowles mit ein.

»Würde sie irgendjemand dann mal rausholen?«, bat der Arzt. »Einen nach dem anderen, bitte.«

Hawes ging zur Zelle und zog die Riegel zurück.

»Wer ist der Erste?«, fragte der Arzt.

Carella begann: »Das Mädchen da drüben hat We…«

»Freiheit!«, unterbrach ihn Carmody und trat aus der Zelle.

»Freu dich nicht zu früh«, erwiderte Hawes und verriegelte die Tür wieder.

Als der Arzt an Parkers Schreibtisch vorbeikam, schnappte Maria plötzlich nach Luft.

Meyer verdrehte die Augen. Er und Miscolo hatten vor gar nicht langer Zeit schon einmal ein Baby hier im Dienstraum zur Welt gebracht. Wenigstens war diesmal der Notarzt da.

»Die Frau hat ja Wehen!« Entsetzt riss der Arzt die Augen auf.

»Das habe ich Ihnen ja zu sagen versucht«, seufzte Carella.

»Kommt … Kommt jetzt das Baby?«, fragte José aufgeregt.

»Sieht so aus, Mister«, antwortete der Arzt. »Geben Sie mir mal ein Laken oder so was. Das haben Sie doch hier oben, oder?«

Kling war bereits auf dem Weg hinaus.

»Ganz ruhig, Miss«, versuchte der Arzt, Maria zu beruhigen. »Alles wird gut.« Er schaute zu Meyer und sagte: »Das ist meine erste Geburt.«

Na, toll, dachte Meyer, sagte aber nichts.

»Brauchen Sie auch heißes Wasser?«, fragte Hawes.

»Das ist nur im Film so«, antwortete der Arzt.

»Heißes Wasser! Wir brauchen heißes Wasser!«, rief Carmody.

»Nein, ich brauche *kein* heißes Wasser«, seufzte der Arzt. »Ich brauche nur etwas, wo sie sich drauflegen kann.« Kurz dachte er darüber nach. »Vielleicht brauche ich ja *doch* heißes Wasser …«

Hawes rannte hinaus und wäre dabei fast mit Kling zusammengestoßen, der zwei Decken aus der Verwaltung geholt hatte. Miscolo war direkt hinter ihm.

»Bekommen wir schon wieder ein Kind?«, fragte Miscolo Meyer. Er schien sich darauf zu freuen.

»Ja, aber diesmal haben wir einen Profi hier«, antwortete Meyer.

»Wenn Sie Hilfe brauchen«, sagte Meyer zu dem Arzt, »dann rufen Sie einfach, okay?«

»Ich brauche keine Hilfe«, erwiderte der Arzt mit leicht verächtlichem Unterton. »Legen Sie die Decken irgendwo hin. Alles okay mit Ihnen, Miss?« Plötzlich wirkte er nervös.

Maria nickte. Dann schnappte sie wieder nach Luft, drückte die Hände auf den Bauch und schluckte einen Schrei herunter. Links neben dem Käfig breitete Kling eine der Decken auf dem Boden aus, nicht weit von der zischenden Heizung entfernt. Knowles und der Schwarze gingen auf die Seite des Käfigs, die der Heizung am nächsten war.

»Nicht dahin, Bert. Sie braucht ein wenig Privatsphäre«, sagte Carella in sanftem Ton. »Da drüben. Hinter den Aktenschränken.«

Kling nahm die Decke wieder und breitete sie hinter den Aktenschränken aus.

»Sie ... Sie bekommt ihr Kind ... Hier!«, keuchte Knowles.

Der Schwarze schwieg.

»So etwas habe ich noch nie erlebt.« Knowles schüttelte den Kopf.

Der Schwarze schwieg weiter.

»Maria?«, sagte José.

Maria nickte und schrie.

»Nicht so laut, bitte«, stöhnte Parker. Er wirkte genauso nervös wie der junge Arzt.

»Kommen Sie einfach mit, Miss«, sagte der Arzt. Dann half er Maria vorsichtig aus dem Stuhl, nahm sie am Ellbogen und führte sie zu der Stelle, wo Kling die Decke ausgebreitet hatte. »Immer mit der Ruhe«, sagte er. »Alles wird gut.«

Hawes kehrte mit einem Kessel heißen Wassers zurück. »Wo soll ich ...?«, begann er im selben Moment, da Maria und der Arzt hinter den Aktenschränken außer Sicht verschwanden.

Es war drei Minuten vor Mitternacht. Drei Minuten bis Weihnachten. Nur Marias schweres Atmen und die sanfte Stimme des jungen Arztes waren hinter den Aktenschränken zu hören, der ihr nach wie vor versicherte, dass alles gut werden würde. Der Junge starrte auf die Uhr, während der Minutenzeiger sich langsam auf Weihnachten zubewegte. Und hinter den Aktenschränken kämpften ein sechzehnjähriges Mädchen und ein unerfahrener, junger Arzt darum, ein neues Leben auf die Welt zu bringen.

Plötzlich ertönte ein lauter Schrei.

Die Uhr schlug Mitternacht.

Es war Weihnachten.

»Alles okay?«, fragte Parker. Da lag tatsächlich so etwas wie Sorge in seiner Stimme.

»Ein Junge. Wir haben einen gesunden Jungen«, verkündete der Arzt, als hätte er die Zeile aus einem Film gelernt. »Wo ist das Wasser? Und ich brauche Handtücher. Sie haben da einen wirklich hübschen und gesunden Jungen, Miss«, sagte er zu Maria und legte die zweite Decke über sie.

Hawes brachte ihm den Kessel mit heißem Wasser, und Carella holte ein paar Papierhandtücher aus dem Spender über dem Waschbecken.

»Ich werde ihn nur ein wenig säubern, Miss«, sagte der Arzt.

»Sie haben einen Jungen.« Meyer lächelte José an.

José nickte.

»Wie soll er denn heißen?«, fragte Kling.

Der Schwarze, der bis jetzt nur geschwiegen hatte, sang mit melodischem Bass: »Siehe, eine Jungfrau ist schwanger und wird einen Sohn gebären, den wird sie nennen Immanuel.«

»Amen«, sagte Knowles.

Die Detectives hatten sich inzwischen um die Aktenschränke geschart und Carmody den Rücken zugekehrt. Carmody hätte ohne Probleme weglaufen können, doch das tat er nicht. Stattdessen nahm er die Einkaufstüte mit dem Marihuana, für das er und Knowles verhaftet worden waren, und die Reisetasche mit dem Diebesgut, die Kling dem Schwarzen abgenommen hatte, und trug sie zu Maria hinter den Aktenschränken. Das Baby lag auf ihrer Brust. Carmody kniete sich vor ihre Füße. Er holte eine Handvoll Gras heraus und streute es auf die Decke. Dann öffnete er die große Reisetasche. Da waren Goldringe und Silberteller, Armbänder und Halsketten, Rubine, Diamanten und Saphire, und alles funkelte im vom Schnee reflektierten Licht, das durch die Fenster fiel.

»*Gracias*«, sagte Maria leise. »*Muchas gracias.*«

Carella, der den Fenstern am nächsten stand, schaute in den Himmel hinauf, wo noch immer der Schnee wirbelte.

»Das ist gar kein schlechter Name«, sagte Meyer zu José. »Immanuel.«

»Ich werde ihn Carlos nennen«, erklärte José. »Nach meinem Vater.«

Carella drehte sich wieder um.

»Was hast du da draußen denn zu sehen erwartet?«, fragte Parker ihn. »Einen Stern im Osten?«

Originaltitel: *And All Through the House*
Ins Deutsche übertragen von
Rainer Schumacher

Ein vorgezogenes Weihnachtsfest
Doug Allyn

So wie die New York Yankees während der Mickey-Mantle-Ära und die Boston Celtics, als Bill Russell und John Havlicek spielten, die Baseball-Landschaft, so hat Doug Allyn den renommierten Reader's Award, der alljährlich vom *Ellery Queen's Mystery Magazine* verliehen wird, fest in seinem Würgegriff gehabt. Es handelt sich hierbei um eine Abstimmung der Leser des Magazins, in der sie ihre Lieblingsgeschichte des Jahres wählen, und zehn seiner Erzählungen haben den ersten Platz belegt, und über zwanzig sind unter den ersten drei gelandet. *Ein vorgezogenes Weihnachtsfest* wurde im Jahr 2009 zur Lieblingsgeschichte gewählt; es wurde in der Januarausgabe veröffentlicht.

Ein vorgezogenes Weihnachtsfest

Doug Allyn

Das Geräusch von Gelächter riss Jared aus dem Schlaf. Im Fernseher neben dem Bett alberte Jay Leno mit einer doofen blonden Prominenten rum. Jared setzte sich vorsichtig auf, benommen und angeschlagen von zu viel Schnaps, zu viel Sex. Er tastete herum und fand die Fernbedienung und schaltete das blecherne Fernsehgegacker aus, dann schaute er sich langsam um und versuchte, sich zurechtzufinden.

Ein Schlafzimmer. Nicht sein eigenes. Sunny Lockhart lag ausgestreckt neben ihm, nackt, und schnarchte leise mit offenem Mund; ihre platinblonden Haare waren ein zerzaustes Durcheinander. Mit einundfünfzig hatte Sunny Krähenfüße und Lachfältchen, aber ihre Brüste waren Körbchengröße D, und sie war im Bett wie ein Teenie. Eigentlich sogar besser.

Dankbarkeitssex. Das bestgehütetste Geheimnis in der Anwaltsbranche. Nachdem ein Fall, bei dem es um richtig viel Geld ging, erfolgreich zum Abschluss gebracht worden war, waren Mandantinnen oft in Hochstimmung, geil und dem Kerl, der dafür verantwortlich war, sehr, *sehr* dankbar.

Dank Jareds juristischer Sachkenntnis hatte Sunny Lockhart finanziell ausgesorgt und war jetzt eine freie, unabhängige und vermögende Frau. Leider war sie auch jenseits der fünfzig – und damit ein Dutzend Jahre zu alt für Jared. Und er musste um Punkt neun im Büro sein, um sich mit einer Mandantin zu treffen.

Verdammt! Zeit zu gehen.

Jared unterdrückte ein Ächzen, glitt geräuschlos aus Sunnys zerwühltem Bett und begann seine Kleider einzusammeln.

Als er in seinem Mercedes SL 500 durch leichten Schneefall die Küstenstraße entlangbretterte, stellte Jared das Radio auf Sendersuchlauf und lauschte den flüchtigen Liedschnipseln, die an ihm vorbeirauschten. Hauptsächlich Weihnachtslieder oder Country. Schließlich erwischte er einen Song, der ihm gefiel. *Back in Black*, AC/DC. Er drehte die Lautstärke auf, klopfte den Backbeat auf dem Lenkrad mit, bezog neue Energie aus der Musik.

Konnte nicht aufhören zu grinsen. Überlegte, ob er einen Wochenendausflug mit Sunny arrangieren könnte. Wurde beim bloßen Gedanken daran schon wieder geil.

Er achtete nicht auf die Rostlaube von Pick-up, die links von ihm die Seitenstraße heruntergerattert kam. Bis ihm klar wurde, dass der Pick-up trotz Stoppschild nicht langsamer machte! Der durchgeknallte Blödmann gab Gas und hielt direkt auf ihn zu!

Jared stieg in die Eisen und versuchte einem Zusammenstoß zu entgehen, indem er auf den Seitenstreifen auswich – obwohl er wusste, dass es dafür schon zu spät war.

Der Pick-up brauste mit achtzig Meilen auf die Kreuzung, schoss aufheulend über die Mittellinie und scherte im letzten Moment aus, sodass er mit voller Breitseite in Jareds Sportwagen krachte und ihn von der Straße schmetterte.

Die Windschutzscheibe zersplitterte, gleichzeitig platzten die Airbags heraus und raubten Jared in einer Welt aus Weiß die Luft zum Atmen, während der Benz in die mächtige Schneeverwehung pflügte, die sich am Rand des Highways auftürmte, sie dann durchbrach und mit der Schnauze voran die steile Böschung hinunterraste.

Jared befreite sich aus der Umarmung des Airbags, rang mit dem Lenkrad, bemühte sich, den Sportwagen auf seiner Talfahrt unter Kontrolle zu bringen. Es gelang ihm, einem Baum auszuweichen, dann prallte er von einem anderen ab. Für den Bruchteil einer Sekunde dachte er, er könnte es tatsächlich schaffen – aber der Heckkotflügel verfing sich in einer gewaltigen Kiefer, das Auto wurde herumgerissen, überschlug sich und schlitterte den Hang hinunter.

Während der Benz wie eine Flipperkugel von Baumstamm zu Baumstamm prallte, wurde er zu Schrott gehämmert. Die Seitenfenster zerbarsten nach innen und übersprühten Jared mit Glassplittern. Ihm blieb fast das Herz stehen, als der Wagen abzuheben begann, dann krachte er mit unfassbarer Wucht und der Schnauze voran in den Grund der Schlucht.

Wie ein Blitzschlag jagte weißglühender Schmerz Jareds Wirbelsäule hoch und quetschte ihm mit einem gellenden Schrei die Luft aus der Lunge. Ließ ihn auf der Stelle erstarren. Er hatte Angst zu atmen oder auch nur zu blinzeln, Angst, er könnte diesen gottverdammten Schmerz noch einmal auslösen.

Herrgott! Er konnte seine Beine nicht spüren! Wusste nicht, was damit nicht stimmte, begriff aber, dass es was Ernstes war. Völlige Taubheit bedeutete, dass womöglich sein Rücken gebrochen war oder –

»Mister?« Eine Stimme durchdrang Jareds entsetzliche Benommenheit. »Können Sie mich da unten hören?«

»Ja!«, keuchte Jared.

»Hey, ich habe gesehen, was passiert ist. Der verrückte Dreckskerl ist nicht mal langsamer geworden. Sind Sie in Ordnung?«

»Ich – kann mich nicht bewegen«, brachte Jared heraus. »Ich glaube, mein Rücken ist vielleicht gebrochen. Rufen Sie die 911 an!«

»Hab ich schon. Halten Sie durch, ich habe einen Verbandskasten im Auto!«

Weil Jared es nicht riskieren durfte, den Kopf zu drehen, konnte er nur in den Bruchstücken seines zerbrochenen Rückspiegels sehen, wie sich eine dunkle Gestalt mit einem roten Plastikköfferchen über den steilen, verschneiten Abhang einen Weg nach unten bahnte. Zweimal stolperte der Mann in den zerklüfteten Spuren des Sportwagens, doch es gelang ihm, das Gleichgewicht wiederzuerlangen und weiterzugehen.

Als er näher kam, zersplitterten die Spiegelscherben sein Bild in verzerrte Fragmente, monströs und fremdartig ... Dann verschwand er ganz.

»Sind Sie da?«, keuchte Jared durch zusammengebissene Zähne. Jedes Wort löste eine Welle des Schmerzes in ihm aus.

»Fast. Bleiben Sie ruhig!« Die Stimme kam von irgendwo hinter dem Wrack. Jared konnte überhaupt nichts mehr von ihm sehen.

»Sie sind Jared Bannan, der Immobilienanwalt, stimmt's?«

»Kenne ich Sie?«

Keine Antwort. Dann erhaschte Jared wieder einen Blick im Spiegel auf die verzerrte Gestalt. Die erneut den Weg hochstieg, auf dem sie herabgekommen war.

»W…wo gehen Sie hin? Ich brauche Hilfe!«

»Zu riskant.« Die Gestalt ging weiter, ohne sich umzudrehen. »Ihr Benzintank hat einen Riss. Riechen Sie es nicht? Ihr Wagen könnte jeden Moment wie eine Bombe hochgehen.«

»Aber –« Jared hustete. Mein Gott! Der Kerl hatte recht! Der strenge Geruch nach Benzin stieg ihm in die Nase und erschwerte es ihm zu atmen.

»Warten Sie! Kommen Sie zurück, Sie Hurensohn! Lassen Sie mich nicht allein! Ich habe Geld! Ich bezahle Sie!«

Bei der Erwähnung von Geld blieb der Kletterer stehen und drehte sich um. Aber im Schatten der Bäume konnte Jared sein Gesicht immer noch nicht erkennen.

»Das ist schon besser«, sagte Jared. »Ich gebe Ihnen zehntausend Dollar. Bar auf die Hand. Holen Sie mich einfach aus diesem Auto raus und –«

»Zehn Riesen? Ist das die Summe, die Sie wert sind?«

»Nein! Ich meine, hören Sie, ich gebe Ihnen jeden Betrag, den Sie wollen …« Für den Bruchteil einer Sekunde enthüllte ein Lichtblitz das Gesicht des Kletterers. *Eindeutig vertraut.* Jemand, den Jared kannte oder … Sein Verstand setzte plötzlich aus, erstarrte vor unbeschreiblichem Grauen.

Der Blitz war eine Flamme gewesen. Der Kletterer hatte sich eine Zigarette angezündet. »Oh Gott!«, murmelte Jared leise und befeuchtete sich mit der Zunge die Lippen. »Was machen Sie da? Warten Sie. Bitte!«

»Gott?«, äffte ihn der Kletterer nach und nahm einen langen Zug. »Warten? Bitte? Ist das das Beste, was Sie draufhaben? Ich dachte, Rechtsverdreher sollten eigentlich Schleimer sein.«

Jared gab keine Antwort. Konnte es nicht. Mit wachsendem Entsetzen sah er zu, wie der Raucher die Asche abklopfte und die Spitze der Zigarette zu einem kirschroten Glühen brachte. Dann schnippte er die Zigarette in die Luft, sodass sie in hohem Bogen durch die Dunkelheit flog und im Herunterfallen Funken sprühte.

Jareds schriller Schrei löste eine weitere Welle unerträglicher Schmerzen von seinem zerschmetterten Rückgrat aus, aber es kümmerte ihn nicht mehr: Er konnte sich ebenso wenig am Schreien hindern wie die Zigarette an ihrem feurigen Fall.

Doyle Stark ließ seinen zivilen Streifenwagen am Rand des Highways stehen und trottete die letzten hundert Meter am Seitenstreifen entlang zum Ort des Unfalls. Eines ziemlich schweren, nach North-Country-Maßstäben. Ein Valhalla-County-Löschfahrzeug stand quer auf einer Spur des Highways und blockierte sie. Zwei uniformierte Hilfssheriffs, Hurst und Van Duzen, lenkten den Verkehr auf den gegenüberliegenden Seitenstreifen um das Fahrzeug herum. Van schnipste ihm einen flüchtigen Gruß zu, und Doyle erschoss ihn mit einer Fingerspitze.

Gelbe Polizeiabsperrbänder verliefen von beiden Stoßstangen des Löschfahrzeugs zu Pflöcken, die in die Schneeverwehungen am Straßenrand gesteckt worden waren. Die Bänder grenzten eine wüste Schneise in der verschneiten Böschung ab, über die Spitze hinweg und außer Sicht in die Tiefe hinab.

Detective Zina Redfern kauerte hinten am Feuerwehrauto und wärmte sich die Hände, die in Fäustlingen steckten, am Auspuffrohr. Sie war in ihr übliches Johnny-Cash-Schwarz gekleidet, schwarzer Nylon-POLIZEI-Parka über einem Rollkragenpullover und Jeans, eine schwarze Rollmütze über die Ohren gezogen. Die Frau nahm den Ausdruck »Polizist in Zivil« wörtlich.

Sogar ihre Springerstiefel waren das einzig Wahre, LawPro Pursuits mit Stahlkappen. Mit einem Fairbairn-Messer am rechten Knöchel.

»Sergeant Stark«, nickte sie und richtete sich zu voller Einsfünfundsechzig-dreiundsechzig-Kilo-Angriffsposition auf. »Wow, was ist mit Ihrem Auge passiert?«

Doyle, eins achtzig und gedrungen, mit rötlich gelbem Haar und grauen Augen, trug einen weißen Verband über der linken Braue zur Schau.

»Bin Schiri bei einem E-Jugend-Spiel gewesen«, antwortete er. »Zehnjährige gucken viel zu viel Hockey im Fernsehen. Was ist hier passiert?«

»Ein Wagen ist durch die Anschüttung gekracht, bis ganz nach unten gestürzt, dann in die Luft geflogen und bis aufs Fahrgestell verbrannt. Was vom Fahrer übrig ist, ist noch drin. Darüber hinaus sage ich vorerst nichts; ich möchte, dass Sie sich die Sache unvoreingenommen ansehen.«

»Na schön«, nickte Doyle, dem die Schärfe in ihrer Stimme nicht entgangen war. Zina hatte vier Jahre lang in Flint gearbeitet, bevor sie in den Norden zur Polizei von Valhalla versetzt worden war. Sie war eine erfahrene Ermittlerin, und wenn sie hieran etwas störte …

Er drehte sich langsam um die eigene Achse und nahm die Unfallstelle in sich auf, während auf dem anderen Seitenstreifen ein steter Verkehrsstrom vorbeikroch. Gaffer mit großen Augen, die sich fragten, was vor sich ging. Doyle kannte das Gefühl.

Zwei Paare breiter schwarzer Bremsspuren trafen sich in der Mitte der Fahrbahn, dann folgte ein unmöglicher Winkel zu den zerfetzten Schneewehen am Straßenrand. »Wer hat es gemeldet?«

»Ein Fernfahrer hat das Wrack bemerkt, als er den Hügel hochfuhr, so gegen zehn heute Morgen. Wir haben echt Glück gehabt. Das Wrack ist vom Straßenrand aus nicht zu sehen. Wenn wir heute Nacht ein bisschen mehr Schnee gehabt hätten, wäre das arme Schwein vielleicht bis zum Frühling begraben geblieben. Ich habe einen gesonderten Weg abseits der Schlitterspuren markiert«, sagte sie und führte ihn zu einem holprigen Fußpfad die Straßenböschung hoch und darüber hinweg. »Es gibt Fußspuren, die … na ja, sehen Sie es sich selbst an.«

Doyle kraxelte auf die Spitze der Schneeverwehung, blieb stehen und überflog die Szene unter sich. Eine gezackte Spur aus aufgewirbeltem Schnee und zerbrochenen Bäumen führte den Hang hinab zu einer verkohlten Widerlichkeit, die am Grund der Schlucht hockte. Ein ausgebranntes Wrack, das einmal ein teures Stück deutscher Fahrzeugtechnik gewesen war.

Der verkohlte Mercedes-Benz war von einem schwarzen Ring aufgewühlter Erde und Schneematsch umgeben, doch die Brutalität des Anblicks wurde schon von einem zarten Flor sanft fallenden Schnees abgemildert.

Joni Javitz, die einzige Technikerin des Ermittlungsteams, kauerte über dem Auto und machte pflichtbewusst Fotos von der Leiche. Selbst aus dieser Entfernung erkannte Doyle den aufgerissenen Mund und die gebleckten Zähne eines stummen Schreis, jener letzten, starren Grimasse eines Brandopfers. Durch das geschwärzte Fleisch schimmerte hier und da der blanke Schädel …

Verdammt! Er hasste Brandschauplätze. Die hässliche Endgültigkeit und der abscheuliche Gestank, der noch tagelang in den Kleidern hing. In Detroit nannten die Cops die Opfer »kross Gegrillte«. Aber hier im Norden machte keiner in Doyles Einheit Witze über sie. Es ist nichts lustig an einem Feuertod. Niemals.

Als Doyle sich vorsichtig über den Hang hinabarbeitete, bemerkte er im Schnee die ungleichmäßigen Fußabdrücke in der Spur des Sportwagens. »Ist der Fernfahrer zum Auto hinuntergestiegen?«

»Der Fernfahrer hat nicht angehalten«, sagte Zina. »Er sah das Wrack und ein bisschen Rauch. War sich nicht sicher, was es war, dachte aber, jemand sollte sich die Sache ansehen.«

»Um zehn Uhr hat es noch gequalmt? Irgendeine Ahnung, wann das hier passiert ist, Joni?«

»Meiner Einschätzung nach gegen Mitternacht, Boss, plus/minus eine Stunde«, antwortete Javitz, ohne sich umzudrehen. Die Technikerin, die groß und schlank wie eine Peitsche war, hatte sich zu einem Fragezeichen verbogen, um Fotos vom Inneren des Wracks zu schießen. »Das Auto und die Leiche fühlen sich inzwischen beide kühl an, sind aber immer noch zehn Grad wärmer als die Umgebungstemperatur. Das CSI-Team der Staatspolizei ist schon aus Gaylord unterwegs. Sie sollten jeden Moment hier sein.«

»Okay …«, sagte Doyle, wobei er den Blick forschend über den Unfallort schweifen ließ. »Wir haben ein hohes Tier in einem Benz-Sportwagen, der um Mitternacht von der Straße abkommt, einen Unfall baut und verbrennt. Dumm gelaufen für ihn. Oder sie?«

»Ihn, definitiv«, sagte Joni.

»Fein. Dann also ihn. Und wieso genau bin ich an meinem freien Tag hier?«

Wortlos trat Joni vom Wagen weg und gab so den Blick auf die verkohlte Leiche und den tiefen Knick in der Fahrertür frei.

»Wow!«, sagte Doyle leise und ging in die Hocke und nahm die Delle genauer in Augenschein. »Metall auf Metall. Rote Farbspuren. Das war kein Baum. Was das zweite Paar Bremsspuren auf dem Highway erklärt. Jemand hat dieses arme Schwein von der Straße gedrängt ...« Er verstummte und begutachtete einen kleinen Kreis dunkelroter Tröpfchen, die wie Blutspritzer neben dem Kofferraum verteilt waren.

»Plastikkügelchen?«, sagte Doyle. »Könnten die vielleicht von den Schlussleuchten sein?«

»Nö, die Rücklichtkappen sind Lexan«, sagte Joni. »Diese Kügelchen sind eindeutig Polypropylen, vermutlich von einem Benzinkanister aus Plastik. Ein kleiner, fünf oder zehn Liter. Wie man ihn für eine Kettensäge oder einen Rasenmäher nehmen würde. Der Kanister war definitiv auf dem Boden außerhalb des Fahrzeugs. Ich habe schon einige Rückstände eingetütet, um sie auf Brandbeschleuniger zu testen.«

»Ich habe keine Bremsspuren von dem anderen Fahrzeug gesehen, erst im letzten Moment, unmittelbar bevor es den Benz getroffen hat«, grübelte Doyle. »Der Tiefe dieser Dellen nach zu urteilen müssen beide Autos mit höllischem Tempo unterwegs gewesen sein. Auto Nummer zwei überfährt also mit hoher Geschwindigkeit das Stoppschild, rammt den Benz genau in der Mitte, fest genug, um ihn durch die Schneeverwehungen zu stoßen ...«

»Er hat verdammtes Glück, dass er nicht auch hier unten liegt«, meinte Zina.

»Vielleicht war es ja gar kein Glück«, sann Doyle und starrte die Steigung zum Highway hoch. »Wenn er den Benz nicht getroffen hätte, wäre er mit Sicherheit selbst durch die Böschung geflogen. Und hier draußen herrscht nachts nicht viel Verkehr. Also, entweder hat er dieses Stoppschild überfahren, betrunken, eingeschlafen, was weiß ich, und der Benz hatte das Eine-Million-zu-eins-Pech, in seinen Weg zu geraten, oder …?«

»Er hatte die Kontrolle über den Wagen überhaupt nicht verloren«, nickte Zina und folgte Doyles Blick bergan. »Sie denken, er hat ihn absichtlich abgeschossen?«

»Ich mach Ihnen einen Vorschlag, Detective, wieso latschen Sie nicht wieder den Hügel rauf und überprüfen diese Seitenstraße auf Spuren von Reifen oder Auspuffgasen im Schnee? Schauen Sie nach, ob Wagen Nummer zwei da oben gestanden und gewartet hat, bis der Benz auftauchte.«

»Herrgott!«, sagte Joni leise. »Sie meinen, jemand hat das arme Schwein absichtlich gerammt? Und ist dann mit einem Benzinkanister runtergeklettert, um ihn abzufackeln?«

»Es gefällt mir auch nicht, aber es funktioniert«, stimmte Doyle ihr mit grimmiger Miene zu. »Haben Sie ihn schon identifiziert?«

»Der Wagen ist auf Jared und Lauren Bannan angemeldet, Valhalla-Adresse.«

»Jared Bannan?«, wiederholte Doyle überrascht. »Verdammt! Ich kenne den Kerl. Ich habe Racquetball mit ihm gespielt.«

»Ein Freund?«

»Nein, bloß irgendein Bekannter. Er ist Rechtsanwalt, wurde aus dem Süden des Staates hierher verpflanzt und ist hauptsächlich in Immobiliensachen tätig.«

»Ein Yuppie-Anwalt?«, staunte Zina. »Wow! Wollen Sie, dass ich dem CSI-Team absage?«

Die Tür zum Klassenzimmer war angelehnt. Doyle hob die Faust, um anzuklopfen, dann zögerte er, verwundert über die absolute Stille auf der andern Seite. Neugierig spähte er um den Türpfosten. Eine große, schlanke Frau mit jungenhaft kurzen, dunklen Haaren richtete sich gerade an die Klasse. Lautlos. Ihre Lippen bewegten sich, die Finger beider Hände zuckten, führten eine lebhafte Diskussion mit einem Dutzend andächtiger Teenager, die mit gleichermaßen geübter Zeichensprache antworteten, wobei ihre Lippen das Sprechen nachahmten, aber ohne einen Ton von sich zu geben.

Es war, als ob man einen olympischen Fechtkampf ansähe, silberhelle Signale, die zu schnell aufblitzten, um ihnen mit den Augen zu folgen.

Stirnrunzelnd blickte die Frau auf. »Kann ich Ihnen helfen?«

»Tut mir leid, dass ich stören muss, Ma'am. Falls Sie Doktor Lauren Bannan sind, so müssten Sie mir ein paar Minuten Ihrer Zeit schenken.«

»Ich bin mitten im Unterricht!«

»Das hier kann wirklich nicht warten, Ma'am.«

»Mein Gott«, sagte Lauren leise, »sind Sie absolut sicher, dass es Jared ist?«

»Die Identifikation ist noch nicht abgeschlossen, aber der Tote hatte den Ausweis Ihres Mannes bei sich und fuhr sein Auto.«

»Jared trug einen Ring der Universität Michigan an der rechten Hand«, führte sie an. »Hat der Fahrer …?«

Doyle nickte. Sie befanden sich in Doktor Bannans Büro, einem spartanischen Drei-Quadratmeter-Kabuff im Blair Center, der County-Magnetschule für behinderte Kinder. Deckenhohe Bücherregale auf drei Seiten, Doktor Bannans Diplome und Lehrauszeichnungen ordentlich an der vierten Wand präsentiert. Keine Fotografien, bemerkte Doyle.

»Ich habe keinen Ehering gesehen«, sagte Zina. »Hat er normalerweise einen getragen?«

»Wir leben getrennt«, erklärte Lauren. »Gott! Ich kann es nicht glauben!«

»Geht es Ihnen gut, Mrs. Bannan?«, erkundigte sich Doyle. »Kann ich Ihnen ein Glas Wasser oder sonst was bringen?«

»Nein, ich bin … bloß ein bisschen aufgewühlt. Haben Sie eine Ahnung, was passiert ist?«

»Ihr Mann wurde offenbar auf der Küstenstraße ein paar Kilometer außerhalb der Stadt von einem anderen Wagen seitlich gerammt. Fahrerflucht. Sein Auto stürzte über eine steile Böschung, vermutlich spätabends am gestrigen Tag. Mitternacht vielleicht. Er wurde am Unfallort für tot erklärt. Wir möchten Ihnen unser tiefcs Mitgefühl aussprechen.«

Laurens Mund wurde schmal, als sie ihre Gefühle unübersehbar unter Kontrolle brachte. Eine elegante Frau, dachte Doyle. Gertenschlank mit dunklen Haaren, ein Teint so exquisit wie der einer Porzellanpuppe.

Aber nicht zerbrechlich. Sie nahm die Nachricht vom Tod ihres Mannes auf wie ein Berufsboxer, der von einem harten Schlag erschüttert wird. Zog sich in sich zurück, um ihre Verletzungen zu vertuschen.

Nach einem Moment holte sie tief Luft und glättete sorgfältig ihr Jackett.

»Sie sagten, jemand hat Jared von der Straße gedrängt. Was ist aus dem anderen Fahrer geworden?«

»Das wissen wir noch nicht, Ma'am. Wissen Sie, weshalb Ihr

Mann gestern Nacht auf dieser Straße unterwegs gewesen sein könnte?«

»Keine Ahnung. Jared und ich haben uns letztes Jahr getrennt. Bis auf die Treffen bei unserem Anwalt sehe ich ihn kaum noch. Wieso?«

Nach einem kurzen Blick auf Doyle, der nickte, beantwortete Zina die Frage.

»Den Reifenspuren nach zu urteilen ist der Zusammenstoß womöglich nicht unbeabsichtigt gewesen, Doktor Bannan«, sagte sie. »Wissen Sie, warum jemand beabsichtigt haben könnte, ihrem Mann zu schaden?«

»Augenblick mal, kurz zurück!«, sagte Lauren und hob die Hand. »Wollen Sie damit sagen, dass jemand Jareds Auto absichtlich gerammt hat?«

»Wir sind noch nicht sicher, Ma'am«, antwortete Doyle. »Aber die Hinweise führen in diese Richtung. Zum jetzigen Zeitpunkt behandeln wir den Fall als potenziellen Mord.«

»Fürs Protokoll, würde es Ihnen etwas ausmachen, uns zu sagen, wo Sie sich letzte Nacht aufgehalten haben?«, fragte Zina.

Lauren warf ihr einen stechenden Blick zu. »Ich war den ganzen Abend zu Hause. Allein. Was wollen Sie andeuten?«

»Nichts, Ma'am«, warf Doyle ein. »Das ist reine Routine. Wir sind nicht der Feind.«

Lauren schaute einen Moment zur Seite. »Na schön. Wenn Sie Fragen haben, lassen Sie sie uns jetzt klären.«

»Sie sagen, Sie haben sich letztes Jahr getrennt?«, fragte Zina. »Haben Sie die Scheidung eingereicht?«

»Direkt nachdem wir uns getrennt hatten. Letztes Frühjahr. März, glaube ich.«

»Haben Sie Kinder?«

Lauren zögerte. »Nein. Keine Kinder.«

»Dann helfen Sie mir auf die Sprünge, Mrs. Bannan. Wenn keine Kinder involviert sind, kann man eine einvernehmliche Scheidung in sechzig Tagen bekommen, und ich spreche da aus Erfahrung. Hat Ihr Mann die Scheidung angefochten?«

»Nur die Vermögensregelung. Jared verdient deutlich mehr als ich, deshalb fand er, er habe Anrecht auf einen größeren Teil. Er kam immer wieder mit neuen Forderungen daher.«

»Michigan ist ein Gütergemeinschaftsstaat«, warf Doyle ein. »Eine Ehegattin hat Anspruch auf die Hälfte, egal wer was verdient.«

»Mein Mann ist Anwalt, Sergeant, auch wenn der Schwerpunkt seiner Arbeit auf Immobilien liegt. Gegen ihn vor Gericht zu ziehen wäre nicht rentabel. Wir hatten unser abschließendes Treffen letzten Dienstag. Er machte ein Angebot, und ich nahm es an.«

»Aber Sie waren nicht glücklich damit?«, vermutete Zina.

»Eine Scheidung macht selten irgendjemanden glücklich.«

»Sie sind Zugezogene, richtig?«, fragte Doyle. »Wann sind Sie in den Norden gekommen?«

»Vor etwas über zwei Jahren.«

»Wozu das? Ich meine den Umzug.«

»Wozu?« Lauren blinzelte. Antwortete aber nicht.

Das war ein Treffer!, dachte Zina. Auch wenn sie keinen Schimmer hatte, was es bedeutete.

»Ich kannte Ihren Mann flüchtig«, erwähnte Doyle, als die Stille peinlich zu werden begann. »Ich habe ein paarmal Racquetball mit ihm gespielt.«

»Und?«, sagte Lauren mit einem merkwürdigen Lächeln.

»Und was? Wieso das Lächeln?«

»Jared war der wettbewerbsorientierteste Mensch, dem ich je begegnet bin. Hat er Sie besiegt, Sergeant?«

»Tatsächlich hat er das. Zweimal.«

»Und hat er gemogelt?«

»Das brauchte er nicht. Er war schneller, als ich es bin. Wieso fragen Sie das?«

»Jared konnte ein ausgesprochen schlechter Verlierer sein. Ich habe einmal beim Tennis gegen ihn gewonnen, und er hat seinen Schläger vor Hunderten von Zuschauern zu Kleinholz verarbeitet. Eine Woche danach habe ich die Scheidung eingereicht.«

»Wegen eines Tennismatchs?«, fragte Zina und wölbte eine Augenbraue.

»Es war so eine kindische Zurschaustellung, dass mir klar wurde, dass Jared niemals erwachsen werden würde. Und ich hatte es satt zu warten. Ich wollte raus.«

»Und jetzt sind Sie es«, stellte Zina fest. »Wird der Unfall Ihre finanzielle Regelung beeinflussen?«

»Ich habe keine Ahnung. Geld hat für Jared immer eine größere Rolle gespielt als für mich.«

»Geld spielt keine Rolle?«, wiederholte Zina.

»Ich habe mir meine Freiheit erkauft, Detective. Wie viel ist das wert? Können wir das hier zum Abschluss bringen? Ich habe in fünf Minuten wieder Unterricht.«

»Vielleicht sollten Sie da lieber eine andere Vereinbarung treffen, Doktor«, schlug Doyle vor. »Seien Sie sich selbst gegenüber nicht zu unnachgiebig.«

»Die Arbeit mit behinderten Kindern ist keine Einbahnstraße, Sergeant. Sie lässt einen seine Probleme nüchtern betrachten. Das

Letzte, was ich jetzt brauche, ist zu Hause vor mich hin zu grübeln!«

»Sie wirken nicht gerade wie eine Grüblerin, Ma'am«, bemerkte Zina. »Wenn ich das sagen darf, Sie nehmen die Sache sehr gelassen auf.«

»Ich stehe jeden Tag vor neuen Problemen, Detective. Kinder, die nie Musik oder die Stimmen ihrer Mütter hören werden, Kinder, die von ihren Eltern missbraucht werden. Letzte Woche musste ich einer Achtjährigen erzählen, dass ihre Chemotherapie nicht angeschlagen hat und sie Weihnachten wahrscheinlich nicht erleben wird. Das sind alles sehr schlimme Neuigkeiten, aber ...« Lauren zuckte kaum wahrnehmbar mit den Schultern.

»So etwas wäre tatsächlich viel schlimmer«, räumte Zina ein, unwillkürlich beeindruckt.

»Und dennoch geht die Sonne wieder auf«, sagte Lauren bestimmt. »Jeden Morgen, ob du bereit bist oder nicht. Sind wir nun fertig?«

»Noch ein paar letzte Fragen«, sagte Doyle schnell. »Ihr Mann hatte eine Reihe von Strafmandaten, hauptsächlich wegen Geschwindigkeitsüberschreitung. War er ein rücksichtsloser Fahrer?«

»Jared hat nie jemanden angefahren, er hatte großartige Reflexe. Aber jede Fahrt war Le Mans für ihn. Ich hasste dieses verdammte Auto.«

»War er je in Streitigkeiten mit anderen Fahrern verwickelt?«

»Ob er mal am Steuer ausgerastet ist, meinen Sie? Sein Fahrstil hat die Leute oft auf die Palme gebracht, aber er hat nie angehalten, um zu streiten. Es war lustiger, sie seinen Staub fressen zu lassen.«

»Womit wir wieder zu Frage Nummer eins zurückgekehrt wären«, sagte Doyle. »Fällt Ihnen *irgendjemand* ein, der Ihrem Mann vielleicht gern etwas zuleide getan hätte?«

Lauren zögerte für den Bruchteil einer Sekunde. *Noch ein Treffer*, dachte Zina, wenn auch nicht so wirkungsvoll wie der erste.

»Niemand«, antwortete Lauren bedacht. »Jared war ein charmanter Mann, solange man nicht Tennis gegen ihn spielte oder ihm vor Gericht gegenüberstand. Falls er Ärger mit einem Mandanten hatte, dürfte sein Büropersonal mehr wissen als ich. Er ist bei Lehman und Greene, in der Innenstadt.«

»Was ist mit Ihnen, Ma'am?«, fragte Doyle. »Der Benz befindet sich im gemeinsamen Eigentum, also ist es zumindest möglich, dass Ihr Mann nicht das beabsichtigte Opfer war. Hatten Sie irgendwelchen Ärger? Drohungen, einen Stalker, irgendetwas in der Art?«

»Nein.«

»Wie sieht's mit Ihren Schülern aus?«, wollte Zina wissen. »Ihr Stundenplan beinhaltet hörgeschädigte Schüler ebenso wie geistig behinderte. Sind darunter welche gewalttätig? Vielleicht übermäßig anhänglich? Wenn man den Zeitungen Glauben schenkt, gibt es eine Menge Techtelmechtel zwischen Lehrern und Schülern.«

Lauren erwiderte Zinas Blick für einen Moment, wobei sie mit einem einzigen Fingernagel leicht auf den Schreibtisch pochte.

»Sie beide sind wirklich gut!«, sagte sie unvermittelt. »Normalerweise spielt der Mann den aggressiven ›bösen Cop‹, während die Frau die mitfühlende Schwester gibt. Die Rollen zu vertauschen ist äußerst wirkungsvoll.«

»Danke, denke ich mal«, entgegnete Zina. »Aber Sie haben die Frage nicht beantwortet.«

»Wie Ihnen sicher bekannt ist, Detective Redfern, haben einige meiner Schüler Verhaltensprobleme, die den Besuch von regulären Schulen verhindern. Aber keiner davon hätte einen Grund, Jared etwas anzutun. Oder mir. Und nun, falls Sie nichts dagegen haben, hätte ich noch gerne eine Minute für mich allein vor meinem nächsten Unterricht. Bitte!«

»Selbstverständlich, Ma'am«, sagte Doyle und erhob sich. »Ich entschuldige mich für den Ton unserer Fragen. Unser herzliches Beileid, Doktor Bannan.« Er reichte ihr seine Visitenkarte. »Falls Ihnen noch etwas einfällt, bitte rufen Sie mich an, bei Tag oder Nacht.«

In der Tür zögerte Zina.

Lauren hob eine Augenbraue. »Ist noch etwas, Detective?«

»Dieses Kind, das Sie erwähnten. Was hat es gesagt, als sie ihm erzählten, dass der Krebs zurückgekommen ist?«

»Sie … fragte ihren Vater, ob sie ein vorgezogenes Weihnachten feiern könnten. Damit sie ihre Spielsachen an ihre Freundinnen weiterverschenken könnte.«

»Großer Gott!«, sagte Zina leise. »Wie kommen Sie damit zurecht? Einem Kind so etwas erzählen zu müssen?«

»Manche Tage laufen ab wie die notdürftige Versorgung der Verletzten der *Titanic*, wenn man entscheiden muss, worum man sich zuerst kümmern soll«, gab Lauren zu und atmete tief durch. »Man beschützt die Kinder, so gut man kann. Und die misshandelten Frauen. Und um fünf Uhr geht man nach Hause, schenkt sich einen doppelten Brandy ein und macht es sich mit einem guten Buch gemütlich.«

»Und morgen geht die Sonne wieder auf«, zitierte Zina.

»An jedem einzelnen Tag. Ob du bereit bist oder nicht.«

Im Flur warf Doyle Zina einen Blick zu. »Was?«

»Ich hasse es, den Frauen die Nachricht überbringen zu müssen. Die Tränen, das Gejammer. Es zerreißt einem das verdammte Herz.«

»Die Lady ist daran gewöhnt, mit Hiobsbotschaften umzugehen.«

»Sie ist auch ziemlich gut im Völkerball. Sie hat die Hälfte unserer Fragen wiederholt, um Zeit zu gewinnen, bevor sie geantwortet hat. Oder gar nicht geantwortet hat.«

»Sie hat Abschlüsse in Psychologie und Sonderpädagogik. Sie ist wahrscheinlich besser hierin, als wir es sind. Sonst noch was?«

»Ja. Ihre Kleider waren teuer, aber nicht besonders modisch. Sie ist eine gut aussehende Frau, aber sie kleidet sich wie eine Schullehrerin.«

»Sie ist eine Schullehrerin. Was sind wir auf einmal, die Modepolizei?«

»Nö, wir sind die verdammt richtige echte Polizei, Sarge. Ich erzähle nur ein paar Sachen über die Lady, die keinen Sinn ergeben. Wenn ein getoasteter Ehemann deine Kaltblütigkeit nicht ins Wanken bringt, was würde dann dafür nötig sein?«

»Sie denken, sie könnte etwas mit dem Tod ihres Mannes zu tun haben?«

»Lassen Sie mich später darauf zurückkommen. Wer ist als Nächstes dran?«

»Sie hat gesagt, Bannans Büropersonal würde von etwaigen Drohungen wissen.«

»Bäh, noch mehr Anwälte!«, stöhnte Zina. »Lieber würde ich mir die Essensreste mit rostigem Stacheldraht aus den Zähnen holen!«

Die Büros von Lehman, Barksdale und Greene, Rechtsanwälte, nahmen das oberste Stockwerk des alten Montgomery-Wards-Gebäudes im Stadtzentrum von Valhalla ein. Altstadt, wie es jetzt heißt. Der historische Ortskern.

Die neuen Kaufhäuser, Walmart, Home Depot und die übrigen, liegen außerhalb der Stadtgrenzen und breiten sich um Ufer des Michigansees aus wie eine boomende Kleinstadt an einem Grenzgebiet, gespeist von neuem Geld, neuen Menschen. Hightech-Emigranten aus Detroit oder Seattle, die in den Norden strömen, um von allem wegzukommen. Und das meiste davon mitbringen.

Aber die Altstadt bleibt größtenteils so, wie sie vor dem Zweiten Weltkrieg war, Backsteinstraßen und -gehwege, hübsch altertümliche, kugelförmige Straßenlampen. Gebäude aus dem neunzehnten Jahrhundert, kunstvoll zurückgeführt zu ihren viktorianischen Wurzeln, gusseiserne Fassaden, Schaufenster, in denen die festlichen Auslagen glitzern, blecherne Weihnachtslieder, die durch die Winterluft wirbeln. Weihnachten in Valhalla.

Der Harbor Drive bietet einen sagenhaften Blick auf den Bootshafen und den Großen See dahinter, abgebrochene weiße Eisbrocken, die im dunklen Wasser treiben bis hin zum Horizont, bis in die Unendlichkeit.

Wenige der Ortsansässigen werfen einen Blick darauf, doch die zwei Cops verweilten einen Moment und nahmen das Bild in sich auf. Sie hatten beide die Betonschluchten des südlichen Michigans beackert, Detroit bei Doyle, Flint bei Zee, bevor sie in den Norden heimgekehrt waren. Schönheit sollte nicht als gegeben hingenommen werden.

Während des kürzlichen Immobilienbooms hatten Lehman und Greene sich gründlich gesundgestoßen; ihre Büros waren jetzt erstklassig, ein supermoderner Bienenstock aus gläsernen Zellenbüros mit Eichenumrandung und eierschalenfarbenen Teppichböden. Skandinavische Möbel im Empfangsbereich, Originalkunst an den Wänden.

Doyle verschaffte sich mit seiner Dienstmarke Zutritt bei der Empfangsdame, die Mr. Lehman jun. per Telefon herbeirief. Mitte dreißig, mit feinem, langem blondem Haar, das vorzeitig schütter wurde. Lässig gekleidet. In Hemdsärmeln und Freizeithose, Slipper ohne Socken. Auch kein Schlips. New-Age-Unternehmensschick.

»Wie kann ich Ihnen helfen, Officer?«

»Sergeant, genau genommen. Ich habe gehört, Jared Bannan arbeitet hier?«

»Er ist einer der Partner, ja. Allerdings hat er heute Morgen eine Aussage unter Eid verpasst. Gibt es ein Problem?«

»Vielleicht sollten wir uns besser in Ihrem Büro unterhalten, Mr. Lehman. Warten Sie hier, Redfern. Ich rufe Sie, wenn wir etwas brauchen.«

»Beeil dich und warte«, seufzte Zina und stützte sich auf den Empfangsschalter, während Doyle und Lehman durch den Gang verschwanden. »Gibt es hier irgendwo eine Kaffeemaschine?«

»Da drüben in der Ecke, ich werde Ihnen einen – «

»Bleiben Sie sitzen!«, sagte Zina. »Sie sind bei der Arbeit, ich hänge nur rum. Kann ich Ihnen einen Becher mitbringen?«

»Wenn es Ihnen nichts ausmacht«, antwortete die Empfangsdame.

»Geht auf mich«, zwinkerte Zina. »Berufstätige Mädchen sollten sich umeinander kümmern, finden Sie nicht?«

»Jared tot? Mein Gott!«, sagte Marty Lehman und ließ sich auf den *Enterprise*-Stuhl hinter seinem antiken Schreibtisch sinken. »Wir haben letzten Samstag noch Golf gespielt, ich kann nicht – «

Er bemerkte Doyles Blick.

»Wir sind runter nach Flint geflogen, dort gibt es einen Hallenplatz«, sagte Lehman geistesabwesend. »Es kommt mir unmöglich vor. Jared hatte so viel Energie … Hatte er getrunken?«

»Hat er viel getrunken?«

»Eigentlich nicht. Er hat allerdings gern gefeiert, und … hören Sie, ich versuche nur, aus der Sache schlau zu werden.«

»Willkommen im Klub, Mr. Lehman. Ihr Partner war anscheinend Opfer eines Unfalls mit Fahrerflucht, der vorsätzlich herbeigeführt worden sein könnte. Welche Art von Arbeit hat Mr. Bannan hier gemacht?«

»Liegenschaftsrecht hauptsächlich. Er war ein Ausputzer. Er handelte Deals aus, arrangierte Finanzierungen, löste rechtliche Probleme. Einer der besten im Staat. Wir hatten Glück, ihn an Land gezogen zu haben.«

»Aber weil bei den meisten Geschäftsabschlüssen wenigstens eine Partei unzufrieden ist – «

»Sie wissen, dass ich nicht über Jareds Fälle mit Ihnen sprechen darf, Sergeant. Die anwaltliche Schweigepflicht findet hier Anwendung.«

»Ich frage ja nicht nach Einzelheiten.«

»Unsere Kanzlei ist für ihre Diskretion bekannt, deshalb – «

»*Jetzt hören Sie mal zu, Mr. Lehman!* Jemand hat das Auto Ihres Kollegen gerammt und von der verdammten Straße gedrängt, in eine Schlucht! Wo er *verbrannt* ist! Kapieren Sie es so weit?«

»Mein Gott!«, murmelte Lehman und massierte sich die Augen mit den Fingerspitzen.

»Ich verlange ja nicht, dass Sie Ihre Schweigepflicht verletzen, aber wir könnten eine Info brauchen über etwaige problematische Fälle oder Mandanten, die diese Sache ins Rollen gebracht haben könnten.«

»Das ist nicht so einfach. Jared hatte sich auf schwierige Fälle spezialisiert.«

»Definieren Sie schwierig!«

»Liegenschaftsfälle, bei denen die Parteien im Streit liegen, Zwangsvollstreckungen oder die Veräußerung von Vermögenswerten während einer Scheidung. Jared liebte Konfrontationen. Er stichelte die Gegenpartei so lange, bis sie es vermasselte, dann beantragte er eine einstweilige Verfügung oder verklagte sie auf Schadensersatz, machte ihr generell das Leben schwer, bis sie bezahlte.«

»Also war er was? Ein Mann fürs Grobe?«

»Der beste, der mir jemals untergekommen ist«, gab Lehman zu. »Der Wahlspruch an seiner Bürowand lautete: *Verlieren ist keine Option!* Und er verlor selten.«

»Diese Haltung könnte ihm ein paar Feinde eingebracht haben.«

»Sie brachte ihm auch einen Haufen Geld ein. Liegenschaftsrecht ist ein hartes Spiel, und Jared war ein Kerl, den man in seiner Mannschaft haben wollte. Aber tief drinnen machte er einem auch ein bisschen Angst.«

»Hatten Sie Angst vor ihm?«

»Ich hatte keinen Grund dazu, wir waren Kollegen. Aber vor Gericht oder bei Verhandlungen war er ein grausamer Gegner. Er wollte kein Pardon, und er gab keines.«

»Ich verstehe«, nickte Doyle. »Können Sie mir einen kurzen Überblick über irgendwelche ernstlich unzufriedenen Mandanten geben?«

»Butch Lockhart würde ganz oben auf der Liste stehen«, sagte Lehman und legte die Fingerspitzen zusammen.

»Der Cadillac-Händler? Der früher als Linebacker für die Lions spielte?«

»Das ist Butch. Jared vertrat Butchs Exfrau Sunny wegen der Scheidungsvereinbarung vor Gericht. Er schaffte es, ihre voreheliche Vereinbarung wegen einer Formsache für nichtig erklären zu lassen, und Sunny bekam am Ende die Hälfte von allem. Vierzehn Millionen für eine Sechsjahresehe.«

»Wow! Ich nehme an, Butch ist damit nicht glücklich?«

»Er hat während einer eidesstattlichen Aussage gedroht, und ich zitiere, ›Jared den Kopf abzureißen und in den Arsch zu stopfen‹. Wütend genug dafür schien er zu sein. Natürlich bannte Jared den Wutausbruch auf Video. Butchs Anwälte bezahlten noch am selben Tag. Aber da ist noch mehr. Jared und Sunny Lockhart ...«

»Haben gefeiert?«

»Seine Mandantinnen zu vögeln war schon fast ein Ritual bei Jared«, seufzte Lehman. »Und Sunny wohnt in Brookside. Womöglich ist Jared gestern Nacht aus ihrer Wohnung gekommen.«

»Weiß Butch Lockhart von ihrer Beziehung?«

»Ich denke schon. Jared und Sunny sind nicht besonders subtil damit umgegangen.«

»Vermerkt«, nickte Doyle. »Wer noch?«

»Vor Kurzem hat er einen Deal für die Ferguson-Familie ausgehandelt. Die drei Söhne wollten den Hof der Familie verkaufen, der Vater nicht. Jared schaffte es, den alten Mann für unzurechnungsfähig erklären zu lassen. Mr. Ferguson hat in öffentlicher Sitzung gedroht, ihn umzubringen, was den Fall so ziemlich entschieden hat. Ich persönlich glaube, der alte Mann hat es todsicher ernst gemeint.«

»Wir werden das prüfen. Sonst noch welche?«

Lehman stockte, dachte nach. »Jared hatte einen Scheidungsfall, der nächste Woche zur letzten Anhörung terminiert war. Emil und Rosie Reiser. Ihnen gehört die Lone-Pine-Bootswerft auf Point Lucien.«

»Wo liegt das Problem?«

»Da gibt es … gewisse Spannungen, was den Zeitablauf der Stilllegung betrifft. Emil Reiser hat die Bootswerft vor zehn Jahren gekauft, sie aufgebaut, ein hiesiges Mädchen geheiratet. Nun sind sie dabei, sich zu trennen und die Finanzen zu klären, aber ihre Tochter ist sehr krank. Emil wollte alles aufschieben, aber Jared hat einen Käufer, der nicht warten will. Die Ehefrau will sofort raus, und Jared hat ihr versprochen, das zu ermöglichen.«

»Wie?«

»Es tut mir leid, aber das fällt definitiv unter die anwaltliche Schweigepflicht.«

»Versuchen Sie, mir etwas zu sagen, Herr Anwalt?«

»Wir kennen beide die Regeln, Sergeant. Ich habe schon mehr gesagt, als ich sollte.«

»Na gut. Lockhart, Ferguson und Reiser stehen auf der Liste. Wer sonst noch?«

»Sie sind die Top drei. Ich werde Jareds Akten durchsehen und Sie auf alle anderen aufmerksam machen, die ebenfalls problematisch erscheinen.«

»Was ist mit Bannans Frau? Sie hat gesagt, ihre Scheidung läuft. Im Guten?«

»Keine Scheidung läuft im Guten ab, aber sie sind beide Profis. Die Besprechungen waren *sehr* frostig, aber zivilisiert. Ich erledige den Papierkram für sie – habe ihn erledigt.«

»Für beide Parteien?«, fragte Doyle überrascht. »Ist das nicht ungewöhnlich?«

»Der einzige Streitpunkt waren die Vergleichsbedingungen, und die haben sie in Sitzungen festgeklopft, bei denen ich als Schiedsrichter fungierte. Letzte Woche haben wir alles unter Dach und Fach gebracht.«

»Zur beiderseitigen Zufriedenheit?«

»Jared war bestimmt zufrieden. Lauren ist schwieriger zu deuten. Jared und ich sind seit dem College befreundet gewesen. Ich könnte Ihnen die schlüpfrigen Einzelheiten über jede Freundin erzählen, die er je hatte, bis einschließlich Sunny Lockhart. Aber ich kann Ihnen gar nichts über seine Frau sagen. Er hat nie über sie gesprochen. Ich weiß allerdings, dass sie vor ein paar Jahren ein … ein ernsthaftes Problem hatten.«

»Was für eine Art Problem?«

»Das weiß ich wirklich nicht. Aber Jared hatte eine *sehr* erfolgreiche Praxis im Süden des Staates, und wir haben ihn nicht angeworben, er hat mich aus heiterem Himmel angerufen. Sagte, er wolle einen Neuanfang machen.«

»Ein Versuch, seine Ehe zu retten?«

»Jared hat diese Ehe nie allzu ernst genommen.«

»Wie ernst hat seine Frau sie genommen? Sollten wir bei ihr suchen? Oder einem Freund?«

»Da kann ich Ihnen nicht helfen, Sergeant. Wie gesagt, ich kenne die Frau einfach nicht gut genug. Ich war überrascht, als ich ihr zum ersten Mal begegnet bin. Sie ist hübsch, aber ganz und gar nicht Jareds Typ. Er mochte die Frauen heiß, blond und quirlig, und Lauren ist das genaue Gegenteil davon. Kühl, intelligent und äußerst zurückhaltend. Ich habe während der Vergleichsverhandlungen mehr von ihr gesehen als in der ganzen Zeit, als sie … mein Gott!«

»Was?«

»Ihr Vergleich ist noch nicht endgültig festgelegt«, sagte Lehman stirnrunzelnd. »Wir haben zwar die Details ausgearbeitet, aber es ist noch nichts unterschrieben oder beglaubigt worden.«

»Und? Wo liegt das Problem?«

»Es ist unwirksam. Alles, sogar Jareds neues Testament. Beim augenblicklichen Stand der Dinge ist Lauren immer noch seine Frau und alleinige Erbin. Sie bekommt alles.«

»Über wie viel reden wir?«

»Ich sollte wirklich nicht –«

»Nur eine Hausnummer. Bitte!«

»Na schön. Eigentum und Kapitalanlagen wären … rund zweieinhalb Millionen. Und Jared hatte eine bedeutende Lebensversicherungspolice. Das gesamte Vermögen würde sich in der Umgebung von fünf Millionen ansiedeln.«

»Nette Umgebung!«, sagte Doyle mit einem anerkennenden Pfiff.

»Ich fürchte, das ist wirklich alles, was ich Ihnen im Moment sagen kann«, meinte Lehman und erhob sich. »Ich werde Ihnen die Informationen über etwaige Problemmandanten heute bis Büroschluss zufaxen.«

»Das wüsste ich zu schätzen, Herr Anwalt. Dass es sich bei Bannans Tod möglicherweise um Mord handelt, das bleibt unter uns, ja?«

»Großer Gott! Ich will nicht einmal daran denken, geschweige denn es jemand anders erzählen!«

»Danke, dass Sie sich die Zeit genommen haben, Mr. Lehman. Es tut mir leid wegen Ihres Partners.«

»Mir auch, Sergeant«, erwiderte Lehman mit einem bedrückten Kopfschütteln. »Mir auch.«

Auf dem Bürgersteig wartete Zina auf Doyle. »Was haben Sie rausgekriegt?«, fragte sie und fasste neben ihm Tritt, als sie zum SUV gingen.

»Eine ganze Menge. Bannan hatte eine Affäre mit Sunny Lockhart und der Hälfte seiner anderen Mandantinnen, er hat in letzter Zeit mindestens zwei Morddrohungen erhalten, und seine Witwe erbt fünf Millionen. Was haben Sie bei der Empfangsdame erfahren?«

»Im Grunde dieselbe Geschichte. Bannan hat es zwar nicht mit ihr getrieben, hätte aber bestimmt gekonnt. Er war als Verhandlungsführer ein richtiger Killer, der es liebte, die Gegenpartei auf die Palme zu bringen. Und letzte Woche haben er und sein Partner sich ziemlich angebrüllt.«

»Lehman? Weswegen?«

»Sie war sich nicht sicher. Es sieht vielleicht so aus, als wäre man in diesen protzigen Glasbüros in aller Öffentlichkeit, aber sie sind schalldicht. Die Reisers waren gerade gegangen und Mrs. Bannan wartete am Empfang. Der Streit hätte um jeden von ihnen gehen können.«

»Oder um etwas ganz anderes.«

»Was es auch war, sie sagte, Bannan und Lehman schrien laut genug, um das Glas zum Klirren zu bringen.«

»Zu schade, dass sie es nicht zerspringen ließen! Was sonst noch?«

»Bannans Mandanten liebten ihn, in jedem Sinne des Wortes, besonders die Frauen. Ich bin ein bisschen traurig, weil er mich nie angerufen hat.«

»Sie hassen doch Anwälte!«

»Nur Strafverteidiger. Was kommt als Nächstes?«

»Nehmen wir uns die Lockharts getrennt vor, bevor sie Zeit haben, ihre Geschichten aufeinander abzustimmen. Ich werde Sunny bezirzen, Sie betören Butch.«

»Kann ich es nicht einfach aus ihm herausprügeln?«, schlug Zina vor. »Die Lions waren scheiße, als Lockhart für sie gespielt hat!«

»Im Ernst?« Butch Lockharts Grinsen reichte von einem Ohr zum andern; er machte sich nicht die Mühe, seine Freude zu verbergen. »Dieser großmäulige Hurensohn ist tot? Ganz sicher?«

»Ich fürchte, ja«, bestätigte Zina und beäugte ihn neugierig. Sie saßen in Lockharts Büro, einem Glaswürfel fünf Stufen über dem Ausstellungsraum, der eine glänzende Reihe von Cadillacs überblickte, die so weit wie ein Footballfeld reichte. Lockhart war noch auffälliger als zu seinen Tagen als Spieler, denn er war inzwischen fünfzig Pfund schwerer, ein Koloss in einem maßgeschneiderten Seidenanzug, mit getönter Brille und gefärbten dunklen Haaren. Ein Lächeln, zu vollkommen, um echt zu sein.

»Was für ein Auto hat er gefahren?«, fragte Lockhart.

»Einen Mercedes-Sportwagen.«

»Das wird ja immer besser! Ein Klugscheißer-Yuppie geht in seinem Krautfresserwagen hops! Hätte er einen Caddy gefahren, hätte er den Unfall überleben können.«

»Genau genommen glauben wir nicht, dass es ein Unfall *war*, Mr. Lockhart. Er wurde von einem Fahrer, der flüchtig ist, erwischt. Würden Sie mir bitte sagen, wo Sie sich gestern Abend zwischen zehn und Mitternacht aufgehalten haben?«

Lockhart starrte sie an, verständnislos, während die Frage in seinen Quadratschädel eindrang. »Hey, Augenblick mal, Kleine! Warum fragen Sie mich das? Zum Teufel, Sie denken, *ich* hab ihn umgebracht?«

»Immerhin haben Sie vor Zeugen damit gedroht, Mr. Bannan den Kopf abzureißen – «

»Vielleicht hätte ich das auch getan, wenn er mir in 'ner Kneipe über den Weg gelaufen wäre und ich ein paar intus gehabt hätte. Aber wenn ich seinen Tod gewollt hätte, hätte ich kein Auto dafür gebraucht. Schlimm genug, dass der Dreckskerl mit mir Schlitten gefahren ist, als er noch lebte, aber ich will verdammt sein, wenn ich das jetzt, wo er getoastet wurde, noch mit mir machen lasse! Und schon gar nicht von einer Taco faltenden Hinterwäldlerin! Verziehen Sie sich aus meinem Büro!«

»Eigentlich bin ich keine Mexikanerin, Sir, ich bin Indianerin«, erwiderte Zina und stand auf. »Anishnabeg. Und Sie sind nicht verpflichtet, Fragen ohne einen Anwalt zu beantworten. Kein Problem, ich werde Ihren Namen gern anders reinwaschen. Wie viele rote Cadillacs haben Sie in Ihrem Angebot?«

»Rote? Wovon reden Sie?«

»Das Fahrzeug, das Mr. Bannans Auto gerammt hat, hinterließ rote Farbkratzer auf seiner Tür. Ich kann einfach Farbproben von jedem roten Fahrzeug auf Ihrem Parkplatz nehmen und sie dann nach Lansing schicken, um zu sehen, ob es eine Übereinstimmung gibt. Ich bin sicher, Ihre Werkstatt kann die Kratzer bestimmt so überlackieren, dass es wieder so gut wie neu ist.«

»Überlackieren?«, wiederholte Butch und erhob sich und baute sich vor ihr auf. »Hör mal zu, du kleine Bohnenfresserin – «

Er verstummte und starrte auf die glänzende Klinge des Stiefelmessers, das Zina aus der Scheide an ihrem Knöchel zog.

»Ich sehe zwei rote Caddies da draußen in Ihrem Ausstellungsraum«, fuhr sie gelassen fort. »Ich werde auf dem Weg nach draußen einfach ein paar Farbproben abkratzen. Es sei denn, Sie möchten der liebe Kerl sein, der Sie in Wirklichkeit ganz sicher sind, und erzählen mir, wo zum Geier Sie gestern Abend waren. Mr. Lockhart. Sir.«

»Er hat zur fraglichen Zeit seine neue Freundin gevögelt«, seufzte Zina und ließ sich auf den Stuhl an ihrem Schreibtisch sinken. »Keine Geringere als eine Highschool-Cheerleaderin.« Sie waren im Mackie Law Enforcement Center, einem braunen Backstein-Blockhaus vor den Toren Valhallas, benannt nach einem Polizisten, der bei einer routinemäßigen Fahrzeugkontrolle von einem verrückten Überlebenskünstler umgebracht worden war.

Das »Haus«, das für den Gesetzesvollzug von fünf Verwaltungsbezirken zuständig ist, teilen sich die Polizei von Valhalla, die Dienststelle des Sheriffs und die gemeinsame Ermittlungseinheit. Freundschaftlich, zumeist.

»Wie alt ist das Mädchen?«

»Achtzehn. Verkehrstauglich, aber nur eben so. Sie hat Lockharts Geschichte bestätigt. Ich schlug höflich vor, sich vielleicht einmal mit Typen ihres eigenen Alters zu verabreden. Sie antwortete, ich solle meinen Ratschlag in den Kofferraum ihres nagelneuen Cadillacs Escalade stecken. Die Leasingraten für die ersten sechsunddreißig Monate sind schon bezahlt.«

»Sie ist achtzehn, und er ist was? Vierzig?«

»Männer sind Abschaum! Vielleicht muss ich auf Mädchen umsteigen. Was haben Sie aus Lockharts Ex rausgekriegt?«

»Bannan war gestern Abend bei ihr. Sie haben spät zu Abend gegessen und anschließend die Gesellschaft des anderen gründlich genossen. Sie ist danach eingeschlafen. Ihrer Einschätzung nach ist er irgendwann nach elf gegangen. Sie hat kein Alibi, aber auch kein Motiv. Er hat sie reich gemacht, und sie war in den Kerl verliebt.«

»Oder einfach nur brünstig«, meinte Zina. »Streichen wir also beide Lockharts, wer bleibt dann noch übrig?«

»Der alte Ferguson, der sich nicht sonderlich darüber gefreut haben dürfte, für unzurechnungsfähig erklärt worden zu sein. Und die Reisers, die irgendeinen Streit über ihre Terminplanung haben. Plus so ziemlich jeder, der je Bekanntschaft mit Jared Bannan gemacht hat. Der Junge hat es geliebt, Leute auf die Palme zu bringen.«

»Sie vergessen die Witwe. Fünf Millionen sind ein höllisch gutes Motiv, Doyle, und einigen unserer Fragen ist sie eindeutig ausgewichen.«

»Lehman meinte, ihre Beziehung sei ziemlich frostig gewesen. Was halten Sie von ihr?«

»Dasselbe wie Sie. Sie ist schlau, hat tolle Beine und demnächst fünf Millionen auf dem Konto. Hey, vielleicht werde ich wirklich auf Mädchen umsteigen! Wollen Sie, dass ich sie noch einmal befrage, während Sie sich Ferguson vorknöpfen?«

»Nein, versuchen wir es zuerst bei den Reisers. Wenn wir uns beeilen, sind wir da, bevor die Werft für heute zumacht.«

Die Lone-Pine-Bootswerft lag an der Spitze von Point Lucien, einer abgeschiedenen Halbinsel, die in die Grand Traverse Bay hinausragt. Eine schmale zweispurige Asphaltstraße ist der einzige Zugang.

»Nicht viel Erschließung hier draußen«, stellte Zina fest. »Können nicht mehr viele private Uferbauplätze übrig sein.«

»Was den Reisers eine Stange Geld einbringen dürfte, wenn sie verkaufen«, folgerte Doyle, während er den Streifenwagen auf den kleinen Parkplatz lenkte. Nachdem er den Motor ausgeschaltet hatte, saßen sie einen Moment lang da und lauschten dem einsamen Plätschern der Wellen und den Schreien der Möwen.

Die Werft machte nicht besonders viel her. Die einzigen Gebäude waren eine Blockhütte, ein Schuppen, in dem Bauholz zum Trocknen aufgeschichtet war, und die Bootswerft selbst, eine lange Lagerhalle, umgeben von einer Plattform, die bis hinaus übers Wasser reichte und aus grob behauenen Balken errichtet war, die aus dem umliegenden Wald stammten.

Ein junges Mädchen hockte auf einem Klappstuhl am Ende des Docks und angelte mit einer Angelrute aus Rohrstock; zu ihren Füßen lag ein uralter Labrador Retriever. Der Hund hob den Kopf und knurrte warnend, als sich die beiden Polizisten näherten.

»Sch, Smokey!«, sagte das Mädchen. »Paaa-pa! Die Polizei ist hier! Warst du wieder ungezogen?« Ihr spitzbübisches Grinsen wich einem Hustenanfall. Sie war in einen schweren Parka eingemummt, obwohl die Temperatur auf dieser Landzunge ganze zehn Grad höher war als in den Hügeln landeinwärts – der See-Effekt.

Ihr Kopf war gegen die Kälte in einen Turban gewickelt – und um ihre Kahlheit zu bedecken.

»Kann ich etwas für euch Leute tun?«, fragte Emil Reiser und trat heraus, um sie zu begrüßen. Er war ein Bär von einem Mann, angezogen für Maloche: rot-schwarz kariertes Flanellhemd, Jeans und Holzfällerstiefel. Er hatte eine Rasur nötig, und seine wilde, grau melierte Mähne fiel ihm lose über die Schultern. An der linken Hand fehlten ihm zwei Fingerkuppen.

»Kümmern Sie sich nicht um den Hund, er ist harmlos, meistens. Sind Sie geschäftlich hier oder zum Vergnügen?«

»Geschäftlich, Mr. Reiser.«

»Ja? Sie wollen ein Boot kaufen, stimmt's? Denn das ist das einzige Geschäft, in dem ich tätig bin.«

»Eigentlich geht es um den Anwalt Ihrer Frau, Jared Bannan.«

»Zum Henker, was hat dieser Mistkerl –« Reiser verstummte mit einem Blick auf seine Tochter, die sie aufmerksam beobachtete. Er gab ihr eine schnelle Anweisung in Gebärdensprache, und das Mädchen drehte sich weg.

»Sie ist hörbehindert?«, fragte Doyle.

»Unter anderem«, seufzte Reiser. »Wir reden besser drin weiter. Das Kind kann auf fünfzig Meter lauschen.«

Reisers Werkstatt war wie ein Schritt zurück in der Zeit. In dem langen Raum lagen auf Böcken vier hölzerne Bootskörper in verschiedenen Stadien der Vollendung. Die Luft roch nach Sägemehl, Hobelspänen und Schellack. Kein einziges Elektrowerkzeug war zu sehen. Wären nicht die nackten Glühbirnen gewesen, die von den Deckenbalken baumelten, der Betrieb hätte eine Zeitreise aus dem letzten Jahrhundert gemacht haben können – oder dem davor.

Zina lief zwischen den Booten herum und strich mit den Händen über die Rümpfe.

»Wunderschön!«, murmelte sie. Sie blieb vor einem Gewehrständer stehen, auf dem sich ein Dutzend Langwaffen befanden, Springfields und Remingtons mit Zielfernrohren sowie zwei '94er Winchester-Unterhebelrepetierer-Karabiner.

»Rechnen Sie mit einem Krieg, Mr. Reiser?«

»Das sind Jagdgewehre, Miss.«

»Was jagen Sie?«

»Nichts mehr. Ich baue Boote. Und laufen Sie nicht da hinten rum! Werkstätten können gefährlich sein.«

»Haben Sie so Ihre Fingerkuppen verloren?«, fragte Zina, während sie sich wieder zu ihnen gesellte.

»Meine Finger?« Reiser warf einen Blick darauf, als wäre er überrascht zu sehen, dass sie fehlten. »Ja. Bandsäge, vor ein paar Jahren.«

»Sieht aus, als hätte es wehgetan«, bemerkte Doyle.

»Verglichen womit?«, blaffte Reiser. »Ihre Augen scheinen auch nicht mehr so scharf zu sein, Kumpel. Können wir jetzt weitermachen? Ich habe zu arbeiten!«

»Ich habe gehört, Sie hatten einen Streit mit Jared Bannan?«, sagte Doyle.

»Meine Frau und ich gehen auseinander. Weiß Gott, wir hatten in den letzten paar Jahren genug Probleme, um noch irgendjemanden zugrunde zu richten. Ich habe keinen Krach mit Rosie, weil sie die Hälfte von allem mitnimmt, auch wenn sie in letzter Zeit mehr getrunken als gearbeitet hat. Wenn das hier vorbei ist, werde ich mich wahrscheinlich selbst einen Monat lang betrinken.«

»Wenn was vorbei ist?«

»Unsere Tochter stirbt«, sagte Reiser unverblümt. »Krebs. Man sollte meinen, taub auf die Welt zu kommen, wäre genug Leid für ein Kind, aber ...« Seine Stimme verlor sich, und er holte tief Luft.

»Das tut mir leid«, sagte Doyle. »Ehrlich.«

»Daran lässt sich nichts ändern«, erwiderte Reiser grimmig. »Alles, worum ich Bannan gebeten habe, waren ein paar zusätzliche Monate, damit Jeanie zu Hause sein könnte, bis ... ihre Zeit gekommen ist. Rosie war damit einverstanden, aber Bannan meinte, er hätte einen schwerreichen Käufer an der Hand, der nicht warten wollte. Dann hat Rosies ständig besoffener Freund noch seinen Senf dazugegeben. Wenn Marty Lehman nicht dazwischengegangen wäre, ich schwöre, ich hätte sie beide zu Hundefutter verarbeitet. Aber ich habe nie Hand an einen von ihnen gelegt. Wenn Bannan das behauptet, dann lügt er.«

»Mr. Bannan behauptet gar nichts«, sagte Doyle sanft und beobachtete dabei Reisers Gesicht. »Er ist tot. Sein Auto wurde gestern Nacht von der Straße gedrängt.«

»Mein Gott!«, sagte Reiser und kämmte sich mit den verkürzten Fingerspitzen die dicke Mähne nach hinten aus dem Gesicht. »Hören Sie, ich konnte nichts anfangen mit diesem Kerl, aber ich hatte keinen Grund, ihm was anzutun!«

»Nicht einmal, um die zusätzliche Zeit zu kriegen, die Sie wollten?«, fragte Zina.

»Dafür hatten wir schon eine Lösung gefunden. Meine Frau wird es Ihnen erzählen.«

»Wo ist sie?«

»Sie wohnt im Lakefront Inn in der Stadt. Auf meine Kosten. Mit ihrem Freund, dem Drogenfreak Mal La Roche.«

»Wir kennen Mal«, nickte Doyle. »Würde es Ihnen etwas ausmachen, uns zu sagen, wo Sie gestern Abend waren?«

»Hier bei Jeanie, wo sonst? Sie können sie fragen, wenn Sie wollen, nur regen Sie sie nicht auf, ja? Sie hat genug, womit sie fertig werden muss.«

»Ihr Wort genügt uns, Mr. Reiser. Nicht nötig, das Mädchen zu beunruhigen. Danke, dass Sie sich die Zeit genommen haben. Und es tut uns sehr leid, dass Sie solche Schwierigkeiten haben.«

Zina reckte den Hals, um einen langen Blick zurückzuwerfen, als sie von der Bootswerft wegfuhren. Reiser stand am Rande des Wassers neben seiner Tochter, die Hand auf ihrer Schulter. Und sprach eifrig in ein Handy.

»Ihr Wort genügt uns?«, wiederholte sie und drehte sich im Sitz herum, um Doyle anzusehen.

»So krank, wie dieses Mädchen ist, geht sie wahrscheinlich früh ins Bett, und sie ist hörgeschädigt. Woher sollte sie wissen, ob Reiser weggegangen ist? Was hältst du von ihm?«

»Ein gereizter Kerl mit einem Riesenhaufen Ärger. Bei seiner Gemütsverfassung würde ich ihm im Moment lieber nicht in die Quere kommen wollen. Denken Sie, seine Tochter ist das Mädchen, das Doktor Bannan erwähnt hat? Das, das ein vorgezogenes Weihnachtsfest wollte?«

»Sie ist taub und das Blair Center die einzige Förderschule. Fragen Sie dort nach, wenn wir zurück ins Haus kommen. Inzwischen wollen wir mit Reisers Frau sprechen und uns seine Geschichte bestätigen lassen.«

»Oder auch nicht«, meinte Zina.

»Rosie will nicht mit Ihnen reden!«, sagte Mal La Roche, wobei er den Eingang zum Motelzimmer blockierte und seine mächtigen Arme verschränkte. Wie er so dastand, zottelig und unrasiert, war Mal ein männliches Aushängeschild für die rauen Hinterwäldler, die sich noch vom Land ernähren, auch wenn sie heutzutage eher Marihuana anbauen oder Methamphetamin kochen, als Fallen zu stellen.

Mal hat zwei Brüder und ein Dutzend Cousins, die rauer sind als er. Jeder Cop nördlich von Midland kennt sie beim Vornamen.

»Das hier ist keine Polizeischikane, Mal, es geht um Mord«, erklärte Doyle. »Wir müssen der Lady ein paar Fragen stellen, dann sind wir wieder weg.«

»Oder wir können dich auf Speed abtasten«, fügte Zina hinzu. »Du kommst mir nervös vor, Mal. Hast du dir wieder deine eigene Ware reingezogen?«

»Ich bin nicht – «

»Schon gut, Mal, ich werde mit ihnen reden.« Rosie Reiser schob sich an Mal vorbei. Wasserstoffblond und schlampig und in einem verblassten Bademantel, wirkte sie erschöpft, besiegt. Und so, als ob sie einen in der Krone hätte. »Unterhalten wir uns hier draußen, drinnen ist nicht aufgeräumt. Geht es um Mister Bannan?«

»Ihr Mann hat Sie angerufen?«, fragte Doyle.

»Er hat gesagt, Sie kämen vielleicht vorbei.«

»Hat er Ihnen auch gesagt, was Sie sagen sollen?«

»Dazu brauche ich ihn nicht!«, erwiderte Rosie gereizt. »Bin ich etwa nicht hier?«

»Das sind Sie«, bestätigte Zina, wobei sie ihren Blick bedeutungsvoll durch das heruntergekommene Motelzimmer wandern ließ, »auch wenn ich mir nicht vorstellen kann, warum. Ihre Tochter – «

»Ist dort, wo sie sein muss! Bei ihrem Vater, an dem verfluchten See! Seine kleine Prinzessin. Es geht immer nur um sie! So ist es schon seit ihrer Geburt. Nie um mich.«

»Na schön, was ist mit Ihnen?«, fragte Zina gelassen. »Ist diese Absteige der Ort, wo Sie sein sollten?«

»Stellen Sie einfach Ihre Fragen, und damit gut!«, warf Mal ein. »Wir brauchen keine Vorträge.«

»Worum ging es bei dem Streit zwischen Ihrem Mann und Jared Bannan?«, fragte Doyle.

»Die Sache ist längst gegessen.«

»Ich habe nicht gefragt, ob er beigelegt wurde. Ich habe gefragt, worum es dabei ging.«

»Es …« Rosie blinzelte schnell, versuchte sich im Whiskeynebel zu orientieren. »Ich weiß es nicht. Irgendwas wegen … Emil wollte warten bis nach Jeanies … Sie wissen schon.«

»Tod?«, kam Zina ihr kalt zu Hilfe. »Und Bannan hatte ein Problem damit?«

»Er hatte irgendein großes Tier als Käufer in Aussicht, aber sie wollten sofort Nägel mit Köpfen machen«, schaltete Mal sich wieder ein. »Aber inzwischen ist alles geklärt. Jared und Emil haben es ausgearbeitet.«

»Wie?«, wollte Doyle wissen.

»Die Einzelheiten kenne ich nicht.«

»Wer war der Käufer?«

»Das wissen wir nicht!«, brauste Rosie auf. »Ich weiß nur, dass es erledigt ist.«

»Weil Ihr Mann das gesagt hat?«

»Scheiß drauf, ich muss nicht mit Ihnen reden! Wenn Sie mich festnehmen wollen, nur zu!«

»Warum sollten wir Sie festnehmen wollen?«, fragte Doyle verdutzt.

»Das ist doch Ihr Ding, oder? Also machen Sie schon, oder verschwinden Sie!« Sie streckte ihm die Handgelenke hin und wartete auf die Handschellen.

»Wir bedauern Ihre Unannehmlichkeiten, Ma'am«, seufzte Doyle. »Schönen Tag noch!«

Zina machte Anstalten, ihm zum Wagen zu folgen, dann drehte sie sich noch einmal um.

»Mrs. Reiser? Es geht mich ja nichts an, aber ein Kind zu verlieren muss unglaublich hart sein. Vielleicht sollten Sie ein wenig warten, bevor Sie ihre Ehe für Leute wie Mal La Roche wegwerfen.«

»Hey«, verwahrte sich Mal, »Sie können doch nicht – «

»Halt die Klappe, Mal, oder ich trete dir so in den Arsch, dass er in der nächsten Woche landet. Mrs. Reiser – «

»Halten Sie sich da raus, Pocahontas«, sagte Rosie und ergriff beschützend La Roches Arm. »Wenigstens kann Mal mir zeigen, wie man sich's gut gehen lässt. Nur weil Emil kein Leben hat, heißt das nicht, dass *ich* wie eine verdammte Einsiedlerin leben muss!«

»Nein, vermutlich nicht«, sagte Zina achselzuckend. »Sie haben recht, Ma'am. Sie sind genau da, wo Sie hingehören.«

»Es ist dasselbe Kind«, sagte Zina, als sie den Hörer auflegte. »Jeanie Reiser ist im Blair Center eingeschult. Oder war es. Eine Förderschülerin, hörgeschädigt. Vor ein paar Wochen wurde sie wegen gesundheitlicher Probleme von der Schule genommen.«

Sie waren in ihrem Büro im »Haus«.

301

»Das heißt, Doktor Bannan kennt Emil Reiser«, fuhr Zee fort. »Interessant.«

»Interessant inwiefern?«, schnaubte Doyle. »Wie *Der Fremde im Zug*? Er bringt ihren Mann um und … Wen bringt sie um? Mal La Roche? Außerdem hat keiner von ihnen ein Alibi.«

»Vielleicht sind sie nicht so trickreich wie die Typen in dem Film.«

»Jo, das klingt ganz nach dem Doktor. Dumm wie Bohnenstroh.«

»Das wollte ich nicht – «

»Ich bin froh, dass ich Sie beide erwische«, unterbrach Captain Kazmarek ihre Unterhaltung und streckte den Kopf zur Tür rein. »Cash« Kazmarek, fünfzig und fit, leitete die Ermittlungseinheit. Er war ein umgänglicher Politiker und auch ein grundsolider Cop, der seit fünfundzwanzig Jahren bei der für drei Bezirke zuständigen Tri-County-Force Dienst tat. »Ich habe einen Anruf von der Dienststelle des Sheriffs in Gaylord bekommen. Sie haben Ihren Wagen. Ein roter Ford Pick-up, Kotflügel auf der Beifahrerseite beschädigt, gestern als gestohlen gemeldet. Er wurde vor einer Stunde gefunden, abgestellt auf einem Walmart-Pakplatz. Was zum Teufel ist mit Ihrem Auge passiert, Doyle?«

»Hockey-Spiel«, erklärte Doyle. »Haben die Überwachungskameras irgendwas eingefangen?«

»Nee. Der Fahrer hat ihn hinter einem Lieferwagen stehen lassen, um die Kameras zu meiden. Abdrücke auch Fehlanzeige. Sauber gewischt, wie's aussieht.«

»Ein Profi?«, fragte Zina.

»Schon möglich«, meinte Kazmarek und ließ sich auf dem Stuhl neben Doyles Schreibtisch nieder. »Oder vielleicht ein angeheiterter Teenager mit mehr Glück als Verstand. Wie weit sind Sie in der Sache?«

»Wir haben zwar Verdächtige, aber es ist eine ziemlich lange Liste«, antwortete Doyle. »Bannan war groß darin, sich Feinde zu machen. Warum?«

»Eigentlich geht es um eine Frage sich überschneidender Zuständigkeitsbereiche. Ich will, dass Sie einen Namen ans Ende Ihrer Liste rutschen lassen.«

»Lassen Sie mich raten«, sagte Zina. »Doktor Lauren Bannan?«

»Lauren?«, fragte Kazmarek überrascht. »Sie ist eine Verdächtige?«

»Die Ehefrau ist immer eine Verdächtige. Wieso, kennen Sie sie?«

»Wir sind uns schon mal begegnet. Sie war beratend für die Abteilung tätig.«

»Im Ernst? Wer hat denn eine Seelenklempnerin gebraucht?«

»Das geht Sie nichts an, Detective. Und Lauren ist sowieso nicht der Name, den wir verschieben müssen. Meinen Quellen zufolge hat Emil Reiser ein wasserdichtes Alibi für jene Nacht.«

»Welches Alibi?«, wollte Doyle wissen. »Er behauptet, allein zu Hause bei seinem kranken Kind gewesen zu sein. Es gibt keine Möglichkeit, das zu bestätigen.«

»Betrachten Sie es als bestätigt!«, sagte Cash und erhob sich abrupt. »Soweit es uns angeht, war Mr. Reiser auf dem Polizeiball und hat mit Edgar Hoover in einem roten Kleid Walzer getanzt.«

»Hoover?«, wiederholte Zina. »Wollen Sie damit sagen, das FBI will von uns, dass wir Reiser in Ruhe lassen?«

»Ich habe das FBI nicht erwähnt, weil ein schnöseliger FBI-Agent in Lansing von mir verlangt hat, es nicht zu tun«, sagte Cash sanft. »Dieser Witz über Hoover muss was Freudianisches gewesen sein. Vergessen Sie, dass Sie was gehört haben, klar?«

»Kristallklar. Bedeutet das, dass Reiser komplett tabu ist, Captain?«

»Ganz und gar nicht, dies ist ein Mordfall, keine Fahrzeugkontrolle. Achten Sie nur darauf, dass Sie *alle* anderen Ermittlungsrichtungen ausschöpfen, bevor Sie Reiser beknien. Und falls Sie handfeste Beweise gegen ihn haben, so will ich sie sehen, bevor Sie damit an die Öffentlichkeit gehen. Noch irgendwelche Fragen?«

»Sie sind der Boss«, sagte Doyle. »Was ist mit Mrs. Bannan?«

»Ich wäre überrascht, wenn Lauren etwas damit zu tun hätte«, sagte Kazmarek und blieb in der Tür stehen. »Aber ich bin offensichtlich ein miserabler Menschenkenner – immerhin habe ich Sie beide eingestellt, nicht wahr?«

Zina und Doyle sahen sich einen Moment lang an, nachdem Kazmarek gegangen war.

»Das FBI«, sagte Doyle schließlich.

»Reiser kann unmöglich ein Informant sein!«, meinte Zina mit Bestimmtheit. »Die Bootswerft ist mitten in der Pampa, und er ist jahrelang dort gewesen.«

»Womit noch WITSEC bliebe«, pflichtete Doyle ihr bei. »Zeugenschutz.«

»Also kriegt Reiser einen Freifahrtschein, nur weil er irgendwann einmal für die Bundesbehörden ausgesagt hat?«

»Auf gar keinen Fall, tatsächlich macht ihn das noch viel interessanter! Aber weil er offiziell am Ende unserer Liste steht, wollen wir mal sehen, wie schnell wir uns zu ihm herunterarbeiten können. Ferguson ist der einzige Verdächtige, den wir noch nicht befragt haben. Vielleicht sollten wir auch Mal La Roche mal unter die Lupe nehmen, nur so aus allgemeinen Erwägungen.«

»Das ist jetzt schon das zweite Mal, dass Sie das machen!«, stellte Zina fest.

»Was machen?«

»Den sexy Doktor überspringen. Sie hat fünf Millionen Gründe, ihrem Mann den Tod zu wünschen, Doyle, sie hat Verbindung zu Reiser, und sie ist eindeutig einigen unserer Fragen ausgewichen. Aber vielleicht haben Sie das ja nicht gemerkt? Weil Sie ein Kerl sind und der Doktor eindeutig nicht.«

»Das ist doch Schwachsinn!«, brauste Doyle auf. »Ich bin nicht –« Er unterbrach sich, als er Zinas gelassenen Blick bemerkte. Und erkannte, dass in dem, was sie gesagt hatte, womöglich ein Körnchen Wahrheit steckte. Wie üblich.

»Na schön«, nickte er. »Hand aufs Herz, glauben Sie ernsthaft, sie hat ihren Mann umgebracht? Oder ihn umbringen lassen?«

»Ich weiß es nicht. Genauso wenig wie Sie. Sicher ist, dass sie mit etwas hinterm Berg hielt. Vielleicht hat es was mit dem Tod ihres Mannes zu tun, vielleicht auch nicht, doch bevor wir Namen von unserer Liste streichen, finde ich, sollte ich sie noch einmal befragen. Aber diesmal allein. Gespräch unter Frauen. Es sei denn, Sie haben irgendeinen Einwand? Sergeant?«

Doyle suchte nach Anzeichen für Ironie in ihrer Miene. Er und Zina Redfern waren Partner, seit sie nach Norden versetzt worden war. Fast zwei Jahre jetzt. Und er hatte immer noch keine Ahnung, was in ihrem Kopf vorging. Allerdings ging es ihm bei allen anderen Frauen genauso.

»Zum Geier, dann machen Sie halt, Zee. Eine Psychiaterin zu

besuchen tut Ihnen vielleicht ganz gut. Passen Sie nur auf, dass sie Sie nicht einweisen lässt!«

»Scheiß drauf! Ich mache mir mehr Sorgen darüber, in meinem Auto abgefackelt zu werden!«

Lauren Bannan zögerte den Anruf hinaus, solange sie konnte. Sie wollte ihn nach dem Mittagessen machen, aber am Ende arbeitete sie bis weit in den Nachmittag hinein an ihrem Schreibtisch.

Also schwor sie sich, ihn als letzten Anruf des Arbeitstags zu machen. Dann vergaß sie es wieder. Gewissermaßen.

Aber als sie die Küche des kleinen Häuschens am Seeufer betrat, das sie nach ihrer Trennung gemietet hatte, wusste sie, dass sie es nicht länger aufschieben durfte. Und wie die meisten Pflichten, vor denen wir uns scheuen, war es nicht so schwer, wie sie befürchtet hatte.

Jared Bannans Mutter, die inzwischen fast achtzig war, lebte schon seit Jahren in einem Pflegeheim in Miami. Sie war daran gewöhnt, schlechte Nachrichten zu erhalten. In dem Heim trafen tagtäglich welche ein.

»Mach kein großes Aufhebens wegen der Beerdigung, Lauren!«, sagte sie mit zitternder Stimme. »Jared hat sich nie einen Deut um Religion geschert, und ich werde nicht kommen. Es tut mir leid, aber ich bin dazu einfach nicht in der Lage. Lass einen Gottesdienst abhalten, wie du es für angemessen hältst, und dann schick mir seine Asche. Er kann auf dem Kaminsims stehen, neben seinem Vater. Ich werde sie bald sehen. Wie kommst du denn klar, mein Liebes?«

Und Lauren fing an zu weinen. Stille Tränen strömten herab, als sie den tröstenden Worten einer älteren Dame lauschte, die sie kaum kannte. Und nie wiedersehen würde.

»Ich komme zurecht, Mutter Bannan«, log sie. »Du brauchst dir um mich keine Sorgen zu machen.«

Anschließend wusch sie ihr Gesicht, machte sich eine starke Tasse Irish Coffee und setzte sich dann an den Küchentisch, um die Gelben Seiten nach Bestattungsunternehmen abzusuchen.

Es klingelte an der Tür.

Lauren tappte barfuß an die Haustür, guckte durch den Spion und rechnete fast mit Marty Lehman. Er hatte angedeutet, wenn sie sich an seiner Schulter ausweinen wollte –

Aber er war es nicht.

»Detective Redfern!«, sagte Lauren und machte die Tür weit auf. »Was kann ich für Valhallas Beste tun?«

»Tut mir leid, wenn ich Sie zu Hause belästige, Doktor Bannan, aber es sind ein paar Dinge herausgekommen. Können Sie eine Minute erübrigen?«

»Eigentlich ist Ihr Timing perfekt, Detective. Ich muss ein Beerdigungsinstitut für Jareds Gottesdienst aussuchen. Können Sie eins empfehlen?«

»McGuinn in der Innenstadt kümmert sich um die Bestattungen der Abteilung.« Zina folgte Lauren durchs Wohnzimmer in die Küche und sah sich dabei in der kleinen Wohnung um. Sie war praktisch kahl. Sie hatte leer stehende Häuser gesehen, die freundlicher wirkten. »Gefällt mir, was Sie aus der Wohnung gemacht haben.«

»Ich lebe immer noch aus den Umzugskartons in der Garage«, gab Lauren zu. »Ich habe das Haus wegen seiner Lage am See gemietet. Die hintere Veranda überblickt den Großen See. Der Anblick bricht einem das Herz. Nehmen Sie doch Platz! Ich habe mir gerade einen Irish Coffee gemacht. Möchten Sie auch einen?«

»Kaffee ist gut, aber bitte ohne Irish.« Zina setzte sich an den Küchentisch. »Das hier ist kein Höflichkeitsbesuch.«

»Gut«, sagte Lauren, stellte einen dampfenden Becher vor Zina hin und setzte sich ihr direkt gegenüber. »Ich wüsste auch nicht, wie ich mit einem Höflichkeitsbesuch umgehen sollte. Unsere Freunde waren größtenteils Jareds Berufskollegen. Was brauchen Sie, Detective?«

»Sind Sie sicher, dass Sie hierzu in der Lage sind? Sie kommen mir ein bisschen … fahrig vor.«

»Heute war zwar kein Tag, den ich im Alter unbedingt noch mal erleben möchte, aber ich bin auch keine Porzellanpuppe. Kommen Sie bitte auf den Punkt!«

»Na gut. Wir haben einen hässlichen Mord am Hals, und Sie streuen uns Sand ins Getriebe.«

»Inwiefern?«

»Indem Sie uns anlügen oder Informationen vorenthalten.«

»Heilige Scheiße!«, sagte Lauren und nippte an ihrem Kaffee. »Das ist ziemlich direkt.«

»Sie sind keine Porzellanpuppe.«

»Nein, das stimmt«, bekräftigte Lauren und holte tief Luft. »Ich bin staatlich zugelassene Sonderpädagogin und Beraterin, der Bundesgesetze verbieten, Informationen preiszugeben, die ich bei meiner Arbeit erhalte. Ohne Ausnahme.«

»Versuchen Sie gerade mir mitzuteilen, dass Sie wissen, wer Ihren Mann umgebracht hat?«

»Nein. Mit Sicherheit nicht!«

»Aber Sie wissen etwas?«

»Nichts, was direkt mit Jareds Tod in Verbindung stünde. Und ohnehin nichts, was ich mit Ihnen erörtern dürfte.«

»Realitäts-Check, Doc. Ziemlich viele Indizien deuten direkt auf Sie. Wenn Sie uns außen vor lassen, könnten Sie in eine Bredouille geraten, die ihr Leben zerstören kann, schuldig oder nicht.«

»Ich werde Ihnen auf jede mir mögliche Weise helfen.«

Zina lehnte sich auf ihrem Stuhl zurück, trank einen Schluck Kaffee und studierte ungeniert Laurens Gesicht. »Na schön. Dann wollen wir mal anfangen! In unserer ersten Unterredung fragte Doyle Sie, warum Sie in den Norden gezogen sind. Sie sind dieser Frage ausgewichen. Wieso?«

Lauren wandte kurz den Blick ab, dann sah sie Zina direkt in die Augen. »Jared und ich brauchten einen Neuanfang nach dem Tod unseres Sohnes«, sagte sie mit ausdruckloser Stimme. »Jared junior kam mit einem angeborenen Herzfehler auf die Welt. Er lebte fünf Monate. Wir hofften, eine Ortsveränderung würde uns helfen. Wir haben uns geirrt.«

»Es tut mir leid.«

»Das war vor vier Jahren. Ich bin nicht Beraterin geworden, weil ich ein guter Mensch bin, der anderen helfen will, Detective. Es war nur ein Versuch, mich selbst zu retten.«

»Und wie läuft es?«

»Ein Tag nach dem andern. Nächste Frage?«

»Die große. Als Doyle fragte, wer einen Grund haben könnte, Ihrem Mann schaden zu wollen, haben Sie gezögert.«

»Ach ja?«

»Sie haben es gerade schon wieder gemacht. Schützen Sie jemanden?«

»Es tut mir leid«, sagte Lauren und schüttelte langsam den Kopf. »Ich kann nicht.«

»Sie *können* nicht? Ich kann nicht glauben, dass Sie wegen irgendeiner verdammten Formalität einen Mörder decken würden! Geben Sie mir einen Namen! Verflucht und zugenäht, geben Sie mir seine Initialen!«

»Ich habe es Ihnen doch gerade gesagt, ich kann nicht!«

»Großer Gott!«, stöhnte Zina, erhob sich von ihrem Stuhl und beugte sich über den Tisch. »In Flint habe ich in von Banden kontrolliertem Gebiet gearbeitet, Lady. Die Ostseite. Ich habe einige zum harten Kern gehörende Ganoven gekannt, aber nie bin ich einer gleichgültigeren Person als Ihnen begegnet. Der Kerl hat vielleicht Ihren Mann ermordet!«

»Sie sollten jetzt besser gehen, Detective.«

»Verdammt richtig, das sollte ich besser, bevor ich die Scheiße aus Ihnen rausprügle! Aber ich warne Sie, Doc, wenn noch irgendjemand etwas abbekommt, weil Sie uns hingehalten haben … ich schwöre bei Gott, dann mache ich Sie fertig!«

Doyle saß an seinem Schreibtisch, als Zina hereingestürmt kam.

»Sie weiß auf jeden Fall etwas, will aber nicht damit rausrücken«, sagte Zina, als sie sich, immer noch schäumend vor Wut, auf ihren Stuhl sinken ließ. »Was haben Sie rausgekriegt?«

»Mehr, als ich wollte«, antwortete Doyle geistesabwesend.

»Über wen? Ferguson?«

»Der alte Mann war eine Woche lang in der Bezirks-Psychiatrie, zur Beurteilung. Wurde rund um die Uhr beobachtet. Er ist völlig klar. Also habe ich Reiser durchs Informationsnetz der staatlichen Vollstreckungsbehörden geschickt.«

»Cash hat uns gesagt, wir sollen die Finger von ihm lassen.«

»Ich habe keinen Namen eingegeben, bloß die allgemeine Beschreibung und die fehlenden Fingerkuppen. Hab ein Dutzend Möglichkeiten bekommen, aber nur einen ernst zu nehmenden Treffer. Ein Fall, an den ich mich sogar erinnern kann, ist vor zwölf Jahren in Ohio gewesen. Ich war damals ein Neuling bei der Detroiter Polizei. Ein Auftragskiller aus Toledo, genannt der Japs, war auf die Mafia-Familie Volchek angesetzt und hat einen bedeutenden Drogenring auffliegen lassen. Aus Rache haben sie seine Frau und seine Kinder ausgelöscht.«

»Niemand in unserem Fall ist Japaner.«

»Das war der Auftragskiller auch nicht. Er hatte diesen Spitznamen bekommen, weil ihm ein paar Fingerkuppen fehlten. Die Gangster der japanischen Yakuza hacken sich aus Gründen der Ehre die Fingerglieder ab.«

»Zum Teufel, Doyle, der Hälfte meiner Hinterwäldler-Verwandtschaft fehlen Finger oder Zehen, weil sie sich den Lebensunterhalt mit Kettensägen verdienen! Das macht sie nicht zu Auftragskillern.«

»Da ist noch mehr. Nach der Gerichtsverhandlung verschwand der Japs. Keine Erwähnung einer Gefängnisstrafe, keine Aktualisierung seines Aufenthaltsorts. Gar nix, null, nada.«

»Sie denken, das FBI hat ihn ins Zeugenschutzprogramm genommen?«

»Wahrscheinlich«, bejahte Doyle. »Nehmen wir mal an, Sie haben einen Zeugen, auf den ein Kopfgeld ausgesetzt ist. Sie können ihm eine neue Identität geben, womöglich sogar ein neues Gesicht. Aber seine Finger können Sie nicht nachwachsen lassen ...«

»Sie haben ihn im Kettensägenland versteckt«, vollendete Zina seinen Gedankengang, »wo fehlende Finger keinem auffallen. Sie glauben, Reiser ist dieser Japs?«

»Ich kann mir keinen anderen Grund denken, warum ein Bootsbauer aus der hintersten Provinz mit J. Edgar Hoover Walzer tanzen sollte.«

»Und die Tochter dieses Auftragskillers ist in Mrs. Bannans Schule, also kennen sie sich fast sicher. Meinen Sie, sie weiß, wer er in Wirklichkeit ist?«

»Ich weiß, dass sie viel miteinander geredet haben«, sagte Doyle. »Ich habe mir ihre Telefonliste angeschaut. Sie ruft jeden Monat die Eltern ihrer Schüler an, wahrscheinlich um Schwierigkeiten oder Fortschritte zu besprechen. Aber während der vergangenen Monate hat sie mit Emil Reiser mehrmals die Woche geredet.«

»Seine Tochter stirbt.«

»Und als ihre Lehrerin würde der Doc deswegen selbstverständlich bekümmert sein«, nickte Doyle. »Aber sie reden normalerweise während der Arbeitszeit. Sie ruft ihn in der Werkstatt an oder er sie in der Schule. Außer letzten Dienstag. Da hat sie ihn um zehn Uhr abends angerufen. Und zwei Tage später …«

»… steckt jemand ihren Mann in Brand!«, sagte Zina und stieß einen leisen Pfiff aus. »Wow! Aber können wir aufgrund dessen handeln? Cash hat uns gesagt, wir sollen Reiser in Ruhe lassen, außer wir haben handfeste Beweise. Alles, was wir haben, ist eine mögliche Verbindung zwischen dem Doc und einem möglichen Auftragsmörder. Und ich garantiere, dass sie nichts preisgeben wird. Das ist eine knallharte Braut.«

»Cash hat uns befohlen, Emil Reiser in Ruhe zu lassen. Von *Mrs.* Reiser hat er nichts gesagt.«

»Rosie war heute Nachmittag schon angetüdelt«, willigte Zina ein. »Inzwischen hat sie den Kanal bestimmt voll und sucht nach einer Schulter zu Ausweinen.«

Doch Rosie Reiser war nicht im Lakefront Inn. Ihr Freund erzählte ihnen, dass sie ins Krankenhaus gerufen worden sei. Ein Krankenwagen hatte Prinzessin Jeanie vor einer Stunde in die Notaufnahme gebracht.

Bei der Ankunft war sie bereits tot.

Sie fanden Rosie Reiser im Wartezimmer der Notaufnahme, allein und verstört, die Haare ein Durcheinander, auf den Wangen Mascarastreifen wie Tränen eines Pantomimen. Ihre Augen waren leer wie ein verlassenes Gebäude.

»Mrs. Reiser«, sagte Zina und kniete sich neben Rosies Stuhl. »Ihr Verlust tut uns sehr leid. Können Sie uns sagen, was passiert ist?«

»Emil hat angerufen. Hat gesagt, Jeanie ist tot. Sie war am Ende des Docks angeln, das Kind liebte es, draußen zu sein ... Aber sie hat die Angelrute fallen lassen. Und als Emil nachsah, war sie ...« Rosie holte unsicher Luft. »Er hat den Rettungswagen gerufen, sie haben sie hierhergebracht. Sie haben sie mich sehen lassen, bevor sie nach unten gefahren wurde.«

»Wo ist Ihr Mann jetzt?«, fragte Doyle.

»Er ist abgehauen. Als Jeanie starb, wusste er, dass der Doc ihn aufgeben würde. Dachte sich, dass Sie ihn holen kommen würden.«

»Sie meinen, Doktor Bannan weiß, wer er ist?«

»Großer Gott, sie war es doch, die ihn gewarnt hat! Diese Schlampe wäre um ein Haar schuld an meinem Tod gewesen!«

»Ihn wovor gewarnt, Mrs. Reiser? Was ist passiert?«

»Unsere abschließende Anhörung stand ins Haus, Jared hatte einen Käufer fürs Geschäft an der Hand, wir konnten uns auszahlen lassen und verschwinden. Aber Emil schindete weiter Zeit, wollte Jeanies wegen warten. Er und Jared hatten einen Mordskrach deswegen. Nachdem Emil herausgestürmt war, erzählte ich Jared, dass Emil im Zeugenschutz ist und sich hier oben versteckt. Jared hatte vor, ihn vor Gericht zu outen und Emil um sein verdammtes Leben laufen zu lassen. Auf die Art würde ich alles kriegen, nicht bloß die Hälfte.«

»Schlauer Plan«, sagte Zina in neutralem Ton.

»Das fand Marty Lehman nicht. Er stritt sich mit Jared darüber. Machte geltend, dass Jared eine Person des Rechtswesens sei, dass er Emil nicht aufgeben sollte. Jared sagte ihm, er solle sich ficken. Ich glaubte, wir hätten gewonnen. Dann gab der Doktor Emil einen Tipp, was im Busch war, und er tötete Jared. Er sagte mir, wenn ich den Mund aufmache, würde er mit mir und Mal dasselbe tun.«

»Wie hat Doktor Bannan das mit Emil herausgefunden?«, wollte Doyle wissen. »Haben sie eine Beziehung?«

»Beziehung?«, wiederholte Rosie verwirrt.

»Sind sie ein Liebespaar, Mrs. Reiser? Sind sie befreundet?«

»Scheiße, Emil hat keine Freunde! Wir mussten da draußen wie gottverdammte Einsiedler leben!« Und sie fing an zu schluchzen, große, schnaufende Laute des Selbstmitleids.

»Mrs. Reiser, wissen Sie, wohin Ihr Mann gegangen sein könnte?«, bedrängte Zina sie.

»Er ging mit Jeanie, als sie sie nach unten gebracht haben. Er wollte nicht, dass sie an diesem Ort allein ist.«

»An welchem Ort – Moment, Sie meinen den Leichenraum? Doyle, der Leichenraum ist im Untergeschoss. Reiser ist immer noch dort!«

Doch das war er nicht. Sie fanden den Pathologieassistenten auf dem Boden sitzend vor, benommen, den Schädel blutbeschmiert. Er sagte, Reiser habe ihm einen Schlag mit einer Pistole verpasst. Er war fort. Und er hatte die Leiche seiner Tochter mitgenommen.

Lichter und Sirenen, mit dem Gaspedal auf dem Blech durch die Stadt, Doyle am Steuer, Zina, die sich am Armaturenbrett festhält.

Als er auf die Point Lucien Road abbog, stellte er die Sirenen ab, ohne langsamer zu werden. Nicht, dass es eine Rolle gespielt hätte. Reiser würde sie erwarten.

»Lauschen«, sagte Zina plötzlich.

»Was?«

»Als wir beim ersten Mal hier draußen waren, war das Mädchen beim Angeln. Emil gab ihr ein Zeichen, uns den Rücken zuzukehren. Er sagte, sie könnte auf fünfzig Meter lauschen. Aber sie war taub.«

»Er meinte Lippenlesen.«

»Ganz recht. Und wo lernt ein Kind das wohl?«

Doyle riskierte einen schnellen Seitenblick, ehe er sich wieder auf die Straße konzentrierte. »In der Schule«, nickte er. »Doktor Bannan unterrichtet gehörlose Kinder, und sie war im Vorzimmer, als Lehman und ihr Mann sich stritten, weil der Reiser outen wollte.«

»In einem Büro mit Glaswänden«, ergänzte Zina. »Die Sekretärin konnte sie nicht hören, aber der Doc hätte die Quintessenz ihres Streits mitkriegen können. Und Reiser warnen.«

»Und Reiser tötete ihren Mann, um – mein Gott!« Doyle verstummte. »Was zum Teufel ist das da?«

Vor ihnen glühte der Himmel rot, und tanzende Schatten zuckten durch die Bäume, als Doyle den Streifenwagen herumriss und mit der Breitseite voran auf den Lone-Pine-Parkplatz schlitterte.

Die Bootswerft war in Flammen eingehüllt, ein brodelndes, prasselndes Inferno, das von den Stapeln trockenen Holzes gespeist wurde. Schwarzer Rauch und Funken wälzten sich in den Winterabend. Beleuchtet von der Feuersbrunst sah Emil Reiser gelassen zu, wie die Flammen Jahre seiner Arbeit verzehrten. Und seine Tochter. Sein ganzes Leben.

Als Doyle und Zina aus dem Wagen stiegen, drehte Reiser sich zu ihnen um; seine Arbeitskleider waren rußgeschwärzt, die zottige Mähne wüst. In den Armen hielt er eine Jagdbüchse.

Vorsichtig zog Doyle die eigene Waffe und behielt sie an der Seite.

»Mr. Reiser, wir wüssten es zu schätzen, wenn Sie das Gewehr niederlegen und von ihm wegtreten würden.«

»Auf keinen Fall, Stark. Geben Sie mir einfach ein paar Minuten! Jeanie wollte, dass ihre Asche hier draußen verstreut wird, das ist meine letzte Chance, es für sie zu tun. Lassen Sie das Feuer noch ein bisschen brennen, dann kommen wir dazu!«

»Wozu?«, fragte Zina.

»Sie wissen, wer ich bin, nicht wahr? Und was ich getan habe.«

»Sie haben Jared Bannan umgebracht?«, fragte Doyle.

»Damit habe ich der Welt einen Gefallen getan. Ich wollte nur noch einen Monat oder so. Weniger, wie sich gezeigt hat. Er wollte die kurze Zeit ruinieren, die Jeanie noch geblieben war, nur um ein paar Dollar mehr aus der Vereinbarung herauszuquetschen. Wenn es einer je verdient hatte, dann dieser Hurensohn!«

»Steckte Bannans Frau mit drin?«

»Wo mit drin?«, fragte Reiser, während er abwesend ins Feuer blickte und seinen Fortschritt abschätzte.

»Wusste sie, dass Sie ihren Mann umbringen würden?«, drängte Doyle.

»Sie hat mich angerufen, mich gewarnt, dass er meine Tarnung auffliegen lassen wollte. Sagen Sie ihr Danke von mir.«

»Das können Sie ihr selbst sagen.«

»Nein«, sagte Reiser. »Dafür ist es zu spät. Das Feuer hat seine Arbeit fast getan. Kommen wir zum Rest!«

»Bitte machen Sie nichts Verrücktes, Mr. Reiser!«, bat Zina ruhig. »Glauben Sie, ihre Tochter würde das wollen?«

»Alles, worum Jeanie je gebeten hat, war ein vorgezogenes Weihnachtsfest. Nicht mal das hat sie bekommen. Vielleicht ist ja dort, wo sie jetzt ist, ein vorgezogenes Weihnachtsfest. Verdammt, vielleicht ist dort jeden beschissenen Tag Weihnachten. Wir werden sehen.«

Zina und Doyle wechselten einen blitzschnellen Blick, deuteten die Leere in Reisers Augen. Kannten den Ausdruck.

»Warten Sie, Mr. Reiser!«, sagte Zee und zog ihre Automatik. »Bitte, tun Sie das nicht!«

»Witzig, das hat Bannan auch gesagt. Nicht. Bitte. Etwas in der Art. Bei ihm hat es auch nicht geklappt.« Reiser schob eine Patrone in die Kammer seiner Büchse. »Jetzt liegt es an Ihnen beiden, Lady. Sie können mich rüberschicken. Oder die Reise mit mir antreten.«

Und er hob das Gewehr.

Doyle schoss zuerst, riss Reiser halb herum, dann feuerten alle drei erbittert, während im Hintergrund die Bootswerft wild loderte, Flammen und Rauch sich nach oben wanden und die Sterne des Winterabends ansengten. Ein Scheiterhaufen, einer Prinzessin würdig.

»Denken Sie, er hat wirklich versucht, uns umzubringen?«, fragte Zina, als sie den Riss in der Schulter ihrer schwarzen POLIZEI-Nylonjacke befühlte, ihr einziger Schaden bei dem tödlichen Schusswechsel.

»Ich glaube nicht, dass es ihn gekümmert hat. Todsicher ist, dass er uns keine andere Möglichkeit gelassen hat.« Sie saßen im Auto, brausten zurück durch die Stadt, Lichter und Sirenen. Überließen die schwelende Bootswerft den Feuerwehrleuten und dem Tatortteam. Und dem Gerichtsmediziner.

»Wozu die Eile?« Die Antwort kannte sie schon.

»Wie der Mann sagte, es ist Zeit abzurechnen. Irgendein Problem damit?«

»Nö. Ich habe dem Doc gesagt, wenn noch jemand stirbt, stehen wir auf der Matte.«

»Dann ist ja gut.«

Es war nach Mitternacht, als sie in Lauren Bannans Einfahrt rutschten. Doyle ließ die Blitzlichter an. Wollte, dass die Nachbarn es wussten. Er hämmerte an die Tür. Keine Antwort.

»Ich bin hier draußen!«, rief Lauren.

Sie umrundeten das Haus zur hinteren Veranda. Lauren stand in schwarzer Hose und Rollkragenpulli am Geländer und schaute auf den See hinaus. Kleine Stücke frühen Eises trieben gespenstisch auf dem dunklen Wasser, so weit das Auge reichte.

»Reiser ist tot«, sagte Doyle ohne Umschweife. »Seine Tochter auch.«

Lauren nickte, nahm es in sich auf, zeigte nichts.

»Sie starb in ihrem Stuhl, auf dem Dock.«

»Das ist gut. Es kann viel schlimmer sein bei dieser Art von Krebs. Und der Rest?«

»Emil Reiser hat Ihren Mann umgebracht, Mrs. Bannan. Er hat es zugegeben. Bevor wir ihn töten mussten.«

»Es tut mir leid, dass es dazu gekommen ist.«

»Es musste nicht dazu kommen! Sie hätten es verhindern können! Uns warnen. So wie Sie ihn gewarnt haben. Sie wussten, was er tun würde.«

»Nein. Das wusste ich nicht. Ich dachte – er würde Jared unter Druck setzen, damit er die Gerichtsbeamten kontaktiert oder – «

»Aber Sie wussten verdammt genau, was nach der Tat geschah! Und haben uns immer noch nichts gesagt!«

»Ich konnte nicht.«

»Wegen irgendwelcher verfluchter Gesundheitsvorschriften?«

»Nein. Von Gesetzes wegen. Ich hätte das Gesetz gebrochen. Vielleicht hätte ich das tun sollen. Aber ich war Ihnen nicht verpflichtet, Sergeant, nicht einmal meinem Mann.«

»Die Titanic!«, sagte Zina leise, die es allmählich kapierte. »Sie haben es uns am ersten Tag erzählt. Es war zu spät, um Ihren Mann zu retten. Oder Reiser. Sie haben das Kind beschützt.«

»Jeanies Mutter ist eine hoffnungslose Alkoholikerin, die in Selbstmitleid ertrinkt und einen gewalttätigen Freund hat. Wenn ich Sie wegen ihres Vaters gewarnt hätte, hätte das Mädchen seine letzten Tage in der Pflegeunterbringung bei Fremden oder sogar im Gericht verbracht. Sie hatte nur noch so wenig Zeit und musste sich schon mit so viel befassen. Das konnte ich ihr einfach nicht antun.«

»Aber Sie wussten, dass Reiser ein Mörder war!«, flippte Doyle aus.

»Eigentlich wusste ich das nicht, jedenfalls nicht mit Gewissheit. Aber es hätte auch keine Rolle gespielt. Sie haben sie zusammen gesehen. Sie hat ihn angebetet. Und er behandelte sie wie – «

»… eine Prinzessin«, beendete Zina den Satz.

»Was?«, empörte sich Doyle und wirbelte zu ihr herum. »Sie kaufen ihr diesen hirnrissigen Schwachsinn doch nicht etwa ab?«

Zina gab keine Antwort. Das musste sie nicht.

»Sind Sie hier, um mich zu verhaften?«, fragte Lauren.

Doyle richtete den Blick auf seine Partnerin, dann auf Lauren, dann wieder zurück.

»Es ist Ihre Entscheidung«, sagte Zina.

»Nein«, sagte er langsam. »Nicht heute Nacht jedenfalls. Aber Sie sind noch nicht aus der Sache raus, Lady! Sie werden noch viele Fragen beantworten, bevor es vorbei ist.«

»Es tut mir schrecklich leid, wie sich alles abgespielt hat, Sergeant. Was wir gezwungen waren zu tun. Ich hoffe, Sie können das glauben.«

»Ich weiß nicht, was ich glauben soll«, erwiderte Doyle und atmete tief durch. »Gehen wir, Zee!«

Im Auto saß er hinter dem Lenkrad, ohne den Motor zu starten, und starrte in die schneeige Dunkelheit hinaus.

»Ich weiß, was Sie wurmt«, sagte Zina ruhig.

»Und das wäre?«

»Es ist ein unglaubliches Zusammentreffen von Umständen. Dass Reiser zu warnen, um seiner Tochter willen, den Doc zufällig zu einer sehr reichen Frau gemacht hat.«

»Sie halten sie dessen für fähig?«

»Ich halte sie für verdammt aufgeweckt, Doyle. Sie hat die Diplome, die das beweisen, und sie ist eine äußerst gleichgültige Frau. Also ist es zumindest möglich? Auf jeden Fall! Aber angesichts ihrer Alternativen? Ich weiß nicht, was ich gemacht hätte.«

»Ich auch nicht«, gab er zu. »Ich wünschte nur ...«

»Was?«

»Ich wünschte, die Kleine hätte ihr vorgezogenes Weihnachtsfest bekommen, das ist alles.«

»Na ja, vielleicht hat sie das ja«, sagte Zee. »Vielleicht hatte ihr Vater recht. Vielleicht ist dort, wo sie jetzt ist, jeden Tag Weihnachten. Schmeißen Sie den verdammten Wagen an, Doyle, bevor wir noch erfrieren!«

Doyle nickte, ließ den Motor an und legte einen Gang ein. Aber als er losfuhr, merkte er, dass Zina ihn immer noch ansah. »Was ist jetzt noch?«

»Mein Großvater Gesh hat mir mal erzählt, dass er schon so manchen Hirsch mit einem einzigen perfekten Schuss getötet hat«, sagte sie. »Mitten durchs Herz. Aber manchmal läuft ein Bock weiter, hundert Meter oder mehr. Er merkt nicht, dass er getroffen worden ist, verstehen Sie? Mitten durchs Herz.«

»Ich kann Ihnen nicht folgen«, sagte Doyle.

»Ich weiß«, grinste Zina und schüttelte den Kopf. »Ich mein ja nur.«

Originaltitel: *An Early Christmas*
Ins Deutsche übertragen von Axel Franken

Der Baum

John Lutz

Mit mehr als vierzig Romanen und zweihundert Kurzgeschichten ist John Lutz ein Musterbeispiel für das Genie und die Arbeitsmoral der frühen Pulp-Autoren, die Jahr für Jahr lesbare und unterhaltsame Prosa produzierten. Sein kommerziell erfolgreichstes Buch ist vermutlich *Weiblich, ledig, jung, sucht …* (1990), ein Thriller, auf dem der gleichnamige Film von 1992 mit Bridget Fonda und Jennifer Jason Leigh beruht. Lutz war überdies Präsident der Mystery Writers of America und ist für vier Edgar Awards nominiert worden. 1986 hat er in der Kategorie »Beste Kurzgeschichte« auch gewonnen. *Der Baum* wurde zum ersten Mal in *Mistletoe Mysteries* veröffentlicht, herausgegeben von Charlotte MacLeod (New York, Mysterious Press, 1989).

Der Baum
John Lutz

Clayton Blake hatte keine Lust mehr auf Weihnachten; dabei war das Fest noch fünf Tage entfernt. Sein vierjähriger Sohn, Andy, lag zusammengerollt und schmollend auf dem Sofa, und Clayton fühlte sich so klein wie ein Weihnachtself. Aber verdammt noch mal, er hatte recht, und sein Sohn würde das wohl oder übel akzeptieren müssen.

Blair, seine Frau, sagte: »Das ist doch Unsinn, Clay. Was schadet es schon, noch einmal einen echten Weihnachtsbaum zu kaufen? Für Andy ist es eine große Sache, und er ist noch so jung. Er versteht doch nicht, was Weihnachten für dich bedeutet.«

Der Streit mit Blair und Andy hatte an Claytons Nerven gezehrt, doch er war nach wie vor entschlossen, dieses Jahr einen künstlichen Baum zu kaufen und den furchtbaren Weihnachtstrubel auf ein Minimum zu reduzieren. »Andys Gefühle ändern nichts an dem, was Weihnachten wirklich ist«, erklärte er. »Weihnachten ist nichts weiter als ein riesiger Marketingtrick, der schon im Oktober beginnt. Weißt du eigentlich, dass der Einzelhandel die Hälfte seines jährlichen Gewinns in der Weihnachtszeit einfährt?« Entrüstet zog er die Augenbrauen hoch. »*Die Hälfte!* Ich meine, inzwischen ist es sogar schon so weit, dass unsere gesamte Wirtschaft daran hängt, wie sehr wir uns zu Weihnachten über den Tisch ziehen lassen. Die *Welt*wirtschaft! Ganze Regierungen hängen daran!«

»Ich will aber einen Baum!«, jammerte Andy.

Blair verzog das Gesicht, als leide sie unter Schmerzen. Dann schüttelte sie den Kopf, und ihr langes blondes Haar flog hin und her. Blair war eine schöne Frau Ende dreißig, und ihre leicht kurzsichtigen Augen hatten einen Schlafzimmerblick. »Dann erzähl Andy mal von der Weltwirtschaft«, sagte sie. »Er wird dich sicher verstehen, sobald ihr zwei das Bruttosozialprodukt und die negative Handelsbilanz diskutiert habt.«

Irgendetwas klapperte auf der Terrasse. Dann waren Schritte zu hören. Die Post. Clayton war für die Unterbrechung dankbar.

Er und Blair gingen zur Haustür, um die Post zu holen. Als Blair sah, was los war, blieb sie stehen und ließ Clayton allein auf die Terrasse gehen. Der Wind war so kalt, dass er Clayton bis auf die Knochen drang.

Selbst als er schon wieder drin war, fror er noch. Nur ein paar Sekunden an der frischen Luft hatten dafür gereicht. Die Temperatur musste um den Gefrierpunkt liegen, und tatsächlich hasste Clayton nicht nur Weihnachten, sondern die Jahreszeit als Ganzes. Alles war Grau in Grau und so düster ...

»Ich will einen Baum!«, rief Andy trotzig.

Clayton verhärtete sein Herz und ignorierte seinen Sohn. Enttäuscht sagte er; »Nur Weihnachtskarten«, und warf den Stapel auf den kleinen Tisch im Eingangsbereich. Nur einen Umschlag behielt er in der Hand und lachte freudlos. Der Umschlag war länger als die anderen, und Clayton kannte den Absender nur allzu gut: das Staatsgefängnis. Das musste die jährliche Weihnachtskarte von seinem Bruder sein, Willy, der wegen Postbetrugs eine mehrjährige Haftstrafe absaß. »Das ist die übliche Karte von Willy«, sagte Clayton und warf sie zu den unbezahlten Rechnungen ihrer Weihnachtseinkäufe. *Das ist die Zeit, um Schulden zu machen.*

»Siehst du? Willy hat sich selbst im Gefängnis die Weihnachtsstimmung bewahrt«, bemerkte Blair.

»Ja, selbst aus dem Gefängnis lässt du dir von Willy etwas vormachen«, erwiderte Clayton. »Wenn er will, kann Willy jeden manipulieren, egal aus welcher Entfernung.«

»Er mag ja ein Betrüger sein«, erklärte Blair trotzig, »aber er ist auch ein anständiger Kerl.« Sie sprach es zwar nicht aus, aber was sie damit sagen wollte, war, dass Clayton eben *kein* anständiger Kerl war. Er gönnte seiner Familie ja noch nicht einmal einen Weihnachtsbaum. Das ärgerte ihn. Sorgte er nicht hervorragend für die Seinen? War er seiner Frau nicht immer treu und seinem Sohn ein guter Vater, wenn auch ein wenig strenger, als es Blair gefiel? Und wie konnte Willy, ein verurteilter Straftäter, zugleich ein anständiger Mensch sein? War es nicht genau das, was ein Betrüger seinen Opfern weismachen wollte? Dass er ein anständiger Mensch war?

Mit einem langen roten Fingernagel begann Blair, die Weihnachtspost zu öffnen. »Und? Wann willst du diesen falschen Baum kaufen?«, fragte sie resigniert und ohne ihrem Mann in die Augen zu schauen.

»Bald.«

Blair hob noch immer nicht den Blick. »Andy hat sich so darauf gefreut, an der Elm Avenue einen echten mit uns auszusuchen.«

Clayton erwiderte nichts darauf. Tatsächlich hatte er noch nicht einmal wirklich Lust, einen künstlichen Baum zu kaufen und aufzubauen. Einige davon waren richtig kompliziert, und oft passten die Zweige nicht in die dafür vorgesehenen Löcher. Was Clayton wirklich wollte, war eine Jalousie mit dem *Bild* eines Baums darauf. Die könnte er Weihnachten dann einfach runterziehen und Neujahr wieder aufrollen. Allerdings sollte er das Blair lieber verschweigen.

»Biiitte, Daddy!«, rief Andy vom Sofa. »Bitte, bitte, bitte!«

»Du kannst jetzt aufstehen, Sohn«, sagte Clayton im selben Moment, da es an der Tür klingelte. »Aber benimm dich. Keine Trotzanfälle mehr.«

Er ging die zwei Schritte zur Tür und öffnete. Ihm klappte der Mund auf, und er schnappte nach Luft.

Da draußen stand sein Bruder, Willy.

»Willy! Wie …?«

»Ich habe wegen guter Führung über Weihnachten Freigang bekommen«, sagte Willy. »Das ist nicht unüblich für jemanden, der kein Gewaltverbrechen begangen hat.« Er grinste. »Außerdem ist es mehr als unwahrscheinlich, dass jemand ausgerechnet über Weihnachten abhaut.«

Clayton wusste nicht, was er sagen sollte. Er freute sich nicht wirklich, seinen Bruder zu sehen. Sie hatten sich noch nie gut verstanden.

»Willy!«, rief Blair hinter Clayton. »Komm doch rein!«

»Äh, jaja«, sagte Clayton, nachdem er den ersten Schock überwunden hatte. »Komm rein, Willy. Es ist kalt draußen.«

Willy, der Meisterverbrecher, lächelte. Er sah wie eine kleinere, stämmigere Version von Clayton aus, doch er lächelte ständig, und seine Nase war rot von viel zu vielen Longdrinks. Während Clayton ein eher strenges, schmales Gesicht besaß, was ihm das Aussehen eines besorgten Schuldirektors verlieh, ähnelte Willy mehr einem Kaufhausweihnachtsmann ohne Kostüm auf dem Weg zu einer Bar. Clayton fragte sich, ob Willy etwas getrunken hatte, bevor er hierhergekommen war. Dumme Frage, dachte er. Natürlich hat er das.

Willy hatte sich nicht bewegt. »Ich habe etwas mitgebracht«, sagte er, griff nach links und zog ein offenbar schweres und widerspenstiges Objekt heran.

Ein Weihnachtsbaum!

Und es war nicht einfach nur irgendein Weihnachtsbaum, sondern ein großer, breiter.

Und er war lebendig! Wurzeln wucherten aus dem Ballen, der mit einem Netz umwickelt war.

Was geht hier vor?, fragte Clayton sich. Hat Willy eine Gärtnerei um einen Weihnachtsbaum gebracht? Fähig dazu ist er in jedem Fall.

Blair schrie fast: »Ein echter Baum!«

»Ein Baum, ein Baum!« Andy rannte durchs Wohnzimmer und prallte gegen Willys Bein.

Clayton räusperte sich und sagte: »Sohn, das ist dein Onkel Willy.«

»Willy.« Andy strahlte.

Und Willy schaute Andy mit so viel Zärtlichkeit an, dass Clayton nur staunen konnte. Er war schon vor Andys Geburt ins Gefängnis gekommen. »Endlich lerne ich dich mal kennen, Kumpel.«

»Lass den Baum erst einmal auf der Veranda stehen, und komm

rein, Willy«, sagte Clayton. »Du bist ja schon ganz weiß vor Kälte.«
Abgesehen von der Säufernase.

Als Willy den Baum an die Hauswand stellte und hereinkam,
fragte Blair: »Fühlst du dich auch gut, Willy? Du bist wirklich
ziemlich blass.«

»Oh, ja. Im Kna… Äh, da, wo ich gewesen bin, ist das der normale Teint. Ihr kennt mich doch. Ich habe nie auch nur eine Er-
kältung gehabt.«

Vermutlich hat der Alkohol sämtliche Keime abgetötet, dachte
Clayton, behielt das aber für sich.

Willy schälte sich aus seinem Mantel. Er trug einen billigen
blauen Anzug und abgewetzte schwarze Schuhe. Wahrscheinlich
hatte ihm das Gefängnis die Sachen extra für den Freigang geliehen.

Willy gab Clayton seinen Mantel und schaute sich um. »Gut.
Ich hatte gehofft, dass ihr noch keinen Baum gekauft habt. Ich
wollte euch überraschen. Wir müssen ihn allerdings ziemlich
schnell ins Wasser stellen, in einen Wäschekorb oder so. Nach
Weihnachten könnt ihr ihn dann in den Garten pflanzen. Da wird
er mit Andy wachsen.«

Es überraschte Clayton nicht, dass Andy wie alle Warmblüter
sofort Gefallen an Willy gefunden hatte. Er stand neben ihm und
starrte zu Willy hinauf, als wäre der ein lebensgroßer G. I. Joe.
Kriegsspielzeug, dachte Clayton. Wenigstens hat Willy Andy kein
Kriegsspielzeug mitgebracht.

Blair lief los, um Willy einen Becher heiße Schokolade zu holen.
Willy setzte sich aufs Sofa, und Andy hockte sich neben ihn. Sie
waren schon wie alte Freunde.

»Wo wohnst du über die Tage, Willy?«, fragte Clayton.

Willy wartete, bis Blair wieder zurück war. »Nun, ich dachte, hier vielleicht«, sagte er. »Direkt nach Weihnachten muss ich wieder zurück.«

Clayton hatte kaum den Mund geöffnet, als Blair sagte: »Das ist ja toll, Willy. Wir haben ein Gästezimmer.«

»Zurück wohin, Onkel Willy?«, wollte Andy wissen.

»Onkel Willy muss wieder nach Hause«, sagte Clayton rasch.

Willy lehnte sich auf dem weichen Sofa zurück und schaute sich von Neuem um. »Du hast hier wirklich ein tolles Haus, Clayt. Und eine tolle Familie, tolle heiße Schokolade … Weißt du eigentlich, wie viel Glück du hast?«

Ja, antwortete Clayton, das wisse er.

*

Zum Abendessen gingen sie in ein Familienrestaurant, wo es Chicken Nuggets gab. Mistel- und Tannenzweige zierten die Wände, und dazwischen hingen rote Schleifen. Willy war charmant wie immer, und Andy benahm sich wie ein Engel. Überrascht stellte Clayton fest, dass auch er das Beisammensein genoss. Tatsächlich freute er sich, Willy zu sehen, den älteren Bruder, auf den er immer so eifersüchtig gewesen war. In der Highschool hatte Willy ihm Janet Gerinski ausgespannt, eine Cheerleaderin, deren gutes Aussehen sogar das Metall der Zahnklammern jener Zeit überstrahlt hatte. Janet hatte Willy ungefähr zwei leidenschaftliche Wochen lang interessiert. Inzwischen war sie mit einem Versicherungsmenschen verheiratet und lebte in einem noch teureren Teil der Stadt als die Blakes.

Clayton war bewusst, dass er Willy nie wirklich vergeben hatte, der kurz nach seiner Affäre mit Janet die Schule abgebrochen hat-

te und per Anhalter nach Kalifornien gefahren war. Dort war die
Musikkarriere, die er geplant hatte, dann rasch den Bach runtergegangen. In der Folge hatte Willy seinen Charme für nicht mehr
ganz so legale Aktivitäten eingesetzt. Von der Musikindustrie bis
zu den plüschigen Hotelzimmern in Reno hatte er arglosen Be-
wunderern und Geschäftspartnern Tausende von Dollars aus der
Tasche gezogen.

Es war schon seltsam, dachte Clayton. Niemand mochte das,
was Willy getan hatte, doch alle mochten ihn. Clayton hatte das
nie verstanden.

Am nächsten Morgen war Samstag, und die drei Erwachsenen
stellten den lebenden Baum mit Andys Hilfe mehr oder weniger
aufrecht in einen Wäschekorb voller Wasser und schmückten ihn.
Clayton genoss es, Andy dabei zuzusehen, und zum ersten Mal
dachte er, dass es vielleicht doch keine so gute Idee gewesen war,
einem Vierjährigen den Weihnachtsbaum zu verweigern.

»Hey, Clayt!«, sagte Willy an diesem Abend nach Blairs selbst-
gekochtem Abendessen. »Lass uns in die Stadt fahren und mit
Andy einen Einkaufsbummel machen. In einem der großen Kaufhäuser haben sie eine riesige Modelleisenbahn.« Grinsend drehte
er sich zu Andy um. »Hast du schon beim Weihnachtsmann auf
dem Schoß gesessen, Kumpel?«

»Nicht, seit er ein Jahr alt war«, sagte Blair und warf Clayton
Scrooge einen vorwurfsvollen Blick zu.

Willy schob seinen Stuhl zurück und stand auf. »Nun, das können wir heute Abend ja korrigieren. Die Geschäfte haben lange
auf. Kommt schon, Leute. Ich muss ohnehin noch einkaufen.«

Clayton war überrascht. »Wo hast du denn das Geld …?«

Willy hob die Hand, um ihn zum Schweigen zu bringen.

»Ach, du kennst mich doch, Clayt«, sagte Willy. »Ich war schon immer ein guter Kartenspieler.«

Falschspieler trifft es wohl eher, dachte Clayton, doch auch das behielt er für sich.

Nachdem Willy Blair geholfen hatte, die Spülmaschine einzuräumen, fuhren sie mit ihrem Kombi in die Stadt. Willy schlug vor, ein Lied zu singen. Clayton wehrte sich nur kurz dagegen. Sofort hatten die anderen ihn überstimmt, und als sie schließlich in der Stadt ankamen, sang auch er aus vollem Halse Weihnachtslieder und lauschte Andys niedlich lispelndem Sopran. Blair lächelte. Sie sah … Nun, ja, sie sah wie ein Engel aus.

Willy zwinkerte Clayton im Rückspiegel zu. »Das ist der wahre Weihnachtsgeist, Clayt.«

Clayt. Clayton hatte diesen Spitznamen immer schon gehasst. Jetzt nannte ihn nur noch Willy so.

Andy war vollkommen fasziniert von den bunten Schaufenstern. Strahlend saß er auf dem Schoß des Weihnachtsmanns und bat um ein Modellflugzeug. Das erstaunte Clayton. Er und Blair hatten Andy tatsächlich ein einfaches Plastikflugzeug gekauft.

Eine Stunde, bevor die Geschäfte schlossen, sagte Willy, der Rest der Familie solle schon einmal ohne ihn nach Hause fahren. Er wolle noch etwas einkaufen und sich dann ein Taxi nehmen.

Clayton erklärte sich einverstanden, und so verabschiedeten sie sich voneinander. Dann gingen er, Blair und Andy die zwei Häuserblocks zu ihrem Parkplatz.

Niemand sagte ein Wort. Selbst Clayton fand die Heimfahrt im Vergleich extrem langweilig.

Und während der Fahrt begann er nachzudenken. Warum hatte Willy seinen Charme ausgepackt? Hatte er irgendetwas vor? Das wusste Clayton natürlich nicht, doch er nahm sich vor, auf der Hut zu sein.

*

Der Weihnachtsmorgen war die reinste Freude. Andy öffnete die vielen Geschenke, die sein Onkel Willy ihm unter den Baum gelegt hatte. Clayton erinnerte sich voller Sehnsucht an all die Weihnachtsmorgen vor so vielen Jahren, als ihre Eltern ihn und Willy nur mit Mühe in ihren Zimmern hatten halten können, bevor sie ihnen gestattet hatten, nach unten zu laufen und sich auf die Geschenke zu stürzen. Clayton erinnerte sich noch gut an den kräftigen Duft der Weihnachtsbäume damals, und jetzt würde sich auch Andy an diesen Geruch erinnern. Die Jahre daheim mit Willy waren vielleicht doch nicht so schlecht gewesen, wie Clayton sie in Erinnerung hatte. Außerdem, sollten alte Wunden nicht irgendwann verheilen?

Am Morgen hatte es geschneit, als hätte das Wetter gewusst, dass Willy seinem Neffen unter anderem einen Schlitten schenken würde. Am Nachmittag, nach einer Mahlzeit aus Schinken, Süßkartoffeln und Apfelkuchen, schlug Willy vor, in den nahe gelegenen Park zu gehen und den Schlitten dort an einem Hügel auszuprobieren. Clayton zögerte zunächst, doch dann gab er nach, und er hatte tatsächlich eine wunderbare Zeit, obwohl ihm zum Schluss die Finger eingefroren waren. Einmal raste er sogar selbst mit dem Schlitten den Hang hinunter. Das hatte er seit seinem zwölften Lebensjahr nicht mehr getan. »Ich habe mich wohl ein wenig mitreißen lassen«, erklärte er der grinsenden Blair, als er wieder den Hang hinaufgestapft kam.

Auf dem Weg durch den Schnee zurück zum Auto fielen Clayton und Andy ein Stück hinter Willy und Blair zurück. Andy schaute zu Clayton hinauf, das gerötete Gesicht unter der Skimütze die pure Neugier. »Warum wird Onkel Willy nicht kalt?«

»Ich bin sicher, ihm wird auch kalt.«

»Aber er tut nicht so.«

Das stimmte, erkannte Clayton. Vielleicht hatte Willy sich ja mit Alkohol gestärkt, dachte er, und sofort bekam er ein schlechtes Gewissen. Soweit er wusste, hatte Willy keinen Tropfen angerührt, seit er angekommen war.

An diesem Abend, nachdem ein erschöpfter Andy neben Willy auf dem Sofa eingeschlafen und ins Bett gebracht worden war, machte Blair Eierpunsch, und die drei Erwachsenen setzten sich zusammen und redeten.

»Ich habe dich immer beneidet, Clayt«, sagte Willy und wischte sich Punsch von der Oberlippe.

Das überraschte Clayton.

»Und das tue ich immer noch«, fuhr Willy fort. »Ich beneide dich um die Wurzeln, die du schon so früh geschlagen hast. Jeder sollte wissen, was ihm in der Welt gehört, und es zu schätzen lernen. Ich meine, nichts ist für ewig, und du hast diese Zeit mit Blair und Andy ...«

Jetzt war Clayton ehrlich erstaunt. Einen Augenblick lang sah es so aus, als würde Willy gleich in Tränen ausbrechen. *Willy? Ein Familienmensch?*

Dann straffte Willy die Schultern und bat noch um ein Glas Eierpunsch. Das war wieder Willy, wie er leibt und lebt. In dem Punsch war Alkohol. Er war wieder ganz der charmante Bauernfänger, der Menschen um ihr Geld betrogen hatte, die ihn seltsamerweise trotzdem nicht zu ihren Feinden zählten.

Nachdem Willy zu Bett gegangen war, sagte Blair: »Er weiß, dass er auch nicht jünger wird, und morgen muss er wieder ins Gefängnis. Ich finde das furchtbar. Du nicht, Clay?«

Zum ersten Mal seit Jahren erwiderte Clayton ohne Zögern: »Ja, ich habe Mitleid mit ihm.«

*

Am Morgen nach Weihnachten war Willy weg.

Sie hatten ihn nicht gehen hören.

Und er hatte keine Nachricht hinterlassen.

Sein Bett war gemacht, und nichts deutete darauf hin, dass er sie besucht hatte. Als Andy aufwachte und nach ihm fragte, antwortete Clayton, Onkel Willy sei wieder dahin zurückgekehrt, wo er arbeitete, in ein fremdes Land. Nach Peru, log Clayton, als sein Sohn nachhakte. Andy gefiel das ganz und gar nicht, und eine Zeit lang heulte er sich die Augen aus dem Kopf. Dann akzeptierte er die Erklärung und wandte seine Aufmerksamkeit den Spielzeugen zu, die er am Tag zuvor bekommen hatte.

Zwei Tage später las Clayton gerade in der Zeitung, als Blair rief: »Clay!« Der Klang ihrer Stimme machte ihn nervös. Clayton legte die Zeitung beiseite. Blair stand vor dem kleinen Tisch am Eingang, wo sie die Post sortiert hatte. Ihr Gesicht war blass, ihr Blick verwirrt. »Der hier war noch nicht geöffnet«, sagte sie und hielt einen weißen Umschlag und den dazugehörigen Brief in die Höhe.

Clayton stand auf und ging zu ihr. Sie hielt den Umschlag in der Hand, der aus dem Gefängnis gekommen war. »Das ist Willys Weihnachtskarte«, sagte er.

So einen Blick hatte er in den tiefblauen Augen seiner Frau noch nie gesehen. »Aber das ist keine Karte. Das ist …« Er nahm ihr den Brief aus der Hand. »Das ist eine Todesanzeige.«

Clayton war wie gelähmt. Er las. Blair hatte recht. Das Staatsgefängnis schrieb Clayton als Willys nächstem Verwandten, dass Willard Blake an einer Lungenentzündung verstorben war. Sie baten um Rückmeldung, wie sie mit der Leiche verfahren sollten.

Clayton ließ die Arme sinken. Die Hand mit dem Brief schlenkerte an seiner Seite.

»Schau dir den Poststempel an«, flüsterte Blair mit heiserer Stimme. Sie schlang die Arme um die Brust, als würde sie frieren. »Schau dir das Datum an. Der Brief ist drei Tage vor Willys Besuch abgeschickt worden.«

Clayton lief ein Schauder über den Rücken. Er atmete tief durch. »Das muss ein Fehler sein«, erklärte er. »Das geht gar nicht anders.«

Erneut schaute er sich den Briefkopf an. Er fand eine Telefonnummer, ging in die Küche und rief im Gefängnis an.

Das sei kein Fehler, erklärte die Frau, mit der er sprach. Dann sagte sie, wie leid ihr das täte. »Und was die sterblichen Überreste betrifft …«

Langsam legte Clayton auf. Blair kam in die Küche, sah sein Gesicht und ließ sich ihm gegenüber auf einen Stuhl fallen.

Sie starrten einander an.

*

Andy half Clayton, den lebenden Baum im Garten hinter dem Haus einzupflanzen. Jedes Jahr zu Weihnachten schmückten sie ihn liebevoll mit Lichterketten.

Da war etwas – etwas, von dem er wusste, wie absurd es war –, das Clayton einfach nicht aus dem Kopf bekam. An einem Ort jenseits aller Lügen war Willy entweder dem heiligen Petrus oder dem Teufel gegenübergetreten. Konnte Willy, der große Betrüger, selbst diese beiden hinters Licht führen? Vielleicht.

Aber nur vielleicht.

Und das nagte an Clayton. Hatte Willy einen letzten Deal gemacht und sich irgendwie noch etwas Zeit auf Erden ergaunert?

Selbst als Andy erwachsen und auf dem College war, schmückte Clayton noch jedes Jahr die inzwischen mächtige Tanne. Und im Sommer entrollte er den Gartenschlauch, stand geduldig in der Sonne und wässerte den Boden um den dicken Stamm, bis die Erde unter den braunen Nadeln vollkommen durchtränkt war.

Wie tief die Wurzeln dieses Baumes wohl reichten? Clayton wusste es nicht.

Originaltitel: *The Live Tree*
Ins Deutsche übertragen von
Rainer Schumacher

Three-Dot Po

Sara Paretsky

Sara Paretsky ist nicht nur eine der Pionierinnen jener Schule von Autorinnen, die in den 1980er Jahren die Figur der hartgesottenen Privatdetektivin weiterentwickelten, sondern auch die Mitbegründerin der *Sisters in Crime*, einer Organisation, deren Hauptanliegen es ist, die weiblichen Spannungsautorinnen mehr zu fördern und ins Bewusstsein der Leser zu rücken. Mit der Figur der V.I. Warshawski erfand Paretsky eine der wichtigsten abgebrühten Privatdetektivinnen der Literatur. Warshawski schreckt nicht davor zurück, ihre Gegner mit einer Pistole oder durch Kampfkunst zur Strecke zu bringen – oder umzulegen. Die Figur inspirierte zum furchtbaren Film *V.I. Warshawski – Detektiv in Seidenstrümpfen* (1991), in dem Kathleen Turner die Hauptrolle spielt und der auf keinem der Romane von Paretsky basiert. Die Autorin wurde 2011 mit dem *Grand Master Award* der *Mystery Writers of America* für ihr Lebenswerk ausgezeichnet. *Three-Dot Po* wurde zuerst in *The Eyes Have It*, herausgegeben von Robert J. Randisi (New York, Mysterious Press, 1984) veröffentlicht.

Three-Dot Po
Sara Paretsky

Cinda Goodrich und ich gingen zusammen joggen. Als professionelle Fotografin hatte sie ähnlich unregelmäßige Arbeitszeiten wie eine Privatdetektivin. Wir trafen uns am späten Morgen oft am Belmont Harbor. Zu dieser Zeit hatten wir das gesamt Seeufer für uns allein; die hippen Young Professionals liefen früher, damit sie rechtzeitig zu ihren wichtigen Acht-Uhr-Meetings im Büro waren.

Ab und zu lief Cinda gemeinsam mit ihrem Partner, Jonathan Michaels, und immer begleitete sie ihr Golden Retriever, Three-Dot Po oder nur Po. Der Name des Hundes hatte eine besondere Bedeutung für sie und Jonathan; aber sie lachten nur und schüttelten den Kopf, wenn ich sie danach fragte.

Jonathan spielte Klavier, oft noch spätabends auf privaten Partys. Er stand daher selten vor Mittag auf und ließ Cinda und Po normalerweise alleine Sport machen. Cinda joggte regelmäßig, sogar an den heißesten Sommertagen und im kältesten Winter. Ich laufe fünfundzwanzig Meilen in der Woche und führe damit widerwillig einen Kampf gegen Alter und Kalorien. Cinda dagegen lief ihre Zehn-Meilen-Runde an jedem Morgen mit beinahe religiösem Enthusiasmus.

Im Dezember sah ich sie eine Woche lang nicht und fragte mich, ob sie vielleicht krank sei. Am darauffolgenden Samstag trafen wir uns jedoch an der schmalen Landzunge, die an Belmont Harbor grenzt. Sie kam von ihrer Tour zurück, die sie drei Meilen nach Norden geführt hatte, und ich wollte mich auch gerade auf den Rückweg machen. Als wir nebeneinander her joggten, erzählte sie mir, dass *Eli Burton*, das schicke Kaufhaus auf der North Michigan Avenue, ihr angeboten hatte, Fotos von Santa Claus mit Kindern zu machen. Sie schnitt eine Grimasse. »Es ist nicht gerade die Art von Job, mit der Eric Lieberman anfing, aber ich kann mir mit dem Geld eine Woche Bahamas im Januar für Jonathan und mich leisten.« Sie rief Po, die gerade einen toten Vogel auf den Steinen am Wasser beschnüffelte, und lief mir voraus.

In der Woche vor Weihnachten kam es zu einem heftigen Temperaturabfall, und wir hatten plötzlich mit dem kältesten Winter seit Beginn der Wetteraufzeichnungen zu kämpfen. Mein Wohnzimmer war so kalt, dass ich es dort nicht aushalten konnte. Ich erledigte meine ganze Arbeit im Bett, in meine Decke eingekuschelt, und schleppte sogar meinen Fernseher ins Schlafzimmer. Ich bewegte mich selbst an Heiligabend keinen Zentimeter nach draußen.

Am Weihnachtstag wollte ich allerdings Freunde in einer der Vorstädte im Norden besuchen. Ich schlang eine Bettdecke um mich und ging ins Wohnzimmer, um ein Stück Eis von der Scheibe zu kratzen. Ich wollte sehen, wie schlimm verschneit die Halsted Street war, und vermutete, dass mein armer kleiner Omega bei diesen Wetterverhältnissen nicht einmal anspringen würde.

Ich war schon fünf Tage nicht mehr joggen gewesen, seit dem Tag, an dem es so kalt geworden war. Ich fühlte mich ausgelaugt und wusste, dass ich mich eigentlich nach draußen schleppen sollte, aber ich war zu träge, um dem Wetter zu trotzen. Ich wollte gerade ins Schlafzimmer zurückkehren und ein paar Geschenke einpacken, als ich einen Golden Retriever erblickte, der schnell die Straße hinunterlief. Es war Po. Hinter ihr lief Cinda, warm angezogen mit einer orangefarbenen Daunenweste, ihr Gesicht schützte eine Skimaske.

»Ah, verrückt!«, brummte ich. Was sie konnte, konnte ich auch. Ich zog mich dick an – Thermo-Unterwäsche, zwei Paar Wollsocken, Sweatshirts und eine Daunenjacke – und sprach mir selbst Mut zu: »Wer nichts wagt, der nicht gewinnt!«, und: »In einem Kampf zählt nicht die Größe des Hundes, sondern sein Wille zum Sieg!«.

Trotzdem kostete es mich viel Überwindung. Nach der ersten Meile strömte das Blut zwar schon gut durch meinen Körper, meine Arme und Beine waren warm. Aber meine Füße waren immer noch kalt, und selbst dickstes Einmummeln half nicht, den Wind abzuhalten, der die Haut von meinen Wangen zu schälen schien.

Nur wenige Autos waren auf den Straßen unterwegs, und überhaupt keine anderen Menschen. Ich kam mir vor, als liefe ich durch die absolute Einöde. So würde es wahrscheinlich nach einem Atomkrieg aussehen: keine Menschen, Eiseskälte, Schnee, der in kleinen prasselnden Partikeln über uns weht wie Sand bei einem Wüstensturm.

Der See lag gespenstisch in der Landschaft. Dampf stieg aus ihm herauf wie aus einem riesigen Kessel. Das Wasser des Sees war wegen der schweren Dunstschleier nicht zu sehen. Ich bewunderte das Bild einen Moment lang, aber der Wind schnitt mir schnell durch die Kleidung.

Der Pfad neben dem See schlängelte sich auf dem Weg zur Landzunge, sodass ich immer nur ein paar Yards weit sah. Ich dachte, dass ich Cinda und Po auf ihrem Rückweg treffen würde, aber die einzige Person, die mir entgegenkam, war ein einsamer männlicher Jogger, vermummt mit einer blauen Skimaske und einer khakifarbenen Daunenjacke.

Am äußersten Punkt der Landzunge fegte der Wind mit seiner ganzen Kraft über den See. Er wehte Schnee und Eisregen herüber, heulte beharrlich vor sich hin. Ich wollte gerade umkehren und nach Hause laufen, als ich über dem klagenden Wind einen Hund bellen hörte. Ich wollte eigentlich nicht zum Wasser hinunterlaufen, aber was war, wenn Po jaulte, weil sie ihr Frauchen verloren hatte?

Die Steine, die zum See hinunterführten, waren vereist. Ich stolperte und rutschte nach unten, versuchte verzweifelt, irgendwo Halt zu finden. Denn selbst wenn jemand da gewesen wäre, um mich zu retten, hätte ich einen Sturz in das eiskalte Wasser nicht überlebt.

Ich fand Po auf einer flachen Felsplatte. Sie stand auf der Ecke der Platte, die über dem nebelbedeckten Wasser hing, und bellte heftig. Ich rief sie. Sie wandte mir ihren Kopf kurz zu, wollte aber nicht kommen.

Inzwischen ahnte ich, was mich erwarten würde, wenn ich meinen Weg über die Felsplatte fortführte. Ich lag flach auf dem vereisten Stein, hakte meine Füße an dessen Ende ein, und lehnte mich über den Abgrund, um durch den Nebel ins Wasser zu spähen. Als Po das sah, hörte sie auf zu bellen, tapste unruhig umher und jaulte.

Cindas Körper war unter der Oberfläche gerade noch sichtbar. Der Platz, an dem ich lag, war noch mehr als einen Meter vom Wasser entfernt. Ich konnte Cinda nicht erreichen, und ich wagte es nicht, mich dem Wasser noch mehr zu nähern. Ich dachte heftig nach und wickelte schließlich den langen Schal von meinem Hals. Ich band ihn an einen kantigen Felsvorsprung in meiner Nähe, schlang das andere Ende um meine Hüfte und betete. Nun konnte ich mich ein Stück weiter hinunterbeugen und erreichte so das Wasser. Ich atmete tief durch und tauchte meine Arme ein. Der Kälteschock war beinahe unerträglich; ich konzentierte mich auf Cinda, auf den Hund, dachte an Weihnachten bei meinen Freunden, an alles Mögliche außer der Kälte, die meine Arme fast unbeweglich machte. »Du hast nur eine Chance, Vic. Vermassel's bloß nicht!«

Das Gewicht ihres Körpers zog mich beinahe zu Cinda hinunter. Ich schlitterte über den eisigen Stein, schlug mit den Füßen wild umher, bis der Vorsprung, an den mein Schal festgebunden war, mich bremste. Po war auch keine Hilfe. Sie setzte sich neben mich und wimmerte ängstlich, als ich ihr Frauchen aus dem Wasser zog. Mit dem ganzen Wasser, das sich in ihrer Kleidung festgesogen hatte, musste Cinda an die neunzig Kilo wiegen. Ein paarmal verlor ich sie fast, verlor mich fast selbst, aber ich schaffte es schließlich, sie hochzuhieven. Ich versuchte verzweifelt, sie wiederzubeleben, Po leckte besorgt ihr Gesicht, aber es gab keine Hoffnung mehr. Ich befürchtete, dass ich an Erschöpfung sterben würde, wenn ich nicht bald von dort wegkäme. Ich wollte, dass Po mit mir kommt, aber sie war nicht von Cinda fortzukriegen. Ich lief so schnell wie möglich zum Hafen zurück, wo ich ein Auto heranwinkte. Meine Zähne klapperten so heftig, dass ich kaum sprechen konnte, aber ich konnte den Fremden klarmachen, dass dort hinten auf der Landzunge eine tote Frau lag. Sie fuhren mich zur Town Hall Polizeistation.

Den Großteil des Weihnachtstages verbrachte ich im Bett, eingepackt in dicke Decken, und trank heiße Suppe, die mir meine Freundin Dr. Lorry Herschel zubereitet hatte. Ich hatte Vereisungen an zweien meiner Finger, aber Lorry war zuversichtlich, dass sie verheilen würden. Sie ging um sieben, um mit ihrer Krankenschwester, Carol Alvarado, und ihrer Familie zu Abend zu essen.

Die Polizei hatte Cinda abtransportiert, und Jonathan hatte Po dazu gebracht, mit ihm nach Hause zu kommen. Es war wohl eine ziemlich tragische Szene – Jonathan weinte, der Hund wollte Cindas Leiche nicht aus den Augen lassen. Ich war selbst zwar nicht dabei, aber einer meiner Freunde von der Zeitung hat mir davon erzählt.

Es war erst acht Uhr, als das Telefon neben meinem Bett läutete. Ich war noch im Tiefschlaf und unter Decken begraben. Es muss neun oder zehn Mal geklingelt haben, bevor ich überhaupt aufwachte, und einige weitere Male, bevor ich mich dazu überwinden konnte, einen meiner schmerzenden Arme auszustrecken und den Anruf entgegenzunehmen.

»Hallo?«, meldete ich mich verschlafen.

»Vic. Vic, es tut mir leid, dass ich dich belästigen muss, aber ich brauche Hilfe.«

»Wer ist denn da?« Ich kam langsam zu mir.

»Jonathan Michaels. Sie wollen mich festnehmen, weil ich Cinda ermordet haben soll. Ich habe nur diesen einen Anruf.« Er versuchte, unbeschwert zu klingen, aber seine Stimme brach.

»Cinda ermordet?«, wiederholte ich. »Ich dachte, sie sei ausgerutscht und gefallen?«

»Anscheinend hat jemand sie erdrosselt und ins Wasser geworfen, nachdem sie tot war. Frag mich nicht, warum sie denken, dass ich es war. Das Problem ist ... das Problem ist ... Po. Ich habe niemanden, der sich um sie kümmern kann.«

»Wo bist du jetzt?« Ich schwang meine Beine aus dem Bett und zog meine lange Unterhose an.

Er war in ihrer gemeinsamen Wohnung, vier Häuser weiter, auf seinem Weg in die Stadt, um verhaftet und dann ins Cook County Gefängnis gebracht zu werden. Der Officer, der ihn festgenommen hatte, wollte zu Weihnachten kein Unmensch sein und würde ihn auf mich warten lassen, wenn ich schnell dorthin kommen könnte.

Ich war schon halb angezogen, als ich auflegte, und schlüpfte dann noch schnell in Jeans, Boots und einen dicken Sweater.

Jonathan und zwei Polizisten standen im Eingangsbereich des Hauses, als ich angelaufen kam. Jonathan gab mir seine Wohnungsschlüssel. In der Ferne konnte ich Pos gedämpftes Bellen hören.

»Hast du einen Anwalt?«, fragte ich.

Normalerweise war Jonathan ein gutgelaunter, bärtiger junger Mann mit langen blonden Haaren. Er schüttelte trübselig den Kopf.

»Du brauchst einen. Ich kann jemanden für dich finden, oder ich kann dich selbst erst einmal vertreten, bis wir einen besseren finden. Ich praktiziere nicht mehr, deshalb brauchst du jemanden, der noch aktiv im Dienst ist, aber ich kann dir schon mal mit den Formalitäten helfen.«

Er akzeptierte mein Angebot dankbar, und ich begleitete ihn

zum wartenden Polizeiauto. Die Polizisten, die ihn festgenommen hatten, antworteten auf keine meiner Fragen. Als wir die Hauptwache der Polizei auf der Eleventh Street erreichten, bestand ich darauf, den verantwortlichen Wachhabenden zu sprechen, und wurde zu Sergeant John McGonnigal gebracht.

McGonnigal und ich hatten uns schon einige Male getroffen. Er war ein stämmiger junger Mann, sehr fähig, und ich hatte großen Respekt vor ihm. Ich war nicht sicher, ob dieser Respekt auf Gegenseitigkeit beruhte.

»Frohe Weihnachten, Sergeant. Ist heute nicht ein furchtbarer Tag, um zu arbeiten?«

»Frohe Weihnachten, Miss Warshawski. Was machen Sie hier?«

»Ich vertrete Jonathan Michaels. Es scheint, dass jemand ein bisschen verwirrt ist und denkt, dass Jonathan Miss Goodrich heute Morgen in den Lake Michigan geschubst hat.«

»Wir sind nicht verwirrt. Sie wurde stranguliert und in den See gestoßen. Sie war tot, bevor sie im Wasser landete. Er hat kein Alibi für die Tatzeit.«

»Kein Alibi! Wer in der Stadt hat schon ein Alibi?«

Es sei noch mehr als das, erläuterte er steif. Die Nachbarn von gegenüber und von unten hätten gehört, wie sich Jonathan und Cinda spätabends gestritten hätten. Sie hätten ihren Streit am Morgen fortgesetzt. Cinda habe das Haus schließlich türenknallend gegen halb zehn mit dem Hund verlassen.

»Er folgte ihr nicht, Sergeant.«

»Woher wissen Sie das?«

Ich erklärte, dass ich Cinda von meinem Wohnzimmerfenster aus gesehen hätte. »Und ich rannte da draußen nicht Mr. Michaels in die Arme. Ich traf nur eine einzige Person.«

Er stürzte sich auf diese Aussage. Wie könnte ich sicher sein, dass das nicht Jonathan gewesen war? McGonnigal stimmte mir schließlich zu, nur um eine Beschreibung der Kleidung zu bekommen; er wollte Nachforschungen anstellen, ob Jonathan eine navyblaue Skimaske oder eine khakifarbene Jacke besaß. Außerdem wies mich der Polizist darauf hin, dass es zwei Wege gebe, um das Seeufer zu verlassen – Jonathan hätte nach Norden anstatt Richtung Süden laufen können.

»Vielleicht. Aber Ihre Beweisführung ist nicht sehr stichhaltig, Sergeant. Sie werden sie nicht aufrechterhalten können. Nun benötige ich ein bisschen Zeit allein mit meinem Klienten.«

Er war absolut nicht begeistert, dass ich Jonathan vertrat, aber er konnte auch nichts daran ändern. Er ließ uns allein in einem kleinen Vernehmungszimmer.

»Ich glaube dir, dass du Cinda nicht umgebracht hast«, sagte ich schnell. »Aber nur fürs Protokoll: Hast du es getan?«

Er schüttelte den Kopf. »Nie im Leben. Selbst wenn ich sie nicht mehr geliebt hätte, was ich nicht getan habe. Ich löse meine Probleme nicht auf solche Art und Weise.« Er fuhr sich mit einer Hand durch seine langen Haare. »Ich kann das nicht glauben. Ich kann noch nicht einmal richtig glauben, dass Cinda tot ist. Es ging alles so schnell. Und jetzt haben sie mich einfach verhaftet.«

Seine Hände waren wunderschön, seine Finger lang und kräftig. Kräftig genug, um jemanden zu erdrosseln.

»Weswegen habt ihr euch heute morgen gestritten?«

»Gestritten?«

»Stell dich nicht dumm, Jonathan: Ich bin die einzige Hilfe, die du hast. Eure Nachbarn haben euch gehört; das ist der Grund, warum die Polizei dich verhaftet hat.«

Er lächelte dümmlich. »Es scheint nun alles so überflüssig. Ich denke die ganze Zeit, wenn ich sie nicht so wütend gemacht hätte, wäre sie nicht rausgegangen. Sie wäre jetzt noch am Leben.«

»Vielleicht. Vielleicht auch nicht. Weswegen habt ihr euch gestritten?«

Er zögerte. »Diese verdammten Santa-Claus-Fotos, die sie gemacht hat. Ich wollte sowieso nie, dass sie das macht. Sie ist zu gut, eine zu gute Fotografin, um ihre Zeit mit solchem Zeug zu verschwenden. Dann wurde sie wütend und warf mir vor, ich sei wohl Lawrence Welk, und fragte, für wen ich mich eigentlich hielt. Es hatte alles mit diesem Anruf nachts um eins angefangen. Ich kam gerade von einem Gig zurück«, er grinste plötzlich, gequält, »einem Lawrence-Welk-Gig, als das Telefon klingelte. Irgendwer, der auf einem ihrer Santa-Fotos zu sehen war. Sagte, er sei sehr schüchtern, wollte sichergehen, dass er auf keinem der Bilder mit seinem Kind zu sehen ist, und fragte, ob sie ihm die Negative bringen kann.«

»Sie hatte die Negative? Nicht *Burton's*?«

»Ja. Doofe Idiotin. Sie entwickelte die Filme selbst. Anscheinend hatte der Typ schon bei *Burton's* angerufen. Wie auch immer … Um zum Punkt zu kommen: Sie willigte ein, sich mit ihm zu treffen und ihm die Negative zu geben, und ich regte mich darüber auf. Warum sollte sie sich Weihnachten mit irgendeinem Irren treffen, um nach seiner Pfeife zu tanzen? Und warum machte sie überhaupt diese bescheuerten Fotos?« Plötzlich fiel sein Gesicht in sich zusammen, und er schluchzte. »Sie war so schön, und ich liebte sie so sehr. Warum musste ich mich mit ihr streiten?«

Ich tätschelte seine Schulter und hielt seine Hand, bis seine Tränen versiegten. »Wenn sie sich mit dem Anrufer getroffen hat, dann ist das wahrscheinlich ihr Mörder.«

»Das habe ich mir auch gedacht. Und das habe ich der Polizei gesagt. Und sie sagten, dass ich mir die Sache unter den gegebenen Umständen ausgedacht hätte.«

Ich befragte ihn eine weitere halbe Stunde. Was hatte sie über den Anrufer gesagt? Hatte sie seinen Namen genannt? Nein, hatte sie nicht. Woher wusste sie dann, welche Negative seine waren? Wusste sie auch nicht – nur den Tag und den Zeitpunkt, an dem er da gewesen war; daher wollte sie alle Negative des betreffenden Morgens mitnehmen. Mehr wusste Jonathan nicht. Sie war zu wütend, um ihm zu sagen, was genau sie mitnahm. Ja, sie hatte Negative bei sich gehabt.

Er wies mich genau ein, wie ich mich um Po kümmern sollte. Nur Trockenfutter. Keine Essensreste. Wie viel ich mit ihr spazieren gehen sollte – sie war gern draußen und liebte Schnee und Wasser. Sie war sehr gut erzogen; sie mussten sie nie an die Leine nehmen.

Bevor ich ging, sprach ich mit McGonnigal. Er sagte, dass er der Geschichte über den Mann auf dem Foto von Burton's am nächsten Tag nachgehen würde, aber er nahm die Sache nicht allzu ernst. Meinte, dass sie keine Negative bei Cindas Leiche gefunden hatten, aber das läge daran, dass sie keine mitgenommen hätte – Jonathan hätte sich das alles ausgedacht. Er willigte jedoch ein, Jonathan über Nacht in der Eleventh Street zu lassen. Er könnte eine Anhörung über die Festsetzung einer Kaution am nächsten Morgen einberufen und müsste Jonathans Leben nicht durch die Gang-Mitglieder gefährden, die das Cook County Gefängnis, als Gefangene verkleidet, Stephanstag fest in ihrer Hand hatten.

Ich fuhr mit dem Taxi zurück in den Norden. Die Straßen waren frei, und wir kamen schnell voran. Etwa einmal pro Meile fuhren wir an einem Auto vorbei, das verlassen am Straßenrand stand und die arktisch anmutende Landschaft noch trostloser erschienen ließ, als sie schon war.

Als ich schließlich in Jonathans Apartment war, kostete es mich einige Mühe, mit dem Hund nach draußen zu gehen. Po kam zwar zunächst erwartungsvoll mit mir, drehte sich aber immer wieder um und sah mich prüfend an, als ob sie hoffte, dass ich mich in Cinda verwandelt hätte.

Als wir wieder in die Wohnung zurückgekehrt waren, hatte ich keine Kraft mehr, nach Hause zu gehen. Ich suchte das Schlafzimmer, ließ die Klamotten einfach da auf dem Boden liegen, wo sie hinfielen, und taumelte ins Bett.

Der Stephanstag, der von meinen polnischen katholischen Verwandten ausgiebig gefeiert wird, war schon weit vorangeschritten, als ich wieder aufwachte. Po starrte mich mit vorwurfsvollen braunen Augen an, hechelte ein bisschen.

»Okay, okay«, grummelte ich, während ich die Decken zurückwarf und aus dem Bett taumelte.

Am Abend zuvor war ich sogar zu müde gewesen, um ins Bad zu gehen. Ich fand es nun – als Teil einer großen Dunkelkammer. Cinda hatte offensichtlich die Wand herausgerissen, die ans Esszimmer gegrenzt hatte; sie hatte Waschbecken und Einbauschränke damit praktisch in einem Zimmer. Im ganzen Raum hingen Abzüge, Chemikalien lagen unpassenderweise neben der Unterwäsche. Ich lieh mir eine Zahnbürste, schnupperte vorsichtig an der Zahnpasta, um sicherzustellen, dass sich darin tatsächlich Crest befand und nicht irgendein giftiges Zeug.

Ich zog mich wieder an und ging mit Po um den Block. Das Wetter hatte sich spürbar gebessert, das Thermometer der Bank an der Ecke zeigte minus dreizehn Grad an. Po wollte zum See laufen, aber ich war an diesem Morgen nicht auf der Höhe, um so weit zu gehen, und rief sie mit Mühe zurück. Nach dem Mittagessen könnte ich mein Auto anschmeißen, und wir könnten unter dem Schnee nach irgendwelchen Hinweisen suchen.

Ich rief Lorry aus Cindas Wohnung an, erklärte, wo ich war und warum. Sie sagte mir, dass ich eine Idiotin wäre, weil ich gestern Abend noch mal aufgestanden sei, aber da ich bisher nicht vor Erschöpfung gestorben wäre, würde ich wahrscheinlich überleben, bis mich irgendjemand abknallen würde. Irgendwie munterte mich das nicht auf.

Während ich mich in Cindas Küche mit Kaffee und Toast versorgte, rief ich verschiedene Anwälte an, um jemanden zu finden, der Jonathan vertreten könnte. Tim Oldham, der mit mir Jura studiert hatte, verfügte über eine Menge Erfahrung in Strafrechtsprozessen. Er war nicht allzu erfreut über einen Klienten mit nur wenig Geld, aber ich übte etwas nicht gerade subtilen Druck auf ihn aus, da ich ihn ein paar Wochen zuvor mit einer Dame an der Gold Coast gesehen hatte, die nur wenig Ähnlichkeit mit seiner Ehefrau aufwies. Er versprach mir, dass Jonathan bis zur Mittagszeit draußen wäre, beschimpfte mich mit in paar wenig schmeichelhaften Ausdrücken und legte auf.

Neben der Küche, dem Schlafzimmer und der Dunkelkammer gab es in der Wohnung noch einen anderen Raum, in dem recht dominant ein Flügel stand. Notenstapel lagen auf dem Boden – Jonathan konnte sich entweder keine Schränke leisten, oder er dachte, er benötige sie nicht. An den Wänden hingen postergroße Fotografien von Jonathan beim Klavierspiel, die Cinda gemacht hatte. Sie waren sehr gut.

Ich ging zurück in die Dunkelkammer und stöberte in den Bildern. Cinda hatte all ihre Santa-Claus-Fotografien in ordentlich beschriftete Umschläge verpackt. Sie hatte sorgfältig den Namen jedes Kindes neben die Nummer des Negativs auf der Filmrolle geschrieben. Ich machte den Leuchttisch an und schaute mir die Fotos an. Cinda hatte drei Wochen lang jeden Tag Fotos gemacht, was Tausende von Aufnahmen bedeutete. Nun, das lief wohl ganz auf die Suche nach der berühmten Nadel im Heuhaufen hinaus. Aber die meisten Fotos waren nur von den Kindern. Die einzigen anderen Bilder hatte Cinda zu ihrem eigenen Vergnügen aufgenommen, ein Schwenk auf die Menge oder künstlerische Aufnahmen von reflektierenden Lichtern durch ein Glas. Vermutlich war der Anrufer einer der Erwachsenen in der Menge.

Nach dem Mittagessen brachte ich Po runter in mein Auto. Sie ging ohne zu zögern mit mir und sprang erwartungsvoll auf den Rücksitz.

»Du bist zu vertrauensvoll«, sagte ich zu ihr.

Sie grinste mich an und hechelte heftig.

Der Omega sprang an, nach ein paar Momenten Stottern, und ich fuhr gen Norden nach Bryn Mawr und zurück, um die Batterie gut aufzuladen, bevor ich auf den Parkplatz von Belmont Harbor einbog. Po war vor Aufregung ganz außer sich, wedelte mit ihrem Schwanz gegen die Rückscheibe, bis ich die Tür öffnete und sie herausließ. Sie raste vor mir auf den Seeweg. Ich versuchte erst gar nicht, sie zurückzurufen; ich ging davon aus, dass ich sie bei Cindas Stein finden würde.

Ich ging langsam, suchte den Boden sorgfältig nach Spuren ab von – ja, was? Einem Film? Einer Visitenkarte? Der Wind war heute viel ruhiger und die Luft so viel wärmer, dass alles besser sichtbar war, aber ich sah trotzdem nichts.

Am See hatte sich der Nebel verzogen. Das Wasser war stahlgrau und bewegte sich unruhig unter seinen eisigen Kältebändern. Po stand, wie ich erwartet hatte, auf dem Stein, auf dem ich sie gestern gefunden hatte. Sie gab ein Bild der Niedergeschlagenheit ab. Sie hatte augenscheinlich erwartet, ihr Frauchen dort zu finden.

Ich durchkämmte die Gegend sorgsam und fand schließlich eine von diesen grauen Plastikdosen, in denen Filme aufbewahrt werden. Sie war leer. Ich packte sie ein, damit ich sie McGonnigal wenigstens zeigen und darauf hoffen konnte, dass er sie wichtig fand.

Po verließ den Stein mit größtem Widerwillen. Selbst als wir schon auf dem Seeweg waren, drehte sie sich immer wieder um, um nach Cinda Ausschau zu halten. Ich musste sie in das Auto hieven. Während der Fahrt zur Polizeistation drehte sie sich rastlos im hinteren Teil des Autos – ein anstrengendes Unterfangen, da sie größer als der Sitz war.

McGonnigal schien nicht allzu beeindruckt von der Filmdose, die ich gefunden hatte, aber er nahm sie an sich und schickte sie in die Forensik. Ich fragte ihn, was er bei *Burton's* erfahren habe. Sie hatten keine Abzüge der Fotografien. Cinda hatte alle. Falls jemand Abzüge bestellte, teilten sie Cinda den Namen mit, und sie lieferte dann das Bild. Sie gaben McGonnigal die Kopie einer Liste der siebenhundert Menschen, die Bilder angefordert hatten, und er ließ jemanden über die Liste schauen, um zu überprüfen, ob einer von denen ein gesuchter Krimineller war, aber er glaubte offensichtlich, dass das reine Zeitverschwendung war. Wenn sein Boss, Lieutenant Robert Mallory, nicht zufällig ein Freund meines Vaters gewesen wäre, hätte er sich vermutlich nicht einmal diese Mühe gemacht.

Ich stattete auch Jonathan noch einen Besuch ab. Er schien guter Dinge zu sein und erzählte mir, dass Tim Oldham da gewesen sei.

»Er denkt, ich sei ein Hippie und nicht sonderlich interessant im Gegensatz zu einigen der Mafia-Typen, die er sonst vertritt, aber ich kann dir sagen, dass er sein Bestes gibt.«

Jonathan übte den Fingersatz einer Partitur von Schubert, indem er eine Seite des Bettes als imaginäre Tastatur nutzte. Ich sagte ihm, dass es Po gut ginge, aber dass sie im Auto auf mich wartete und ich mich besser auf den Weg machte.

Den restlichen Nachmittag verbrachte ich damit, mir Cindas Santa-Claus-Fotos anzusehen. Um fünf war ich mit dem ersten Drittel fertig.

Da rief Tim Oldham an, um mir zu sagen, dass Jonathan eine weitere Nacht im Gefängnis verbringen müsse; wegen der Weihnachtsferien sei er nicht in der Lage gewesen, ihn auf Kaution freizubekommen.

»Du schuldest mir etwas, Vic. Das ist eine sehr unschöne Art, die Ferien zu verbingen.«

»Du dienst der Gerechtigkeit, Tim«, erwiderte ich fröhlich. »Was könnte es Schöneres geben? Denk an den Eid, den du geschworen hast, als du ein Mitglied des Gerichts wurdest.«

»Ich denke an die Schimpfworte, die ich dir liebend gern an den Kopf werfen würde«, raunzte er.

Ich lachte und legte auf. Dann ging ich mit Po ein letztes Mal spazieren, gab ihr ihr Abendessen und etwas zu trinken und machte mich fertig, um nach Hause zu fahren. Als die Hündin sah, dass ich meinen Mantel anzog, vergaß sie ihr Fressen, tanzte um meine Füße herum und wedelte mit dem Schwanz, um mir zu zeigen, dass sie jederzeit bereit für ein Spiel war. Ich rief ihr ein paarmal ein »Nein« zu, ohne dass es irgendwelche Auswirkungen gehabt hätte. Sie grinste mich glücklich an, als wollte sie sagen, dass dies ein Spiel war, das sie oft spielte. Sie wusste, dass Menschen gern so taten, als wollten sie sie nicht dabei haben, sie am Ende aber doch mitnahmen.

Sie war sehr aufgeregt, als ich sie hinter mir zurück in die Wohnung schob. Als ich die Tür abschloss, bellte sie. Retriever sind ruhige Hunde; sie bellen selten und heulen nie. Aber ihre Stimmen sind tief und voll, kommen direkt aus ihrem großen Brustkorb. Gute Zwerchfell-Unterstützung, die Art und Weise, die Sänger nur selten erreichen.

Cindas Wohnung lag im zweiten Stock. Als ich im Erdgeschoss ankam, hörte ich Po immer noch bellen. Sie war selbst vor der Haustür noch gut zu hören.

»Ach, Quatsch«, murmelte ich.

Wie lange konnte sie das durchhalten? Waren Hunde wie Babys? Ignorierte man sie eine Weile, um sie zum Schlafen zu kriegen? Klappte das tatsächlich bei Babys? Nachdem ich fünf Minuten im eisigen Wind gestanden hatte, konnte ich Po immer noch hören. Ich fluchte leise und schloss die Tür wieder auf.

Sie war total begeistert, mich zu sehen, sprang mir an die Brust und leckte mein Gesicht, um mir zu zeigen, dass sie mir nicht böse war.

»Du bist dreist und eine Heuchlerin«, sagte ich tadelnd zu ihr.

Sie wedelte freudig mit dem Schwanz.

»Allerdings bist du auch eine Waise. Ich kann nicht zu streng zu dir sein.«

Sie stimmte mir zu und folgte mir die Treppe hinunter und bis zu meiner Wohnung mit unverminderter Freude. Ich nahm ein

Bad und wechselte meine Kleidung, machte mir was zu essen und sah meine Post durch. Dann ging ich mit Po um den Block, in einen kleinen Park, und schließlich zurück die Straße hinauf in ihr eigenes Viertel. Diesmal hatte ich meine eigene Zahnbürste mitgebracht; der Versuch, den Hund allein zu lassen, schien keinen Sinn zu machen, bis Jonathan aus dem Gefängnis entlassen worden war.

Cinda und Jonathan hatten wenige Möbel, aber sie besaßen eine beeindruckende Stereoanlage und eine große Plattensammlung. Ich legte einige Quartette von Britten auf, fand in einem Stapel von technischen Büchern auf Cindas Bettseite einen Roman und nahm mir eine Flasche Burgunder. Ich kuschelte mich mit dem Buch und dem Wein gemütlich in ein Beanbag. Po lag zu meinen Füßen und schnaubte zufrieden. Alles in allem eine schöne häusliche Szene. Vielleicht sollte ich mir einen Hund zulegen.

Ich beendete das Buch und leerte die Flasche kurz nach Mitternacht und ging ins Bett. Po tappste hinter mir ins Schlafzimmer und rollte sich auf einem Teppich neben dem Bett ein. Ich schlief schnell ein.

Ein einzelnes scharfes Bellen des Hundes weckte mich etwa zwei Stunden später.

»Was hast du, Mädchen? Albträume?« Ich drehte mich um, um wieder einzuschlafen, als sie noch einmal bellte. »Ruhe jetzt!«, befahl ich ihr.

Ich hörte, wie sie aufstand und zur Tür ging. Und dann hörte auch ich das Geräusch, das ihre guten Ohren zuerst vernommen hatten. Jemand versuchte, in die Wohnung einzudringen. Jonathan konnte es nicht sein; ich hatte seine Schlüssel, und das war jemand, der herumfummelte, mehrere Schlüssel ausprobierte, versuchte, das Schloss zu knacken. In nur dreißig Sekunden zog ich Jeans, Boots und ein Sweatshirt an, vernachlässigte die Unterwäsche. Mein Eindringling hatte es geschafft, das untere Schloss zu knacken, und versuchte sich nun am oberen.

Po stand vor der Tür, ihr Nackenfell gesträubt. Sie folgte meinem geflüsterten Befehl und bellte nicht. Widerwillig ging sie mit mir in das Dunkelkammer-Badezimmer. Ich nahm sie mit in die Duschkabine und zog den Vorhang so leise wie möglich vor.

Wir warteten im Dunkeln, während unser Einbrecher die Schlösser knackte. Es war eine nervenaufreibende Situation, dem Geklapper in dem Wissen zuzuhören, dass gleich jemand bei uns in der Wohnung sein würde. Ich fragte mich, ob ich die richtige Wahl getroffen hatte; vielleicht hätte ich mit dem Hund die Hintertreppe hinunterlaufen und die Polizei holen sollen. Wie auch immer, jetzt war es zu spät; wir konnten ein Paar Stiefel mit schweren Schritten durch das Wohnzimmer laufen hören. Po gab ein tiefes, gehässiges Knurren aus tiefstem Hals von sich.

»Hundi? Hundi? Bist du hier, Hundi?«

Der Mann wusste von Po, aber nicht, ob sie hier war. Er dürfte das kurze Bellen vorhin nicht gehört haben. Er hatte eine hohe Tenorstimme mit einem leichten spanischen Akzent.

Po knurrte weiter, sehr leise. Schließlich öffnete sich die Tür zur Dunkelkammer, und der Einbrecher kam herein. Er hatte eine Taschenlampe, mit der er durch den Raum leuchtete. Ich konnte durch den Vorhang den Lichtpunkt hüpfen sehen.

Er war zufrieden, dass niemand da war, und machte das normale Licht an. Das war mit einem Ventilator verbunden, dessen Geräusch laut genug war, um Pos fortlaufendes Geknurre zu übertönen.

Ich konnte ihn nicht sehen, aber wahrscheinlich sah er sich Cindas Fotografiensammlung an. Er machte das Licht am Leuchttisch an und verbrachte einige Zeit damit, die Negative durchzusehen.

Ich war zufrieden mit Po; ich hätte niemals gedacht, dass ein Hund so geduldig sein kann. Der Einbrecher muss etwa eine Stunde da gesessen haben, während meine Muskeln krampften und mir Wasser auf den Kopf tropfte, und sie saß die ganze Zeit ruhig neben mir.

Endlich fand der Einbrecher das, was er offensichtlich gesucht hatte. Er stand auf, und ich hörte noch mehr Papierrascheln, dann ging das Licht aus.

»Jetzt!«, rief ich Po zu. Sie raste aus dem Raum und stürzte sich auf den Einbrecher, als er auf dem Weg zur Tür war.

Blaues Licht blitzte auf; eine Pistole knallte. Po jaulte und hörte augenblicklich wieder auf. In dem Moment hatte auch ich den Raum durchquert. Der Einbrecher stob bereits durch die Wohnungstür.

Ich zog meinen Parka vom Stuhl, auf dem ich ihn liegen gelassen hatte, und setzte hinter ihm her. Po blutete leicht an ihrer linken Schulter, doch die Kugel konnte sie lediglich gestreift haben, denn sie rannte schnell. Wir stolperten zusammen die Treppe hinunter und zur Tür hinaus, hinein in die eisige Dezembernacht. Als wir draußen waren, schnappte ich mir die Hündin und wälzte mich mir ihr über den Boden. Ich hörte die Pistole ein paarmal feuern, doch wir bewegten uns schnell, zu schnell, um ein gutes Ziel abzugeben.

Straßenlampen zeigten, dass unser Man vor uns weglief, Richtung Halsted nach Belmont. Er trug die navyblaue Skimaske und die khakifarbene Daunenjacke des einsamen Läufers, den ich vorgestern am Hafen gesehen hatte.

Da er Po und mich hinter sich hörte, gab er Gas und schaffte es bis zu einem Auto, das an einer Ecke auf ihn wartete. Wir waren inzwischen in der Nähe des Omegas; ich verfrachtete die Hündin auf den Rücksitz, sandte ein Gebet an den Patron der Delco-Batterien und startete den Motor.

Die Straßen waren verlassen. Ich holte den Fluchtwagen ein, einen dunklen Lincoln, an der Stelle, wo in Belmont die Sheridan Road den Lake Shore Drive kreuzt. Anstatt die Auffahrt zu nehmen, steuerte der Lincoln direkt auf den Hafen zu.

»Das ist er, Mädchen«, sagte ich zu Po. »Du fängst diesen Kerl, dann versorgen wir dich und lassen deine Schulter verarzten. Und dann bekommst du dein Lieblingsessen – selbst, wenn es eine komplette Kuh ist.«

Die Hündin lehnte sich über den Vordersitz, hechelte, ihre Augen glänzten. Schließlich war sie ein Retriever. Der Lincoln hielt am Ende des Parkplatzes an. Ich stoppte den Omega in etwa fünfundvierzig Metern Entfernung und stieg mit der Hündin zusammen aus. Wir nutzten eine Reihe geparkter Autos als Schutz, während wir über den Parkplatz liefen, stoppten in der Nähe des Lincoln, hinter einem Van. In diesem Moment fing Po an, tief und beharrlich zu bellen.

Das war ein Geräusch, das Aufmerksamkeit auf sich zog, vielleicht sogar die der Polizei, also gab ich mir keine Mühe, sie zu beruhigen. Der Mann im Lincoln kam wohl zum selben Schluss; ein Fenster öffnete sich, und er feuerte auf uns. Das war nur eine Verschwendung von Munition, da wir hinter dem Van in Sicherheit waren.

Die Schießerei steigerte lediglich Pos lautstarke Bemühungen. Es zog außerdem Aufmerksamkeit vom Lake Shore Drive auf sich; aus dem Augenwinkel sah ich blinkendes Blaulicht, das die Ankunft von Chicagos Polizeitruppe ankündigte.

Unser Angreifer sah es auch. Eine Tür öffnete sich, und der Mann mit der Skimaske glitt heraus. Er haute über den Seeweg ab, weg vom Hafeneingang, hin zur Landzunge. Ich klatschte in Pos Richtung in meine Hände und rannte ihm hinterher. Die Hündin war viel schneller als ich; ich verlor sie im Dunkeln aus den Augen, als ich meinen Weg vorsichtiger über den vereisten Pfad fortführte, zitternd im bitterkalten Wind, zitternd beim Gedanken an das dunkle eiskalte Wasser zu meiner rechten. Ich hörte es unheilvoll gegen die vereisten Steine schlagen, hörte den Mann vor mir stampfen. Kein Laut von Po. Ihre starken Pfoten fanden den Weg über den gefrorenen Schotter sicher und leise.

Als ich um die Kurve in Richtung Landzunge bog, konnte ich einen Mann auf Spanisch auf Po einschreien hören, hörte, wie eine Pistole losging, hörte einen lauten Platscher im Wasser. Wut auf ihn, weil er auf die Hündin geschossen hatte, gab mir einen letzten Schub. Ich umrundete das Ende der Landzunge. Sah seine dunkle Silhouette umrandet von den Steinen und sprang ihn an.

Er hatte absolut nicht mit mir gerechnet. Wir fielen schwerfällig hin, rollten die Steine hinab. Die Pistole glitt ihm aus der Hand, schlug laut auf, als sie gegen das Eis prallte, und fiel ins Wasser. Wir waren nur eine Handbreit vom Wasser entfernt, kämpften leichtsinnig – die erste Person, die den Halt verlor, würde in den Tod gestoßen werden.

Unsere Jacken waren ein zusätzliches Gewicht an den Armen und verstärkten unseren Schwung. Er stürzte sich ungeschickt auf meinen Hals. Ich riss ihn weg, bekam seine Skimaske zu fassen und schlug seinen Kopf gegen die Steine. Er grunzte und wich zurück, versuchte, mich zu treten. Als ich auswich, verlor ich tatsächlich den Halt und rutschte rückwärts über das Eis. Er folgte mir schnell, versetzte mir einen gewaltigen Stoß, der mich über die Kante des Steins schubste. Meine Füße landeten im Wasser. Ich schwang sie mit Mühe hoch, zwei eisige Klumpen, und versuchte, zurück auf den Stein zu kommen.

Während ich noch nach einem Halt suchte, kletterte ein dunkler Schatten aus dem Wasser und auf den Stein neben mir. Po. Also doch nicht tot. Sie schüttelte sich, besprühte mich und meinen Angreifer mit Wasser. Das plötzliche Bad überraschte ihn. Er hielt lange genug inne, dass ich gut wegkommen, meinen Atem wiederfinden und eine bessere Position einnehmen konnte.

Die Hündin, die schrecklich zitterte, blieb nah bei mir. Ich fuhr mit einer Hand durch ihr nasses Fell.

»Bald, Kleine. Wir bringen dich nach Hause und trocknen dich bald.«

Gerade als der Angreifer sich erneut auf uns stürzen wollte, tauchte über uns ein Suchscheinwerfer auf. »Hier spricht die Polizei!«, dröhnte es aus einem Lautsprecher. »Lassen Sie Ihre Pistole fallen, und kommen Sie hoch!«

Der dunkle Schatten schlug mich, stieß mich um. Po jaulte auf und harkte ihm die Zähne ins Bein. Sein Schreien führte die Polizei zu uns hinüber.

Sie hatten starke Taschenlampen. Ich konnte einen durchnässten Haufen Papier erkennen, einen kleinen Umschlag mit Bissspuren. Po wedelte mit dem Schwanz und nahm ihn wieder auf.

»Gib mir das!«, schrie unser Angreifer mit seiner hohen Stimme. Er kämpfte mit der Polizei, um den Umschlag zu kriegen. »Ich habe das ins Wasser geworfen. Wie kann das sein? Wie hat der Hund das bekommen?«

»Sie ist ein Retriever, ein Apportierhund«, sagte ich.

Später, auf der Polizeistation, sahen wir uns die Negative an, die in dem Umschlag waren, den Po aus dem Wasser geholt hatte. Sie zeigten ein Bild von dem Mann in der Skimaske, der mit einem intensiven grüblerischen Blick Santa Claus ansah, während dieser mit seinem kleinen Jungen sprach. Es überraschte mich nicht, dass Cinda das auf einer Fotografie festhalten wollte.

»Er ist ein Kokain-Dealer«, erklärte mir Sergeant McGonnigal. »Er ließ eine Zehn-Millionen-Dollar-Kaution verfallen. Kein Wunder, dass er keine Fotos haben wollte, auf denen man ihn herumlaufen sieht. Diesmal setzen wir ihn wegen Mordes fest.«

Ein uniformierter Mann brachte Jonathan in McGonnigals Büro. Der Seargent räusperte sich, weil er sich unwohl fühlte. »Es sieht so aus, als hätte Ihr Hund Ihre Haut gerettet, Mr. Michaels.«

Po, die zu meinen Füßen lag, eingemummelt in die Decke eines Polizeipferdes, meldete sich mit einem zufriedenen Bellen. Sie rappelte sich auf, zog die Decke hinter sich her und ging steif auf Jonathan zu, ihr Schwanz wedelte.

Ich erzählte ihm von unserem Abenteuer und was für eine Heldin die Hündin gewesen sei.

»Was ist eigentlich mit dem leeren Filmdöschen, das ich Ihnen gestern Nachmittag gegeben habe, Sergeant?«

Augenscheinlich hatte Cinda es mit zu ihrem Treffen gebracht. Sie war sich nicht bewusst gewesen, wie gefährlich ihr Kunde war. Als er erkannte, dass es leer war, hat er es weggeworfen und Cinda ermordet.

»Wir haben ein vollständiges Geständnis«, sagte McGonnigal. »Er war so erschüttert vom Anblick der Hündin mit dem Umschlag voller Negative im Maul, dass er komplett die Nerven verloren hat. Ich weiß, dass er gute Anwälte hat – einer von ihnen ist Ihr Freund Oldham –, aber ich hoffe, wir haben genug gegen ihn in der Hand, um einen Richter zu überzeugen, ihn nicht gegen Kaution freizusetzen.«

Jonathan hockte auf seinen Knien, knuddelte die Hündin und sprach mit ihr. Er sah über seine Schulter zu McGonnigal. »Ich bin sicher, Oldham ist erleichtert, dass sie den richtigen Mann geschnappt haben. Ein Mörder, der es sich leisten kann, eine Zehn-Millionen-Dollar-Kaution verfallen zu lassen, ist ihm ein weitaus willkommener Klient als einer, der sich kaum das Hundefutter für seinen Retriever leisten kann.« Er wandte sich wieder dem Hund zu. »Aber heute hauen wir unser Gespartes für Steak auf den Kopf. Du bekommst das Steak, und ich esse heute Abend Butcher's Blend, Miss Three-Dot Po von Blackstone, Volksheldin und Gewinnerin des *Croix de Chien* für Tapferkeit.« Po schnaufte und leckte sein Gesicht.

Originaltitel: *Three-Dot Po*
Ins Deutsche übertragen von
Daniela Jarzynka

Mad Dog
Dick Lochte

Dick Lochtes erster Roman *Sleeping Dog* (1985) erzählt von den Abenteuern, die eine altkluge Vierzehnjährige und ein ausgebrannter Privatdetektiv aus Los Angeles erleben, während sie quer durch Kalifornien auf der Suche nach der Mutter des Mädchens sind. Er wurde für die Edgar-, Shamus- und Anthony-Awards nominiert und mit dem Nero-Wolfe-Award ausgezeichnet. Außerdem wählte die *New York Times* ihn als eines der »bemerkenswertesten Bücher des Jahres« aus. Amerikas unabhängige Krimi-Buchhändler setzten ihn auf die Liste der einhundert beliebtesten Kriminalromane des Jahrhunderts. In jüngerer Vergangenheit verfasste Dick Lochte einige Bücher in Zusammenarbeit mit Christopher Darden und Al Roker. *Mad Dog* erschien erstmals in *Santa Clues,* herausgegeben von Martin H. Greenberg und Carol-Lynn Rossell Waugh (New York, Signet, 1993).

Mad Dog
Dick Lochte

Der Kerl, der meinte, der April sei der grausamste Monat, war bestimmt nicht oft zur Weihnachtszeit allein in Hollywood. Die ganze smoggefilterte Sonne, die herunterknallt. Neonfarbene Weihnachtsbäume. Tief gebräunte Elfen. Rentiere mit chromglänzenden Flanken. Und die Straßendekorationen sind schlichtweg kitschig – verwelkte Stechpalmenzweige mit Grußbotschaften, die so angestrengt versuchen, religionsneutral zu sein, dass sie ebenso gut etwas ganz anderes bedeuten könnten, zum Beispiel »Rasen betreten verboten«. Wenn es denn Gras gegeben hätte.

Wie Sie nach dem oben Gesagten vielleicht vermuten, war ich am Tag vor Heiligabend ziemlich deprimiert. Meine wenigen Freunde hatten sich in alle Winde zerstreut, und die Feiertage erstreckten sich so trostlos vor mir, dass ich am Rand der Verzweiflung stand. Deswegen sagte ich zu, in der *Mad Dog Show* aufzutreten.

Mad Dog, dessen Familiennamen niemand kannte, falls er denn nicht »Dog« lautete, war der gerade angesagte Radiomoderator. Gerüchte wollten wissen, er sei jung, respektlos, ein fürchterlicher Schnellredner und gelegentlich witzig, meist auf Kosten anderer. Wie ich feststellte, als ich mir am Abend vor meinem geplanten Auftritt seine Sendung anhörte, war er auch dreist und rechthaberisch und hatte die ärgerliche Angewohnheit, sich gelegentlich zu unterbrechen, um ein Geheul loszulassen. Aber seine Hörerschaft im ganzen Land fand dieses Verhalten nicht nur bezaubernd, sondern war auch groß und loyal. Und, wie der Werbechef meines Verlags mir mitteilte, las Mad Dog tatsächlich Bücher und war in der Lage, dafür zu werben.

Und noch seltsamer und zur Verblüffung des Werbemenschen hatte der Mann, der sich selbst als den »jaulenden Hund im amerikanischen Äther« beschrieb, speziell darum gebeten, dass ich in seiner letzten Show vor Heiligabend auftrat, um über meinen neuesten Roman zu sprechen.

Sein Sender, KPLA-FM, lag in einem Niemandsland am San Diego Freeway, zwischen einem großen Holzhandel, der anscheinend über die Feiertage geschlossen hatte, und einem nichtssagenden Apartment-Komplex, der neuer wirkte als der Anzug, den ich trug, wenn auch nicht solider. Der Sender hätte ausgesehen wie ein kleines Haus aus weißen Schindeln, wäre da nicht die Antenne auf dem Dach gewesen, die fast drei Stockwerke hoch war. Er lag mitten in einem Areal voller Muschelschalen, das von einem Maschendrahtzaun umgeben war.

Sicherheit hatte bei KPLA-FM anscheinend oberste Priorität. Ein erleuchtetes Metalltor versperrte die einzige Einfahrt, die ich finden konnte. Ich hielt mit dem Auto darauf zu, bremste und wartete, bis eine kleine Überwachungskamera sich auf ihrer Achse so gedreht hatte, dass das Objektiv auf meine Windschutzscheibe gerichtet war.

»Hallo«, sagte eine elektronisch kastrierte Stimme, »haben Sie einen Termin?«

»Ich bin Leo Bloodworth«, antwortete ich und streckte den Kopf aus dem Seitenfenster. »Ich bin Gast bei der ...«

»Selbstverständlich«, unterbrach die Stimme mich. »Mad Dog erwartet Sie. Bitte kommen Sie herein und fahren Sie auf den Besucherparkplatz.«

Viele Autos standen da nicht. Ich setzte mich zwischen eine schwarze Limousine und einen offenen Sportwagen, stieg aus, ohne einen der Wagen anzudellen, und schlenderte mit meinem neuen Roman unter dem Arm zu der hell erleuchteten Eingangstür.

Die Tür war abgeschlossen.

Ich fand keine Klingel, daher klopfte ich.

Ein kleines Guckloch tauchte auf der glatten Türoberfläche auf, durch das von innen Licht herausfiel. Ein Schatten verdeckte das Licht, und dann wurde die Tür von einer freundlichen älteren Dame geöffnet, die mollig und mütterlich wirkte. Ihre klugen, kobaltblauen Augen kamen mir bekannt vor. Ob sie in einer dieser Fernsehserien mitgespielt hatte, die meine Familie früher angesehen hatte? Tante Sowieso, die ständig Plätzchen backte und Trost und Rat spendete?

»Ich bin Sylvia Redfern, die stellvertretende Sendeleiterin«, erklärte sie. »Normalerweise bin ich um diese späte Uhrzeit nicht mehr hier, aber durch die Feiertage haben wir Personalmangel. Kommen Sie, ich bringe Sie in unseren sogenannten Aufenthaltsraum.«

Sie führte mich in einen kleinen, blassblau und weiß gehaltenen, fensterlosen Raum, der mit Sofas und Stühlen vom Trödel, einem großen Getränkeautomaten und einem Lautsprecher an einer fernen Wand bestückt war, aus dem Musik sickerte, die vage klassisch klang.

In dem Raum befanden sich zwei Personen. Der Mann war ein schlaksiger Kerl, den ich nach seinem von Linien durchzogenen Gesicht und dem schütteren weißen Haar für ungefähr Mitte sechzig hielt, mindestens zehn Jahre älter als ich. Die hochgewachsene, hübsche Frau mit den kräftigen Wangenknochen und dem kurzen schwarzen Haar schätzte ich auf mindestens zwanzig Jahre jünger, als ich war.

»Noch ein Gast«, verkündete Sylvia Redfern fröhlich. »Ms. Landy Thorp und Dr. Varney, das ist Officer Leo Bloodworth.«

»Einfach nur Leo Bloodworth«, verbesserte ich sie und nickte den beiden zu.

Sylvia Redfern wirkte betreten. »Du meine Güte«, sagte sie, »ich dachte, Sie wären bei der Polizei.«

»Schon seit ungefähr zwanzig Jahren nicht mehr. Ich hoffe, unser Gastgeber erwartet nicht ...«

»Ich bin sicher, dass seine Informationen aktueller sind als meine«, gab sie verlegen zurück. »Bitte machen Sie es sich bequem. Ich gehe lieber wieder nach vorn und kümmere mich um die anderen Gäste, wenn sie eintreffen.«

Dr. Varneys müder Blick fiel auf den Umschlag meines Buchs. Er warf mir ein kurzes, herablassendes Lächeln zu und kehrte zu seinem Stuhl zurück. »Sie sind derjenige, der zusammen mit diesem kleinen Mädchen schreibt«, sagte Landy Thorp.

Das stimmte. Durch eine Reihe von Umständen, die zu peinlich sind, um sie zu diskutieren, war meine Karriere als Schriftsteller mit der eines aufgeweckten, schwierigen Teenagers namens

Serendipity Dahlquist verknüpft. Zwei mäßig erfolgreiche Bücher, *Sleeping Dog* und *Laughing Dog*, waren unter unser beider Namen erschienen. Dies hier war das jüngste der Serie, *Devil Dog*.

»Darf ich?«, fragte Landy Thorp, und ich reichte ihr den Roman.

Sie betrachtete den Rückendeckel, auf dem Serendipity und ich in meinem Büro posierten. »Sie ist ganz reizend«, meinte Landy Thorp. »Tritt sie auch in der Sendung auf?«

»Nein. Sie ist in New England bei ihrer Großmutter.« Und feiert richtig Weihnachten, dachte ich. »Also bin ich hier, um das Buch anzupreisen. Was führt Sie in die *Mad Dog Show*, Miss Thorp?«

Sie runzelte die Stirn und gab mir *Devil Dog* zurück. »Ich bin mir nicht sicher, ob ich das weiß«, antwortete sie. Dann verschwand ihr Stirnrunzeln. »Aber nennen Sie mich doch Landy.«

»Dann müssen Sie Leo zu mir sagen, Landy«, gab ich zurück. »Sie haben keine Ahnung, warum Sie hier sind?«

»Jemand von der Sendung hat bei der Zeitschrift angerufen, für die ich arbeite, und gebeten, einen Vertreter zu schicken, und hier bin ich.«

»Welche Zeitschrift?«, fragte ich.

»*Los Angeles Today.*«

»*Los Angeles Today?*«, fragte Dr. Varney und verzog das faltige Gesicht zu einem höhnischen Grinsen. »Dieses Monument des Schmierenjournalismus?«

Landy starrte ihn an.

»Hat die Zeitschrift Ihnen ans Bein gepinkelt, Doc?«, erkundigte ich mich.

»Soweit ich weiß, sind diese Leute dabei, ein paar sehr alte Geschichten auszugraben, die man lieber ruhen lassen sollte.«

Landy zuckte die Achseln. »Ist mir zu hoch«, sagte sie. »Ich arbeite erst seit einem Jahr dort. Worum geht's?«

»Nichts, worüber ich reden möchte«, erklärte Dr. Varney. »Und genau das habe ich auch dem Rechercheur gesagt, der mich angerufen hat.«

Ich spazierte zum Getränkeautomaten und studierte gerade die komplizierte Gebrauchsanweisung, als die Hintergrundmusik einem unverkennbaren »Äuuuu, wuff, wuff, äuuuuuu« wich. »Es ist fast neun Uhr, und hier ist euer Kumpel Mad Dog und lädt euch zusammen mit meinem Stargast, dem Geschäftsmann Gabriel Warren, in die Hundehütte ein. Mr. Warren fährt aktuell seine Aktivitäten als Vorstandsvorsitzender von Altadine Industries zurück, um Projekt *Wiederaufbau* anzuschieben, eine Arbeitsgruppe, die hofft, das Geschäftsleben im von Krawallen zerrissenen südlichen Zentrum unserer Stadt wieder anzukurbeln. Begleitet wird er von seinen Mitarbeitern bei diesem Projekt, Norman Daken, Vorstandsmitglied bei Altadine, sowie Charles ›Red‹ Rafferty, ehemals Polizeichef beim LAPD, äuuuu, äuuuu, und heute Securitychef bei Altadine.

Außerdem nehmen heute Abend an unserer Diskussion teil: Victor Newgate von der Kanzlei Axminster and Newgate; der Krimiautor und Privatdetektiv Leo Bloodworth, die Journalistin Landy Thorp und Dr. Clayton Varney, Gehirnklempner der Stars.«

Varney quittierte das Etikett, das er ihm aufdrückte, mit finsterem Blick. Ich selbst war auch ein wenig pikiert. Red Rafferty war der Typ gewesen, der mir mein Abzeichen und meine Waffe abgenommen hatte, als ich damals aus dem LAPD geflogen war. Wahrscheinlich hatte er seine Gründe gehabt. Das war alles zur

Zeit des Vietnamkriegs gewesen. Zwei Kids waren eines Nachts als Protestaktion in eine Filiale der Golden Pacific Bank eingebrochen. Der Geschäftsführer war dort gewesen und hatte versucht, sie und mich zu erschießen, was dazu führte, dass ich am Ende *ihn* niederhielt und die Kids laufenließ. Der Banker hatte die Sache an die große Glocke gehängt, und Rafferty hatte getan, was er meinte, tun zu müssen. Aber ich habe ihn dafür nie wirklich geliebt. Und ich freute mich nicht gerade darauf, mit ihm eine Stunde in der Hundehütte zu verbringen.

Ein Werbespot für einen Horrorfilm, der an den Feiertagen anlief, hallte aus dem Lautsprecher. Plötzlich stand Dr. Varney auf und ging zur Tür. Bevor er sie erreichte, wurde sie von einem schüchternen kleinen Burschen mit einem Klemmbrett geöffnet. Mit seinen kurzgeschorenen blonden Haaren und seiner Brille sah er aus, als könnte er noch zum College gehen. »Hi«, sagte er, »ich bin Mad Dogs Tontechniker, Greg. Zum Studio bitte hier entlang.«

»Zuerst verlange ich eine Erklärung«, sagte Dr. Varney zu ihm. »Ich will genau wissen, worüber wir heute Abend reden.«

Greg wirkte, als hätte der Doktor ihn überrumpelt. Er blinzelte und sah auf sein Klemmbrett. »Kriminalität in den Stadtzentren. Was verursacht die rasante Zunahme an Banküberfällen. Was geht in den Köpfen von Verbrechern vor. So etwas.«

»Aktuelle Themen also«, sagte Dr. Varney.

»Oh, absolut«, gab Greg zurück. »Mad Dog hat das Ohr am Puls der Zeit.«

Leicht besänftigt ging Dr. Varney hinter uns her, während der kleine Bursche uns über einen kurzen Flur in einen klaustrophobischen Raum mit niedriger Decke führte, der mit Eierkartons tapeziert war und ein einziges Fenster besaß, hinter dem ein noch kleinerer Raum mit zwei leeren Stühlen und einem Mischpult lag.

Die Männer im Raum blickten zu uns auf. Sie besetzten fünf der neun Stühle. Vor jedem Stuhl stand ein Mikrofon. Mad Dog stand auf, um uns zu begrüßen. Er war ein stämmiger junger Mann mit langem, schwarzem Haar, das ihm ins Gesicht fiel und wie eine Perücke wirkte, und einem Pony, der echt aussah, ihm über die Stirn reichte und eines seiner babyblauen Augen fast verdeckte. Er trug ein Hemd und schwarze Hosen und winkte uns mit einem breiten, haarigen Grinsen zu den leeren Stühlen.

Da ich Red Rafferty fest in die Augen sah, während ich mir direkt gegenüber von ihm einen Stuhl suchte, entdeckte ich das Tier erst, als ich saß. Es war eine ulkig aussehende Promenadenmischung und lag auf einem schmutzigen braunen Kissen in einer Ecke.

»Das ist Dougie Dog, das Maskottchen der Sendung, Mr. Bloodworth«, erklärte Mad Dog. »Wir setzen ihn bei den Wet-Veggies-Werbespots ein. Er ist nicht besonders aktiv. Irgendwie A-L-T. Aber wir lieben ihn.«

»Ist der für ihn?«, fragte ich und zeigte auf den leeren Stuhl neben mir.

»Nein.« Mad Dog ließ sich lächelnd auf seinem Platz nieder. »Der D-Dog liegt lieber auf seinem Kissen. Der ist für … jemanden, der später kommt.«

»Sir?«, sprach Dr. Varney, der sich am Tisch herumdrückte, unseren Gastgeber an.

»Bitte, Doktor. Ich heiße Mad Dog.«

»Nun gut, Mad Dog.« Dr. Varneys Lippen kräuselten sich um den Namen herum, als hätte er in ein faules Stück Obst gebissen. »Bevor ich an der heutigen Sendung teilnehme, möchte ich Ihre Zusicherung, dass wir nur über aktuelle Probleme diskutieren.«

»Das heutige Thema sind Verbrechen. So aktuell wie die Zeitung von heute. Oder, in Ms. Thorps Fall, der Zeitschrift von heute.«

»Setzen Sie sich hierher, Clayton«, sagte Gabriel Warren, ein eleganter Mann in den Fünfzigern, und zog dem Doktor neben sich einen Stuhl heraus. »Schön, Sie wiederzusehen.« Mit seinem maßgeschneiderten Nadelstreifenanzug, seinem nüchternen Hundert-Dollar-Haarschnitt, seinem blendendweißen Hemd und der konservativen, rotgestreiften Krawatte sah er aus wie der Archetyp eines Vorstandsvorsitzenden. Seine Stimme klang klar und zuversichtlich, genau die Stimme, die man braucht, wenn man in naher Zukunft für den Senat kandidieren will, was anscheinend allgemein erwartet wurde. »Sie kennen Norman, nicht wahr?«, fragte er Varney.

»Natürlich.« Der Doc nickte dem fülligen Mann mittleren Alters zu, der in einem zerknitterten Tweedanzug links neben Warren saß; Norman Daken.

»Was machen Sie denn hier, Bloodworth?«, fragte mein alter Vorgesetzter unwirsch. Er war noch nie schlank gewesen, aber jetzt hatte er um die Mitte fünfzehn Zentimeter zugelegt und sich ein weiteres Kinn wachsen lassen, sodass er insgesamt auf drei kam.

»Für meinen Roman trommeln«, sagte ich und wies auf das Buch, das auf dem Tisch lag.

Er warf einen Blick darauf. »Besser als arbeiten, schätze ich«, meinte er.

»Es macht ein wenig mehr Mühe, als sich Fünfzig-Dollar-Scheine in die Tasche stecken zu lassen«, gab ich zurück. Das ließ sein Gesicht zu einem hübschen Violett anlaufen. Gerüchte hatten wissen wollen, dass er beträchtlich mehr Geld hatte, als sein zweimal monatlich gezahltes Gehalt ausmachte, besonders in seinen jungen Jahren.

»Äuuuu, äuuuu«, heulte Mad Dog. »Gentlemen, Lady, ich glaube, Greg möchte unseren Ton einspielen.«

Während wir alle abwechselnd Unsinn in unsere Mikrofone plapperten, bis Greg zufrieden war, trat die Frau, die mich an der Tür begrüßt hatte, Sylvia Redfern, in die Tonkabine und stellte sich einen Stuhl neben ihn, um uns durch das Fenster besser beobachten zu können.

»Irgendwelche Fragen, bevor wir anfangen?«, erkundigte Mad Dog sich unschuldig.

Etwas an seiner Art, ein harter Unterton in seiner Stimme, ließen mich überlegen, ob uns wohl ein paar Überraschungen bevorstanden, bevor die Show vorüber war. Der leere Stuhl an unserem Tisch wirkte zusätzlich bedrohlich. Ich glaube, die anderen hatten auch dieses Gefühl. Sie stellten keine Fragen, wirkten aber nervös, sogar der Anwalt Newgate, den ich im Gerichtssaal schon unter enormem Druck kühl wie einen Eisbären erlebt hatte.

Greg saß an seiner Konsole hinter dem Glasfenster, starrte auf die Wanduhr, hob die Hand und streckte den Zeigefinger aus wie einen Revolverlauf. Dann wies er damit auf Mad Dog, der daraufhin das Heulen ausstieß, das sein Markenzeichen war. Während es verhallte, fuhr Greg die Titelmelodie der Sendung hoch (eine ziemlich majestätisch klingende Melodie, von der Landy mir später erklären sollte, es handle sich um Noel Cowards *Mad Dogs and Englishmen*).

Dann erklärte unser Gastgeber den Zuhörern, dass sie eine besondere Show erwarte, über die man die ganze Weihnachtszeit hindurch reden würde.

Dr. Varneys Stirnfalten vertieften sich, und sogar der aalglatte Gabriel Warren wirkte verschnupft, als Mad Dog fröhlich mit seiner Eröffnung fortfuhr.

»Heute genau vor dreißig Jahren, lange bevor ich auch nur ein verrückter Welpe war, geschah in dieser Stadt ein schreckliches Verbrechen.« Gabriel Warren lehnte sich auf seinem Stuhl zurück. Norman Daken rutschte auf seinem nach vorn. Rafferty zog eine finstere Miene. »Eigentlich waren es zwei Verbrechen«, verbesserte sich Mad Dog. »Aber das, von dem die Leute wissen, war das geringere von beiden. Bei dem, das die Menschen kennen, ging es um den grausigen Tod eines bedeutenden Mannes aus dieser Stadt, des Vaters eines unserer Gäste heute Abend, Theodore Daken.«

Norman Dakens Gesicht wurde kalkweiß, und vor Verblüffung klappte ihm der Mund auf. Er besaß auf der rechten Wange ein Muttermal von der Größe und Form einer Träne, das unter der plötzlichen Anspannung in seinem Körper aufzuglühen schien. Mad Dog ratterte seinen Text weiter herunter. »Theodore Daken war damals Präsident von Altadine Industries, einer Firma, die Anfang der 1960er Jahre einen der ersten erfolgreichen experimentellen Kommunikationssatelliten entwickelt hatte, den Altastar.«

»Entschuldigen Sie«, warf Gabriel Warren scharf ein. »Ich hatte den Eindruck, wir seien hier, um über Gewalt in der Großstadt zu diskutieren.«

»Wenn das auf Theodore Dakens Tod nicht zutrifft«, entgegnete

unser Gastgeber, »dann weiß ich nicht, was Gewalt in der Großstadt bedeutet.«

»Bitte«, sagte Norman Daken mit bebender Stimme. »Ich glaube, ich möchte wirklich nicht …«

»Ein wenig Geduld, Mr. Daken. Ich versuche nur, die Hörer
mit den Ereignissen um diesen Abend bekannt zu machen. Sowohl
Sie als auch Mr. Warren waren damals junge leitende Angestellte
bei Altadine, nicht wahr?«

»Ja, aber …«

»Sie waren für die Finanzen der Firma zuständig, und Mr. Warren war Vizepräsident und eine Art Protegé Ihres Vaters. Stimmt
das?«

»Wahrscheinlich.« Das Muttermal wirkte wie ein Blutstropfen.
»Ich habe die Bücher geführt, und Dad hat Gabe aufgebaut, weil
er in Zukunft mehr Verantwortung übernehmen sollte.«

»Ja«, sagte Mad Dog. Seine blauen Augen blitzten fröhlich. »Jedenfalls haben an diesem Abend Sie beide und andere leitende
Angestellte – und ihre Sekretärinnen, so nannte man sie nämlich
damals, nicht Assistentinnen – in einer großen Suite im Hotel
Brentwood ihre eigene kleine Weihnachtsfeier veranstaltet. War
die Party gut, Mr. Warren?«

»Tatsächlich mussten Norman und ich früher gehen. Theo, also
Mr. Daken, erwartete ein wichtiges Telex aus Übersee, das sofort
beantwortet werden musste. Es betraf eine Übernahme, von der
wir wussten, dass sie eine ziemlich hohe Investition unsererseits
erforderte, und Norman war dort, um mich bezüglich unseres finanziellen Spielraums zu beraten.«

»Und Sie sind nicht zurück auf die Party gegangen?«, fragte
Mad Dog.

»Das Telex kam erst ziemlich spät«, sagte Warren. »Ich bin davon ausgegangen, dass die Party vorbei war.«

»Nicht ganz«, erklärte Mad Dog. »Sie haben, wie es sich anhört, eine größtenteils sehr vergnügte Feier verpasst. Jede Menge Essen und Trinken. Altastar war in den Weltraum aufgestiegen und hatte die Aktien Ihrer Firma mitgezogen. Jeder Partygast erhielt zum Andenken ein Weihnachtsgeschenk – ein Modell des Satelliten und einen dicken Bonus-Scheck. Und alle waren glücklich.

Daken verteilte, ganz dem Geist des Festes entsprechend, als Weihnachtsmann verkleidet die Geschenke. Ein Kissen zum Ausstopfen brauchte er dabei nicht. Er war ein Mann mit großem Appetit. Auf Essen und auf Frauen.«

»Bitte«, sagte Norman Daken, »das ist so unnötig.«

»Verzeihen Sie, wenn ich unsensibel wirke«, sagte Mad Dog. »Aber das ist immerhin dreißig Jahre her.«

»Aber er war immerhin mein Vater«, konterte Norman Daken.

»Stimmt«, räumte Mad Dog ein. »Ich entschuldige mich. Aber Tatsache ist, dass er an diesem Abend ein Auge auf eine der Damen geworfen hatte. Stimmt das, Mr. Newgate?«

»Ich bin mir nicht sicher, worauf Sie hinauswollen«, sagte Newgate, der Anwalt.

»Ganz einfach«, gab Mad Dog zurück. »In dieser Nacht der Nächte, nachdem alles Essen gegessen, sämtlicher Alkohol getrunken und die Geschenke verteilt waren, verließen alle die Party. Bis auf Dakens neue Büroleiterin. Während sie allein waren … ist etwas passiert. Vielleicht können Sie uns darüber aufklären, Mr. Rafferty.«

Red Rafferty machte seinem Spitznamen alle Ehre. Er war so rot im Gesicht, als würde ihn gleich der Schlag treffen. »Sicher. Passiert ist, dass die Frau verrückt geworden ist und ihn totgeschlagen ... den armen Mr. Daken umgebracht hat. Dann hat sie seine Leiche hinunter in ihr Auto gezerrt und versucht, sie außerhalb von Wilshire in einem Müllcontainer loszuwerden.«

Mad Dog presste die Lippen zu einer schmalen Linie zusammen. »Der Name der Frau war Victoria Douglas, und weil an diesem Weihnachten über nichts anderes als über die Geschichte um sie und Theodore Daken geredet wurde, wurde sie als ›Weihnachtskillerin‹ bekannt. Sie kam vor Gericht und wurde schließlich in einer Klinik für geisteskranke Kriminelle untergebracht. Nach einer Weile floh sie.

Sie war sieben Jahre auf freiem Fuß. Dann holte das Schicksal sie ein, und sie wurde entdeckt, als sie auf einer Straße in Arizona in ihrem Auto saß. Ein defektes Bremslicht wurde ihr zum Verhängnis. Sie wurde in eine weitere Anstalt gesteckt, und wieder flüchtete sie. In den letzten dreißig Jahren ist Victoria Douglas fünfmal ausgebrochen. Viermal wurde sie gefunden und zurückgebracht. Und ja, ich habe richtig gerechnet. Seit sie das letzte Mal, vor elf Jahren, aus einer Klinik floh, ist sie auf freiem Fuß.

Aber die Weihnachtskillerin geriet nicht in Vergessenheit. Noch heute, dreißig Jahre später, gilt ihr ›Verbrechen‹ immer noch als eines der niederträchtigsten in der Geschichte dieser Nation. Und hier, all ihr Hundefreunde draußen in der Radiolandschaft, ist etwas, worüber ihr euch während der nächsten Werbepause den Kopf zerbrechen könnt: Es ist durchaus möglich, dass das schlimmste Verbrechen jener Nacht nicht das war, das Victoria Douglas begangen hat. Dass *sie* das hilflose Opfer dieses größeren Verbrechens war.«

Mad Dog lehnte sich auf seinem Stuhl zurück, stieß ein Geheul aus und überließ den Äther einem Werbespot für eine Truthahnfüllung aus Sojabohnen.

Gabriel Warren stand auf und wandte sich an seine Begleiter. »Unser Gastgeber scheint einen Fehler begangen zu haben, als er uns für heute Abend eingeladen hat. Ich schlage vor, wir gehen und lassen ihn darüber nachdenken.«

Red Rafferty hatte es mit dem Aufstehen so eilig, dass er seinen Stuhl umwarf. Victor Newgate bewegte sich etwas fließender, aber nicht weniger nervös. Das Gleiche galt für Dr. Varney. Auch Norman Daken stand auf. »Ich kann mir nicht vorstellen, warum Sie sich so schrecklich aufführen«, meinte er zu Mad Dog.

»Wie können Sie es ›schrecklich‹ nennen, obwohl Sie noch gar nicht wissen, was ich tue?«, fragte Mad Dog. Er wandte sich mir zu. »Gehen Sie auch, Bloodworth?«

»Um die Wahrheit zu sagen, war ich mir nie sicher, ob in dem Daken-Fall die Gerechtigkeit gesiegt hat. Also werde ich bleiben, um zu sehen, was Sie vorhaben.«

»Gut«, sagte er.

Da er sich gar nicht damit abgab, Landy zu fragen, ob sie bleiben würde, ging ich davon aus, dass sie eingeweiht war, in was auch immer.

Die anderen hatten Probleme mit der Tür, die sich nicht öffnen ließ. Warren verlor die Fassung. »Machen Sie die verdammte Tür auf, mein Sohn, wenn Sie wissen, was gut für Sie ist.«

»Sie können gehen, wenn die Sendung vorüber ist, also in etwas weniger als einer Stunde«, informierte Mad Dog sie. »In zwanzig Sekunden gehen wir wieder auf Sendung. Was immer Sie zu sagen haben, werden fast eine Million Hörer mitbekommen. Sie lieben

Kontroversen. Fühlen Sie sich frei, alles loszuwerden, was Sie auf dem Herzen haben. Das kann meine Quoten nur in die Höhe treiben.«

Red Rafferty hob den Fuß und trat dort, wo der Bolzen des Schlosses im Rahmen steckte, gegen die Tür. Die Tür gab nicht nach, und Rafferty hielt sich mit einem schmerzlichen Aufstöhnen die Hüfte.

»Nicht so einfach, wie es in den Polizeihandbüchern aussieht, was, Rafferty?«, fragte ich.

»Sie Hurens…«, begann Rafferty.

Mad Dogs Geheul unterbrach ihn. »Wir sind zurück in der Hundehütte, wo einige meiner Gäste wild durcheinanderlaufen. Haben Sie etwas auf dem Herzen, Gentlemen?«

Die anderen warfen Warren hilfesuchende Blicke zu. Er starrte Mad Dog wütend an und ging an seinen Platz zurück. Die anderen taten es ihm gleich. In der Tonregie beobachtete Sylvia Redfern die Vorgänge mit verblüffter Miene. Die Wahrheit war, dass ich selbst ein wenig verwundert darüber war, wie Mad Dog sich aufführte.

»Okay, Mr. Bloodworth«, sagte er, »warum erzählen Sie uns nicht, was Sie über die Nacht vor dem Heiligabend vor dreißig Jahren wissen?«

»Klar.« Ich tauchte tief in meine innere Datenbank ein. »Ich war knapp über zwanzig, der neue Streifenpolizist in West L. A. Mein Partner John Gilfoyle und ich fuhren den Santa Monica Boulevard hinunter, als wir einen Code zwei hereinbekamen – das bedeutet dringender Notfall, keine Sirene, keine Lichter. Jemand hatte gemeldet, in einer Gasse außerhalb von Wilshire befinde sich eine Frau in Not.

Innerhalb von Minuten hatten wir den Ort des Geschehens erreicht und fanden einen hellbraunen Ford Sedan vor, der mit laufendem Motor in einer Gasse stand. Der Gegenstand des Anrufs bewegte sich langsam die Gasse entlang, weg von dem Auto; eine kleine Frau Mitte bis Ende dreißig. Sie wirkte benommen und hatte Schürfwunden im Gesicht und an den Armen. Ihr Cocktailkleid war zerknittert und zerrissen.

Zuerst schien sie nicht zu begreifen, wer wir waren. Ich dachte, sie hätte vielleicht Drogen genommen, aber sie stand eher unter Schock. Dann schien sie zu verstehen. ›Ich bin diejenige, die Sie suchen, Officers‹, sagte sie. ›Ich habe Theo Daken getötet.‹

Ungefähr zur selben Zeit steckte John Gilfoyle die Nase in ihr Auto. Er rief mir etwas über eine große Santa-Claus-Puppe auf dem Rücksitz zu. Dann sah er genauer hin und entdeckte das Blut. Er rannte zu unserem Wagen zurück, um die Truppe zu rufen.«

»Hat Victoria Douglas irgendwelche Fluchtversuche unternommen?«, fragte Mad Dog.

»Nein. Sie war viel zu sehr hinüber. Ich habe keine Ahnung, wie sie in der Lage war, das Auto zu steuern.«

»Hat sie etwas gesagt?«

»Nichts«, antwortete ich. »Ich musste mir ihren Namen aus den Ausweispapieren in ihrer Handtasche heraussuchen.«

»Was ist dann passiert?«

»Gilfoyle und ich halfen ihr, in unseren Wagen zu steigen, als die Zeitungsleute auftauchten. Keine Ahnung, wie zur Hölle sie so schnell dort sein konnten. Ich setzte Miss Douglas auf den Rücksitz und half Gilfoyle, die Fotografen von der Leiche wegzuziehen. Aber sie haben ihre Bilder gekriegt. Und die Bevölkerung von Los Angeles bekam zu Weihnachten ihren toten Santa.«

Norman Daken öffnete den Mund, entschied sich aber dagegen, etwas zu sagen, was auch immer. Ich erinnerte mich daran, wie er damals ausgesehen hatte, als er offensichtlich von Schmerz niedergedrückt im Gerichtssaal gesessen hatte. Schlanker, mehr Haare. Frauen hätten ihn vielleicht sogar attraktiv gefunden. Heute war davon nichts mehr zu erahnen. Im Unterschied zu Warren, der sich gut gehalten hatte, ähnelte Daken einem Pillsbury-Männchen, das seine besten Zeiten hinter sich hatte.

Mad Dog wandte sich an Rafferty. »Sie haben den Daken-Fall persönlich übernommen, Mr. Rafferty. Würden Sie uns sagen, warum?«

»Weil es ein …«, brüllte er los. Dann wurde ihm klar, dass seine Stimme über einen offenen Radiokanal übertragen wurde. Er begann noch einmal und klang jetzt beherrschter. »Weil das Ganze ein Zirkus war. Da war diese Verrückte, die mit einem stumpfen Gegenstand den Weihnachtsmann erschlagen hatte. Und nicht nur irgendeinen Weihnachtsmann, sondern einen, der ein alter Freund des Gouverneurs war. Und ein verdammt feiner Mann.« Letzteres sagte er mit einem Blick zu Norman Daken. »Und mein Polizeichef wollte Ergebnisse sehen. Deswegen habe ich die Ermittlungen übernommen.«

»Das war ein enormer Druck. Haben Sie trotzdem das Gefühl, dass die Polizei bei der Untersuchung dieses Mordes alles in ihren Kräften Stehende getan hat?«

»Absolut. Der Fall wurde streng nach Vorschrift bearbeitet.«

»Mr. Bloodworth.« Mad Dog drehte sich wieder in meine Richtung. »Einem Bericht zufolge, der um die Zeit von Victoria Douglas' Prozess gedruckt wurde, hatten Sie das Gefühl, den Detectives, die den Fall bearbeiteten, könnten einige Patzer unterlaufen sein.«

»Bloodworth war Streifenpolizist«, kreischte Rafferty. »Seine Meinung ist keinen Pfifferling wert.«

»Das war nicht nur meine Ansicht«, sagte ich. »Ferd Loomis, einer der ermittelnden Officers, war auch dieser Meinung.«

»Ferd Loomis war ein Säufer«, knurrte Rafferty. »Deswegen ist er vorzeitig in Pension gegangen und hat sich am Ende seinen Colt in den Mund gesteckt.«

»Davon weiß ich nichts«, gab ich zurück. »Ich weiß nur, was er mir erzählt hat. Er sagte, die Officers, die geschickt worden waren, um den Tatort zu sichern, wären noch schlimmere Grünschnäbel als ich gewesen. Sie ließen Reporter herein, bevor die Leute vom Labor dagewesen waren. Und nicht nur das, ein Hotelpage hat sich Trinkgelder verdient, indem er neugierige Gäste heimlich in das Zimmer gelassen hat.

Alle Beweise – die Glasfigur, also die mutmaßliche Mordwaffe, von der die Fingerabdrücke abgewischt worden waren; die Kleidung des Toten, das blutige Kissen – waren durch den Strom an Gaffern, die dazwischen herumgelaufen sind, kontaminiert.«

»Aber die Beweisstücke wurden zugelassen, oder?«, fragte Mad Dog mit dem Selbstbewusstsein eines Mannes, der die Gerichtsprotokolle gelesen hat. Er wollte alles so darstellen, dass die Hörer es gut nachvollziehen konnten. Als niemand antwortete, wurde er präziser. »Mr. Newgate, Sie waren Miss Douglas' Anwalt.«

»Richter Fogle hat die Beweisstücke zugelassen«, erklärte Newgate ausdruckslos. »Ich habe Einspruch erhoben, aber er wurde abgelehnt. Das war höchst irregulär. Keine Ahnung, was Fogle dazu bewogen hat. Und da er seit fünfzehn Jahren senil ist, werde ich es wohl nie erfahren.«

»Was war ihr Motiv für den Mord?«, fragte Mad Dog wie jemand, der die Antwort schon kennt.

Darauf antwortete Rafferty gern. »Unseren Ermittlungen zufolge hatte Victoria Douglas eine Affäre mit Daken. Wir nahmen an, dass er sich in dieser Nacht von ihr getrennt hat.«

»So nach dem Motto ›frohe Weihnachten, Schatz, und jetzt verschwinde‹?«, fragte ich.

»Ja. Warum nicht? Er hat ihr den Laufpass gegeben. Und dann den großen Fehler begangen, auf dem Bett einzuschlafen. Sie hat eine dieser Satelliten-Figuren genommen und sie ihm über den Schädel gezogen. Dann hat sie noch ein paarmal zugeschlagen, um sicherzugehen, und ihn hinunter in ihr Auto geschleppt.«

»Ohne dass ein einziger Zeuge sie gesehen hätte«, sagte ich.

Rafferty schüttelte den Kopf, als wäre ich der größte Idiot der Welt. »Sie hat den Lastenaufzug oder die Treppe genommen. Mein Gott, Bloodworth. Die Suite lag bloß im zweiten Stock.«

Mad Dog amüsierte unser Dialog außerordentlich. Die anderen sahen ausdruckslos drein. Landy Thorp zwinkerte mir zu.

Mir wurde klar, dass ich heute Abend wahrscheinlich keine Werbung für mein Buch mehr machen würde. Aber vielleicht war das hier besser. Wie gesagt, hatte ich bei diesem Prozess nie ein gutes Gefühl gehabt. Und selbst wenn bei dieser improvisierten Wiederaufnahme nichts herauskam, ärgerte sich Rafferty wenigstens.

»Als wir Victoria Douglas fanden«, sagte ich, »sah sie aus, als wäre sie zusammengeschlagen worden. Aber das wurde bei dem Prozess nicht erwähnt.«

»Man kann sich selbst ziemlich übel zurichten, wenn man eine schwere Figur fünfzehn oder zwanzig Mal mit aller Kraft schwingt«, erklärte Rafferty.

»Dazu kommt ihr Gewicht. Sie wog ungefähr sechsundfünfzig Kilo. Daken doppelt so viel. Wie hat sie ihn die Treppe hinunter bekommen?«

»Vielleicht hat sie ihn gerollt.« Raffertys kleine Augen huschten zu Norman Daken; er war bereit, sich für seine Grobheit zu entschuldigen. Aber Daken hatte sich in eine ungläubige Starre zurückgezogen, als hätte die Diskussion überhaupt nichts mit ihm zu tun. Er musterte sein Mikrofon, als warte er darauf, dass es plötzlich einen Tanz aufführte. Mit den Fingern seiner rechten Hand strich er abwesend über das Muttermal auf seiner Wange.

»Jedenfalls«, sagte Rafferty, »bringen Verrückte manchmal zehn Mal so viel Kraft auf wie andere.«

»Womit wir zu Ihnen kommen, Dr. Varney«, schaltete sich Mad Dog erneut ein. »Die Verteidigung hat Ihre Aussage herangezogen, um ihr Plädoyer auf Unzurechnungsfähigkeit zu stützen. Aber war Miss Douglas wirklich gestört?«

»Das war meine Meinung«, erklärte Dr. Varney beleidigt.

»Und zu diesem Schluss sind Sie durch Untersuchungen gelangt?«

»Sie hat sich geweigert, sich untersuchen zu lassen.«

»Dann waren es ihre Antworten auf gewisse Fragen?«, hakte Mad Dog nach.

»Sie wollte keine Fragen beantworten. Sie wollte überhaupt nicht reden und wiederholte nur, was sie der Polizei gesagt hatte, dass sie Daken getötet hätte.«

»Wie konnten Sie dann zu einer eindeutigen Schlussfolgerung gelangen?«

»Mein Gott, Mann! Man brauchte sich doch nur die Bilder der Leiche anzusehen. Es wurde festgestellt, dass sie ihn mindestens zwanzig Mal geschlagen hatte, überwiegend, nachdem er bereits tot war.«

Norman Daken kniff die Augen fest zusammen.

»Aha«, sagte Mad Dog. Entweder bemerkte er Norman nicht, oder er ignorierte ihn absichtlich. »Aber angenommen, sie hätte ihn nur einmal geschlagen? Ein tödlicher Schlag?«

Dr. Varney runzelte die Stirn. »Ich lehne es ab, über etwas zu spekulieren, das vielleicht hätte passieren können. Ich hatte mit der Realität zu tun.«

»So, und jetzt kommen wir zum wirklich interessanten Teil der Geschichte«, sagte Mad Dog mit glitzernden blauen Augen. »Was ist *wirklich* passiert?« Er senkte die Hand zum Boden und schnippte mit den Fingern. Dougie Dog, der alte Köter, erhob sich mit knackenden Knochen und tappte auf ihn zu. »Aber zuerst ein Wort von Mad Dogs eigenem Hündchen über Wet Veggies.«

Mad Dog senkte das Mikrofon, und Dougie Dog stieß ein sehr entspanntes, aber melodisches Bellen aus. Greg, der Tontechniker, ließ dem Bellen ein Band mit Werbung für ein Hundefutter folgen, das aus »in köstlicher Fleischsoße gegartem« Gemüse bestand. So langsam bekam ich selbst ein wenig Hunger.

Gabriel Warren tippte Victor Newgate auf den Arm. »Wie viele Gesetze bricht unser Freund Mad Dog eigentlich, wenn er uns hier gegen unseren Willen festhält?«, fragte er.

»Genug, um ihn ein paar Jährchen aus dem Äther fernzuhalten, glaube ich«, antwortete Newgate.

»Kommt schon, Leute«, meinte Mad Dog zu ihnen. »Interessiert es Sie denn überhaupt nicht, wo die Reise hingeht?«

Norman Dakens Blick glitt zu der Glasscheibe, wo Greg auf die Uhr starrte und Sylvia Redfern uns besorgt ansah. Seine Finger strichen immer noch nervös über sein Muttermal. »Wohin geht die Reise *wirklich*?«, fragte er so leise, dass ich ihn kaum hören konnte.

»Vor dreißig Jahren wäre ich interessiert gewesen«, warf Warren trocken ein. »Heute ist mir das vollkommen egal. Schnee von gestern.«

Dougie Dog legte die Pfoten auf das Bein seines Herrn und stieß ein leises, flehendes Fiepen aus. Mad Dog griff in seine Jackentasche und fand einen Hundekuchen, den er dem Tier ins offene Maul steckte. »Guter alter Junge«, sagte er.

»Der Familienhund?«, fragte ich.

Mad Dog lächelte mir zu, ohne dass seine klaren blauen Augen zuckten. »Ja«, sagte er. »Tatsache ist, dass meine Mum ihn mir geschenkt hat, als ich von zu Hause ausgezogen bin.«

»Sie können hier sitzen und über Hunde reden, so viel Sie wollen«, schaltete sich Dr. Varney ein. »Aber ich lasse Sie definitiv nicht damit durchkommen ...«

»Äuuuu, äuuuu«, unterbrach ihn Mad Dog. »Wir sind wieder da und diskutieren über den dreißig Jahre zurückliegenden Mord an dem Industriellen Theodore Daken. Wie sagten Sie gerade, Dr. Varney?«

»Ich habe eigentlich gar nichts gesagt.«

»Wir waren dabei, zu einer Darstellung dessen zu kommen, was in jener Nacht in dem Mordzimmer *wirklich* passiert ist.«

»Was passiert ist, liegt im Staatsarchiv«, sagte Rafferty. »Das Urteil ist vor dreißig Jahren gesprochen worden. Der Fall ist abgeschlossen. Einige von Ihnen spielen vielleicht gern mit solchen Sachen herum, aber Sie können die Geschichte nicht neu schreiben.«

»Aber es passieren auch Dinge, die einen daran zweifeln lassen, ob die Geschichtsbücher korrekt sind. Sehen Sie sich das ganze Theater um Kolumbus an. Oder die Kreuzzüge. Oder vielleicht einen Mordfall, der gar kein Mord war.«

»Was zum Teufel soll das heißen?«, wollte Rafferty wissen.

»Das ist vollkommen absurd«, erklärte Gabriel Warren ausdruckslos. »Warum Victoria Douglas vor dreißig Jahren Theo Daken umgebracht hat, ist eine faszinierende Frage, aber die Antwort wird keines der Probleme von heute lösen. Wir sollten darüber diskutieren, dass in dieser Stadt alle sieben Stunden ein Mord verübt wird, oder durchschnittlich jeden zweiten Tag ein Banküberfall.«

»Ich dachte, wir wären hier, um darüber zu reden«, setzte Victor Newgate hinzu.

»Wir können das ganze nächste Jahr über das Verbrechen in L. A. diskutieren, ohne konkrete Lösungen zu finden«, sagte Mad Dog. »Aber heute Abend ist es möglich, dass wir tatsächlich zu einem Schluss darüber kommen, was Theodore Daken wirklich zugestoßen ist. Ist das nicht eine Stunde Ihrer Zeit wert?«

»Sie wollen den Daken-Mord aufklären?«, fragte Rafferty höhnisch.

»Eigentlich hatte ich gehofft, die Aufklärung Mr. Bloodworth zu überlassen.«

»Was?«, gab ich zurück. »Danke für das Vertrauen, Mad Dog. Aber ich bin nicht gerade Sherlock Holmes, sondern nur ein Typ, der sich von einem Anhaltspunkt zum nächsten hangelt.«

»Dann legen Sie los.«

»In dreißig Jahren dreht die Welt sich etliche Male, und ihre Geheimnisse sinken tiefer und tiefer in die Erde ein. Zu tief, um sie in einer Stunde aufzudecken.«

»Angenommen, wir machen es Ihnen ein wenig einfacher?«, fragte Mad Dog.

Ich glaubte zu wissen, worauf er hinauswollte. Ich wies auf den leeren Stuhl, der am Tisch stand. »Wenn Victoria Douglas aus dem Untergrund auftauchen und sich zu uns setzen würde, würde das die Sache einfacher machen.«

Die anderen hielten nicht viel von der Idee und musterten den Stuhl misstrauisch. »Sie wird immer noch gesucht«, erklärte Rafferty. »Und es wäre meine Pflicht, eine Bürgerverhaftung vorzunehmen und sie dahin zurückzuschicken, wo sie hingehört.«

»Keine Sorge«, sagte Mad Dog. »Der Stuhl ist nicht für sie bestimmt. Oder, Miss Thorp?«

Wir alle wandten uns erwartungsvoll Landy zu. »Victoria Douglas ist tot«, erklärte sie ausdruckslos. Das war der erste Satz, den sie sprach, seit wir uns hingesetzt hatten, und er machte ihr Schweigen mehr als wett. »Sie ist vor fast sechs Monaten in Yreka, Nordkalifornien, an einem Herzanfall gestorben. Ihre Nachbarn kannten sie als Violet Dunn. Kannten und liebten sie, sollte ich hinzusetzen.«

Die anderen schienen sich zu entspannen. »Aber vor ihrem Tod«, fuhr Landy dann fort, »haben wir viele lange Gespräche miteinander geführt.«

»Was für Gespräche?«, fragte Gabriel Warren.

»Gespräche, die ich für einen Artikel über Victoria Douglas in meiner Zeitschrift verwende.«

»Ich habe Ihnen doch davon erzählt, Gabriel«, rief Dr. Varney aus. »Jemand hat in meiner Praxis angerufen.«

»M-mich hat niemand angerufen«, sagte Norman Daken.

»Sie stehen auf meiner Liste«, erklärte Landy ihm. »Wir beginnen erst mit den Hauptrecherchen. Ich werde mich bei jedem Einzelnen von Ihnen melden.«

Warren sah sie abschätzig an. Rafferty wirkte amüsiert. »Also, Schätzchen, bei diesen langen Gesprächen, die Sie angeblich geführt haben«, sagte er, »hat sie da zufällig etwas von dem Mord erwähnt?«

Landy starrte ihn an. »Sie hat mir erzählt, dass sie Theodore Daken in Notwehr getötet hat. Sie war diejenige, die an diesem Abend eingeschlafen ist. Sie war nicht an Alkohol gewöhnt und hatte zu viel Champagner getrunken. Als sie aufwachte, lag Daken in Unterwäsche neben ihr auf dem Bett und versuchte sie auszuziehen.

Sie rief um Hilfe, aber alle anderen waren gegangen. Sie versuchte ihn wegzustoßen, doch er schlug ihr ins Gesicht. Widerstand erschien zwecklos. Er war ein großer, starker Mann. Irgendwie ertastete sie mit der Hand die Figur und schlug sie ihm über den Schädel. Dann wurde sie ohnmächtig. Sie konnte sich nicht daran erinnern, ihn mehr als einmal geschlagen zu haben.«

»Konnte sich nicht erinnern? Das ist verdammt praktisch«, sagte Rafferty. »Kein Wunder, dass sie damals nicht versucht hat, uns dieses Märchen aufzutischen.«

»Das hätte sie vielleicht«, teilte uns Mad Dog mit, »wenn sie bei ihrer Verhandlung in den Zeugenstand getreten wäre.«

Newgate wedelte wegwerfend mit der Hand. »Damit hätte sie ihrem Fall außerordentlich geschadet. Ich hatte das Gefühl, dass sie angesichts der grausigen Einzelheiten des Falles besser damit fahren würde, auf Unzurechnungsfähigkeit zu plädieren. Dieser Strategie der Verteidigung hätte sie nur geschadet, wenn sie in den Zeugenstand getreten wäre.«

»Sie hat mir gesagt, sie hätte bei ihrer ersten Bewährungsanhörung von Notwehr gesprochen«, sagte Landy.

»Und genau wie ich befürchtete, hat man ihr leider nicht geglaubt«, sagte Newgate. »Ich vermute, das hat sie damals zu ihrem ersten Ausbruch getrieben.«

»Wie kam es eigentlich, dass Sie ihr Anwalt wurden?«, fragte ich.

Er starrte mich an, als hätte er keine Lust, seine Zeit mit einer Antwort zu vergeuden. Aber wir waren im Radio. »Ich bin ihr bei geselligen Anlässen begegnet«, antwortete er daher.

»Sie meinen, Sie sind mit ihr ausgegangen?«, fragte ich.

»Nein. Aber ich habe von Zeit zu Zeit mit ihr und … anderen Angestellten von Altadine zu Mittag gegessen. Die Kanzlei, für die ich arbeitete, hatte geschäftlich oft mit der Firma zu tun.«

»War Daken bei diesen Essen dabei?«, fragte ich.

»Der alte Herr? Wohl kaum«, gab Newport lächelnd zurück. »Er war der Vorstandsvorsitzende. Wir standen ein paar Stufen darunter.«

»Wer sonst war dabei?«, wollte Mad Dog wissen.

Newgate wischte die Frage mit einer ärgerlichen Handbewegung beiseite. »Das weiß ich wirklich nicht. Alle möglichen Leute.«

»Mr. Warren?«, fragte ich.

»Ich gehörte zu der Truppe«, sagte Warren. »Ehrgeizige junge leitende Angestellte und hübsche Frauen, die für die Firma arbeiteten. Darunter Victoria Douglas. Daran war nichts Unheimliches. Aber auch nichts besonders Bedeutsames.«

»Nach der Zeugenaussage einer Frau namens Joan Lapeer«, sagte Mad Dog, »war Miss Douglas Theodore Dakens Freundin. Hat sie das bestätigt, Miss Thorp?«

»Victoria hat mir erzählt, dass Joan Lapeer vor ihr Altadines Büroleiterin gewesen war. Theodore Daken hat die Frau entlassen
und Victoria eingestellt. Joan Lapeer war daraufhin so verbittert,
dass sie verbreitet hat, Daken hätte seine Freundin anstellen wollen.«

»Dann war nichts Wahres daran?«

»Nichts«, antwortete Landy. »Victoria hat mir gesagt, dass sie
Daken nur ein- oder zweimal begegnet war, bevor sie die Stelle bei
Altadine antrat.«

»Wo ist sie ihm begegnet?«, fragte ich.

»Joan Lapeer war sehr faul und sehr unfähig«, verkündete Gabriel Warren unvermittelt. Norman Daken blickte vom Tisch auf
und sah ihn ausdruckslos an.

»Sie hat also über Victoria Douglas' Beziehung zu Theodore
Daken gelogen«, sagte Mad Dog.

»Miss Douglas sagte, er habe sie ein paarmal eingeladen«, erklärte uns Landy. »Aber sie hat immer abgelehnt.«

»Weil er ihr Chef war?«, fragte Mad Dog. »Oder ein dicker Fies-
ling, oder …?«

»Weil sie mit jemand anderem zusammen war«, sagte Landy.

»Mit wem?«

Landy schüttelte den Kopf. »Sie wollte seinen Namen nicht
nennen. Sie sagte, das sei der eine Schwur, den sie niemals brechen
würde.«

»Sie hat das Wort ›Schwur‹ gebraucht?«, fragte ich.

»Exakt.«

»Ist er unser geheimnisvoller Gast?«, wollte ich von Mad Dog
wissen und wies auf den leeren Stuhl.

»Nein«, antwortete er und drehte sich zu Greg in der Tonregie um. »Aber jetzt wäre vielleicht ein guter Zeitpunkt für einen Werbespot.« Er nickte, stieß sein Geheul aus, und Greg reagierte auf dieses Zeichen mit einer Ansage für einen weihnachtlichen Rasendünger, »das perfekte Geschenk für den Gärtner in Ihrer Familie«.

»Wie lange wollen Sie uns noch gegen unseren Willen hier festhalten?«, verlangte Warren zu wissen.

»Die alte Uhr an der Wand sagt, noch neunzehn Minuten.«

»Das wird eine sehr teure Stunde für Sie werden«, gab Warren zurück.

»Warum sagen Sie nicht einfach, worauf Sie hinauswollen?«, meinte Newgate, der Anwalt, zu unserem Moderator, »und bringen es hinter sich? Warum müssen wir bei diesem Katz-und-Maus-Spiel mitmachen?«

»So funktioniert eben Radio«, erwiderte Mad Dog. »Wir müssen die Spannung auf einen Schlusspunkt hin aufbauen.« Er beugte sich zu mir herüber. »Wären Sie bereit, uns eine Zusammenfassung dessen zu geben, was Ihrer Meinung nach in dieser Nacht passiert ist, Mr. Bloodworth?«

»Ich möchte öffentlich keine massiven Spekulationen anstellen. Ihnen scheinen diese prozesswütigen Kerle ja nichts auszumachen, aber ich persönlich würde lieber keinen Gerichtssaal von innen sehen.«

»Sie brauchen ja keine Namen zu nennen«, sagte er. »Schildern Sie uns nur …«

Er unterbrach sich; irgendein sechster Sinn sagte ihm, dass der Werbespot zu Ende war und er gleich wieder auf Sendung sein würde. Er stieß ein Geheul aus. »Willkommen zurück in der Hundehütte«, sagte er. »Privatdetektiv Leo Bloodworth wird uns gleich seine Version dessen, was vor dreißig Jahren in dem Hotel passiert ist, darlegen.«

»Nun«, sagte ich, »ich nehme Victoria Douglas ab, dass sie in Notwehr gehandelt hat. Das würde erklären, warum sie aussah, als wäre sie zusammengeschlagen worden. Aber wenn der Mann sie angegriffen hat und sie ihn zurückstieß, warum ist sie dann nicht einfach dageblieben und hat die Polizei gerufen?«

»Weil sie in Panik geraten ist?«, spekulierte Landy.

»Wenn man in Panik gerät, läuft man weg. Aber Rafferty und seine Detectives behaupten, dass sie das nicht getan hat. In ihrem Szenario hat sie sich noch in der Suite herumgedrückt und schließlich, als sie ging, die Leiche mitgenommen. Warum hätte sie das tun sollen?«

»Das Weib war *verrückt*.« Rafferty war fast außer sich.

»Sie hat gerade einen Mann getötet«, hielt ich ihm entgegen. »Sie ist durcheinander. Sie beschließt, den Toten mitzunehmen? So verrückt ist niemand. Wäre es nicht viel natürlicher gewesen, wenn sie einfach weggelaufen wäre? Vielleicht über die Personaltreppe?«

»Das ist Ihr Problem, Bloodsworth«, gab Rafferty zurück. »Sie weigern sich zu glauben, was Ihre Augen sehen. Sie haben sie doch zusammen mit der Leiche ... ähem, dem Körper des armen Kerls aufgegriffen.«

»Das war später. Ich glaube, dass sie zu dem einzigen Menschen gelaufen ist, dem sie vertraute – dem Kerl, in den sie verliebt war. Sie hat ihm erzählt, was in der Hotelsuite passiert war. Er hat ihr gesagt, er werde ihr helfen, aber sie musste ihm schwören, ihn unter allen Umständen herauszuhalten.

Sie fuhren mit ihrem Wagen zurück zum Hotel und parkten in

der Nähe des Personalausgangs. Vielleicht sind sie zusammen nach oben gegangen. Oder er hat ihr gesagt, sie soll im Auto bleiben. Er oder die beiden brachten Dakens Leiche mit dem Personalaufzug nach unten. Sie haben sie auf den Rücksitz von Victoria Douglas' Auto gelegt. Inzwischen war sie in einem Zustand, in dem sie nicht mehr fahren konnte. Also fuhr der Freund zu der Gasse in der Nähe von Wilshire. Und hier wird alles ein wenig unklar. Aus irgendeinem Grund hat der Freund sie im Stich gelassen, und sie konnte die Suppe auslöffeln. Und getreu ihrem Versprechen, ihrem ›Schwur‹, hat sie sich geweigert, seinen Namen zu nennen. Obwohl sie das wie eine Geistesgestörte aussehen ließ.«

»Warten Sie mal einen Moment, Bloodsworth«, plusterte sich Rafferty auf. »Wenn es für *sie* keinen Sinn machte, die Leiche zu bewegen, warum hat *er* beschlossen, es zu tun?«

»Weil der Skandal weniger groß sein würde, wenn man Daken erschlagen in einem Weihnachtsmannkostüm in einer dunklen Gasse fand, als wenn er in einem Hotelzimmer tot in seiner Unterwäsche aufgetaucht wäre.«

»Sie behaupten, Theodore Daken sei bewegt worden, um seinen Ruf zu retten?«, fragte Mad Dog.

»Und den seines Unternehmens«, sagte ich. »Ich nehme an, Douglas' Freund war leitender Angestellter bei Altadine ...«

»Wieso?«, wollte Mad Dog wissen.

»Das ist eine Möglichkeit, wie Victoria Douglas Daken ein- oder zweimal begegnet sein kann, bevor er sie einstellte. So hätte sie vielleicht auch von der freien Stelle erfahren. Soweit wir wissen, könnte der Freund sich mit Daken abgesprochen haben, um sie an Bord zu holen. Jedenfalls war er derjenige, der einen Skandal zu vermeiden versuchte.«

»Nur, dass das nicht geklappt hat«, meinte Mad Dog.

»Und ich wette, der zweite in der Hierarchie, Gabriel Warren, hatte alle Hände voll damit zu tun, Altadines Investoren bei der Stange zu halten.« Ich sah ihn an.

»In einem haben Sie recht«, gab er zurück. »Ohne die schmutzigen Details von Theos Tod wäre es um einiges einfacher gewesen. Es war schlimm, aber ich habe es geschafft.«

»Darauf wette ich«, meinte ich.

»Warten Sie einen Moment!«, unterbrach Landy. »Das war eine Firmenweihnachtsfeier. Wenn Victorias Liebhaber leitender Angestellter bei Altadine war, wäre er dann einfach verschwunden und hätte seine Freundin ohnmächtig zurückgelassen, als leichte Beute für Daken?«

»Ich glaube, der Kerl hat die Party früher verlassen, bevor sie in Gefahr geriet«, meinte ich und sah Warren an.

»Könnten Sie eine Vermutung darüber anstellen, wie der Name von Victoria Douglas' Liebhaber war, Mr. Bloodworth?«, fragte Mad Dog.

Ich sah Gabriel Warren weiter durchdringend an. »Wie ich schon sagte, jemand, der die Party früh verlassen hat. Jemand, der den Skandal vertuschen wollte. Aber als das nicht passierte, war er clever genug, zu wissen, wann er sich aus dem Staub machen musste. Jemand, der aalglatt, gerissen und so gut vernetzt war, dass er wusste, welche Knöpfe er drücken musste, sobald Victoria Douglas im Rampenlicht stand, um selbst vor den Konsequenzen sicher zu sein.«

»Wie hätte er das zustande gebracht?«, fragte Mad Dog. Warren starrte mich aufgebracht an.

»Indem er Druck auf einen hochrangigen Polizeibeamten ausübte, damit dieser ein paar Fakten ignorierte, die nicht zu der offiziellen Geschichte um Dakens Tod passten. Indem er einen Verteidiger dazu brachte, für seine Klientin auf Unzurechnungsfähigkeit zu plädieren, damit sie nicht in den Zeugenstand trat, um ganz sicher zu gehen, dass sein Name in keiner Aussage auftauchen würde. Indem er einen Richter überredete, ein paar Regeln zu beugen. Alles, um eine von Amerikas großen Firmen hochzuhalten. Denn wenn noch einer der Topleute bei Altadine hineingezogen worden wäre, hätte sich die Firma bestimmt nie wieder erholt.«

»Sie wollen seinen Namen nicht nennen?«, fragte Mad Dog.

»Er weiß selbst, wer er ist«, sagte ich und wies mit einer Kopfbewegung auf Warren.

Ich hoffte, den Kerl zu irgendetwas zu verleiten. Knurren zum Beispiel. Die Zähne zu blecken. »Mir ist gerade aufgegangen«, sagte ich, als er das nicht tat, »dass Victoria Douglas in Wahrheit Theodore Daken vielleicht überhaupt nicht getötet hat. Miss Thorp hat sie erzählt, dass sie sich nicht erinnern konnte, mehr als einmal auf ihn eingeschlagen zu haben. Angenommen, das reichte nicht aus, um ihn zu erledigen, obwohl sie das glaubte. Angenommen, der Freund ging hinauf in dieses Hotelzimmer, sah, dass Daken auf dem Bett lag und diesen nicht-tödlichen Schlag ausschlief, und hat dann die Figur genommen, die Sache zu Ende gebracht und die Waffe abgewischt. Dann hatte er einen noch stärkeren Grund dafür, dass Victoria über seine Beteiligung an der Entfernung der Leiche schweigen musste. Was meinen Sie, Warren?«

»Sie machen einen großen Fehler«, zischte er.

Ich zuckte die Achseln.

»Das ist vielleicht der perfekte Zeitpunkt, um unseren geheimnisvollen Gast hereinzubitten«, meinte Mad Dog. Und fast sofort öffnete sich die Tür, und ein runzliger alter Mann kam herein. Er sah aus, als wäre er hunderteins. Seine Khakihosen schlackerten ihm um die Beine, und die knallrote Windjacke umflatterte seine knochige Gestalt. Eine karierte Pudelmütze saß in einem kecken Winkel auf seinem kahlen Schädel.

Die Tür knallte hinter ihm zu, und er drehte sich um und sah sie kurz an.

»Soeben ist Mr. Samuel J. Kleinmetz zu uns gestoßen«, informierte Mad Dog seine gespannten Zuhörer, zu denen ich ebenfalls gehörte. »Mr. Kleinmetz, würden Sie bitte auf diesem Stuhl Platz nehmen?«

Während der Tattergreis zu dem Stuhl schlurfte, sprach Mad Dog weiter. »Mr. Kleinmetz hat vor dreißig Jahren an diesem Tag vor Heiligabend gearbeitet. Was war Ihr Beruf, Sir?«

Der alte Mann ließ sich vorsichtig auf den Stuhl hinunter. »Eh?«

»Beruf?«

»Keiner«, sagte er lauter als nötig, sodass Greg zu seinen Schiebereglern sprang. »Bin seit fünfzehn Jahren Rentner. Bin aber früher Taxi gefahren. Beverly Hills Cab. Einen Mercedes. Ledersitze, tolles Radio. Bin für die allerbesten Hotels gefahren ...«

»Gut, das reicht schon«, bremste Mad Dog den Redefluss des Mannes. »Sie haben in der Nacht gearbeitet ...«

»In der Nacht, als die Weihnachtskillerin zugeschlagen hat?«, beendete der alte Mann seinen Satz. »Klar. Ich hab sechs Tage die Woche gearbeitet, zweiundfünfzig Wochen im Jahr. In dieser Nacht habe ich gearbeitet, absolut sicher.«

»Im Bezirk Wilshire?«

»Da hatte ich meistens meinen Standplatz«, sagte der Alte. Entzückt kniff er die Augen zusammen und musterte das Mikrofon. »Funktioniert das?«, fragte er.

»Das hoffe ich doch«, meinte Mad Dog. »In dieser Nacht haben Sie nicht weit von der Stelle, an der später die Leiche von Theodore Daken gefunden wurde, einen Fahrgast aufgenommen?«

»Ach ja, der Tote in dem Weihnachtsmannkostüm. Ich schätze, das war nur Minuten davor. In der Zeitung stand, sie hätten den Kerl gegen halb elf gefunden. Ich habe meine Fuhre vielleicht um zwanzig nach zehn aufgenommen ...«

»Wie zum Teufel will er sich daran erinnern?«, fauchte Gabriel Warren. »Das ist dreißig Jahre her.«

»An manche Tage erinnert man sich eben«, gab der alte Mann zurück. »Ich kann mich an den Morgen erinnern, an dem ich aufgewacht bin und gehört habe, dass die Japse Pearl Harbor bombardiert hatten. Ich kann Ihnen alles erzählen, was an diesem Tag passiert ist. Und dann der Tag, an dem der großartige junge Präsident John Fitzgerald Kennedy von diesem widerlichen Oswald ermordet wurde. Und die Nacht, als die Weihnachtskillerin zugeschlagen hat.«

»Wir haben Mr. Steinmetz Fotos der Vorstandsmitglieder von Altadine gezeigt, die in jenem Jahr gemacht wurden«, erklärte Mad Dog. »Er hat seinen Fahrgast identifiziert. Dann haben wir ihm ein Foto des Mannes gezeigt, wie er heute aussieht. Würden Sie uns sagen, ob er sich heute Abend in diesem Raum aufhält?«

»Klar.« Über den Tisch hinweg sah Sam Kleinmetz in Gabriel Warrens Richtung, und ich spürte, wie ein selbstzufriedenes Grinsen auf mein Gesicht trat. »Da sitzt er, gleich da drüben.«

Mein selbstgefälliges Grinsen gefror. Steinmetz' knochiger Finger deutete auf Norman Daken. »Sie hätten mir die ganzen Bilder nicht zu zeigen brauchen. Er hat sich sehr verändert, aber ich hätte ihn trotzdem gleich erkannt, sobald ich diesen roten Fleck in seinem Gesicht gesehen hätte. So etwas hab ich sonst noch nie gesehen, weder vorher noch nachher.«

Daken wirkte viel entspannter als zu jedem anderen Zeitpunkt an diesem Abend. »Das ist so viele Jahre her«, sagte er fast sehnsüchtig. »Ich hätte es fast vergessen. Als könnte man das.«

»Sag kein Wort, Norman«, warnte Gabriel Warren.

»Ich will nicht mehr, Gabe. Ich will es nicht länger verdrängen. Mein Vater und ich … hatten unsere Differenzen. Er hielt mich für schwach. Wahrscheinlich bin ich das. Ich habe Victoria geliebt.«

Ich wandte den Blick von ihm ab und sah zur Tonkabine. Greg und Sylvia Redfern verfolgten vollkommen gebannt das Schauspiel im Studio. Sylvias Miene war unmöglich zu deuten, aber ihre blauen Augen blickten freundlich und mitfühlend.

»Ich glaube, deswegen hatte er das Gefühl, mit ihr schlafen zu müssen«, fuhr Norman fort. »Weil ich sie liebte. Und er hat uns alles ruiniert. Ich habe ihr nie etwas verübelt. Es war nicht die Schuld der armen Frau. Sie hat sich gegen ihn gewehrt und ihn bewusstlos geschlagen. Verstehen Sie, sie hat ihn nicht gehasst. Nicht so wie ich.«

Warren starrte ihn finster an. »Was zum Teufel meinst …«

»Bloodworth hatte recht. Ich habe ihn umgebracht, Gabe. Ich dachte, du wüsstest das.«

»Du dachtest, ich … Wie konntest …?« Warren hatte Probleme, zusammenhängend zu sprechen.

Norman Daken warf ihm ein mitleidiges Lächeln zu. »Er wünschte sich, du wärest sein Sohn gewesen. Ich vermute, du hast genauso empfunden.«

»Ich hätte nie ...«

»Das war ja so großartig daran, Gabe. Du hast alles vertuscht, sodass ich nichts damit zu tun hatte.«

»Ich habe versucht, die Firma zu retten«, erklärte Warren. »Wenn ich gewusst hätte ...«

»Nun, jetzt weißt du ja Bescheid«, sagte Norman Daken zu ihm. »Du hast alles getan, was du konntest, um Altadine zu erhalten. Ich dagegen ...«

Er beendete seinen Satz nicht. »Ich habe mich immer gefragt«, sagte ich, »wer Victoria Douglas an diesem Abend bei der Polizei gemeldet hat. Und wer die Reporter gerufen hat. Das waren Sie, nicht wahr, Norman? Sie haben die arme Frau in der Gasse zurückgelassen und sich aus dem Staub gemacht, um die Cops zu rufen.«

»Es tut mir leid, dass ich Vicky so wehgetan habe«, sagte er. »Ich habe ihr versprochen, sie käme auf keinen Fall ins Gefängnis, und das habe ich eingehalten. Dank Gabes Einfluss.«

»Aber sie war auch nicht wirklich frei«, gab ich zurück.

»Nein«, pflichtete Norman mir bei. »Aber dieses Opfer musste ich bringen, wenn ich den Ruf meines Vaters nicht gründlich zerstören wollte.« Hoffnungsvoll sah er Mad Dog an. »Und jetzt wird er dank Ihnen vielleicht noch einmal durch den Dreck gezogen.«

An diesem Abend stellte Radio KPLA-FM den Sendebetrieb früh ein, obwohl die Polizei nicht lange fackelte. Die Beamten kamen, sahen und führten Norman ab, um ihn einzubuchten. Wie sie erklärten, verjährt Mord nicht; und das hätte er auch gar nicht gewollt.

Was die Verbrechen anging, die Warren und seine Kumpane begangen hatten, war sich die Polizei weniger sicher. Daher wurde das Quartett unter Auflagen freigelassen. Selbst wenn sich herausstellte, dass es zu spät war, um sie zu belangen, weil sie Victoria Douglas ein Verbrechen angehängt hatten, würden sie wahrscheinlich Mad Dog oder mich nicht verklagen. Und ich bezweifelte, dass ich in naher Zukunft Warrens Namen auf irgendwelchen Stimmzetteln lesen würde.

Als alle fort waren, standen nur noch Mad Dog, Landy, Dougie Dog und ich im Hauptraum des Studios. »Sind Sie beide Kinder von ihr?«, fragte ich.

»Nur ich«, gestand Mad Dog grinsend. »Wie sind Sie darauf gekommen?«

»Zum einen durch Dougie Dog«, sagte ich und warf einen Blick zu der Promenadenmischung mit den Hängeohren. »Der Familienhund, haben Sie gesagt. Dougie. Douglas. Und dann Ihr Spitzname. Mad Dog. Madison Douglas?«

»Nööö. Einfach Charlie Douglas. Das ›mad‹ ist, na ja, weil sie gesagt haben, sie sei verrückt, und weil mich das, was ihr passiert ist, ziemlich wütend gemacht hat. Mein Dad hat in der Klinik gearbeitet, in der Mom ihre ersten drei Jahre verbracht hat. Er hat ihr bei der Flucht geholfen. Als sie zurückgeschickt wurde, bin ich bei den Eltern meines Vaters aufgewachsen.«

»Und Sie haben ihren Namen behalten?«

»Es ist auch meiner. Die beiden haben nie offiziell geheiratet. Wie hätte das gehen sollen? Das war jedenfalls gute Detektivarbeit, dass Sie darauf gekommen sind, dass ich ihr Sohn bin.«

»Das ist das Mindeste, was ich tun konnte, nachdem ich den falschen Mörder im Blick hatte.«

»Von dem Mord wussten wir nichts«, sagte Landy. »Die arme Victoria hat immer geglaubt, sie hätte Daken umgebracht.«

»Und wer sind Sie?«, fragte ich. »Nur eine Freundin der Familie?«

»Wie gesagt bin ich Journalistin. Vor ein paar Jahren habe ich zufällig Victorias Nachbarhaus gemietet. Wir wurden Freundinnen, und schließlich hat sie mir anvertraut, wer sie war. Ich glaube, sie hoffte, Charlie und ich würden zusammenkommen.«

»Und das sind Sie.«

Sie lächelten beide.

Der Hund stand gähnend auf, lief schleppend zur Tür und verschwand aus dem Studio.

»Und Sie beide haben beschlossen, Victorias Namen reinzuwaschen«, sagte ich.

»Wieder richtig«, sagte Charlie »Mad Dog« Douglas. »Danke für Ihre Hilfe.«

Ich stand auf und nahm mein Buch vom Tisch. »Viele davon habe ich heute Abend nicht verkauft«, meinte ich.

»Kommen Sie noch einmal wieder«, bot er an.

»Zu schade, dass Ihre Mutter verstorben ist, ohne je die Wahrheit über diese Nacht zu erfahren. Aber vielleicht ist es auch ganz gut so, dass sie Normans Prozess nicht miterleben muss. Das wäre eine Tortur für sie.«

Die beiden nickten ernst.

Ich ließ sie allein und schlenderte auf den Korridor hinaus. Im Aufenthaltsraum brannte eine Lampe. Als ich vorbeiging, sah ich Sylvia Redfern auf der Couch sitzen und in einem Buch lesen. Dougie Dog hatte sich zu ihren Füßen zusammengerollt und schlief friedlich. Plötzlich blickte sie aus Augen zu mir auf, die blau wie eine Lagune waren, blau wie die von Mad Dog. Sie hatte mich dabei erwischt, wie ich sie anstarrte, und lächelte.

»Gute Nacht, Mr. Bloodworth«, sagte sie. »Danke für alles.«

Ich erklärte ihr, es sei mir ein Vergnügen gewesen, und wünschte ihr ein frohes Weihnachtsfest.

»Das wird es«, gab sie zurück, »das froheste seit Jahren.«

Originaltitel: *Mad Dog*
Ins Deutsche übertragen von Barbara Röhl

Rätselhafte
Weihnachten

Das große Los
Mary Higgins Clark

Nachdem ihr Mann plötzlich gestorben war, stand Mary Higgins Clark, eine relativ junge Mutter von fünf Kindern, jeden Morgen um fünf auf, stellte ihre Schreibmaschine auf den Küchentisch und begann an einem Buch zu schreiben, bevor sie ihre Sprösslinge zur Schule brachte. Ihr erster Kriminalroman, *Wo sind die Kinder?* (1975), war eine originelle Kombination aus einem Schauerroman und seinem modernen Gegenstück, dem romantischen Thriller, in welcher der Schwerpunkt nicht auf der Romantik, sondern auf der Spannung lag, die nahezu unerträglich wurde, wenn die Heldin von einer fatalen Lage in die nächste geriet. Auch in ihren folgenden Büchern folgte Clark dieser Formel und wurde so die meistverkaufte Autorin von Spannungsliteratur auf der ganzen Welt. *Das große Los* wurde erstmals in *Mistletoe Mysteries*, herausgegeben von Charlotte McLeod, veröffentlicht (New York, Mysterious Press, 1989).

Das große Los
Mary Higgins Clark

Wäre Wilma Bean nicht in Philadelphia zu Besuch bei ihrer Schwester Dorothy gewesen, wäre es nie passiert. Ernie, der wusste, dass Wilma die Ziehung im Fernsehen gesehen hatte, wäre um Mitternacht von seiner Arbeit als Sicherheitsbediensteter im Do-Shop-Here-Einkaufszentrum in Paramus, New Jersey, auf schnellstem Wege heimgekommen, und sie hätten zusammen gefeiert. *Zwei Millionen Dollar!* Das war ihr Anteil an der Weihnachts-Sonderziehung der Lottogesellschaft.

Stattdessen, weil Wilma in Philadelphia war, wo sie ihrer Schwester Dorothy einen vorweihnachtlichen Besuch abstattete, machte Ernie in der *Tränke zum Freundlichen Kleeblatt* auf ein oder zwei Drinks halt und krönte den Abend in der Kneipe *Zur Eintracht*, sechs Blocks von seiner Wohnung in Elmwood Park entfernt. Dort nickte Ernie fröhlich Lou, dem Barkeeper und Eigentümer, zu und bestellte seinen dritten Seven and Seven des Abends, wickelte seine dicken sechzigjährigen Beine um den Barhocker und dachte versonnen darüber nach, wie er und Wilma ihren neu gewonnenen Reichtum ausgeben würden.

Erst da bemerkten seine verblassten blauen Augen Loretta Thistlebottom, die auf dem Barhocker in der Ecke hockte, einen Humpen Bier in der einen, eine Marlboro in der andern Hand. Ernie fand, dass Loretta eine sehr attraktive Frau war. Heute Abend kringelte sich ihr das platinblonde Haar in einem Pagenschnitt auf die Schultern, ihr blassrosa Lippenstift komplementierte ihre großen, violett umrandeten grünen Augen, und ihr üppiger Busen hob und senkte sich mit sinnlicher Regelmäßigkeit.

Ernie beobachtete Loretta mit beinahe sachlicher Bewunderung. Es war wohlbekannt, dass Loretta Thistlebottoms Mann Jimbo Potters, ein bulliger Lastwagenfahrer, extrem stolz auf die Tatsache war, dass Loretta in jungen Jahren Tänzerin gewesen war, und auch, dass er extrem eifersüchtig war. Es wurde angedeutet, dass er es nicht unter seiner Würde fand, Loretta zu verprügeln, wenn sie anderen Männern gegenüber zu freundlich wurde.

Weil jedoch Lou der Barkeeper Jimbos Cousin war, hatte Jimbo nichts dagegen, wenn Loretta an den Abenden, an denen Jimbo auf Langstrecke unterwegs war, in der Kneipe rumhockte. Schließlich war es ja das Stammlokal in der Nachbarschaft. Jede Menge Ehefrauen kamen mit ihren Männern rein, und wie Loretta häufig bemerkte: »Jimbo kann nicht von mir erwarten, allein in die Glotze zu gucken oder auf Tupperware-Partys zu gehen, wenn er mal wieder Knoblauchknollen oder Bananen über die Route 1 karrt. Als Person, die als Tochter einer berühmten Showbusinessfamilie im Kofferraum zur Welt kam, brauche ich Leute um mich herum.«

Ihre Showbusinesskarriere war das Thema vieler Gespräche Lorettas und tendierte im Laufe der Jahre dazu, an Bedeutung zuzunehmen. Das war auch der Grund, weshalb Loretta, obwohl rechtlich Mrs. Jimbo Potters, von sich selbst als Thistlebottom sprach, was ihr Künstlername gewesen war.

Jetzt, im trüben Licht, das die tiffanyartige Kugel über die ordentlich verschrammte Theke warf, bewunderte Ernie Loretta stumm, wobei er fand, dass sie, auch wenn sie Mitte fünfzig sein musste, sich ihre Figur sehr, sehr gut bewahrt hatte. Allerdings machte er sich nicht wirklich Gedanken über sie. Das Gewinnlos der Lotterie, das er an seinem Unterhemd festgesteckt hatte, wärmte ihm das Herz. Es war, als hätte er ein glimmendes Feuer dort. Zwei Millionen Dollar! Das waren zwanzig Jahre lang einhunderttausend Dollar vor Abzug der Steuern. Das würde bis weit ins einundzwanzigste Jahrhundert reichen. Bis dahin würden sie vielleicht sogar eine Spritztour zum Mond machen können!

Ernie versuchte, sich den Ausdruck auf Wilmas Gesicht vorzustellen, wenn sie die gute Nachricht erfuhr. Wilmas Schwester Dorothy hatte keinen Fernseher und hörte nur selten Radio, deshalb würde Wilma unten in Philadelphia nichts davon erfahren, dass sie jetzt reich war. In dem Augenblick, als er die gute Nachricht in seinem Kofferradio gehört hatte, war Ernie versucht gewesen, ans Telefon zu stürzen und Wilma anzurufen, hatte jedoch gleich darauf erkannt, dass das keinen Spaß machen würde. Jetzt lächelte Ernie so vergnügt, dass sich sein rundes Gesicht zu einem fröhlichen Pfannkuchen zerknautschte, während er sich Wilmas morgige Heimkehr ausmalte. Er würde sie am Bahnhof in Newark abholen. Sie würde ihn fragen, wie nahe sie einem Gewinn gekommen waren. »Hatten wir zwei Richtige? Drei Richtige?« Er würde ihr sagen, dass sie nicht mal eine einzige Gewinnzahl hatten. Wenn sie dann nach Hause kämen, würde sie ihren Strumpf am Kaminsims hängend vorfinden, so wie sie es gemacht hatten, als sie frisch verheiratet waren. In jenen Tagen hatte Wilma Strümpfe und Strumpfbänder getragen. Inzwischen trug sie Strumpfhosen in Übergröße, also würde sie sich bis zum Zeh hinunterwühlen müssen, um den Schein zu finden. Er würde sagen: »Such einfach weiter; warte, bis du die Überraschung siehst!« Er konnte sich genau vorstellen, wie sie kreischen und ihm um den Hals fallen würde.

Wilma war ein verflixt süßes junges Mädchen gewesen, als sie vor vierzig Jahren geheiratet hatten. Sie hatte immer noch ein hübsches Gesicht, und ihr Haar, ein weiches Weißblond, war von Natur aus gewellt. Sie war nicht der Showgirltyp wie Loretta, aber für ihn war sie genau die Richtige. Manchmal wurde sie ein bisschen quengelig, weil er ab und zu ganz gern mit den Jungs einen kippen ging, aber meistens war Wilma eins a. Und Mensch, was für ein Weihnachten würden sie dieses Jahr haben! Vielleicht würde er sie zu Fred dem Pelzhändler mitnehmen und ihr einen Lammfellmantel oder so was kaufen.

Während er darüber nachdachte, welches Vergnügen es wäre, ihr seine Großzügigkeit zu beweisen, bestellte Ernie seinen vierten Seven and Seven. Seine Aufmerksamkeit wurde von der Tatsache abgelenkt, dass Loretta Thistlebottom mit einem seltsamen Ritual beschäftigt war. Alle ein oder zwei Minuten legte sie die Zigarette in der rechten Hand in den Aschenbecher, stellte den Bierhumpen in der linken Hand auf die Theke und kratzte sich mit den langen, spitzen Fingernägeln der linken Hand energisch Handteller, Finger und Handrücken der rechten Hand. Ernie bemerkte, dass ihre rechte Hand entzündet war, hochrot und von kleinen, gemein aussehenden Blasen überzogen.

Es wurde allmählich spät, und die ersten Leute gingen. Das Paar, das neben Ernie und im rechten Winkel zu Loretta gesessen hatte, verließ das Lokal. Loretta, die merkte, dass Ernie sie beobachtete, zuckte die Schultern. »Giftefeu«, erklärte sie. »Sollte man Giftefeu im Dezember für möglich halten? Diese bescheuerte Schwester von Jimbo hat befunden, dass sie einen grünen Daumen hat, und hat ihren armen Trottel von Ehemann gegenüber ihrer Küche ein Gewächshaus aufbauen lassen. Und was pflanzt sie an? Unkraut und Giftefeu! Da brauchst du echt Talent für!« Mit einem erneuten Schulterzucken nahm Loretta Humpen und Zigarette wieder in Besitz. »Und, wie ist die Lage, Ernie? Irgendwas Neues in deinem Leben?«

Ernie war vorsichtig. »Nicht viel.«

Loretta seufzte. »Bei mir auch nicht. Derselbe alte Scheiß. Jimbo und ich sparen, um nächstes Jahr, wenn er in Rente geht, von hier zu verschwinden. Jeder erzählt mir, dass in Fort Lauderdale der Bär steppt. Von den ganzen Jahren, wo er schon den Sattelschlepper fährt, kriegt Jimbo 'ne Menge. Ich erzähl ihm immer wieder, wie viel Geld ich als Kellnerin machen könnte, um auszuhelfen, aber er will nicht, dass irgendjemand mit mir flirtet.« Loretta scheuerte sich mit der Hand am Tresen und schüttelte den Kopf. »Kannst du dir das vorstellen, nach fünfundzwanzig Jahren glaubt Jimbo immer noch, jeder Kerl auf der Welt will mich? Irgendwie gefällt mir das ja, aber es kann einem auch auf die Nerven gehen.« Wieder seufzte Loretta, ein der Welt überdrüssiges Seufzen. »Jimbo ist der leidenschaftlichste Kerl, den ich je gekannt habe, und das will was heißen. Aber wie meine Mutter immer zu sagen pflegte, ein guter Matratzenwalzer ist noch besser, wenn zwischen der Matratze und den Federn ein volles Portemonnaie liegt.«

»Deine Mutter hat das gesagt?« Ernie war irritiert von so viel praktischer Lebensweisheit. Er begann, an seinem vierten Sea-grams mit Seven-Up zu nippen.

Loretta nickte. »Sie war ein Spaßvogel, aber sie hat kein Blatt vor den Mund genommen. Was soll's! Vielleicht gewinn ich ja mal irgendwann im Lotto.«

Die Versuchung war zu groß. Ernie rutschte über die zwei leeren Barhocker, so schnell sein aus der Form geratener Körper es zuließ. »Zu schade, dass du nicht so viel Glück hast wie ich!«, sagte er.

Als Lou der Barkeeper »Letzte Runde, Leute!« rief, klopfte sich Ernie auf den breiten Brustkorb direkt über dem Herzen.

»Wie man so sagt, Loretta, hier liegst du richtig. Es gab sech-zehn Scheine mit den richtigen Zahlen in der Weihnachtssonder-ziehung. Einer davon steckt genau hier an meinem Unterhemd.« Ernie merkte, dass seine Zunge sich allmählich ziemlich schwer anfühlte. Es senkte die Stimme zu einem verstohlenen Flüstern. »*Zwei Millionen Dollar*. Was hältst du davon?« Er legte den Finger an die Lippen und zwinkerte.

Die Zigarette fiel Loretta aus den Fingern und brannte unbe-achtet auf der leidgeprüften Theke weiter. »*Du machst Witze!*«

»Ich mache keine Witze.« Inzwischen war es eine echte An-strengung zu sprechen. »Wilma un' ich tippen immer dieselbe Zahl 1–9–4–7–5–2. 1947, weil das das Jahr war, wo ich aus der High-school gekommen bin. Zweiundfünfzig, das Jahr, in dem Klein Willie auf die Welt kam.« Sein triumphierendes Lächeln ließ kei-nen Zweifel an seiner Ernsthaftigkeit. »Das Verrückte ist, dass Wil-ma noch gar nichts davon weiß. Sie ist zu Besuch bei ihrer Schwe-ster Dorothy und kommt nicht vor morgen heim.«

Ernie tastete nach seinem Geldbeutel und verlangte die Rech-nung. Lou kam rüber und sah zu, wie sich Ernie unsicher auf den plötzlich schiefen Boden stellte. »Ernie, warte mal!«, befahl Lou. »Du bist knülle. Ich fahr dich nach Hause, wenn ich zumache. Du musst das Auto stehen lassen.«

Beleidigt machte Ernie sich zur Tür auf. Lou unterstellte, dass er betrunken war. Was für eine Unverschämtheit! Ernie öffnete die Tür zur Damentoilette und war in einer Kabine, bevor er seinen Irrtum erkannte.

Loretta rutschte vom Barhocker und sagte eilig: »Lou, ich setze ihn ab. Er wohnt nur zwei Blocks von mir.«

Lou runzelte die dünne Stirn. »Das könnte Jimbo womöglich nicht gefallen.«

»Dann sag's ihm halt nicht!« Sie beobachteten, wie Ernie wackelig aus der Damentoilette geschlurft kam. »Um Himmels willen, meinst du etwa, er wird sich an mich ranmachen?«, fragte sie spöttisch.

Lou traf eine Entscheidung. »Du tust mir einen Gefallen, Loretta. *Aber erzähl Jimbo nichts davon.*«

Loretta ließ ihr übertriebenes Ha-ha-Grölen vernehmen. »Denkst du, ich will meine neuen Kronen riskieren? Es dauert noch ein Jahr, bis sie bezahlt sind!«

Von irgendwo hinter sich hörte Ernie den Lärm von Stimmen und Gelächter. Plötzlich fühlte er sich ziemlich scheußlich. Das Tüpfelmuster des Fliesenbodens begann zu tanzen und bewirkte, dass ein ekelerregender Wirbel von Punkten vor seinen Augen rotierte. Er spürte, wie jemand ihn am Arm packte. »Ich werd dich daheim absetzen, Ernie.« Durch das Dröhnen in seinen Ohren erkannte Ernie Lorettas Stimme.

»Verdammt nett von dir, Loretta«, murmelte er. »Hab wohl zu viel gefeiert.« Vage bekam er mit, dass Lou irgendwas sagte von einem Weihnachtsdrink aufs Haus, wenn er das Auto abholen käme.

In Lorettas alterndem Bonneville Pontiac lehnte er den Kopf an den Sitz und schloss die Augen. Er merkte nicht, dass sie seine Einfahrt erreicht hatten, bis Loretta ihn wachrüttelte. »Gib mir deinen Schlüssel, Ernie. Ich helfe dir rein.«

Mit seinem Arm um ihre Schulter stabilisierte sie ihn entlang des Weges. Ernie hörte das Kratzen des Schlüssels im Schloss, spürte, wie seine Füße sich durchs Wohnzimmer und dann durch das kurze Stück Flur bewegten.

»Welches?«

»Welches?« Ernie konnte seine Zunge nicht dazu bringen, sich zu bewegen.

»Welches Schlafzimmer?« Lorettas Stimme klang gereizt. »Komm schon, Ernie, du bist nicht gerade ein Leichtgewicht! Ach, vergiss es! Es muss das andere sein. Das hier ist mit den Vogelstatuen vollgestopft, die deine Tochter macht. Mann, die könnte man nicht mal als Mitbringsel in der Klapsmühle loswerden! Keiner ist *so* verrückt!«

Ernie verspürte ein instinktives Aufflammen von Abneigung gegen Loretta bei dieser Herabwürdigung seiner Tochter Wilma jr., Klein Willie, wie er sie nannte. Klein Willie hatte echtes Talent. Eines Tages würde sie eine berühmte Bildhauerin sein. Sie lebte in Neumexiko, seit sie '68 die Schule abgebrochen hatte, und bestritt ihren Lebensunterhalt, indem sie abends als Bedienung bei McDonald's arbeitete. Tagsüber machte sie Keramiken und formte Vögel.

Ernie merkte, wie er herumgedreht und heruntergedrückt wurde. Seine Knie knickten ein, und er hörte das vertraute Quietschen des Boxspringbetts. Mit einem dankbaren Seufzen streckte er sich aus und war im selben Moment weggetreten.

Wilma Bean und ihre Schwester Dorothy hatten einen angenehmen Tag verbracht. In kleinen Dosen genoss Wilma das Zusammensein mit Dorothy, die dreiundsechzig war gegenüber Wilmas achtundfünfzig. Das Problem war, dass Dorothy ausgesprochen starrsinnig war und sowohl Ernie als auch Klein Willie ständig kritisierte, und das konnte Wilma nicht lange verkraften. Aber sie hatte Mitleid mit ihrer Schwester. Dorothys Mann hatte sie vor zehn Jahren sitzen lassen und lebte jetzt in Saus und Braus mit seiner zweiten Frau, einer Karatelehrerin. Dorothy und ihre Schwiegertochter kamen nicht besonders gut miteinander aus. Dorothy arbeitete immer noch stundenweise als Schadensreguliererin in einem Versicherungsbüro, und, wie sie Wilma häufig erzählte, »die vorgetäuschten Ansprüche kommen nicht an mir vorbei!«.

Sehr wenige Leute glaubten, dass sie Schwestern waren. Dorothy war, wie Ernie es ausdrückte, wie eine Seite von elf, ganz geradlinig auf und ab mit dünnen grauen Haaren, die sie in einem straffen Knoten am Hinterkopf trug. Ernie sagte immer, sie wäre die Idealbesetzung der radikalen Abstinenzlerin Carrie Nation; sie hätte gut ausgesehen mit einem Beil in der Hand. Wilma wusste, dass Dorothy immer noch eifersüchtig war, weil Wilma die Hübsche gewesen war und, auch wenn sie ordentlich zugenommen hatte, ihr Gesicht keine Runzeln bekommen und sich noch nicht einmal viel verändert hatte. Aber trotz allem, überlegte Wilma, war Blut dicker als Wasser und ein Wochenende in Philadelphia alle vier Monate oder so, besonders um die Feiertagszeit, immer nett.

Am Nachmittag des Lotterieziehungstages holte Dorothy Wilma vom Bahnhof ab. Sie nahmen ein spätes Mittagessen bei Burger King zu sich und fuhren dann durch die Wohngegend, in der Grace Kelly aufgewachsen war. Sie waren zwei ihrer begeistertsten Fans gewesen. Nachdem sie übereingekommen waren, dass Prinz Albert heiraten sollte, Prinzessin Caroline sich inzwischen abreagiert hatte und gute Arbeit leistete und Prinzessin Stephanie in ein Nonnenkloster geprügelt gehörte, damit man ihr mal den Kopf zurechtrückte, gingen sie in einen Film und dann zurück in Dorothys Wohnung. Sie hatte ein Hühnchen zubereitet, und während des Essens, das sich bis spät in den Abend hineinzog, wurde ständig geschwatzt.

Dorothy beklagte sich bei Wilma, dass ihre Schwiegertochter keine Ahnung davon hatte, wie man ein Kind großzog, und zu stur war, um selbst die hilfreichsten Ratschläge anzunehmen.

»Na ja, immerhin hast du Enkelkinder«, seufzte Wilma. »Für Klein Willie sind keine Hochzeitsglocken in Aussicht. Sie hat ihr Herz an ihre Bildhauerkarriere gehängt.«

»Was für eine Bildhauerkarriere?«, frotzelte Dorothy.

»Wenn wir uns doch nur einen guten Lehrer leisten könnten!«, seufzte Wilma und bemühte sich, die Stichelei zu ignorieren.

»Ernie sollte Willie nicht noch ermutigen«, sagte Dorothy unverblümt. »Sag ihm, er soll nicht so ein Getue machen um den Müll, den sie nach Hause schickt. Eure Wohnung sieht aus wie das überdimensionierte Vogelhaus eines Irren. Wie geht es Ernie? Ich hoffe, du hältst ihn aus den Kneipen raus! Merk dir meine Worte: Er hat die Voraussetzungen zum Alkoholiker! Die ganzen geplatzten Äderchen in seiner Nase!«

Wilma dachte an die übergroßen Weihnachtspakete, die ein

paar Tage zuvor von Klein Willie angekommen waren. *Erst an Weihnachten aufmachen!*, stand drauf, und es lag ein Zettel dabei. »Mama, warte, bis du die hier siehst! Ich mag jetzt Pfauen und Papageien!« Wilma dachte auch an die Weihnachtsfeier für die Belegschaft im Do-Shop-Here-Einkaufszentrum neulich abends, als Ernie sich volllaufen ließ und einer der Kellnerinnen in den Hintern kniff.

Zu wissen, dass Dorothy bezüglich Ernies Begabung, sich Alkohol einzuverleiben, recht hatte, minderte Wilmas Verärgerung darüber, die Wahrheit aufgezeigt zu bekommen, nicht. »Na ja, Ernie mag albern werden, wenn er ein oder zwei Tropfen zu viel intus hat, aber bei Klein Willie liegst du falsch. Sie hat echtes Talent, und wenn das Glück an meine Tür klopft, werde ich ihr helfen, es zu beweisen!«

Dorothy nahm sich eine weitere Tasse Tee. »Ich nehme an, du wirfst dein Geld noch immer für Lottoscheine raus.«

»Na klar doch!«, antwortete Wilma heiter und kämpfte darum, ihre Gutmütigkeit zu bewahren. »Heute ist die Weihnachtssonderziehung. Wenn ich zu Hause wäre, würde ich betend vor der Kiste hocken.«

»Diese Zahlenkombination, die du immer tippst, ist doch lächerlich! 1–9–4–7–5–2! Ich kann ja verstehen, wenn man das Geburtsjahr seines Kindes nimmt, aber das Jahr, wo Ernie seinen Highschool-Abschluss gemacht hat? Das ist albern.«

Wilma hatte Dorothy nie erzählt, dass Ernie sechs Jahre gebraucht hatte, um die Highschool zu schaffen, und dass seine Familie seinen Abschluss mit einem Straßenfest gefeiert hatte. »Das beste Fest, auf dem ich jemals war!«, erzählte er ihr oft, und die Erinnerung ließ sein Gesicht leuchten. »Sogar der Bürgermeister kam!«

Wie auch immer, Wilma gefiel diese Zahlenreihe. Sie war sich absolut sicher, dass sie eines Tages einen Haufen Geld für sich und Ernie gewinnen würde. Nachdem sie Dorothy Gute Nacht gesagt und vor Anstrengung schnaufend die Bettcouch, auf der sie bei ihren Besuchen schlief, zurechtgemacht hatte, ging ihr durch den Kopf, dass Dorothy mit fortschreitendem Alter griesgrämiger wurde. Sie kaute einem auch das Ohr ab, und es war kein Wunder, dass ihre Schwiegertochter sie »diese elende Nervensäge« nannte, wenn sie von ihr sprach.

Am nächsten Tag stieg Wilma gegen Mittag in Newark aus dem Zug. Ernie sollte sie abholen. Als sie zu ihrem Treffpunkt am Haupteingang ging, entdeckte sie dort mit Beunruhigung statt seiner Ben Gump, ihren Nachbarn von nebenan.

Als sie zu Ben hineilte, war ihr fülliger Körper angespannt vor Furcht. »Ist was passiert? Wo ist Ernie?«

Auf Bens hagerem Gesicht erschien ein beruhigendes Lächeln. »Nein, es ist alles in Ordnung, Wilma. Ernie ist mit einem Anflug von Grippe oder so was aufgewacht. Er hat mich gebeten, dich abzuholen. Was soll's, ich hab ja eh nichts anderes zu tun, als dem Gras beim Wachsen zuzusehen!« Ben lachte herzlich über die Witzelei, die seit seiner Pensionierung zu seinem Markenzeichen geworden war.

»Grippe!«, höhnte Wilma. »Das glaub ich dir gleich!«

Ernie war ein ziemlich ruhiger Mensch, und Wilma hatte sich auf eine erholsame Heimfahrt gefreut. Beim Frühstück hatte Dorothy, wissend, dass sie ihr unfreiwilliges Publikum bald verlieren würde, ununterbrochen geredet, ein Wasserfall bissiger Bemerkungen, bei denen Wilma der Kopf brummte.

Um sich von Bens Schneckentempofahrstil und seinen langatmigen Geschichten abzulenken, konzentrierte Wilma sich auf die angenehme Aufregung, in der Minute, wo sie daheim ankam, in die Zeitung zu schauen und die Lotterieergebnisse zu kontrollieren. 1–9–4–7–5–2, 1–9–4–7–5–2, skandierte sie in Gedanken. Es war albern. Die Ziehung war vorbei, aber trotzdem hatte sie ein *gutes* Gefühl. Bestimmt hätte Ernie sie angerufen, wenn sie gewonnen hätten, aber auch nur nahe dran gewesen zu sein, vielleicht drei oder vier der sechs Zahlen zu haben, würde ihr sagen, dass ihr Glück sich drehte.

Es fiel ihr auf, dass das Auto nicht in der Einfahrt stand, und sie erriet den Grund. Wahrscheinlich parkte es an der Eintracht. Es gelang ihr, Ben Gump an der Tür loszuwerden, indem sie ihm überschwänglich dafür dankte, dass er sie abgeholt hatte, seinen Wink mit dem Zaunpfahl, dass eine Tasse Kaffee jetzt bestimmt nicht schaden würde, jedoch mehrfach ignorierte. Dann begab sich Wilma geradewegs ins Schlafzimmer. Wie erwartet lag Ernie im Bett. Die Decke war bis zur Nasenspitze hochgezogen. Ein einziger Blick verriet ihr, dass er einen mächtigen Kater hatte. »Wenn die Katze aus dem Haus ist, tanzen die Mäuse auf dem Tisch.« Sie seufzte. »Ich hoffe, dein Kopf fühlt sich an wie ein Mühlstein!«

In ihrer Verärgerung stieß sie den einen Meter hohen Pelikan um, den Klein Willie zum Erntedankfest geschickt hatte und der auf einem Tisch draußen direkt vor der Schlafzimmertür hockte. Als er auf den Boden polterte, nahm er die Keramikvase mit sich, ein Frühwerk Klein Willies, und das Arrangement aus Plastikschleierkraut und -weihnachtssternen, mit dem Wilma sich in Vorbereitung auf Weihnachten abgemüht hatte.

Die zerbrochene Vase aufzukehren, die Blumen neu zu arrangieren und den Pelikan, dem jetzt ein Stück vom Flügel fehlte, wieder auf den Tisch zu stellen, strapazierte Wilmas Geduld bis zum Zerreißen.

Aber der Gedanke an den magischen Moment, wenn sie nachschaute, wie nahe sie dem Gewinn in der Lotterie gekommen waren, und vielleicht herausfand, dass es diesmal *wirklich* nah gewesen war, gab ihr ihre übliche gute Laune zurück. Sie machte sich eine Tasse Kaffee und einen Zimttoast, bevor sie sich an den Küchentisch setzte und die Zeitung aufschlug.

Sechzehn glückliche Gewinner teilen sich Zweiunddreißig-Millionen-Dollar-Gewinn, lautete die Schlagzeile.

Sechzehn glückliche Gewinner. Ach, einer davon zu sein! Wilma schob die Hand über die Gewinnkombination. Sie würde die Zahlen eine nach der andern lesen; auf die Art machte es mehr Spaß.

1–9–4–7–5

Wilma holte tief Luft. In ihrem Kopf hämmerte es. War es möglich? Gequält vor Spannung zog sie die Hand von der letzten Zahl.

2

Ihr spitzer Schrei und das Geräusch des umkippenden Küchenstuhls ließen Ernie kerzengerade im Bett auffahren. Der Jüngste Tag war gekommen.

Mit versteinertem Gesicht kam Wilma ins Zimmer gestürzt. »Ernie, warum hast du mir nichts gesagt? *Gib mir den Schein!*«

Ernie ließ den Kopf hängen. Seine Stimme war ein gebrochenes Flüstern. »Ich hab ihn verloren.«

Loretta hatte gewusst, dass es unvermeidbar war. Trotzdem löste der Anblick von Wilma Bean, die mit einem widerstrebenden, niedergeschlagenen Ernie im Schlepptau den verschneiten Zementweg hochmarschiert kam, einen Moment blanker Panik bei ihr aus. »Vergiss es!«, sagte sich Loretta. »Sie haben keine Handhabe.« Sie hatte ihre Spuren vollkommen verwischt, beruhigte sie sich, als Wilma und Ernie die Stufen zur Veranda zwischen den beiden Tannen hochstapften, die Loretta mit Dutzenden von Weihnachtslichtern geschmückt hatte. Sie hatte ihre Geschichte auf der Reihe. Sie hatte Ernie an seine Haustür gebracht. Jeder, der wusste, wie eifersüchtig Big Jimbo war, würde verstehen, dass Loretta die Schwelle der Wohnung eines anderen Mannes niemals überschreiten würde, wenn seine Frau nicht zugegen war.

Wenn Wilma nach dem Lottoschein fragte, würde Loretta erwidern: »Welcher Lottoschein?« Ernie hatte ihr gegenüber nie einen Lottoschein *erwähnt*. Er war nicht dazu fähig gewesen, über irgendetwas Vernünftiges zu sprechen. Frag Lou. Ernie war nach ein paar Drinks hackedicht gewesen; wahrscheinlich hatte er vorher schon woanders angehalten.

Hatte Loretta einen Lottoschein für die Weihnachtssonderziehung gekauft? Klar hatte sie ein paar gekauft. Willste sie sehen? Jede Woche, wenn sie daran dachte, nahm sie ein paar mit. Nie im selben Geschäft. Vielleicht im Schnapsladen, im Schreibwarenladen. Na ja, man könnte ja mal Glück haben. Immer Zahlen, die ihr aus dem hohlen Bauch heraus einfielen.

Loretta kratzte sich heftig an der rechten Hand. Verdammtes Giftefeu! Sie hatte den 1–9–4–7–5–2-Gewinnschein sicher in der Zuckerdose ihres besten Porzellanservice versteckt. Man hatte ein Jahr, um seine Gewinnansprüche geltend zu machen. Kurz bevor das Jahr rum war, würde sie »zufällig« darauf stoßen. Sollten Wilma und Ernie ruhig flennen, dass es ihrer war!

Es klingelte. Loretta tätschelte ihr platinblondes Haar, das sie

in den Gemischter-Salat-Look toupiert hatte, rückte die Schulter-
polster ihres glänzenden, paillettenbesetzten Pullovers zurecht und
eilte in die wandschrankgroße Diele. Als sie die Tür aufmachte,
zwang sie sich zu einem strahlenden Lächeln und bedachte dabei
nicht einmal, dass sie doch eigentlich nicht zu viel lachen wollte.
Ihr Gesicht bekam nämlich allmählich Runzeln, ein erblich be-
dingtes Problem in der Familie. Sie machte sich ständig Gedanken
darüber, dass das Gesicht ihrer Mutter mit sechzig ausgesehen hatte, als könnte es den Regen von neun Tagen aufnehmen. »Wilma,
Ernie, was für eine reizende Überraschung!«, begrüßte sie sie überschwänglich. »Kommt doch rein! Kommt doch rein!«

Loretta beschloss, zu ignorieren, dass weder Wilma noch Ernie
ihr antwortete, dass weder sie noch er sich die Mühe machte, auf
der Fußmatte in der Diele, die Gäste ausdrücklich genau dazu auf-
forderte, sich den Schnee von den Überschuhen zu streifen, dass
sie kein freundliches Festtagslächeln aufsetzten, das Lorettas Begrüßung entsprochen hätte.

Wilma lehnte die Einladung ab, sich zu setzen und sich eine
Tasse Tee oder eine Bloody Mary geben zu lassen. Sie kam gleich
zur Sache. Ernie hatte einen Zwei-Millionen-Dollar-Lottoschein
bei sich gehabt. Er hatte Loretta davon in der *Eintracht* erzählt.
Loretta hatte ihn aus der *Eintracht* nach Hause gefahren, ihn in
sein Zimmer geschafft. Ernie hatte das Bewusstsein verloren, und
der Schein war weg.

1945, bevor sie eine Vollzeit-Berufstänzerin geworden war, hatte Loretta an der *Sonny Tufts School for Thespians* Schauspielunter-
richt genommen. Jetzt griff sie auf diese lange zurückliegende Erfahrung zurück und lieferte Wilma und Ernie eine gut einstudierte
Vorführung voller Ernst und Aufrichtigkeit. Ernie hatte ihr gegen-

über kein Wort von einem Lottoschein erwähnt. Sie hatte ihn nur heimgefahren, um ihm und Lou einen Gefallen zu tun. Lou konnte ja nicht weg, und Ernie die Schlüssel abzunehmen war auch nicht drin, so schmächtig wie Lou ist. »Am Ende war es dir ja ganz recht, dass ich dich fahre«, sagte Loretta verärgert zu Ernie. »Allein damit, dass ich dich auf dem Heimweg in meinem Auto habe schnarchen lassen, hab ich schon mein Leben riskiert!« Sie wandte sich an Wilma und erklärte ihr von Frau zu Frau: »Du weißt ja, wie eifersüchtig Jimbo mich bewacht, der dumme Kerl. Man könnte meinen, ich sei erst sechzehn! Auf gar keinen Fall würde ich euer Haus betreten, wenn du nicht da bist, Wilma. Ernie, du warst in der *Eintracht* echt schnell blau. Da kannst du Lou fragen! Hast du vorher schon wo angehalten und vielleicht mit jemand anderem über den Lottoschein gesprochen?«

Loretta gratulierte sich, als sie den Zweifel und die Verwirrung auf den Gesichtern der beiden sah. Ein paar Minuten später gingen sie. »Ich hoffe, ihr findet den Schein. Ich werde ein Gebet für euch sprechen«, versprach sie fromm. Sie gab ihnen zum Abschied nicht die Hand und erzählte Wilma von dem Giftefeu im Gewächshaus ihrer beschränkten Schwägerin. »Schaut doch noch mal auf einen kleinen Weihnachtsumtrunk mit Jimbo und mir vorbei«, drängte sie. »An Heiligabend wird er ungefähr um vier daheim sein.«

Zu Hause saß Wilma bedrückt bei einer Tasse Tee und sagte: »Sie lügt. Ich weiß, dass sie lügt, aber wer soll das beweisen? Fünfzehn Gewinner haben sich schon gemeldet. Einer fehlt noch und hat ein Jahr Zeit dafür.« Tränen der Frustration rollten unbeachtet über Wilmas Wangen. »Sie wird der ganzen Welt erzählen, dass sie mal hier, mal da einen Lottoschein ausgefüllt hat. Das wird sie die nächsten einundfünfzig Wochen machen und dann, *bingo*, wird sie den Schein finden, den sie ganz vergessen hatte.«

Stumm und niedergeschlagen beobachtete Ernie seine Frau. Eine weinende Wilma war ein seltener Anblick. Ihr Gesicht war voller Flecken, und ihre Nase lief, also gab er ihr sein großes rotes Taschentuch. Bei der plötzlichen Bewegung fiel ein Keramikkolibri vom Sideboard hinter ihm; der Schnabel zersplitterte auf dem Marmorfliesenimitat in der Essnische der Küche und entlockte Wilma einen erneuten Klagelaut.

»Ich hatte so gehofft, dass Willie nicht mehr nachts bei McDonald's arbeiten müsste, sondern studieren und sich ganz ihren Vögeln widmen könnte!«, schluchzte Wilma. »Und jetzt ist dieser Traum geplatzt!«

Nur um ganz sicherzugehen, fuhren sie auch ins *Freundliche Kleeblatt* in der Nähe des Do-Shop-Here-Einkaufszentrums in Paramus. Der Barkeeper bestätigte, dass Ernie am Abend zuvor so gegen Mitternacht da gewesen war, zwei, vielleicht auch drei Drinks gehabt, aber mit niemandem ein Wort gewechselt hatte. »Er hat nur dagesessen und wie ein Honigkuchenpferd in sich hineingegrinst.«

Nach einem Abendessen, das keiner von ihnen anrührte, untersuchte Wilma sorgfältig Ernies Unterhemd, an dem immer noch die Sicherheitsnadel steckte. »Sie hat sich nicht mal die Mühe gemacht, die Nadel aufzumachen«, sagte Wilma bitter. »Hat einfach reingegriffen und den Schein abgerissen!«

»Können wir sie verklagen?«, schlug Ernie zaghaft vor. Das ungeheure Ausmaß seiner Dummheit nahm von Minute zu Minute zu. Sich zu betrinken. Sich bei Loretta um Kopf und Kragen zu reden.

Zu müde, um auch nur zu antworten, machte Wilma den Koffer auf, den sie noch nicht ausgepackt hatte, und griff nach ihrem Flanellnachthemd. »Klar können wir sie verklagen«, meinte sie sarkastisch, »dafür, dass sie einen fixen Verstand hat, wenn sie es mit einem umnebelten zu tun hat! Jetzt mach das Licht aus, geh schlafen und hör mit dem verdammten Kratzen auf! Du treibst mich in den Wahnsinn!«

Ernie kratzte in der Herzgegend an seiner Brust herum. »Irgendwas juckt mich«, beklagte er sich.

Eine Glocke läutete in Wilmas Kopf, als sie die Augen schloss. Sie war so fertig, dass sie fast augenblicklich einschlief, doch ihre Träume waren voller Lottoscheine, die wie Schneeflocken durch die Luft schwebten. Von Zeit zu Zeit wurde sie von Ernies ruhelosen Bewegungen aus dem Schlaf gerissen. Normalerweise schlief Ernie wie ein Bär, der seinen Winterschlaf hält.

Der Heiligabend dämmerte grau und freudlos herauf. Wilma schleppte sich durchs Haus und führte die Bewegungen durch, die erforderlich waren, um die Geschenke unter den Baum zu legen. Die zwei Schachteln von Klein Willie. Hätten sie den Lottoschein nicht verloren, hätten sie Klein Willie anrufen und über Weihnachten heimkommen lassen können. Vielleicht wäre sie auch gar nicht gekommen. Klein Willie mochte die Mittelklassenfalle des Vorstadtmilieus nicht. In dem Fall hätte Ernie seine Arbeit hinschmeißen können, und sie hätten sie schnell in New Mexico besuchen können. Und Wilma hätte den Vierzig-Zoll-Fernseher kaufen können, der ihr letzte Woche bei Trader Horn's solche Ehrfurcht eingeflößt hatte. Man denke nur, J. R. vierzig Zoll groß zu sehen!

Ach ja! Vergossene Milch. Nein, vergossener Schnaps! Ernie

hatte ihr von seinem Vorhaben erzählt, den Lottoschein in ihre Strumpfhose auf dem Sims des Dekokamins zu stecken, wenn er ihn nicht verloren hätte. Wilma versuchte, nicht der Vorstellung ihrer Erregung nachzuhängen, wenn sie den Schein dort gefunden hätte.

Sie ging nicht freundlich mit Ernie um, der immer noch verkatert war und sich telefonisch den zweiten Tag krankgemeldet hatte. Sie erklärte ihm genau, wo er sich sein Kopfweh hinstecken konnte.

Am späten Nachmittag ging Ernie ins Schlafzimmer und schloss die Tür. Nach einer Weile machte Wilma sich Sorgen und ging ihm nach. Ernie saß auf der Bettkante, das Hemd ausgezogen, und kratzte sich wehleidig am Brustkorb. »Es geht mir gut«, sagte er, aber er trug immer noch die Armesündermiene zur Schau, die allmählich sein dauerhafter Gesichtsausdruck zu werden schien. »Es ist nur, dass es mich so verdammt juckt.«

Nur ein bisschen erleichtert, dass Ernie nicht irgendeinen Weg gefunden hatte, Selbstmord zu begehen, fragte Wilma gereizt: »Was juckt dich denn so? Es ist doch gar nicht die Jahreszeit für eine Allergie! Den ganzen Sommer über höre ich schon genug davon!«

Sie sah sich die entzündete Haut näher an. »Himmelherrgott, das ist Giftefeu! Wo hast du dir denn das eingefangen?«

Giftefeu.

Sie starrten einander an.

Wilma schnappte sich Ernies Unterhemd von der Kommode. Sie hatte es dort liegen lassen, die Sicherheitsnadel noch dran, der Lottoscheinschnipsel ein stummer, feindseliger Zeuge seiner Dummheit. »Zieh es an!«, befahl sie.

427

»Aber ...«

»Zieh es an!«

Es war sofort offensichtlich, dass sich der Ausschlag genau an der Stelle konzentrierte, wo der Schein versteckt gewesen war.

»Dieses verlogene Revuegirl!« Wilma streckte das Kinn vor und straffte die Schultern. »Sie hat doch gesagt, Big Jimbo käme gegen vier nach Hause, stimmt's?«

»Ich glaube schon.«

»Gut! Es geht doch nichts über ein Empfangskomitee!«

Um halb vier fuhren sie an Lorettas Haus vor und parkten. Wie erwartet war Jimbos Sattelschlepper noch nicht da. »Wir bleiben ein paar Minuten hier sitzen und machen diese Betrügerin nervös«, ordnete Wilma an.

Sie beobachteten, wie die Lamellenvorhänge am Vorderfenster von Lorettas Haus unstet zu wippen begannen. Um drei Minuten vor vier streckte Ernie eine unruhige Hand aus. »Dort! Wo das Licht ist. Das ist Jimbos Laster.«

»Gehen wir«, sagte Wilma zu ihm.

Loretta öffnete die Tür, im Gesicht wieder ein zuckersüßes Lächeln. Mit grimmiger Genugtuung bemerkte Wilma, dass das Lächeln sehr, sehr nervös war.

»Ernie. Wilma. Wie nett! Ihr seid für einen Weihnachtumtrunk gekommen!«

»Ich werde meinen Weihnachtsumtrunk später zu mir nehmen«, teilte Wilma ihr mit. »Und zwar um zu feiern, dass wir unseren Lottoschein zurückbekommen haben. Was macht dein Giftefeu, Loretta?«

»Ach, wird allmählich besser. Wilma, mir gefällt der Ton deiner Stimme nicht.«

»Das ist jammerschade!« Wilma schritt an der Couchgarnitur vorbei, deren Polster mit einem rot-schwarzen Karomuster bezogen waren, ging zum Fenster und schob den Lamellenvorhang zurück. »Tja, was sagt man dazu? Da ist Big Jimbo. Ich schätze, ihr zwei Turteltauben könnt es gar nicht erwarten, euch wiederzusehen! Ich schätze, er wird echt sauer sein, wenn ich ihm erzähle, dass ich dich wegen Sodbrennen verklage, weil du es mit meinem Mann getrieben hast.«

»Ich habe was?« Lorettas sorgfältig aufgetragener Knutschfleck-Lippenstift wurde dunkler, als ihre Gesichtsfarbe zu einem weißlichen Grau verblasste.

»Du hast mich gehört. Und ich habe Beweise. Ernie, zieh dein Hemd aus! Zeig dieser Gattenklauerin deinen Ausschlag!«

»Ausschlag!«, stöhnte Loretta.

»Giftefeu, genau wie bei dir. Hat an seiner Brust angefangen, als du ihm mit der Hand an die Wäsche gegangen bist, um an den Lottoschein zu kommen. Nur zu. Streite es ab! Sag Jimbo, du weißt nichts von einem Lottoschein, dass du und Ernie nur ein kleines Techtelmechtel gehabt habt!«

»Du lügst! Raus mit euch! Ernie, lass das Hemd zu!« Hektisch packte Loretta Ernies Hände.

»Was für ein kräftiger Mann Jimbo doch ist!«, meinte Wilma bewundernd, als er aus dem Lastwagen stieg. Sie winkte ihm zu. »Ein wirklich kräftiger Mann.« Sie drehte sich um. »Zieh auch die Hose aus, Ernie!« Wilma ließ den Vorhang fallen und hastete neben Loretta. »Er hat *da unten* Ausschlag!«, flüsterte sie.

»Oh Gott! Ich geh ihn holen! Ich geh ihn holen! Behalt die Hose an!« Loretta stürzte in das winzige Esszimmer und riss den Wandschrank auf, in dem sie die Reste des Porzellangeschirrs ihrer

Mutter aufbewahrte. Mit zittrigen Fingern griff sie nach der Zuckerdose. Sie fiel ihr aus der Hand und zerbrach, als sie den Lottoschein herausnahm. Jimbos Schlüssel drehte sich schon in der Tür, als sie Wilma den Schein in die Hand stopfte. »Und jetzt raus! Und kein Wort!«

Wilma setzte sich auf die rot-schwarz karierte Couch. »Es würde doch wirklich komisch aussehen, wenn wir jetzt auf einmal aufbrächen. Ernie und ich werden dir und Big Jimbo bei einem Weihnachtsumtrunk Gesellschaft leisten!«

Die Häuser in ihrer Straße waren mit Weihnachtsmännern auf den Dächern, Engeln auf dem Rasen und Lichterketten vor den Fenstern dekoriert. Als sie zu Hause ankamen, bemerkte Wilma mit einem friedlichen Lächeln, wie wunderschön es in ihrer Nachbarschaft doch sei. Im Haus gab sie Ernie den Lottoschein. »Steck den in meine Strumpfhose, wie du es vorgehabt hast.«

Kleinlaut ging er ins Schlafzimmer und suchte ihre Lieblingsstrumpfhose heraus, die weiße mit den Strasssteinen. Sie kramte in seiner Schublade und brachte einen seiner karierten Kniestrümpfe zum Vorschein; er war zwar etwas dick, denn Wilma konnte nicht besonders gut stricken, aber immer noch sein bester. Als sie die Strümpfe am Sims des Dekokamins befestigten, sagte Ernie: »Wilma, ich habe kein Giftefeu« – seine Stimme wurde zu einem schwachen Flüstern – »da unten.«

»Da bin ich mir sicher, aber der Trick hat funktioniert. Jetzt steck einfach den Lottoschein in meinen Strumpf, und ich stecke das Geschenk für dich in deinen.«

»Du hast mir ein Geschenk gekauft? Nach all den Scherereien, die ich dir gemacht habe? Ach Wilma!«

»Ich hab es nicht gekauft. Ich hab es aus dem Arzneischränkchen genommen und ein Schleifchen drum gemacht.« Mit einem zufriedenen Lächeln ließ Wilma eine Flasche Zinksalbe in Ernies Strumpf gleiten.

Originaltitel: *That's the Ticket*
Ins Deutsche übertragen von Axel Franken

Der dreizehnte Weihnachtstag

Isaac Asimov

Auf Isaac Asimovs Visitenkarte standen sein Name und die Be-
zeichnung »Natürliche Quelle«. Das war eine leichte Untertrei-
bung. Er sprudelte wahrlich über. Mehr als dreihundert Bücher
stammen aus seiner Feder. Berühmt war er vor allem für seine Sci-
ence-Fiction-Storys und -Romane, wie zum Beispiel »I Robot«
(1950) und die Foundation Trilogie. Er schrieb aber auch Sachbücher, in denen er dem durchschnittlichen Leser ermöglichte, kom-
plexe Themen wie Schwarze Löcher, die Bibel, John Milton, die
Französische Revolution und das Limerick, welches er meisterhaft
beherrschte, kennenzulernen und zu verstehen.

Was Krimis betrifft, liebte er die literarische Form der Kurzgeschichte und schrieb unter anderem über die »Schwarzen Wit-
wer«. »Der dreizehnte Weihnachtstag« wurde das erste Mal 1977
in der Juli-Ausgabe von *Ellery Queen's Mystery Magazine* veröffentlicht und erschien zum ersten Mal in einem Kurzgeschichtenband
in *The Twelve Crimes of Christmas*, herausgegeben von Carol-Lynn
Rossell Waugh, Martin Harry Greenberg und Isaac Asimov (New
York, Avon, 1981).

Der dreizehnte Weihnachtstag

Isaac Asimov

In diesem Jahr waren wir froh, als Weihnachten vorüber war.

Es war ein düsterer Heiligabend gewesen, und ich war einfach nur froh, dass ich nicht mehr in dem Alter war, in dem man wach bleibt, um auf Schlittenglöckchen zu horchen. Schließlich würde ich bald die Junior High verlassen. Letztendlich blieb ich dann aber doch wach, um auf Bomben zu achten.

Am ersten Weihnachtsfeiertag blieben wir bis Mitternacht wach – bis zur letzten Minute –, allerdings waren Mom und ich alleine. Dann rief Dad an und sagte: »Alles ist gut, es ist vorbei, und es ist nichts passiert. Ich werde so schnell es geht zu Hause sein.«

Mom und ich tanzten eine Weile umher, als ob der Weihnachtsmann gerade da gewesen wäre. Und dann, endlich, nach ungefähr einer Stunde kam Dad nach Hause, und ich ging ins Bett – und habe sehr gut geschlafen.

Sie merken: Bei uns geht es nicht gewöhnlich zu. Dad ist Kriminalbeamter bei der Polizei, und gerade in diesen Zeiten, die geprägt sind von Terroristen und Bombenanschlägen, kann es ganz schön brenzlig werden. Deshalb musste es auch sehr ernst genommen werden, als am zwanzigsten Dezember eine Drohung im Hauptquartier einging, dass am ersten Weihnachtsfeiertag ein Bombenanschlag in den sowjetischen Büros der Vereinten Nationen geplant wäre.

Die gesamte Dienststelle war in Alarmbereitschaft, und auch das FBI kam hinzu. Die Sowjets hatten ihre eigene Sicherheitstruppe, schätze ich, aber nichts davon konnte Dad zufriedenstellen.

An Heiligabend sagte er: »Wenn jemand wirklich so irre ist und eine Bombe hineinschmuggeln will und es ihm egal ist, ob er danach geschnappt wird, dann wird er es vermutlich auch schaffen – egal was für Vorsichtsmaßnahmen wir treffen.«

Mom sagte: »Habt ihr denn gar keinen Verdacht, wer das sein könnte?«

Dad schüttelte den Kopf. »Die Drohung besteht aus Buchstaben, die aus Zeitungen ausgeschnitten und auf Papier geklebt wurden. Keine Fingerabdrücke – nur Flecken. Nichts Auffälliges, nichts, was wir nachverfolgen könnten. Und er sagt, das wäre die einzige Warnung, also werden wir wohl auch nichts mehr bekommen, was uns weiterhelfen könnte. Was sollen wir machen?«

Mom meinte: »Hm … ich vermute, es muss jemand sein, der die Russen nicht leiden kann.«

Dad erwiderte: »Das grenzt es nicht wirklich ein. Die Sowjets sagen natürlich, es sei eine zionistische Bedrohung, und dass wir die Jüdische Verteidigungsliga im Auge behalten sollen.«

Ich sagte: »Mann, Dad, das ergibt nicht wirklich Sinn. Die Juden würden doch nicht den ersten Weihnachtsfeiertag aussuchen, um es zu tun, oder? Dieser Tag bedeutet ihnen doch nichts. Und den Sowjets auch nicht, die sind doch offiziell alle Atheisten.«

Dad meinte: »Das kann man den Russen leider nicht begreifbar machen. Na ja, willst du nicht mal langsam ins Bett gehen? Morgen könnte insgesamt ein ziemlich bescheidener Tag werden – Weihnachten hin oder her.«

Dann ging er und war den ganzen ersten Feiertag weg. Das war ziemlich mies. Wir öffneten noch nicht mal irgendwelche Geschenke, saßen nur da und hörten den ganzen Tag Nachrichten im Radio.

Als Dad dann um Mitternacht anrief und berichtete, dass nichts passiert sei, atmeten wir auf. Aber ich hatte trotz allem vergessen, meine Geschenke auszupacken.

Das tat ich erst am Morgen des sechsundzwanzigsten Dezembers. Wir erklärten diesen Tag einfach zu Weihnachten. Dad hatte frei, und Mom hat den Truthahn eben einen Tag später gemacht. Erst nach dem Abendessen sprachen wir erneut über den Fall.

Mom sagte: »Ich vermute, die Person – wer immer es war – konnte keinen Weg finden, die Bombe hineinzuschmuggeln, nachdem die Sicherheitsvorkehrungen so verschärft wurden.«

Dad lächelte, als freue er sich über Moms Loyalitätsbezeugung. Er sagte: »Ich glaube nicht, dass man Vorkehrungen derart verschärfen kann, aber egal. Es gab keine Bombe. Vielleicht war alles nur ein Bluff. Nichtsdestotrotz hat es die Stadt ein wenig in Atem gehalten. Und ich wette, es hat den Sowjets in den Vereinten Nationen einige schlaflose Nächte bereitet. Vielleicht war das für den mutmaßlichen Attentäter fast genauso gut, wie die Bombe hochgehen zu lassen.«

Ich sagte: »Wenn es am ersten Weihnachtsfeiertag nicht geklappt hat, wird er es vielleicht später wieder versuchen. Vielleicht hat er Weihnachten nur gesagt, um für Unruhe zu sorgen. Und dann, wenn sich die Wachsamkeit wieder gelegt hat, schlägt er zu ...«

Dad gab mir einen leichten Klaps auf den Hinterkopf. »Du bist ein aufgewecktes Kerlchen, Larry. Aber nein, das glaube ich nicht. Richtige Attentäter schätzen das Gefühl der Macht. Wenn sie sagen, dass etwas zu einem bestimmten Zeitpunkt passiert, passiert es auch genau zu diesem Zeitpunkt. Sonst bringt es ihnen keinen Spaß.«

Ich war immer noch nicht überzeugt, aber die Tage vergingen und es gab keinen Anschlag, und die Dienststelle ging langsam wieder zum normalen Betrieb über. Das FBI zog ab, und sogar die Sowjets schienen sich langsam zu beruhigen, jedenfalls sagte Dad so was in der Art.

Am zweiten Januar waren die Weihnachtsferien zu Ende und ich ging wieder zur Schule. Wir fingen an, für unsere Weihnachtsfeier zu proben. Natürlich haben wir sie offiziell nicht so genannt, weil wir an der Schule keine religiösen Feste feiern dürfen, aufgrund der Trennung von Kirche und Staat. Wir haben nur eine ausgefeilte Darbietung des Songs »Die zwölf Weihnachtstage« ausgearbeitet, in der es nicht um Religion geht – nur um Geschenke.

Wir waren zwölf Kinder, jedes hatte eine bestimmte Zeile, die es immer, wenn es an der Reihe war, singen musste, und dann setzten alle zusammen bei »und ein höchst ungewöhnliches Tier« ein. Ich war Nummer fünf und sang »fünf gold'ne Ringe«, da ich noch immer eine Sopranstimme hatte und diese hohe Note ziemlich gut treffen konnte, finde ich.

Manche Kinder wussten nicht, warum Weihnachten zwölf Tage hat, aber ich erklärte ihnen, dass am zwölften Tag nach Weihnachten – am 6. Januar – die Heiligen Drei Könige mit Geschenken für das Christuskind gekommen waren. Wir planten die Aufführung in der Aula für den sechsten Januar, und es konnten so viele Eltern kommen wie wollten.

Dad konnte ein paar Stunden freinehmen und saß mit Mom im Publikum. Ich sah, wie er sich hinsetzte, um zum letzten Mal die klare hohe Stimme seines Sohns zu hören, die sich nächstes Jahr sicher verändern würde, nach allem, was ich wusste.

Kennen Sie das, wenn Sie mitten auf der Bühne plötzlich einen Einfall haben und trotzdem konzentriert weitersingen müssen, komme was wolle? Wir waren gerade beim zweiten Tag angekommen, mit seinen »zwei Nachtigallen«, als es mir wie Schuppen von den Augen fiel: »Oh mein Gott – es ist der dreizehnte Weihnachtstag.«

Die Welt um mich herum bebte, und ich musste trotzdem auf der Bühne bleiben, als ob nichts wäre, und über fünf gold'ne Ringe singen.

Ich glaubte nicht daran, dass sie jemals bei den »zwölf hypnotisierten Kaninchen« ankommen würden. Es fühlte sich an, als hätte ich Juckpulver in meiner Unterwäsche. Ich konnte nicht stillstehen. Dann, als der letzte Ton gesungen war, als das Publikum noch applaudierte, machte ich mich davon, sprang die Treppe der Bühne herunter zum Publikum und rief: »Dad!«

Er erschrak, aber ich packte ihn, und ich glaube, ich plapperte so schnell, dass er mich kaum verstehen konnte. Ich sagte: »Dad, Weihnachten ist nicht überall am selben Tag. Es könnte einer von den Sowjets selbst sein. Offiziell sind sie zwar alle Atheisten, aber vielleicht ist einer von ihnen religiös, und vielleicht will er deswegen die Bombe hochgehen lassen. Dann ist er aber wahrscheinlich ein Mitglied der russisch-orthodoxen Kirche. Und die haben nicht unseren Kalender.«

»Was?«, fragte Dad und sah mich an, als würde er kein Wort verstehen.

»So ist es, Dad. Ich hab's gelesen. Die russisch-orthodoxe Kirche folgt nicht dem gregorianischen Kalender wie der Westen, sondern immer noch dem julianischen. Und der ist dreizehn Tage hinter unserem. Das heißt, wenn sie Weihnachten feiern, ist bei uns der siebte Januar. Das ist morgen.«

Natürlich glaubte er mir nicht. Er schaute es im Lexikon nach. Dann rief er noch jemanden bei seiner Dienststelle an, der russisch-orthodox war.

Er schaffte es, die komplette Dienststelle noch mal in Bewegung zu bringen. Sie sprachen mit den Sowjets. Und als die Sowjets aufhörten, die Juden zu verdächtigen und in ihren eigenen Reihen suchten, konnte der Mann gefasst werden. Ich weiß nicht, was sie mit ihm gemacht haben, aber es gab keinen Bombenanschlag am dreizehnten Weihnachtstag. Dads Dienststelle wollte mir nachträglich zu Weihnachten ein Fahrrad schenken, aber ich lehnte es ab. Ich sagte ihnen, dass ich nur meiner Pflicht getan hätte.

Originaltitel: *The Thirteenth Day*
of Christmas
Ins Deutsche übertragen von
Anna-Lena Römisch

Das Weihnachtskätzchen
Ed Gorman

Erwarten Sie keine Geschichte im Stil von Lilian Jackson Braun oder Rita Mae Brown über ein niedliches kleines Kätzchen, die so süß ist, dass man davon Löcher in den Zähnen bekommt; das ist schlichtweg nicht die Art Geschichte, die der vielseitige und erfolgreiche Ed Gorman schreibt. Zwar ist der Großteil seines Werks im Krimigenre angesiedelt, doch hat er auch viele andere Romane verfasst, einschließlich Horror (er wurde von der Horror Writers Association mehrfach für den Bram Stoker Award nominiert) und Western (er gewann einen Spur Award von den Western Writers of America). Von den Mystery Writers of America wurde er für zwei Edgar Awards nominiert, 1991 in der Kategorie »Beste Kurzgeschichte« für *Prisoners* und 1994 (zusammen mit anderen) in »Bestes kritisches oder biografisches Buch« für *The Fine Art of Murder*. 2003 wurde er auch mit dem Ellery Queen Award der MWA ausgezeichnet, der ihm vorrangig für seine Kriminalromane, seine lange Herausgeberschaft beim Mystery Science Magazine und seine vielen Anthologien verliehen wurde. *Das Weihnachtskätzchen* wurde zum ersten Mal 1977 in der Januarausgabe von *Ellery Queen's Mystery Magazine* veröffentlicht.

Das Weihnachtskätzchen
Ed Gorman

1.

»Hat sie gute Laune?«, fragte ich.

Die liebreizende und elegante Pamela Forrest sah zu mir hoch, als hätte ich behauptet, es gäbe tatsächlich einen Weihnachtsmann.

»Nun, warum sollte sie herkommen und mit etwas derart Albernem anfangen, McCain?« Sie lächelte.

»Och, ich schätze, weil –«

»Weil es Weihnachtszeit ist und die meisten Leute gute Laune haben?«

»Jo, so was in der Art.«

»Tja, nicht unsere Richterin Whitney.«

»Wenigstens ist sie beständig«, sagte ich.

Ich war – wie üblich – aus meiner Anwaltskanzlei herzitiert worden, wo ich die Telefone bearbeitet und versucht hatte, meine wenigen Mandanten dazu zu bringen, ihre Rechnungen zu bezahlen. Ich hatte einen 1951er Ford Ragtop zu unterhalten. Und träumte davon, die schöne Pamela Forrest zum Konzert der

Platters auszuführen, wenn sie nächsten Monat in Des Moines waren.

»Haben Sie sich das mit dem Platters-Konzert noch mal durch den Kopf gehen lassen?«, fragte ich sie.

»Ach, McCain, warum müssen Sie das jetzt wieder aufs Tapet bringen?«

»Ich dachte ja nur – «

»Sie wissen, wie sehr ich die Platters mag. Aber ich halte es wirklich für keine gute Idee, dass wir beide noch einmal zusammen ausgehen.« Sie schenkte mir ein melancholisches kleines Lächeln. »Jetzt habe ich Ihnen vermutlich die Feiertage verdorben, und das tut mir leid. Sie wissen, dass ich Sie mag, Cody, es ist nur – Stew.«

Wir hatten Weihnachten 1959, und seit mindestens Weihnachten 1957 versuchte ich, Pamela dazu zu bringen, mit mir auszugehen. Aber wir hatten ein Problem – während ich Pamela liebte, liebte Pamela Steward, und Steward war nicht nur zufällig ein ehemaliger Football-Star an der Universität, sondern auch der Erbe des drittgrößten Vermögens der Stadt.

Ihre Gegensprechanlage summte. »Ist er da draußen und belästigt Sie wieder, Pamela?«

»Nein, Frau Vorsitzende.«

»Sagen Sie ihm, er soll seinen Hintern hier reinschwingen!«

»Ja, Frau Vorsitzende.«

»Und rufen Sie meinen Cousin John an, und sagen Sie ihm, dass ich heute Nachmittag gegen drei da sein werde!«

»Ja, Frau Vorsitzende.«

»Und erinnern Sie mich daran, die Kleider aus der Reinigung zu holen!«

»Ja, Frau Vorsitzende.«

»Und sagen Sie McCain, er soll seinen Hintern hier reinschwingen! Oder habe ich das schon gesagt?«

»Das haben Sie schon gesagt, Frau Vorsitzende.«

Ich verabschiedete mich von der liebreizenden und eleganten Pamela Forrest und ging hinein, um meine Gebieterin zu treffen.

»Wissen Sie, was er diesmal gemacht hat?«, fragte Richterin Eleanor Whitney, drei Sekunden nachdem ich ihre Schwelle überschritten hatte.

Mit »er« konnte nur eine einzige Person in der Stadt Black River Falls, Iowa, gemeint sein. Und das war unser geschätzter Polizeichef Cliff Sykes jun., der diese fürchterliche Angewohnheit hat, Leute wegen Morden festzunehmen, die sie nicht begangen haben, und Richterin Whitney das Vergnügen zu bereiten, ihm die Fehler seiner Methoden aufzuzeigen.

Vor etwas über einhundert Jahren schleppte Richterin Whitneys Familie einen Haufen Geld aus dem Osten hierher und gründete diese Stadt. Sie leiteten sie mehr oder weniger bis zum Zweiten Weltkrieg, einem verhängnisvollen Ereignis, das Cliff Sykes sen. half, im lokalen Kriegsbaugeschäft ein reicher und mächtiger Mann zu werden. Sykes sen. nahm sein Geld in die Hand, um den Stadtrat mit seinen eigenen Leuten zu besetzen, auf dieselbe Weise, auf welche die Whitneys es immer getan hatten. Er fing auch an, die übrige Stadt zu bestechen und zu zwingen, die Dinge auf seine Art zu machen. Richterin Whitney sah ihn natürlich als primitiven Ausländer. Während ihre Familie mit Verdi, Vermeer und Tolstoi vertraut war, wählte die Familie Sykes als kulturelle Idole Ma und Pa Kettle und Francis das sprechende Maultier, dieselben Figuren, die ich mir, wann immer es möglich ist, im Autokino anschauen gehe.

Wie auch immer, das eine Stückchen Stadtverwaltung, an das die Sykes-Familie nicht herankommen konnte, war Richterin Whitneys Gerichtshof. Jedes Mal, wenn Cliff Sykes jun. jemanden wegen Mordes festnahm, rief die Richterin mich an und schickte mich an die Arbeit. Neben meinem Beruf als Rechtsanwalt belege ich Aufbaukurse in Kriminalwissenschaft. Die Richterin ist der Ansicht, dass mich dies als ihren ganz persönlichen Privatermittler qualifiziert; wenn sie also etwas ermittelt haben will, ruft sie mich. Und ich bin froh, dass sie es tut: Sie ist meine einzige zuverlässige Einnahmequelle.

»Er hat den Sohn meines Cousins John verhaftet, Rick. Hat ihn des Mordes an seiner Freundin beschuldigt. Dieser Hornochse!«

Nun muss erwähnt werden, dass in einer Welt genialer Verbrechensaufklärer, die eine Siebteltonne wiegen, und Besitzerinnen von Detekteien, die es auf zweihundert Pfund bringen und dabei so kratzbürstig wie Stacheldraht sind, Richterin Eleanor Whitney tatsächlich eine kleine, gepflegte und sehr gut aussehende Frau ist. Und sie weiß sich anzuziehen. Heute trug sie einen braunen Wildlederblazer, ein weißes Button-down-Hemd mit knackigen Bügelfalten und eine dunkle, eng anliegende Freizeithose. Im offenen Kragen des Hemdes lag ein grüner Seidenschal, der das Grün ihrer Augen perfekt ergänzte.

Sie saß erhöht auf der Schreibtischkante, direkt neben einem üppigen Vorrat an Gummiringen.

»Setzen Sie sich, McCain.«

»Er hat es nicht getan.«

»Ich sagte, setzen Sie sich! Sie wissen, dass ich es hasse, wenn Sie stehen!«

Ich setzte mich.

»Er hat es nicht getan«, sagte ich.

»Genau! Er hat es nicht getan.«

»Wissen Sie, eines Tages liegen Sie bestimmt mal falsch. Ich meine, rein von der Wahrscheinlichkeit her muss Sykes irgendwann mal recht haben!«

Was ich jedes Mal sage, wenn sie mir einen Auftrag gibt.

»Nun ja, dieses Mal hat er nicht recht.«

Was sie jedes Mal sagt, wenn ich die Sache mit der Wahrscheinlichkeit erwähne.

»Seine Freundin war Linda Palmer, nehme ich an.«

»Korrekt.«

»Die, die man in ihrer Wohnung gefunden hat?«

Sie nickte.

»Welchen Beweis hat Sykes?«

»Drei Nachbarn haben Rick vorgestern Nacht von dem Apartmenthaus weglaufen sehen.«

Sie schoss mit einem ihrer Gummiringe nach mir, zwischen Daumen und Zeigefinger, als zückte sie eine Pistole. Sie schaut gern, ob ich zusammenzucke, wenn der Gummiring einen halben Zentimeter an meinem Ohr vorbeizischt. Ich versuche immer, ihr diese Befriedigung zu versagen.

»Hat er Ricks Auto und Kleidung untersucht?«

»Sie meinen Fasern und Blut, was in der Art?«

»Jo.«

Sie grinste süffisant. »Sie meinen, Sykes wäre schlau genug, etwas Derartiges zu machen?«

»Ich schätze, da haben Sie nicht ganz unrecht.«

Sie stand auf und fing an, im Raum auf und ab zu gehen.

Sie werden bemerkt haben, dass mir dieser Luxus – stehen und auf und ab gehen – nicht bewilligt wird, aber für sie ist es in Ordnung. Schließlich ist sie die Herrin des Universums.

»Ich kann einfach nicht aufhören, an John zu denken. Der arme Kerl! Er ist ein sehr guter Mensch.«

»Ich weiß.«

»Und es wird ein ziemlich trostloses Weihnachten für ihn werden, wenn Rick nicht da ist. Ich werde ihn zu mir nach Hause einladen müssen.«

Was keine Einladung war, die *ich* mir normalerweise gewünscht hätte. Die Richterin hielt eine beträchtliche Anzahl von Klapperschlangen in Glaskäfigen im Erdgeschoss ihres Hauses. Ich wartete immer darauf, dass mal eine ausbüxte.

Ich stand auf. »Ich mache mich sofort an die Arbeit.« Ich konnte mich nicht erinnern, die Richterin je in einer so grüblerischen Stimmung gesehen zu haben. Normalerweise ist sie regelrecht ekstatisch, wenn sie gegen Cliff Sykes jun. in den Krieg zieht.

Aber ich vermute, wenn ihr Cousin involviert war, und noch dazu ihr Cousin ersten Grades, dann hatte selbst Richterin Whitney – eine Frau, die drei Ehemänner beerdigt hatte und die häufig mit Präsident Eisenhower Golf spielte, wenn er sich im Mittleren Westen aufhielt, und der Chruschtschow schöne Augen gemacht hatte, als er eine in der Nähe gelegene Farm in Iowa besucht hatte –, ich vermute, dann hatte selbst Richterin Whitney ihre melancholischen Momente.

Sie kam wieder an ihren Schreibtisch, hockte sich auf die Kante, machte einen weiteren Gummiring schussbereit und feuerte auf mich.

»Ihre Nerven werden besser, McCain«, sagte sie. »Sie zucken nicht mehr so viel wie früher.«

»Ich werde das als ein Beispiel für Ihre gute Weihnachtslaune nehmen«, entgegnete ich. »Dass Sie bemerken, dass ich nicht mehr so viel zucke wie früher, meine ich.«

Da sah sie mich finster an. »Nageln Sie seinen Hintern an die Wand, McCain! Die Ehre meiner Familie steht auf dem Spiel! Rick ist ein Heißsporn, aber er ist kein Mörder. Der Name der Familie ist ihm zu wichtig, als dass er ihn auf diese Weise beschmutzen würde.«

Mich solcherart in der Glut der Weihnachtsstimmung wärmend, ganz abgesehen von einem winzigen bisschen patrizischer Überheblichkeit, verabschiedete ich mich von der gut aussehenden Richterin Whitney.

2.

In roten Ford Ragtop kann es um die Weihnachtszeit herum ein bisschen kalt werden. Ich hatte zwar alles zugeknöpft, aber die Winterwinde prügelten das Auto trotzdem alle paar Meter durch.

Der Stadtpark war voller Schneemänner und Weihnachtsengel, während Bing Crosby und Perry Como und Johnny Mathis Festtagslieder über die Lautsprecher sangen, die die Händlerstraßen säumten. Ich konnte mich daran erinnern, wie ich als Kind bei den Feiertagskonzerten im Park war. Die Leute standen im Schein von Christbaumlichtern da und hörten uns eine gute Stunde beim Singen zu. Mir blieb immer warm, indem ich auf das Mädchen starrte, in das ich in dem speziellen Jahr gerade verknallt war. Schon damals wurde ich von denen angezogen, die mich nicht wollten. Ich schätze, deshalb ist mein Lieblingsweihnachtslied auch »Blue

Christmas« von Elvis. Es ist echt deprimierend, was ihm für Romantiker wie mich eine gewisse Aufrichtigkeit verleiht.

Ich fuhr in die Einfahrt von Linda Palmers Apartmenthaus. Es war ein Kasten mit zwei Apartments oben, zwei unten. Hinter dem Gebäude gab es einen Schotterparkplatz. Die Eingangstür war mit Ilex und einer Plastikbüste vom Nikolaus behangen.

Im Innern, im Vorraumbereich mit den Briefkästen, hörte ich Patti Page ein Weihnachtslied singen und wurde wieder sentimental wegen Pamela Forrest. Als sie den guten alten Steward wieder einmal abgeschrieben hatte, war sie ein paarmal mit mir ausgegangen. Ihr hatten diese Verabredungen nicht viel bedeutet, doch ich dachte daran zurück als den glücklichsten Abschnitt meines Lebens, als Riesen auf der Erde wandelten und man Stücke von Sonnenstrahlen abschneiden und sie als Gold verkaufen konnte.

»Hi!«, sagte ich, nachdem die Musik leiser gedreht und die Tür geöffnet worden war.

Die junge Frau, die auf mein Klingeln hin die Tür gegenüber von Linda Palmers Wohnung aufmachte, war süß auf die Art einer Kattunpuppe – Pferdeschwanz und Pat-Boone-Sweatshirt und bis zur Wadenmitte hochgekrempelte Jeans. »Hi!«

»Mein Name ist McCain.«

»Ich bin Bobbi Thomas. Sind Sie nicht Richterin Whitneys Assistent?«

»Na ja, sozusagen.«

»Dann sind Sie hier wegen –«

»Linda Palmer.«

»Die arme Linda!«, sagte sie und zog ein trauriges Gesicht. »Es ist jetzt gruselig, hier zu wohnen. Ich meine, wenn es Linda passieren kann –«

Sie wollte gerade ihren Satz beenden, als zwei Dinge gleichzeitig passierten. Ein kleines, mehrfarbiges Kätzchen schoss zwischen ihren Beinen aus ihrer Wohnung, und ein großer Mann in einer grauen Uniform, auf dessen Kappe DERBY CLEANERS genäht war, kam aus dem Vorraum und übergab ihr ein Bündel, das in durchsichtiges Plastik eingewickelt war. Darin befanden sich ein zotteliger grauer, ein zotteliger weißer und ein zotteliger hellbrauner Läufer.

»Wir schätzen Ihre Treue, Miss«, sagte der DERBY-Mann und ging.

Ich sah hauptsächlich dem Kätzchen zu. Es war ein süßes Ding. Es ging geradewegs zu der Tür gegenüber der von Bobbi. Auf dem Karton im Türschild stand noch LINDA PALMER.

»Würde es Ihnen was ausmachen, sie hochzuheben und wieder reinzubringen? Ich muss nur eben diese Sachen aus der Reinigung wegräumen.«

Zehn Minuten später saßen wir drei in ihrem Wohnzimmer. Ich sage drei, weil das Kätzchen, das mir als Sophia vorgestellt worden war, auf meinem Schoß hockte und jedes Mal, wenn ich meine Kaffeetasse hob, um zu trinken, daran schnupperte. Die Wohnung war klein, aber ordentlich. Die Böden waren aus Eiche und nicht mit Auslegeware verschandelt. Sie nahm die Teppiche aus der Plastikumhüllung der Reinigung und verteilte sie vor dem Kamin.

»Sie werden so schnell dreckig«, erklärte sie, während sie sie geraderückte, dann kam sie herüber und setzte sich.

Sie nickte dem Kätzchen zu. »Wir haben es einfach eines Tages in der Waschküche gefunden. Es gibt da unten einen kleinen Fernseher, und Linda und ich setzten uns gern dorthin und rauchten Zigaretten und tranken Cola und schauten uns *Bandstand* an. Glauben Sie, Dick Clark ist ein Betrüger? Mein Freund denkt das jedenfalls.« Sie zuckte die Schultern. »Exfreund. Wir haben uns getrennt.« Sie versuchte es noch einmal: »Also glauben Sie, Dick Clark ist ein Betrüger?«

Ein Discjockey namens Alan Freed hatte Ärger mit den Bundesbehörden, weil er angeblich Bestechungsgelder annahm, um bestimmte Lieder in seiner Hörfunksendung zu spielen. Freed hatte nicht genug Macht, einen Spitzenreiter zu machen, und die Leute hatten das Gefühl, man würde ihn als Sündenbock benutzen. Dick Clark andererseits hatte schon die Macht, einen Spitzenreiter zu machen oder kaputt zu machen (Gott, und wie er das tat, mit *American Bandstand* neunzig Minuten an mehreren Nachmittagen die Woche), aber die Bundesbehörden hatten es vermieden, ernsthaft gegen ihn zu ermitteln, was mehr als merkwürdig war.

»Könnte sein«, antwortete ich. »Aber ich denke, ich würde lieber über Linda reden.«

Sie guckte wieder traurig. »Deshalb wollte ich wohl über Dick Clark reden, schätze ich – damit wir nicht über Linda reden müssten.«

»Es tut mir leid.«

Sie seufzte. »Ich schätze, ich muss mich wohl daran gewöhnen.« Dann sah sie Sophia an. »Ist sie nicht süß? Wir haben sie unser Weihnachtskätzchen genannt.«

»Das ist sie auf jeden Fall.«

»Das wollte ich Ihnen eben eigentlich erzählen. Eines Tages waren Linda und ich unten, und da war Sophia. Nur dieses einsame kleine Kätzchen. Also haben wir beide sie sozusagen adoptiert. Wir ließen immer unsere Türen offen, damit Sophia einfach zwischen den Wohnungen hin und her wandern konnte. Manchmal schlief sie hier, manchmal schlief sie drüben.« Sie blickte von dem Kätzchen zu mir hoch. »Er hat sie umgebracht.«

»Rick?«

»Oh ja!«

»Wieso sagen Sie das?«

»Wieso ich das sage? Machen Sie Witze? Sie hätten den Streit sehen sollen, den sie gehabt haben!«

»Hat er sie jemals geschlagen?«

»Nicht, dass ich wüsste.«

»Hat er ihr jemals *gedroht*?«

»Andauernd.«

»Wissen Sie, weswegen?«

»Weil er so eifersüchtig war. Er hat abends immer auf der anderen Straßenseite gesessen und bloß ihr Vorderfenster beobachtet. Stundenlang hat er da gesessen.«

»War sie normalerweise zu der Zeit zu Hause?«

»Na klar! Er hat immer behauptet, sie würde nebenher dieses Leben voller Verabredungen führen, aber das stimmte überhaupt nicht.«

»Ist in letzter Zeit irgendwas Besonderes zwischen ihnen vorgefallen?«

»Wollen Sie damit sagen, das wissen Sie nicht?«

»Ich schätze, nein.«

»Sie hat ihm seinen Verlobungsring zurückgegeben.«

»Und das – «

»Er hat ihr Schlafzimmerfenster mit der Faust zertrümmert. Das war mitten in der Nacht, und er war echt betrunken. Ich habe seinetwegen die Polizei gerufen. Nur weil er ein Whitney ist, heißt das noch lange nicht, dass er die Regeln brechen kann, wann immer ihm danach ist!«

Eigentlich hatte ich sie noch fragen wollen, ob sie aus der Gegend hier stamme, aber angesichts des Ärgers in ihrer Stimme, als sie den Namen Whitney erwähnte, erübrigte sich die Frage. Die Whitneys waren jetzt etwas mehr als ein Jahrhundert lang die herrischste Familie des Tals gewesen.

»Ist die Polizei gekommen?«

»Sykes persönlich.«

»Und hat was unternommen?«

»Ihn verhaftet. Ihn festgenommen.« Sie warf mir mit ihren tiefblauen Augen einen bedeutsamen Blick zu. »Und er hat auch jede Minute davon genossen. Ich meine, ein Sykes, der einen Whitney verhaftet! Er hatte einen Mordsspaß.«

Danach fragte ich sie nach der Mordnacht. Wir verweilten zwanzig Minuten bei dem Thema, aber viel erfuhr ich nicht. Sie war den ganzen Abend in ihrem Apartment gewesen, hatte ferngesehen und nichts Ungewöhnliches gehört. Aber als sie morgens aufstand, um zur Arbeit zu gehen, und Linda nicht in ihrer Wohnung herumgehen hörte, klopfte sie, und ging, als nichts passierte, hinein. Linda lag tot da, die linke Schädelseite eingeschlagen, ausgestreckt in einem weißen BH und Unterrock vor dem Kamin, der genau wie der von Bobbi war.

»Vielleicht hatte ich den Fernseher zu laut«, sagte Bobbi. »Ich liebe Western, und es war der *Rauchende Colts*-Abend. Es war auch eine gute Folge. Aber ich denke immer, wenn ich den Fernseher vielleicht nicht so aufgedreht hätte, hätte ich hören können, wie sie – «

Ich schüttelte den Kopf. »Fangen Sie nicht an, sich das anzutun,

Bobbi, oder es wird niemals aufhören! Hätte ich doch nur dies getan, hätte ich doch nur jenes getan. Sie haben alles getan, was Sie konnten.«

Sie seufzte. »Vermutlich haben Sie recht.«

»Darf ich Ihnen noch eine Frage stellen?«

Sie zuckte die Schultern und lächelte. »Sie haben ja vermutlich gemerkt, wie sehr mich meine regen sozialen Kontakte zeitlich beanspruchen.«

»Ich möchte Rick mal für eine Minute außen vor lassen. Wollen Sie das versuchen?«

»Sie meinen als Verdächtigen?«

»Genau.«

»Ich versuch's.«

»In Ordnung. Also, wer sind die drei Leute, die am ehesten etwas gegen Linda hatten – oder Rick?«

»Wieso Rick?«

»Weil der Mörder es vielleicht so *aussehen* lassen wollte, als hätte Rick es getan.«

»Oh, verstehe!« Dann: »Ich müsste sagen Gwen. Gwen Dawes. Sie war Ricks frühere Freundin. Sie hat es Linda immer verübelt, dass sie ihn ihr weggenommen hat. Wissen Sie, so lange sind sie gar nicht miteinander gegangen, Rick und Linda, meine ich. Gwen hat immer noch jedes Mal Streit mit ihr angefangen, wenn sie die beiden in der Öffentlichkeit gesehen hat.«

»Ist Gwen mal hierhergekommen und hat einen Streit angefangen?«

»Ein Mal, glaube ich.«

»Wissen Sie noch, wann?«

»Vor ein paar Monaten vielleicht.«

»Was ist passiert?«

»Nicht viel. Sie und ein paar Freundinnen waren ziemlich betrunken und kamen hoch auf die Veranda und fingen an, Sachen an die Wand zu schreiben. Es war kindisches Zeug. Die meisten von uns haben zwar vor zwei Jahren ihren Abschluss auf der Highschool gemacht, aber wir sind immer noch Kinder, wenn Sie wissen, was ich meine.«

Ich schrieb mir Gwens Namen auf und fragte: »Sonst noch jemand, der Linda belästigt hat?«

»Paul Walters, der auf jeden Fall!«

»Paul Walters?«

»*Ihr* alter Freund. Er wartete immer, bis Rick abends weg war, und dann kam er rüber und brach einen Streit vom Zaun.«

»Ließ sie ihn denn rein?«

»Manchmal. Dann gab es da noch Millie Styles. Die Frau des Mannes, für den Linda arbeitete.«

»Weshalb mochte sie Linda nicht?«

»Sie warf Linda vor, ihr den Mann auszuspannen.«

»Und, war es so?«

»Man musste Linda kennen.«

»Verstehe.«

»Sie war keine Aufreißerin oder so was.«

»Aufreißerin?«

»Sie wissen schon, Hure.«

»Aber sie – «

» – flirtete gern.«

»Auch mehr als nur flirten?«

Sie zuckte mit den Achseln. »Manchmal.«

»Vielleicht mit Mr. Styles?«

»Vielleicht. Er sieht verdammt gut aus. Ein bisschen wie der Sänger Fabian.«

Sie hatte vorhin keinen Witz gemacht: Sie waren dem Highschoolalter wirklich nicht sehr lange entwachsen.

Das war der Moment, als ich ein Kratzen auf meiner Haut spürte, und als ich hinunterschaute, blickte ich direkt in Sophias erwartungsvolles, ernstes und herzzerreißend süßes Gesicht.

»Sie mag Nasenküsse, so wie es die Eskimos machen«, sagte Bobbi.

Wir gaben uns einen Nasenkuss.

Dann setzte ich Sophia wieder herunter, und prompt steckte sie eine Pfote in meine Kaffeetasse.

»Sophia!«, sagte Bobbi. »Sie steckt immer die Pfote in nasse Sachen. Sie ist besessen, die kleine Teufelin.«

Sophia beachtete uns nicht. Mit zuckendem Schwanz spazierte sie über den Couchtisch und hinterließ dort mit der linken Vorderpfote Kaffeespuren.

Ich stand auf. »Ich weiß das hier zu schätzen, Bobbi.«

»Sie können sich etwas Arbeit ersparen.«

»Und wie sollte ich das anstellen?«

»Heute Abend gibt es eine Schlittschuhparty. Jeder, über den wir gesprochen haben, wird da sein.« Sie warf mir einen weiteren ihrer bedeutsamen Blicke zu. »Einschließlich mir.«

»Dann nehme ich an, das ist ein ziemlich guter Grund hinzugehen, oder?«, meinte ich.

»Geht um halb sieben los. Bis dahin wird es schon ganz dunkel sein. Können Sie eislaufen?«

Ich lächelte. »Eislaufen würde ich es nicht direkt nennen.«

»Und wie würden Sie es dann nennen?«

»Hinfallen ist der Begriff, der mir in den Sinn kommt«, sagte ich.

3.

Rick Whitney war noch schwerer zu lieben als seine Tante.

»Wenn ich hier rauskomme, dann gehe ich zu diesem Hinterwäldler und stoße ihn von der Indianerklippe!«

In den letzten fünf Minuten hatte Rick Whitney mit seinen langen blonden Locken und mit unbarmherzig arroganter blauäugiger Attraktivität ebenfalls damit gedroht, unseren geliebten Polizeichef Cliff Sykes jun. zu erschießen, zu erstechen und in Brand zu stecken. Als Anwalt würde ich keinem meiner Mandanten raten, solche Gedanken zu äußern, besonders nicht, wenn er sich in Haft befindet und wegen vorsätzlicher Tötung (oder wie mein Arztfreund Stan Greenbaum gerne sagt: »vormedizinischer Tötung«) festgehalten wird. »Rick, so kommen wir nicht voran.«

Er ging wieder auf mich los. Er war schon drei- oder viermal auf mich losgegangen, hatte mir das Gesicht entgegengereckt und mich mit dem Finger gestoßen.

»Wissen Sie, wie es für einen Whitney ist, im Gefängnis zu sitzen? Mann, wenn mein Großvater noch am Leben wäre, würde er hier runterkommen und Sykes auf der Stelle abknallen!«

»Rick?«

»Was?«

»Setzen Sie sich hin, und halten Sie die Klappe!«

»Sie sagen zu mir, ich soll die Klappe halten?«

»Oh ja! Und sich hinsetzen.«

»Ich nehme keine Anweisungen von Leuten wie Ihnen entgegen!«

Ich stand auf. »Na schön. Dann gehe ich.«

Er wollte etwas Gemeines sagen, doch gerade da zog eine Wolke über die Sonne, und in den sechs Zellen im ersten Stock des Polizeireviers wurde es dunkler.

Er sagte: »Ich setze mich.«

»Und halten die Klappe?«

Es war ein schwieriger Moment für einen Whitney. Demut ist noch härter für sie als einen Zahn gezogen zu bekommen. »Und halte die Klappe.«

Also setzten wir uns, er sich auf die wackelige Pritsche gegenüber meiner wackeligen Pritsche, und unterhielten uns, dieweil zwei Betrunkene drei Zellen weiter so taten, als hörten sie uns nicht zu.

»Eine Mrs. Mawbry, die auf der andern Straßenseite wohnt, hat Sie gegen elf in der Mordnacht zu Ihrem Auto rausrennen sehen. Dr. Mattingly setzt den Todeszeitpunkt auf genau um diese Zeit fest.«

»Sie lügt.«

»Sie wissen, dass das nicht stimmt.«

»Man hasst mich einfach, weil ich ein Whitney bin.«

Es ist nicht leicht, als überlegene Spezies durchs Leben zu gehen, besonders wenn all die kleinen Leute einen dafür hassen.

»Sie haben fünfzehn Sekunden«, sagte ich.

»Wofür?«

»Um aufzuhören, Zeit zu schinden, und mir die Wahrheit zu sagen. Sie sind in ihre Wohnung gegangen und haben sie tot aufgefunden, nicht wahr? Und dann sind Sie weggelaufen.«

Ich beobachtete die Gesichter der beiden lauschenden Saufbrüder. Wir konnten entweder hier oben in den Zellen bleiben oder den Raum unten benutzen, von dem ich sicher war, dass Cliff Sykes jun. ihn verwanzt hatte.

»Zehn Sekunden.«

Er seufzte und sagte: »Ja, ich habe sie gefunden. Aber ich habe sie nicht umgebracht.«

»Sind Sie sich da sicher?«

Er schaute verdutzt drein. »Was zum Teufel soll das denn heißen?«

»Es soll heißen, haben Sie an dem Abend getrunken und hatten Sie irgendeinen alkoholbedingten Aussetzer? Es wäre bekanntermaßen nicht Ihr erster gewesen.«

»Ich hatte vorher ein paar Bier. Das war alles. Kein alkoholbedingter Aussetzer.«

»Na schön«, sagte ich. »Jetzt erzählen Sie mir den Rest davon!«

»Ich frage mich, ob der Staat das neue Gesetz verabschieden wird«, sagte Polizeichef Cliff Sykes jun. zu mir, als ich das Polizeirevier durch die Hintertür verließ.

»Ich wusste gar nicht, dass Sie sich bei Gesetzen auf dem Laufenden halten, Cliff jun.«

Er hasste es, wenn ich das »jun.« an seinen Namen anhängte, aber weil er im Begriff war, sich ein bisschen mit mir anzulegen, beschloss ich, mich ein bisschen mit ihm anzulegen. Mit zu viel Haargel – Cliff jun. hatte offenbar den Teil des Frisiercreme-Jingle nie gehört, in dem es heißt: »Ein kleiner Tupfer reicht dir schon« – und dem drahtigen Schnurrbart sieht er aus wie eine Kneipenratte, die sich für den Samstagabend zurechtgemacht hat. Er trägt eine Kakiuniform, die Warner Brothers für einen Errol-Flynn-Western abgelehnt haben muss. Allein die Epauletten mussten jede fünfundzwanzig Pfund wiegen.

»Japp, nächstes Jahr wollen sie anfangen, Verurteilte auf dem elektrischen Stuhl hinzurichten, statt sie zu hängen.«

In den letzten paar Jahren hatten wir in Iowa darüber diskutiert, was die humanere Weise war, diese sterbliche Hülle abzustreifen. Zumindest wenn der Staat entscheidet, der Abstreifer zu sein und einen selbst zum Abgestreiften macht.

»Und ich wette, Sie denken, dass Rick Whitney einer der Ersten sein wird, der auf dem elektrischen Stuhl Platz nimmt, stimmt's?«

Er lächelte sein Rattenlächeln, saugte seinen Zahnstocher ein bisschen tiefer in den Mund hinein. »Das haben Sie gesagt, nicht ich!«

Hier in der Stadt heißt es, dass Geld die Familie Sykes nicht nennenswert verändert hat – sie sind immer noch dieselben gemeinen, dummen, verlogenen und ungehobelten Leute, die sie schon immer waren.

»Tja, ich verderbe Ihnen ja nur ungern den Spaß, Cliff jun., aber er wird bis morgen Abend hier raus sein.«

Es saugte noch ein bisschen an seinem Zahnstocher. »Mit welcher Armee wollen Sie ihn gleich noch mal hier rausholen?«

»Dazu wird keine Armee nötig sein, Cliff jun. Ich werde einfach die schuldige Partei finden und mit Rick hier rausspazieren.«

Er schüttelte den Kopf. »Er denkt, seine Pisse stinkt nicht, weil er ein Whitney ist. Diesmal irrt er sich.«

4.

So wie ich das sehe, kann jeder Idiot lernen, aufrecht stehend Schlittschuh zu laufen. Viel mehr Kreativität und Durchhaltevermögen sind erforderlich, um auf Knien, Hintern und Rücken Schlittschuh zu laufen.

Ich zog eine ganz schöne Show ab. Sogar Fünfjährige zeigten auf mich und kicherten. Einer von ihnen hatte ein Erwachsenengesicht auf den kleinen Körper geklebt. Ich wollte ihm den Stinkefinger zeigen, aber ich dachte mir, das sähe vermutlich nicht ganz richtig aus, ich mit sechsundzwanzig und als Anwalt und alles.

Alles sah hübsch aus heute Abend; grauer Rauch kräuselte sich aus dem großen Blockhaus, wo die Leute rumhingen und sich Schlittschuhe anzogen und heißen Cider tranken und sich vor dem Kamin wärmten. Über die Lautsprecher lief Weihnachtsmusik, und alle paar Minuten sah man einen Hund übers Eis geschlittert kommen, um sein Herrchen zu treffen. Knirpse in Schneeanzügen, die wie Marsianer aussahen, watschelten im Gefolge ihrer Eltern übers Eis.

Die Schlittschuhläufer schienen in vier Typen vorzukommen: die Wettkampfläufer, die heute Abend nur hier waren, um ihre Fähigkeiten zu verbessern; die Angeber, die ihre Freundin über dem Kopf hielten; die Liebespärchen, die das Eis mit ihren glühenden Blicken zum Schmelzen brachten; und die Mittelstufenschüler, die ständig versuchten, jeden versehentlich umzuwerfen. Ich schätze, ich sollte noch die Senioren hinzufügen; ihnen zuzusehen machte am meisten Spaß, wie sie mit ihren grauen Haaren Arm in Arm würdevoll übers Eis strebten. Wahrscheinlich waren sie schon vor dreißig oder vierzig Jahren hierhergekommen, als Model-T den Parkplatz gesäumt hatten und die Musik noch von Rudy Vallée kam. Es war rührend, sie heute Abend in ihrer Eleganz auf der Eislaufbahn zu beobachten.

Ich hielt mich außerhalb der Bahn auf. Ich blieb in Bewegung, weil es höchstens zehn Grad unter null waren. Hinfallen hielt mich auch hübsch warm.

Ich rappelte mich gerade von einem Sturz hoch, als ich ein Bein in Levi's – zwei Beine in Levi's – hinter mir stehen sah. Meine Augen folgten der Linie der Beine aufwärts, und da war sie. Es war so was Ähnliches wie ein Traum, ein leicht schmerzlicher Traum genau genommen, denn ich hatte ihn schon so oft und vergeblich geträumt.

Da stand die schöne und elegante Pamela Forrest. In ihrem weißen Wollbarett, dem roten Zopfmusterpullover und Jeans war sie die Verkörperung jeder albernen und kostbaren Festtagsstimmung. Sie lächelte sogar.

»Also ich bin echt froh, dass Sie hier sind«, sagte sie.

»Sie meinen, weil Sie ausgehen wollen?«

»Nein, ich meine, weil jemand hier ist, der ein noch schlechterer Schlittschuhläufer ist als ich.«

»Ach so«, sagte ich.

Sie streckte die Hand aus und half mir hoch. Ich streifte das Fleisch ihres Arms – und ließ mir den Duft ihres Parfüms in die Nase steigen – und wurde kurzfristig so schwach, dass ich fürchtete, ich würde geradewegs wieder hinfallen.

»Sie haben ein Rendezvous?«

Ich schüttelte den Kopf. »Ich erledige noch etwas Arbeit für Richterin Whitney.«

Sie drückte meinen Arm. »Ganz unter uns, McCain, ich hoffe, eines Tages lösen Sie einen dieser Fälle einmal selbst.«

Sie bezog sich auf die Tatsache, dass Richterin Whitney jeden Fall, an dem ich gearbeitet hatte, zu lösen schien, wenn ich gerade dabei war rauszukriegen, wer der tatsächliche Schuldige war. Ich hatte allerdings das Gefühl, dass ich diesen Fall mutterseelenallein ergründen würde.

»Ich glaube nicht, Richterin Whitney schon mal so aufgelöst wie heute gesehen zu haben«, sagte ich.

»Ich mache mir Sorgen ihretwegen. Diese Geschichte mit Rick, meine ich. Dieses Mal geht es nicht nur gegen die Sykes-Familie – die Familienehre steht auf dem Spiel.«

Ich blickte sie an. »Haben Sie ein Rendezvous?«

Und dann sah sie traurig aus, und ich wusste, wie ihre Antwort lauten würde.

»Nicht direkt.«

»Ah. Aber Steward wird doch hier sein?«

»Ich denke schon. Ich habe gehört, dass er ab und zu hierherkommt.«

»Mensch, Sie sind ja genauso bedauernswert wie ich!«

»Na, das ist doch mal eine Nettigkeit!«

»Sie können ihn ebenso wenig haben wie ich Sie. Aber keiner von uns kann es aufgeben, stimmt's?«

Ich nahm ihren Arm, und wir liefen Schlittschuh. Eigentlich waren wir als Team viel besser als jeder von uns allein. Ich wollte das ihr gegenüber schon erwähnen, aber dann dachte ich mir, dass sie mich nur für schmalzig halten und meinen würde, ich wollte sie auf meine übliche unbeholfene Art anbaggern. Wenn ich doch nur so routiniert wie Elvis in seinen Filmen wäre, wo er ein paar

Lieder singt und jedem Bösewicht in der Stadt die Scheiße aus dem Leib prügelt und zwischendurch mit ein paar sexy Frauen die Lippen verschmilzt!

Anfangs erkannte ich sie nicht. Ihre Eislaufkleidung, so dunkel und eng und streng, verlieh ihnen das Aussehen russischer Ballettkünstler. Die Leute tuschelten über sie, als sie vorbeiflogen, und es war Getuschel, das sie wollten.

David und Millie Styles waren die »künstlerischen Flüchtlinge« der Stadt, wie einer der hochgestocheneren Zeitungsschreiber einmal formulierte. Zweimal im Jahr wagten sie sich nach New York, um radikale neue Objekte für ihren internen »Dekorationssalon«, wie sie ihn nannten, mit zurückzubringen, und normalerweise brachten sie eine Menge noch radikalerer Einstellungen und Posen mit zurück. Millie war einmal in der Zeitung mit der Äußerung zitiert worden, dass wir zweimal jährlich einen »Splitternackt-Tag« in der Stadt abhalten sollten; und David stand immer auf den Stufen zur Bücherei und schwenkte Ausgaben verbotener Bücher in der Luft und forderte, sie wieder in die Büchereiregale aufzunehmen. Die Sache war die, dass ich mit der Botschaft einverstanden war, nur waren es die Boten, für die ich nichts übrig hatte. Sie waren wohlhabende, attraktive Dilettanten, die gerne entrüsteten und schockierten. In der Großstadt hätte ihnen niemand irgendwelche Beachtung geschenkt; hier draußen waren sie Berühmtheiten.

»Gott, sie sehen großartig aus, nicht wahr?«, sagte Pamela.

»Wenn einem der Stil gefällt.«

»Hautenge, ganz schwarze Eislaufkluft. Wer sonst wäre auf so was gekommen?«

»Sie sehen viel besser aus!«

Sie begünstigte mich mit einem Kuss auf die Stirn. »Ach Gott, McCain, ich wünschte wirklich, ich könnte mich in Sie verlieben!«

»Das wünschte ich mir auch.«

»Aber das Herz folgt seiner eigenen Logik.«

»Das kommt mir bekannt vor.«

»*Die Leute von Peyton Place*.«

»Stimmt!«

Die Leute von Peyton Place war vor zwei Jahren durch die Stadt gefegt wie eine Armee, die darauf aus war, alles in ihrer Bahn zu zerstören. Die Fundamentalisten versuchten nicht nur, es aus der Bücherei rauszubekommen, sie versuchten seinen Verkauf als Taschenbuch zu verbieten. Die Literaturfürsten der Stadt, wie beispielsweise die Styles, waren merkwürdig unschlüssig. Sie wollten nicht bei der Verteidigung von etwas so Pöbelhaftem wie Grace Metalious' Buch gesehen werden. Ich war in der Minderheit. Es gefiel mir nicht nur, ich hielt es auch für ein gutes Buch. Ein wahres Buch, wie Hemingway oft sagte.

Am anderen Ende der Eisbahn sah ich David Styles von seiner Frau weglaufen und die Wärme des Blockhauses ansteuern.

Sie lief allein weiter.

»Entschuldigen Sie mich! Ich komme wieder«, sagte ich.

Ich brauchte zwei Stürze und drei Beinahestürze, um Millie Styles zu erreichen.

»'n Abend«, sagte ich.

»Oh!«, sagte sie und starrte mich an. »Sie!« Offenbar sah ich aus wie etwas, was ihr Hund gerade vom Hinterhof hereingeschleppt hatte. Etwas noch nicht ganz Totes.

»Ich habe mich gefragt, ob wir vielleicht reden könnten.«

»Worüber in Gottes Namen hätten Sie und ich miteinander zu reden, McCain?«

»Warum Sie neulich abends Linda Palmer umgebracht haben.«

Sie versuchte, mir eine Ohrfeige zu geben, aber zum Glück unternahm ich gerade einen meiner periodischen Tauchgänge, sodass ihr Schlag mich um zwanzig Zentimeter verfehlte.

Ich hingegen streckte die Hand aus und packte sie am Arm, um mich zu stützen.

»Lassen Sie mich in Ruhe!«, forderte sie mich auf.

»Haben Sie herausgefunden, dass Linda und David miteinander schliefen?«

An dem Ausdruck in ihren Augen erkannte ich, dass es so war. Ich dachte daran, was Bobbi gesagt hatte, dass Linda gerne flirtete.

Und zum ersten Mal verspürte ich eine menschliche Regung für die aparte, wenn auch nicht richtig hübsche Frau, die zu viel Schminke und viel zu viele New Yorker Posen zur Schau trug. Schmerz zeigte sich in ihren Augen. Ich empfand tatsächlich ein klitzekleines bisschen Mitleid für sie.

Wie von Zauberhand tauchte ihr Mann auf. »Stimmt was nicht?« Als er den Schmerz in den Augen seiner Frau sah, hatte er nur Verachtung für mich übrig. Zärtlich legte er den Arm um sie. »Sie sehen verdammt noch mal zu, dass Sie Land gewinnen, McCain!« Er klang beinahe väterlich, so beschützend, wie er sich ihr gegenüber verhielt.

»Und mich in Ruhe lassen!«, sagte sie wieder und lief so schnell davon, dass ich sie unmöglich hätte einholen können.

Dann war Pamela wieder da und hakte mich unter.

»Sie müssen mir helfen, McCain«, eröffnete sie mir.

»Wobei helfen?«

»So auszusehen, als würde ich mich blendend amüsieren.«

Dann erblickte ich Stew McGinley, ehemaliger Uni-Football-Star und reicher Müßiggänger, der die Schlittschuhbahn mit seiner Freundin umrundete, der schonungslos vergnügten und schonungslos hinreißenden Cindy Parkhurst, die im selben Jahr an der Universität Cheerleaderin war, als Stew bei den All Big-Eight war.

Dies war das Dreiecksverhältnis: Ich war in Pamela verliebt; Pamela war in Stew verliebt; und Stew war in Cindy verliebt, die nicht nur aus derselben Gesellschaftsschicht kam – direkt unter den Whitneys –, sondern auch noch mehr Geld als Stew selbst hatte, und nicht nur das, sie hatte auch zweimal das Undenkbare getan. Sie hatte sich von Stew getrennt und angefangen, sich mit jemand anders zu verabreden. Das war etwas, woran Stew nicht gewöhnt war. *Er* sollte eigentlich derjenige sein, der sich trennte. Stew war total begeistert, wahrhaftig.

Sie trugen heute Abend beide weiße Kleidung und sahen aus, als wären sie demnächst in der *Ed Sullivan Show*, und das allein aus dem Grund, weil sie existierten.

»Ich schätze, ich weiß nicht, wie man das macht«, sagte ich.

»Wie man was macht?«

»Ihnen helfen, so auszusehen, als würden Sie sich blendend amüsieren.«

»Ich werde etwas zu Ihnen sagen, und Sie werfen dann den Kopf zurück und brechen in Gelächter aus.« Sie schaute mich an. »Fertig?«

»Fertig.«

Sie sagte etwas, was ich nicht hören konnte, und dann warf ich den Kopf zurück und ahmte Gelächter nach.

Ich hatte den Eindruck, dass ich mich eigentlich ziemlich gut anstellte – nachdem ich die ganzen Tony-Curtis-Filme im Autokino gesehen hatte, hatte ich ja bestimmt wenigstens ein paar Hinweise übers Schauspielen aufgeschnappt –, aber das Ganze war irrelevant, weil Stewe und Cindy einander tief in die Augen blickten und uns keinerlei Beachtung schenkten.

»Da geht mein Oscar flöten!«, sagte ich.

Wir versuchten uns wieder am Schlittschuhlaufen und wackelten und wankten dahin, als ich Paul Walters neben dem wärmenden Blockhaus eine Zigarette rauchen sah. Offenbar war er einer der Typen, die nicht Schlittschuh liefen, sondern nur gern an die Eisbahn kamen und den andern beim Laufen zusahen, damit sie sich überlegen fühlen konnten. Ein Sport für Waschlappen, konnte ich ihn denken hören.

»Bin gleich wieder da!«, sagte ich.

Bis ich das wärmende Haus erreichte, hatte sich Gwen Dawes zu Paul Walters gesellt. So wie Paul der frühere Freund des toten Mädchens gewesen war, war Gwen die alte Freundin des Verdächtigen. Diese Kleinstädte in Kentucky, wo Schwestern Brüder heiraten, konnten unserer gemütlichen kleinen Gemeinde nicht das Wasser reichen.

Gerade als ich bei ihnen ankam, zog Gwen, eine ansprechende, wenn auch leicht übergewichtige Rothaarige, Pauls Gesicht zu ihrem herunter und küsste ihn. Er erwiderte den Kuss sofort.

»Hi!«, sagte ich, als sie sich voneinander lösten.

Sie sahen mich beide an, als wäre ich soeben aus einem UFO gefallen.

»Oh, Sie sind Cody McCain!«, sagte Walters. Er war groß, sehnig und trug die überall übliche Uniform jugendlicher Gesetzesbrecher – Lederjacke, Jeans, schwere Lederstiefel. Wenn er sich morgens die Zähne geputzt hatte, rückte er sein Elvisgrinsen zurecht.

»Richtig. Ich habe mich gefragt, ob wir uns vielleicht ein bisschen unterhalten könnten.«

»Wir?«, echote er.

»Genau. Wir drei.«

»Worüber?«

Ich schaute um mich. Ich wollte keine Lauscher.

»Über Linda Palmer.«

»Mein einziger freier Abend in der Woche, und ich muss mich mit diesem Scheiß rumschlagen!«

»Sie war eine Schlampe«, sagte Gwen Dawes.

»Hey, komm schon, sie ist tot!«, sagte Walters.

»Ja, und das ist auch genau das, was sie verdient hat.«

»Sie haben sie doch nicht zufällig umgebracht, Gwen, oder?«, warf ich ein.

»Deshalb ist er hier, Paul. Er denkt, wir hätten es getan.«

»Im Augenblick«, sagte ich, »wäre ich eher geneigt zu sagen, dass *Sie* es getan haben.«

»Er arbeitet für Whitney«, sagte Walters. »Das hatte ich vergessen. Er ist irgendein Ermittler.«

Sie sagte: »Er versucht zu beweisen, dass Rick sie nicht ermordet hat. Darum ist er hier.«

»Sie beide können nachweisen, wo Sie am Abend des Mordes zwischen zehn und Mitternacht gewesen sind?«

Gwen legte demonstrativ den Arm um Walters Taille. »Das kann ich allerdings. Er war bei mir zu Hause.«

Ich blickte sie direkt an. »Er hat gerade gesagt, dies sei sein einziger freier Abend diese Woche. Wo arbeiten Sie, Paul?«

Jetzt, wo ich sie bei einer Lüge ertappt hatte, hatte er ein bisschen seiner Gelassenheit eingebüßt.

»Drüben in der Reifenfabrik.«

»Sie waren am Abend des Mordes dort?«

»Ich war – krank.«

Ich beobachtete sein Gesicht.

»Waren Sie bei Gwen?«

»Nein – ich bin einfach nur rumgefahren.«

»Und haben vielleicht kurz bei Linda haltgemacht, so wie Sie es ab und zu gemacht haben?«

Er sah Gwen an, dann wieder mich.

»Nein, ich – ich bin einfach nur rumgefahren.«

Er war ein ebenso schlechter Lügner wie Gwen.

»Und ich war zu Hause«, sagte Gwen, »falls es Sie interessiert.«

»Niemand bei Ihnen?«

Sie drückte Walters noch mal.

»Der einzige Mensch, den ich bei mir haben will, ist Paul.«

Sie nahm seine Hand, hielt sie fest. Sie beschützte ihn auf die Weise, wie Mr. Styles eben Mrs. Styles beschützt hatte. Und wie ich sie jetzt beobachtete, kam mir eine Idee, wie ich den wahren Mörder ausräuchern könnte. Ich würde nicht direkt auf den Mörder losgehen – ich würde auf den Beschützer losgehen.

»Entschuldigen Sie uns«, sagte Gwen und schob sich an mir vorbei, ohne Paul loszulassen.

Die nächsten paar Minuten verbrachte ich damit, nach Pamela zu suchen. Schließlich fand ich sie auf der leeren Tribüne sitzen, die jeden Sonntag für die Eisschnelllauffans benutzt wird, wenn das Eis fest genug zum Wettkampf ist.

»Alles in Ordnung?«

Sie blickte mit diesen ihren Augen zu mir hoch, und ich wäre fast rückwärts umgekippt. Diese Wirkung hat sie auf mich, sosehr ich auch manchmal wünschte, es wäre nicht so.

»Wissen Sie was, McCain?«, sagte sie.

»Was?«

»Die Chancen stehen gut, dass Stew es sich nie anders überlegen und sich in mich verlieben wird.«

»Und die Chancen stehen gut, dass *Sie* es *sich* nie anders überlegen und sich in *mich* verlieben werden.«

»Ach, McCain«, seufzte sie und erhob sich zu voller, geschmeidiger, eleganter Länge. Sie hakte mich unter und sagte: »Wir wollen nicht mehr reden, in Ordnung? Lassen Sie uns einfach Schlittschuh laufen!«

Und Schlittschuh liefen wir.

5.

Als ich an diesem Abend nach Hause kam, rief ich Richterin Whitney an und erzählte ihr alles, was ich in Erfahrung gebracht hatte, angefangen mit meinem Besuch bei Bobbi bis hin zur abendlichen Begegnung mit den beiden Paaren auf dem Eis.

Wie üblich ließ sie mich alles durchgehen bis zu dem Punkt, wo es irritierend wurde. Ich stellte sie mir am anderen Ende der Leitung vor, wie sie in ihrem Hausmantel dasaß und mit Gummiringen einen imaginären Doppelgänger von mir beschoss, der sich ihr gegenüber befand.

»Ruhen Sie sich ein wenig aus, McCain«, sagte sie. »Sie hören sich an, als hätten Sie es nötig.«

Es stimmte. Ich war müde, und vermutlich klang ich müde. Ich versuchte fernzusehen. *Mike Hammer* lief um 22:30 Uhr. Ich kaufe alle Mickey-Spillane-Bücher, sobald sie rauskommen. Ich finde, Darren McGavin ist fabelhaft als Hammer. Aber heute Abend konnte die Sendung mein Interesse nicht richtig wachhalten.

Ich dachte ständig an meinen Plan ...

Was, wenn ich ihn tatsächlich durchziehen würde?

Falls die Richterin es herausfand, würde sie wahrscheinlich sagen, es sei abgedroschen, wie etwas aus einem Miss-Marple-Film. (Die einzigen Krimis, die die Richterin mag, sind von Rex Stout und Margery Allingham.)

Aber dann war es halt abgedroschen – solange es den wahren Schuldigen enthüllte ...

Die nächsten beiden Stunden verbrachte ich in Unterwäsche an meinem Schreibtisch und tippte auf der Schreibmaschine Mitteilungen.

Manche davon waren zu pfiffig, manche zu lang, manche ergaben verdammt wenig Sinn.

Am Ende entschied ich mich für:

Wenn Sie Sie-wissen-schon-wen wirklich lieben, dann treffen Sie mich heute Abend um 9:00 Uhr in Linda Palmers Wohnung.

Ein Freund

Dann adressierte ich zwei Briefumschläge, einen an David Styles und einen an Gwen Dawes, zur Zustellung morgen.

Ich vermutete, dass beide ihren jeweiligen Partner in Verdacht hatten, den Mord begangen zu haben, und deshalb würde derjenige, der morgen Abend aufkreuzte, ein paar unangenehme Fragen zu beantworten haben.

Es würde sich gut anfühlen, Richterin Whitney tatsächlich bei der Aufklärung eines Mordes zu schlagen. Ich meine, so ein großes Ego habe ich gar nicht, wirklich nicht, aber ich hatte mittlerweile an zehn Fällen für sie gearbeitet, und sie hatte jeden gelöst.

6.

Ich warf die Mitteilungen in die richtigen Briefkästen, ehe ich zur Arbeit ging, dann brachte ich den Rest des Tages damit zu, Mandanten anzurufen und daran zu erinnern, dass sie mir, ähm, Geld schuldeten. Sie hatten viele erstaunliche Ausreden dafür parat, mich nicht zu bezahlen. Einige hätten sicher großartige Karrieren als Science-Fiction-Autoren hinlegen können, wenn sie es nur gewollt hätten.

Dreimal rief ich Pamela an unter dem Vorwand, Richterin Whitney sprechen zu wollen.

»Sie hat heute früh eine Verhandlung beendet«, teilte Pamela mir beim zweiten Anruf mit. »Seitdem hat sie sich in ihren Räumen verbarrikadiert. Das erste Mal hat sie mich Mittagessen holen geschickt – ein Schinken-Käse-Roggensandwich mit extra scharfem Senf – und das zweite Mal Gummiringe. Waren ihr ausgegangen.«

»Warum hebt sie sie nicht einfach vom Boden auf?«

»Sie benutzt sie nicht gern zweimal.«

»Ah!«

»Sie sagt, es sei nicht dasselbe.«

Nach der Arbeit machte ich auf einen Burger, Fritten und ein Rootbeer mit Vanilleeis bei A&W halt. Wieder einmal eine ausgewogene Cody-McCain-Mahlzeit.

Die Abenddämmerung war purpurn und anhaltend und frostig; klare, reine Sterne des Mittelwestens füllten plötzlich den Himmel.

Bevor ich an Linda Palmers Tür das Siegel brach und das Schloss knackte, ging ich rüber und sagte Bobbi Thomas Hallo.

Sie kam mit dem Kätzchen in den Armen an die Tür. Sie trug einen weißen Pullover, von dem ich nur schwer den Blick abwenden konnte, und eine dunkle lange Hose.

»Oh, hi Cody!«

»Hi!«

Sie hob eine Pfote des Kätzchens hoch und winkte mir damit zu. »Sie sagt auch Hi.«

»Hi, Süße!« Ich deutete mit einem Kopfnicken auf die Tür hinter mir. »Kann ich Ihnen vertrauen?«

»Klar, Cody! Was gibt's?«

»Ich werde in Lindas Wohnung einbrechen.«

»Sie machen Witze!«

»Sie werden wahrscheinlich ein paar Geräusche hören – Leute im Flur und so 'n Zeug –, aber bitte rufen Sie nicht die Polizei! In Ordnung?«

Zum ersten Mal sah sie verunsichert aus. »Könnten wir Ärger kriegen?«

»Ich denke schon.«

»Und sind Sie nicht ein Organ der Rechtspflege oder wie man das nennt?«

»Jau«, bestätigte ich schuldbewusst.

»Dann sollten Sie vielleicht nicht – «

»Ich will den Mörder erwischen, Bobbi, und dies ist die einzige Art, auf die ich das tun werde.«

»Nun – «, setzte sie an.

Hinter ihr klingelte ihr Telefon. »Wohl ist mir bei der Sache nicht, Cody.«

»Rufen Sie einfach nicht die Polizei!«

Sie blickte mich einen langen Moment an. »Okay, Cody. Ich hoffe nur, wir geraten nicht in Schwierigkeiten.«

Sie brachte sich, ihr Kätzchen und ihren wundervollen Pullover zurück in ihre Wohnung.

7.

Ein bisschen kam ich mir wie Alan Ladd vor.

Ich habe einmal einen tollen Krimi gesehen, wo er in der düsteren Wohnung der Frau saß, die ihn verraten hatte. Man weiß ja, wie so eine Szene funktioniert. Da ist diese klagende Musik eines einsamen Saxofons, und Alan qualmt eine Kippe nach der andern (kein Wunder, dass er so klein war, wahrscheinlich hat es sein Wachstum beeinträchtigt, weil er schon in der Mittelstufe geraucht hat oder so was), und man konnte förmlich spüren, wie schrecklich und leer und traurig er sich fühlte.

Da saß ich in einem Sessel und rauchte eine Pall Mall nach der andern, und wenn ich mich auch nicht ganz schrecklich und leer fühlte, so tat ich mir doch wenigstens irgendwie ein bisschen leid. Es war allerhöchste Zeit, dass ich der Richterin zeigte, dass ich einen dieser Fälle selbst lösen konnte.

Als das Klopfen kam, erschreckte es mich, und zum ersten Mal fühlte ich mich unsicher wegen dem, was ich gerade machte.

Ich hatte vier Leute mit einem Trick dazu gebracht hierherzukommen, ohne irgendeinen Beweis dafür zu haben, dass einer von ihnen überhaupt etwas mit dem Mord an Linda Palmer zu tun hatte. Was würde passieren, wenn ich die Tür aufmachte und ihnen tatsächlich gegenüberstand?

Ich würde es gleich herausfinden.

Ich ließ das Licht aus und ging rüber zur Tür, öffnete sie vorsichtig und blickte in die Gesichter von David und Millie Styles. Sie trugen beide schwarz – schwarze Rollkragenpullis; ein schwarzer Caban für ihn; ein schwarzer Wildleder-Carcoat für sie; und schwarze Freizeithosen für beide – und beide sahen äußerst unglücklich aus.

»Kommen Sie herein, und setzen Sie sich!«, forderte ich sie auf.

Sie wechselten einen angewiderten Blick und folgten mir in die Wohnung.

»Nehmen Sie Platz!«, sagte ich.

»Ich will nur herausfinden, warum Sie uns diese lächerliche Mitteilung geschickt haben«, erwiderte David Styles.

»Wenn sie so lächerlich ist, warum sind Sie dann hergekommen?«, fragte ich.

Als er erneut seine Frau anblickte, hörte ich ein Klopfen an der Hintertür. Ich ging durch die düstere Wohnung – irgendwie hatte ich das Gefühl, die Lampen auszulassen wäre einem tränenreichen Geständnis des Mörders förderlicher – und spähte durch die Vorhänge neben dem Herd nach draußen: Gwen und Paul, von denen keiner glücklich wirkte.

Ich schloss die Tür auf und ließ sie herein.

Bevor ich etwas sagen konnte, starrte Gwen mich zornig an. »Ich werde unter Eid schwören, dass Paul an dem Abend, an dem sie ermordet wurde, die ganze Zeit bei mir war!«

Verdächtige in Reihenfolge der Wahrscheinlichkeit
1. Millie
2. Gwen
3. David
4. Paul

Das war, bevor Gwen sich als Alibi angetragen hatte. Jetzt rückte Paul an Nummer eins vor, und sie kam direkt dahinter.

Ich folgte ihnen ins Wohnzimmer, wo immer noch die Styles standen.

Ich ging zum Kamin, lehnte mich an den Sims und sagte: »Einer von uns in diesem Raum ist ein Mörder.«

Millie Styles schnaubte verächtlich. »Das ist ja wie in einem Charlie-Chan-Film!«

»Ich meine es ernst!«, sagte ich.

»Ich ebenfalls!«, erwiderte sie.

»Jeder von Ihnen hatte einen guten Grund, Linda Palmer zu töten«, fuhr ich fort.

»Ich nicht«, widersprach David Styles.

»Ich auch nicht«, sagte Paul.

Ich bewegte mich vom Kaminsims weg und begann das Zimmer zu umrunden, ohne sie dabei auch nur einen Moment aus den Augen zu lassen.

»Sie könnten uns allen eine Menge Zeit und Ärger ersparen, indem Sie einfach gestehen«, sagte ich.

»Mit wem von uns reden Sie?«, fragte Gwen. »Ich kann im Dunkeln Ihre Augen nicht sehen.«

»Ich rede mit dem wahren Mörder«, antwortete ich.

»Vielleicht haben Sie sie ja umgebracht«, warf David Styles ein, »und versuchen, es einem von uns in die Schuhe zu schieben!«

So ging es die nächsten fünfzehn Minuten mehr oder weniger weiter: Während ich weiter im Zimmer herumging und mit Anschuldigungen um mich warf, kam ich dem wahren Mörder immer näher und brachte ihn oder sie richtig ins Schwitzen.

Ich schätze, was es ruiniert hat, war der blutrote Lichtspritzer im Vorderfenster, der von Cliff Sykes Juniors persönlichem Einsatzwagen stammte, der soeben an den Randstein ranfuhr, und dann Cliff Sykes jun. selbst, der mit gezogener Waffe aus dem Wagen stürzte.

Ich hörte ihn auf der Veranda, ich hörte ihn im Flur, ich hörte ihn an der Tür auf der anderen Seite des Flurs.

Kurz nachdem die Tür sich geöffnet hatte, jammerte Bobbi Thomas: »Schon gut! Ich habe sie umgebracht! Ich habe sie umgebracht! Ich hab sie erwischt, wie sie mit meinem Freund geschlafen hat!«

Ich öffnete die Tür und warf einen Blick in den Flur.

Richterin Whitney stand neben Cliff Sykes jun. und sagte: »Da haben Sie Ihre Mörderin, Sykes! Und jetzt gehen Sie in Ihr Gefängnis und lassen meinen Neffen frei!«

Und damit drehte sie sich um und stolzierte aus dem Apartmenthaus.

Dann bemerkte ich das Weihnachtskätzchen in Bobbi Thomas' Armen. »Was wird jetzt aus dem Kätzchen, wenn ich ins Gefängnis muss?«, schluchzte sie.

»Wahrscheinlich wird man es einschläfern«, sagte der stets feinfühlige Cliff Sykes jun.

An welchem Punkt Bobbi Thomas halb hysterisch wurde.

»Ich werde es nehmen, Bobbi«, beruhigte ich sie und nahm ihr das Kätzchen aus den Armen.

»Danke!«, sagte Bobbi über die Schulter, während Sykes sie zu seinem Wagen hinausführte.

Die Leute in Linda Palmers Wohnung nahmen sich reihum die Zeit, mich finster anzublicken, als sie hinaus in den Flur und durch die Vordertür ins Freie gingen.

»Bis dann, Miss Marple!«, sagte David Styles.

»Mach's gut, Sherlock!«, feixte Gwen Dawes.

Ihr Freund sagte etwas, was ich hier nicht wiederholen kann.

Und Millie Styles sagte: »Charlie Chan macht es viel besser, McCain!«

Als Sophie (ich bin ein lockerer Typ Mensch, und Sophia ist ein sehr förmlicher Name) und ich zurück in meine kleine Wohnung kamen, die über einem Laden lag, den Jesse James tatsächlich einmal unter Beschuss genommen hatte, wurde uns eine Überraschung zuteil.

Ein Christbaum stand in der Ecke, prunkend mit grünen und gelben und roten Lichtern und langen, glänzenden, silbernen Lamettastreifen und einem süßen kleinen Engel ganz oben auf der Spitze.

Und neben dem Baum stand die schöne und elegante Pamela Forrest, prächtig anzuschauen in einem roten Pullover und Jeans. In den Shell-Scott-Romanen, die ich las, wäre Pamela jetzt völlig nackt und würde mich mit einem gekrümmten, verführerischen Finger zu sich winken.

Aber ich war glücklich, sie einfach so zu sehen, wie sie war.

»Richterin Whitney hatte Angst, Sie wären vielleicht irgendwie deprimiert, weil Sie den Fall nicht gelöst haben, deshalb hat sie mich gebeten, Ihnen einen Baum zu kaufen und für Sie aufzustellen.«

»Tja«, sagte ich. »Ich hatte Bobbi nicht einmal auf meiner Liste der Verdächtigen. Wie hat sie es überhaupt rausbekommen?«

Sofort nahm Pamela Sophie von meinem Arm und fing an, Eskimoküsse mit ihr auszutauschen. »Nun ja, zuallererst hat sie die Reinigung angerufen und gefragt, ob auf einem der Teppiche, die Bobbi hatte reinigen lassen, rote Flecken gewesen waren – mit anderen Worten Blut, was bedeutet hätte, dass sie Linda wahrscheinlich in ihrer Wohnung umgebracht und dann hinüber in deren Apartment geschleift hatte. Das Blut stammte höchstwahrscheinlich von Sophias Pfoten, als sie auf den weißen Läufer gegangen war.« Sie hielt lange genug inne, um noch ein paar mehr Eskimoküsse auszutauschen. »Das Zweite war, Bobbi hat Ihnen erzählt, dass sie zu Hause geblieben war und *Rauchende Colts* geschaut hat. Aber *Rauchende Colts* war zugunsten einer Weihnachtssondersendung an diesem Abend nicht ausgestrahlt worden. Und drittens –« Inzwischen wiegte sie Sophie in der Armbeuge. »Drittens hat sie herausgefunden, dass der Freund, den Bobbi Ihnen gegenüber nur kurz erwähnt hatte, Lindas Zauber verfallen war. Bobbi kam nach Hause und hat sie tatsächlich zusammen im Bett vorgefunden – er war nicht mal Gentleman genug, die Sache über den Flur in Lindas Wohnung zu verlagern.« Dann: »Mensch, McCain, das ist ja eins der süßesten Kätzchen, das ich je gesehen habe!«

»Das weckt in mir den Wunsch, selbst eins zu sein«, sagte ich. »Oder Sherlock Holmes. Sie hat den Vogel wieder abgeschossen, was?«

Pamela trug Sophie zu mir herüber und sagte: »Ich glaube, dein Papa braucht einen Kuss, junge Dame.«

Und ich muss zugeben, es war ziemlich nett in diesem Moment, Pamela Forrest zum allerersten Mal in meiner Wohnung und Sophies süße kleine Sandpapierzunge, die mir viele süße kleine Kätzchenküsse gab.

Originaltitel: *The Christmas Kitten*
Ins Deutsche übertragen von Axel Franken

Klassische
Weihnachten

Die Fliegenden Sterne

G. K. Chesterton

Der zweitgrößte englische Detektiv in der Literatur, nur übertroffen vom unvergleichlichen Sherlock Holmes, ist der sanftmütige und stets freundliche Father Brown. Was ihn von den meisten seiner das Verbrechen bekämpfenden Kollegen unterscheidet, ist sein Glaube, dass Übeltäter nur verirrte Seelen sind, die man auf den Pfad der Erlösung zurückführen muss, und keine Verbrecher, die ihre gerechte Strafe verdient haben. Es gibt wohl kaum einen besseren Detektiv für eine Weihnachtsgeschichte. Der recht gewöhnlich wirkende römisch-katholische Priester besitzt einen scharfen und sensiblen Verstand und zeigt großes Verständnis für die menschliche Natur bei der Lösung seiner Fälle. *Die Fliegenden Sterne* wurde zunächst am 20. Mai 1911 in der *Saturday Evening Post* veröffentlicht und danach im Juni des selben Jahres in *Cassells' Magazine*. Später erschien die Geschichte dann in der Anthologie *The Innocence of Father Brown* (London, Cassell, 1911).

Die Fliegenden Sterne

G. K. Chesterton

»Das großartigste Verbrechen, das ich je begangen habe«, pflegte
Flambeau zu sagen, als er im Alter hochmoralisch geworden war,
»war, wie es der Zufall wollte, auch mein letztes. Es war an Weihnachten. Als Künstler habe ich stets darauf geachtet, nur Verbrechen zu begehen, die der Jahreszeit oder der Landschaft angemessen waren. Die Kulisse war für mich von allergrößter Bedeutung.
Gutsherren zum Beispiel sollten in mit Eichenholz getäfelten Räumen über den Tisch gezogen werden, während Juden sich plötzlich
ohne einen Penny in der Tasche unter den Markisen des Café Riche
wiederfinden sollten. Wenn ich in England einen Dekan um seinen Reichtum bringen wollte (was nicht so einfach ist, wie Sie vermutlich glauben), dann tat ich das inmitten der Grünflächen und
grauen Türme einer Domstadt. In Frankreich wiederum, wenn ich
einen reichen und boshaften Bauern um seinen Besitz erleichtert
hatte (was an sich so gut wie unmöglich ist), bereitete es mir stets
große Freude, sein wütendes Gesicht vor einer Reihe sorgfältig ge-
stutzter Pappeln zu sehen, hinter denen sich beseelt vom mächtigen Geist Millets die ehrwürdigen Ebenen Galliens erstrecken.

Mein letztes Verbrechen war nun also ein Weihnachtsverbrechen, ein fröhliches, gemütliches, englisches Mittelklasseverbrechen, ein Verbrechen, wie es der Fantasie eines Charles Dickens hätte entspringen können. Ich beging es in einem guten, alten Mittelklassehaus in Putney, einem Haus mit einer halbmondförmigen Kutscheneinfahrt, einem Haus mit einem Stall daneben und mit dem Namen an den beiden Außentoren, einem Haus mit einer Araukarie. Aber genug davon. Sie kennen diese Spezies. Ich glaube wirklich, dass ich Dickens Stil geschickt und auch literarisch korrekt imitiert habe. Es ist schon fast schade zu nennen, dass ich es noch am selben Abend bereut habe.«

Dann pflegte Flambeau die Geschichte aus seiner Sicht zu erzählen, und selbst aus seiner Sicht war sie seltsam. Von außen betrachtet war sie sogar vollkommen unverständlich, und ein Fremder muss sie zwangsläufig von außen betrachten. Von diesem Standpunkt aus könnte man sagen, dass das Drama an dem Punkt seinen Lauf genommen hatte, da die Türen des Hauses mit dem Stall sich zu dem Garten mit der Araukarie hin geöffnet hatten und ein junges Mädchen mit Brot in der Hand herausgekommen war, um am ersten Weihnachtstag die Vögel zu füttern. Das Mädchen hatte ein hübsches Gesicht und mutige braune Augen, doch ihre Figur konnte man kaum erahnen, denn sie war in braune Pelze gehüllt, sodass man noch nicht einmal mit Bestimmtheit sagen konnte, was Haar war und was Pelz. Doch ihr attraktives Gesicht ließ auf eine schlanke Gestalt schließen.

Gegen Abend rötete sich der Winterhimmel, und ein rubinfarbenes Licht strich über die blumenlosen Beete und füllte sie mit den Geistern toter roter Rosen. Auf einer Seite des Hauses stand ein Stall, und auf der anderen führte ein Kreuzgang aus Lorbeer zu

dem größeren Garten hinter dem Gebäude. Nachdem die junge
Lady das Brot für die Vögel verstreut hatte (und das zum vierten
oder fünften Mal an diesem Tag, denn die Hunde fraßen das Brot
immer wieder), ging sie unauffällig die Lorbeergasse hinunter und
betrat die glitzernde, immergrüne Pflanzung. Hier seufzte sie voller Staunen – ob aufrichtig oder aus Gewohnheit war nicht zu erkennen –, schaute die hohe Gartenmauer hinauf und sah dort eine
fantastische Gestalt.

»Oh, nicht springen, Mr. Crook«, rief sie besorgt. »Es ist viel
zu hoch.«

Bei der Person, die auf der Grundstücksmauer ritt wie ein flie-
gendes Pferd, handelte es sich um einen groß gewachsenen jungen Mann mit dunklem, struppigem Haar, intelligenten, distin-
guierten Gesichtszügen, aber auch mit fahlem, fast unnatürlichem
Teint. Letzteres wurde noch von der leuchtend roten Krawatte des
Mannes betont, die offenbar das Einzige war, worauf er Wert legte. Vielleicht war sie ja ein Symbol. Ohne das besorgte Flehen des
Mädchens zu beachten, sprang er wie ein Grashüpfer neben sie.
Dabei hätte er sich durchaus die Beine brechen können.

»Ich glaube, ich bin zum Einbrecher bestimmt«, sagte er bedächtig, »und ohne Zweifel wäre ich auch einer geworden, wäre
ich nicht in diesem schönen, netten Haus nebenan geboren worden. Ich sehe auch nichts Schlechtes darin.«

»Wie können Sie so was sagen?«, protestierte das Mädchen.

»Nun«, erwiderte der junge Mann, »wenn man auf der falschen
Seite der Mauer geboren ist, dann sehe ich nichts Falsches darin,
über sie zu klettern.«

»Hach, ich weiß nie, was Sie als Nächstes sagen oder tun werden«, seufzte das Mädchen.

»Das weiß ich häufig selbst nicht«, erwiderte Mr. Crook. »Aber wie auch immer … Jetzt bin ich ja auf der richtigen Seite.«

»Und was genau *ist* die richtige Seite der Mauer?«, fragte die junge Lady und lächelte.

»Die Seite, auf der Sie sind«, antwortete der junge Mann mit Namen Crook.

Als sie gemeinsam zwischen dem Lorbeer hindurch zum vorderen Garten gingen, war dreimal eine Hupe zu hören. Sie kam rasch näher, und schließlich rauschte ein blassgrünes Automobil wie ein Vogel mit beeindruckender Geschwindigkeit und von großer Eleganz zum Haupteingang und hielt dort bebend an.

»Hallo, hallo!«, sagte der junge Mann mit der roten Krawatte. »Dieser Jemand dort ist offenbar auf der richtigen Seite geboren. Miss Adams, ich wusste ja gar nicht, dass Ihr Weihnachtsmann so modern ist.«

»Oh, das ist nur mein Patenonkel, Sir Leopold Fischer. Er kommt immer am ersten Weihnachtstag.«

Dann, nach einer unschuldigen Pause, die unbewusst einen Mangel an Enthusiasmus verriet, fügte Ruby Adams hinzu:

»Er ist sehr nett.«

John Crook, von Beruf Journalist, hatte von diesem berühmten Magnaten aus der großen Stadt gehört, und es war nicht seine Schuld, wenn der Magnat noch nichts von ihm gehört hatte, denn in gewissen Artikeln in *The Clarion* und *The New Age* hatte man sich streng mit Sir Leopold auseinandergesetzt. Doch John Crook schwieg und beobachtete grimmig, wie das Automobil sich in einem langen Prozess leerte. Zunächst stieg ein großer, makellos gekleideter Chauffeur in Grün aus; dann folgte ein kleiner, ebenso makelloser Diener, und gemeinsam führten sie Sir Leopold zur

Türschwelle. Dort machten sie sich daran, ihn auszupacken wie ein gut verschnürtes Paket. Genug Decken für einen Basar, Pelze von allerlei Getier und Schals in allen Farben kamen eins nach dem anderen herunter, bis man schließlich vage eine menschliche Gestalt erkennen konnte, die Gestalt eines freundlichen, aber irgendwie seltsamen, alten Gentleman mit grauem Spitzbart, der sich mit einem strahlenden Lächeln die Pelzhandschuhe rieb.

Lange bevor all dies enthüllt war, öffneten sich die beiden großen Türen der Terrasse, und Colonel Adams (der Vater der pelzigen jungen Dame) trat höchstpersönlich heraus, um seinen bedeutenden Gast hereinzubitten. Colonel Adams war ein großer, sonnengebräunter und sehr stiller Mann, der eine rote Hauskappe trug wie einen Fez, was ihm das Aussehen eines britischen Sirdars oder Paschas in Ägypten verlieh. Ihn begleitete sein Schwager, der vor Kurzem aus Kanada gekommen war, ein großer, lauter, junger Gentleman mit blondem Bart namens James Blount, den die Familie bis dato nur selten zu Gesicht bekommen hatte. Ferner war da noch die eher unbedeutende Gestalt eines Priesters aus der benachbarten römisch-katholischen Kirche, denn die verstorbene Gattin des Colonels war katholischen Glaubens gewesen, und wie es in solchen Fällen Usus ist, waren die Kinder im Glauben der Mutter erzogen worden. Alles an diesem Priester wirkte gewöhnlich bis hin zu seinem Namen: Brown. Dennoch hatte der Colonel seine Gesellschaft schon immer sehr genossen, und so bat er ihn auch häufig zu solchen Familientreffen.

In der großen Eingangshalle des Hauses gab es genügend Platz, selbst für Sir Leopold und all die Stoffe und Pelze, die langsam von seinem Leib geschält wurden. Tatsächlich waren Terrasse und Vestibül im Verhältnis zum Rest des Hauses unangemessen groß und bildeten gemeinsam einen zusammenhängenden Raum, der von der Eingangstür bis zum Fuß der großen Treppe reichte. Vor dem großen Kaminfeuer, über dem der Säbel des Colonels hing, fand der Prozess sein Ende, und die Gesellschaft wurde Sir Leopold Fischer vorgestellt, einschließlich des hämischen Crook. Der ehrenwerte Financier schien jedoch noch immer mit Teilen seiner üppigen Garderobe zu kämpfen, bis er schließlich ein schwarzes ovales Kästchen aus den tiefsten Tiefen seiner Fracktaschen zog und erklärte, das sei das Weihnachtsgeschenk für seine Patentochter. Mit naivem Stolz, der etwas Entwaffnendes an sich hatte, präsentierte er das Kästchen den anderen, öffnete es und blendete sie fast damit. Es war, als würde ein Kristallspringbrunnen ihnen seine Tropfen entgegenschleudern. In einem Nest aus orangefarbenem Samt lagen drei Eier, drei funkelnde Diamanten, die die Luft um sie herum förmlich zu entflammen schienen. Fischer strahlte wohlwollend und sog das Staunen und die Ekstase des Mädchens glücklich auf, genauso wie den grimmigen Dank des Colonels und die Verblüffung des Rests der Gruppe.

»Ich stecke sie erst mal wieder weg, meine Liebe«, sagte Fischer und ließ das Kästchen wieder in seinem Frack verschwinden. »Ich musste auf dem Weg gut auf sie aufpassen. Das sind die drei großen afrikanischen Diamanten, die man die ›Flüchtigen Sterne‹ nennt, denn sie wurden schon oft gestohlen. Alle großen Verbrecher sind hinter ihnen her. Selbst die rauen Männer in den Straßen und Hotels können sich kaum zurückhalten, wenn sie sie sehen. Ich hätte sie durchaus auf der Fahrt verlieren können.«

»Das ist nur natürlich, würde ich sagen«, knurrte der Mann mit der roten Krawatte. »Ich könnte es niemandem zum Vorwurf machen, wenn er sie sich nimmt. Wenn jemand nach Brot fragt und

Sie ihm noch nicht einmal einen Stein geben, dann könnte diese Person durchaus in die Versuchung geraten, sich den Stein selbst zu nehmen.«

»So etwas will ich gar nicht hören«, rief das Mädchen, das von einer seltsamen Aufregung befallen zu sein schien. »Seit Sie so ein ... so ein Wie-heißt-das-noch geworden sind, reden Sie immer so. Sie wissen schon, was ich meine. Wie nennt man noch mal jemanden, der selbst die schmutzigsten Leute umarmen will?«

»Einen Heiligen«, antwortete Father Brown.

»Ich denke«, sagte Sir Leopold und lächelte herablassend, »was Ruby meint, ist ein Sozialist.«

»Ein Radikaler zu sein, bedeutet nicht, dass man von Rettich leben muss«, bemerkte Crook mit einem Hauch von Ungeduld in der Stimme, »und ein Konservativer ist nicht zwingend jemand, der Früchte als Marmelade konserviert. Ebenso kann ich Ihnen versichern, dass ein Sozialist nicht notwendigerweise den Abend mit Menschen verbringen will, denen es an Hygiene mangelt. Ein Sozialist ist schlicht jemand, der will, dass alle Menschen ihren gerechten Lohn bekommen, sodass sie sich auch ein Bad leisten können.«

»Aber«, warf der Priester mit leiser Stimme ein, »zugleich gönnt er niemandem auch nur den Ruß im Kamin. Alles gehört allen.«

Crook schaute ihn interessiert und auch mit einem Hauch von Respekt an. »Welcher Mensch will denn schon den Ruß im Kamin?«, erwiderte er.

»Oh, der ein oder andere könnte ihn schon gebrauchen«, antwortete Father Brown. »Ich habe gehört, dass Gärtner Ruß zu Dünger verarbeiten. Und ich habe tatsächlich einmal zu Weihnachten sechs Kinder damit glücklich gemacht, als der Zauberer nicht zu ihrer Feier erschienen ist. Alles, was es dazu brauchte, war ein wenig Ruß zur äußerlichen Anwendung.«

»Oh, wie schön!«, rief Ruby. »Ich wünschte, das würden Sie auch hier machen.«

Mr. Blount, der prahlerische Kanadier, hob zustimmend die laute Stimme, und der erstaunte Financier stimmte in den Ruf mit ein, wenn auch eher entrüstet. In diesem Moment klopfte es an der großen Doppeltür. Der Priester öffnete, und erneut war der Blick frei auf den Ilex und die Araukarie, die sich deutlich vor dem prachtvoll violetten Sonnenuntergang abzeichneten. Die Szenerie war so farbenfroh und idyllisch wie die Kulisse in einem Theaterstück, dass die Anwesenden kurz die unbedeutende Gestalt in der Tür vergaßen. Dort stand ein staubiger Mann in einem ausgefransten Mantel, offenbar ein Bote. »Gentlemen, ist einer von Ihnen Mr. Blount?«, fragte er und hielt misstrauisch einen Brief in die Höhe. Mr. Blount zuckte erschrocken. Rasch griff er nach dem Brief, riss ihn auf und las. Sein Staunen war ihm deutlich anzusehen. Dann zwinkerte er kurz mit den Augen, und schließlich drehte er sich wieder zu seinem Schwager und Gastgeber um.

»Es ist mir zutiefst zuwider, Ihnen derart zur Last zu fallen, Colonel«, sagte er auf seine fröhliche, koloniale Art, »aber würde es Ihnen etwas ausmachen, wenn mich heute Abend ein alter Bekannter hier aus geschäftlichen Gründen besucht? Tatsächlich handelt es sich dabei um Florian, den berühmten französischen Akrobaten und komischen Schauspieler. Ich habe ihn vor Jahren tief im Westen kennengelernt – er ist von Geburt Frankokanadier –, und er hat wohl etwas Geschäftliches mit mir zu besprechen, auch wenn ich mir nicht vorstellen kann, was.«

»Natürlich, natürlich«, erwiderte der Colonel sorglos. »Ihre Freunde sind hier jederzeit willkommen. Ohne Zweifel wird er sich als Bereicherung für unsere kleine Gesellschaft erweisen.«

»Der wird sich mit Sicherheit schwarz anmalen, wenn es das ist, was Sie meinen«, lachte Blount. »Und ich zweifele nicht daran, dass er Ihnen etwas vorspielen wird. Mir ist das egal. Ich bin nicht so anspruchsvoll. Ich mag die gute, alte Pantomime, und es kann durchaus ein wenig derber sein. Soll er sich ruhig auf einen Zylinder setzen.«

»Nur bitte nicht auf meinen«, warf Sir Leopold Fischer in würdevollem Ton ein.

»Ach, Gott«, seufzte Crook, »lassen Sie uns nicht streiten. Es gibt schlechtere Witze, als sich auf einen Zylinder zu setzen.«

Der Jüngling mit der roten Schleife hatte wegen seiner räuberhaften Ansichten und seiner offenkundigen Vertrautheit mit der hübschen Patentochter ohnehin schon das Missfallen von Sir Leopold erregt, und so sagte der distinguierte Financier nun in spöttisch-belehrendem Ton: »Ja, Sie haben ohne Zweifel schon Schlimmeres gesehen als einen Mann, der sich auf einen Zylinder setzt. Was ist es, bitte ...?«

»Schlimmer wäre es zum Beispiel, wenn der Zylinder auf Ihnen sitzt«, entgegnete der Sozialist.

»Bitte, Gentlemen«, rief der kanadische Farmer mit barbarischem Wohlwollen, »verderben Sie diesen schönen Abend nicht. Lassen Sie uns lieber etwas für die Geselligkeit tun ... natürlich nicht das Gesicht schwärzen oder sich auf einen Zylinder setzen, aber so etwas in der Art. Was halten Sie von einer guten, alten, englischen Pantomime? Komplett mit Clown und Columbine? Ich habe mal eine gesehen, kurz bevor ich England im Alter von zwölf Jahren verlassen habe, und diese Erinnerung hat sich mir für alle Zeiten eingeprägt. Als ich letztes Jahr wieder zurückgekehrt bin, habe ich feststellen müssen, dass die Tradition so gut wie ausgestorben ist. Heutzutage werden nur noch irgendwelche dummen Märchen aufgeführt. Ich will einen rotglühenden Schürhaken und einen Polizisten, der durch die Mangel gedreht wird, doch was bekomme ich stattdessen? Prinzessinnen, die im Mondlicht moralisieren, und dazu irgendwelche dummen Vögel. Blaubart ist da eher mein Geschmack, vor allem, wenn er sich in einen Hanswurst verwandelt.«

»Also ich bin eindeutig dafür, Polizisten durch die Mangel zu drehen«, sagte John Crook. »Das ist eine weit bessere Definition des Sozialismus als die, die ich gerade habe hören müssen. Aber ich denke, das Ganze wäre nun doch ein wenig aufwendig.«

»Nicht im Mindesten«, widersprach Blount. Er war bereits ganz Feuer und Flamme. »Eine Harlekinade geht ganz schnell, und zwar aus zwei Gründen. Erstens kann jeder improvisieren, wie er will, und zweitens haben wir alle notwendigen Requisiten im Haus: Tische, Kellen, Waschkörbe …«

»Das stimmt«, räumte Crook ein und nickte eifrig. »Aber ich fürchte, mit einer Polizeiuniform kann ich nicht dienen. In letzter Zeit habe ich leider keinen umgebracht.«

Blount legte nachdenklich die Stirn in Falten. »Oh, das ist kein Problem«, erklärte er schließlich. »Ich habe hier Florians Adresse, und Florian kennt jeden Kostümschneider in London. Ich werde ihn anrufen und bitten, eine Uniform mitzubringen.« Sofort machte er sich auf den Weg zum Telefon.

»Oh, das ist einfach wunderbar, Onkel«, rief Ruby. Sie tanzte fast. »Ich spiele die Columbine und Sie den Hanswurst.«

Der Millionär straffte die Schultern. »Meine Liebe«, sagte er mit fast heidnischer Würde, »ich fürchte, du musst dir einen anderen für den Hanswurst suchen.«

»Das kann ich machen, wenn du willst«, sagte Colonel Adams und nahm die Zigarre aus dem Mund.

»Florian hat sich wahrlich ein Denkmal verdient«, verkündete der Kanadier, als er freudestrahlend vom Telefon zurückkehrte. »Wir haben alles, was wir brauchen. Mr. Crook wird den Clown spielen. Er ist Journalist und kennt all die alten Witze. Ich kann den Hanswurst darstellen, der einfach nur lange Beine haben will, um damit herumzuspringen. Und das mit der Polizei sei kein Problem, hat mein Freund Florian gesagt. Er wird sich auf dem Weg schon umziehen. Wir können hier in dieser Halle spielen, und die Zuschauer nehmen dort auf den Stufen Platz, eine Reihe über der anderen. Die Eingangstür wird unsere Kulisse sein, offen und geschlossen. Geschlossen sehen wir das Innere eines typischen, englischen Hauses und offen einen mondbeschienenen Garten. Das wird magisch.« Er holte ein Stück Billardkreide aus der Tasche und zog damit eine Linie mitten durch den Raum zwischen Tür und Treppe. Dort sollten Vorhang und Rampenlichter sein.

Wie es gelingen sollte, ein solch absurdes Theater in so kurzer Zeit aufzuziehen, blieb ein Rätsel; doch sie machten sich mit einer Mischung aus Tollkühnheit und Eifer ans Werk, wie sie nur entstehen kann, wenn die Jugend im Haus lebt. Wie immer bei solchen Gelegenheiten gerieten die Improvisationen immer wilder und wilder dank der bürgerlichen Konventionen, auf denen sie aufbauten. Die Columbine sah ausgesprochen charmant aus in ihrem prachtvollen Rock, der dem großen Lampenschirm aus dem Salon seltsam ähnelte. Der Clown und der Hanswurst schminkten ihre Gesichter weiß mit Mehl aus der Küche, und das Rot für die Wangen stammte von einem weiteren Mitglied der Dienerschaft, das jedoch wie alle christlichen Wohltäter lieber anonym bleiben wollte. Der Harlekin wiederum, der bereits mit Silberpapier aus Zigarrenkisten geschmückt war, konnte nur mit Mühe davon abgehalten werden, den alten, viktorianischen Leuchter zu zerschlagen, um so an die funkelnden Kristalle zu gelangen. Und er hätte das tatsächlich gemacht, hätte Ruby nicht noch ein paar Glassteine ausgegraben, die sie einmal auf einem Kostümfest als Karokönigin getragen hatte. Tatsächlich war James Blount, ihr Onkel, geradezu außer sich vor Aufregung, wie ein Schuljunge. Unerwartet setzte er Father Brown einen Eselskopf auf, und der Priester ertrug das nicht nur geduldig, sondern fand auch einen Weg, die Ohren zu bewegen. Der Kanadier schlug sogar vor, Sir Leopold Fischer den Papierschwanz an den Frack zu heften, doch diese Idee wurde entrüstet abgelehnt. »Mein Onkel ist wirklich verrückt«, rief Ruby zu Crook, dem sie einen Ring Wurst um den Hals gehängt hatte. »Warum ist er nur so wild?«

»Er ist der Hanswurst Ihrer Columbine«, sagte Crook. »Ich bin nur der Clown, der sich dann und wann mal einen Scherz erlaubt.«

»Ich wünschte, Sie wären der Hanswurst«, sagte Ruby und ließ den Wurstring schwingen.

Father Brown, der jedes Detail dessen kannte, was hinter der Bühne vor sich ging, und sogar ein wenig Applaus bekommen hatte, als er ein Kissen in ein Baby für die Pantomime verwandelt hatte, ging nach vorne und setzte sich voller Erwartung wie ein Kind bei seiner ersten Matinee zwischen die Zuschauer. Das Publikum war klein: Verwandte, ein, zwei Freunde aus dem Ort und die Dienerschaft. Sir Leopold saß in der ersten Reihe, und seine massive Gestalt, die nach wie vor ein Pelzkragen zierte, verstellte fast vollkommen den Blick auf den kleinen Kirchenmann hinter ihm. Allerdings haben die Kunstkritiker sich bis heute nicht darauf geeinigt, ob dem kleinen Kirchenmann dadurch wirklich etwas entgangen ist. Die Pantomime war das reinste Chaos, aber auch nicht zu verachten. Sie war von einem wahren Sturm der Improvisation geprägt, der größtenteils von Crook dem Clown ausging. Er war auch im echten Leben schon ein kluger Mann, und an diesem Abend inspirierte ihn eine wilde Allwissenheit, eine Torheit weiser als die Welt, wie sie nur ein junger Mann haben kann, der für einen Augenblick einen bestimmten Ausdruck auf einem bestimmten Gesicht gesehen hat. Er sollte der Clown sein, doch tatsächlich war er fast alles andere: der Autor (sofern es so etwas hier gab), der Souffleur, der Kulissenmaler, der Bühnentechniker und vor allem das Orchester. In willkürlichen Abständen stürzte er sich in vollem Kostüm auf das Klavier und hämmerte irgendeine populäre Musik in die Tasten, die gleichermaßen absurd und passend wirkte.

Den Höhepunkt von alledem bildete der Moment, da die beiden großen Außentüren, die als Kulisse dienten, aufflogen und den Blick auf den wunderschönen, mondbeschienenen Garten freigaben; doch aus alldem stach der berühmte, professionelle Gast noch heraus: der große Florian in einer Polizeiuniform. Der Clown am Klavier spielte den Wachtmeisterchor aus den *Piraten von Penzance*, aber die Musik ging im ohrenbetäubenden Applaus unter, denn jede Geste des großen, komischen Schauspielers war eine bewundernswert echte und zugleich zurückgenommene Parodie von Haltung und Verhalten echter Polizeibeamter. Der Harlekin stürzte sich auf ihn und schlug ihn auf den Helm, und als der Pianist *Where did you get that hat?* spielte, drehte Florian sich in hervorragend gespieltem Staunen um, und der Harlekin schlug ihn erneut (was der Pianist mit ein paar Takten aus *Then we had another one* unterstrich). Dann sprang der Harlekin dem Polizisten mitten in die Arme, und gemeinsam gingen sie unter tosendem Applaus zu Boden. Anschließend spielte der berühmte Schauspieler den Toten so gut, dass man noch heute in Putney davon redet. Es war schier nicht zu glauben, dass ein lebender Mensch so schlaff sein konnte.

Der athletische Harlekin schwang ihn herum wie einen Sack oder eine indianische Keule, und die ganze Zeit über ertönten aufreizend absurde Melodien vom Klavier. Als der Harlekin den komischen Polizisten vom Boden hievte, spielte der Clown: *I arise from dreams of thee*; als er ihn sich über die Schulter warf, ertönte *With my bundle on my shoulder*, und als der Harlekin den Polizisten mit einem äußerst überzeugenden Knall wieder zu Boden fallen ließ, spielte der Irre am Klavier einen Jingle und sang dabei ein paar Worte, von denen die Zuschauer bis heute glauben, dass sie wie folgt lauteten: »Ich habe meiner Liebsten einen Brief geschrieben und ihn auf dem Weg fallen lassen.«

An dieser Grenze geistiger Anarchie wurde Father Brown vollends der Blick verstellt, denn der große Financier aus der Stadt, der vor ihm saß, sprang auf, erhob sich zu seiner vollen Größe und wühlte wie ein Wilder in seinen Taschen herum. Dann setzte er sich wieder, fummelte weiter und stand wieder auf. Einen Augenblick lang sah es so aus, als wolle er über die Lichter springen, die die Bühnenbegrenzung darstellten, doch dann funkelte er einfach nur den Clown am Klavier an und stapfte stumm aus dem Raum.

Der Priester sah nur noch ein paar weitere Minuten des absurden, aber nicht uneleganten Tanzes des Amateurharlekins über seinem so wunderbar bewusstlosen Feind. Mit echter, wenn auch grobschlächtiger Kunst tanzte der Harlekin langsam rückwärts zur offenen Tür und in den Garten hinaus, der nach wie vor vollkommen still im Mondlicht lag. Das aufgeblasene Kleid aus Silberpapier und Kleister, das im Licht des Raums viel zu grell gewesen war, wirkte nun immer magischer, je weiter weg es im Mondschein tanzte. Als das Publikum das Spiel mit donnerndem Applaus abrundete, spürte Father Brown eine Hand auf seinem Arm, und er wurde im Flüsterton gebeten, ins Arbeitszimmer des Colonels zu kommen.

Father Brown folgte dem Ruf mit wachsendem Zweifel, und daran änderte auch die feierliche Komik der Szene im Arbeitszimmer nichts. Dort saß Colonel Adams, noch immer als Hanswurst verkleidet. Das Fischbein wippte an seiner Stirn, doch seine armen, alten Augen blickten traurig genug, um selbst ein Bacchanal zu ernüchtern. Sir Leopold Fischer lehnte am Kamin und schnappte panisch nach Luft.

»Da ist eine äußerst unangenehme Angelegenheit, Father Brown«, sagte Adams. »Die Wahrheit ist, dass diese Diamanten, die wir alle heute Nachmittag gesehen haben, mit einem Mal aus der Tasche meines Freundes verschwunden sind. Und da Sie ...«

»Da ich direkt hinter ihm saß ...«, vervollständigte Father Brown und grinste breit.

»So etwas würde ich nie auch nur andeuten«, erklärte Colonel Adams und warf einen strengen Blick zu Sir Leopold, was darauf schließen ließ, dass dieser Fall durchaus schon diskutiert worden war. »Ich möchte Sie nur bitten, mir ein wenig entgegenzukommen, wie es unter Gentlemen üblich ist.«

»Was heißt, ich soll die Taschen umkehren«, sagte Father Brown und tat genau das. Sechsundsiebzig Pence kamen dabei zum Vorschein sowie eine Rückfahrkarte, ein kleines Silberkreuz, ein Brevier und ein Schokoladenriegel.

Der Colonel schaute ihn lange an und sagte dann: »Wissen Sie, ich würde lieber den Inhalt Ihres Kopfes als Ihrer Taschen sehen. Meine Tochter gehört zu Ihren Leuten, ich weiß. Allerdings hat sie letztens ...« Er hielt inne.

»Allerdings hat sie letztens das Haus ihres Vaters einem Halsabschneider von Sozialisten geöffnet«, schrie der alte Financier. »Und der gibt unumwunden zu, dass er einem reichen Mann alles stehlen würde. Mehr gibt es dazu nicht zu sagen. Hier steht dieser reiche Mann ... der nun nicht mehr ganz so reich ist.«

»Wenn Sie das Innere meines Kopfes sehen wollen, dann nur zu«, sagte Father Brown müde. »Später können Sie mir dann ja sagen, was er wert ist, aber jetzt gilt es erst einmal Folgendes festzustellen: Männer, die Diamanten stehlen, reden nicht von Sozialismus. Tatsächlich«, fügte er schüchtern hinzu, »verteufeln sie ihn eher.«

Die beiden Gentlemen zuckten unwillkürlich zusammen, und der Priester fuhr fort:

»Wir kennen diese Menschen mehr oder weniger. Dieser Sozialist würde einen Diamanten genauso wenig stehlen wie eine Pyramide. Stattdessen sollten wir uns lieber den einen Mann ansehen, den wir *nicht* kennen, den Mann, der den Polizisten spielt: Florian. Ich frage mich, wo er gerade steckt.«

Der Hanswurst sprang auf und marschierte aus dem Raum. Dem folgte ein Zwischenspiel, währenddessen der Millionär den Priester anstarrte und der Priester in seinem Brevier las. Dann kehrte der Hanswurst wieder zurück und sagte in ernstem *staccato*: »Der Polizist liegt noch immer auf der Bühne. Der Vorhang ist schon sechsmal gefallen und wieder aufgegangen, aber er liegt noch immer da.«

Father Brown ließ das Buch sinken und starrte zutiefst getroffen ins Leere. Dann kehrte langsam das Licht in seine grauen Augen zurück, und was er dann sagte, war nicht gerade offensichtlich.

»Bitte, verzeihen Sie, Colonel, aber wann genau ist Ihre Frau gestorben?«

»Meine Frau?«, erwiderte der Soldat und riss die Augen auf. »Das war erst dieses Jahr, vor zwei Monaten. Ihr Bruder James hat sie leider nicht mehr sehen können. Er kam eine Woche zu spät.«

Der kleine Priester sprang los wie ein getroffener Hase. »Kommen Sie!«, rief er ungewöhnlich aufgeregt. »Kommen Sie! Wir müssen uns diesen Polizisten ansehen!«

Sie liefen auf die inzwischen verhüllte Bühne, drängten sich grob an der Columbine und dem Clown vorbei (die recht zufrieden miteinander flüsterten), und Father Brown beugte sich über den am Boden liegenden, komischen Polizisten.

»Chloroform«, verkündete er, als er sich wieder erhob. »Auf die Idee bin ich gerade erst gekommen.«

Eine überraschte Stille senkte sich über die Anwesenden. Dann bat der Colonel: »Bitte, sagen Sie uns im Ernst, was das alles zu bedeuten hat.«

Plötzlich brüllte Father Brown vor Lachen, verstummte aber sofort wieder und unterdrückte dann und wann nur noch ein Kichern während seiner Rede. »Gentlemen«, begann er, »wir haben nicht viel Zeit. Ich muss dem Verbrecher hinterher. Aber dieser großartige, französische Schauspieler, der den Polizisten gespielt hat, diese kluge Leiche, mit der der Harlekin getanzt und die er umhergewirbelt hat, dieser Mann hier war …« Erneut versagte ihm die Stimme, und er machte auf dem Absatz kehrt, um loszulaufen.

»Dieser Mann war ...?«, hakte Fischer nach.

»Dieser Mann war ein echter Polizist«, sagte Father Brown und lief in die Dunkelheit.

Am äußersten Ende des dicht belaubten Gartens gab es Lücken und Lauben, in denen Lorbeer und anderes immergrünes Gesträuch sich vor dem saphirblauen Himmel und silbernen Mond abzeichneten. Selbst mitten im Winter waren die Farben hier so warm wie im Süden.

Die grüne Pracht des sich wiegenden Lorbeers, das üppige Violett der Nacht und der Mond, der wie ein riesiger Kristall funkelte, bieten gemeinsam ein geradezu unverantwortlich romantisches Bild, und zwischen den obersten Ästen der Gartenbäume klettert eine seltsame Gestalt, die allerdings weniger romantisch, sondern vielmehr unmöglich wirkt. Sie funkelt vom Kopf bis zu den Füßen, als wäre sie in eine Million Monde gekleidet. Und der echte Mond fängt jede ihrer Bewegungen ein und lässt einen anderen Teil von ihr aufflammen. Aber die Gestalt schwingt sich funkelnd und erfolgreich von einem kleinen Baum in diesem Garten zu einem großen in einem anderen. Dort hält sie nur inne, weil ein Schatten unter den kleineren Baum gehuscht ist und der Gestalt zuruft.

»Nun denn, Flambeau«, sagt die Stimme. »Sie gleichen in der Tat einem flüchtigen Stern, doch flüchtige Sterne sind zugleich auch immer fallende.«

Die silberne, funkelnde Gestalt im Baum scheint sich in den Lorbeer vorzubeugen und lauscht dem kleinen Schatten unten voller Vertrauen in die eigene Flucht.

»Sie waren nie besser, Flambeau. Es war sehr clever von Ihnen, aus Kanada zu kommen (mit einem Fahrschein aus Paris, nehme ich an), und das genau eine Woche nach dem Tod von Mrs. Adams, als niemand in der Stimmung war, Fragen zu stellen. Und es war sogar noch klüger, die ›Flüchtigen Sterne‹ aufzuspüren und den genauen Ankunftstag von Sir Leopold herauszufinden. Doch was dann folgte, war nicht einfach nur clever, sondern geradezu genial. Ich nehme an, der Diebstahl an sich stellte keinerlei Problem für Sie dar. Das hätten Sie auch mit irgendeinem Taschenspielertrick machen können. Dafür brauchte es nicht den Versuch, Sir Leopold einen Papierschwanz an den Frack zu heften. Aber mit dem Rest haben Sie sich wahrlich selbst übertroffen.«

Die silbrige Gestalt zwischen den grünen Ästen ist wie hypnotisiert. Obwohl die Flucht ein Leichtes wäre, starrt sie den Mann unten an.

»Oh, ja«, sagt der Mann unten, »ich weiß alles. Ich weiß, dass Sie nicht nur die Pantomime erzwungen haben, Sie haben sie auch einem doppelten Zweck zugeführt. Sie wollten die Steine in aller Stille an sich nehmen, doch ein Komplize hat Ihnen zugetragen, dass man Sie bereits in Verdacht hatte, weshalb auch ein Beamter auf Sie angesetzt war, um Sie just in dieser Nacht zu stellen. Ein einfacher Dieb wäre vermutlich dankbar für die Warnung gewesen und geflohen, doch Sie sind ein Poet. Sie hatten bereits den cleveren Plan, die Edelsteine inmitten gläsernen Bühnenschmucks zu verstecken. Sie erkannten, dass das Auftauchen eines Polizisten hervorragend zur Gestalt des Harlekins passte. So brach der tapfere Beamte vom Revier in Putney auf, um Sie zu finden, und geriet in die seltsamste Falle, die je gestellt worden ist. Als die Eingangstür sich öffnete, trat er mitten auf die Bühne einer Weihnachtspantomime, wo der tanzende Harlekin ihn unter dem tosenden Applaus der respektabelsten Leute von Putney trat, schlug und betäubte. Oh, Sie werden nie mehr etwas Großartigeres leisten. Und jetzt können Sie mir übrigens die Steine wieder zurückgeben.«

Der grüne Ast, auf dem die glitzernde Gestalt hockte, raschelte erstaunt, doch die Stimme fuhr fort:

»Ich möchte, dass Sie sie wieder zurückgeben, Flambeau, und ich möchte auch, dass Sie diesem Leben abschwören. Sie haben noch immer Ihre Jugend, Ihre Ehre und Ihren Humor. Begehen Sie nicht den Fehler zu glauben, dass das in diesem Beruf so bleiben wird. Ein Mann vermag das Gute in sich ja auf immer gleicher Stufe zu bewahren, doch niemand war je in der Lage, auch das Böse auf einer Stufe zu halten. Diese Straße führt immer nur nach unten. Der freundliche Mann trinkt und wird grausam; der ehrliche Mann tötet und leugnet es. So manch einer, den ich gekannt habe, hat so wie Sie als ehrlicher Räuber begonnen, als lustiger Geselle, und zu guter Letzt sind sie alle im Dreck gelandet. Maurice Blum hat als Anarchist begonnen, als ein Mann mit Prinzipien, als Vater der Armen. Doch sein Leben beendete er als schmieriger Spion und Maulwurf, den beide Seiten gleichermaßen verachteten. Harry Burke begann seine Bewegung des Freien Geldes als ehrlicher Mann; jetzt melkt er seine halbverhungerte Schwester, um sich mit Brandy zu versorgen. Lord Amber begab sich mit ritterlichen Absichten in die übelsten Kreise, und jetzt erpressen ihn die schlimmsten Geier Londons. Captain Barillon war lange vor Ihrer Zeit ein großer Gentlemanverbrecher. Schreiend aus Angst vor Spitzeln und Hehlern, die ihn gejagt und verraten haben, starb er in einem Irrenhaus. Ich weiß, dass der Wald hinter Ihnen Freiheit verspricht, Flambeau. Ich weiß, dass Sie von einem Augenblick auf den anderen wie ein Affe darin verschwinden können. Doch eines Tages werden auch Sie ein alter grauer Affe sein, Flambeau. Sie werden mit kaltem Herzen in Ihrem freien Wald sitzen, dem Tode nahe, und die Wipfel über Ihnen werden kahl sein.«

All das ging immer weiter, als halte der kleine Mann unten den anderen oben im Baum an einer unsichtbaren Leine, und er fuhr fort:

»Ihr Weg nach unten hat begonnen. Sie haben stets damit geprahlt, keine Gemeinheit zu begehen, doch genau das tun Sie heute Abend. Sie haben den Verdacht auf einen ehrlichen Jungen gelenkt, gegen den ohnehin schon genug spricht. Sie trennen ihn von der Frau, die er liebt und umgekehrt. Und wenn Sie jetzt nicht umkehren, werden Sie schon bald noch viel größere Gemeinheiten begehen.«

Drei funkelnde Diamanten fielen aus dem Baum und auf die Erde. Der kleine Mann bückte sich, um sie aufzuheben, und als er wieder in den grünen Käfig des Baums schaute, da war da kein silberner Vogel mehr.

Die Rückgabe der Edelsteine (die ausgerechnet Father Brown gefunden hatte, und das natürlich rein zufällig) beendete einen triumphalen Abend, und ein bestens gelaunter Sir Leopold erklärte dem Priester sogar, dass er selbst zwar eine offenere Sicht der Dinge habe, doch durchaus auch jene respektiere, deren Glaube von ihnen verlange, abgeschieden von der Welt zu leben.

Originaltitel: *The Flying Stars*
Ins Deutsche übertragen von
Rainer Schumacher

Die Weihnachtsfeier
Rex Stout

Mit Nero Wolfe erschuf Rex Stout eine Gestalt, die zu den wenigen ganz großen Detektiven in der Geschichte der Kriminalliteratur gehört. Der geniale, wenn auch phlegmatische Detektiv wiegt eine Siebteltonne, hasst es, sein Backsteinhaus in der Fünfunddreißigsten Straße West in Manhattan zu verlassen, und nimmt, wie sein Majordomus und Koch Fritz anmerkt, die meisten Fälle nur an, weil sein Bankkonto es erfordert. Während Wolfe ein reiner Verstandesmensch ist, ist sein Angestellter Archie Goodwin, ein kantiger, knallharter Detektiv, fürs Grobe zuständig. Das Zusammenspiel von Goodwins hartgesottenem Charakter mit Wolfes rein kombinatorischen Methoden ist unter den großen Gestalten der gesamten Kriminalliteratur einzigartig. *Die Weihnachtsfeier* erschien erstmals unter dem Titel *The Christmas-Party Murder* in *Collier's Weekly* vom 4. Januar 1957; in einer Sammlung wurde die Geschichte zum ersten Mal unter ihrem bekannteren Titel in *And Four to Go* (New York, Viking, 1958) veröffentlicht.

Die Weihnachtsfeier

Rex Stout

I

»Bedaure, Sir«, sagte ich und versuchte zu klingen, als täte es mir wirklich leid. »Aber ich habe Ihnen vor zwei Tagen, am Montag, schon erklärt, dass ich Freitagnachmittag eine Verabredung habe, und Sie sagten, das sei in Ordnung. Ich fahre Sie dann Samstag oder Sonntag nach Long Island.«

Nero Wolfe schüttelte den Kopf. »Das geht nicht. Mr. Thompsons Schiff legt am Freitagmorgen an, und er wird nur bis Samstagmittag bei Mr. Hewitt bleiben und dann nach New Orleans weiterreisen. Wie Sie wissen, ist er der beste Züchter Englands, und ich bin Mr. Hewitt sehr verbunden, weil er mich eingeladen hat, ein paar Stunden mit ihm zu verbringen. Soweit ich weiß, dauert die Fahrt ungefähr eineinhalb Stunden, also sollten wir um halb eins aufbrechen.«

Ich beschloss, bis zehn zu zählen, und drehte meinen Stuhl so, dass ich auf meinen Schreibtisch sah, um Privatsphäre dafür zu haben. Wie üblich, wenn wir keinen wichtigen Fall hatten, gingen wir einander seit einer Woche auf die Nerven, und ich gebe zu, dass ich ein wenig gereizt war, aber dass er so selbstverständlich Anspruch auf meine Zeit erhob, ging ein wenig zu weit. Als ich zu Ende gezählt hatte, wandte ich den Kopf. Er thronte hinter seinem Schreibtisch, und ich wollte verdammt sein, wenn er sich nicht wieder seinem Buch zugewandt hatte und damit deutlich machte, dass er die Sache als erledigt betrachtete. Das ging viel zu weit. Ich drehte meinen Stuhl herum, damit ich ihn zur Rede stellen konnte.

»Es tut mir wirklich leid«, sagte ich und versuchte nicht zu klingen, als wäre das wirklich so, »aber ich muss diese Verabredung am Freitagnachmittag einhalten. Es ist eine Weihnachtsfeier im Büro von Kurt Bottweill – Sie werden sich erinnern, wir haben vor ein paar Monaten für ihn gearbeitet; die gestohlenen Wandteppiche. Vielleicht erinnern Sie sich nicht an eine seiner Mitarbeiterinnen namens Margot Dickey, ich allerdings schon. Ich habe mich öfter mit ihr getroffen und ihr versprochen, zu der Party zu kommen. Wir haben hier nie eine Betriebsfeier. Was die Fahrt nach Long Island angeht, so ist Ihre Vorstellung abstrus, dass ein Auto nur dann keine Todesfalle ist, wenn ich am Steuer sitze. Sie können sich ein Taxi nehmen, einen Mietwagen oder sich von Saul Panzer fahren lassen.«

Wolfe hatte sein Buch sinken lassen. »Ich hoffe, nützliche Informationen von Mr. Thompson zu erhalten, und Sie werden sich Notizen machen.«

»Nicht, wenn ich nicht da bin. Hewitts Sekretärin kennt sich mit den Fachbegriffen bei Orchideen genauso gut aus wie ich. Sie ebenfalls.«

Ich muss zugeben, dass die letzten zwei Worte ein wenig stark waren, aber er hätte nicht wieder zu seinem Buch greifen sollen.

Er presste die Lippen zusammen. »Archie. Wie oft habe ich Sie im vergangenen Jahr gebeten, mich irgendwo hinzufahren?«

»Wenn Sie es denn ›bitten‹ nennen wollen, vielleicht achtzehn oder zwanzig Mal.«

»Das ist sicherlich nicht unverhältnismäßig. Falls mein Gefühl, dass ich am Steuer eines Wagens allein Ihnen trauen kann, eine Anomalie ist, dann soll es halt so sein. Wir brechen Freitag um halb eins zu Mr. Hewitt auf.«

Also gut. Ich holte tief Luft, brauchte aber nicht noch einmal bis zehn zu zählen. Wenn ich ihm eine Lektion erteilen wollte, und die brauchte er dringend, dann hatte ich glücklicherweise ein Dokument in meinem Besitz, das dazu geeignet war. Ich griff in meine innere Brusttasche und zog ein zusammengefaltetes Stück Papier hervor.

»Ich hatte eigentlich vor«, erklärte ich ihm, »Sie erst morgen oder sogar noch später damit zu behelligen, aber ich schätze, dann muss es eben jetzt sein. Wahrscheinlich ist das ohnehin egal.«

Ich stand von meinem Stuhl auf, faltete das Blatt auseinander und reichte es ihm. Er legte sein Buch weg, um es zu nehmen, sah darauf, warf mir einen Blick zu, schaute dann wieder auf das Papier und ließ es auf seinen Schreibtisch fallen.

Er schnaubte verächtlich. »Pah. Was ist das für ein Unsinn?«

»Kein Unsinn. Wie Sie sehen, ist das eine Heiratserlaubnis für Archie Goodwin und Margot Dickey. Hat mich zwei Dollar gekostet. Ich könnte jetzt rührselig werden, unterlasse das aber. Ich will nur sagen, dass ich endlich angebissen habe, aber es dazu eine Expertin brauchte. Sie hat vor, die frohe Kunde bei der Weihnachtsfeier im Büro bekanntzugeben, und natürlich muss ich dabei sein. Wenn man verkündet, dass man einen Fisch gefangen hat, ist es hilfreich, wenn der Fisch persönlich anwesend ist. Ehrlich gesagt, würde ich Sie lieber nach Long Island fahren, aber das geht nicht.«

Eine noch größere Wirkung hätte ich mir nicht wünschen können. Er starrte mich aus zusammengekniffenen Augen lange genug an, um bis elf zu zählen, nahm dann das Dokument und schaute es an. Dann schnippte er es von sich weg an den Rand des Schreibtischs, als wimmle es vor Bazillen, und konzentrierte sich wieder auf mich.

»Sie sind geistesgestört«, erklärte er gleichmütig und vernehmlich. »Setzen Sie sich.«

Ich nickte. »Wahrscheinlich«, pflichtete ich ihm bei und blieb stehen, »ist es eine Art Wahnsinn, aber wenn ich ihn habe, was soll's? Wie in den Zeilen, die Margot mir kürzlich abends vorgelesen hat – von einem Dichter, ich glaube, irgendeinem Griechen. ›O Liebe, nichts kann deiner Macht widerstehen, du triumphierest selbst …‹«

»Halten Sie den Mund und setzen Sie sich!«

»Ja, Sir.« Ich rührte mich nicht. »Aber wir wollen nichts überstürzen. Wir haben noch kein Datum festgelegt, sodass genug Zeit sein wird, Anpassungen vorzunehmen. Vielleicht wollen Sie mich ja nicht mehr hier haben, aber das liegt bei Ihnen. Was mich angeht, würde ich gern bleiben. Meine lange Zusammenarbeit mit Ihnen hat ihre Mängel, aber ich würde sie äußerst ungern beenden. Die Bezahlung ist in Ordnung, besonders, wenn ich zum Ersten des Jahres eine Gehaltserhöhung erhalte, das wäre dann Montag in einer Woche. Ich betrachte dieses alte Backsteinhaus inzwischen als mein Heim, obwohl es Ihnen gehört und obwohl in meinem Zimmer zwei Bodendielen knarren. Ich weiß es zu schätzen, für den großartigsten Privatdetektiv der freien Welt zu arbeiten, ganz gleich, wie exzentrisch er ist. Ich weiß es zu schätzen, dass ich hinauf zum Gewächshaus gehen kann, wenn ich Lust habe, und mir zehntausend Orchideen ansehen, besonders die der Gattung Odontoglossum. Ich weiß vollkommen zu schätzen ...«

»Setzen Sie sich hin!«

»Ich bin zu aufgeregt, um zu sitzen. Ich schätze Fritz' Küche über alles. Ich mag den Billardtisch im Keller. Ich mag die Fünfunddreißigste Straße West. Ich mag den Einwegspiegel in der Haustür. Ich mag diesen Teppich, auf dem ich stehe. Ich mag Ihre Lieblingsfarbe, Gelb. All das habe ich Margot erzählt, und mehr noch, dass Sie allergisch gegen Frauen sind. Wir haben darüber diskutiert und finden, es wäre einen Versuch wert, sagen wir für einen Monat, wenn wir von unserer Hochzeitsreise zurück sind. Mein Zimmer könnte unser Schlafzimmer werden, und das andere Zimmer auf dieser Etage unser Wohnzimmer. Wandschränke sind genug vorhanden. Wir könnten zusammen mit Ihnen speisen, so wie ich bisher, oder wir könnten oben essen, je nachdem, was Ihnen lieber ist. Sie wird ihre Stelle bei Kurt Bottweill behalten, sodass sie über Tag nicht hier wäre, und da Bottweill Innenarchitekt ist, würden wir Großhandelspreise bekommen. Natürlich schlagen wir Ihnen das nur zur Überlegung vor. Es ist Ihr Haus.«

Ich nahm meine Heiratserlaubnis, faltete sie zusammen und steckte sie wieder in meine Tasche.

Er kniff immer noch die Augen und die Lippen zusammen. »Ich kann es nicht glauben«, knurrte er. »Was ist mit Miss Rowan?«

»Ziehen wir Miss Rowan nicht mit hinein«, sagte ich steif.

»Was ist mit den Tausenden anderen, mit denen Sie herumscharwenzeln?«

»Nicht Tausende. Nicht einmal eintausend. ›Herumscharwenzeln‹ muss ich nachschlagen. Sie werden bekommen, was ihnen zusteht, genau wie Margot. Wie Sie sehen, bin ich nur bis zu einem gewissen Punkt geistesgestört. Mir ist klar …«

»Setzen Sie sich hin.«

»Nein, Sir. Ich weiß, dass wir darüber reden müssen, aber im Moment sind Sie aufgewühlt, und es wäre besser, einen oder zwei Tage abzuwarten, oder vielleicht noch länger. Bis Samstag regt Sie die Vorstellung einer Frau im Haus vielleicht noch stärker auf als jetzt, oder Sie haben sich beruhigt, und sie köchelt nur noch. Im ersten Fall ist keine weitere Diskussion nötig. Im letzteren kommen Sie vielleicht zu dem Schluss, dass es einen Versuch wert ist. Darauf hoffe ich.«

Ich drehte mich um und ging hinaus.

Auf dem Flur zögerte ich. Ich hätte hinauf in mein Zimmer gehen und dort telefonieren können; aber in seinem derzeitigen Zustand war es gut möglich, dass er vom Schreibtisch aus mithören würde, und der Anruf, den ich tätigen wollte, war privat. Also nahm ich Hut und Mantel vom Garderobenständer, trat durch die Tür, stieg die Vordertreppe hinunter und ging zum Drugstore in der Ninth Avenue. Dort stellte ich fest, dass die Telefonzelle frei war, und wählte eine Nummer. Eine Sekunde später erklang in meinem Ohr eine melodische, helle Stimme – mehr ein Zwitschern als eine Stimme.

»Kurt Bottweills Studio, guten Morgen.«

»Hier ist Archie Goodwin, Cherry. Kann ich Margot sprechen?«

»Ja, sicher. Einen Moment.«

Der Moment dauerte ziemlich lange. Dann hörte ich eine andere Stimme. »Archie, Lieber!«

»Ja, mein Schatz. Ich habe sie.«

»Ich wusste, dass du das schaffst.«

»Klar, ich kann alles. Nicht nur das. Du sagtest, bis zu hundert Dollar, und ich dachte schon, ich müsste mindestens zwanzig ausgeben, aber sie hat nur zwei gekostet. Und nicht nur das, die übernehme ich, denn ich hatte schon solchen Spaß damit, dass ich voll auf meine Kosten gekommen bin, mehr als das. Soll ich sie dir mit einem Boten schicken?«

»Nein, ich glaube nicht – ich komme sie mir besser holen. Wo bist du?«

»In einer Telefonzelle. Im Moment möchte ich nicht so bald zurück ins Büro gehen, weil Mr. Wolfe allein sein will, um vor sich hinzukochen; also wie wäre es mit der Tulip Bar im Churchill in zwanzig Minuten? Ich habe Lust, dir einen Drink auszugeben.«

»Ich habe Lust, *dir* einen auszugeben!«

Recht so, schließlich hatte ich ihr eine Heiratserlaubnis besorgt.

II

Als ich mich Freitagnachmittag um drei vor dem vierstöckigen Haus auf der East Side aus dem Taxi wand, schneite es. Wenn das so weiterging, würde New York grauweiße Weihnachten erleben.

Während der zwei Tage, die vergangen waren, seit ich mit der Heiratserlaubnis auf meine Kosten gekommen war, war die Stimmung in Wolfes Haus nicht besonders festlich gewesen. Hätten wir einen laufenden Fall gehabt, wäre häufige und kontinuierliche Kommunikation unvermeidlich gewesen, aber ohne einen solchen gab es nichts, was unbedingt gesagt werden musste, und so schwiegen wir. Unser Umgang mit dieser aufreibenden Zeit zeigte unsere wahre Natur. Bei Tisch zum Beispiel verhielt ich mich höflich und reserviert und sprach, wenn es nötig zu sein schien, leise und kultiviert. Wenn Wolfe etwas sagte, fauchte er entweder oder blaffte. Keiner von uns erwähnte den glücklichen Hafen, auf den ich zusteuerte, die Veränderungen, die vorgenommen werden mussten, meine freitägliche Verabredung mit meiner Verlobten oder seine Fahrt nach Long Island. Aber irgendwie traf er Vorkehrungen dafür, denn um Punkt halb eins am Freitag war eine schwarze Limousine vor dem Haus vorgefahren, und Wolfe, der die Krempe seines alten schwarzen Huts heruntergezogen und den Kragen seines neuen grauen Überziehers hochgeschlagen hatte, um sich vor dem Schnee zu schützen, ging die Vortreppe hinunter. Dort stand er dann in seiner ganzen Leibesfülle wie ein Berg auf der untersten Stufe, bis der uniformierte Chauffeur die Tür geöffnet hatte, überquerte dann den Gehweg und stieg ein. Ich sah von oben, an einem Fenster in meinem Zimmer, zu.

Ich gebe zu, dass ich erleichtert war und mich besser fühlte. Er hatte zweifelsohne eine Lektion gebraucht, und ich bereute nicht, ihm eine erteilt zu haben; aber wenn ihm die Chance zu einem Orchideen-Palaver mit dem besten Züchter Englands entgangen wäre, hätte er mir das noch Ewigkeiten vorgehalten. Ich ging in die Küche und aß bei Fritz zu Mittag, der durch die schlechte Stimmung so durcheinander war, dass er vergaß, den Zitronensaft in das Soufflé zu geben. Am liebsten hätte ich ihn getröstet und ihm gesagt, bis Weihnachten, in nur drei Tagen, würde alles wieder rosig aussehen, aber natürlich ging das nicht an.

Fast hätte ich eine Münze geworfen, um zu entscheiden, ob ich mir die neue Dinosaurier-Ausstellung im Naturhistorischen Museum ansehen oder zu der Party bei Bottweill gehen sollte, aber ich war neugierig darauf, wie es Margot mit der Heiratserlaubnis ergangen war, und auch darauf, wie das andere Personal bei Bottweill miteinander auskam. Cherry Quons Position in dieser ganzen Konstellation war anscheinend unbedeutend, da sie hauptsächlich als Empfangssekretärin fungierte und ans Telefon ging, aber ich hatte gesehen, wie sie Margot Dickey, mit der sie eigentlich nichts zu tun hatte, mit Blicken aus ihren schwarzen Augen erdolchte. Ich war zu dem Schluss gekommen, dass es hauptsächlich Margots Aufgabe war, potenzielle Kunden mit sanfter Gewalt an Land zu ziehen. Bottweill selbst warf dann seinen Zauber über sie, und Alfred Kiernans Rolle bestand darin, dafür zu sorgen, dass sie den Auftrag auf der gepunkteten Linie unterschrieben, bevor die Wirkung verflog.

Natürlich war das nicht alles. Der Auftrag musste auch ausgeführt werden, und das geschah, unter Bottweills Aufsicht, in der Werkstatt durch Emil Hatch. Auch finanzielle Mittel zum Erwerb der Rohmaterialien waren vonnöten, und die wurden von einer Dame namens Mrs. Perry Porter Jerome zur Verfügung gestellt. Margot hatte mir erzählt, Mrs. Jerome werde bei der Party anwesend sein und ihren Sohn Leo mitbringen, den ich noch nicht kannte. Laut Margot widmete Leo, der keine Verbindung zur Firma Bottweill oder irgendeinem anderen Geschäft hatte, seine Zeit zwei wichtigen Aktivitäten: seiner Mutter genug Geld zu entlocken, um weiter den Nachwuchs-Playboy spielen zu können, und den Geldfluss an Bottweill zu stoppen oder wenigstens zu bremsen.

Das war ein ziemlicher Wirrwarr, eine interessante Ansammlung lebender, atmender Zweibeiner, und ich beschloss, dass es bessere Unterhaltung versprach als die toten Dinosaurier, und nahm ein Taxi zur Upper Eastside.

Im Erdgeschoss des vierstöckigen Gebäudes, das zuvor eine Luxus-Residenz mit breiter Straßenfront gewesen war, befand sich jetzt ein Schönheitssalon. Den ersten Stock nahm ein Immobilienbüro ein. Die zweite Etage bildete Kurt Bottweills Werkstatt, und darüber lag sein Studio. Im Foyer nahm ich den Aufzug nach oben, öffnete die Tür und trat in die schimmernde, vergoldete Eleganz hinaus, die ich erst vor einigen Monaten besichtigt hatte, als Bottweill Wolfe beauftragt hatte, dem Diebstahl einiger Wandteppiche nachzugehen. Bei jenem ersten Besuch war ich zu dem Schluss gelangt, dass der einzige große Unterschied zwischen chromfarbener Modernität und Bottweills vergoldeter Modernität die Farbe war, und fand das immer noch. Hier war Schönheit nicht nur oberflächlich, sondern reichte bloß einen Zehntausendstel Millimeter tief. Aber das Blattgold auf den Paneelen, Regalen und dem Holz der Möbel warf einen beeindruckenden Schein über das große Studio mit seinen Dachfenstern, und die Teppiche, Wandbehänge und Bilder, die alle modern waren, passten dazu. Es wäre eine schöne Junggesellenhöhle für einen blinden Millionär gewesen.

»Archie!«, rief jemand. »Komm und hilf uns beim Verkosten!«

Es war Margot Dickey. Hinten in einer Ecke befand sich eine vergoldete, etwa zwei Meter fünfzig lange Theke, vor der sie auf einem vergoldeten Barhocker saß. Cherry Quon und Alfred Kiernan saßen, ebenfalls auf Barhockern, bei ihr, und hinter der Theke stand ein Weihnachtsmann, der aus einer Champagnerflasche einschenkte. Der Weihnachtsmann als Barkeeper, das war jedenfalls ein moderner Touch, obwohl sein Kostüm überhaupt nichts Modernes hatte. Schnitt, Farbe, Umfang, Maske und alles waren vollkommen traditionell; nur die Hand, die die Champagnerflasche hielt, trug einen weißen Handschuh. Während ich über die dicken Teppiche zu ihnen hinüberging, vermutete ich, dass das einen Hauch Bottweill'scher Eleganz darstellen sollte; erst später sollte ich erfahren, wie sehr ich mich irrte.

Sie wünschten mir frohe Feiertage, und der Weihnachtsmann schenkte mir ein Glas von dem perlenden Nass ein. Das Glas war nicht vergoldet. Ich war froh, hergekommen zu sein. Mit einer Blondine auf der einen und einer Brünetten auf der anderen Seite Champagner zu trinken, schenkt einem Mann ein Gefühl von Wohlbehagen, und diese beiden waren zwei schöne Vertreterinnen ihres Geschlechts – auf dem Barhocker die hochgewachsene, schlanke Margot, entspannt und ganz weibliche Kurven, und die kleine Cherry Quon mit den schwarzen, schrägstehenden Augen, die mir im Stehen nur bis zum Kragenknopf reichte und jetzt kerzengerade aufgerichtet und doch nicht steif dasaß. Ich fand nicht nur Cherrys Haltung bemerkenswert, obwohl sie höchst dekorativ wirkte. Sie interessierte mich auch als mögliche Quelle neuer Einsichten in menschliche Beziehungen. Margot hatte mir erzählt, ihr Vater sei halb Chinese und halb Inder – also kein Indianer – und ihre Mutter Niederländerin.

Ich meinte, anscheinend sei ich zu früh gekommen, aber Alfred Kiernan sagte nein, die anderen seien auch da und würden gleich kommen. Er setzte hinzu, es sei eine angenehme Überraschung, mich zu sehen, denn dies sei nur ein kleines Familientreffen, und er habe nicht gewusst, dass noch andere eingeladen seien. Kiernan, der auf den Titel Geschäftsführer hörte, hatte bei der Jagd nach den Wandbehängen nichts von einer gewissen Vorgehensweise meinerseits gehalten und tat das immer noch nicht, aber ein Ire auf einer Weihnachtsfeier ist jedem gegenüber wohlgesonnen. Mein Eindruck war, dass er sich wirklich freute, also freute ich mich auch. Margot erklärte, sie habe mich eingeladen, und Kiernan tätschelte ihr den Arm und meinte, wenn sie es nicht getan hätte, dann hätte er das getan. Er war in meinem Alter, genauso attraktiv wie ich und der Typ, der einer Königin oder Präsidentengattin den Arm hätte tätscheln können, ohne dass jemand die Stirn gerunzelt hätte.

Er sagte, wir müssten noch einmal kosten, und wandte sich an den Barkeeper. »Mr. Weihnachtsmann, wir probieren den Veuve Cliquot ... Das sieht Kurt ähnlich, unterschiedliche Marken anzubieten. Für Kurt gilt: alles, bloß keine Monotonie«, fuhr er an uns gerichtet fort. »Darf ich Sie beim Vornamen nennen, Santy?«, fragte er dann den Barkeeper.

»Sicher, Sir«, erklärte Santa Claus hinter seiner Maske mit einer dünnen Falsett-Stimme, die gar nicht zu seiner korpulenten Gestalt passte. Als er sich bückte und mit einer Flasche wieder hochkam, öffnete sich eine Tür auf der linken Seite, und zwei Männer traten ein. Einem von ihnen, Emil Hatch, war ich schon begegnet. Als Bottweill Wolfe über die Wandteppiche informiert und uns über sein Personal unterrichtet hatte, da hatte er Margot Dickey seine Kontaktfrau genannt, Cherry Quon sein Mädchen für alles und Emil Hatch seinen kleinen Hauszauberer, und als ich Hatch kennenlernte, hatte ich gefunden, dass er genauso aussah und sich auch so verhielt. Er war nicht viel größer als Cherry Quon und mager, und etwas hatte entweder seine linke Schulter nach unten oder seine rechte nach oben verschoben, sodass er schief ging, und er hatte ein säuerliches Gesicht, eine säuerliche Stimme und einen säuerlichen Geschmack.

Als mir der Unbekannte neben ihm als Leo Jerome vorgestellt

wurde, konnte ich ihn einordnen. Ich kannte seine Mutter, Mrs. Perry Porter Jerome. Sie war Witwe und ein Engel – das heißt, Kurt Bottweills Engel. Während der Ermittlung hatte sie geredet, als gehörten die Wandteppiche ihr, aber das hätte auch nur eine Marotte von ihr sein können, denn davon besaß sie viele. Ich hätte Mutmaßungen über ihre persönliche Beziehung zu Bottweill anstellen können, hatte mich aber nicht damit abgegeben. Ich hatte genug mit meinen eigenen persönlichen Beziehungen zu tun, ohne mein Gehirnschmalz auch noch mit denen anderer Menschen vergeuden zu müssen. Was ihren Sohn anging, Leo, so musste er seinen Körperbau von seinem Vater geerbt haben – hochgewachsen und knochig, mit großen Ohren und langen Armen. Er ging wahrscheinlich auf die dreißig zu; jünger als Kiernan, aber älter als Margot und Cherry.

Als er sich zwischen Cherry und mich schob und mir den Rücken zudrehte und Emil Hatch Kiernan etwas – zweifellos Säuerliches – zu sagen hatte, berührte ich Margot am Ellbogen, und sie glitt von dem Hocker und ließ sich von mir zu einem Diwan steuern, auf dem Euclid-Stoffmuster in sechs oder sieben Farben lagen. Wir blieben stehen und sahen darauf hinab.

»Verdammt hübsch«, meinte ich, »aber lange nicht so hübsch wie du. Wenn diese Heiratserlaubnis nur echt wäre! Ich kann eine echte für zwei Dollar besorgen. Was sagst du?«

»*Du!*«, gab sie verächtlich zurück. »Du würdest nicht einmal Miss Universum heiraten, wenn sie auf den Knien angekrochen käme und eine Milliarde Dollar mitbrächte.«

»Sie darf es gern versuchen. Hat es geklappt?«

»Perfekt. Einfach perfekt.«

»Dann gibst du mir den Laufpass?«

»Ja, liebster Archie. Aber ich werde wie eine Schwester zu dir sein.«

»Ich habe schon eine Schwester. Ich will die Lizenz als Souvenir zurück, und außerdem will ich nicht, dass sie irgendwo herumliegt. Man könnte mich wegen Urkundenfälschung hoppnehmen. Du kannst sie mir mit der Post schicken, meine Ex-Liebste.«

»Nein, kann ich nicht. Er hat sie zerrissen.«

»Einen Teufel hat er. Wo sind die Schnipsel?«

»Weg. Er hat sie in seinen Papierkorb geworfen. Kommst du zur Hochzeit?«

»Welchen Papierkorb und wo?«

»In den goldenen an seinem Schreibtisch im Büro. Gestern Abend nach dem Essen. Kommst du zur Hochzeit?«

»Nein. Mir blutet das Herz. Und das von Mr. Wolfe wird ebenfalls bluten – und übrigens verschwinde ich jetzt lieber. Ich habe nicht vor, herumzustehen und zu schmollen.«

»Brauchst du nicht. Er wird nicht wissen, dass ich dir davon erzählt habe, und außerdem würde niemand von dir erwarten ... Da kommt er ja!«

Sie schoss zur Bar davon, und ich ging ebenfalls in diese Richtung. Durch die Tür auf der linken Seite tauchte Mrs. Perry Porter Jerome auf, mollig und plüschig, und versuchte den um sie drapierten Nerz nicht zu verlieren, während sie hereinstürmte. Als sie näher kam, glitten die, die saßen, von ihren Hockern und stellten sich hin; aber diese Höflichkeit hätte ebenso gut ihrem Begleiter gelten können. Sie war der Engel, aber Kurt Bottweill war der Chef. Er blieb fünf Schritte vor der Bar stehen und breitete seine Arme aus, so weit er konnte. »Frohe Weihnachten und meinen Segen! Frohes, frohes, frohes Fest!«

Noch hatte ich ihn in keine Schublade gesteckt. Mein erster Eindruck vor Monaten war gewesen, dass er einer von ihnen war, aber der war falsch gewesen. Sicher, er war ein Mann; die Frage war nur, was für einer. Er war durchschnittlich groß, rund, aber nicht dick, vielleicht zweiundvierzig oder dreiundvierzig, und er hatte sich das feine Haar glatt zurückgekämmt, sodass es schütterer wirkte, als es war. Er sah nicht besonders gut aus, aber er hatte etwas, das sowohl auf Frauen als auch auf Männer wirkte. Wolfe hatte ihn einmal eingeladen, zum Essen zu bleiben, und die beiden hatten über die Schriftrollen vom Toten Meer geredet. Zweimal hatte ich ihn bei Baseball-Spielen gesehen. Seine Schublade würde noch warten müssen.

Als ich zu ihnen an die Bar trat, wo der Weihnachtsmann jetzt Mumm Cordon Rouge ausschenkte, sah Bottweill mich einen Moment aus zusammengezogenen Augen an und grinste dann. »Goodwin! Sie hier? Gut! Edith, Ihr Lieblingsschnüffler!«

Mrs. Perry Porter Jerome, die gerade nach einem Glas griff, stoppte ihre Hand, um mich anzusehen. »Wer hat Sie eingeladen?«, verlangte sie zu wissen, und sprach dann weiter, ohne mir Zeit für eine Antwort zu lassen. »Cherry wahrscheinlich. Cherry *ist* ein Segen. Hör auf, an mir herumzuzupfen, Leo. Nun gut, nimm ihn. Es ist warm hier drinnen.« Sie ließ sich von ihrem Sohn den Mantel abnehmen und griff dann nach einem Glas. Bis er den Nerz auf den Diwan gelegt hatte und zurückkam, hatten wir alle Gläser, und als er auch eines erhalten hatte, hoben wir sie und richteten den Blick auf Bottweill.

Aus blitzenden Augen sah er in die Runde. »Es gibt Zeiten«, sagte er, »da übernimmt die Liebe die Macht. Es gibt Zeiten ...«

»Warten Sie einen Moment«, schaltete sich Kiernan ein. »Sie

sollen doch auch etwas davon haben. Dieses Zeug trinken Sie nicht gern.«

»Einen Schluck überstehe ich schon, Al.«

»Aber Sie werden ihn nicht genießen. Warten Sie.« Kiernan stellte sein Glas auf die Theke und marschierte durch die Tür auf der linken Seite hinaus. In fünf Sekunden war er mit einer Flasche in der Hand zurück, und als er wieder zu uns trat und den Weihnachtsmann um ein Glas bat, sah ich das Etikett einer Pernod-Flasche. Er zog den Korken von der schon geöffneten Flasche, goss das Glas halbvoll und hielt es Bottweill hin. »Hier«, sagte er, »so haben wir alle etwas, das uns schmeckt.«

»Danke, Al.« Bottweill nahm es. »Mein Laster, ein offenes Geheimnis.« Er hob das Glas. »Ich wiederhole, manchmal übernimmt die Liebe die Macht. – Wo ist eigentlich Ihr Drink, Weihnachtsmann? Aber wahrscheinlich können Sie durch die Maske nichts trinken. – Manchmal verschwinden all die kleinen Dämonen in ihren Rattenlöchern, und die Hässlichkeit selbst nimmt die Gestalt der Schönheit an; wenn Licht in den dunkelsten Winkel fällt; wenn die kältesten Herzen den warmen Schein spüren; wenn der Fanfarenstoß von Wohlgefallen und Freude all das Gewirr boshafter kleiner Stimmen übertönt. Dies ist eine solche Zeit. Frohe Weihnachten! Frohes, frohes, frohes Fest!«

Ich rechnete damit, dass wir anstoßen würden, aber sowohl der Engel als auch der Chef hoben ihre Gläser an die Lippen, daher taten ich und die anderen es ihnen gleich. Ich fand, dass Bottweills Beredsamkeit mehr als ein Nippen verdiente, also trank ich einen kräftigen Schluck und sah aus dem Augenwinkel, dass er dem Pernod ebenfalls ordentlich zusprach. Als ich das Glas senkte, glitt mein Blick zu Mrs. Jerome, die das Wort ergriffen hatte.

»Das war wunderschön«, erklärte sie. »Einfach entzückend. Ich muss das aufschreiben und drucken lassen. Dieser Teil über den Fanfarenstoß … *Kurt!* Was ist? *Kurt!*«

Er hatte das Glas fallengelassen und griff sich mit beiden Händen an den Hals. Als ich mich in Bewegung setzte, ließ er seinen Hals los, breitete die Arme aus und schrie. Ich glaube, er brüllte »*Frohe …*«, aber ich hörte nicht wirklich zu. Auch andere liefen zu ihm, aber meine Reflexe waren besser für Notfälle trainiert, sodass ich ihn als Erster erreichte. Als ich die Arme um ihn legte, begann er zu würgen und zu gurgeln, und ein Krampf, der ihn fast von mir losriss, überlief ihn von Kopf bis Fuß. Die anderen gaben Geräusche von sich, schrien aber nicht, und jemand umklammerte meinen Arm. Während ich dieser Person befahl, zurückzutreten und mir Platz zu lassen, erschlaffte er plötzlich und riss mich fast mit; wenn Kiernan ihn nicht am Arm gepackt hätte, wäre ich vielleicht ebenfalls gestürzt.

»Einen Arzt!«, schrie ich, und Cherry rannte zu einem Tisch, auf dem ein vergoldetes Telefon stand. Kiernan und ich ließen Bottweill auf den Teppich hinunter. Er war bewusstlos und atmete schnell und mühsam, aber als ich seinen Kopf zurückbog, verlangsamte sich sein Atem, und Schaum trat auf seine Lippen. »Tun Sie etwas, tun Sie doch etwas!«, schrie Mrs. Jerome uns an.

Da war nichts mehr zu machen, das wusste ich. Während ich ihn festhielt, hatte ich einen Hauch seines Atems aufgefangen, und jetzt, auf den Knien, beugte ich mich über ihn und brachte meine Nase bis auf zwei, drei Zentimeter an seine heran. Diesen Geruch kannte ich, und eine so schnelle, durchschlagende Wirkung sprach für eine hohe Dosierung. Kiernan löste Bottweills Krawatte und Kragen. Cherry Quon schrie uns zu, sie habe es bei einem

Arzt versucht, ihn nicht erreicht und probiere es jetzt bei einem anderen. Margot kauerte zu Bottweills Füßen und zog ihm die Schuhe aus. Ich hätte ihr sagen können, sie solle ihn doch in seinen Stiefeln sterben lassen, unterließ es aber. Ich hatte zwei Finger an sein Handgelenk gelegt und eine Hand in sein Hemd gesteckt und fühlte, wie er starb.

Als ich nichts mehr spürte, ließ ich Brust und Handgelenk los, nahm seine Hand, die er zur Faust geballt hatte, streckte den Mittelfinger und drückte mit dem Daumen auf den Nagel, bis er weiß wurde. Als ich den Daumen wegnahm, blieb der Nagel weiß. Ich ließ die Hand fallen, riss ein kleines Bündel Fasern aus dem Teppich, befahl Kiernan, sich nicht zu rühren, und hielt die Fasern an Bottweills Nasenlöcher. Ich richtete den Blick darauf und hielt dreißig Sekunden die Luft an, aber die Fasern bewegten sich nicht.

Ich stand auf. »Sein Herz hat zu schlagen aufgehört, und er atmet nicht mehr«, erklärte ich. »Wenn ein Arzt innerhalb von drei Minuten dagewesen wäre und ihm den Magen mit Chemikalien ausgespült hätte, die er nicht bei sich gehabt hätte, dann hätte er vielleicht eine Chance von eins zu tausend gehabt. Aber so ...«

»Können Sie nicht etwas *tun*?«, kreischte Mrs. Jerome.

»Für ihn nicht, nein. Ich bin kein Polizist, aber zugelassener Detektiv und sollte wissen, wie man unter solchen Umständen vorgeht, und wenn ich die Regeln nicht befolge, bekomme ich Ärger. Natürlich ...«

»*Tun Sie etwas!*«, quietschte Mrs. Jerome.

»Er ist tot«, sagte Kiernan hinter mir.

Ich drehte mich nicht um, um ihn zu fragen, mit welcher Methode er das festgestellt hatte. »Natürlich«, erklärte ich, an alle gerichtet, »war sein Drink vergiftet. Bis die Polizei kommt, fasst niemand etwas an, vor allem nicht die Pernod-Flasche, und niemand verlässt den Raum. Sie ...«

Ich unterbrach mich abrupt. »Wo steckt der Weihnachtsmann?«, verlangte ich dann zu wissen.

Alle wandten die Köpfe zur Bar. Kein Barkeeper. Auf die Chance hin, dass das alles zu viel für ihn gewesen war, schob ich mich zwischen Leo Jerome und Emil Hatch durch, um ans Ende der Theke zu treten, aber er lag auch nicht auf dem Boden.

Ich fuhr herum. »Hat jemand gesehen, wie er gegangen ist?«

Niemand hatte. »Den Aufzug hat er nicht genommen«, sagte Hatch. »Da bin ich mir ganz sicher. Er muss ...« Er wollte losrennen.

Ich vertrat ihm den Weg. »Bleiben Sie hier. Ich sehe mich um. Kiernan, rufen Sie die Polizei an.«

Ich ging zu der Tür auf der linken Seite, trat hindurch und zog sie dabei zu. Dann stand ich in Bottweills Büro, das ich schon vorher gesehen hatte. Es war ein Viertel so groß wie das Studio und viel dezenter gehalten, wenn auch keineswegs schäbig. Ich ging zum anderen Ende, sah durch die Glasscheibe, dass Bottweills privater Aufzug nicht da war, und drückte auf den Knopf. Aus dem Aufzugschacht erklang ein Klirren und Surren, und dann kam er herauf. Als er oben war und mit einem Ruck angehalten hatte, öffnete ich die Tür, und da auf dem Boden lag der Weihnachtsmann, wenn auch nur seine äußere Hülle. Er hatte sie abgestreift. Jacke, Hose, Maske, Perücke ... Ich sah nicht nach, ob alles vorhanden war, denn ich hatte noch etwas zu erledigen und nicht viel Zeit.

Ich hielt die Aufzugtür offen, indem ich einen Stuhl hineinstellte, ging zu Bottweills großem vergoldetem Schreibtisch und trat um ihn herum an seinen vergoldeten Papierkorb. Er war zu einem

Drittel gefüllt. Ich bückte mich und begann darin herumzuwühlen, entschied aber, dass das wenig erfolgversprechend war. Also nahm ich ihn, kippte ihn aus und warf dann den Inhalt Stück für Stück wieder hinein. Ein Teil waren zerrissene Papierfetzen, aber keiner davon stammte von einer Heiratserlaubnis. Als ich fertig war, blieb ich noch einen Moment in der Hocke sitzen und fragte mich, ob ich mich vielleicht zu sehr gehetzt und sie übersehen hatte, und ich wäre vielleicht alles noch einmal durchgegangen, wenn ich nicht aus dem Studio ein leises Geräusch gehört hätte, das nach einer sich öffnenden Aufzugtür klang. Ich ging zu der Tür, die ins Studio führte, und öffnete sie. Als ich über die Schwelle trat, versuchten sich zwei Polizisten in Uniform darüber schlüssig zu werden, ob sie sich zuerst mit dem Toten oder den Lebenden befassen sollten.

III

Drei Stunden später saßen wir mehr oder weniger als Gruppe da, und mein alter Freund und Widersacher Sergeant Purley Stebbins von der Mordkommission stand mit gerecktem, kräftigem Kiefer, die stämmige Gestalt hoch aufgerichtet, da und musterte uns.

Er ergriff das Wort. »Mr. Kiernan und Mr. Hatch werden ins Büro des Bezirksstaatsanwalts gebracht und dort weiter befragt. Der Rest von Ihnen kann einstweilen gehen; aber halten Sie sich unter der von Ihnen angegebenen Adresse zur Verfügung. Bevor Sie gehen, will ich Sie noch einmal alle gemeinsam nach dem Mann fragen, der hier als Weihnachtsmann aufgetreten ist. Sie haben alle behauptet, nichts über ihn zu wissen. Halten Sie immer noch daran fest?«

Es war zwanzig vor sieben. Ungefähr zwei Dutzend städtische Angestellte – der Gerichtsmediziner, ein Fotograf, Fingerabdrucknehmer, Metallsargträger, die ganze Truppe – hatten die routinemäßige Untersuchung des Tatorts abgeschlossen, einschließlich Vieraugengesprächen mit den Augenzeugen. Ich hatte die höchste Punktzahl, nachdem ich Sitzungen mit Stebbins von der Polizeiwache sowie Inspector Cramer absolviert hatte, der sich um fünf Uhr verabschiedet hatte, um die Jagd nach dem Weihnachtsmann zu organisieren.

»Ich habe nichts dagegen«, erklärte Kiernan Stebbins, »ins Büro des Bezirksstaatsanwalts zu fahren. Ich habe keine Einwände gegen nichts. Aber wir haben Ihnen alles gesagt, was wir konnten; ich weiß jedenfalls, dass ich das getan habe. Mir scheint, jetzt ist es Ihr Job, ihn zu finden.«

»Wollen Sie sagen«, wollte Mrs. Jerome wissen, »dass niemand etwas über ihn weiß?«

»Das behaupten alle«, meinte Purley zu ihr. »Niemand hatte auch nur eine Ahnung, dass es einen Weihnachtsmann geben würde, jedenfalls sagen das alle. Bottweill hat ihn gegen Viertel vor drei aus seinem Büro in diesen Raum geführt. Anscheinend hat Bottweill ihn selbst besorgt, und der Mann ist mit dem Privataufzug hochgefahren und hat das Kostüm in Bottweills Büro angezogen. Sie dürfen gern erfahren, dass es dafür eine Bestätigung gibt. Wir haben festgestellt, woher das Kostüm stammte – Burleson's in der Sechsundvierzigsten Straße. Bottweill hat dort gestern Nachmittag angerufen, es bestellt und mit dem Vermerk ›persönlich‹ hier anliefern lassen. Miss Quon hat gestanden, das Paket angenommen und es Bottweill in sein Büro gebracht zu haben.«

Für einen Cop stellt man niemals etwas fest, berichtet oder erklärt oder sagt es. Man gesteht es.

»Wir gehen auch«, gestand Purley, »Agenturen durch, die möglicherweise einen Weihnachtsmann-Darsteller geschickt haben, aber das sind sehr viele. Wenn Bottweill jemanden über eine Agentur engagiert hat, dann kann man unmöglich wissen, wen er aufgetan hat. Falls er ein Strafregister hatte, dann hat er sich verdrückt, als er ein Problem auf sich zukommen sah. Als sich alle Aufmerksamkeit auf Bottweill richtete, ist er hinausgeschlichen, hat sich in dessen Büro seine Kleidung, was immer er vorher getragen hatte, geschnappt und ist mit dem Aufzug, mit dem er heraufgekommen war, hinuntergefahren. Unterwegs hat er das Kostüm ausgezogen und es, als er unten angekommen war, in der Kabine liegengelassen. Wenn das so war, wenn er einfach ein Mann war, den Bottweill dafür engagiert hatte, hätte er keinen Grund gehabt, ihn umzubringen – und außerdem hätte er nicht gewusst, dass Bottweill nur Pernod trank, und er hätte auch nicht gewusst, wo das Gift stand.«

»Außerdem«, sagte Emil Hatch säuerlicher denn je, »war er, wenn er bloß für den Job engagiert wurde, ein verdammter Narr, weil er sich verdrückt hat. Er hätte wissen können, dass man ihn finden würde. Also war er nicht einfach angeheuert. Er war jemand, der Bottweill kannte, der von dem Pernod und dem Gift wusste und guten Grund hatte, ihn umzubringen. Bei den Agenturen verschwenden Sie nur Ihre Zeit.«

Stebbins zog die schweren, breiten Schultern hoch und ließ sie wieder hinabsinken. »Wir vergeuden den größten Teil unserer Zeit, Mr. Hatch. Vielleicht hatte er so viel Angst, dass er nicht richtig nachgedacht hat. Ich will Ihnen nur begreiflich machen, dass es, falls wir ihn finden und Bottweill auf diese Art an ihn gekommen ist, schwer vorstellbar ist, dass er das Gift in die Flasche getan hat. Aber jemand hat es getan. Ich möchte, dass Sie das verstehen, damit Sie begreifen, warum Sie sich alle unter der von Ihnen angegebenen Adresse zur Verfügung halten sollen. Geben Sie sich da keiner Täuschung hin.«

»Meinen Sie«, verlangte Mrs. Jerome zu wissen, »dass wir unter Verdacht stehen? Dass *mein Sohn* und *ich* verdächtig sind?«

Purley öffnete den Mund und schloss ihn wieder. Bei dieser Sorte Mensch hatte er immer Probleme mit seiner impulsiven Art. »Da haben Sie verdammt recht«, hätte er am liebsten gesagt. »Ich meine«, sagte er stattdessen, »dass wir diesen Weihnachtsmann finden werden, und wenn es so weit ist, sehen wir weiter. Wenn wir ihn nicht befragen können, müssen wir uns anderweitig umsehen, und wir erwarten von Ihnen, dass Sie uns alle behilflich sind. Ich gehe davon aus, dass Sie alle helfen wollen. Wollen Sie das denn nicht, Mrs. Jerome?«

»Ich würde helfen, wenn ich könnte, aber ich weiß nichts. Ich weiß nur, dass mein sehr lieber Freund tot ist, und ich habe nicht vor, mich beschimpfen und bedrohen zu lassen. Was ist mit dem Gift?«

»Das wissen Sie doch. Sie sind danach befragt worden.«

»Ich weiß, aber was ist damit?«

»Das muss doch durch die Fragen offensichtlich geworden sein. Der Gerichtsmediziner geht von Blausäure aus und erwartet, dass die Autopsie das bestätigt. Emil Hatch benutzt bei seiner Arbeit mit Metallen und Vergoldungen Zyankali, in der Werkstatt eine Etage tiefer steht ein großes Glas Kaliumcyanid in einem Schrank, und Bottweills Büro ist durch eine Treppe mit der Werkstatt verbunden. Jeder, der davon wusste, und der ebenfalls wusste, dass Bottweill eine Kiste Pernod in einem Schrank in seinem Büro aufbewahrte sowie eine offene Flasche in einer Schreibtischschublade, hätte sich kein besseres Szenario wünschen können. Vier von Ihnen haben gestanden, von beidem gewusst zu haben. Drei von Ihnen – Mrs. Jerome, Leo Jerome und Archie Goodwin – geben zu, von dem Pernod gewusst zu haben, streiten aber jede Kenntnis über das Zyankali ab. Das wird ...«

»Das ist nicht wahr! Sie hat davon gewusst!«

Über die Knie ihres Sohns hinweg schoss Mrs. Perry Porter Jeromes Hand vor und schlug Cherry Quon auf die Wange, auf den Mund oder beides. Ihr Sohn hielt ihren Arm fest. Alfred Kiernan sprang auf, und eine Sekunde lang dachte ich, er werde Mrs. Jerome einen Kinnhaken versetzen. Er schien das auch vorzuhaben und hätte es wahrscheinlich getan, wenn Margot Dickey ihn nicht am Rockschoß zurückgerissen hätte. Cherry legte eine Hand an ihr Gesicht, aber abgesehen davon rührte sie sich nicht.

»Setzen Sie sich«, befahl Stebbins Kiernan. »Beruhigen Sie sich. Miss Quon, Sie sagen, dass Mrs. Jerome von dem Zyankali wusste?«

»Natürlich wusste sie Bescheid.« Cherrys Zwitschern klang tiefer als normal, aber sie zwitscherte immer noch. »In der Werkstatt habe ich eines Tages gehört, wie Mr. Hatch ihr erklärt hat, wie er es benutzt und wie vorsichtig er damit umgehen muss.«

»Mr. Hatch? Können Sie das bestätigen?«

»Unsinn«, fauchte Mrs. Jerome. »Und wenn er es gesagt hat? Vielleicht hat er ja, und ich hatte es völlig vergessen. Ich sagte schon, dass ich diese Beleidigung nicht dulden werde!«

Purley musterte sie. »Sehen Sie mal, Mrs. Jerome. Wenn wir

diesen Weihnachtsmann finden und er jemand ist, der Bottweill kannte und ein Motiv hatte, ist die Sache vielleicht erledigt. Wenn nicht, dann hilft es niemandem, von Beleidigung zu reden, Sie eingeschlossen. Soweit ich bis jetzt weiß, hat nur einer von Ihnen uns angelogen. Sie. Das ist aktenkundig. Ich sage Ihnen und Ihnen allen, dass Lügen es Ihnen nur schwerer machen, aber manchmal machen sie es uns leichter. Dabei will ich es einstweilen belassen. Mr. Kiernan und Mr. Hatch, diese Männer ...« – mit dem Daumen zeigte er über die Schulter auf zwei Detectives, die hinter ihm standen –, »bringen Sie jetzt zur Staatsanwaltschaft. Die anderen können gehen, aber denken Sie an das, was ich gesagt habe. Goodwin, ich will mit Ihnen reden.«

Er hatte schon mit mir geredet, aber ich hatte nicht vor, darauf hinzuweisen. Kiernan allerdings hatte etwas anzumerken und tat das auch: Er musste als Letzter gehen, damit er abschließen konnte. So geschah es. Die drei Frauen, Leo Jerome, Stebbins und ich fuhren mit dem Aufzug hinunter und ließen die beiden Detectives bei Kiernan und Hatch zurück. Als sie sich auf dem Bürgersteig zerstreuten, konnte ich kein Anzeichen dafür erkennen, dass sie beschattet wurden. Es schneite immer noch; schöne Aussichten für Weihnachten und die Straßenkehrer. Am Bordstein parkten zwei Polizeiwagen, und Purley trat an einen heran, öffnete die Tür und bedeutete mir einzusteigen.

Ich widersprach. »Wenn ich auch bei der Staatsanwaltschaft verlangt werde, dann komme ich gern, aber ich werde zuerst etwas essen. Ich bin dort schon einmal fast verhungert.«

»Sie werden nicht verlangt, nicht jetzt. Kommen Sie, raus aus dem Schnee.«

Das tat ich und rutschte unter dem Steuer durch, um für ihn

Platz zu machen. Er braucht viel Platz. Er folgte mir und schloss die Tür.

»Wenn wir schon hier sitzen«, schlug ich vor, »könnten wir ebenso gut fahren. Machen Sie sich nicht die Mühe, die Stadt zu durchqueren, sondern setzen Sie mich einfach an der Fünfunddreißigsten ab.«

Er hielt dagegen. »Ich rede nicht gern beim Fahren. Oder höre dabei zu. Was hatten Sie heute hier zu suchen?«

»Das habe ich Ihnen doch erzählt. Wollte mich amüsieren. Drei Sorten Champagner. Miss Dickey hat mich eingeladen.«

»Ich gebe Ihnen noch eine Chance. Sie waren der einzige Außenstehende dort. Warum? Sie haben keine enge Beziehung zu Miss Dickey. Sie wollte Bottweill heiraten. Warum?«

»Fragen Sie sie.«

»Wir haben sie gefragt. Sie sagt, aus keinem besonderen Grund; sie wusste, dass Bottweill Sie mochte, und seit Sie für die Firma einige Wandbehänge wieder aufgetrieben haben, betrachtet man Sie anscheinend als dazugehörig. An dieser Stelle hat sie ein wenig herumgestottert. Wie gesagt, jedes Mal, wenn ich Sie in der Nähe eines Mordfalls antreffe, will ich das wissen. Ich gebe Ihnen noch eine Chance.«

Dann hatte sie die Heiratserlaubnis nicht erwähnt. Alle Achtung. Lieber hätte ich sämtlichen Schnee gegessen, der seit dem Mittag gefallen war, als Sergeant Stebbins oder Inspector Cramer die Sache mit der verdammten Heiratserlaubnis zu erklären. Deswegen hatte ich den Papierkorb durchsucht. »Danke für die Chance«, sagte ich zu ihm, »aber ich kann sie nicht nutzen. Ich habe Ihnen alles gesagt, was ich heute dort gesehen und gehört habe.« Das stellte mich auf eine Stufe mit Mrs. Jerome, da ich mein kleines Gespräch mit Margot ausgelassen hatte. »Ich habe Ihnen alles erzählt, was ich über diese Leute weiß. Jetzt geben Sie Ruhe und gehen Sie Ihren Mörder suchen.«

»Ich kenne Sie, Goodwin.«

»Ja, und Sie haben mich sogar Archie genannt. Ich hüte diese Erinnerung wie einen Schatz.«

»Ich kenne Sie.« Er drehte seinen Stiernacken so, dass unsere Blicke sich trafen. »Soll ich etwa glauben, dass dieser Typ den Raum verlassen hat, ohne dass Sie es bemerkt haben?«

»Unsinn. Ich habe auf dem Boden gekniet und zugesehen, wie ein Mann starb, und die anderen standen um uns herum. Sie glauben doch selbst nicht, dass ich ein Komplize des Mörders bin oder ihm bei der Flucht geholfen habe.«

»Das habe ich nicht gesagt. Selbst wenn er Handschuhe trug – und wozu, wenn nicht, um keine Fingerabdrücke zu hinterlassen? –, behaupte ich nicht, dass er der Mörder ist. Aber angenommen, Sie wissen, wer er war, wollten ihn nicht mit hineinziehen und haben ihn deswegen entwischen lassen, und jetzt schauen Sie zu, wie wir uns sechs Beine ausreißen und nach ihm suchen, wie wäre das?«

»Das wäre schlecht. Wenn ich mich selbst um Rat fragen müsste, dann wäre ich dagegen.«

»Verdammt noch mal«, brüllte er, »wissen Sie, wer er ist?«

»Nein.«

»Hatten Sie oder Wolfe etwas damit zu tun, dass er dort war?«

»Nein.«

»Na schön, hauen Sie ab. Man wird Sie bei der Staatsanwaltschaft sprechen wollen.«

»Hoffentlich nicht heute Abend. Ich bin müde.« Ich öffnete die

Tür. »Meine Adresse haben Sie ja.« Ich trat in den Schnee hinaus, und er startete den Motor und rollte davon.

Eigentlich hätte man um diese Uhrzeit leicht ein freies Taxi finden müssen, aber in diesem Schneesturm und zur Weihnachtszeit kostete mich das zehn Minuten. Als es vor dem alten Backsteinhaus in der Fünfunddreißigsten Straße West vorfuhr, war es acht Minuten vor acht.

Wie üblich, wenn ich nicht da war, war die Türkette vorgelegt, und ich musste nach Fritz klingeln, damit er mich hineinließ. Ich fragte ihn, ob Wolfe zurück sei, und er sagte ja, er sitze beim Abendessen. Während ich meinen Hut auf die Ablage legte und meinen Mantel auf einen Bügel hängte, fragte ich, ob noch etwas für mich da sei, und er meinte, jede Menge und trat beiseite, um mir im Flur und an der Tür zum Esszimmer den Vortritt zu lassen. Fritz besitzt ausgezeichnete Manieren.

Wolfe, der in seinem riesigen Sessel am Kopfende des Tisches saß, wünschte mir einen guten Abend und fauchte oder kläffte nicht. Ich erwiderte den Gruß, setzte mich an meinen Platz, griff nach meiner Serviette und entschuldigte mich für meine Verspätung. Fritz kam mit einem vorgewärmten Teller, einer Platte mit geschmorten, entbeinten jungen Enten und einem Gericht aus mit Pilzen und Käse gebackenen Kartoffeln aus der Küche. Ich tat mir reichlich auf. Wolfe fragte, ob es noch schneie, und ich bejahte. Nachdem ich einen ordentlichen Happen gegessen hatte, ergriff ich das Wort.

»Wie Sie wissen, heiße ich Ihre Regel gut, beim Essen nicht über Geschäftliches zu reden; aber ich habe etwas auf dem Herzen, und es ist nicht geschäftlich. Es ist eine persönliche Angelegenheit.«

Er brummte. »Im Radio wurde um sieben über den Tod von Mr. Bottweill berichtet. Sie waren dort.«

»Ja, ich war dort. Ich habe neben ihm gekniet, als er gestorben ist.« Ich nahm noch einen großen Bissen. Verdammtes Radio. Ich hatte vorgehabt, den Mord erst zu erwähnen, nachdem ich das Hauptthema von meinem Standpunkt aus dargestellt hatte. Als ich wieder Platz genug für meine Zunge hatte, fuhr ich fort. »Ich werde einen vollständigen Bericht abliefern, wenn Sie wünschen, aber ich bezweifle, dass dabei ein Auftrag herausspringt. Mrs. Perry Porter Jerome ist die einzige Verdächtige, die genug Geld hat, um Ihr Honorar zu bezahlen, und sie hat Purley Stebbins bereits mitgeteilt, sie lasse sich nicht beleidigen. Außerdem erledigt sich vielleicht das Ganze von selbst, wenn sie diesen Weihnachtsmann finden. Ich wollte eigentlich darüber berichten, was vor Bottweills Tod passiert ist. Diese Heiratserlaubnis, die ich Ihnen gezeigt habe, ist für die Katz. Miss Dickey hat alles abgeblasen. Ich habe zwei Dollar aus dem Fenster geworfen. Sie hat mir erzählt, sie habe beschlossen, Bottweill zu heiraten.«

Er tupfte die Sauce auf seinem Teller mit einer Brotkruste auf. »Aha«, sagte er.

»Ja, Sir. Das war ein schwerer Schlag, aber ich hätte mich mit der Zeit davon erholt. Dann, zehn Minuten später, ist Bottweill tot. Wo stehe ich jetzt? Während ich da oben herumgesessen und die Prozedur abgewartet habe, habe ich darüber nachgedacht. Vielleicht könnte ich sie jetzt zurückgewinnen, aber nein danke. Die Heiratserlaubnis ist zerrissen. Wenn ich eine neue besorge, gebe ich noch einmal zwei Dollar aus, und dann sagt sie mir, sie hätte beschlossen, Joe Doakes zu heiraten. Ich werde sie vergessen. Ich werde sie aus meinem Gedächtnis löschen.«

Ich wandte mich erneut meiner Ente zu. Wolfe war mit Kauen beschäftigt. »Für mich«, sagte er, als er konnte, »ist das natürlich zufriedenstellend.«

»Ich weiß. Wollen Sie jetzt das mit Bottweill hören?«

»Nach dem Essen.«

»Okay. Wie war es bei Thompson?«

Aber auch das passte ihm als Tischgespräch nicht. Eigentlich passte ihm gar nichts. Normalerweise unterhält er sich bei Tisch gern über alles Mögliche, von Kühlschränken bis zu den Republikanern, aber anscheinend hatte die Fahrt nach Long Island mit all ihren Gefahren ihn erschöpft. Mir war das ganz recht, denn ich hatte auch einen aufreibenden Nachmittag hinter mir und konnte ein wenig Schweigen gut gebrauchen. Als wir beide der jungen Ente, den Kartoffeln, dem Salat, den gebackenen Birnen, dem Käse und dem Kaffee reichlich zugesprochen hatten, schob er seinen Stuhl zurück.

»Ich möchte mir gern«, erklärte er, »ein bestimmtes Buch ansehen. Es steht oben in Ihrem Zimmer – *Hier und jetzt* von Herbert Block. Würden Sie es mir bitte holen?«

Ich tat ihm den Gefallen gern, obwohl es bedeutete, mit vollem Magen zwei Etagen hinaufzusteigen, denn ich wusste es zu schätzen, wie ruhig er meine Erklärung, dass meine Träume zerschmettert worden waren, aufgenommen hatte. Er hätte auch äußerst lautstark werden können. Also stieg ich fröhlich die Treppen hinauf, ging in mein Zimmer und trat an das Regal, in dem ich einige Bücher aufbewahre. Es waren nur ein paar Dutzend, und ich wusste, wo jedes davon stand, aber *Hier und jetzt* war nicht an seinem Platz. Wo es hätte stehen sollen, klaffte eine Lücke. Ich blickte mich um, sah ein Buch auf der Kommode liegen und trat heran. Es war *Hier und jetzt*, und darauf lag ein Paar weißer Baumwollhandschuhe.

Ich sperrte Mund und Augen auf.

IV

Ich würde gern behaupten, ich hätte es sofort begriffen, in der Sekunde, als ich sie entdeckte, aber das war nicht der Fall. Ich hatte sie hochgehoben und genau betrachtet, einen davon angezogen und wieder ausgezogen, bevor mir richtig klar wurde, dass es dafür nur eine einzige mögliche Erklärung gab. Bei dieser Erkenntnis bildete sich in meinem Kopf augenblicklich ein Verkehrsstau mit Hupen, quietschenden Bremsen und Frontalzusammenstößen. Um damit fertigzuwerden, ging ich zu einem Stuhl und setzte mich. Ich brauchte vielleicht eine Minute, um zu meinem ersten klaren Schluss zu gelangen.

Er hatte diese Methode gewählt, um mir mitzuteilen, dass er der Weihnachtsmann gewesen war, statt es mir einfach zu sagen, weil er wollte, dass ich die Sache allein durchdachte, bevor wir darüber redeten.

Warum wollte er, dass ich darüber nachdachte? Das dauerte ein wenig länger, aber nachdem ich den Verkehr unter Kontrolle hatte, fand ich die einzig akzeptable Antwort. Er hatte beschlossen, auf seinen Ausflug zu Thompson zu verzichten, und stattdessen mit Bottweill abgesprochen, als Santa Claus verkleidet dessen Weihnachtsfeier zu besuchen, denn die Vorstellung, eine Frau könnte in seinem Haus leben – oder der einzigen Alternative, meines Auszugs –, hatte ihn in tiefe Verzweiflung gestürzt, und er hatte es mit eigenen Augen sehen müssen. Er musste Margot und mich zusammen sehen und wenn möglich mit ihr reden. Wenn er herausfand, dass die Heiratserlaubnis ein Schwindel gewesen war, hatte er mich in der Hand; er konnte mir erzählen, er sei hocherfreut, meine Braut willkommen zu heißen, und dann zusehen, wie ich mich da herauswand. Wenn er feststellte, dass es mir wirklich ernst war, würde er wissen, woran er war, und dann weitersehen. Die Sache war die, dass er gezeigt hatte, was ich ihm wirklich bedeutete. Er hatte gezeigt, dass er, um mich nicht zu verlieren, etwas tun würde, was er für kein Honorar der Welt getan hätte. Er hätte lieber eine Woche auf sein Bier verzichtet, als das zuzugeben, aber jetzt war er jemand, der sich in einer Mordsache der Justiz entzogen hatte, und brauchte mich. Also hatte er es mir mitteilen müssen, aber er wollte klarstellen, dass dieser Aspekt der Sache nicht erwähnt wurde. Wir würden davon ausgehen, dass er zu Bottweill statt nach Long Island gefahren war, weil er es liebte, sich als Weihnachtsmann zu verkleiden und hinter einer Bar zu stehen.

Eine meiner Hirnzellen versuchte bezüglich der Frage, welche Gehaltserhöhung ich angesichts dieser Entwicklung nach Neujahr herausschlagen könnte, die Vorfahrt an sich zu reißen, aber ich schob sie an den Straßenrand.

Ich überdachte weitere Aspekte. Er hatte die Handschuhe getragen, damit ich ihn nicht an den Händen erkannte. Wo hatte er sie her? Um wie viel Uhr war er bei Bottweill angekommen, und wer hatte ihn gesehen? Wusste Fritz, wohin er wollte? Wie war er wieder nach Hause gelangt? Aber nach einer Weile wurde mir klar, dass er mich nicht auf mein Zimmer geschickt hatte, damit ich mir Fragen stellte, die er beantworten konnte, also überlegte ich wieder, ob da noch etwas anderes war, von dem er wünschte, dass ich mir allein Gedanken darüber machte. Nachdem ich gründlich darüber nachgegrübelt hatte, kam ich zu dem Schluss, dass da nichts weiter war. Ich nahm *Hier und jetzt* sowie die Handschuhe von der Kommode, ging zur Treppe, stieg sie hinunter und trat ins Büro.

Er saß hinter seinem Schreibtisch und starrte mich an, als ich auf ihn zukam.

»Hier ist es«, erklärte ich und reichte ihm das Buch. »Und vielen Dank für die Handschuhe.« Ich hielt sie mit beiden Händen hoch und ließ sie jeweils zwischen Daumen und Zeigefinger baumeln.

»Das ist wirklich nicht die Zeit für Gekasper«, knurrte er.

»Sicher nicht.« Ich ließ die Handschuhe auf meinen Schreibtisch fallen, drehte meinen Stuhl um und setzte mich. »Wo sollen wir anfangen? Wollen Sie wissen, was nach Ihrem Abgang passiert ist?«

»Die Einzelheiten können warten. Zuerst sehen wir, wo wir stehen. War Mr. Cramer da?«

»Ja. Selbstverständlich.«

»Hat er etwas herausbekommen?«

»Nein. Das wird er wahrscheinlich nicht, bevor er den Weihnachtsmann findet. Bis sie den Weihnachtsmann finden, werden sie die anderen nicht besonders unter Druck setzen. Je länger sie brauchen, um ihn zu finden, umso sicherer werden sie sein, dass er es getan hat. Drei Fakten über ihn: Niemand weiß, wer er war; er ist verduftet, und er hat Handschuhe getragen. Tausend Männer sind auf der Suche nach ihm. Es war richtig von Ihnen, die Handschuhe zu tragen, weil ich Sie an den Händen erkannt hätte, aber wo hatten Sie sie her?«

»Aus einem Laden an der Ninth Avenue. Verflucht, ich hatte doch keine Ahnung, dass ein Mann ermordet werden würde!«

»Ich weiß. Darf ich Ihnen ein paar Fragen stellen?«

Er zog eine finstere Miene. Ich interpretierte das als Ja. »Wann haben Sie Bottweill angerufen, um das zu arrangieren?«

»Gestern Nachmittag um halb drei. Sie waren zur Bank gegangen.«

»Haben Sie irgendeinen Grund zu der Annahme, dass er jemandem davon erzählt hat?«

»Nein. Er hat gesagt, er werde es nicht tun.«

»Woher er das Kostüm hatte, weiß ich, also ist das okay. Als Sie hier heute um halb eins aufgebrochen sind, sind Sie da direkt zu Bottweill gefahren?«

»Nein. Ich bin um diese Uhrzeit aufgebrochen, weil Fritz und Sie das erwarteten. Ich habe angehalten, um die Handschuhe zu kaufen, habe mich dann bei Rusterman's mit ihm getroffen, und wir haben zu Mittag gegessen. Von dort aus sind wir mit einem Taxi zu ihm gefahren, sind kurz nach zwei angekommen und haben seinen Privataufzug hinauf in sein Büro genommen. Sofort, nachdem wir in seinem Büro waren, holte er eine Flasche Pernod aus einer Schublade in seinem Schreibtisch, sagte, dass er nach dem Mittagessen immer einen kleinen trinke, und bot mir davon an. Ich lehnte ab. Er schenkte sich eine großzügige Menge in ein Glas ein, ungefähr zwei Unzen, kippte es mit zwei Schlucken herunter und legte die Flasche wieder in die Schublade.«

»Mein Gott.« Ich stieß einen Pfiff aus. »*Das* wüssten die Cops sicher gern.«

»Zweifellos. Das Kostüm lag in einer Schachtel. Hinter seinem Büro befindet sich eine Garderobe, mit Bad …«

»Ich weiß. Ich habe es schon benutzt.«

»Ich ging mit dem Kostüm hinein und habe es angezogen. Er hatte die größte Nummer bestellt, aber es war zu eng, und ich brauchte eine Weile. Ich war eine halbe Stunde oder länger da drin. Als ich wieder ins Büro trat, war es leer, aber bald kam Bottweill über die Treppe aus der Werkstatt nach oben und half mir bei der Maske und der Perücke. Kaum saßen sie, da tauchten Emil Hatch, Mrs. Jerome und ihr Sohn auf, ebenfalls von der Treppe aus der Werkstatt. Ich ging hinaus und ins Studio, wo ich Miss Quon, Miss Dickey und Mr. Kiernan vorfand.«

»Und bald bin ich gekommen. Dann hat niemand Sie ohne Maske gesehen. Wann haben Sie die Handschuhe angezogen?«

»Als Letztes. Kurz bevor ich das Studio betreten habe.«

»Dann könnten Sie Fingerabdrücke hinterlassen haben. Ich weiß, Sie hatten keine Ahnung, dass es zu einem Mord kommen würde. Sie haben Ihre Kleidung in der Garderobe gelassen? Sind Sie sich sicher, dass Sie alles mitgenommen haben, als Sie gegangen sind?«

»Ja. Ich bin kein kompletter Esel.«

Ich ließ ihm das durchgehen. »Warum haben Sie die Handschuhe nicht mit dem Kostüm im Aufzug zurückgelassen?«

»Weil sie nicht zusammen damit geliefert worden waren, daher dachte ich, es sei besser, sie mitzunehmen.«

»Dieser Privataufzug liegt unten im hinteren Teil des Foyers. Hat Sie jemand aussteigen oder durch das Foyer gehen gesehen?«

»Nein. Das Foyer war leer.«

»Wie sind Sie nach Hause gekommen? Mit einem Taxi?«

»Nein. Fritz erwartete mich erst gegen sechs oder noch später. Ich bin in die Public Library gegangen, habe zwei Stunden dort verbracht und dann ein Taxi genommen.«

Ich schürzte die Lippen und schüttelte den Kopf, um mein Mitgefühl zum Ausdruck zu bringen. Das war seine längste und schwerste Wanderung seit Montenegro gewesen. Über eine Meile. Er hatte sich durch den Blizzard gekämpft, in Angst und Schrecken, weil ihm das Gesetz auf den Fersen war. Aber der ganze Lohn für meinen mitfühlenden Blick war eine finstere Miene, also ließ ich es geschehen. Ich lachte. Ich legte den Kopf in den Nacken und ließ es kommen. Das hatte ich tun wollen, seit ich erfahren hatte, dass er der Weihnachtsmann gewesen war, aber ich war zu beschäftigt mit Denken gewesen. Es hatte sich in mir aufgestaut, und ich ließ es heraus, ein gutes Gefühl. Ich wollte es schon zu einem Kichern verklingen lassen, als er explodierte.

»Verdammt«, brüllte er, »dann heiraten Sie doch, und gehen Sie zum Teufel.«

Das war gefährlich. Diese Einstellung konnte uns leicht zu dem Aspekt führen, den zu bedenken er mich allein auf mein Zimmer geschickt hatte, und wenn wir damit anfingen, war alles möglich. Die Situation erforderte Taktgefühl.

»Ich bitte um Verzeihung«, sagte ich. »Ich hatte mich verschluckt. Wollen Sie die Lage zusammenfassen, oder soll ich?«

»Ich würde gern hören, wie Sie es versuchen«, gab er grimmig zurück.

»Ja, Sir. Ich vermute, uns bleibt nur eines übrig; Inspector Cramer sofort anzurufen und ihn zu einem Gespräch einzuladen, und wenn er kommt, lassen wir die Katze aus dem Sack. Das wird …«

»Nein, das mache ich nicht.«

»Das Zweitbeste wäre, ich gehe zu ihm und erzähle es dort. Natürlich …«

»Nein.« Ihm war jedes Wort ernst.

»Okay, dann fasse ich zusammen. Sie werden sich bei den anderen zurückhalten, bis sie den Weihnachtsmann finden. Sie müssen ihn finden. Falls er irgendwelche Fingerabdrücke hinterlassen hat, werden sie sie mit jeder Akte vergleichen, die sie haben, und früher oder später werden sie zu Ihrer kommen. Sie werden alle Läden abklappern, die weiße Baumwollhandschuhe für Herren verkaufen. Sie werden Bottweills Bewegungen nachvollziehen und erfahren, dass er bei Rusterman's mit Ihnen gegessen hat und Sie gemeinsam gegangen sind, und sie werden Ihrer Spur bis zu Bottweill folgen. Natürlich wird das nicht beweisen, dass Sie der Weihnachtsmann waren, und es wird Ihre Fingerabdrücke erklären, falls sie welche finden, aber was ist mit den Handschuhen? Wenn Sie ihnen genug Zeit lassen, werden sie den Verkäufer aufspüren, und mit einer Beschreibung des Käufers werden sie den Weihnachtsmann finden. Sie sind geliefert.«

Ich hatte seine Miene noch nie düsterer gesehen.

»Wenn Sie stillhalten, bis sie ihn finden«, wandte ich ein, »wird das ein ziemliches Ärgernis. Cramer juckt es schon lange in den Fingern, Sie einzubuchten, und jeder Richter würde Sie als Hauptzeugen sehen, der vom Tatort geflüchtet ist. Während es, wenn Sie Cramer jetzt anrufen, und ich meine sofort, und ihn hierher einladen und Bier mit ihm trinken, zwar ein Ärgernis wird, aber erträglich. Natürlich wird er wissen wollen, warum Sie dort waren und den Weihnachtsmann gespielt haben, aber Sie können ihm ja erzählen, was Sie wollen. Sagen Sie ihm, Sie hätten mit mir um hundert Mäuse, ach, zum Teufel, machen Sie tausend daraus, gewettet, Sie könnten zehn Minuten lang mit mir im selben Raum sein, und ich würde Sie nicht erkennen. Ich spiele gern mit.«

Ich beugte mich vor. »Noch etwas. Wenn Sie warten, bis sie Sie finden, dann erzählen Sie ihnen bloß nicht, dass Bottweill kurz nach zwei aus der Flasche getrunken und es ihm nicht geschadet hat. Wenn Sie das erzählen, nachdem sie Sie ausgegraben haben, könnten sie Sie wegen Zurückhaltens von Beweisen verhaften, und das würden sie wahrscheinlich auch, und dafür sorgen, dass Sie so schnell nicht wieder freikommen. Wenn Sie Cramer jetzt herholen und ihm davon erzählen, wird er das zu schätzen wissen, auch wenn er das natürlich nicht sagen wird. Wahrscheinlich ist er in seinem Büro. Soll ich ihn anrufen?«

»Nein. Ich werde diesen Auftritt Mr. Cramer gegenüber nicht eingestehen. Ich habe nicht vor, die Morgenzeitung aufzuschlagen und zu sehen, wie diese absonderliche Maskerade enthüllt wird.«

»Dann werden Sie hier sitzen und *Hier und jetzt* lesen, bis die Polizei mit einem Haftbefehl kommt?«

»Nein. Das wäre einfältig.« Er sog die Luft durch den Mund ein, so tief es ging, und stieß sie dann durch die Nase aus. »Ich werde den Mörder finden und ihn Mr. Cramer präsentieren. Etwas anderes bleibt mir nicht übrig.«

»Oh. Das werden Sie.«

»Ja.«

»Das hätten Sie gleich sagen können, statt mich große Reden schwingen zu lassen. Dann hätte ich mir meinen Atem gespart.«

»Ich wollte sehen, ob Ihre Einschätzung der Lage mit meiner übereinstimmt. Das tut sie.«

»Das ist schön. Dann wissen Sie auch, dass wir vielleicht zwei Wochen Zeit haben, oder nur zwei Minuten. In dieser Sekunde könnte ein Experte bei der Mordkommission anrufen und erklären, er habe Fingerabdrücke gefunden, die zu denen auf der Karteikarte von Wolfe, Nero passen ...«

Das Telefon klingelte, und ich fuhr herum wie von der Tarantel gestochen. Vielleicht hatten wir nicht einmal mehr zwei Minuten. Ich hoffe, meine Hand zitterte nicht, als ich den Hörer abhob. Wolfe greift selten zu seinem Hörer, bevor ich herausgefunden habe, wer der Anrufer ist, aber dieses Mal tat er es.

»Nero Wolfes Büro, Archie Goodwin am Apparat.«

»Hier ist das Büro des Bezirksstaatsanwalts, Mr. Goodwin. Wegen des Mordes an Kurt Bottweill. Wir möchten Sie gern morgen früh um zehn Uhr hier sehen.«

»In Ordnung. Klar.«

»Um Punkt zehn bitte.«

»Ich werde da sein.«

Wir legten auf. Wolfe seufzte. Ich seufzte.

»Nun«, meinte ich, »ich habe den Leuten jetzt schon sechsmal erklärt, dass ich absolut nichts über den Weihnachtsmann weiß, also fragen sie mich vielleicht nicht noch einmal. Wenn, dann wird es interessant werden, meine Stimme beim Lügen mit der zu vergleichen, mit der ich die Wahrheit sage.«

Er brummte. »Jetzt. Ich will einen vollständigen Bericht darüber, was dort passiert ist, nachdem ich gegangen bin, aber zuerst möchte ich Hintergrundinformationen. Durch Ihre intime Verbindung zu Miss Dickey müssen Sie doch etwas über diese Leute erfahren haben. Was?«

»Nicht viel.« Ich räusperte mich. »Meine Verbindung mit Miss Dickey war nicht intimer Natur.« Ich unterbrach mich. Das war nicht einfach.

»Suchen Sie sich ein Adjektiv aus. Ich wollte keine Anspielung machen.«

»Es geht nicht um Adjektive. Miss Dickey tanzt gut, außerordentlich gut, und während der letzten paar Monate habe ich sie gelegentlich ausgeführt, insgesamt sechs oder acht Mal. Montagabend im Flamingo Club hat sie mich gebeten, ihr einen Gefallen zu tun. Sie hat gesagt, Bottweill halte sie hin, er verspreche ihr seit einem Jahr die Ehe, schiebe es aber immer wieder hinaus, und sie wollte etwas unternehmen. Sie hat erzählt, Cherry Quon habe es auf ihn abgesehen, und sie hatte nicht vor, sich von Cherry ausbooten zu lassen. Sie hat mich gebeten, ein Blanko-Exemplar einer Heiratserlaubnis zu besorgen, uns beide einzusetzen und ihr das Papier zu geben. Sie würde es Bottweill zeigen und ihm sagen, jetzt oder nie. Mir erschien das eine gute Tat ohne Risiko zu sein, und wie gesagt, ist sie eine gute Tänzerin. Dienstagnachmittag habe ich ein leeres Formular besorgt — wie, tut hier nichts zur Sache – und es an diesem Abend oben in meinem Zimmer ausgefüllt, einschließlich einer kunstvollen Unterschrift.«

Wolfe stieß einen Laut aus.

»Das ist alles«, sagte ich, »außer, dass ich klarstellen will, dass ich nicht die Absicht hatte, sie Ihnen zu zeigen. Das war spontan, als Sie nach Ihrem Buch gegriffen haben. Ihr Gedächtnis ist genauso gut wie meines. Und um das abzuschließen, Sie haben zweifellos bemerkt, dass heute, kurz bevor Bottweill und Mrs. Jerome auf die Party kamen, Margot und ich zu einem kurzen Gespräch beiseitegetreten sind. Sie hat mir erzählt, die Heiratserlaubnis habe Wirkung gezeigt. ›Perfekt, einfach perfekt‹, waren ihre Worte. Sie hat erzählt, gestern Abend in seinem Büro hätte er die Erlaubnis zerrissen und die Fetzen in seinen Papierkorb geworfen. Das ist schon okay, die Cops haben sie nicht gefunden. Ich habe nachgesehen, bevor sie gekommen sind, aber die Schnipsel waren nicht da.«

Sein Mund arbeitete, aber er öffnete ihn nicht. Er wagte es nicht. Am liebsten hätte er mich auseinandergenommen, mir gesagt, mein unerträglicher Unsinn hätte ihn in diese scheußliche

Klemme gebracht. Aber wenn er das getan hätte, dann hätte er den Aspekt, über den er nicht reden wollte, in die Diskussion gebracht. Er erkannte das rechtzeitig und sah, dass das auch mir klar war. Sein Mund bewegte sich, aber das war alles. Schließlich sprach er.

»Dann stehen Sie in keiner intimen Beziehung zu Miss Dickey.«

»Nein, Sir.«

»Trotzdem muss sie doch über die Firma und die Leute dort gesprochen haben.«

»Ein wenig, ja.«

»Und einer davon hat Bottweill umgebracht. Das Gift muss zwischen zehn nach zwei, als ich ihn diesen Drink nehmen sah, und drei Uhr dreißig, als Kiernan die Flasche holen ging, in den Pernod gefüllt worden sein. Während ich mehr als eine halbe Stunde in der Garderobe war, ist niemand mit dem Privataufzug nach oben gefahren. Ich war dabei, in dieses Kostüm zu steigen, und habe nicht auf Schritte oder andere Geräusche im Büro geachtet; aber der Aufzugschacht liegt neben der Garderobe, und das hätte ich gehört. Es ist sogar gut möglich, dass das Zeitfenster noch enger ist und das Gift in die Flasche gegeben wurde, während ich mich in der Garderobe befand, da alle drei zusammen mit Bottweill in dem Büro waren, als ich herauskam. Man muss annehmen, dass einer dieser drei, oder einer der drei im Studio, davor eine andere Gelegenheit genutzt hat. Was ist mit denen?«

»Nicht viel. Das meiste stammt von Montagabend, als Margot über Bottweill geredet hat. Es ist also alles Hörensagen von ihr. Mrs. Jerome hat eine halbe Million in das Geschäft gesteckt – das sollte man wieder mindestens durch zwei teilen – und glaubt, er sei ihr Eigentum. Beziehungsweise glaubte. Sie war eifersüchtig auf Margot und Cherry. Was Leo angeht; wenn seine Mutter die

Knete, die er erben wollte, an einen Kerl verteilte, der den weltweiten Bestand an Blattgold an sich zu reißen versuchte, und diesen vielleicht auch noch geheiratet hätte, so könnte Leo, falls er von dem Gift in der Werkstatt wusste, in Versuchung geraten sein. Bei Kiernan weiß ich es nicht, aber nach einer Bemerkung, die Margot gemacht hat, und so, wie er Cherry heute Nachmittag angesehen hat, vermute ich, er würde gern etwas irisches Blut mit ihrem chinesischen, indischen und holländischen mischen, und wenn er den Eindruck gehabt hätte, Bottweill stehe ihm im Weg, dann hätte er sich auch versucht fühlen können. So viel zum Hörensagen.«

»Mr. Hatch?«

»Nichts über ihn von Margot, aber nachdem ich während des Wandteppich-Jobs mit ihm zu tun hatte, würde es mich nicht wundern, wenn er rein aus Prinzip die ganze Bande ausgelöscht hätte. In seinen Adern fließt Säure statt Blut. Er ist ein kreativer Künstler, das hat er mir gesagt. Er hat mir praktisch erklärt, er sei für den Erfolg der Firma verantwortlich, werde aber nicht gewürdigt. Er hat mir nicht direkt gesagt, dass er Bottweill als Scharlatan und Betrüger betrachtet, aber doch so gut wie. Sie erinnern sich vielleicht daran, dass ich Ihnen erzählt habe, er leide unter Verfolgungswahn, und Sie haben gesagt, ich solle aufhören, den Jargon anderer Leute zu benutzen.«

»Das macht vier. Und Miss Dickey?«

Ich zog die Augenbrauen hoch. »Ich habe ihr eine Lizenz zum Heiraten besorgt, nicht zum Töten. Wenn sie gelogen hat, als sie sagte, es hätte funktioniert, dann lügt sie fast so gut, wie sie tanzt. Vielleicht tut sie das ja. Wenn es keine Wirkung gezeigt hat, war sie vielleicht auch versucht.«

»Und Miss Quon?«

»Sie ist zur Hälfte Asiatin. Mit denen aus Fernost kenne ich mich nicht aus, aber soweit ich weiß, haben sie Schlitzaugen, um einen im Dunkeln tappen zu lassen. Dadurch sind sie undurchschaubar. Wenn ich mich von einem aus dieser Truppe vergiften lassen würde, dann von ihr. Nur, dass Margot mir gesagt hat …«

Es klingelte an der Tür. Das war schlimmer als das Telefon. Falls sie die Spur des Weihnachtsmannes aufgenommen hatten und die zu Nero Wolfe führte, dann würde Cramer viel eher vorbeikommen, anstatt anzurufen. Wolfe und ich wechselten einen Blick. Ich sah auf meine Armbanduhr, stellte fest, dass es acht Minuten nach zehn war, stand auf und ging in die Diele. Dort knipste ich das Licht über der Vortreppe an und sah durch das Einwegglas in der Tür. Ich habe gute Augen, aber die Gestalt war in einen schweren Kapuzenmantel gehüllt, daher trat ich näher auf die Tür zu, um mich zu vergewissern. Dann kehrte ich ins Büro zurück. »Cherry Quon. Allein«, sagte ich zu Wolfe.

Er runzelte die Stirn. »Ich wollte …« Er unterbrach sich. »Nun gut. Führen Sie sie herein.«

V

Wie gesagt war Cherry höchst dekorativ, und sie passte zu dem roten Ledersessel am Ende von Wolfes Schreibtisch. Sie hätte dreimal darin Platz gehabt. Sie hatte sich von mir in der Diele den Mantel abnehmen lassen und trug immer noch das hübsche kleine Wollkleid, das sie bei der Party angehabt hatte. Es war nicht wirklich gelb, aber Gelb kam darin vor. Ich hätte es Dunkelgold genannt, und dieser Farbton, der rote Sessel und ihr kleines, wie gemeißeltes Gesicht mit dem teefarbenen Teint hätten zusammen eine sehr schöne Kodachrome-Aufnahme abgegeben.

Sie saß auf der Kante, das Rückgrat gerade durchgedrückt und die Hände im Schoß zusammengelegt. »Ich hatte Angst, anzurufen«, erklärte sie, »weil Sie mir vielleicht gesagt hätten, ich solle nicht kommen. Also bin ich einfach gekommen. Verzeihen Sie mir?«

Wolfe brummte unverbindlich. Sie lächelte ihm zu; ein freundliches Lächeln, zumindest glaubte ich das. Schließlich war sie Halbasiatin.

»Ich muss mich zusammennehmen«, zwitscherte sie. »Ich bin nervös, weil es so aufregend ist, hier zu sein.« Sie wandte den Kopf. »Da sind der Handschuh, die Bücherregale, der Safe, die Couch und natürlich Archie Goodwin. Und Sie. Sie hinter Ihrem Schreibtisch in diesem riesigen Sessel! Oh, ich kenne diesen Raum! Ich habe so viel über Sie gelesen – ich glaube, alles, was es gibt. Es ist so aufregend, hier zu sein, wirklich in diesem Sessel zu sitzen und Sie zu sehen. Natürlich habe ich Sie heute Nachmittag gesehen, aber das war nicht dasselbe. In diesem dummen Weihnachtsmannkostüm hätten Sie jeder sein können. Am liebsten hätte ich Sie an Ihrem Bart gezogen.«

Sie lachte, ein freundliches leises Läuten wie von einem Glöckchen.

Ich glaube, ich schaute perplex drein. Das war meine Vorstellung, nachdem das durch meine Ohren an meine innere Vermittlungszentrale gelangt und verarbeitet worden war. Ich hatte zu viel damit zu tun, an meinem Gesichtsausdruck zu arbeiten, um Wolfe anzusehen, aber er war wahrscheinlich noch beschäftigter, da sie ihn direkt ansah. Als er sprach, richtete ich den Blick auf ihn.

»Ich bin ratlos, Miss Quon, denn ich verstehe Sie nicht. Sie irren sich, wenn Sie glauben, mich heute Nachmittag in einem Weihnachtsmann-Kostüm gesehen zu haben.«

»Oh, das tut mir leid!«, rief sie aus. »Dann haben Sie es ihnen nicht gesagt?«

»Meine liebe Madam.« Sein Ton wurde schärfer. »Wenn Sie in Rätseln sprechen müssen, dann reden Sie mit Mr. Goodwin. Der löst sie gern.«

»Aber es tut mir *wirklich* leid, Mr. Wolfe. Ich hätte zuerst erklären sollen, woher ich das weiß. Heute Morgen beim Frühstück hat Kurt mir erzählt, Sie hätten ihn angerufen und abgesprochen, dass Sie bei der Party als Weihnachtsmann auftreten würden, und heute Nachmittag habe ich ihn gefragt, ob Sie gekommen seien, und er sagte, Sie zögen sich gerade um. Daher weiß ich Bescheid. Aber Sie haben der Polizei nichts davon erzählt? Dann ist es ja gut, dass ich auch nichts gesagt habe, oder?«

»Interessant«, meinte Wolfe kalt. »Was wollen Sie mit diesem an den Haaren herbeigezogenen Firlefanz erreichen?«

Sie schüttelte ihr hübsches kleines Köpfchen. »Sie sind doch so ein vernünftiger Mensch. Da müssen Sie doch einsehen, dass das sinnlos ist. Wenn ich es der Polizei sage, werden sie ermitteln, auch wenn sie mir nicht glauben wollen. Ich weiß, dass sie nicht so gut ermitteln können wie Sie, aber irgendetwas werden sie sicherlich finden.«

Er schloss die Augen, presste die Lippen zusammen und lehnte sich in seinem Sessel zurück. Ich behielt meine offen und sah sie an. Sie wog keine fünfzig Kilo. Ich konnte sie mir unter einen Arm klemmen und ihr mit der anderen Hand den Mund zuhalten. Sie oben ins Gästezimmer zu stecken, würde nichts nützen, da sie dort ein Fenster öffnen und schreien könnte, aber im Keller, neben Fritz' Zimmer, lag eine Abstellkammer mit einem alten Sofa darin. Alternativ könnte ich auch einen Revolver aus meinem Schreibtisch holen und sie erschießen. Wahrscheinlich wusste niemand, dass sie hier war.

Wolfe öffnete die Augen und richtete sich auf. »Nun gut. Es ist immer noch ein Fantasieprodukt, aber ich räume ein, dass sich eine unangenehme Situation ergeben könnte, wenn Sie mit diesem Märchen zur Polizei laufen. Ich nehme an, Sie sind nicht nur hergekommen, um mir zu erklären, dass Sie das beabsichtigen. Was haben Sie also vor?«

»Ich glaube, wir verstehen einander«, zwitscherte sie.

»Ich verstehe nur, dass Sie etwas wollen. Also was?«

»Sie sind so direkt«, klagte sie. »So schroff, dass ich etwas Falsches gesagt haben muss. Aber ich will wirklich etwas. Verstehen Sie, da die Polizei den Mann, der den Weihnachtsmann gespielt hat und weggelaufen ist, für den Täter hält, kommen sie vielleicht erst auf die richtige Spur, wenn es zu spät ist. Das würden Sie doch nicht wollen, oder?«

Keine Antwort.

»Ich wünsche mir das jedenfalls nicht«, erklärte sie, und ihre Hände, die in ihrem Schoß lagen, ballten sich zu kleinen Fäusten. »Ich würde nicht wollen, dass Kurts Mörder davonkommt, ganz gleich, wer es war; aber verstehen Sie, ich weiß, wer ihn getötet hat. Ich habe es der Polizei gesagt, aber die wollen davon nichts hören, solange sie den Weihnachtsmann nicht gefunden haben. Und falls sie zuhören, glauben sie, dass ich nur ein eifersüchtiges Weibsstück bin, und außerdem bin ich Asiatin, und deren Vorstellung von Asiaten ist sehr primitiv. Ich wollte sie zum Zuhören bewegen, indem ich ihnen sagte, wer der Weihnachtsmann war, aber nach dem, was ich gelesen habe, weiß ich, wie die Polizei zu Ihnen steht, und fürchtete, sie würden zu beweisen versuchen, dass Sie Kurt umgebracht haben, und natürlich hätten Sie es gewesen sein können, schließlich sind Sie davongelaufen; und dann würden sie immer noch nicht auf mich hören, wenn ich ihnen sagen würde, wer ihn wirklich umgebracht hat.«

Sie unterbrach sich, um Luft zu holen. »Wer war es?«, fragte Wolfe.

Sie nickte. »Ich sage es Ihnen. Margot Dickey und Kurt hatten eine Affäre. Vor ein paar Monaten begann Kurt sich für mich zu interessieren, und das war schwer, weil ich ... ich ...« Stirnrunzelnd suchte sie nach einem Wort und fand eines. »Ich hatte Gefühle für ihn. Starke Gefühle. Aber sehen Sie, ich bin Jungfrau und wollte ihm nicht nachgeben. Ich weiß nicht, was ich getan hätte, wenn ich nicht gewusst hätte, dass er eine Affäre mit Margot hatte, aber ich wusste es, und ich habe ihm gesagt, der erste Mann, mit dem ich schlafe, würde mein Ehemann sein. Er sagte, er sei bereit, sich von Margot zu trennen, aber selbst dann konnte er mich wegen Mrs. Jerome nicht heiraten, weil sie ihn dann nicht mehr mit ihrem Geld unterstützen würde. Ich weiß nicht, was er Mrs. Jerome bedeutet hat, aber ich weiß, wie wichtig sie für ihn war.«

Sie öffnete die Hände und ballte sie wieder zu Fäusten. »Das ging immer so weiter, aber Kurt hatte auch Gefühle für mich. Gestern Abend spät, nach Mitternacht, rief er mich an und sagte, er habe endgültig mit Margot gebrochen und wolle mich heiraten. Er wollte vorbeikommen, aber ich erklärte ihm, ich sei im Bett, und wir würden uns morgen früh sehen. Er sagte, das wäre im Studio und unter anderen Leuten, also habe ich schließlich gesagt, ich würde zum Frühstück in seine Wohnung kommen, was ich heute Morgen auch getan habe. Aber ich bin immer noch Jungfrau, Mr. Wolfe.«

Er konzentrierte sich mit halb geschlossenen Augen auf sie. »Das ist Ihr Privileg, Madam.«

»Oh«, sagte sie. »Ist das ein Privileg? Jedenfalls hat er mir dort, beim Frühstück, von Ihnen erzählt und dass Sie als Weihnachtsmann auftreten wollten. Als ich ins Studio kam, war ich erstaunt, dort Margot zu sehen, und wie freundlich sie war. Das gehörte zu ihrem Plan, dass sie allen gegenüber freundlich und fröhlich war. Sie hat der Polizei erzählt, Kurt habe sie heiraten wollen, dass sie gestern Abend beschlossen hätten, nächste Woche zu heiraten. In der Weihnachtswoche. Ich bin übrigens Christin.«

Wolfe rutschte in seinem Sessel herum. »Ist das der Punkt? Hat Miss Dickey Mr. Bottweill getötet?«

»Ja. Natürlich hat sie das.«

»Haben Sie das der Polizei gesagt?«

»Ja. Ich habe ihnen nicht alles gesagt, was ich Ihnen erzählt habe, aber genug.«

»Haben Sie Beweise?«

»Nein. Ich habe keine Beweise.«

»Dann fordern Sie eine Verleumdungsklage heraus.«

Sie öffnete die Hände und drehte die Handflächen nach oben. »Kommt es darauf an? Wenn ich weiß, dass ich recht habe? Wenn ich das *weiß*? Aber sie hat es so schlau angestellt, dass es keine Beweise geben kann. Jeder, der heute dort war, wusste von dem Gift, und alle hatten die Möglichkeit, es in die Flasche zu tun. Unmöglich zu beweisen, dass sie es war. Sie können nicht einmal beweisen, dass sie lügt, wenn sie behauptet, Kurt wollte sie heiraten, weil er tot ist. Heute hat sie sich benommen, wie sie es getan hätte, wenn es wahr gewesen wäre. Aber es muss irgendwie bewiesen werden. Es muss einen Beweis geben.«

»Und Sie wollen, dass ich den besorge?«

Sie ließ das unkommentiert. »Was ich dachte, Mr. Wolfe, ist, dass Sie ebenfalls angreifbar sind. Es wird immer die Gefahr bestehen, dass die Polizei herausfindet, wer der Weihnachtsmann war, und wenn sie feststellen, dass Sie das waren und es Ihnen nicht gesagt haben …«

»Das habe ich nicht zugegeben«, fauchte Wolfe.

»Dann sagen wir, die Gefahr wird immer bestehen, dass ich ihnen erzähle, was Kurt mir erzählt hat, und dass Sie eingeräumt haben, das könnte unangenehm werden. Also wäre es besser, wenn der Beweis dafür, wer Kurt umgebracht hat, auch belegen würde, wer Santa Claus war. Oder?«

»Weiter.«

»Also dachte ich, wie einfach es für Sie wäre, den Beweis zu besorgen. Sie haben Männer, die Dinge für Sie erledigen, die alles für Sie tun würden, und einer von ihnen kann sagen, Sie hätten ihn gebeten, dort den Weihnachtsmann zu spielen, und dass er es getan hat. Natürlich könnte es nicht Mr. Goodwin sein, weil er auf der Party war, und es müsste jemand sein, dem die Polizei nicht nachweisen könnte, woanders gewesen zu sein. Er kann sagen, während er in der Garderobe war und das Kostüm angezogen hat, hätte er jemanden im Büro gehört und hinausgesehen, um festzustellen, wer das war, und er hätte gesehen, wie Margot Dickey die Flasche aus der Schreibtischschublade nahm, etwas hineintat, die Flasche wieder in die Schublade legte und hinausging. So muss sie es nämlich gemacht haben, weil Kurt immer einen Pernod trank, wenn er vom Mittagessen zurückkam.«

Wolfe rieb sich mit einer Fingerspitze über die Lippen. »Verstehe«, brummte er.

Sie war noch nicht fertig. »Er kann sagen«, fuhr sie fort, »dass er davongelaufen ist, weil er Angst hatte und zuerst Ihnen davon erzählen wollte. Ich glaube nicht, dass die Polizei ihm etwas tun würde, wenn er morgen früh ginge und ihnen alles erzählen würde, oder? Genau wie bei mir. Ich glaube nicht, dass sie mir etwas tun würden, wenn ich morgen früh hinginge und ihnen erzählen würde, mir sei wieder eingefallen, dass Kurt mir erzählt hat, Sie würden der Weihnachtsmann sein, und dass er mir heute Nachmittag gesagt hat, Sie seien in der Garderobe und würden das Kostüm anziehen. Das wäre doch das Gleiche, nicht?«

Sie presste den kleinen, geschwungenen Mund zusammen und lächelte dann.

»Das will ich«, zwitscherte sie. »Habe ich es so ausgedrückt, dass Sie es verstanden haben?«

»Allerdings«, versicherte Wolfe ihr. »Sie haben das bewundernswert ausgedrückt.«

»Wäre es besser, wenn Sie Inspector Cramer herkommen ließen, statt diesen Mann zu ihm zu schicken? Der Mann könnte hier sein. Verstehen Sie, ich weiß, wie Sie arbeiten, durch all das, was ich gelesen habe.«

»Das wäre vielleicht besser«, räumte er ein. Sein Ton war trocken, aber nicht feindselig. Ich sah, dass unter seinem rechten Ohr ein Muskel zuckte, aber sie konnte das nicht erkennen. »Ich nehme an, Miss Quon, es wäre sinnlos, den Einwand anzubringen, dass möglicherweise einer der anderen ihn getötet hat und es, wenn ja, ein Jammer wäre …«

»Entschuldigen Sie. Ich muss Sie unterbrechen.« Das Zwitschern war immer noch ein Zwitschern, aber es hatte jetzt einen stahlharten Unterton. »Ich weiß, dass sie ihn umgebracht hat.«

»Ich nicht. Und selbst wenn ich mich Ihrer Überzeugung anschließen würde, müsste ich mich, bevor ich zu der List greife, die Sie vorschlagen, davon überzeugen, dass keine Fakten existieren, die sie erschüttern würden. Ich brauche nicht lange. Sie hören morgen von mir. Ich will …«

Wieder unterbrach sie ihn. »Ich kann nur bis morgen früh warten, dann sage ich der Polizei, was Kurt mir erzählt hat.«

»Pah. Sie können und Sie werden warten. In dem Moment, in dem Sie das preisgeben, haben Sie nichts mehr, womit Sie mich ködern können. Sie hören morgen von mir. Jetzt will ich nachdenken. Archie?«

Ich stand von meinem Stuhl auf. Sie sah zu mir auf und dann wieder zu Wolfe. Ein paar Sekunden lang blieb sie sitzen und überlegte, undurchschaubar natürlich, und erhob sich dann.

»Es war sehr aufregend, hier zu sein«, erklärte sie mit einer Stimme, aus der der stahlharte Ton verschwunden war, »und Sie hier zu sehen. Sie müssen mir vergeben, dass ich nicht angerufen habe. Ich hoffe, ich höre morgen früh von Ihnen.« Sie wandte sich ab und ging zur Tür, und ich folgte ihr.

Nachdem ich ihr in ihren Kapuzenmantel geholfen, sie hinausgelassen und zugesehen hatte, wie sie vorsichtig die sieben Stufen hinunterging, schloss ich die Tür, legte die Kette wieder vor und kehrte ins Büro zurück. »Es schneit nicht mehr«, sagte ich zu Wolfe. »Was meinen Sie, wer am besten dafür geeignet wäre, Saul, Fred, Orrie oder Bill?«

»Setzen Sie sich«, knurrte er. »Sie durchschauen die Frauen wirklich. Und?«

»Diese nicht. Ich muss passen. Ich würde keine zehn Cent auf sie wetten, weder in die eine noch in die andere Richtung. Und Sie?«

»Nein. Sie ist wahrscheinlich eine Lügnerin und möglicherweise eine Mörderin. Setzen Sie sich. Ich muss alles wissen, was dort gestern passiert ist, nachdem ich gegangen bin. Jedes Wort und jede Bewegung.«

Ich setzte mich und berichtete ihm. Einschließlich seiner Nachfragen dauerte das eine Stunde und fünfunddreißig Minuten. Es war nach ein Uhr, als er seinen Stuhl zurückschob, seine massige Gestalt hochwuchtete, mir gute Nacht wünschte und nach oben ging, zu Bett.

VI

Am Nachmittag des nächsten Tages, eines Samstags, saß ich um halb drei in einem Raum in einem Gebäude an der Leopard Street, dem Raum, in dem ich einmal einem stellvertretenden Bezirksstaatsanwalt das Mittagessen weggegessen hatte. Heute würde es nicht nötig sein, den Auftritt zu wiederholen, da ich gerade aus Ost's Restaurant kam, wo ich einen Teller Eisbein mit Sauerkraut verdrückt hatte.

Soweit ich wusste, waren keine weiteren Schritte eingeleitet worden, um Margot den Mord unterzuschieben; es hatte überhaupt keine Schritte gegeben. Da Wolfe jeden Morgen zwischen neun und elf im Gewächshaus ist, ihm sein Frühstück auf einem Tablett in seinem Schlafzimmer serviert wird und ich um zehn bei der Staatsanwaltschaft erwartet wurde, hatte ich ihn um neun auf dem Haustelefon angerufen, um nach Instruktionen zu fragen, und gehört, er habe keine. Nachdem der stellvertretende Bezirksstaatsanwalt Farrell mich eine Stunde im Vorzimmer hatte warten lassen, hatte er sich zwei Stunden mit mir beschäftigt, zusammen mit einem Stenografen und einem der Polizisten, der Freitagnachmittag am Tatort gewesen war, und war hin und zurück und kreuz und quer alles noch einmal durchgegangen; nicht nur das, was ich schon ausgesagt hatte, sondern auch meine vorherige Verbindung zum Personal bei Bottweill. Er fragte mich nur ein Mal, ob ich etwas über den Weihnachtsmann wisse, daher brauchte ich nur ein Mal zu lügen, wenn man davon absieht, dass ich die Heiratserlaubnis mit keinem Wort erwähnte. Als er eine Pause anordnete und mich anwies, um halb drei wieder zu erscheinen, rief ich auf dem Weg zu Ost's und dem Eisbein Wolfe an, um ihm mitzuteilen, dass ich nicht wisse, wann ich nach Hause käme, und erneut hatte er keinerlei Anweisungen. Ich meinte, ich bezweifle, dass Cherry Quon bis nach Neujahr warten würde, bevor sie plauderte, worauf er sagte, das glaube er auch nicht, und aufhängte.

Als ich um halb drei in Farrells Büro geführt wurde, war er allein – kein Stenograf und kein Polizeibeamter. Er fragte mich, ob ich gut gegessen habe, und wartete sogar die Antwort ab. Dann reichte er mir ein paar getippte Seiten und lehnte sich auf seinem Stuhl zurück.

»Lesen Sie sich das durch«, sagte er, »und überlegen Sie, ob Sie es unterschreiben wollen.«

Sein Ton schien anzudeuten, dass ich es vielleicht nicht wollen würde, daher ging ich es sorgfältig durch, volle fünf Seiten. Nachdem ich keinerlei Überarbeitung festgestellt hatte, gegen die ich Einwände erheben wollte, zog ich meinen Stuhl an eine Ecke seines Schreibtischs, legte das Protokoll auf die Platte und zog meinen Füllfederhalter aus der Tasche.

»Warten Sie einen Moment«, sagte Farrell. »Sie sind kein übler Bursche, auch wenn Sie großspurig sind. Weshalb sollte ich Ihnen nicht eine Chance geben? Hier steht ausdrücklich, dass Sie alles ausgesagt haben, was Sie gestern Nachmittag getan haben.«

»Ja, ich hab's gelesen. Und?«

»Wer hat dann Ihre Fingerabdrücke auf einigen der Papierschnipseln in Bottweills Papierkorb hinterlassen?«

»Da will ich doch verdammt sein«, sagte ich. »Ich habe vergessen, Handschuhe anzuziehen.«

»In Ordnung, Sie sind großspurig. Das wusste ich schon.« Sein Blick durchbohrte mich. »Sie müssen den Inhalt dieses Papierkorbs Stück für Stück durchgangen sein, als Sie, angeblich, um nach dem Weihnachtsmann zu suchen, in Bottweills Büro marschiert sind, und Sie haben es nicht einfach vergessen. Sie vergessen nichts. Also haben Sie es absichtlich weggelassen. Ich will wissen, warum, und ich will wissen, was Sie aus diesem Papierkorb genommen und was Sie damit angefangen haben.«

Ich grinste ihn an. »Ich bin auch verdammt, weil ich meinte, ich wüsste, wie gründlich Ihre Leute sind, aber anscheinend hatte ich keine Ahnung. Ich hätte nicht gedacht, dass sie so weit gehen würden, den Inhalt eines Papierkorbs einzustäuben, obwohl nichts auf eine Verbindung hinwies. Aber ich sehe, dass ich mich geirrt habe, und ich hasse es, mich zu irren.« Ich zuckte die Achseln. »Man lernt eben nie aus.« Ich drehte die Aussage zu mir, unterschrieb sie am unteren Rand der letzten Seite, schob sie ihm zu, faltete den Durchschlag zusammen und steckte ihn in meine Tasche.

»Wenn Sie darauf bestehen, schreibe ich es noch hinein«, erklärte ich ihm, »aber ich bezweifle, dass es der Mühe wert ist. Der Weihnachtsmann hatte sich davongemacht, Kiernan war dabei, die Polizei zu rufen, und ich schätze, ich war ein wenig aus der Fassung. Ich muss mich nach irgendeinem Hinweis auf den Weihnachtsmann umgesehen haben, und da fiel mein Blick auf den Papierkorb, und ich habe ihn durchsucht. Ich habe es nicht erwähnt, weil es nicht besonders schlau war, und ich möchte gern, dass mich andere für klug halten, besonders Cops. Da haben Sie Ihr Warum. Was die Frage angeht, was ich genommen habe, so lautet die Antwort: nichts. Ich habe den Papierkorb hingestellt, alles wieder hineingeräumt und nichts mitgenommen. Soll ich das noch dazuschreiben?«

»Nein. Ich will darüber reden. Ich weiß, dass Sie schlau *sind*. Und Sie waren nicht aus der Fassung geraten. Sie verlieren die Fassung nicht. Ich will den wahren Grund dafür wissen, warum Sie den Papierkorb durchwühlt haben, wonach Sie gesucht, ob Sie es gefunden und was Sie damit gemacht haben.«

Es kostete mich über eine Stunde, von der ich zwanzig Minuten zusammen mit Farrell und einem weiteren Assistenten im Büro des Bezirksstaatsanwalts selbst verbrachte. An einem Punkt sah es aus, als würden sie mich als wichtigen Zeugen festhalten, aber dazu brauchte es einen Haftbefehl, und das Weihnachtswochenende hatte schon begonnen. Und es gab nicht den geringsten Hinweis darauf, dass ich an etwas herumgespielt hatte, was eine Spur darstellen konnte, also scheuchten sie mich schließlich hinaus, nachdem ich von Hand einen Passus in meine Aussage geschrieben hatte. Zu schade, dass so bedeutende Staatsdiener dasitzen und warten mussten, während ich den Einschub auf meinen Durchlag übertrug, aber ich mache gern alles ordentlich.

Bis ich nach Hause kam, war es zehn nach vier, und natürlich saß Wolfe nicht in seinem Büro, weil er nachmittags von vier bis sechs oben in seinem Gewächshaus weilt. Auf meinem Schreibtisch lag keine Nachricht von ihm, also hatte er anscheinend immer noch keine Anweisungen, aber ich fand eine Information vor. Der Aschenbecher auf meinem Schreibtisch, der größtenteils zur Zierde dient, da ich selten rauche – ein Geschenk, nicht von Wolfe, sondern von einem ehemaligen Klienten –, ist eine Jadeschale von sechs Zoll Durchmesser. Er stand an seinem Platz, und darin lagen Zigarettenstummel Marke Pharaoh.

Saul Panzer raucht Pharaohs, ägyptische Zigaretten. Ich nehme an, dass noch ein paar andere Menschen das tun, aber die Chance, dass einer davon an meinem Schreibtisch gesessen hatte, während ich unterwegs war, war zu gering, um sich damit abzugeben. Und Saul war nicht nur hier gewesen, sondern Wolfe wollte, dass ich davon erfuhr, denn eins von den acht Millionen Dingen, die er in seinem Büro nicht duldet, sind Aschenbecher mit Resten darin. Er geht sogar selbst ins Bad, um sie auszukippen.

Also wurden doch Schritte unternommen. Was für Schritte? Saul, freischaffend und der Beste aller Agenten, verlangt und bekommt sechzig Dollar pro Tag und ist das Doppelte wert. Wolfe hatte ihn nicht für einen Routineauftrag hinzugezogen, und natürlich wäre ich nie auf die Idee gekommen, dass er ihn engagiert hatte, um ihn als falschen Weihnachtsmann zu verkaufen. Jemandem einen Mord anzuhängen, selbst einer Frau, die möglicherweise schuldig war, gehörte nicht in seine Trickkiste. Ich hob das Haustelefon ab und rief im Gewächshaus an, und nachdem ich eine Weile gewartet hatte, erklang Wolfes Stimme an meinem Ohr.

»Ja, Fritz?«

»Hier ist nicht Fritz. Ich bin's. Ich bin zurück. Nichts Dringendes zu berichten. Sie haben meine Fingerabdrücke an Sachen im Papierkorb gefunden, aber ich bin ohne Blutverluste entwischt. Ist es in Ordnung, wenn ich den Aschenbecher ausleere?«

»Ja, bitte.«

»Was soll ich dann tun?«

»Ich sage es Ihnen um sechs. Wahrscheinlich früher.«

Er legte auf. Ich trat an den Safe und sah in die Bargeldschublade, um festzustellen, ob Saul mit großzügigen Mitteln ausgestattet worden war, aber das Geld lag so da, wie ich es zuletzt gesehen hatte, und im Buch war nichts eingetragen. Ich leerte den Aschenbecher. Ich ging in die Küche, wo ich Fritz dabei antraf, wie er eine Mixtur in eine Schale mit Schweinefilet goss, und meinte, ich hoffe, Saul hätte sein Mittagessen geschmeckt, worauf Fritz erklärte, er sei nicht zum Essen geblieben. Also mussten die Schritte unmittelbar, nachdem ich am Morgen aufgebrochen war, eingeleitet worden sein. Ich ging zurück ins Büro, überflog den Durchschlag meiner Aussage, bevor ich ihn ablegte, und vertrieb mir die Zeit damit, mir acht verschiedene Schritte auszudenken, mit denen Saul beauftragt worden sein könnte, aber keiner davon erschien mir vielversprechend. Kurz nach fünf klingelte das Telefon, und ich nahm ab. Es war Saul. Er sagte, er sei froh zu hören, dass ich wieder sicher zu Hause sei, und ich gab zurück, das gehe mir genauso.

»Ich habe nur eine Nachricht für Mr. Wolfe«, sagte er. »Sagen Sie ihm, alles ist bereit, keine Probleme.«

»Das ist alles?«

»Ja. Wir sehen uns.«

Ich legte den Hörer auf, setzte mich einen Moment, um zu überlegen, ob ich hinauf zum Gewächshaus gehen oder das Haustelefon benutzen sollte, entschied dann, dass Letzteres ausreichen würde, zog es zu mir hin und drückte den Knopf. Als ich Wolfes Stimme hörte, klang sie gereizt; er hasst es, wenn man ihn dort oben stört.

»Ja?«

»Saul hat angerufen, und ich soll Ihnen sagen, alles sei bereit, keine Probleme. Glückwunsch. Bin ich überflüssig?«

»Merkwürdigerweise nicht. Stellen Sie Stühle für Besucher auf; zehn müssten ausreichen. Vier oder fünf werden kurz nach sechs Uhr kommen; ich hoffe, nicht mehr. Weitere kommen später.«

»Erfrischungen?«

»Getränke natürlich. Sonst nichts.«

»Sonst noch etwas für mich?«

»Nein.«

Er hatte aufgelegt. Bevor ich ins Wohnzimmer ging, um Stühle zu holen, und in die Küche, um mich mit Getränken einzudecken, nahm ich mir eine Auszeit, um mich zu fragen, ob ich auch nur im Entferntesten eine Ahnung hatte, was für eine Scharade er dieses Mal ausheckte. Ich hatte keine.

VII

Vier Personen trafen zwischen Viertel nach und zwanzig nach sechs ein – zuerst Mrs. Perry Porter Jerome und ihr Sohn Leo, dann Cherry Quon und zum Schluss Emil Hatch. Mrs. Jerome okkupierte den roten Ledersessel, aber ich setzte sie mit Nerz und allem in einen der gelben um, als Cherry eintraf. Ich musste einräumen, dass Cherry möglicherweise auf dem besten Weg zu einem ganz anderen, elektrisch verkabelten Sitzmöbel war, aber trotzdem fand ich, dass sie das Ambiente aufwertete und Mrs. Jerome nicht. Als ich alle gegen halb sieben verließ, um über die Diele ins Esszimmer zu gehen, hatten sie noch kein Wort miteinander gewechselt.

Im Speisezimmer hatte Wolfe soeben eine Flasche Bier ausgetrunken. »Okay«, erklärte ich ihm, »es ist halb sieben. Bis jetzt sind es nur vier. Kiernan und Margot Dickey sind noch nicht aufgetaucht.«

»Zufriedenstellend.« Er stand auf. »Haben sie Informationen verlangt?«

»Zwei von ihnen, Hatch und Mrs. Jerome. Ich habe ihnen wie aufgetragen gesagt, dass sie alles von Ihnen erfahren werden. Das war einfach, weil ich von nichts weiß.«

Er ging ins Büro, und ich folgte ihm. Obwohl sie bis auf Cherry nicht ahnten, dass er ihnen gestern Champagner eingeschenkt hatte, war keine Vorstellung nötig, da sie ihn alle bei der Jagd nach den Wandteppichen kennengelernt hatten. Nachdem er um Cherry im roten Ledersessel herumgelaufen war, bezog er hinter seinem Schreibtisch Stellung, erkundigte sich nach aller Befinden und setzte sich.

»Ich danke Ihnen nicht für Ihr Kommen«, erklärte er, »denn Sie sind in Ihrem eigenen Interesse hier, nicht in meinem. Ich habe ...«

»Ich bin gekommen«, schaltete sich Hatch, saurer denn je, ein, »um herauszufinden, was Sie im Schilde führen.«

»Das werden Sie«, versicherte Wolfe ihm. »Ich habe Ihnen allen die gleiche Nachricht geschickt, in der stand, Mr. Goodwin habe gewisse Informationen, bei denen er das Gefühl habe, sie der Polizei spätestens heute Abend übermitteln zu müssen, aber ich hätte ihn überredet, zuerst mit Ihnen darüber zu diskutieren. Bevor ich ...«

»Ich dachte nicht, dass noch andere hier sein würden«, platzte Mrs. Jerome heraus und warf Cherry einen giftigen Blick zu.

»Ich auch nicht«, sagte Hatch und sah Mrs. Jerome finster an.

Wolfe ignorierte es. »Die Nachricht, die ich Miss Quon geschickt habe, unterschied sich ein wenig davon, aber das geht Sie nichts an. Bevor ich Ihnen sage, worin Mr. Goodwins Informationen bestehen, benötige ich noch ein paar Fakten von Ihnen. Zum Beispiel war es meiner Ansicht nach so, dass jeder von Ihnen – eingeschlossen Miss Dickey und Mr. Kiernan, die wahrscheinlich später zu uns stoßen werden – eine Gelegenheit gefunden haben könnte, das Gift in die Flasche einzubringen. Streitet jemand von Ihnen das ab?«

Cherry, Mrs. Jerome und Leo redeten alle gleichzeitig. Hatch wirkte nur säuerlich.

Wolfe hob eine Hand. »Bitte. Ich zeige nicht mit dem Finger auf jemanden. Ich sage nur, dass niemand von Ihnen, Miss Dickey und Mr. Kiernan eingeschlossen, beweisen kann, dass er oder sie keine Gelegenheit dazu hatte. Oder können Sie das?«

»Das ist doch verrückt.« Leo Jerome war entrüstet. »Es war dieser Kerl, der den Weihnachtsmann gespielt hat. Natürlich war er es. Ich war die ganze Zeit mit Bottweill und meiner Mutter zusammen, zuerst in der Werkstatt und dann in seinem Büro. *Das* kann ich beweisen.«

»Aber Bottweill ist tot«, rief Wolfe ihm ins Gedächtnis, »und Ihre Mutter ist Ihre Mutter. Vielleicht sind Sie ja ein wenig vor den beiden hinauf ins Büro gegangen, oder Ihre Mutter vor Ihnen und Bottweill? Existiert ein belastbarer Beweis dafür, dass Sie es nicht getan haben? Die anderen haben das gleiche Problem. Miss Quon?«

Es bestand keine Gefahr, dass Cherry alles verdarb. Wolfe hatte mir erzählt, was er ihr am Telefon gesagt hatte; er habe einen Plan geschmiedet, von dem er glaube, dass er sie zufriedenstellen werde, und wenn sie um Viertel nach sechs käme, werde sie miterleben, wie er aufgehe. Seit er eingetreten war, hatte sie den Blick nicht von ihm abgewandt. »Wenn Sie damit meinen, dass ich nicht beweisen kann, dass ich gestern nicht allein im Büro war«, zwitscherte sie jetzt, »dann nein, das kann ich nicht.«

»Mr. Hatch?«

»Ich bin nicht hergekommen, um etwas zu beweisen. Ich habe Ihnen gesagt, warum ich gekommen bin. Was für Informationen hat Mr. Goodwin?«

»Dazu kommen wir noch. Zuerst noch ein paar Fakten. Mrs. Jerome, wann haben Sie erfahren, dass Bottweill Miss Quon heiraten wollte?«

»Nein!«, schrie Leo, aber seine Mutter war so beschäftigt damit, Wolfe anzustarren, dass sie ihn nicht hörte. »Was?«, krächzte sie. Dann fand sie ihre Stimme wieder. »Kurt wollte *sie* heiraten? Diese kleine Schlampe?«

Cherry regte keinen Muskel und sah Wolfe immer noch unverwandt an.

»Das ist wunderbar!«, sagte Leo. »Das ist großartig!«

»So verdammt wundervoll nun auch nicht«, erklärte Emil Hatch. »Ich verstehe, was Sie vorhaben, Wolfe. Goodwin hat keine Informationen, und Sie auch nicht. Ich verstehe nicht, warum Sie uns zusammenbringen wollten, damit wir einander die Augen auskratzen, keine Ahnung, warum Sie das interessiert, aber vielleicht finde ich es heraus, wenn ich Ihnen zur Hand gehe. Das hier ist der boshafteste Haufen, den Sie sich vorstellen können. Vielleicht haben wir ja alle Gift in die Flasche gestreut, und deshalb war die Dosis so stark. Wenn es stimmt, dass Kurt Cherry heiraten wollte und Al Kiernan davon wusste, dann hätte das gereicht. Al hätte hundert Kurts umgebracht, wenn er dafür Cherry bekommen hätte. Wenn Mrs. Jerome es gewusst hätte, hätte sie vielleicht Cherry statt Kurt vergiftet; aber vielleicht dachte sie sich, dass bald die Nächste kommen würde und sie das Problem ebenso gut endgültig lösen könnte. Was Leo angeht, so glaube ich, dass er Kurt ganz gern hatte, aber was will man erwarten? Kurt schröpfte seine Mama und steckte das Geld ein, das Leo eines Tages zu erben hoffte, wobei ich vermute, dass das Vermögen nicht so groß ist, wie es angeblich sein soll. Tatsächlich …«

Er unterbrach sich, und ich schoss von meinem Stuhl hoch. Leo stand ebenfalls auf; offensichtlich mit der Absicht, dem kreativen Künstler den Mund zu stopfen. Ich vertrat ihm den Weg und versetzte ihm im selben Moment, in dem seine Mutter an seinem Rockschoß zog, einen Stoß. Das hielt ihn nicht nur auf, sondern brachte ihn beinahe zu Fall. Mit der anderen Hand schob ich ihn zu seinem Sessel zurück und blieb dann neben ihm stehen.

»Soll ich weitermachen?«, erkundigte sich Hatch.

»Auf jeden Fall«, sagte Wolfe.

»Eigentlich wäre Cherry die wahrscheinlichste Kandidatin. Sie hat das meiste Hirn in dem ganzen Haufen und bei Weitem die stärkste Willenskraft. Aber soweit ich weiß, sagt sie, Kurt habe sie heiraten wollen, während Margot behauptet, er habe *sie* heiraten wollen. Das kompliziert die Sache natürlich, und Margot wäre ohnehin meine zweite Wahl gewesen. Margot besitzt mehr als genug von der Art Stolz, der nur oberflächlich ist und daher keinen Kratzer vertragen kann. Wenn Kurt wirklich entschlossen war, Cherry zu heiraten, und Margot das gesagt hat, dann war er ein noch größerer Schwachkopf, als ich dachte. Womit wir zu mir kommen. Ich bilde eine eigene Kategorie. Ich hasse sie alle. Wenn ich beschlossen hätte, zu Gift zu greifen, hätte ich es sowohl in den Champagner als auch in den Pernod getan, und ich hätte Wodka getrunken, den ich vorziehe – und übrigens, auf diesem Tisch steht eine Flasche, die laut Etikett Korbeloff-Wodka enthält. Ich habe seit fünfzehn Jahren keinen Korbeloff gekostet. Ist er echt?«

»Ja. Archie?«

Einer Gruppe geladener Gäste Getränke zu servieren, kann eine angenehme Aufgabe sein, war es aber dieses Mal nicht. Als ich Mrs. Jerome fragte, was sie trinken wolle, starrte sie mich nur finster an, doch nachdem ich Cherrys Bestellung, Scotch und Soda, ausgeführt, Hatch mit einem großzügigen Quantum unverdünntem Korbeloff versorgt und Leo gesagt hatte, er nehme Bourbon und Wasser, murmelte seine Mutter, sie würde das Gleiche trinken. Während ich den Bourbon einschenkte, fragte ich mich, wie es jetzt weitergehen sollte. Es sah aus, als wäre es Zeit für Wolfe, die Informationen zu enthüllen, von denen ich das Gefühl hatte, sie unverzüglich an die Polizei weitergeben zu müssen, was die Sache schwierig machte, weil ich ja keine hatte. Das war ein guter Köder gewesen, um sie herzulocken, aber jetzt? Wahrscheinlich hätte Wolfe sie irgendwie zum Bleiben bewegt, aber das war nicht nötig. Er hatte nach Bier geläutet, und Fritz hatte es gebracht und stellte gerade das Tablett auf den Schreibtisch, als es an der Tür klingelte. Ich reichte Leo seinen Bourbon und ging in die Diele hinaus. Auf der Vortreppe stand Inspector Cramer vom Morddezernat. Sein dickes, rundes Gesicht berührte fast die Glasscheibe.

Bevor die Besucher gekommen waren, hatte Wolfe mir so viel erzählt, dass ich eine grobe Vorstellung von dem Programm hatte, daher war der Anblick von Cramer, und nur von Cramer, eine Enttäuschung. Doch als ich den Flur entlangging, tauchten andere Gestalten auf, von denen mir keine unbekannt war, und das sah besser aus. Es sah sogar ausgezeichnet aus. Ich riss die Tür weit auf, und sie traten ein – Cramer, dann Saul Panzer, dann Margot Dickey, dann Alfred Kiernan, und Sergeant Purley Stebbins bildete die Nachhut. Bis ich die Tür geschlossen und verriegelt hatte, hatten sie die Mäntel abgelegt, auch Cramer. Gut zu sehen, dass er damit rechnete, eine Weile zu bleiben. Normalerweise marschiert er, sobald er eingetreten ist, ohne Umstände den Flur hinunter und ins Büro, aber dieses Mal ließ er den anderen, mich eingeschlossen, den Vortritt, und er und Stebbins gingen als Letzte und trieben uns vor sich her. Ich trat über die Schwelle und dann zur Seite, weil ich mir das Vergnügen gönnen wollte, Cramers Gesicht zu sehen, wenn er die bereits Anwesenden und die wartenden leeren Stühle erblickte. Zweifellos hatte er erwartet, Wolfe allein beim Lesen eines Buchs anzutreffen. Er trat zwei Schritte ins Zimmer, sah sich wütend um und richtete den aufgebrachten Blick auf Wolfe. »Was soll das alles?«, blaffte er.

»Ich habe Sie erwartet«, gab Wolfe höflich zurück. »Miss Quon, falls es Ihnen nichts ausmacht, den Platz zu wechseln, Mr. Cramer mag diesen Sessel. Guten Abend, Miss Dickey. Mr. Kiernan, Mr. Stebbins. Wenn Sie sich alle setzen würden …«

»Panzer!«, brüllte Cramer. Saul, der auf einen Stuhl im Hintergrund zugesteuert war, blieb stehen und drehte sich um.

»Ich habe hier die Leitung«, erklärte Cramer. »Panzer, Sie sind festgenommen und werden bei Stebbins bleiben und den Mund halten. Ich will nicht …«

»Nein«, schaltete sich Wolfe scharf ein. »Wenn er festgenommen ist, schaffen Sie ihn hier hinaus. Sie haben nicht die Leitung, nicht in meinem Haus. Falls Sie einen Haftbefehl für einen der Anwesenden besitzen oder ihn ordnungsgemäß verhaftet haben, dann nehmen Sie ihn oder sie und verlassen dieses Anwesen. Wollen Sie mich überfahren, Mr. Cramer? Sie sollten es besser wissen.«

Das war der Punkt, Cramer kannte ihn gut. Hier war die Bühne, und alles war vorbereitet. Da waren Mrs. Jerome, Leo, Cherry und Emil Hatch und die leeren Stühle, und vor allem war da der Umstand, dass er erwartet worden war. Er hätte Wolfe das nicht abgenommen, er würde Wolfe gar nichts abnehmen; aber jedes Mal, wenn er *unerwartet* auf unserer Treppe gestanden hatte, hatte ich immer die Kette vorgelegt gelassen, bis er erklärt hatte, warum er gekommen war, und ich Wolfe berichtet hatte. Und wenn er erwartet worden war, konnte man nie wissen, was Wolfe auf Lager hatte. Also gab Cramer das Herumschreien auf. »Ich will mit Ihnen reden«, knurrte er nur.

»Sicher.« Wolfe wies auf den Ledersessel, den Cherry geräumt hatte. »Setzen Sie sich.«

»Nicht hier. Allein.«

Wolfe schüttelte den Kopf. »Das wäre Zeitverschwendung. So geht es besser und schneller. Sie wissen genau, Sir, dass es ein Fehler war, hier hereinzuplatzen und mich anzubrüllen, Sie hätten in meinem Haus etwas zu sagen. Entweder gehen Sie und nehmen mit, wen Sie gesetzmäßig mitnehmen können, oder Sie setzen sich, während ich Ihnen erzähle, wer Kurt Bottweill ermordet hat.« Wolfe wedelte mit einem Finger. »Ihr Sessel.«

Cramers rundes, rotes Gesicht, das durch die Kälte draußen stärker als sonst gerötet war, lief noch dunkler an. Er blickte sich um, presste die Lippen zusammen, bis sie fast verschwunden waren, ging zu dem roten Ledersessel und setzte sich.

VIII

Wolfe ließ den Blick schweifen, während ich einen Bogen zu meinem Schreibtisch schlug. Saul hatte sich auf einen Stuhl im Hintergrund gesetzt, Stebbins war ihm gefolgt und saß dicht neben ihm. Margot war vor den Jeromes und Emil Hatch vorbeigegangen, um den Stuhl, der mir am nächsten stand, zu nehmen, und Cherry und Al Kiernan hatten sich am anderen Ende, ein wenig hinter den anderen, niedergelassen. Hatch hatte seinen Korbeloff ausgetrunken und das Glas auf den Boden gestellt, aber Cherry und die Jeromes hielten sich noch an ihren hohen Gläsern fest.

Wolfes Blick hielt bei Cramer an, und er ergriff das Wort. »Ich muss zugeben, dass ich nicht ganz die Wahrheit gesagt habe. Im Moment kann ich Ihnen nicht verraten, wer Bottweill umgebracht hat; ich habe nur eine Vermutung. Aber bald kann und werde ich es. Zuerst ein paar Fakten für Sie. Ich nehme an, Sie wissen, dass Mr. Goodwin sich während der letzten zwei Monate häufiger mit Miss Dickey getroffen hat. Er sagt, sie tanze gut.«

»Ja.« Cramers Stimme klang wie grobes Schmirgelpapier. »Das können Sie sich für später aufsparen. Ich will wissen, ob Sie Panzer geschickt haben, um …«

Wolfe schnitt ihm das Wort ab. »Sie werden es erfahren. Ich komme dazu noch. Aber das hier möchten Sie vielleicht aus erster Hand hören. Bitte, Archie. Erzählen Sie, worum Miss Dickey Sie letzten Montagabend gebeten hat und was dann passiert ist.«

Ich räusperte mich. »Wir waren im Flamingo Club tanzen. Sie sagte, Bottweill erzähle ihr seit einem Jahr, er werde sie nächste Woche heiraten, aber diese Woche kam nie, und sie wollte ihn zu einer Entscheidung zwingen. Sie hat mich gebeten, ein Blanko-Formular für eine Heiratserlaubnis zu besorgen, uns beide einzusetzen und es ihr zu geben. Dann wollte sie sie Bottweill zeigen und ihn vor die Frage ›Jetzt oder nie‹ stellen. Das Formular habe ich am Dienstag bekommen, es ausgefüllt und ihr am Mittwoch gegeben.«

Ich verstummte. Wolfe forderte mich zum Weitersprechen auf. »Und gestern Nachmittag?«

»Sie erzählte mir, der Trick mit der Heiratserlaubnis habe perfekt funktioniert. Das war ungefähr eine Minute, bevor Bottweill das Studio betrat. In meiner Aussage beim Bezirksstaatsanwalt habe ich gesagt, dass sie mir erklärte, Bottweill werde sie heiraten, die Heiratserlaubnis aber nicht erwähnt. Es war unwichtig.«

»Hat sie Ihnen gesagt, was aus dem Formular geworden war?«

Aha, wir legten also die Karten auf den Tisch. Ich nickte. »Sie sagte, Bottweill habe sie zerrissen und die Schnipsel in den Papierkorb neben dem Schreibtisch in seinem Büro geworfen. Am Abend zuvor. Dienstagabend.«

»Und was haben Sie getan, als Sie nach Bottweills Tod in das Büro gegangen sind?«

»Ich habe den Papierkorb ausgekippt und alles wieder Stück für Stück hineingetan. Da war kein Überbleibsel der Heiratserlaubnis.«

»Haben Sie sich vergewissert?«

»Ja.«

Wolfe wandte sich von mir ab. »Noch Fragen?«, sprach er Cramer an.

»Nein. Er hat in seiner Aussage gelogen. Darum kümmere ich mich später. Was ich will …«

»Dann hat Cherry sie genommen!«, platzte Margot Dickey heraus. »Du hast sie genommen, du Flittchen!«

»Habe ich nicht.« Cherrys Zwitschern war erneut mit Stahl unterlegt. Sie wandte den Blick nicht von Wolfe ab. »Ich werde nicht länger warten …«, erklärte sie ihm.

»Miss Quon!«, zischte er. »Dafür bin ich zuständig.« Er wandte sich an Cramer. »Noch ein Fakt. Gestern war ich mit Mr. Bottweill in Rusterman's Restaurant zum Mittagessen verabredet. Er hatte einmal bei mir gegessen und wollte sich revanchieren. Kurz bevor ich zu der Verabredung aufbrach, rief er mich an, um mich um einen Gefallen zu bitten. Er sagte, er sei äußerst beschäftigt und werde möglicherweise ein paar Minuten zu spät kommen, und er brauche ein Paar weiße Baumwollhandschuhe, mittlere Größe, für einen Mann, und ob ich unterwegs an einem Laden anhalten und sie ihm besorgen könne. Die Bitte kam mir eigenartig vor, aber er war auch ein merkwürdiger Mann. Da Mr. Goodwin etwas zu erledigen hatte und ich nicht mit Taxis fahre, wenn es eine Alternative gibt, hatte ich bei Baxter ein Auto gemietet, und der Chauffeur empfahl einen Laden in der Eighth Avenue, zwischen der Neunundreißigsten und Vierzigsten Straße. Wir hielten dort an, und ich kaufte die Handschuhe.«

Cramer hatte die Augen zu so schmalen Schlitzen zusammengezogen, dass ihre blaugraue Farbe nicht mehr zu erkennen war.

Er glaubte ihm kein Wort, was ungerecht war, denn ein Teil davon entsprach der Wahrheit.

Wolfe fuhr fort. »Beim Mittagessen gab ich Mr. Bottweill die Handschuhe, und er erklärte mir ein wenig vage, wozu er sie brauchte. Ich kam zu dem Schluss, dass er sich eines Vagabunden erbarmt hatte, den er auf einer Parkbank gesehen hatte, und ihn angeheuert hatte, um bei seiner Büroparty als Weihnachtsmann kostümiert Erfrischungen zu servieren, und er hatte entschieden, dass seine Hände nur präsentabel wären, wenn er Handschuhe trug. Sie schütteln den Kopf, Mr. Cramer?«

»Da haben Sie verdammt recht. Das hätten Sie ausgesagt. Es gab keinen Grund auf Erden, es nicht zu tun. Machen Sie schon und kommen Sie zum Ende.«

»Ich werde zuerst diesen Punkt abschließen. Ich habe es nicht ausgesagt, weil ich dachte, Sie würden den Mörder auch ohne diese Information finden. Ich war mir so gut wie sicher, dass der Vagabund nur aus Angst ausgerissen ist, da er unmöglich von dem Glas mit Gift in der Werkstatt wissen konnte, von anderen Konstellationen ganz zu schweigen. Außerdem hege ich, wie Sie wissen, eine starke Aversion dagegen, mich in Dinge einzumischen, die mich weder etwas angehen noch interessieren. Sie können das natürlich überprüfen – beim Personal von Rusterman's, das mich dort mit Mr. Bottweill gesehen hat, und bei dem Chauffeur, mit dem ich mich über die Handschuhe beraten habe und der vor dem Laden gehalten hat, damit ich sie kaufen konnte.«

»Aber jetzt erzählen Sie davon.«

»Allerdings.« Wolfe blieb unerschütterlich. »Weil ich von Mr. Goodwin gehört hatte, dass Sie Ihre Suche nach dem Mann, der dort als Weihnachtsmann aufgetreten ist, ausweiten und intensivieren, und mit Ihrem Heer von Leuten und Ihren Mitteln hätte es nach den Feiertagen wahrscheinlich nicht lange gedauert, bis Sie erfahren hätten, wo die Handschuhe gekauft wurden, und sich den Käufer hätten beschreiben lassen. Meine Statur ist nicht einzigartig, aber ... ungewöhnlich, und die Frage war nur, wie lange Sie brauchen würden, um auf mich zu kommen, und dann wäre ich ins Verhör genommen worden. Offensichtlich hätte ich Ihnen von der Episode berichten sollen und akzeptiere Ihren Tadel, weil ich nicht eher davon gesprochen habe, aber ich wollte es so erträglich wie möglich gestalten. Einen großen Vorteil hatte ich jedoch: Ich wusste, dass der Mann, der als Weihnachtsmann aufgetreten war, beinahe mit Sicherheit nicht der Mörder war, und beschloss, mir diesen Umstand zunutze zu machen. Doch zuerst musste ich mit einer dieser Personen reden, und das habe ich getan; mit Miss Quon, die gestern Abend hier war.«

»Warum Miss Quon?«

Wolfe legte eine Hand offen auf den Tisch. »Sie können darüber entscheiden, ob solche Einzelheiten wichtig sind, wenn ich fertig bin. Ich diskutierte mit ihr über ihre Kollegen in dieser Firma und ihre Beziehungen untereinander, und ich überzeugte mich zu meiner Zufriedenheit davon, dass Bottweill tatsächlich vorhatte, sie zu heiraten. Das war alles. Sie können sich ebenfalls später darüber schlüssig werden, ob es der Mühe wert ist, sie zu bitten, das zu bestätigen, aber ich zweifle nicht daran, dass sie das tun wird.«

Natürlich sah er dabei Cherry auf Gefahrenzeichen hin an. Sie hatte schon einmal angefangen, alles herauszusprudeln, und konnte es wieder tun. Aber sie erwiderte seinen Blick und rührte sich nicht.

Wolfe wandte sich wieder an Cramer. »Heute Morgen habe ich gehandelt. Mr. Goodwin war abwesend und hielt sich im Büro des Bezirksstaatsanwalts auf, daher habe ich Mr. Panzer hinzugezogen. Nachdem er hier eine Stunde bei mir verbracht hatte, erledigte er einige Aufträge. Der erste bestand darin, in Erfahrung zu bringen, ob Bottweills Papierkorb seit seinem Gespräch mit Miss Dickey am Donnerstagabend geleert worden war. Wie Sie wissen, ist Mr. Panzer äußerst fähig. Über Miss Quon kam er an den Namen und die Adresse der Putzfrau, fand sie und sprach mit ihr. Er erfuhr, dass der Papierkorb am Donnerstagnachmittag gegen sechs geleert worden war, und seitdem nicht wieder. Unterdessen habe ich …«

»Cherry hat sie genommen – die Papierschnipsel«, sagte Margot.

Wolfe ignorierte sie. »Unterdessen habe ich alle, die es anging – Mrs. Jerome und ihren Sohn, Miss Dickey, Miss Quon, Mr. Hatch und Mr. Kiernan –, angerufen und für Viertel nach sechs zu einer Besprechung hierher eingeladen. Ich habe ihnen erklärt, Mr. Goodwin verfüge über Informationen, die er an die Polizei weiterleiten wollte, was nicht der Wahrheit entsprach, und dass er es für das Beste hielt, zuerst mit ihnen darüber zu sprechen.«

»Ich hab's doch gleich gesagt«, murrte Hatch.

Auch ihn ignorierte Wolfe. »Mr. Panzers zweiter Auftrag, beziehungsweise eine Reihe von Aufträgen, bestand darin, einige Nachrichten zuzustellen. Er hatte sie heute Morgen nach meinem Diktat mit der Hand auf blanke Seiten geschrieben und die Adressen auf blanke Umschläge. Sie waren identisch und lauteten folgendermaßen:

Als ich gestern mein Kostüm angezogen habe, habe ich Sie durch einen Türspalt gesehen, und ich habe gesehen, was Sie getan haben. Soll ich das den Cops erzählen? Kommen Sie heute um halb sieben zum Informationsstand in der Grand Central Station, in der oberen Ebene. Ich werde auf Sie zukommen und »Saint Nick« sagen.

»Mein Gott«, sagte Cramer. »Und das geben Sie auch noch zu.«

Wolfe nickte. »Ich bekenne mich ganz ausdrücklich dazu. Die Nachrichten waren mit ›Der Weihnachtsmann‹ unterzeichnet. Mr. Panzer begleitete den Boten, der sie an die genannten Personen austrug, und vergewisserte sich, dass sie zugestellt wurden. Das war nicht solch ein Schuss ins Blaue, wie es erscheinen mag. Wenn eine dieser Personen Bottweill getötet hat, dann war es wahrscheinlich, dass das Gift in die Flasche gekommen war, während der Vagabund sein Weihnachtsmannkostüm anlegte; Miss Quon hatte mir erzählt, wie zweifellos Ihnen auch, dass Bottweill grundsätzlich einen Pernod trank, wenn er vom Mittagessen zurückkehrte; und da der Auftritt des Weihnachtsmanns bei der Party für alle eine Überraschung war und niemand wusste, wer er war, würde der Mörder höchstwahrscheinlich glauben, dass er beobachtet worden war, und sich unwiderstehlich gedrängt fühlen, sich mit dem Verfasser der Nachricht zu treffen. Daher war es eine realistische Annahme, dass einer der Schüsse sein Ziel treffen würde. Die Frage war nur, welches.«

Wolfe unterbrach sich, um sich Bier nachzuschenken. Er goss es auch ein, aber ich glaube, eigentlich unterbrach er sich, um eine Gelegenheit zu einer Bemerkung oder einem Widerspruch zu geben. Doch niemand hatte welche, nicht einmal Cramer. Sie saßen alle nur da und sahen ihn an. Mir ging durch den Kopf, dass er ein

Detail feinsäuberlich weggelassen hatte; nämlich dass die Nachricht des Weihnachtsmannes nicht an Cherry Quon gegangen war. Sie wusste zu viel über ihn.

Wolfe stellte die Flasche ab und fuhr, an Cramer gerichtet, fort. »Natürlich bestand die Möglichkeit, dass mehr als einer mit der Nachricht zu Ihnen laufen würde. Aber selbst wenn Sie zu dem Schluss kämen, das sei ein Scherz, weil die Botschaft an mehr als eine Person verschickt wurde, würden Sie wissen wollen, wer dahintersteckte, und Sie würden einen davon unter Bewachung zu dem Treffen schicken. Abgesehen von dem Mörder war es möglich, dass einer oder mehr als einer, oder keiner, sich an Sie wenden würde; aber bestimmt würde nur der Mörder zu dem Treffen gehen, ohne zuerst Sie zu konsultieren. Wenn also eine von diesen sechs Personen schuldig war, und wenn es denkbar gewesen war, dass der Weihnachtsmann sie beobachtet hatte, dann schien die Auflösung so gut wie gewiss zu sein. Saul, jetzt dürfen Sie berichten. Was ist passiert? Waren Sie kurz vor halb sieben in der Nähe der Information?«

Die Hälse reckten sich nach Saul Panzer. Dieser nickte. »Ja, Sir. Um zwanzig nach sechs. Innerhalb von drei Minuten hatte ich drei Männer vom Morddezernat identifiziert, die an verschiedenen Punkten verteilt standen. Ich weiß nicht, ob sie mich erkannt haben. Um achtundzwanzig nach sechs sah ich, wie Alfred Kiernan sich dem Stand näherte und etwas über drei Meter davon entfernt stehen blieb. Ich wollte schon auf ihn zugehen und ihn ansprechen, als ich Margot Dickey sah, die von der Zweiundvierzigsten Straße kam. Sie näherte sich dem Stand bis auf zehn Meter und stand dann da und sah sich um. Ich folgte Ihrer Anweisung für den Fall, dass mehr als eine Person auftauchen würde und Miss Dickey eine davon wäre, und ging zu ihr und sagte ›Saint Nick‹. ›Wer sind Sie, und was wollen Sie?‹, sagte sie. ›Einen Moment, ich bin sofort zurück‹, sagte ich und ging zu Alfred Kiernan und sagte ›Saint Nick‹ zu ihm. Sobald ich das getan hatte, legte er eine Hand an sein Ohr, und dann kamen die drei angerannt, die ich erkannt hatte, zwei weitere und danach Inspector Cramer und Sergeant Stebbins. Ich hatte Angst, Miss Dickey würde weglaufen, und sie versuchte es auch, aber sie hatten gesehen, dass ich sie angesprochen hatte, und zwei von ihnen verhinderten es und hielten sie fest.«

Saul hielt inne, denn es kam zu einer Unterbrechung. Purley Stebbins, der neben ihm saß, stand auf, trat zu Margot Dickey und bezog hinter ihrem Stuhl Stellung. Mir erschien das unnötig, weil ich nur eine Armeslänge von ihr entfernt saß und man sich darauf hätte verlassen können, dass ich sie packte, wenn sie zu fliehen versuchte. Aber Purley nimmt nicht viel Rücksicht auf die Gefühle anderer Menschen, besonders nicht auf meine.

Saul fuhr fort. »Natürlich war ich an Miss Dickey interessiert, da die Männer auf das Zeichen von Kiernan eingeschritten waren. Aber sie hatten sie, daher war das in Ordnung. Sie brachten uns in ein Hinterzimmer der Gepäckaufbewahrung und begannen mich zu verhören, und ich habe Ihre Anweisungen befolgt. Ich habe ihnen erklärt, ich würde keine Fragen beantworten und außer in Anwesenheit von Nero Wolfe kein einziges Wort sagen, da ich in Ihrem Auftrag handle. Als sie feststellten, dass mir das ernst war, haben sie uns in zwei Polizeiwagen gesteckt und hergefahren. Sonst noch etwas?«

»Nein«, sagte Wolfe zu ihm. »Ich bin zufrieden.« Er wandte sich an Cramer. »Ich nehme an, Mr. Panzer vermutet richtig, wenn er den Schluss zieht, dass Mr. Kiernan Ihren Männern ein Zeichen gegeben hat. Dann war also Mr. Kiernan mit der Nachricht zu Ihnen gekommen?«

»Ja.« Cramer hatte eine Zigarre aus der Tasche gezogen und zerquetschte sie in seiner Hand. Das macht er manchmal, wenn er eigentlich am liebsten Wolfe den Hals zudrücken wollte. »Drei der anderen ebenfalls – Mrs. Jerome, ihr Sohn und Hatch.«

»Aber Miss Dickey nicht?«

»Nein. Miss Quon auch nicht.«

»Miss Quon hat wahrscheinlich gezögert, was verständlich ist. Gestern Abend hat sie mir erzählt, die Polizei hege sehr primitive Vorstellungen von Asiaten. Was Miss Dickey angeht, darf ich sagen, dass mich das nicht überrascht. Aus einem Grund, der Sie nichts angeht, bin ich sogar ein wenig befriedigt. Ich habe Ihnen erzählt, dass sie Mr. Goodwin sagte, Bottweill habe die Heiratserlaubnis zerrissen und die Schnipsel in seinen Papierkorb geworfen, aber sie waren nicht dort, als Mr. Goodwin danach suchte, und der Korb war seit dem frühen Abend des Donnerstags nicht geleert worden. Es war schwer, sich einen Grund dafür vorzustellen, warum jemand im Papierkorb herumwühlen sollte, um diese Fetzen herauszuklauben, daher hatte Miss Dickey vermutlich gelogen; und wenn sie bezüglich der Heiratserlaubnis gelogen hatte, dann war auch der Rest dessen, was sie Mr. Goodwin erzählt hat, zweifelhaft.«

Wolfe legte eine Hand offen auf den Tisch. »Warum sollte sie ihm erzählen, dass Bottweill sie heiraten würde, obwohl es nicht stimmte? Gewiss dumm, denn er würde unausweichlich die Wahrheit erfahren. Aber nicht so dumm, wenn sie wusste, dass Bottweill bald sterben würde; in der Tat war es alles andere als dumm, falls sie das Gift schon in die Flasche gegossen hatte; dann würde es ihr Motiv eliminieren oder zumindest verschleiern. Es gab Grund zu der Annahme, dass Bottweill ihr bei ihrem Treffen in seinem Büro am Donnerstagabend erklärt hatte, er werde sie nicht heiraten, sondern habe beschlossen, Miss Quon zu ehelichen, woraufhin sie beschloss, ihn umzubringen, und das auch tat. Zugegebenermaßen wäre sie wahrscheinlich ohne die Komplikationen, die der Weihnachtsmann verursacht hatte, und mein anschließendes Eingreifen nie entlarvt worden. Haben Sie etwas dazu zu sagen, Miss Dickey?«

Cramer stand von seinem Stuhl auf. »Antworten Sie nicht!«, befahl er ihr. »Jetzt habe ich die Leitung.« Aber sie sprach doch.

»Cherry hat diese Fetzen aus dem Papierkorb genommen! Sie hat es getan! Sie hat ihn umgebracht!« Sie wollte aufspringen, aber Purley hielt sie am Arm fest. Cramer trat auf sie zu. »Sie ist aber nicht zum Bahnhof gegangen, um sich mit einem Erpresser zu treffen«, erklärte er ihr, »Sie dagegen schon. Sehen Sie in ihrer Handtasche nach, Purley. Ich passe auf sie auf.«

IX

Cherry Quon saß wieder in dem roten Ledersessel. Die anderen waren gegangen, und Wolfe, sie und ich waren allein. Sie hatten Margot Dickey keine Handschellen angelegt, aber Purley hatte ihren Arm festgehalten, als sie über die Schwelle traten, und Cramer war dicht hinter ihnen gegangen. Saul Panzer, der nicht mehr in Gewahrsam war, hatte darum gebeten, sie begleiten zu dürfen. Mrs. Jerome und Leo waren als Erste aufgebrochen. Kiernan hatte Cherry gefragt, ob er sie nach Hause bringen dürfe, aber Wolfe

hatte gesagt, nein, er wolle noch unter vier Augen mit ihr sprechen, und Kiernan und Hatch waren zusammen gegangen, was
einen schönen Sinn für den Geist der Weihnacht zeigte, da Hatch
keinerlei Ausnahmen gemacht hatte, als er sagte, er hasse sie alle.

Cherry saß hochaufgerichtet auf dem Rand des Sessels und hatte die Hände in den Schoß gelegt. »Sie haben es nicht so gemacht,
wie ich gesagt hatte«, zwitscherte sie, ohne Stahlbeilage.

»Nein«, pflichtete Wolfe ihr bei, »aber ich habe es geschafft.« Er
war kurz angebunden. »Sie haben eine Komplikation nicht in Betracht gezogen, nämlich die Möglichkeit, dass Sie Bottweill selbst
umgebracht haben könnten. Ich allerdings schon, das versichere
ich Ihnen. Unter diesen Umständen konnte ich Ihnen schlecht
ebenfalls eine Botschaft des Weihnachtsmanns schicken; aber
wenn diese Nachrichten keine Beute aus dem Unterholz getrieben
hätten, wenn keiner der anderen zu dem Treffen gegangen wäre,
ohne zuvor die Polizei zu unterrichten, dann wäre ich davon ausgegangen, dass Sie schuldig sind, und hätte Sie anschließend entlarvt. Wie, das weiß ich noch nicht; so etwas entscheide ich nach
Lage der Dinge. Und nachdem Miss Dickey den Köder geschluckt
und sich selbst verraten hat, kommt es nicht mehr darauf an.«

Ihre Augen hatten sich geweitet. »Sie haben wirklich gedacht,
ich könnte Kurt umgebracht haben?«

»Gewiss. Eine Frau, die zu dem Versuch in der Lage ist, mich
zu erpressen, damit ich Beweise für einen Mord fingiere, wäre zu
allem fähig. Und apropos Beweise. Man weiß nie genau, wie Ge-
schworene entscheiden, wenn eine ansehnliche junge Frau wegen
Mordes vor Gericht steht, aber nachdem Miss Dickey jetzt offen-
kundig schuldig ist, können Sie sicher sein, dass Mr. Cramer alles
ans Tageslicht zerrt, was er nur kann, und davon sollte es genug ge-

ben. Das bringt mich zu dem Punkt, über den ich sprechen wollte. Auf der Suche nach Beweisen werden Sie alle verhört werden, gründlich und wiederholt. Es wird …«

»Das wäre nicht der Fall«, warf Cherry ein, »wenn Sie es so gemacht hätten, wie ich gesagt habe. Dann hätten wir den Beweis gehabt.«

»Mir war meine Methode lieber.« Wolfe beherrschte sich, denn er hatte ein Anliegen. »Das wird eine Tortur für Sie werden. Man wird Sie ausführlich über Ihr Gespräch mit Bottweill gestern Morgen beim Frühstück verhören, alles wissen wollen, was er über sein Treffen mit Miss Dickey am Donnerstagabend erzählt hat, und unter dem Druck des Verhörs könnte Ihnen versehentlich etwas davon herausrutschen, was er Ihnen über den Weihnachtsmann erzählt hat. Wenn, dann wird die Polizei dem sicherlich nachgehen. Ich kann Ihnen nur raten, keinen solchen Versprecher zu begehen. Selbst wenn die Polizei Ihnen glaubt, ist die Identität des Weihnachtsmanns nicht mehr von Bedeutung, da sie die Mörderin haben, und wenn diese Leute mit einer solchen Geschichte zu mir kommen, wird es mir nicht schwerfallen, damit fertigzuwerden.«

Er vollführte eine Handbewegung. »Und schlussendlich werden sie Ihnen wahrscheinlich nicht glauben. Sie werden denken, dass Sie die Sache aus einem raffinierten und obskuren Grund erfunden haben – wie Sie sagen, sind Sie Asiatin –, und alles, was Ihnen das einbringen würde, wären noch mehr Fragen. Die Polizei könnte sogar mutmaßen, dass Sie irgendwie in den Mord verwickelt sind. Diese Leute sind durchaus zu unsinnigen Verdächtigungen in der Lage. Daher schlage ich sowohl zu Ihrem als auch zu meinem Besten vor, darüber nachzudenken. Ich glaube, es wäre klug von Ihnen, den Weihnachtsmann zu vergessen.«

Sie musterte ihn geradeheraus und unverwandt. »Ich bin gern klug«, erklärte sie.

»Da bin ich mir sicher, Miss Quon.«

»Ich finde immer noch, Sie hätten es auf meine Art tun sollen, aber jetzt ist es vorbei. War das alles?«

Er nickte. »Das war alles.«

Sie sah mich an, und ich brauchte eine Sekunde, um zu merken, dass sie mich anlächelte. Ich fand, es könne nicht schaden, ihr Lächeln zu erwidern, und tat das auch. Sie stand vom Sessel auf, kam zu mir und streckte die Hand aus, und ich erhob mich und nahm sie. Sie blickte zu mir auf.

»Ich würde gern Mr. Wolfe die Hand schütteln, aber ich weiß, dass er Händeschütteln nicht mag. Wissen Sie, Mr. Goodwin, es muss eine sehr große Freude sein, für einen so klugen Mann wie Mr. Wolfe zu arbeiten. So außerordentlich klug. Es war sehr aufregend, hier zu sein. Jetzt verabschiede ich mich.«

Sie drehte sich um und ging davon.

Originaltitel: *Christmas Party*
Ins Deutsche übertragen von Barbara Röhl

Raffles' Vermächtnis
E. W. Hornung

Der größte Gentleman-Einbrecher in der Geschichte der Kriminalliteratur ist zweifellos der von Ernest William Hornung ersonnene A. J. Raffles, der furchtlose Meisterdieb, der hauptsächlich stahl, um anderen Menschen in verzweifelter Lage zu helfen. Er wurde in den meisten Fällen begleitet von seinem loyalen Gefährten Harry »Bunny« Manders. Die Geschichten sind ein Gegenstück zu den Sherlock-Holmes-Erzählungen von Hornungs Schwager Arthur Conan Doyle, und es heißt verschiedentlich, Hornung habe deshalb über einen Verbrecher und dessen treuen Gesellen geschrieben, um den humorlosen Doyle zu ärgern. Die folgende Geschichte ist die vorletzte, die Hornung verfasste, und sie hat zwar nicht unmittelbar etwas mit Weihnachten zu tun, doch die Figur ist so ikonisch, dass ihr ein Platz in dieser (und jeder anderen) Sammlung gebührt. *Raffles' Vermächtnis* erschien erstmals in Buchform in der Sammlung *A Thief in the Night* (London, Chatto & Windus, 1903).

Raffles' Vermächtnis

E. W. Hornung

Im Jahr 1899 erschien in der Dezemberausgabe einer Monatszeitschrift ein Artikel, der uns eine kurze Atempause von den Nachrichten über den Krieg in Südafrika bescherte, die damals alles andere in den Hintergrund drängten. Seinerzeit hatte Raffles bereits sein schlohweißes Haar, und er und ich näherten uns still und leise dem Ende des zweiten Innings in unserem ungesetzlichen Spiel als professionelle Einbrecher und Safeknacker. Piccadilly und das Albany waren uns fremd geworden. Aber wir operierten immer noch, wenn es uns in den Fingern juckte, von unserer letzten und idyllischsten Base am Rande von Ham Common aus. Ablenkung zu finden war unser größtes Problem, und auch wenn wir beide von der herrschaftlichen Karosse auf das bescheidene Fahrrad umgestiegen waren, waren wir doch genötigt, einen Großteil der Winterabende mit Lesen zu verbringen. Somit war der Krieg ein Segen für uns beide. Er gab unserem Leben nicht nur ein legitimes Interesse, sondern auch Anlass und Motiv für zahlreiche Spaziergänge durch den Richmond Park zum nächsten Zeitungsstand.

Es geschah nun, dass ich von einem dieser Ausflüge mit einer aufregenden Geschichte zurückkehrte, die nichts mit dem Krieg zu tun hatte. Sie stand in einer jener Zeitschriften, die von einer Million gekauft (und wohl auch gelesen) werden; der Artikel war auf jeder zweiten Seite mit Zeichnungen bebildert. Sein Thema war das sogenannte Schwarze Museum in Scotland Yard, und aus dem reißerischen Text erfuhren wir zum ersten Mal, dass die schaurige Ausstellung nun um eine spezielle und umfangreiche Sammlung bereichert worden war, die man als »Raffles' Vermächtnis« bezeichnete.

»Bunny«, sagte Raffles, »nun hat uns endlich der Ruhm ereilt. Es hebt uns aus dem gemeinen Diebeshaufen heraus in die Gesellschaft jener Unsterblichen, deren kleine Vergehen mit dem Finger in Wasser geschrieben sind. Wir kennen das Vermächtnis Napoleons, auch von dem Nelsons haben wir gehört, und hier ist nun das meinige!«

»Wenn wir es uns doch nur ansehen könnten!«, seufzte ich sehnsüchtig. Im nächsten Augenblick tat mir mein spontaner Ausbruch auch schon leid. Raffles sah mich über den Rand der Zeitschrift hinweg an. Auf seinen Lippen lag ein Lächeln, das ich nur zu gut kannte, und in seinen Augen funkelte ein Licht, welches ich gerade entzündet hatte.

»Was für eine großartige Idee!«, rief er gedämpft aus, als sondiere er im Geist schon die Möglichkeiten.

»Das habe ich doch nicht wirklich ernst gemeint«, gab ich zurück und bemühte mich, seinem prüfenden Blick so gut es ging etwas entgegenzusetzen, »und du doch sicher auch nicht.«

»Aber ja«, entgegnete Raffles. »Niemals im Leben habe ich mehr im Ernst gesprochen.«

»Du willst im hellen Tageslicht bei Scotland Yard hineinmarschieren?«

»Im hellen elektrischen Licht«, antwortete er, wobei er seinen Blick wieder zu der Zeitschrift senkte, »um noch einmal mein Eigentum in Augenschein zu nehmen. Sieh nur, es ist alles da, Bunny – du hast mir gar nicht gesagt, dass es auch ein Bild dazu gibt! Das da ist die Truhe, die du in die Bank geschleppt hast, während ich drinsaß, und das hier, was darauf liegt, müssen meine Strickleiter und andere Werkzeuge sein. Die Qualität der Abbildungen in diesen billigen Zeitschriften ist so schlecht, dass man es nicht beschwören kann. Nur ein persönlicher Besuch in der Ausstellung kann hier Abhilfe schaffen.«

»Den musst du dann wohl alleine abstatten«, sagte ich mit grimmiger Miene. »Du hast dich ja sehr verändert, aber mich wird man auf den ersten Blick erkennen.«

»Du musst mir unbedingt eine Eintrittskarte besorgen.«

»Eine Eintrittskarte!«, rief ich triumphierend aus. »Natürlich, ohne die geht es nicht, und das macht den ganzen Plan zunichte. Wer würde schon einem ehemaligen Sträfling wie mir Einlass in solch eine Ausstellung gewähren?«

Mit einem Achselzucken, das etwas von seiner Verärgerung verriet, widmete Raffles sich wieder seiner Lektüre.

»Der Kerl, der diesen Artikel geschrieben hat, verfügte auch über eine Eintrittskarte«, bemerkte er nach einer Weile. »Er hat sie sicher von seinem Verleger bekommen, und du könntest deinen auch um eine bitten, wenn du willens dazu wärst. Aber bitte, Bunny, mach dir um meinetwillen bloß keine Umstände! Es wäre ja schrecklich, wenn du auch nur einen Moment der Peinlichkeit erdulden müsstest, um eine spontane Laune von mir zu befriedigen. Und wenn ich an deiner statt ginge und entdeckt würde, was trotz meiner Haarfarbe und der Tatsache, dass man mich für tot hält, durchaus möglich wäre, wären die schlimmen Folgen für dich nicht auszudenken. Also denk lieber gar nicht daran, mein Bester. Und lass mich jetzt meine Zeitschrift lesen.«

Muss ich hinzufügen, dass ich mich ohne weitere Erörterung ans Werk machte? Ich war von dem veränderten Raffles jener späten Tage solche Vorhaltungen gewohnt, und ich konnte ihn gut verstehen. All die Unannehmlichkeiten dieser neuen Umstände betrafen ihn. Ich hatte meine bekannten Vergehen durch Gefängnis gesühnt, während Raffles der Bestrafung nur durch seinen angeblichen Tod entgangen war. Das führte dazu, dass ich dort auftreten konnte, wo Raffles es nicht wagen konnte, einen Fuß hinzusetzen, und ich im offenen Austausch mit der Außenwelt als Einziger handlungsfähig war. Es musste ihn verdrießen, so von mir abhängig zu sein, und ich war darauf bedacht, die Schmach so gering wie möglich zu halten, indem ich tunlichst den leisesten Anschein eines Missbrauchs jener Macht, die ich über ihn hatte, vermied.

Dementsprechend, wenn auch mit einem unguten Gefühl, brachte ich sein heikles Ansinnen in der Fleet Street vor, wo ich trotz meiner Vergangenheit bereits ein wenig Fuß zu fassen begonnen hatte. Der Erfolg blieb nicht aus – wie immer, wenn man auf Misserfolg hofft –, und eines schönen Abends kehrte ich mit einer Karte vom Amt zur Überwachung entlassener Sträflinge in New Scotland Yard zurück, die ich bis auf den heutigen Tag aufbewahrt habe. Zu meiner Überraschung stellte ich fest, dass sie kein Datum trägt und somit immer noch zum »Eintritt in das Museum für eine Person« ermächtigt – einschließlich seiner Freunde, da der

Name meines Verlegers »nebst Begleitern« handschriftlich daruntergekritzelt worden war.

»Aber er will nicht mitkommen«, erklärte ich Raffles. »Was bedeutet, dass wir beide gehen können, wenn wir wollen.«

Raffles schmunzelte; er war jetzt guter Laune.

»Das wäre aber ziemlich gefährlich, Bunny. Wenn sie dich erkennen, würden sie auch gleich an mich denken.«

»Aber du sagst, keiner könnte dich heute wiedererkennen.«

»Davon ist auszugehen. Ich glaube nicht, dass es auch nur das geringste Risiko gibt; aber das werden wir bald sehen. Ich bin nun mal zu dieser Sache entschlossen, Bunny, aber es gibt keinen Grund, weshalb ich dich da mit reinziehen sollte.«

»Das machst du allein schon, wenn du diese Karte vorzeigst«, gab ich zu bedenken. »Wenn dir etwas passieren sollte, würden sie ziemlich schnell bei mir vor der Tür stehen.«

»Dann kannst du ja genauso gut mitkommen und dir den Spaß gönnen, oder?«

»Es dürfte keinen Unterschied machen, falls tatsächlich etwas schiefgeht.«

»Und das Ticket ist für mehrere Personen gedacht, nicht wahr?«

»Ja.«

»Es könnte sogar Argwohn erregen, wenn nur eine Person davon Gebrauch macht.«

»Gut möglich.«

»Dann gehen wir beide, Bunny! Und ich gebe dir mein Wort«, rief Raffles, »dass es keine größeren Probleme geben wird. Du darfst nur nicht direkt nach ›Raffles' Vermächtnis‹ fragen und kein allzu großes Interesse an den Tag legen, wenn du es siehst. Überlass das Fragen mir; es wird zugleich eine Gelegenheit sein, herauszufinden, ob es bei Scotland Yard irgendeinen Verdacht gibt, dass ich auferstanden sein könnte. Und ich glaube, ich kann dir ein bisschen Spaß versprechen, mein Bester, als eine kleine Entschädigung für deine Befürchtungen und Ängste.«

Der frühe Nachmittag war mild und diesig und wirkte ganz und gar nicht wie ein Wintertag, abgesehen davon, dass die Sonne tiefer stand als im Sommer und Mühe hatte, den Wolkenschleier zu durchdringen. Raffles und ich kamen aus der Unterwelt auf die Westminster Bridge und blieben einen Augenblick stehen, um Westminster Abbey und die Parlamentsgebäude zu bewundern, deren verschwommene Umrisse sich in mattem Grau von einem goldenen Dunst abhoben. Raffles murmelte etwas von Whistler und Arthur Severn und warf eine gute Sullivan weg, weil sich der aufkräuselnde Rauch zwischen ihn und das Bild drängte. Von allen Schauplätzen unseres gesetzlosen Lebens ist dies vielleicht das Bild, welches mir heute am deutlichsten vor Augen steht. Aber zu jener Zeit war ich vollends mit meinen düsteren Gedanken beschäftigt, ob Raffles wirklich sein Versprechen halten und uns im Schwarzen Museum nur einen harmlosen Spaß zu meiner Erbauung bereiten würde.

Wir betraten das Furcht einflößende Gebäude; wir sahen gestrengen Beamten ins Gesicht, die uns ihrerseits gähnend und teilnahmslos durch Schwingtüren und steinerne Treppen hinauf weiterwiesen. Selbst in der unverfänglichen Art unseres Empfangs lag etwas Unheimliches. Auf einem eiskalten Treppenabsatz blieben wir ein paar Minuten uns selbst überlassen, was Raffles zu einer instinktiven Sondierung des Geländes nutzte, während ich mir vor dem Porträt eines verstorbenen Commissioners die Füße vertrat.

»Der gute alte Herr!«, rief Raffles aus, als er zu mir trat. »Ich habe ihn einmal beim Dinner getroffen und meinen eigenen Fall mit ihm diskutiert, in den alten Zeiten. Aber im Schwarzen Museum müssen wir so tun, als wüssten wir nur das Nötigste über uns selbst, Bunny. Ich erinnere mich, wie ich vor Jahren im alten Polizeigebäude in Whitehall von einem ganz ausgefuchsten Detective herumgeführt wurde. Und hier könnten wir an einen ähnlichen geraten.«

Aber selbst ich konnte auf den ersten Blick erkennen, dass der junge Mann, der sich endlich auf dem Treppenabsatz zu uns gesellte, nichts von einem Detective, sondern eher etwas von einem Schreiberling an sich hatte. Sein Stehkragen war der höchste, den ich je gesehen habe, und sein blasses Gesicht war fast so weiß wie der Kragen. Er hielt einen einzelnen Schlüssel in der Hand, mit dem er eine Tür weiter unten im Gang aufsperrte, und führte uns von dort einen kleinen Gang entlang und so in jenes Kabinett des Schreckens, das vielleicht weniger Besucher hat als irgendein anderes auf der Welt mit vergleichbarem Inhalt. Der Raum war kalt wie eine Gruft; Blenden mussten hochgezogen und Glaskästen aufgedeckt werden, bevor wir etwas anderes erkennen konnten als die aufgereihten Totenmasken von Mördern – apathische Gesichter mit geschwollenen Hälsen –, die uns von ihrem Regalbrett aus einen geisterhaften Willkommensgruß spendeten.

»Dieser Bursche ist nicht gefährlich«, flüsterte Raffles, als die Blenden hochglitten. »Trotzdem müssen wir uns vorsehen. Meine Sachen liegen um die Ecke in einer Art Nische; schau nicht hin, bis sie an die Reihe kommen.«

So begannen wir mit dem ersten Glaskasten neben der Tür, und schon im nächsten Augenblick wurde mir klar, dass ich weit mehr über seinen Inhalt wusste als unser bleichgesichtiger Führer. Er legte zwar einen gewissen Eifer an den Tag, besaß aber nur eine sehr ungenaue Kenntnis des Themengebiets. Er brachte den ersten Mörder mit einem völlig falschen Mord in Verbindung und krönte seinen Irrtum im nächsten Atemzug mit einer unerträglichen Verleumdung einer wahren Perle unserer Zunft.

»Dieser Re-wol-wer«, mümmelte er, »gehörte dem berühmt-berüchtigten Ganoven Charles Peace. Das hier ist seine Brille, das sein Stemmeisen, und das hier ist das Messer, mit dem der alte Charley den Schutzmann erstochen hat.«

Nun halte ich sehr viel von Genauigkeit; ich strebe selbst danach und gehe sogar manchmal so weit, sie anderen aufzuzwingen. Dies war daher mehr, als ich hinnehmen konnte.

»Das ist so nicht ganz richtig«, wandte ich in sanftem Ton ein. »Er hat nie ein Messer benutzt.«

Der junge Angestellte drehte den Hals in dem gestärkten Kragen.

»Charley Peace hat zwei Polizisten umgebracht«, erklärte er im Brustton der Überzeugung.

»Nein, das stimmt so nicht. Nur einer davon war Polizist, und es geschah nicht mit dem Messer.«

Der Schreiberling nahm die Berichtigung fromm wie ein Lamm hin. Mir wäre es unmöglich gewesen, sie zu unterdrücken, und wenn es mich den Kopf gekostet hätte. Raffles aber versetzte mir dafür heimlich einen Tritt gegen die Wade.

»Wer war dieser Charles Peace?«, fragte er mit der unverfrorenen Direktheit eines Untersuchungsrichters.

Die Antwort des Schreiberlings kam rasch und unerwartet.

»Der größte Einbrecher, den es je gab«, sagte er, »bis der gute, alte Raffles ihn ausgestochen hat.«

»Der größte der Prä-Raffle-iten«, murmelte der Meister, während wir zu den weniger risikobehafteten Memorabilien einfacher Morde übergingen. Abgeplattete Kugeln und blutbefleckte Messer waren hier zu sehen, die Menschenleben vernichtet hatten, auch geschmeidige dünne Stricke, die nach dem Buchstaben des mosaischen Gesetzes Gleiches mit Gleichem vergolten hatten. Unter dem langen Regal mit den geschlossenen Augen und aufgedunsenen Hälsen stach eine drohend aufgerichtete Breitseite von Revolvern ins Auge. Außerdem gab es Gebinde von Strickleitern zu sehen – keine davon so sinnreich wie die unsrigen – und dann endlich noch etwas, worüber der Schreiberling ein bisschen zu erzählen hatte. Es war eine kleine metallene Zigarettendose, auf deren buntem Etikett *nicht* der Name Sullivan stand. Trotzdem wussten Raffles und ich noch mehr über diesen Gegenstand als der Beamte.

»Na«, sagte unser Führer, »diese Geschichte erraten Sie nie! Sie können mir zwanzig Fragen stellen und werden danach nicht schlauer sein als bei der ersten.«

»Wenn Sie das so sagen, guter Mann«, erwiderte Raffles mit einem verstohlenen Blinzeln, »dann erzählen Sie es uns lieber gleich, um Zeit zu sparen.«

Dabei öffnete er die fünfundzwanzig Zigaretten fassende Blechbüchse, die einst ihm gehört hatte. Einige davon befanden sich noch darin, aber zwischen den Zigaretten steckten in Watte gewickelte Zuckerstückchen. Während ich wohl sah, wie Raffles das Ding mit leiser Befriedigung in der Hand wog, hatte der Schreiberling nur Sinn für die Verblüffung, die er uns zu bereiten gedachte.

»Ich dachte mir gleich, dass Sie das in Erstaunen versetzen

würde, mein Herr«, sagte er. »Es war ein amerikanischer Trick. Zwei clevere Yankees bewogen einen Juwelier, ihnen eine Anzahl Schmucksachen bei versprochener Barzahlung in ein Separee von ›Kellner's‹ zu bringen, wo sie dinierten. Als es ans Bezahlen ging, hatte es scheinbar ein Problem wegen einer Geldüberweisung aus dem Ausland gegeben, das der Klärung bedurfte. Die beiden Herren erklärten, nichts mitnehmen zu wollen, das sie nicht bar bezahlen konnten. Sie baten daher darum, die Stücke, die sie ausgewählt hatten, eingewickelt und versiegelt im Kassenschrank des Geschäfts einzuschließen und so lange als ihr Eigentum zu betrachten, bis das Geld dafür eintreffen würde. Der Juwelier solle die Sachen ruhig wieder mitnehmen, aber nicht anrühren, ja, für die nächsten ein bis zwei Wochen nicht einmal die Siegel erbrechen. Dies schien nun ein ganz billiges Verlangen zu sein, finden Sie nicht auch, meine Herren?«

»Ausgesprochen billig«, stimmte Raffles trocken zu.

»So dachte der Juwelier auch«, verkündete der Schreiberling. »Sie müssen nämlich wissen, dass die Yankees etwa die Hälfte von dem, was der Juwelier zur Ansicht mitgebracht hatte, ausgewählt hatten. Sie hatten sich dabei mit Absicht viel Zeit gelassen; auch hatten sie Verschiedenes sofort bezahlt, um den Mann irrezuführen. Na, den Schluss werden Sie sich wohl denken können. Der Juwelier hörte niemals mehr etwas von den Amerikanern, und diese paar Zigaretten und Zuckerstückchen waren alles, was er in dem versiegelten Päckchen fand.«

»Dann gab es zwei Dosen!«, rief ich vielleicht einen Augenblick zu früh.

»Ein Duplikat«, murmelte Raffles, tief betroffen, wie ein zweiter Mr. Pickwick.

»Ja, ein Duplikat!«, wiederholte der triumphierende Schreiberling. »Verflixt schlaue Kerle, diese Amis. Man muss schon einmal
über den großen Teich gefahren sein, um so einen Schwindel ab-
ziehen zu können!«

»Das mag wohl sein«, stimmte ihm der ernste Herr mit dem
silberweißen Haar zu. »Es sei denn«, fügte er hinzu, als wäre ihm
ganz plötzlich der Gedanke gekommen, »dass es jener Raffles
war.«

»Das ist unmöglich«, fuhr der Schreiberling aus seinem kom-
mandoturmartigen Kragen auf. »Der war lange zuvor schon auf
hoher See ertrunken.«

»Sind Sie sicher?«, fragte Raffles. »Ist seine Leiche überhaupt je
gefunden worden?«

»Gefunden und begraben«, entgegnete unser fantasiereicher
Freund. »Auf Malta war es, glaube ich; es könnte aber auch vor
Gibraltar gewesen sein, ich weiß es nicht mehr genau.«

»Überdies«, warf ich ein, denn all diese unbegründeten Behauptungen ärgerten mich, sodass ich mir zumindest eine Anmerkung
nicht verkneifen konnte, »hätte Raffles niemals solche Zigaretten
geraucht. Für ihn gab es nur eine Sorte. Es war – wie hieß sie doch
gleich?«

»Sullivans!«, rief der Schreiberling aus, ausnahmsweise das Richtige treffend. »Es ist aber alles Gewohnheit«, fuhr er fort, während
er die fünfundzwanzig Stück fassende Büchse mit dem geschmack-
losen Etikett an ihren Platz zurückstellte. »Ich habe sie einmal pro-
biert, und mir haben sie gar nicht geschmeckt. Es ist eben alles
Geschmackssache. Wenn Sie etwas Gutes *und* Billiges haben wollen, müssen Sie ›Golden Gem‹ rauchen. Die kostet nur ein Viertel
davon.«

»Das mag sein«, bemerkte Raffles milde. »Aber eigentlich sind wir hier, um uns Dinge anzusehen, die so klug ausgedacht sind wie das, was Sie uns zuletzt gezeigt haben. Gibt es da noch mehr?«

»Dann kommen Sie hierher«, sagte der Schreiberling, indem er uns zu einer Art Nische führte, die von jener eisenbeschlagenen Truhe beherrscht wurde, die bei mir bereits durch bloße Erinnerung einen Nervenkitzel auslöste. Jetzt diente sie vor allem als Unterlage für eine Sammlung geheimnisvoller Gegenstände, die zum Schutz gegen Staub mit einem Tuch bedeckt waren.

»Dies hier«, fuhr er, während er das Tuch lüftete, mit einer gewissen Feierlichkeit fort, »ist das Raffles-Vermächtnis, die Gegenstände, die nach seinem Tod und Begräbnis aus seinen Räumlichkeiten im Albany hierhergebracht wurden. Es ist die größte Sammlung ihrer Art weit und breit. Das ist sein Zentrumsbohrer, dies das Petroleumfläschchen, in das er wohl den Bohrer zu tauchen pflegte, um ein Geräusch zu vermeiden. Hier der Re-wol-wer, mit dem er auf den Gentleman auf dem Dach drunten in Horsham geschossen hat und der ihm später auf dem P&O-Dampfer abgenommen wurde, ehe er sich über Bord stürzte.«

Ich konnte mir die Bemerkung nicht verkneifen, dass Raffles, soviel ich wisse, niemals auf jemanden geschossen habe. Dabei stand ich mit dem Rücken gegen das nächste Fenster, hatte den Hut tief in die Stirn und den Kragen meines Mantels bis zu den Ohren hochgezogen.

»Dies ist auch das einzige Mal, von dem wir wissen«, gab der Schreiberling zu. »Und bewiesen werden konnte es auch nicht, sonst hätte sein Spießgeselle mehr abgekriegt. In dieser leeren Patronenhülse hat er auf dem Dampfer die Kaiserperle versteckt gehabt. Die Bohrer und Stemmeisen benutzte er, um Türen aufzubrechen. Dies hier ist seine Strickleiter mit dem ausziehbaren Spazierstock, mit dem er sie anbrachte; er soll ihn an jenem Abend bei sich gehabt haben, als er bei dem Earl of Thornaby dinierte, nachdem er vorher dessen Haus ausgeraubt hatte. Das hier ist sein Totschläger; aber wozu dieser kleine, dicke Samtbeutel mit den beiden Löchern und den Gummizügen darum diente, kann keiner erklären. Vielleicht haben Sie eine Idee, Sir?«

Raffles hatte das Säckchen, das er sich zum geräuschlosen Abfeilen von Schlüsseln ausgedacht hatte, an sich genommen. Nun hantierte er damit herum, als wäre es ein Schnupftabaksbeutel, steckte Zeigefinger und Daumen in die Löcher und zuckte angesichts dieses Rätsels mit einem köstlichen Gesicht die Achseln. Trotzdem zeigte er mir als Ergebnis seiner Untersuchungen einige feine Körnchen von Feilspänen und flüsterte mir ins Ohr: »Die gute Polizei!« Ich aber hatte nur Augen für den Totschläger, mit dem ich einst Raffles selbst zu Boden gestreckt hatte. Es klebte noch immer sein Blut daran, und als der Schreiberling mein Entsetzen sah, stürzte er sich in eine für ihn typische gänzlich konfuse Darstellung auch dieses Falles.

Dieser Fall war neben anderen bei meinem Prozess im Old Bailey ans Licht gekommen und hatte vielleicht dazu beigetragen, mildernde Umstände bei meiner Verurteilung walten zu lassen. Aber die Version, die wir jetzt hörten, strapazierte unsere Geduld über alle Maßen, und Raffles schuf edelmütig eine Ablenkung, indem er die Aufmerksamkeit auf eine frühe Fotografie seiner selbst lenkte, die womöglich immer noch an der Wand über jener besagten Truhe hängt, aber die ich geflissentlich ignoriert hatte. Sie zeigt ihn im Flanellanzug nach einem gewonnenen Cricket-Match. Er hat dabei die unvermeidliche Sullivan zwischen den

Lippen und einen Blick müßigen Desinteresses in den halb geschlossenen Augen. Ich habe mir zwischenzeitlich selbst einen Abzug besorgt. Es ist nicht die beste Aufnahme von Raffles, aber das
Gesicht ist klar und deutlich, und ich wünsche mir oft, dass ich es
manchen der eingebildeten Künstler hätte leihen können, die in
ihren Zeichnungen sein Abbild bis zur Unkenntlichkeit verschandelt haben.

»Er sieht nicht sehr bemerkenswert aus, nicht wahr?«, meinte
der Schreiberling. »Man kann verstehen, dass er die ganze Zeit nie
besonders aufgefallen ist.«

Der junge Mann blickte dabei mit seinen wässrigen Augen
nichts ahnend Raffles direkt ins Gesicht. Es juckte mir in den Fingern, es meinem Freund an Wagemut gleichzutun.

»Sie sagten, er hätte einen Gefährten gehabt«, bemerkte ich, wobei ich den Kopf noch tiefer in den Kragen meines Mantels einzog.
»Haben Sie von dem kein Foto?«

Der blasse Schreiberling zeigte ein so widerliches Grinsen, dass
ich ihn am liebsten geohrfeigt hätte, um etwas Blut in seine teigi-
gen Wangen zu bringen.

»Sie meinen Bunny?«, entgegnete der Kerl abschätzig. »Nein,
Sir, der wäre hier fehl am Platze; wir haben hier nur Raum für
echte Kriminelle. Bunny war weder Fisch noch Fleisch. Er konnte
Raffles nachlaufen; aber das ist alles, was er konnte. Allein war er
zu nichts fähig. Sogar als er einmal versucht hat, sein eigenes ehe-
maliges Zuhause zu bestehlen, heißt es, er habe nicht den Mumm
gehabt, die Sachen mitzunehmen, und dass Raffles ein zweites Mal
für ihn habe einbrechen müssen. Nein, Sir, um Bunny machen wir
uns kein Kopfzerbrechen; wir werden nie mehr von ihm hören. Er
war ein harmloser kleiner Gauner, wenn Sie mich fragen.«

Ich hatte ihn nicht gefragt, und ich schäumte fast unter der aus meinem Mantelkragen gebildeten Atemmaske. Ich hoffte nur, Raffles würde etwas sagen – was er auch tat.

»Der einzige Fall, an den ich mich näher erinnere«, bemerkte er und klopfte mit dem Schirm gegen die verschlossene Truhe, »war der hier; und dabei muss der Mann draußen genauso viel geleistet haben wie der drinnen. Darf ich fragen, was Sie darin aufbewahren?«

»Nichts, Sir.«

»Ich hätte gedacht, darin seien weitere Erinnerungsstücke. Hatte Raffles nicht einen Trick, rein- und wieder rauszuschlüpfen, ohne den Deckel zu öffnen?«

»Den Kopf rauszustrecken, meinen Sie«, gab der Schreiberling zurück, dessen Wissen um Raffles' Vermächtnis alles in allem nur oberflächlich war. Er schob einige der kleineren Fundstücke beiseite und öffnete die Klappe im Deckel mit seinem Taschenmesser.

»Nur eine Sichtluke«, stellte Raffles köstlich unbeeindruckt fest.

»Was sonst hatten Sie erwartet?«, fragte der Schreiberling, ließ die Klappe wieder zufallen und zog dabei ein Gesicht, als täte es ihm leid, sich solche Mühe gemacht zu haben.

»Wenigstens ein Hintertürchen!«, gab Raffles zurück, mit solch einem durchtriebenen Seitenblick zu mir, dass ich mich abwenden musste, um mein Grinsen zu verbergen. Es war mein letztes Lächeln an diesem Tag.

Als ich mich umdrehte, hatte sich die Tür geöffnet, und ein Mann mit zwei weiteren Besuchern wie uns war eingetreten. Es handelte sich dabei zweifellos um einen Polizeiinspektor. Er trug den harten runden Hut und dunklen dicken Mantel, die man auf einen Blick als die Uniform seines Dienstgrads erkennt, und einen schrecklichen Augenblick lang ruhte sein stählerner Blick kalt und prüfend auf uns. Dann tauchte der Schreiberling aus der Nische auf, die dem Raffles'schen Vermächtnis gewidmet war, und der Furcht einflößende Neuankömmling führte seine Begleiter zum Fenster gegenüber der Tür.

»Das ist Inspektor Druce«, informierte uns der Schreiberling beeindruckt mit leiser Stimme. »Er war mit dem Mord bei der Chalk Farm befasst. Er wäre der Mann für Raffles, wenn Raffles heute noch lebte!«

»Dessen bin ich mir sicher«, kam die trockene Antwort zurück. »Ich hätte Angst, wenn solch ein Mann hinter mir her wäre. Aber Ihr Schwarzes Museum scheint ja derzeit sehr gut besucht zu sein.«

»Nicht wirklich, Sir«, flüsterte der Schreiberling. »Manchmal vergehen Wochen ohne normale Besucher wie Sie beide. Ich schätze, es sind Freunde des Inspektors, die die Chalk-Farm-Fotos sehen wollen, die dazu beigetragen haben, den Fall zu lösen. Wie haben viele interessante Fotografien, Sir, wenn Sie gerne mal einen Blick darauf werfen möchten.«

»Wenn es nicht zu viel Zeit in Anspruch nimmt«, meinte Raffles und zog seine Uhr hervor; und als der Schreiberling uns einen Augenblick verließ, fasste er mich beim Arm. »Die Sache wird mir zu heiß«, flüsterte er, »aber wir dürfen jetzt nicht das Hasenpanier ergreifen. Das wäre fatal. Versteck dein Gesicht in den Fotos und überlass alles andere mir. Ich werde, sobald ich es wagen kann, mit dem nächsten Zug meinen Abgang machen.«

Ich gehorchte ohne ein Wort, und mein Unbehagen schwand in demselben Maße, wie ich Zeit hatte, die Lage, in der wir uns befanden, zu überdenken. Es erschien mir sogar, Raffles bewerte die

Gefahr ein wenig über, die unbestreitbar aus der Tatsache resultierte, dass wir uns im selben Raum wie ein Polizeiinspektor aufhielten, dessen Namen und Ruf wir beide nur zu gut kannten. Raffles war schließlich stark gealtert und hatte sich fast bis zur Unkenntlichkeit verändert, aber es mangelte ihm keineswegs an dem nötigen Selbstbewusstsein, sich einem solchen Zusammentreffen zu stellen, wie es uns hier bevorstehen mochte. Auf der anderen Seite war es höchst unwahrscheinlich, dass ein angesehener Inspektor einen obskuren Delinquenten wie mich auf den ersten Blick erkennen würde; außerdem war Druce erst nach meiner Zeit hervorgetreten. Doch ein Risiko war es, und mir war keineswegs wohl in meiner Haut, als ich mich über das Album des Schreckens beugte, das unser Führer herbeigeschleppt hatte.

Trotzdem konnte ich immer noch Interesse an den schrecklichen Fotografien von Mördern und Ermordeten finden; sie appellierten an das morbide Element in meiner Natur. Und so sprach zweifellos jene Schlechtigkeit aus mir, als ich Raffles' Aufmerksamkeit auf die Szene eines berüchtigten Mordes zu lenken suchte.

Keine Reaktion. Ich wandte mich um. Raffles war nirgendwo zu sehen. Wir hatten alle drei an einem der Fenster um das Album herumgestanden; an einem anderen Fenster waren die drei anderen Besucher in ähnlicher Weise vertieft; und ohne ein Wort oder das geringste Geräusch hatte sich Raffles hinter unserem Rücken aus dem Staub gemacht.

Zum Glück war der Schreiberling selbst sehr damit beschäftigt, die Schrecken des Albums auszumalen, und bevor er sich umdrehen konnte, hatte ich meine Verblüffung bereits überwunden, nicht aber meinen Ärger, aus dem ich instinktiv auch keinen Hehl machte.

»Mein Freund ist der ungeduldigste Mensch auf Erden!«, rief ich aus. »Er sagte mir, er wolle noch den nächsten Zug erwischen, und jetzt ist er weg, ohne ein Wort zu sagen!«

»Ich habe ihn nicht fortgehen hören«, sagte der Schreiberling mit verwunderter Miene.

»Ich auch nicht; aber er hat mich an die Schulter gefasst«, log ich, »und irgendwas gemurmelt. Ich war zu sehr in dieses infame Buch vertieft, um seinen Worten Beachtung zu schenken. Er muss mir wohl gesagt haben, dass er fortmüsse. Ab mit Schaden! Ich selbst möchte jedenfalls gern alles sehen, was es zu sehen gibt.«

Und in meinem nervösen Bestreben, jeden Verdacht auszuräumen, den das ungewöhnliche Verhalten meines Begleiters hätte erwecken können, blieb ich sogar noch länger als der berühmte Inspektor und seine Begleiter, sah zu, wie sie Raffles' Vermächtnis in Augenschein nahmen und hörte sie in meinem Beisein über mich reden. Schließlich war ich wieder allein mit dem blutleeren Schreiberling. Ich steckte die Hand in die Tasche und maß ihn mit einem Blick aus dem Augenwinkel. Das System des Trinkgeldgebens ist nicht weniger als einer der minderen Flüche meines Lebens. Nicht weil ich ein unwilliger Geber wäre, sondern einfach aufgrund der Tatsache, dass es in vielen Fällen so schwer ist zu wissen, wem und was man etwas geben soll. Ich weiß, was es heißt, als Gast aufzubrechen, ohne einen bleibenden Eindruck zu hinterlassen, und das nicht aus Geiz, sondern aus Mangel an Feingefühl in ebendiesem Punkt. Doch im Fall des Schreiberlings machte ich keinen Fehler, da er meine Silbermünzen ohne Murren annahm und dabei die Hoffnung zum Ausdruck brachte, den Artikel zu lesen, den zu schreiben ich ihm versichert hatte. Er hat darauf ein paar Jahre warten müssen, aber ich schmeichle mir zu behaupten, dass diese verspäteten Ausführungen mehr Interesse als Ärgernis hervorrufen werden, wenn sie ihm je unter die wässrigen Augen kommen.

Es dämmerte schon, als ich wieder auf die Straße trat. Der Himmel hinter St. Stephen war gerötet und verfinstert wie ein zorniges Antlitz, die Straßenlaternen waren angezündet, und in jedem Lichtkegel suchte ich wider alle Vernunft nach Raffles. Dann vergewisserte ich mich in meinem Unverstand auch noch, dass er nicht irgendwo an der Bahnstation wartete, und stand selbst dort herum, bis ein Zug nach Richmond ohne mich abgefahren war. Am Ende ging ich über die Brücke zur Waterloo Station und nahm stattdessen den ersten Zug nach Teddington. Der Weg von dort aus zu Fuß war kürzer, aber ich musste mich vom Fluss bis nach Ham Common durch einen weißen Nebel tasten, und es war schon Abendessenszeit, als ich unser Refugium erreichte. Nur ein Flackern von Kaminfeuer drang durch die geschlossenen Fensterläden. So kam ich also schließlich als Erster zurück. Es war fast vier Stunden her, seit Raffles sich in den ominösen Hallen von Scotland Yard von meiner Seite fortgestohlen hatte. Wo konnte er sein? Unsere Zimmerwirtin war ganz verzweifelt: Sie hatte ihrem Liebling ein Essen ganz nach seinem Geschmack zubereitet, und ich ließ es kalt werden, bevor ich mich zu einer der melancholischsten Mahlzeiten meines Lebens niederließ.

Es wurde Mitternacht, und immer noch kein Zeichen von Raffles. Bereits lange vor dieser Zeit hatte ich unsere Wirtin mit einer Stimme und einem Gesicht, die meine Worte Lügen straften, in Sicherheit gewiegt. Ich sagte ihr, Mr. Ralph (wie sie ihn zu nennen pflegte) habe etwas davon gesagt, dass er ins Theater gehen wolle; ich hätte gemeint, er habe den Gedanken aufgegeben, aber ich müsse mich wohl geirrt haben. Die treusorgende Seele brachte mir noch einen Teller mit Sandwiches, bevor sie sich zurückzog, und ich bereitete mich auf eine Nacht im Armstuhl vor dem Feuer des Kaminzimmers vor.

Mir stand nicht der Sinn nach Dunkelheit und Bett. Irgendwie hatte ich das Gefühl, als riefen mich Pflicht und Loyalität hinaus in die Winternacht, und doch, wohin sollte ich mich wenden, um nach Raffles zu suchen? Ich konnte nur an einen Ort denken, und ihn dort zu suchen würde mich selbst zugrunde richten, ohne ihm zu helfen. In mir wuchs nämlich die Überzeugung, dass er beim Verlassen von Scotland Yard erkannt worden und entweder an Ort und Stelle verhaftet oder sonst in ein neues Versteck getrieben worden war. Es würde alles in den Morgenzeitungen stehen, und es war alles seine eigene Schuld. Er hatte den Kopf in den Rachen des Löwen gesteckt, und der Löwe hatte zugebissen. Ob es ihm gelungen war, seinen Kopf rechtzeitig wieder herauszuziehen?

Neben mir auf dem Tisch stand eine Flasche, und in jener Nacht wurde sie, wie ich offen zugebe, mir nicht zum Feind, sondern zum Freund. Sie linderte zumindest ein wenig meine Anspannung. Schließlich nickte ich in meinem Sessel vor dem Feuer ein.

Die Lampe brannte noch, und es war noch Glut im Kamin, als ich erwachte; aber ich saß sehr steif da in den eisigen Klauen eines Wintermorgens. Dann drehte ich mich in meinem Sessel um, und da saß Raffles in dem Sessel neben mir und zog sich in aller Ruhe die Stiefel aus. Die Tür hinter ihm stand offen.

»Tut mir leid, dich geweckt zu haben, Bunny«, sagte er. »Ich dachte, ich sei leise wie ein Mäuschen, aber nach drei Stunden Fußmarsch kann man nicht mehr recht auf Zehenspitzen gehen.«

Ich stand nicht auf, um ihm um den Hals zu fallen. Ich ließ mich wieder in meinen Sessel sinken und haderte mit seiner selbstsüchtigen Gefühllosigkeit. Er sollte nicht wissen, was ich um seinetwillen durchgemacht hatte.

»Fußmarsch aus der Innenstadt?«, fragte ich, so gleichgültig, als wäre dies nichts Ungewöhnliches für ihn.

»Von Scotland Yard«, antwortete er und streckte seine bestrumpften Füße vor dem Feuer aus.

»Scotland Yard!«, rief ich aus. »Dann hatte ich recht; du bist die ganze Zeit dort gewesen. Und doch ist es dir gelungen zu entkommen?«

Ich war vor Erregung aufgesprungen.

»Natürlich«, entgegnete Raffles. »Ich hatte nie Zweifel daran, dass es ganz einfach sein würde, aber es ging noch leichter, als ich dachte. Ich stand plötzlich zwischen einer Art Ladentisch und einem dösenden Beamten und hielt es fürs Beste, ihn aufzuwecken, um mich nach einer imaginären Börse zu erkundigen, die in einer Kutsche vor dem Carlton liegen geblieben sei. Die Art und Weise, wie der Kerl mich rausbefahl, ist bezeichnend für die Metropolitan Police; nur in den wilden Ländern hätte man sich gefragt, wie derjenige überhaupt reingekommen ist.«

»Und wie bist du reingekommen?«, fragte ich. »Und, in Gottes Namen, Raffles, wann und wieso?«

Raffles sah mich mit hochgezogenen Brauen an, während er seine Rockschöße an dem verglimmenden Feuer wärmte.

»Wie und wann, Bunny, das weißt du so gut wie ich«, sagte er kryptisch. »Und jetzt sollst du auch das ehrliche Wieso und Wozu erfahren. Ich hatte mehr Gründe, zu Scotland Yard zu gehen, mein lieber Freund, als ich mich seinerzeit dir zu sagen traute.«

»Es interessiert mich nicht, warum du dorthin gegangen bist«, rief ich. »Ich will wissen, warum du dageblieben oder zurückgegangen bist oder was auch immer du getan hast. Ich glaubte, sie hätten dich erwischt und du wärst ihnen wieder entkommen. War es denn nicht so?«

Raffles lächelte und schüttelte den Kopf.

»Nein, nein, Bunny, ich habe den Besuch, den ich gemacht habe, aus eigenen Stücken etwas ausgedehnt. Was meine Gründe betrifft, so sind es zu viele, um sie dir alle aufzuzählen. Sie waren sehr gewichtig; aber du kannst sie selbst sehen, wenn du dich umdrehst.«

Ich stand mit dem Rücken zum Sessel, in dem ich geschlafen hatte. Hinter dem Sessel befand sich der runde Beistelltisch der Pension, und dort auf dem Tischtuch neben dem Whisky und den Sandwiches war die ganze Sammlung von Raffles' Vermächtnis ausgebreitet, die auf dem Deckel der Truhe im Schwarzen Museum von Scotland Yard gelegen hatte! Nur die Truhe selbst fehlte. Da war der Revolver, den ich nur einmal gehört hatte, wie er abgefeuert wurde, und da der blutbefleckte Totschläger, zusammen mit Bohrwinde, Ölfläschchen, Samtbeutel, Strickleiter, Spazierstock, Nagelbohrer, Keilen und sogar der leeren Patronenhülse, die einst das von einem zivilisierten Monarchen einem schwarzen Potentaten zugedachte Geschenk enthalten hatte.

»Ich war bepackt wie der Weihnachtsmann«, sagte Raffles, »als ich ankam. Es ist schade, dass du nicht wach warst, um den Anblick zu genießen. Er war erbaulicher als das, was ich vorgefunden habe. Du hättest mich nie schlafend in meinem Sessel angetroffen, Bunny.«

Er dachte, ich wäre einfach nur in meinem Sessel eingeschlafen. Er konnte nicht wissen, dass ich die ganze Nacht hier gesessen und auf ihn gewartet hatte. Die Andeutung einer Moralpredigt ob meines Alkoholkonsums, nach all dem, was ich ausgestanden hatte, und das ausgerechnet noch von Raffles, brachte das Fass fast zum Überlaufen. Doch das Aufblitzen einer verspäteten Ahnung ließ mich meinen Zorn gerade noch im Zaum halten.

»Wo hast du dich denn versteckt?«, fragte ich finster.

»In Scotland Yard natürlich.«

»Das habe ich mir schon gedacht, aber wo da?«

»Kannst du dir das nicht denken, Bunny?«

»Ich frage dich.«

»Dort, wo ich mich schon mal versteckt hatte.«

»Du meinst doch nicht, in der Truhe?«

»Doch.«

Unsere Blicke trafen sich eine Minute lang.

»Du magst am Ende dort gelandet sein«, gab ich schließlich zu. »Aber wo warst du zuerst, nachdem du hinter meinem Rücken den Raum verlassen hattest, und woher, zum Henker, hast du gewusst, wohin du gehen musstest?«

»Ich habe den Raum nie verlassen«, sagte Raffles. »Ich bin direkt hineingeschlüpft.«

»In die Truhe?«

»Genau.«

Ich brach vor seinen Augen in Gelächter aus.

»Mein lieber Freund, ich habe doch all die Sachen noch unmittelbar nachher auf dem Deckel liegen sehen. Nicht eine davon fehlte. Ich habe noch zugesehen, wie der Inspektor sie seinen Bekannten zeigte.«

»Und ich habe es gehört.«

»Aber nicht aus dem Innern der Truhe!«

»Doch, aus dem Innern der Truhe, Bunny. Mach nicht so ein dummes Gesicht. Versuch dich an die Worte zu erinnern, die der

Einfaltspinsel im Hemdkragen vorher von sich gegeben hat. Erinnerst du dich, wie ich ihn gefragt habe, ob etwas in der Truhe sei?«

»Ja.«

»Ich musste sichergehen, dass das Ding leer war, weißt du. Dann habe ich gefragt, ob es neben der Luke noch eine Hintertür in der Truhe gebe.«

»Ich erinnere mich.«

»Du hast vermutlich gedacht, das alles hätte nichts zu bedeuten.«

»Ich habe nicht nach einer tieferen Bedeutung gesucht.«

»Das dachte ich mir. Dir ist also gar nicht der Gedanke gekommen, dass ich herausfinden wollte, ob irgendjemand bei Scotland Yard entdeckt hatte, dass bei jener Truhe tatsächlich ein Seitentürchen, wenn auch keine Hintertür, vorhanden war. Nun, es gibt da eines; ich habe es selbst angebracht, kurz nachdem ich die Truhe damals wieder an mich genommen hatte. Man drückt einen der Griffe nach unten – was keiner je macht –, und die ganze Vorderseite klappt auf wie die Front eines Puppenhauses. Das hätte ich gleich von Anfang an so einrichten sollen; es ist viel einfacher als die Klappe im Deckel, und wenn schon, dann möchte man etwas auch perfekt machen. Außerdem kannte die Bank den Trick noch nicht, und ich dachte, ich könnte ihn vielleicht eines Tages noch mal verwenden. Inzwischen stand diese Kiste, beladen mit allerlei Sachen, in meinem Schlafzimmer – was für ein günstiger Hafen bei einem plötzlichen Sturm!«

Ich fragte ihn, warum ich nie zuvor von der Verbesserung gehört hätte, nicht so sehr damals, als er sie angebracht hatte, sondern in späterer Zeit, als es weniger Geheimnisse zwischen uns gab und dieses ihm nichts mehr nützen konnte. Aber ich stellte die Frage nicht etwa, weil ich verschnupft war, sondern aus reiner hartnäckiger Ungläubigkeit. Und Raffles sah mich, ohne zu antworten, an, bis ich die Erklärung in seinem Blick las.

»Ich verstehe«, sagte ich. »Du hast dich darin vor mir versteckt!«

»Mein lieber Bunny, ich bin nicht immer ein sehr geselliger Mensch«, antwortete er. »Aber als du mir einen Schlüssel zu deinem Zimmer gegeben hast, konnte ich dir einen für meines schlecht verweigern, auch wenn ich ihn dir später aus der Tasche stibitzt habe. Ich will damit nur sagen, dass ich immer dann, wenn ich dich nicht sehen wollte, Bunny, ziemlich ungeeignet für die menschliche Gesellschaft gewesen sein muss, und es war somit die Tat eines Freundes, dir die meinige zu versagen. Ich glaube nicht, dass das mehr als ein- oder zweimal der Fall war. Ich hoffe, du kannst einem alten Freund nach all diesen Jahren vergeben!«

»Das ja«, entgegnete ich bitter, »nicht aber das andere.«

»Wieso nicht? Ich hatte mich noch nicht wirklich dazu entschlossen, so zu handeln, wie es sich dann ergab. Ich hatte es nur in Gedanken erwogen. Es war der schneidige Inspektor im selben Raum mit uns, der mich dazu brachte, den Gedanken spontan in die Tat umzusetzen.«

»Und wir haben dich nicht einmal gehört!«, murmelte ich in einem Ton solch unwillkürlicher Bewunderung, dass ich mich selbst darüber ärgerte. »Aber es kommt alles am Ende auf dasselbe heraus!«, fügte ich rasch in meinem ursprünglichen Tonfall hinzu.

»Was meinst du damit, Bunny?«

»Man wird uns in Nullkommanichts durch unsere Eintrittskarte auf die Spur kommen.«

»Haben sie sie einbehalten?«

»Nein, aber du hast gehört, dass nur wenige ausgestellt werden.«

»Genau. Manchmal vergehen Wochen, bevor sich ein Besucher einfindet. Danach habe ich den Angestellten ganz bewusst gefragt, Bunny, und ich habe nichts übereilt, solange ich es nicht wusste. Siehst du nicht, dass mit ein bisschen Glück zwei oder drei Wochen vergehen können, ehe der Verlust entdeckt wird?«

Ich begann zu verstehen.

»Und dann, ich bitte dich, wie sollte man das Verschwinden dieser Dinge mit uns in Verbindung bringen, Bunny? Zugegeben, ich bin etwas überhastet aufgebrochen. Aber du hast meinen Abgang bewundernswert überspielt; du hättest es nicht besser machen können, wenn wir die ganze Sache vorher geprobt hätten. Ich habe mich auf dich verlassen, Bunny, und du hast mein Vertrauen voll und ganz gerechtfertigt. Das Traurige dabei ist, dass du mir nicht mehr vertraust. Glaubst du wirklich, ich hätte diesen Ort in einem Zustand hinterlassen, dass die erste Person, die mit einem Staubwedel anrückt, gleich bemerkt, dass da etwas fehlt?«

Ich leugnete den Gedanken mit aller Energie ab, auch wenn er erst in dem Moment verschwand, als ich es aussprach.

»Hast du das Tuch vergessen, das über die ganzen Sachen gebreitet war, Bunny? Hast du die anderen Revolver und Totschläger vergessen, die dort in der Ausstellung lagen? Ich habe meine Auswahl sehr sorgfältig getroffen und meinen Nachlass durch eine gemischte Sammlung von Dingen anderer Leute ersetzt. Die Strickleiter, die jetzt dort liegt, ist natürlich kein Vergleich zu meiner; sauber aufgerollt auf der Kiste sieht sie jedoch fast genauso aus. Leider gab es keinen zweiten Samtbeutel; aber ich habe meinen Stock durch einen ganz ähnlichen ersetzt, und ich habe sogar eine leere Patronenhülse als Ersatz für die Fassung der polynesischen

Perle gefunden. Glaubst du, ein Trottel wie der Kerl, der uns dort herumgeführt hat, wird den Unterschied beim nächsten Mal überhaupt merken oder ihn, wenn er ihn sähe, mit uns in Verbindung bringen? Es sind fast dieselben Dinge, wie sie er dort hat liegen sehen, und das unter einer Decke, die nur alle paar Wochen für die Neugierigen gelüftet wird.«

Ich gab zu, dass wir uns wohl drei oder vier Wochen würden sicher fühlen können. Raffles streckte die Hand aus.

»Dann lass uns nicht darüber streiten, Bunny, und eine Sullivan rauchen, und Frieden! Viel mag in drei oder vier Wochen geschehen, und vielleicht war dies ja das letzte ebenso wie das geringste all meiner Vergehen. Ich gebe zu, dass mir dies als ein natürliches und geziemendes Ende erscheint, auch wenn ich mit einem charakteristischeren Verbrechen hätte aufhören mögen als einem bloßen Diebstahl aus Sentimentalität. Nein, ich mache keine Versprechen, Bunny; jetzt da ich diese Dinge wiederhabe, könnte es mich reizen, sie noch einmal zu benutzen. Aber in diesem Krieg bekommt man all die Aufregung, die man sich nur wünschen kann – und wer weiß, was in den nächsten drei oder vier Wochen alles geschieht!«

Dachte er damals schon daran, sich als Freiwilliger an die Front zu melden? Hatte er bereits den Blick auf die einzig mögliche Gelegenheit gerichtet, eine gewisse Sühne für seine Taten zu leisten – oder vielmehr auf eben den Tod, der ihn erwarten sollte? Ich weiß es nicht und werde es niemals wissen. Doch seine Worte waren seltsam prophetisch, selbst was die drei oder vier Wochen betraf, in denen jene Ereignisse geschahen, die das Britische Empire in seinen Grundfesten erschüttern und seine Söhne aus allen vier Winden auf afrikanischem Boden unter seinem Banner versammeln sollten. Dies alles ist heute selbst schon Geschichte geworden. Aber ich erinnere mich an nichts deutlicher als an jene letzten Worte von Raffles über seine letzte Tat, es sei denn an den Druck seiner Hand, als er sie sprach, und an das ein wenig traurige Glitzern in seinen müden Augen.

Originaltitel: *Raffles' Relics*
Ins Deutsche übertragen von
Helmut W. Pesch

Ein Geschenk für Santa Sahib
H. R. F. Keating

Der beliebteste von H. R. F. Keating geschaffene Charakter war Inspector Ganesh Ghote von der Kriminalpolizei Bombay, ein Protagonist, den er ersann, um einen amerikanischen Verleger zu finden. Ähnlich bizarre Ideen ließ Keating auch in seine humoristischen Romane einfließen, in denen merkwürdigen Menschen in eigenartigen Situationen seltsame Dinge widerfahren. Keating hat nicht nur zahlreiche Krimi-Preise gewonnen, sondern ist auch ein anerkannter Sachbuchautor zum Thema Kriminalliteratur, war fünfzehn Jahre für die Londoner *Times* als Rezensent tätig und hat Bücher über Agatha Christie, Sherlock Holmes und viele andere geschrieben. *Ein Geschenk für Santa Sahib* erschien erstmals in der Sammlung *Inspector Ghote, His Life and Crimes* (London, Hutchinson, 1989).

Ein Geschenk
für Santa Sahib

H. R. F. Keating

Inspector Ghote legte eine Hand an seine Hüfttasche, um sicherzugehen, dass sie fest zugeknöpft war. Er stand im Eingangsbereich
eines der größten Kaufhäuser von Bombay, und vor ihm drängten
sich nur zwei Tage vor dem Weihnachtsfest dichte Menschenmen-
gen. In der riesigen, kosmopolitischen Stadt begingen nicht nur die
Christen den Tag, indem sie sich mit Geschenken und Gaumen-
freuden eindeckten. Angehörige aller Religionen nahmen immer
gern an den hohen Fest- und Feiertagen der jeweils anderen Kalender teil. Wenn die Hindus Bombays Lieblingsgott, dem elefanten-
köpfigen Ganesh, huldigten, indem sie riesige Statuen der Gottheit
im Meer versenkten, erfreuten sich Muslime, Parsen und Christen
daran, sich unter die gewaltigen Menschenmassen zu mischen und
ihn vorbeiziehen zu sehen. Auch anlässlich des muslimischen Id-
Festes hatten alle frei und kosteten das in vollen Zügen aus.

Aber die Menschenmassen, die sich in den Tagen vor solchen
Festivitäten sammelten, brachten nicht nur Freude, sondern auch

Probleme mit sich, dachte Ghote seufzend bei sich. Wenn die Menschen zu Tausenden herbeiströmten, um Süßigkeiten und Feuerwerk für Diwali einzukaufen oder das Farbpulver zu besorgen, das man bei dem rauschenden Holi-Fest im Frühling warf oder spritzte, boten sie den Taschendieben eine einmalige Gelegenheit.

Als er eben das Kaufhaus betreten hatte, hatte er tatsächlich einen Blick auf einen gewissen Ram Prasad erhascht, einen wohlbekannten Schakal, wie er im Buche stand, immer auf leichte Beute aus. Und der Anblick dieses Kerls, der ihn seinerseits entdeckte und kehrtmachte, war der Anlass gewesen, sich davon zu überzeugen, dass seine Brieftasche sicher war. Alles in allem würde es schlecht aussehen, wenn ein Inspector der Kriminalpolizei ohne seine Brieftasche und mit leeren Händen zu seiner Frau zurückkehrte, die ihn wie üblich beauftragt hatte, ein Geschenk für ihre christliche Freundin Mrs. D'Cruz zu kaufen; im Gegenzug für das Geschenk, das sie zu Diwali erhalten hatten.

Und er hatte bei diesem Ausflug ins Kaufhaus noch eine weitere kleine Verpflichtung. Er hatte nicht nur ein Geschenk für Mrs. D'Cruz zu besorgen, sondern auch dem Weihnachtsmann einen Besuch abzustatten, der – dick in einen leuchtend roten Mantel gewickelt, mit einer seidigen, roten und mit flaumigem weißem Stoff abgesetzten Mütze auf dem Kopf, einem bauschigen Wattebart, der ihm übers Kinn hing und einem Sack mit Geschenken neben sich – an seinem speziellen Platz im Kaufhaus saß.

Ghote hatte nicht wirklich vor, sich mit den Kindern anzustellen, die darauf warteten, von ihm – im Austausch für eine Rupie, die ihm eine Mutter, die in der Nähe herumstrich, verstohlen zusteckte – einen Schokoriegel oder ein Päckchen Süßigkeiten aus dem großen Sack zu erhalten. Der Weihnachtsmann war ein alter Freund, der ein oder zwei Worte der Begrüßung verdiente. Oder wenn schon nicht gerade ein Freund, dann doch jemand, den er schon sehr lange kannte.

In Wahrheit war der Weihnachtsmann – sein echter Name lautete Moti Popatkar – ein kleiner Gauner. Daran führte kein Weg vorbei. Bis auf die zehn Tage vor Weihnachten bestritt er seinen Lebensunterhalt auf dubiose Weise durch eine Vielzahl unsozialer Aktivitäten. Für jeden britischen Touristen, über den er stolperte, hatte er eine rührende Geschichte auf Lager – sein Englisch war ungewöhnlich gut, die Folge seiner lange zurückliegenden Schulzeit in einer Mission –, in der es darum ging, dass er Bursche bei einem Offizier gewesen sei, der im Ruhestand immer noch in Indien lebe, und er brauche nur die Bahnfahrkarte, um zu ihm zu fahren und sich wieder um den Colonel Sahib zu kümmern. Oder er bot sich jedem einsamen europäischen Touristen, den er entdeckte, als Fremdenführer an und beschwatzte ihn früher oder später, ihm in einer illegalen Säuferhöhle starken schwarzgebrannten Schnaps zu kaufen.

In einer solchen war Ghote ihm zum ersten Mal begegnet. Ein durchreisender deutscher Geschäftsmann hatte bei der Polizei Anzeige erstattet, weil er nicht nur überredet worden war, seinem Fremdenführer ein viel höheres Trinkgeld auszuhändigen, als er vorgehabt hatte, sondern auch dazu angehalten worden war, in einem Lokal namens Beauty Bar, das tief verborgen in einem Gebäudekomplex in der Nagindas Master Road lag, ungefähr fünfzig Rupien für Drinks hinzublättern.

Wegen der Anzeige konnte man nicht viel unternehmen, aber da der Geschäftsmann einen Empfehlungsbrief an einen Staatssekretär der Regierung des Bundesstaats hatte, war Ghote für die Ermittlungen abgestellt worden. Pflichtschuldig hatte er sich in die Beauty Bar begeben, die ziemlich genauso aussah, wie er erwartet hatte; ein einziger Raum mit einer schäbigen Theke in einer Ecke, Wänden, an denen die blaue Farbe abblätterte, und ein paar Tischen mit Plastikplatten. An denen saßen eine Handvoll Männer; Büroboten mit weißen Kappen, ein Briefträger in khakifarbener Uniform, der auf seiner Runde eine Pause einlegte, ein Ohrreiniger mit rotem Turban, dessen kleines Aluminiumköfferchen neben ihm stand, und ein mobiler Wasserverkäufer, der den Handwagen mit seinem Fässchen draußen gelassen hatte. Alle beugten sich über schmierige Gläser mit einer klaren Flüssigkeit darin.

Aber auf einen der Trinkenden schien die Beschreibung, die der deutsche Geschäftsmann von seinem Fremdenführer abgegeben hatte, zuzutreffen. Und bei der ersten scharfen Frage hatte der Bursche fröhlich zugegeben, er sei Moti Popatkar und ja, er habe am Tag zuvor einen deutschen Touristen hergebracht.

»Aufregend für ihn, nicht?«, hatte er gesagt. »Eine verdammt feine indische Lasterhöhle zu sehen.«

Ghote hatte die abblätternde Wandfarbe betrachtet, einen Jungen, der lethargisch einen der Tische mit einem zusammengeknüllten dunkelgrauen Tuch abwischte; und die zwei Bilder, die ihm gegenüber schief an der Wand hingen. Eines zeigte ein englisches Mädchen aus lange zurückliegender Vergangenheit, deren Brüste größtenteils entblößt waren, und das andere die verstorbene Mrs. Gandhi mit strengem Blick.

»Na, lassen Sie sich von mir nicht noch einmal dabei erwischen, wie Sie einen ausländischen Besucher in so ein viertklassiges Lokal führen«, sagte er.

»Oh, Inspektorji, das würde ich nie tun. In nur neun oder zehn Tagen bin ich ohnehin der Weihnachtsmann.«

So hatte sich herausgestellt, welchen Job Moti Popatkar jedes Jahr in der Weihnachtszeit ausübte.

»Und ich bleibe dabei«, hatte er geendet. »Als ich vor viel zu vielen Jahren damit begann, mochte der Sohn des Besitzers, der jetzt selbst Besitzerji ist, mich sehr gern, wenn seine Mutter ihn zu mir brachte, um dem alten Weihnachtsmann seine Wünsche zu sagen. Daher kann mich jetzt der Geschäftsführer Sahib nicht hinauswerfen, so gern er das auch möchte.«

Moti Popatkars fröhliche Missachtung des angemessenen Respekts, der einem Polizeiinspektor zustand, ja sogar sein Mangel an Unterwürfigkeit, die die meisten Menschen wie er gegenüber einem Polizeiwallah an den Tag gelegt hätten, hatten bei Ghote eine Seite angesprochen, von der er normalerweise das Gefühl hatte, sie gut verbergen zu müssen. Er verspürte einen Anflug von Zuneigung zu diesem Burschen, so sehr ihm auch klar war, dass er jemanden ablehnen sollte, der Besucher, die nach Indien kamen, in solche schändlichen Lokale führte, und so verkehrt es auch erschien, dass ein solcher Tunichtgut, wie kurz auch immer, die Gewänder einer Gestalt trug, die immerhin ein christlicher Heiliger war, dem genauso zu huldigen war wie einem heiligen Mann der Hindus oder einem muslimischen *pir*.

Daher hatte er, als er einige Tage später das Kaufhaus des Weihnachtsmanns aufsuchte, um das Geschenk für Mrs. D'Cruz zu besorgen, einen Umweg gemacht, um einen Blick auf Moti Popatkar zu werfen, diesen unbekümmerten Vertreter des Bombayer Gesindels und Darsteller des Weihnachtsmanns, eines christlichen Heiligen aus lange vergangener Zeit.

Bei dieser Gelegenheit war eine Pause im Strom der Kinder eingetreten, die kamen, um sich Schokoriegel abzuholen und dem Weihnachtsmann Wünsche in den dicken Wattebart zu flüstern, und so war er geblieben, um ein paar Minuten mit dem rotgewandeten Burschen zu plaudern. Und seitdem hatte er in jedem darauffolgenden Jahr festgestellt, dass er es wieder tat, obwohl er immer noch das Gefühl hatte, den Mann hinter dem weichen, weißen Bart missbilligen zu müssen. Die Wahrheit war, dass ihm dessen unverantwortliche und dreiste Herangehensweise an das Leben und besonders an seine aktuelle Aufgabe irgendwie gefielen.

Erst letztes Jahr hatte der Weihnachtsmann eine besonders komische Geschichte zu erzählen gehabt.

»Oh, Inspectorji, Sie hätten mich fast in großen, großen Schwierigkeiten angetroffen.«

»Wie denn das, du größter aller Strolche?«

Moti Popatkar grinste durch seinen langen weißen Bart, der schon leicht schmierig aussah.

»Na, Sie wissen schon, Inspector, die Hälfte der Zeit verbringe ich damit, den *baba log* weiszumachen, dass sie kriegen, was sie sich wünschen, und die andere Hälfte sehe ich mir die Mütter verdammt genau an, falls sie irgendwie hübsch sind. Ja, und vor gerade zehn Minuten kam eine echte Schönheit, anglo-indisch, kurzer Rock und alles. Ganz schön rassig. Und – oh vergib mir, vergib mir, Herr im Himmel – ich war so abgelenkt, dass ich ihrer kleinen Tochter nicht nur einen Schokoriegel gegeben habe, sondern gleich ein Pfund davon. Und dann – wer anderes als der Direktor Sahib in Person kommt von hinten angesprungen? Warum verschenken Sie so viel vom Eigentum des Kaufhauses, will er wissen und schimpft. Dann – ach, Inspector, ich bin ein böser, böser Junge. Wissen Sie, was ich sage?«

»Nein?«

»Schnell wie ein Blitz sage ich: ›Aber Direktor Sahib, das kleine Mädchen ist mit seiner Gouvernante gekommen. Sie ist die Enkelin von Multimillionär Tata, Sie wissen schon.‹«

Ghote hatte laut gelacht. Er konnte nicht anders. Außerdem war der Direktor, mit dem er schon einmal zu tun gehabt hatte, ein sehr selbstgefälliges Individuum.

»Aber dann, Inspectorji, was sagt der Direktor Sahib zu mir?«

»Nun, sag es mir.«

»Er sagt: ›Verdammter Schwachkopf, du hättest ihr ein ganzes Kilo Kuchen geben sollen.‹«

Daraufhin hatte Ghote das Gefühl gehabt, sein Weihnachten sei fröhlicher geworden. Auch Mrs. D'Cruz hatte ein besseres Geschenk als sonst bekommen.

Daher beschloss er jetzt, dem Weihnachtsmann seinen Besuch abzustatten, bevor er das Geschenk kaufen ging. Doch als er zu dem Podium kam, auf dem der Weihnachtsmann residierte und wo sein dicker Sack mit kleinen Geschenken neben ihm auf dem Boden stand, stellte er fest, dass sich ihm eine Szene bot, die nichts mit »allen Menschen ein Wohlgefallen« zu tun hatte.

Moti Popatkar saß wie üblich wie ein Monarch auf seinem thronähnlichen Sessel und war wie immer in sein leuchtend rotes, schimmerndes Gewand gehüllt, und auf seinem Kopf saß die weiche rote, weiß abgesetzte Mütze. Doch er beugte sich nicht vor, um das vor Speichel sprühende Flüstern der Kinder zu verstehen. Und er wiegte sich auch nicht und stieß dabei Ho-Ho-Hos aus. Stattdessen wirkte er hinter seinem Wattebart ausgesprochen zwielichtig, und vor ihm stand der Direktor und wirkte sowohl erzürnt als auch triumphierend.

Eine Dame in einem seidenen Sari, der mehrere tausend Rupien gekostet haben musste, stand mit einem kleinen Mädchen, offenbar ihrer Tochter, an der Hand direkt hinter dem Direktor und war sichtlich bestürzt und den Tränen nahe.

»Sie hören, was diese Dame sagt«, brüllte der Direktor, als Ghote herantrat. »Als sie dieses süße kleine Mädchen zu ihrem Besuch beim Weihnachtsmann brachte, steckte in ihrer Handtasche eine Brieftasche mit vielen, vielen Hundert-Rupien-Scheinen. Doch kurz nachdem sie Sie verlassen hatte, bemerkte sie, dass die Handtasche weit offen stand, und schloss sie – klick –, und als sie einen Einkauf in der Abteilung Geschenke und Diverses bezahlen wollte, was stellte sie fest? Die Brieftasche war verschwunden.«

Instinktiv fuhr Ghotes Hand wieder an seine Hüfte. Aber *thik hai*, kein *pockeet-maar* hatte sich an seiner Brieftasche zu schaffen gemacht.

»Aber nein, Direktor Sahib. Nein, nein. Ich habe keine Brieftasche genommen. Bei Gott nicht.«

Doch Moti Popatkars Beteuerungen – da bestand kein Zweifel – hatten einen verzweifelten Unterton.

»Ich werde Sie durchsuchen, gleich hier und jetzt«, tobte der Direktor.

»Nein.«

»Ja, sage ich.«

Und die Hand des Direktors schoss heran und fuhr in eine der großen, ausgebeulten Taschen des schimmernden roten Gewands nach der anderen. Doch nur, um aus der zweiten nichts Verfänglicheres hervorzuziehen als ein mit Flusen bedecktes *paan*, das in den Mund zu stecken und zu kauen der Weihnachtsmann keine Gelegenheit gehabt hatte.

»Mantel auf«, befahl der Direktor.

Ghote sah mit einem zunehmenden Gefühl von grauer Betrübtheit zu, wie Moti Popatkar, der jetzt völlig apathisch wirkte, zuließ, wie eifrige Finger seinen Mantel aufrissen und in die Hemdtasche und die Hosentaschen darunter fuhren.

Der wütende, verblüffte Kaufhausdirektor trat einen Schritt zurück. Hinter seinem dicken weißen Bart – der bei der Durchsuchung auseinandergerissen worden war – hatte Moti Popatkar immer noch nicht einmal ansatzweise zu seiner gewohnten guten Laune zurückgefunden.

Der Direktor wandte sich ab, um sich bei der erbosten Kundin zu rechtfertigen.

Ghote stieß einen tiefempfundenen Seufzer aus.

»Sehen Sie in den Sack des Weihnachtsmannes, Direktor Sahib«, sagte er.

»Ah! Ja, ja, ja.«

Der große Sack wurde weit aufgerissen. Der Direktor kniete sich hin.

»Warten Sie«, schrie Ghote mit einem Mal.

Der Direktor drehte sich um und blickte auf.

»Das sollten Sie einem Polizeibeamten überlassen«, sagte Ghote.

Er stieg auf das Podium und kniete seinerseits neben dem aufklaffenden Sack nieder. Dann tastete er ganz vorsichtig darin herum und schob mit den Fingern Schokoriegel und kleine Bonbontüten beiseite.

Schließlich stand er auf.

Zwischen Daumen und Zeigefingerspitze der rechten Hand

hielt er eine Brieftasche aus Krokodilleder, an deren Rand große blaue Hundert-Rupien-Scheine hervorschauten.

»Die gehört mir«, rief die wartende Kundin aus.

Neben ihr brach ihre Tochter in Tränen aus.

»Inspector«, sagte der Direktor, »würden Sie diesen Kerl freundlicherweise festnehmen?«

»Also, Direktor Sahib«, gab Ghote zurück, »ich finde, das sollte ich erst tun, wenn ich Beweise habe. Fingerabdrücke.«

»Aber ... wir haben ihn gerade auf frischer Tat ertappt.«

»Sind Sie sich sicher, Direktor Sahib? Haben Sie tatsächlich beobachtet, wie dieser Weihnachtsmann die Brieftasche in seinen Sack gesteckt hat? Und mehr noch, haben Sie nicht gesehen, wie er sich verhalten hat, als Sie ihm Vorwürfe gemacht haben? Er war überhaupt nicht mehr so aufgekratzt wie sonst. Hätte er geglaubt, Sie hinters Licht zu führen, indem er diese Briefasche in seinem Sack versteckte, weil Sie dort nicht suchen würden, dann glaube ich, er hätte eine freche Antwort gegeben. Und da er das nicht getan hat, wurde mir plötzlich klar, was passiert sein musste.«

»Und was war das, Inspector?«, verlangte die reiche Kundin zu wissen.

»Ah, Madam, das konnten Sie nicht wissen, doch eben, als ich das Kaufhaus betrat, erblickte ich einen gewissen Ram Prasad, einen berüchtigten Taschendieb. Er hatte mich auch gesehen, und *ek dum* drehte er sich um und ging weiter in das Kaufhaus hinein. Ich glaube, dass er kurz darauf die Brieftasche, die er bereits aus Ihrer offenen Handtasche gestohlen hatte, in diesen Sack fallen ließ. Dieser Weihnachtsmann muss ihn dabei beobachtet haben, konnte aber nichts dagegen tun, und ich vermute, Ram Prasad hat die Absicht, sich seine Beute zu holen, sobald er sieht, dass ich das

Kaufhaus verlassen habe. Ich bin mir sicher, dass wir seine Fingerabdrücke, die sich seit zehn, zwölf Jahren in unseren Akten befinden, auf dieser sehr schönen glänzenden Krokodilleder-Oberfläche finden werden.«

Und da grinste der Weihnachtsmann Sahib hinter seinem schmierigen Wattebart strahlend.

»Ho, ho, ho«, lachte er in sich hinein.

Originaltitel: *A Present for Santa Sahib*
Ins Deutsche übertragen von Barbara Röhl

Der Weihnachtszug
Will Scott

Will Scott, der heute fast völlig in Vergessenheit geraten ist, schrieb im Laufe seiner Karriere mehr als zweitausend Geschichten. Er begann mit kurzen, humoristischen Erzählungen für verschiedene britische Zeitschriften, bevor er sich Kriminalgeschichten zuwandte. Zu seinen interessantesten Charakteren gehören der mit dem seltsamen Namen Giglamps, eine Kombination aus Hobo, Detektiv und Ganove; Disher, ein ungeheuer dicker und wichtigtuerischer Detektiv, der einmal – und vielleicht mehr als einmal – sagte: »Es ist natürlich das Langweiligste auf der ganzen Welt, aber ich habe immer recht«; und Jeremiah Jones, auch bekannt als der Lachende Gauner, der in einer langen Reihe von Geschichten regelmäßig den Scotland-Yard-Inspector Beecham übertölpelt. *Der Weihnachtszug* erschien zum ersten Mal in der Ausgabe von *Passing Show* vom 23. Dezember 1933.

Der Weihnachtszug
Will Scott

»Haben Sie Ihre Fakten beisammen, Maxwell?«, verlangte Mr. Jeremiah Jones zu wissen.

»Positiv, Sir«, antwortete der nüchterne Maxwell. »Mr. Hadlow Cribb ist heute Morgen in Southampton an Land gegangen. Er hat die Edelsteine bei sich. Vierzigtausend Pfund wert. Das Problem ist, dass man so etwas nicht durch den Zoll bringt, ohne dass jemand davon erfährt. Und ich habe es erfahren. Das hat ein hübsches Sümmchen gekostet!«

»Luxus«, überlegte Mr. Jones grinsend, »hat immer seinen Preis. Aber fahren Sie fort.«

»Mr. Hadlow Cribb nimmt heute Abend an der Liverpool Street Station den Zug, um in sein Landhaus in Friars Topliss zu fahren, wo er Weihnachten verbringen will«, sprach Maxwell weiter. »Die Juwelen hat er natürlich bei sich. Die Abfahrt ist um vierzehn Minuten nach sechs.«

»Vier Stunden«, murmelte Mr. Jones mit einem Blick auf seine Armbanduhr. »Der Zug wird voll sein. Allzu einfach wird das nicht. Doch wer nicht wagt, der nicht gewinnt. Ich wünschte, ich hätte ein wenig Erfahrung mit dieser Art von Arbeit.«

»Ich sollte noch hinzufügen«, fuhr Maxwell fort, »dass Mr. Hadlow Cribb ab Southampton von Marks begleitet wurde.«

»Marks?« Mr. Jeremiah Jones' Augenbrauen schossen hoch. »Der neue Bursche aus Beechams Büro?«

»Genau«, sagte Maxwell seufzend.

»Unter dem Schutz von Scotland Yard! Das wird nicht einfach«, wiederholte Mr. Jones. »Können Sie Dawlish eine Nachricht zukommen lassen?«, setzte er hinzu und griff nach dem Telefon.

»Dawlish?«

Mr. Jones nickte.

»Sie meinen, ihm sozusagen ein Licht aufstecken?«

»Auf taktvolle Art.«

»Vielleicht«, meinte Maxwell zweifelnd.

»Sind Sie sich nicht sicher?«

»Doch, ganz sicher.«

»Gut. Dann gehen Sie und tun Sie das. Wir treffen uns hier um halb sechs. Halten Sie alles bereit, und – das Wichtigste – sehen Sie zu, dass Sie eine Tasche bei sich haben, die derjenigen, in der Mr. Hadlow Cribb seine Edelsteine verwahrt, so ähnlich wie möglich sieht.«

»Wird gemacht«, versprach Maxwell und ging davon.

Mr. Jones nahm den Telefonhörer von der Gabel.

»Ist da Scotland Yard?«, sagte er jetzt. »Inspector Beecham? Sagen Sie, es ist Mr. Jones – ein alter Freund!«

Eine Minute verging, und dann breitete sich ein listiges Lächeln über Mr. Jones' fröhliches Gesicht.

»Sind Sie das, Beecham? Wie geht's Ihnen? Frohe Weihnachten! Warum nicht? Friede auf Erden, allen Menschen ein Wohlgefallen und so weiter.

Hören Sie zu, mein bester Beecham – ich habe ein Weihnachtsgeschenk für Sie. Sie werden sich erinnern, dass ich Ihnen, falls ich sie bekäme, die – äh – Insiderinformationen versprochen habe, wie man so sagt, geschmackloser Ausdruck, ich weiß, aber so *heißt* es nun einmal, oder? Ich dachte, Sie wüssten … Guter Mann, ich bin dabei; lassen Sie mich doch ausreden …

Wegen dieses Überfalls neulich in Clapham, als das Mädchen niedergeschlagen wurde. Sie wissen, wie ich Brutalität verabscheue. Ich meine, er hätte sie ebenso leicht chloroformieren können, oder? … Aber ich sage Ihnen, ich habe Ihren Mann, mit Adresse und allem.

Hören Sie, ich bin um vier im Baltic … Nein, nein, mein lieber Beecham, ich möchte Sie viel lieber persönlich treffen … Es ist Ihr Gesicht. Das versüßt mir den Tag. Im Baltic um vier. Schreiben Sie es sich lieber auf. Sie sind *so* vergesslich!«

Woraufhin Mr. Jones mit einem glücklichen leisen Lachen den Hörer auflegte, zur Liverpool Street Station fuhr, zwei Erste-Klasse-Fahrkarten kaufte und sich dann in seine gewohnte Ecke im halbdunklen Salon des Baltic Hotels in der Nähe von Piccadilly setzte.

Um Punkt vier Uhr tauchte das phlegmatische Gesicht von Detective Inspector Beecham von Scotland Yard auf, und der Mann vom Yard nahm wortlos neben Mr. Jones Platz.

»Frohe Feiertage!«, sagte Letzterer munter.

Beecham brummte.

»Nun machen Sie doch mal ein fröhliches Gesicht.« Mr. Jones strahlte.

»Sie schulden mir Informationen«, erinnerte Beecham ihn.

»Ich habe sie hier«, erklärte Mr. Jones und zog ein Notizbuch hervor, das er auf den Tisch legte.

»Wenn ich *schulden* sage, meine ich schulden«, setzte Beecham hinzu. »Bilden Sie sich nur nicht ein, eine Schuld abzutragen. Sie zahlen nur die Rückstände. Sie sind mir so oft durch die Finger gegangen, dass ich dies hier, ohne zu zögern, annehme. Ich habe ein Recht darauf. Aber damit ist nichts getilgt. Wenn ich Sie morgen schnappen kann, dann schnappe ich Sie.«

»Warum nicht heute Abend?« Mr. Jones lächelte.

»Bei der ersten Gelegenheit«, knurrte Beecham.

Mr. Jones zog ein Stück Papier aus seinem Notizbuch und begann es auseinanderzufalten. Falls er das verblüffte Aufkeuchen neben sich hörte, nahm er keine Notiz davon. Er faltete weiter das kleine Papier auseinander. Aber es war nicht der Zettel gewesen, der den Mann von Scotland Yard hatte aufkeuchen lassen. Es war der Anblick der zwei Zugfahrkarten. Erster Klasse. Nach Friars Topliss.

»Hier ist die Adresse«, sagte Mr. Jones und reichte dem Detective den Zettel. »Dort finden Sie Ihren Mann. Sie werden auch die Beweise finden. Und er hat hochverdient, was auf ihn zukommt. Wenn Sie mögen, können Sie ihm das von mir ausrichten, wenn Sie ihm erklären, dass ich Ihnen die Informationen über ihn besorgt und Ihnen damit die Arbeit abgenommen habe.«

»Noch etwas?«, fragte Beecham.

»Nichts«, sagte Mr. Jones, »außer, Sie erlauben mir, den Kellner noch einmal zu rufen, damit wir im wahren Weihnachtsgeist miteinander …«

»Ich gehe«, erklärte Beecham barsch und stand auf.

»Sie haben ein Herz aus Stein, lieber Beecham«, seufzte Mr. Jones. »Und doch, an Heiligabend, wenn Sie Ihren Strumpf und den Kamin sehen – wer weiß?«

Aber Detective Inspector Beecham war schon auf dem Weg zur Tür – und zu Scotland Yard.

Zurück in seinem Büro läutete der korpulente Mann eine Glocke und rief seinen neuen Assistenten Marks zu sich.

»Ah, Marks«, sagte er knapp. »Wegen Mr. Hadlow Cribb. Hat er heute Abend im Zug Begleitung?«

»Das übernehme ich«, erklärte Marks.

»Nicht nötig«, brummte Beecham.

»Nicht nötig, Sir?«

»Ich fahre *selbst*!«

Und als Beecham das Ende einer dicken Zigarre abschnitt, hätte er vor Selbstzufriedenheit beinahe gelächelt.

Der sechs Uhr vierzehn von Liverpool Street bekam schon mit dem Schnee zu tun, bevor er sich in Bewegung setzte. Der Schnee wehte durch das offene Ende des großen Bauwerks herein und hängte sich an die Vorderseite der Lokomotive und die Seiten der Fahrgäste und der Freunde, die sie verabschiedeten. Die Mehrheit war der Meinung, das Wetter entspreche der Jahreszeit, aber man befand einmütig, die Fahrt werde sicherlich lang und unbequem werden.

In der lachenden oder murrenden, fröhlichen oder nervösen Menge blieb ein kleiner grauer Mann unbemerkt. Die Fröhlichen waren zu fröhlich, um das leiseste Interesse an einer so kleinen, grauen Gestalt an den Tag zu legen, und die Beklommenen zu beklommen. Er stieg in den Zug, als existierten er und die unauffällige schwarze Tasche, die er bei sich trug, nicht wirklich, und als er sich schnaufend in der Ecke eines Erste-Klasse-Abteils niederließ, wirkte dieses Abteil immer noch leer.

Während jeder, ob fröhlich oder beklommen, dem großen, gut aussehenden Mr. Jones, der mit dem ernsten, würdevollen Maxwell auf den Fersen den Bahnsteig entlangging, zumindest einen Blick gönnte. Er strahlte eine Selbstsicherheit aus, die andeutete, dass er, wenn der Bahnhof ihm schon nicht gehörte, zumindest eine Option von zehn Tagen darauf besaß.

Aber da niemand den ersten, grauen Mann bemerkt hatte, fiel auch niemandem auf, dass die unauffällige schwarze Tasche, die Maxwell Mr. Jones hinterhertrug, der Zwilling dieser unauffälligen schwarzen Tasche war, mit der der graue Mann vor wenigen Augenblicken vorbeigegangen war.

Das heißt, bis auf einen einzigen aufmerksamen Beobachter mit halbmondförmigem Schnurrbart, der sich jetzt aus einer dunklen Ecke gelöst hatte und nicht einmal zwanzig Fuß hinter Mr. Jones und Maxwell durch die Schranke trat.

Mr. Jones und Maxwell passierten das Erste-Klasse-Abteil, in dem der graue Mr. Hadlow Cribb mit seinen Edelsteinen im Wert von vierzigtausend Pfund saß, gingen weiter, bis sie den Speisewagen hinter sich gelassen hatten, und suchten sich dann ihr eigenes Erste-Klasse-Abteil.

Aber der aufmerksame Beobachter, Detective Inspector Beecham, wechselte einige leise Worte mit dem Schaffner am anderen Ende des Zugs und zog sich dann wieder in die Schatten zurück, in diesem Falle in das halbdunkle Dienstabteil.

Der Zug verließ den Bahnhof, und gleichzeitig verließ Detective Inspector Beecham das Dienstabteil. Der Zug bewegte sich hinaus in den unwirtlichen Winterabend, doch Beecham trat auf den vergleichsweise behaglichen Gang hinaus. Diesem folgte er bis in den zweiten Wagen, wo er, nachdem er sich zu seiner Zufriedenheit vergewissert hatte, dass Mr. Hadlow Cribb immer noch allein und seine schäbige Tasche unangetastet war, hinter der Gangecke am Ende des Wagens seinen Beobachtungsposten bezog.

Meile folgte auf Meile, Minute auf Minute. Detective Inspector Beecham begann unruhig zu werden. Die Fenster am Gang waren mit einer Schneeschicht überzogen. Es gab nichts zu sehen und wenig zu tun. Von den Enden des Zuges her drangen fröhliche, weihnachtliche Rufe an sein Ohr. Er begann sich fehl am Platz zu fühlen. Er begann sich zu langweilen. Er schüttelte sich und machte sich daran, den ganzen Zug abzugehen.

Er durchquerte den Speisewagen. Er ging durch die beiden Waggons hinter dem Speisewagen – überzeugt davon, dass weder Mr. Jones noch Maxwell ihn gesehen hatten –, bevor er stehen blieb, wieder dort, wo sich der Gang am Ende eines Waggons verbreiterte.

Erneut musste er sich zwangsläufig aufs Warten einrichten. Wieder begann er sich fehl am Platz und gelangweilt zu fühlen. Aber endlich, ungefähr eine Stunde nach der Abfahrt aus Liverpool Street, hörte er erfreut, wie im Gang eine Tür aufgeschoben wurde, und sah freudig erregt, dass die beiden Männer, die das Erste-Klasse-Abteil verließen und in Richtung Zugende gingen, Mr. Jones und Maxwell waren. Und Maxwell trug die zweite schäbige kleine Tasche.

»Aha!«, sagte Beecham leise zu sich.

Er ließ sie um die Ecke am Ende des Waggons biegen; schließlich folgte er ihnen. Er ging ihnen durch den nächsten Wagen nach. Dann gab er ihnen eine Dreiviertelminute Zeit, stürzte in den Speisewagen und bereitete sich innerlich auf den interessanten Teil im hinteren Abschnitt des Zuges vor.

Aber dann blieb er stehen.

Und Mr. Jones unterbrach sich ebenfalls. Er war dabei gewesen, Truthahn und Plumpudding zu bestellen, und sah jetzt zu Detective Inspector Beecham auf.

»Ja, wen haben wir denn da!«, rief er aus. »Wer hätte das gedacht? Maxwell – wünschen Sie dem Gentleman frohe Weihnachten!«

»Frohe Weihnachten, Sir«, sagte Maxwell und nickte dem Detective respektvoll zu.

»Setzen Sie sich doch zu uns«, lud Mr. Jones ihn ein. »Schließlich ist nur einmal im Jahr Weihnachten, und Sie dürfen gern ›unbeschadet sonstiger Ansprüche‹ vor sich hinmurmeln, während Sie mein Bier trinken. Oder soll es Portwein sein?«

Beecham ließ sich müde auf den bequemen Platz gegenüber den beiden sinken.

»Ich …« Er unterbrach sich.

»Ja, mein Lieber?«, ermunterte ihn Mr. Jones.

»Nichts«, brummte der Detective.

»Erzählen Sie mir nicht, dass Sie über Weihnachten Urlaub machen«, sagte Mr. Jones. »Soweit ich weiß, glauben Sie nicht an solchen Unsinn. Oder irre ich mich? Versteckt sich hinter Ihrem harten Gesicht ein Herz, das nach drei Gläsern Rumpunsch und dem Anblick einer Stechpalmenbeere weint?«

»Es geht darum, wohin *Sie* fahren«, widersprach Beecham.

»Das sehe ich ganz anders«, meinte Mr. Jones lächelnd. »Kellner – oder heißt es Steward? Ich reise so wenig. Bringen Sie meinem Freund, Detective Inspector Beecham von Scotland Yard, Truthahn und Plumpudding und alles, was man zu Weihnachten so isst und trinkt. Beecham, ich glaube, Sie kennen den Steward noch nicht, oder? Der Steward Detective Inspector Beecham. Von Scotland Yard, verstehen Sie. Mein sehr guter Freund.«

Der Angestellte ging lächelnd davon, während der Detective, dessen Hals immer rosiger anlief, vergebens versuchte, aus dem Fenster zu schauen.

»Wenn ich Reklame für mich machen wollte …«, versetzte er heftig.

»Das werden Sie nie«, versicherte ihm Mr. Jones. »Sie sind zu bekannt, um das nötig zu haben. Zu tief in der Zuneigung der Masse verankert, um zu einem so billigen Mittel zu greifen. Reklame machen? Sie? Wenn Sie das nötig haben, wird die Zivilisation untergegangen sein. Was halten Sie von den Eislauf-Aussichten über die Feiertage? Ich lege Wert auf Ihre Meinung.«

»Ich bin mir nie ganz sicher«, sagte Beecham und warf Mr. Jones einen wütenden Blick zu, »ob Sie ein ausgekochter Narr oder nur ein Narr sind.«

»Sagen wir doch, ich bin ein glücklicher Narr«, schlug Mr. Jones vor.

»Glück, ha!«, fauchte Beecham.

»Das zeigt«, meinte Mr. Jones, »wie wenig Sie mich kennen. Sie müssen mich besser kennenlernen. Besuchen Sie mich doch einmal. Jeden zweiten Donnerstag im Monat, verstehen Sie. Tee. *Und* Kuchen.«

Um dem finsteren alten Mann von Scotland Yard Gerechtigkeit widerfahren zu lassen: Er genoss den Truthahn, den Plumpudding und den darauffolgenden Port beinahe.

Trotz der Gesellschaft hätte er die Abwechslung vollauf genossen, wäre da nicht der Anlass gewesen, der ihn hergeführt hatte. Unter den gegebenen Umständen sprach er wenig. Und er lauschte auch nur gelegentlich dem endlosen Strom aufgeräumten Geplauders, der von Mr. Jones' Lippen sprudelte.

Er richtete sich resigniert aufs Warten ein und versuchte, die Anzahl der Meilen zu berechnen, die die ratternden Räder des Zugs inzwischen zurückgelegt hatten.

Mr. Jones warf einen Blick auf seine Armbanduhr.

»Acht Uhr? Der Schnee hält uns auf. Wir sollten doch um fünf vor schon in Friars Topliss sein, oder?«

Bei der Erwähnung von Friars Topliss sah Beecham auf, sagte aber immer noch nichts. Mr. Jones bot ihm eine Zigarre an, die abgelehnt wurde, und zündete sich dann selbst eine an.

Zehn Minuten später begann der Zug abzubremsen.

»Und wo sind wir jetzt?«, fragte Mr. Jones.

Überall im Speisewagen wurde eifrig über beschlagene Fenster gerieben, was keine Fragen beantwortete. Ein mit weihnachtlichen Speisen auf einem Tablett beladener Kellner ging rasch vorbei.

»Sagen Sie, Steward, wo sind wir?«, erkundigte sich Mr. Jones.

»Fahren gerade nach Etching Vale ein, Sir«, antwortete der Angestellte. »Friars Topliss in fünfundzwanzig Minuten.«

»Danke«, sagte Mr. Jones und wandte sich an Maxwell.

»Hier steigen wir aus«, erklärte er. »Haben Sie alles, Maxwell?«

»Alles, Sir«, antwortete Maxwell.

»Vergessen Sie die Tasche nicht.«

Maxwell blieb stehen und nahm die schäbige Tasche.

»Hier ist sie, Sir.«

Mr. Jones stand auf. Maxwell ebenfalls. Beecham starrte die beiden an. Er war unzufrieden, wusste aber nicht, womit.

Maxwell half Mr. Jones in seinen dicken Überzieher, schlüpfte in seinen eigenen und wartete. Mr. Jones zog sich den Hut über die Ohren und schlug seinen Mantelkragen hoch.

Der Zug hielt an.

»Dann also auf Wiedersehen, Beecham, guter Mann«, sagte Mr. Jones lebhaft. »Und ein glückliches neues Jahr, falls ich Sie vorher nicht mehr sehe.«

Und er stieg auf dem verschneiten Bahnsteig aus. Maxwell folgte ihm mit der schäbigen kleinen Tasche.

Beecham blinzelte. Diese kleine Tasche … War es möglich? Vielleicht sogar schon, bevor Hadlow Cribb in den Zug gestiegen war? Oder mittels eines Tricks, während er, Beecham, in dem Dienstabteil auf seine Gelegenheit gewartet hatte?

»Ausgekocht ja, aber ich frage mich, ob er *wirklich* ein Narr ist«, dachte er ernst.

Der starke Wind bedeckte Mr. Jones und den treuen Maxwell blitzschnell mit Schnee. Sie eilten über den trostlosen Bahnsteig, um Schutz an der Bahnhofsmauer zu suchen. Und in deren Windschatten gingen sie rasch zur Schranke. Hier zeigte Mr. Jones zwei Fahrkarten vor.

Der Schaffner musterte die Fahrkarten in dem schwachen Lampenlicht.

»Entschuldigung, Sir«, sagte er, »aber hier ist Etching Vale.«

»Bemerkenswert, wie Sie das trotz des ganzen Schnees, der darauf liegt, erkennen«, meinte Mr. Jones.

»Diese Fahrkarten sind für Friars Topliss, Sir«, sagte der Kontrolleur.

»Ich weiß«, sagte Mr. Jones, »aber ich habe es mir anders überlegt. Ich kam auf die Idee, hier auszusteigen. Hat mich irgendwie angesprochen.«

»Fahrtunterbrechungen sind nicht gestattet, Sir«, rief ihm der Schaffner ins Gedächtnis. »Ich fürchte, dann müssen Sie noch einmal zahlen.«

Mr. Jones drückte dem Schaffner einen Geldschein in die Hand.

»Nehmen Sie's davon«, sagte er, »und kaufen Sie mit dem Rest Ihrer Frau etwas zu Weihnachten.«

»Hab keine Frau, Sir«, grinste der Schaffner.

»Werden Sie aber bald«, versicherte Mr. Jones ihm, »bei Ihrem Charme.«

Er trat hinaus auf den schneebedeckten Bahnhofsvorplatz des kleinen Etching Vale. Links von sich hörte er Maxwells leise Schritte und, wie ihm bald klar wurde, weitere weiche Schritte von rechts. Er drehte sich um und erblickte einmal mehr die kräftige Gestalt von Detective Inspector Beecham.

»Nicht schon wieder!«, rief er aus. »Aber mein lieber Beecham, ich dachte, Sie führen weiter?«

»Ich dachte, Sie auch«, sagte Beecham.

»Ich habe es mir anders überlegt«, erklärte Mr. Jones ihm.

»Ich auch«, gab Beecham zurück.

»Eine teure Angelegenheit, musste ich feststellen«, sagte Mr. Jones.

»Nicht für mich!«, sagte Beecham.

»Oh ja, natürlich, Sie sind ja bei der Polizei bekannt«, sagte Mr. Jones, »was etwas ganz anderes ist!«

Er lächelte abwartend, aber Beecham wartete ebenfalls.

»Wohin jetzt?«, fragte er.

»Wohin möchten Sie denn?«, sagte Beecham.

»Sie meinen doch nicht, dass die Drinks ab jetzt auf Sie gehen, oder?«, sagte Mr. Jones. »Aber Beecham, mein Guter, das ist zu rührend! Nun gut – dort drüben liegt eine anständig aussehende, altmodische Herberge. Sollen wir?«

»Meinetwegen«, knurrte Beecham.

Quer über den Platz gingen sie zu dem altmodischen Hotel, wo der Mann von Scotland Yard zu Mr. Jones' Überraschung sich sofort ein Einzelzimmer nahm und Drinks nach oben bringen ließ.

»Wenn Sie mir folgen würden«, sagte er zu Mr. Jones.

»Gern«, meinte Mr. Jones zustimmend. »Soll Maxwell bei dem Wetter draußen bleiben und die Pferde festhalten?«

»Oben ist Platz für uns drei«, sagte Beecham.

»Was könnte besser sein?«, sagte Mr. Jones.

Und sie gingen hinauf, gefolgt von einem Kellner mit einem Tablett.

»Gemütlich«, bemerkte Mr. Jones, als der Kellner sie verlassen und die Tür geschlossen hatte. »Haben Sie vor, lange zu bleiben?«

»Ungefähr so lange, wie ich brauche, um Ihre kleine Tasche zu durchsuchen«, gab Beecham zurück.

»Beecham!«, keuchte Mr. Jones. »Ich verstehe Sie nicht.«

»Das werden Sie noch«, sagte Beecham. »Ich habe Sie immer für zu schlau gehalten. Heute Nachmittag haben Sie mich Ihre Zugfahrkarten sehen lassen. Danach brauchte ich nur noch zusammen mit Ihnen zu fahren. Übergeben Sie mir die Tasche.«

»Wissen Sie, Beecham, mein Lieber«, sagte Mr. Jones, »ich glaube wirklich nicht, dass Sie das Recht dazu haben.«

»Das kann ich mir schnell besorgen«, sagte Beecham. »Tun Sie, was Sie nicht lassen können, wenn Sie Zeit vergeuden wollen. Sie werden sie nur in meiner Anwesenheit verschwenden, das ist alles.«

Mr. Jones seufzte.

»Maxwell«, sagte er, »niemand vertraut uns. Die Welt ist voller Argwohn. Geben Sie dem Gentleman die kleine Tasche.«

Maxwell reichte dem Gentleman die kleine Tasche, und der Gentleman riss sie stirnrunzelnd sofort auf. Pyjamas, Kämme und Zahnbürsten fielen heraus. Nichts anderes. Beecham klickte mit den Zähnen und sah auf.

»Die Anzugtaschen vielleicht?«, sagte er.

»Überhaupt keine Freundlichkeit«, bemerkte Mr. Jones mit einem weiteren Seufzen. »Ihre Taschen, Maxwell.«

Maxwell leerte seine Taschen. Mr. Jones leerte die seinen. Das Gesicht des Detectives lief rot an. Er wandte sich noch einmal der kleinen Tasche zu, tastete sie von innen ab, warf sie zu Boden. Schnell, aber gründlich glitten seine Hände an den Anzügen der beiden Männer nach unten; dann stieß er einen unterdrückten Ausruf aus und riss den Hörer von einem Telefon, das auf einem Ecktisch stand.

»Verbinden Sie mich mit der Polizei von Friars Topliss, schnell!«, schrie er.

»Vielleicht sagen Sie mir ja, lieber Beecham«, warf Mr. Jones ein, »*was* Ihnen auf der Seele liegt.«

Aber das tat Beecham nicht. Er saß da und starrte das Telefon vor seiner Nase an, bis es leise läutete.

»Ja?«, brüllte er. »Hier ist Detective Inspector Beecham von Scotland Yard. Ist der sechs Uhr fünfzehn ab Liverpool Street … was? Guter Gott! Niedergeschlagen? Aber ich habe ihn gesehen … die Edelsteine? Verschwunden! Ich komme!«

Er ließ den Hörer fallen und fuhr herum.

»Ohne die geringste Ahnung zu haben, woran Sie denken«, sagte Mr. Jones, »finde ich, Sie müssen zugeben, dass ich niemals jemanden zusammenschlage. Ich mag ja viele Schwächen haben, aber nicht diese.«

»Ich weiß nicht genau, was Sie mit der Sache zu tun haben«, fauchte Beecham, »aber denken Sie daran. Ich schnappe Sie.«

»Das bezweifle ich.« Mr. Jones lächelte. »Ich fürchte, das hätten Sie gern, aber die Welt enttäuscht einen immer wieder.«

Beecham strebte mit großen Schritten zur Tür.

»Verabschieden Sie sich von dem Gentleman, Maxwell«, sagte Mr. Jones.

Und Maxwell verabschiedete sich von dem Gentleman.

»Schnieke« Dawlish, gewieft, aber ein grober Klotz, schloss die Tür seiner Wohnung in der Baker Street auf und schaltete das Licht ein. Er war mit sich und der Welt im Allgemeinen zufrieden. Zumindest, bis er das Licht anknipste.

Dann stellte er fest, dass er in den Lauf einer Automatik blickte, und änderte seine Meinung über die Welt augenblicklich.

»Guten Abend«, sagte Mr. Jones. »Oder Morgen. Wie spät ist es eigentlich? In einem Schneesturm durch die Welt zu reisen, lässt einen das Zeitgefühl verlieren.«

»Wer sind Sie?«, knurrte Dawlish.

»Darauf kommt es nicht im Geringsten an«, sagte Mr. Jones.

»Was wollen Sie?«

»Die Edelsteine, die Sie Mr. Hadlow Cribb im Zug nach Friars Topliss gestohlen haben«, erklärte Mr. Jones. »Und ich will sie jetzt. Ich warte seit zwei Stunden ohne Feuer im Kamin. Ich bin deprimiert. Und wenn ich deprimiert bin, werde ich unangenehm. Diese Wölbung in Ihrer rechten Tasche, glaube ich. Machen Sie schon! Eins, zwei …«

An diesem Punkt gab »Schnieke« Dawlish auf.

»Da soll mich doch der Teufel holen, wenn ich eine Ahnung habe, woher Sie das wussten«, murrte er.

»Aber natürlich wusste ich davon«, sagte Mr. Jones. »Ich selbst habe Sie doch heute Nachmittag darauf gebracht, dass das Zeug im Zug sein würde.«

»Sie?«

»Wohlgemerkt, Sie hätten keine Chance auf der Welt gehabt, wäre ich nicht im Zug gewesen, um die Polizei abzulenken«, setzte Mr. Jones hinzu. »Der liebe alte Cribb wurde bewacht, und Sie wären nie in seine Nähe gekommen. Hirn, mein Junge. Damit kommt man nach oben.

Wohlgemerkt, *ich wäre nicht herangekommen*. Dazu bin ich bei der Kriminalpolizei zu beliebt. Sie lassen mich nicht aus den Augen. Weswegen ich manchmal die Arbeit anderen überlassen muss. Was mich an etwas erinnert.«

Er öffnete das Päckchen mit den Edelsteinen, nahm einen heraus und warf ihn auf den Tisch.

»Jede Arbeit ist ihren Lohn wert«, sagte er lächelnd. »Sie hätten zwei – oder vielleicht sogar drei – bekommen, wenn Sie ihn nicht zusammengeschlagen hätten. Gewalt ist etwas, das ich hasse. Zumindest dachte ich das immer. Vielleicht ändere ich ja eines Tages meine Meinung. Möglicherweise sogar noch heute. Versuchen Sie mir zu folgen, und Sie werden es erfahren! Leben Sie wohl, Mr. … Dawlish, glaube ich. Entzückt, Sie kennengelernt zu haben. Und frohe Weihnachten.«

Originaltitel: *The Christmas Train*
Ins Deutsche übertragen von Barbara Röhl

Markheim
Robert Louis Stevenson

Die meisten können sich vermutlich nur schwer daran erinnern, dass Robert Louis Stevenson, einer der größten Abenteuerschriftsteller aller Zeiten, der für solche Klassiker wie *Die Schatzinsel* (1883), *Intrigen am Thron* (1885), *Entführt* (1886) und *Der Schwarze Pfeil* (1888) verantwortlich ist, unter dem Titel *Im Versgarten* (1885) auch einen vielgeliebten Gedichtband für junge Leser veröffentlicht hat. Er schrieb ebenfalls eine ganze Reihe von Kriminalgeschichten, von denen *Der Seltsame Fall des Dr. Jekyll und Mr. Hyde* (1886) mit Sicherheit die bekannteste ist, eine makabre Allegorie, die einmal als die einzige Kriminalgeschichte beschrieben wurde, bei der die Auflösung furchterregender ist als das Problem. Die klassische Mördergeschichte *Markheim* wurde zuerst in *The Broken Shaft* veröffentlicht (London, Unwin, 1885).

Markheim
Robert Louis Stevenson

»Ja«, sagte der Händler, »wir kommen auf die verschiedensten Arten zu unerwarteten Gewinnen. Einige Kunden kennen sich nicht aus, und dann ziehe ich aus meinem überlegenen Wissen einen Vorteil. Andere sind unehrlich«, bei diesen Worten hob er die Kerze, sodass ihr Licht hell auf seinen Besucher fiel, »und in diesem Fall«, so fuhr er fort, »profitiere ich von meiner Redlichkeit.«

Markheim war gerade erst von der Straße und aus dem Tageslicht hereingekommen, und seine Augen hatten sich noch nicht auf das Wechselspiel von Helligkeit und Dunkelheit eingestellt, das in dem Geschäft herrschte. Bei diesen provozierenden Worten und in unmittelbarer Nähe der Kerzenflamme blinzelte er gequält und wandte den Blick ab.

Der Händler lachte verhalten. »Sie kommen am Weihnachtstag zu mir«, redete er weiter, »an dem ich, wie Sie wissen, allein zu Hause bin, den Laden geschlossen habe und Wert darauf lege, keine Geschäfte zu machen. Nun gut, Sie werden dafür bezahlen müssen, Sie werden dafür zahlen müssen, dass ich meine Zeit vergeude, während ich eigentlich über meinen Geschäftsbüchern sitzen sollte, und darüber hinaus werden Sie für ein bestimmtes Verhalten zahlen müssen, das mir an Ihnen heute besonders stark auffällt. Ich bin die Diskretion in Person und stelle keine unangenehmen Fragen, aber wenn mir ein Kunde nicht in die Augen sehen kann, muss er dafür bezahlen.«

Der Händler lachte erneut ganz leise und fuhr dann in seinem üblichen geschäftsmäßigen Tonfall, wenn auch immer noch mit einer Andeutung von Ironie, fort: »Sie haben wie gewöhnlich eine eindeutige Erklärung dafür, wie Sie in den Besitz des Gegenstandes gekommen sind? Immer noch aus dem Kabinett Ihres Onkels? Ein bemerkenswerter Sammler, Sir!«

Und der kleine, blasse Händler mit den runden Schultern stand beinahe auf den Zehenspitzen, lugte über den Rand seiner goldenen Brille und nickte mit unübersehbarer Skepsis. Markheim erwiderte seinen Blick mit einem Ausdruck unendlichen Bedauerns und einem Anflug von Entsetzen.

»Dieses Mal«, sagte er, »irren Sie sich. Ich bin nicht gekommen, um etwas zu verkaufen, sondern um zu kaufen. Ich habe keine Raritäten mehr, die ich loswerden könnte, das Kabinett meines Onkels ist bis auf die Wandvertäfelung leergeräumt. Doch selbst wenn die Sammlung noch vollständig wäre, würde ich ihr eher etwas hinzufügen, anstatt etwas fortzunehmen, denn ich habe an der Börse ein gutes Geschäft gemacht, und mein heutiges Kommen ist ganz leicht erklärt. Ich suche ein Weihnachtsgeschenk für eine Dame«, fuhr er fort, und die Worte kamen ihm immer flüssiger über die Lippen, als er seinen vorbereiteten Text wiedergab, »und natürlich muss ich mich in aller Form bei Ihnen dafür entschuldigen, Sie wegen einer derart unwichtigen Kleinigkeit zu belästigen. Aber ich habe diese Angelegenheit gestern schleifenlassen; ich muss meine kleine Aufmerksamkeit während des Diners überreichen, und, wie Sie sehr wohl wissen, ist die Heirat mit einer wohlhabenden Partie etwas, wobei man sich keine Nachlässigkeit erlauben darf.«

Es folgte ein Schweigen, während der Händler diese Behauptung ungläubig abzuwägen schien. Das Ticken der vielen Uhren unter dem Trödelkram des Ladens und die leisen Rollgeräusche der Droschken in der nahen Durchgangsstraße durchbrachen den Augenblick der Stille.

»Schön, Sir«, sagte der Händler, »wie Sie wollen. Schließlich sind Sie ein alter Kunde, und wenn sich Ihnen, wie Sie behaupten, die Gelegenheit bietet, gut einzuheiraten, dann liegt es mir fern, Ihnen dabei im Wege zu stehen. Also, hier ist etwas Hübsches für eine Dame, dieser Handspiegel – garantiert fünfzehntes Jahrhundert, stammt ebenfalls von einem erfolgreichen Sammler. Aber ich erwähne den Namen im Interesse des Kunden nicht, der, wie Sie selbst, werter Herr, der Neffe und einzige Erbe eines bemerkenswerten Sammlers war.«

Während er auf seine trockene und bissige Art weitergeredet hatte, war der Händler stehengeblieben, um den Gegenstand von seinem Platz zu nehmen, und während er das tat, fuhr Markheim ein heftiger Schreck durch den Leib, der seine Hände und Füße zucken und einen plötzlichen Ansturm vielfältiger aufgewühlter Gefühlsregungen über sein Gesicht huschen ließ. Doch der Moment verging genauso schnell, wie er gekommen war und ließ nur ein leichtes Zittern der Hand zurück, die jetzt den Spiegel entgegennahm.

»Ein Spiegel«, sagte er mit rauer Stimme, verstummte dann und wiederholte deutlicher: »Ein Spiegel? Als Weihnachtsgeschenk? Ist das Ihr Ernst?«

»Und warum nicht?«, rief der Händler. »Wieso denn nicht einen Spiegel?«

Markheim musterte ihn mit einem unlesbaren Gesichtsausdruck. »Wieso nicht, fragen Sie mich?«, erkundigte er sich. »Also, sehen Sie her – schauen Sie hinein – betrachten Sie sich selbst! Gefällt Ihnen der Anblick? Nein! Das … das gefällt niemandem.«

Der kleine Mann war zurückgezuckt, als Markheim ihm so plötzlich den Spiegel entgegengestreckt hatte, doch nun, nachdem er erkannt hatte, dass ihm keine Gefahr drohte, lachte er glucksend. »Ihre zukünftige Gattin, Sir, ist anscheinend nicht gerade mit Schönheit gesegnet«, sagte er.

»Ich frage Sie nach einem Weihnachtsgeschenk«, sagte Markheim, »und Sie geben mir diese … diese verdammte Erinnerungsstütze an verflossene Jahre, Sünden und Torheiten, dieses tragbare, handliche Gewissen. Haben Sie das mit Absicht getan? Haben Sie sich dabei etwas gedacht? Antworten Sie mir. Es wäre besser für Sie. Kommen Sie, erzählen Sie mir von sich. Ich wage die Vermutung, dass Sie insgeheim ein sehr wohltätiger Mann sind.«

Der Händler betrachtete seinen Besucher genau. Es war sehr merkwürdig, Markheim schien nicht zu scherzen. In seinem Gesicht lag so etwas wie ein verzweifelter Hoffnungsfunke, aber kein Anzeichen von Heiterkeit.

»Worauf wollen Sie hinaus?« erkundigte sich der Händler.

»Nicht wohltätig?«, fragte der andere entmutigt zurück. »Nicht wohltätig, nicht fromm, kein Gewissen; ohne zu lieben und ungeliebt; eine Hand, um das Geld zu nehmen, einen Safe, um es aufzubewahren. Ist das alles? Lieber Gott, Mann, ist das wirklich alles?«

»Ich werde Ihnen sagen, was es ist«, begann der Händler mit einer gewissen Schärfe, brach dann aber wieder in ein verhaltenes Lachen aus. »Aber ich sehe, es handelt sich um eine Liebeshochzeit, und Sie haben auf die Gesundheit der Dame angestoßen.«

»Ah!«, rief Markheim mit seltsam anmutender Neugier. »Ah, sind Sie jemals verliebt gewesen? Erzählen Sie mir davon.«

»Ich!«, rief der Händler aus. »Ich und verliebt! Ich hatte früher nie die Zeit dazu, noch habe ich heute Zeit für diesen ganzen Unfug. Wollen Sie den Spiegel?«

»Warum so eilig?«, gab Markheim zurück. »Es ist sehr angenehm, hier zu stehen und sich zu unterhalten, und das Leben ist so kurz und so unsicher, dass ich vor keinem Vergnügen davoneilen würde – nein, nicht einmal vor einem so harmlosen wie diesem. Wir sollten lieber festhalten – an dem Wenigen festhalten, das wir bekommen können, so wie sich ein Mann am Rande eines Abgrunds festklammert. Jede Sekunde ist eine Klippe, wenn man darüber nachdenkt – eine Klippe, die eine Meile hoch ist, so hoch, dass unsere Menschlichkeit bis zur Unkenntlichkeit zerschmettert wird, wenn wir stürzen. Deshalb ist es am besten, entspannt zu plaudern. Lassen Sie uns voneinander erzählen; warum sollten wir uns hinter diesen Masken verbergen? Lassen Sie uns Vertrauen fassen. Wer weiß, vielleicht könnten wir Freunde werden?«

»Ich habe Ihnen nur eins zu sagen«, erklärte der Händler. »Entweder Sie tätigen Ihren Kauf, oder Sie verlassen mein Geschäft!«

»Wie wahr, wie wahr«, gab Markheim zurück. »Genug der Scherze. Kommen wir zum Geschäft. Zeigen Sie mir etwas anderes.«

Der Händler beugte sich erneut vor, diesmal, um den Spiegel wieder in das Regal zu legen, und dabei fiel ihm sein dünnes blondes Haar über die Augen. Markheim schob sich ein wenig näher, eine Hand in der Tasche seines Mantels verborgen. Er streckte sich, atmete tief ein, und im selben Moment zeichnete sich eine Vielzahl verschiedener Gefühlsregungen auf seinem Gesicht ab – Angst, Entsetzen, Entschlossenheit, Faszination und ein körperlicher Widerwille, und als er mit verzerrtem Gesicht die Oberlippe zurückzog, wurden seine Zähne sichtbar.

»Vielleicht würde das passen«, stellte der Händler fest, und als er sich wieder aufzurichten begann, stürzte sich Markheim von hinten auf sein Opfer. Der lange fleischspießartige Dolch blitzte auf und zuckte heran. Der Händler zappelte wie eine Henne, schlug mit der Schläfe gegen das Regal und sank dann zu einem reglosen Häuflein auf dem Boden zusammen.

Die Zeit war mit einer Menge kleiner Stimmen in dem Laden gegenwärtig, einige würdevoll und gemessen, wie es ihrem hohen Alter zustand, andere geschwätzig und eilig. Sie alle zählten die Sekunden in einem verworrenen tickenden Chor. Dann übertönten die hastigen, trommelnden Fußtritte eines Burschen auf dem Bürgersteig diese leiseren Stimmen und ließen Markheim schlagartig wieder seine Umgebung bewusst werden.

Er sah sich furchtsam um. Die Kerze stand auf dem Tresen, ihre Flamme tanzte behäbig im Luftzug, und durch diese schwache Bewegung war der ganze Raum von einem lautlosen Huschen erfüllt und wogte wie die See; die langen Schatten nickten, die großen Kleckse der Dunkelheit schwollen an und schrumpften wieder, als würden sie atmen, die Gesichter auf den Gemälden und die Porzellangottheiten veränderten sich und waberten wie Spiegelbilder auf einer bewegten Wasseroberfläche. Die Innentür stand halb offen und spähte mit einem langen Keil aus Tageslicht wie mit einem ausgestreckten Finger in dieses Schattenlager.

Nach dieser beängstigenden Wanderung kehrten Markheims Augen zum Körper seines Opfers zurück, das verkrümmt, doch auch mit ausgebreiteten Gliedmaßen dalag, unglaublich klein und auf merkwürdige Weise armseliger als zu Lebzeiten. In dieser ärmlichen, schäbigen Kleidung und der plumpen Haltung lag der Händler wie eine mit Sägespänen gefüllte Puppe da. Markheim hatte sich vor dem Anblick gefürchtet, und siehe da, es war gar nichts. Aber trotzdem fand dieses Bündel aus alten Kleidungsstücken, in der Blutpfütze liegend, beredsame Stimmen, als er es betrachtete. Hier würde es liegenbleiben; niemand, der die kunstvollen Gelenke bewegte oder das Wunder der Fortbewegung vollbrachte – hier würde es liegenbleiben, bis es gefunden wurde. Gefunden! O weh, und dann? Dann würde dieses tote Fleisch einen Schrei ausstoßen, der durch ganz England hallte und die Welt mit seinem Echo erfüllte, das nach Sühne schrie. Ja, tot oder nicht, dies war noch immer der Feind.

»Die Zeit blieb stehen, als das Gehirn erlosch«, dachte er, und die ersten Worte fuhren wie ein Blitz durch seine Gedanken. Jetzt, da die Tat vollbracht war, drängte die Zeit – die für das Opfer abgelaufen war – den Mörder zur Eile.

Der Gedanke ging ihm noch immer durch den Kopf, als zuerst eine, dann eine weitere und schließlich sämtliche Uhren in allen Variationen von Geschwindigkeiten und Klängen – die eine tief wie die Glocke eines Kirchturms, eine andere, die im Dreiklangton das Präludium eines Walzers spielte – die dritte Stunde des Nachmittags zu schlagen begannen.

Der plötzliche Ausbruch so vieler Stimmen in der düsteren Kammer ließ ihn taumeln. Er erwachte aus seiner Starre, lief mit der Kerze hin und her, von den sich bewegenden Schatten belagert und von gelegentlichen Widerspiegelungen bis in die Tiefen seiner Seele hinein erschreckt. In vielen prachtvollen Spiegeln, einige im einheimischen Stil, andere aus Venedig oder Amsterdam, sah er sein Gesicht mannigfach vervielfältigt, als wäre es eine Armee von Spionen. Seine eigenen Augen begegneten sich und erspähten sich selbst, und der Klang seiner eigenen Schritte, wie leise er auch auftrat, zerriss die ihn umgebende Stille.

Und während er fortfuhr, sich die Taschen zu füllen, warf ihm sein Verstand mit quälenden Wiederholungen die tausend Verfehlungen seiner Vorgehensweise vor. Er hätte sich eine ruhigere Stunde aussuchen sollen; er hätte ein Alibi vorbereiten müssen; er hätte kein Messer verwenden sollen; er hätte vorsichtiger sein und den Händler nur fesseln und knebeln und nicht töten sollen; er hätte noch kühner vorgehen und auch das Dienstmädchen töten sollen; er hätte alles anders machen sollen – beißende Reue, ermüdende, unaufhörliche Plackerei seines Geistes, das zu ändern, was nicht mehr zu ändern war, Pläne zu schmieden, die jetzt sinnlos waren, der Gestalter einer unwiederbringlichen Vergangenheit zu sein.

Gleichzeitig und jenseits all dieser Hektik versetzten wilde und unvernünftige Schrecken wie umherhuschende Ratten auf einem verwaisten Dachboden die tieferen Regionen seines Geistes in Aufruhr; die Hand des Polizisten, die schwer auf seine Schulter fiel, und seine Nerven, die zuckten wie ein Fisch am Haken; oder es jagten in rascher Folge die Anklagebank, das Gefängnis, der Galgen und der schwarze Sarg vor seinem inneren Auge vorbei.

Die Furcht vor den Leuten auf der Straße ließ sich wie eine Armee von Belagerern vor den Pforten seines Geistes nieder. Es war unmöglich, dachte er, dass nicht irgendein Geräusch des Kampfes an ihre Ohren gedrungen war und ihre Neugier erregt hatte, und jetzt malte er sich aus, wie sie in allen umliegenden Häusern reglos mit gespitzten Ohren dasaßen – einsame Menschen, die dazu verdammt waren, das Weihnachtsfest allein mit den Gedanken an die Vergangenheit zu verbringen und die jetzt überraschend aus ihren Träumereien aufgeschreckt worden waren; fröhliche Familienfeiern, bei denen alle lautlos um den Tisch herum erstarrt waren, die Mutter noch immer mit erhobenem Finger; Menschen jedes Standes, Alters oder Temperaments, doch alle saßen sie an ihrem eigenen Herd, spähten und lauschten und flochten den Strick, an dem man ihn schließlich hängen würde.

Manchmal erschien es ihm, als könnte er sich nicht leise genug bewegen; das Klirren der hohen böhmischen Pokale klang so laut wie das Schlagen einer Glocke, und von der Lautstärke des Tickens verängstigt, war er versucht, die Uhren anzuhalten. Dann wiederum kehrten sich seine Ängste blitzschnell um, und ihm erschien die Stille im Geschäft selbst eine Quelle der Gefahr zu sein, die einem Passanten auffallen und ihn zum Stehenbleiben bewegen musste, und dann trat er fester auf, hantierte laut mit den Gegenständen im Laden herum und imitierte mit übertriebenem Mut das Gebaren eines geschäftigen und unbekümmerten Mannes in seinem eigenen Haus.

Mittlerweile war er allerdings derart von verschiedenen Ängsten hin und her gerissen, dass ein Teil seines Verstandes immer noch wachsam und intakt war, während ein anderer bereits an der Schwelle des Wahnsinns zitterte. Besonders eine Halluzination hatte sich hartnäckig in ihm festgesetzt; der Nachbar, der mit bleichem Gesicht hinter seinem Fenster lauschte, der Passant, der durch einen furchtbaren Argwohn auf dem Bürgersteig festgehalten wurde – sie konnten bestenfalls Vermutungen anstellen, aber nichts wissen. Durch die Backsteinmauern und die geschlossenen Fenster konnten nur Geräusche dringen.

Aber hier im Haus, war er hier wirklich allein? Er wusste, dass er allein war; er hatte gesehen, wie das Dienstmädchen sich in ihren ärmlichen Festtagskleidern auf den Weg zu ihrem Liebsten gemacht hatte, und in jeder Rüsche ihres Kleides und in ihrem Lächeln hatte ›Ausgang‹ gestanden. Ja, er war allein, natürlich, und doch war er sich sicher, in den Tiefen des leeren Hauses über ihm behutsame Fußschritte zu hören, war sich auf unerklärliche Weise einer fremden Präsenz gewiss. O weh, sicher, seine Vorstellung folgte ihr in jeden Raum und jeden Winkel des Hauses. Jetzt war sie ein gesichtsloses Ding, das doch Augen zum Sehen hatte, dann wiederum ein Schatten seiner selbst, und danach nahm sie die Gestalt des toten Händlers an, der voller List und Hass wieder zum Leben erwacht war.

Gelegentlich schielte er mit großer Überwindung zur offenen Tür hinüber, die seinen Blick immer noch zurückzustoßen schien. Das Haus war hoch, das Oberlicht klein und schmutzig, und der Tag erstickte im Nebel. Das Licht, das bis zum Erdgeschoss herabsickerte, war äußerst schwach und fiel trüb auf die Türschwelle des Geschäfts. Und trotzdem: War da nicht ein zitternder Schatten in dem Streifen matter Helligkeit?

Plötzlich begann ein äußerst munterer Herr draußen auf der Straße mit einem Stock gegen die Tür des Geschäfts zu klopfen und begleitete die Schläge mit Rufen und lautstarken Spötteleien, wobei er den Händler ständig mit dessen Namen ansprach. Markheim, der zu Eis erstarrt war, sah schnell zu dem Toten hinüber. Aber nein, er lag noch immer reglos da; er war zu einem Ort geflüchtet, der weit außerhalb der Hörweite dieser Rufe und Klopfgeräusche lag, er war tief unter das Meer der Stille hinabgesunken, und sein Name, der sonst auch in einem Sturm seine Aufmerksamkeit erregt hätte, war zu einem bedeutungslosen Laut geworden. In diesem Augenblick hörte der muntere Herr auch mit seinem Klopfen auf und ging weiter.

Das war eine deutliche Warnung gewesen, sich mit dem zu beeilen, was noch getan werden musste; endlich aus dieser Gegend mit ihrem stummen Vorwurf zu verschwinden, in dem Gewühl Londons unterzutauchen und sich am Ende des Tages in jenem kleinen Hafen der Sicherheit und scheinbaren Unschuld zu begeben – in sein Bett. Ein Besucher war schon erschienen, und jeden Augenblick mochte ein weiterer kommen, der vielleicht hartnäckiger war. Die Tat begangen zu haben und doch nicht den Nutzen daraus zu ziehen, wäre ein zu furchtbares Versagen gewesen. Das Geld, das musste jetzt Markheims vornehmliche Sorge sein, und der Schlüssel, um an das Geld zu kommen.

Er warf einen flüchtigen Blick über seine Schulter zur offenen Tür, wo der Schatten immer noch zitternd verharrte, und näherte sich der Leiche seines Opfers ohne geistige Abscheu, aber mit einem Beben in seinen Eingeweiden. Es war so gut wie nichts Menschliches mehr an ihr. Sie lag wie ein halb mit Sägemehl ausgestopfter Anzug auf dem Boden, die Gliedmaßen von sich gestreckt, der Leib verkrümmt, und doch stieß ihn das Ding ab. Wie schäbig und nichtssagend es sich dem Auge auch darbot, er fürchtete, dass sich das bei einer Berührung ändern konnte.

Er ergriff die Leiche an den Schultern und drehte sie auf den Rücken. Sie war seltsam leicht und biegsam, und die Gliedmaßen nahmen die merkwürdigste Haltung an, als seien sie gebrochen. Das Gesicht war jeglichen Ausdrucks beraubt, aber wachsbleich, und eine Schläfe war schrecklich blutverschmiert. Das war der einzige unangenehme Umstand für Markheim. Der Anblick trug ihn augenblicklich zu einem ganz bestimmten Jahrmarktstag in einem Fischerdorf zurück: ein grauer Tag, ein pfeifender Wind, eine Menschenmenge auf den Straßen, das Plärren der Blechbläser, das Dröhnen der Trommeln, die näselnde Stimme eines Balladensängers und ein umherlaufender Junge, in der Menge eingekeilt und zerrissen zwischen Angst und Neugier, bis er auf dem Hauptplatz des Jahrmarkts herauskam und eine Bude mit einer riesigen Leinwand voller Bilder erblickte, in grässlichen Farben abstoßend gezeichnet: Brownrigg mit ihrem Lehrling, die Mannings mit ihrem ermordeten Gast, Weare in Thurtells Todesgriff und noch eine Menge weiterer berühmter Verbrecher.

Die Szene war so deutlich wie eine Vision; er war wieder dieser kleine Junge und betrachtete noch einmal mit dem gleichen Gefühl körperlichen Unbehagens diese billigen Bilder, war immer noch vom Dröhnen der Trommeln wie betäubt. In seiner Erinnerung klangen einige Takte der Musik dieser Tage wieder auf, und da überkam ihm zum ersten Mal eine Übelkeit, eine Anwandlung wie von Seekrankheit, eine plötzliche Schwäche in den Knien, die er augenblicklich bekämpfen und besiegen musste.

Er kam zu dem Schluss, dass es klüger war, sich diesen Überlegungen zu stellen, als vor ihnen davonzulaufen; das tote Gesicht noch genauer zu betrachten und seinen Verstand zu zwingen, die Art und die Schwere seines Verbrechens zu begreifen. Es war erst eine sehr kurze Zeit her, da hatte dieses Gesicht jede Veränderung der Gemütslage widergespiegelt, dieser blasse Mund hatte gesprochen, dieser Körper hatte vor lenkbaren Energien geglüht, und jetzt war dieses Leben durch seine Tat zum Stillstand gekommen, so wie ein Uhrmacher das Ticken einer Uhr durch den Druck eines Fingers zum Stillstand bringt. Doch seine Gedanken führten in eine Sackgasse, er konnte keine weitere Reue empfinden. Dasselbe Herz, das vor den gemalten Bildern des Verbrechens erschaudert war, betrachtete die Realität ungerührt. Bestenfalls verspürte er einen Anflug von Bedauern angesichts eines Menschen, der alle Gaben mitbekommen hatte, die das Leben zu einem wunderbaren Garten machen können, und der sie nicht genutzt hatte, ein Mensch, der nie gelebt hatte und jetzt tot war. Aber Reue, kein bisschen.

Nachdem er diese Überlegungen abgeschüttelt hatte, fand er die Schlüssel und näherte sich der offenen Tür des Ladens. Draußen hatte es heftig zu regnen begonnen, und das Geräusch der auf das Dach fallenden Tropfen vertrieb die Stille. Die Räume des Hauses wurden von nicht enden wollenden Echos heimgesucht – wie das stete Plätschern von Wasser in manchen Tropfsteinhöhlen – Geräusche, die sich mit dem Ticken der Uhren vermischten und ihm in den Ohren hallten. Und als Markheim die Tür fast erreicht hatte, schien er wie als Antwort auf seine vorsichtigen Schritte das Tappen anderer Füße zu hören, die sich die Treppe hinauf zurückzogen. Der Schatten zitterte noch immer undeutlich auf der Türschwelle. Entschlossen kämpfte er gegen die Zentnerlast an, die auf seinen Muskeln zu liegen schien, und zog die Tür auf.

Das trübe, neblige Tageslicht schimmerte schwach auf dem

nackten Boden und der Treppe, auf der glänzenden Rüstung, die mit erhobener Hellebarde auf dem Treppenabsatz stand, und auf den dunklen Holzschnitzereien und gerahmten Gemälden, die an der gelben Holzvertäfelung hingen. So laut tönte das Trommeln des Regens durch das ganze Haus, dass es in Markheims Ohren zu einer Vielzahl verschiedener Geräusche wurde. Fußschritte und Seufzer, die festen Tritte von Regimentern, die in der Ferne marschierten, das Klirren von Münzen im Kontor und das Knarren von Türen, die verstohlen einen Spalt weit geöffnet wurden, das alles schien sich mit dem rhythmischen Klopfen der Regentropfen auf dem Kuppeldach und dem Gurgeln des Wassers in den Regenrinnen zu vermischen.

Das Gefühl, nicht allein zu sein, wuchs in ihm bis zur Besessenheit. Von allen Seiten verfolgten und belagerten ihn unsichtbare Gestalten. Er hörte, wie sie sich in den oberen Räumen bewegten; vom Laden her hörte er, wie sich der tote Mann erhob, und als Markheim mit großer Überwindung die Stufen hinaufzusteigen begann, zogen sich leise Fußschritte vor ihm zurück, und andere schlichen heimlich hinter ihm her. Wenn er nur taub wäre, überlegte er, welche Ruhe würde in seiner Seele herrschen! Doch als er dann wieder mit neu erwachter Aufmerksamkeit lauschte, pries er diesen niemals ruhenden Sinn, der als zuverlässiger Wächter seines Lebens treu auf seinem Posten stand. Sein Kopf drehte sich unablässig hin und her, seine Augen, die fast aus den Höhlen zu quellen schienen, spähten in alle Richtungen, und jedesmal vermeinte er, beinahe noch den Zipfel von irgendetwas Namenlosem am Rande seines Blickfeldes verschwinden zu sehen. Die vierundzwanzig Stufen zum ersten Stockwerk hinauf waren eine vierundzwanzigfache Tortur.

Drei Türen standen im ersten Stockwerk halb offen wie drei Hinterhalte und ließen seine Nerven wie beim Anblick von Kanonenmündungen beben. Er hatte das Gefühl, dass keine Mauern und keine Festung ihm in Zukunft ausreichenden Schutz vor den Augen eines Beobachters mehr bieten würden; er sehnte sich danach, zu Hause zu sein, von Wänden umgeben, unter Bettdecken begraben und unsichtbar für alle, außer für Gott. Bei diesem Gedanken staunte er ein wenig, als er sich an Geschichten über andere Mörder erinnerte, an die Furcht, die man ihnen vor den himmlischen Racheengeln nachsagte. So war es nicht, zumindest was ihn betraf. Er fürchtete sich vor den Naturgesetzen, davor, dass sie in ihrem erbarmungslosen und unabänderlichen Lauf einen verhängnisvollen Hinweis auf sein Verbrechen festhalten könnten. Zehnmal mehr fürchtete er mit sklavischem und abergläubischem Entsetzen einen Riss in der natürlichen Abfolge der Dinge, wie sie den Menschen bekannt war, eine absichtlich begangene Gesetzwidrigkeit der Natur. Er spielte ein Spiel, bei dem es auf Geschicklichkeit ankam und das von den Regeln und den berechenbaren Folgen der Ursachen abhing. Und was, wenn die Natur nun plötzlich ihren gleichförmigen Lauf umstieß, so wie der geschlagene Tyrann das Schachbrett?

Das Gleiche war Napoleon widerfahren (so berichteten die Geschichtsschreiber), als der Winter unplanmäßig hereingebrochen war. Das Gleiche konnte auch Markheim passieren; die festen Wände könnten durchsichtig werden und sein Treiben enthüllen wie das der Bienen in einem gläsernen Bienenstock; die dicken Bohlen könnten unter seinen Füßen wie Treibsand nachgeben und ihn in ihrer Umklammerung festhalten; ja, und es gab weitaus natürlichere Vorfälle, die sein Schicksal besiegeln konnten. So könnte beispielsweise das Haus in sich zusammenstürzen und ihn neben der Leiche seines Opfers begraben, oder das Nachbarhaus könnte Feuer fangen und er von allen Seiten von Feuerwehrleuten eingeschlossen werden. Vor derartigen Dingen hatte er Angst, und in gewisser Weise könnte man diese Dinge als die Hände Gottes bezeichnen, die sich der Sünde entgegenreckten. Doch vor Gott selbst fürchtete er sich nicht. Seine Tat war ohne Zweifel außergewöhnlich, aber das galt auch für seine Gründe, und die kannte Gott. Dort würde ihm Gerechtigkeit widerfahren, dessen war er sich gewiss, nicht jedoch bei den Menschen.

Als er den Salon unbehelligt betreten und die Tür hinter sich geschlossen hatte, spürte er, wie seine Anspannung nachließ. Der Raum war ziemlich kahl, hatte außerdem keine Teppiche und war mit Packkisten und nicht zueinander passenden Möbeln vollgestellt. Es gab mehrere große Standspiegel, in denen er sich in verschiedenen Winkeln erblickte, wie ein Schauspieler auf der Bühne; viele Gemälde, mit und ohne Rahmen, die mit der Bildseite an der Wand lehnten, eine schöne Sheraton-Anrichte, eine Intarsienvitrine und ein großes altes Baldachinbett. Die Fenster reichten bis auf den Boden, doch zum Glück waren die unteren Teile der Läden geschlossen, sodass er vor den Blicken der Nachbarn verborgen war. Also zog sich Markheim eine Packkiste an die Vitrine heran und begann, die Schlüssel auszuprobieren.

Es war eine langwierige Prozedur, denn er musste eine Menge Schlüssel probieren, und die Arbeit war eine Qual. Schließlich bestand durchaus die Möglichkeit, dass die Vitrine leer war, und die Zeit lief ihm davon. Aber die Konzentration auf die Aufgabe ernüchterte ihn. Aus den Augenwinkeln heraus sah er die Tür. Von Zeit zu Zeit warf er ihr sogar einen kurzen direkten Blick zu, wie ein belagerter Kommandant, der sich zu seiner Zufriedenheit von dem guten Zustand seiner Verteidigungsanlagen überzeugte. Doch eigentlich war er in friedlicher Stimmung. Der Regen, der auf die Straßen fiel, klang natürlich und angenehm. Bald darauf stimmte ein Klavier auf der anderen Straßenseite eine Hymne an, und die Stimmen vieler Kinder nahmen die Melodie und den Text auf. Wie feierlich und tröstlich die Melodie doch klang! Wie frisch die jugendlichen Stimmen!

Markheim hörte lächelnd zu, während er die Schlüssel aussortierte, und in seinem Geist erschienen die dazu passenden Vorstellungen und Bilder: Kinder auf dem Kirchgang und laute Orgelmusik, Kinder auf der Wiese, Badende am Bachufer, Spaziergänger in den Brombeerhainen, Drachen, die in den windigen, wolkengepeitschten Himmel stiegen; und dann, nach einer weiteren Kadenz der Hymne, kehrte er in Gedanken in die Kirche zurück, in die schläfrige Atmosphäre sommerlicher Sonntage, hörte die hohe, vornehme Stimme des Geistlichen (die ihm in seiner Erinnerung ein leises Lächeln entlockte) und sah die in matter Schrift gehaltenen Zehn Gebote auf dem Altarraum.

Und während er so dasaß, beschäftigt und abwesend zugleich, fuhr ihm der Schreck bis in die Zehenspitzen. Ein eisiger und ein feuriger Schauder, ein Schwall heißen Blutes, und er stand erstarrt und angespannt da. Langsame und gleichmäßige Schritte kamen die Treppe empor; kurz darauf legte sich eine Hand auf den Türknauf, es klickte im Schloss, und die Tür wurde geöffnet.

Die Furcht ließ Markheim wie in einem Schraubstock umklammert. Er wusste nicht, was er zu erwarten hatte, den wiederauferstandenen Toten, die Gesandten der menschlichen Gerichtsbarkeit oder irgendeinen zufälligen Zeugen, der aller Gefahren ungeachtet hereingestolpert kam, um ihn dem Galgen auszuliefern. Doch als ein Gesicht in der Türöffnung auftauchte, sich kurz im Raum umsah, ihn anblickte, nickte und lächelte, wie in freundlichem Wiedererkennen, als es sich dann wieder zurückzog und die Tür sich hinter ihm schloss, da verlor Markheim die Beherrschung, und seine Angst brach in einem heiseren Schrei aus ihm hervor. Als er diesen Laut hörte, kehrte der Besucher zurück.

»Sie haben mich gerufen?«, fragte er freundlich, betrat den Raum und schloss die Tür hinter sich.

Markheim stand nur da und starrte ihn mit weit aufgerissenen Augen an. Vielleicht hatte sich sein Blick verschleiert, aber die Umrisse des Neuankömmlings schienen sich zu verändern und zu wabern, ganz wie die der Götzenbilder im flackernden Kerzenschein des Ladens. Und manchmal glaubte er, ihn zu kennen, dann wiederum glaubte er, der andere sähe ihm ähnlich, und die ganze Zeit über verspürte er tief in seinem Inneren, als wäre das Entsetzen zu einem schweren Klumpen geronnen, die Überzeugung, dass dieses Ding weder irdischen noch göttlichen Ursprungs war.

Und doch wirkte das Geschöpf auf seltsame Weise gewöhnlich, als es so vor Markheim stand und ihn anlächelte, und als es hinzufügte: »Ich nehme an, Sie suchen das Geld«, geschah das in einem Tonfall alltäglicher Höflichkeit.

Markheim antwortete nicht.

»Ich sollte Sie warnen«, fuhr der andere fort, »dass das Dienstmädchen ihren Liebsten früher als gewöhnlich verlassen hat und bald zurück sein wird. Ich brauche Mr. Markheim wohl nicht die Konsequenzen für den Fall zu erklären, dass er in diesem Haus entdeckt werden sollte.«

»Sie kennen mich?«, rief der Mörder.

Der Besucher lächelte. »Ich habe schon seit Langem eine besondere Vorliebe für Sie«, erklärte er, »und ich habe Sie seit geraumer Zeit beobachtet und oft nach Wegen gesucht, Ihnen zu helfen.«

»Wer sind Sie?«, rief Markheim. »Der Teufel?«

»Wer ich sein könnte«, entgegnete der andere, »hat mit dem Dienst, den zu leisten ich Ihnen vorschlagen möchte, nichts zu tun.«

»Das hat es!«, rief Markheim aus, »das tut es! Mir von Ihnen helfen lassen? Nein, niemals, nicht von Ihnen. Sie kennen mich noch nicht, Gott sei Dank, Sie kennen mich nicht!«

»Ich kenne Sie«, erwiderte der Besucher in einer Art sanfter Strenge oder vielleicht eher Bestimmtheit. »Ich kenne Sie vom Grund Ihrer Seele auf.«

»Mich kennen!«, rief Markheim. »Wer könnte das? Mein Leben ist nichts weiter als ein Zerrbild, eine Verleumdung meiner selbst. Mein Leben lang habe ich mein wahres Wesen verleumdet. Alle Menschen tun das; jeder ist besser als die Maske, die ihm anwächst und ihn erstickt. Ein jeder wird vom Leben mitgerissen, wie ein Mensch, der von Räubern gepackt und in einen Umhang geschlungen wird. Hätten Sie die Kontrolle über ihr eigenes Leben – könnten Sie ihre Gesichter sehen, alle wären sie ganz anders, sie würden als Helden und Heilige erstrahlen! Ich bin schlimmer als die meisten; mein Ich wird noch stärker überlagert; Gott und die Menschheit kennen meine Entschuldigung. Aber hätte ich die Zeit, könnte ich mich offenbaren.«

»Mir gegenüber?«, erkundigte sich der Besucher.

»Ganz besonders Ihnen gegenüber«, erwiderte der Mörder. »Ich hatte angenommen, Sie wären intelligenter. Ich dachte – da es Sie tatsächlich gibt –, Sie könnten in den Herzen der Menschen lesen. Und doch glauben Sie, mich nach meinen Taten beurteilen zu können! Ich bin in eine Welt von Riesen hineingeboren worden und habe dort gelebt. Riesen haben mich an den Armen davongeschleppt, seit meine Mutter mir das Leben geschenkt hat – die Riesen der äußeren Umstände. Und Sie wollen mich nach meinen Taten beurteilen! Können Sie denn nicht in das Innere der Menschen sehen? Können Sie nicht tief in mir die klare Handschrift des Gewissens sehen, die niemals durch irgendwelche vorsätzlichen Spitzfindigkeiten verzerrt worden ist, wenn sie auch allzu oft unbeachtet blieb? Können Sie nicht in mir das erkennen, was doch bestimmt so gewöhnlich und verbreitet wie die Menschlichkeit sein muss – den Sünder wider Willen?«

»Das alles haben sie äußerst gefühlvoll formuliert«, lautete die Antwort, »aber es berührt mich nicht. Diese folgerichtigen Argumente sind jenseits meines Zuständigkeitsbereichs, und es interessiert mich nicht im Geringsten, durch welche Zwänge Sie fortgerissen worden sind, solange Sie nur die richtige Richtung eingeschlagen haben. Aber die Zeit läuft davon; das Dienstmädchen trödelt, es sieht sich die Menschenmenge und die Bilder an den Bretterwänden an, aber es kommt trotzdem näher, und vergessen Sie nicht, es ist so, als käme der Galgen selbst durch die weihnachtlichen Straßen auf Sie zugeschritten! Soll ich Ihnen helfen, ich, der ich alles weiß? Soll ich Ihnen sagen, wo Sie das Geld finden?«

»Um welchen Preis?«, wollte Markheim wissen.

»Ich biete Ihnen diesen Dienst als Weihnachtsgeschenk an«, entgegnete der andere.

Markheim konnte eine Art bitteres, triumphierendes Lächeln nicht unterdrücken. »Nein«, sagte er, »aus Ihren Händen will ich nichts annehmen. Würde ich verdursten, und es wäre Ihre Hand, die mir den Wasserkrug an die Lippen hielte, so würde ich den Mut finden, ihn zurückzuweisen. Es mag blauäugig klingen, aber ich werde nichts tun, um mich dem Bösen zu ergeben.«

»Ich habe keine Einwände gegen Reue auf dem Totenbett«, bemerkte der Besucher.

»Weil Sie nicht glauben, dass sie dann noch etwas bewirkt!«, rief Markheim.

»Das würde ich nicht sagen«, gab der andere zurück, »aber ich betrachte diese Dinge von einer anderen Warte aus, und mein Interesse an einem Menschen erlischt zusammen mit seinem Leben. Der Mensch hat mir sein Leben lang gedient, um unter dem Mantel der Religion Unheil zu stiften oder Unkraut im Weizenfeld zu säen, so wie Sie es tun, wenn Sie Ihrer Schwäche nachgeben, um Ihre Gelüste zu befriedigen. Und wenn er so dicht vor seiner Erlösung steht, bleibt ihm nur noch ein weiterer Dienst, den er mir leisten kann – bereuen und lächelnd sterben und damit unter ängstlicheren meiner Gefolgsleute Zuversicht und Hoffnung schaffen. Ich bin gar kein so harter Herr. Versuchen Sie es mit mir. Nehmen Sie meine Hilfe an. Genießen Sie Ihr Leben weiter, wie Sie es bisher getan haben, genießen Sie es noch ausgiebiger, gebrauchen Sie Ihre Ellbogen an der Tafel, und wenn sich die Nacht herabzusenken beginnt und die Vorhänge zugezogen werden, kann ich Ihnen zu Ihrem Trost versichern, dass es Ihnen sogar leichtfallen wird, den Hader mit Ihrem Gewissen beizulegen und demütig Ihren Frieden mit Gott zu machen. Ich komme gerade erst von einem solchen Totenbett. Das Zimmer war voller aufrichtig trauernder Menschen, die den letzten Worten des Sterbenden lauschten, und als ich in dieses Gesicht blickte, das zu Lebzeiten mitleidslos und hart wie Stein gewesen war, sah ich es voller Hoffnung lächeln.«

»Sie halten mich also für ein solches Geschöpf?«, fragte Markheim. »Glauben Sie, ich hätte keine ehrbareren Absichten, als zu sündigen, immer wieder zu sündigen, und mich zum Schluss heimlich in den Himmel zu schleichen? Mein Herz wehrt sich gegen diese Vorstellung. Ist das denn die Erfahrung, die Sie mit der Menschheit gemacht haben? Oder setzen Sie eine derartige Niederträchtigkeit bei mir voraus, weil Sie mich mit blutbesudelten Händen ertappt haben? Und ist dieses Verbrechen des Mordes denn wirklich so ruchlos, dass es selbst die zarten Keime des Guten verdorren lässt?«

»Mord nimmt für mich keine Sonderstellung ein«, erwiderte der andere. »Alle Sünden sind Morde, so wie das ganze Leben ein Krieg ist. Ich betrachte Leute Ihrer Art wie verhungernde Matrosen auf einem Rettungsfloß, die den Händen der Dahinsiechenden die letzten Brotkrumen entreißen und sich von dem Leben des jeweils anderen ernähren. Ich verfolge die Sünden über den Augenblick hinaus, in dem sie begangen werden, und in allem sehe ich als letzte Konsequenz den Tod. In meinen Augen trieft ein hübsches Mädchen, das wegen eines Tanzabends seine Mutter mit vorgetäuschter Artigkeit betrügt, nicht weniger deutlich von Menschenblut, als es ein Mörder wie Sie tut. Habe ich gesagt, ich würde Sünden beobachten? Ich beobachte ebenfalls die Tugenden; sie unterscheiden sich nicht einmal um Haaresbreite voneinander; beide sind die Sensen, die in den Händen des Todesengels reiche Beute bringen. Das Böse, um dessen willen ich lebe, wurzelt nicht in den Tagen, sondern im Charakter der Menschen. Es ist der böse Mensch, an dem mir liegt, nicht die böse Tat, deren Früchte, könnten wir sie nur weit genug durch die wirbelnden Wasserfälle der Zeitalter verfolgen, sich vielleicht als sehr viel segensreicher als die der seltensten Tugenden erweisen können. Und ich biete Ihnen nicht etwa an, Ihnen bei Ihrer Flucht behilflich zu sein, weil Sie einen Händler ermordet haben, sondern weil Sie Markheim sind.«

»Ich möchte mein Herz vor Ihnen offenlegen«, antwortete Markheim. »Dieses Verbrechen, bei dem Sie mich ertappt haben, ist mein letztes. Auf meinem Weg dorthin habe ich eine Menge Lektionen gelernt, und dieses Verbrechen selbst ist eine Lektion, eine bedeutende Lektion. Bisher bin ich gegen meinen Willen zu Dingen getrieben worden, die mich abstießen, durch Armut wie ein Sklave vorangepeitscht und getrieben. Es gibt unerschütterliche Charakterstärken, die solchen Versuchungen widerstehen können, meine gehören nicht dazu; mich dürstet nach Vergnügen. Aber heute ziehe ich aus dieser Tat sowohl eine Warnung als auch Gewinn – die Kraft und den neuen Vorsatz, ich selbst zu sein. Ich werde in jeder Beziehung Herr meines freien Willens in dieser Welt sein; ich sehe vor mir, wie ich mich völlig verändere, wie diese Hände Gutes tun, wie dieses Herz zum Frieden kommt. Aus der Vergangenheit kommt etwas über mich, etwas, von dem ich an Sonntagabenden beim Klang der Kirchenorgel geträumt habe, Dinge, die ich geahnt habe, als ich über großartigen Büchern Tränen vergoss oder als unschuldiges Kind mit meiner Mutter sprach. Dort liegt mein Leben; ein paar Jahre lang bin ich auf meiner Wanderschaft vom Weg abgekommen, doch jetzt kann ich wieder das Ziel meiner Reise vor mir sehen.«

»Ich nehme an, Sie wollten dieses Geld an der Börse investieren, oder?«, erkundigte sich der Besucher. »Und dort, wenn ich mich nicht täusche, haben Sie bereits einige Tausender verloren?«

»Ah«, sagte Markheim, »aber dieses Mal habe ich eine sichere Sache in Aussicht.«

»Sie werden auch dieses Mal wieder verlieren«, erwiderte der Besucher ruhig.«

»Ah, aber ich werde die Hälfte des Geldes zurückbehalten!«, rief Markheim.

»Die werden Sie ebenfalls verlieren«, sagte der andere.

Auf Markheims Stirn brach der Schweiß aus. »Na gut, was soll's?«, rief er aus. »Nehmen wir an, ich verliere es, nehmen wir an, ich stürze in die Armut zurück. Soll ein Teil von mir, und zwar der schlechteste, bis zum Ende weiterhin den besseren überlagern? Gut und Böse sind stark in mir und zerren mich in verschiedene Richtungen. Meine Liebe gilt nicht nur einer Sache, sie gilt allen. Ich kann mir große Taten vorstellen, Entsagungen, Märtyrertum, und auch wenn ich bis zu einem solchen Verbrechen wie Mord herabgesunken bin, ist mir Mitleid nicht fremd. Ich habe Mitleid mit den Armen; wer kennt ihr hartes Los besser als ich? Ich bemitleide sie und helfe ihnen. Ich verehre die Liebe, ich mag ein ehrliches Lachen; es gibt nichts Gutes und Wahres auf der Erde, das ich nicht von ganzem Herzen liebe. Und soll mein Leben nur von meinen Lastern beherrscht werden, sollen meine Tugenden wirkungslos bleiben, wie ein träger Klumpen des Geistes? Das darf nicht geschehen; auch das Gute ist eine Quelle, aus der Taten entspringen können.«

Doch der Besucher hob mahnend den Finger. »Während der sechsunddreißig Jahre, die Sie auf dieser Welt sind«, sagte er, »habe ich beobachtet, wie Ihr Weg im Laufe Ihres wechselnden Geschicks und der verschiedensten Gemütslagen ständig steil bergab ging. Vor fünfzehn Jahren wären Sie bei dem Gedanken an einen Diebstahl zusammengezuckt. Vor drei Jahren hätte die bloße Erwähnung eines Mordes Sie erbleichen lassen. Gibt es irgendein Verbrechen, gibt es irgendeine Grausamkeit oder Gemeinheit, vor der Sie noch zurückschrecken? In fünf Jahren werde ich Sie auch dabei erwischen! Abwärts, abwärts führt Sie Ihr Weg, und nur der Tod kann Sie noch aufhalten.«

»Es ist wahr«, sagte Markheim mit rauer Stimme, »bis zu einem gewissen Grad habe ich dem Bösen nachgegeben. Aber so geht es allen; die Bewältigung des Lebens allein führt dazu, dass selbst die Heiligen ihre Makellosigkeit verlieren und sich ihrer Umgebung anpassen.«

»Ich werde Ihnen eine einfache Frage vorlegen«, sagte der andere, »und anhand Ihrer Antwort werde ich Ihnen Ihr moralisches Horoskop erstellen. Sie sind in vielerlei Hinsicht nachlässiger geworden. Vielleicht haben Sie sich damit richtig verhalten, jedenfalls trifft das auf alle Menschen zu. Aber unabhängig davon, haben Sie in irgendeiner Hinsicht, wie unbedeutend sie auch sein mag, höhere Ansprüche an Ihren Lebenswandel gestellt, oder lassen Sie die Zügel in jeder Beziehung locker schleifen?«

»In irgendeiner Hinsicht?«, wiederholte Markheim die Frage, während er sich vergeblich das Hirn zermarterte. »Nein«, antwortete er verzweifelt, »in keinem Fall! Es ist in jeder Beziehung mit mir bergab gegangen.«

»Dann«, sagte der Besucher, »sollten Sie sich mit dem begnügen, was Sie sind, denn Sie werden sich niemals ändern, und die Worte Ihrer Rolle auf dieser Bühne sind unabänderlich niedergeschrieben.«

Markheim stand eine lange Zeit schweigend da, und es war der Besucher, der schließlich die Stille brach. »Da dem nun einmal so ist«, sagte er, »soll ich Ihnen vielleicht jetzt das Geld zeigen?«

»Und Gnade?«, rief Markheim.

»Haben Sie das nicht auch schon versucht?«, fragte der andere zurück. »Habe ich Sie nicht vor zwei oder drei Jahren bei Erweckungsversammlungen auf der Bühne gesehen, und war Ihre Stimme nicht die lauteste im Chor?«

»Es ist wahr«, sagte Markheim, »und ich sehe deutlich, was mir jetzt noch zu tun bleibt. Ich danke Ihnen für diese Lektionen über meine Seele. Mir sind die Augen geöffnet, und endlich erkenne ich mich als das, was ich bin.«

In diesem Augenblick tönte das schrille Klingeln der Türglocke durch das Haus, und als wäre dies ein verabredetes Signal gewesen, auf das der Besucher gewartet hatte, änderte er plötzlich sein Benehmen. »Das Dienstmädchen!«, rief er. »Es ist zurückgekehrt, wie ich es Ihnen vorausgesagt habe, und jetzt liegt nur noch eine schwierige Aufgabe vor Ihnen. Sie müssen ihr sagen, ihr Herr sei krank. Sie müssen sie mit einem beruhigenden, aber eher ernsten Gesichtsausdruck hereinlassen – kein Lächeln, keine Übertreibungen, und ich garantiere Ihnen den Erfolg! Sobald das Mädchen einmal im Haus und die Tür geschlossen ist, wird Ihnen die gleiche Geschicklichkeit, mit der Sie sich bereits des Händlers entledigt haben, auch diese letzte Gefahr aus dem Weg räumen. Danach haben Sie den ganzen Abend Zeit – und wenn es sein muss, die ganze Nacht –, um die Schätze des Hauses zu durchstöbern und sich in Sicherheit zu bringen. Das ist Hilfe, die sich Ihnen in der Maske der Gefahr nähert. Auf!«, rief er. »Auf, mein Freund, Ihr Leben hängt zitternd in der Waagschale. Auf, schreiten Sie zur Tat!«

Markheim musterte seinen Ratgeber unverwandt. »Wenn ich schon dazu verflucht bin, nur noch Böses zu tun«, sagte er, »steht mir doch immer noch eine Tür der Freiheit offen – ich kann in meinen Taten einhalten. Wenn mein Leben denn eine Krankheit ist, kann ich es ablegen. Auch wenn ich, wie Sie zu Recht sagen, jeder kleinen Versuchung erliege, kann ich mich doch durch einen entschlossenen Schritt ihrem Griff entziehen. Meine Liebe für das Gute ist zur Unfruchtbarkeit verdammt; nun gut, so sei es! Aber ich habe noch immer meinen Hass auf das Böse, und zu Ihrer bitteren Enttäuschung werden Sie feststellen, dass ich daraus sowohl Kraft als auch Mut ziehen kann.«

Da vollzog sich eine wunderbare und herrliche Veränderung in den Zügen des Besuchers: sie erstrahlten und wurden in zärtlichem Triumph ganz sanft; und während sie noch strahlten, verschwammen sie und lösten sich auf. Aber Markheim verharrte nicht, um diese Verwandlung zu beobachten oder gar zu begreifen. Er öffnete die Tür und schritt ganz langsam und in Gedanken versunken die Treppe hinab. Seine Vergangenheit zog ohne jegliche Verklärung vor seinem inneren Auge vorbei, und er erkannte sie als das, was sie war, so hässlich und rastlos wie ein böser Traum, so ungeplant und ziellos wie eine Straßenschlägerei – eine einzige Niederlage. Das Leben, das er so Revue passieren ließ, lockte ihn nicht mehr, aber auf der anderen Seite des Lebensflusses entdeckte er einen Hafen der Ruhe für seinen Nachen.

Er blieb im Flur stehen und blickte in den Laden, wo die Kerze immer noch neben dem Toten brannte. Es war seltsam still. Während er so vor sich hin starrte, gingen ihm Gedanken über den Händler durch den Kopf. Und dann klingelte die Glocke erneut lärmend und ungeduldig auf.

Markheim trat dem Dienstmädchen auf der Türschwelle mit der Andeutung eines Lächelns entgegen.

»Sie sollten besser die Polizei holen«, sagte er. »Ich habe Ihren Herrn ermordet.«

Originaltitel: *Markheim*
Ins Deutsche übertragen von
Winfried Czech

Ein ganz besonderes Weihnachtsgeschenk

O. Henry

Wie sich die Zeiten ändern, so ändert sich auch der Geschmack des Publikums. So zumindest scheint es. William Sidney Porter schrieb unter dem Pseudonym O. Henry mehr als sechshundert Kurzgeschichten, die von der Kritik einst, als sie in Mode waren, gefeiert wurden. Heute werden sie wegen ihrer Rührseligkeit meist unterschätzt, manche jedoch haben nach wie vor Kultstatus und sind vielen vertraut, namentlich Klassiker wie *The Gift of the Magi* (dt.: *Das Geschenk der Weisen*), *The Furnished Room* (dt.: *Das möblierte Zimmer*), *A Retrieved Reformation* (besser bekannt durch die zahlreichen Bühnenfassungen und Verfilmungen wie *Alias Jimmy Valentine*) und *The Ransom of Red Chief* (dt.: *Das Lösegeld des roten Häuptlings*). Seit 1919 erscheint jedes Jahr die renommierte Anthologie *The O. Henry Memorial Award Prize Storys* mit den besten Kurzgeschichten des Jahres.

Ein ganz besonderes Weihnachtsgeschenk war eine der ersten Geschichten O. Henrys. Er schrieb sie, während er im Gefängnis saß.

Die Kurzgeschichte wurde zuerst 1903 in der Dezemberausgabe der Literaturzeitschrift *Ainslee's* veröffentlicht, dann als Teil der Anthologie *Whirligigs* (New York, Doubleday, Page, 1910).

Ein ganz besonderes Weihnachtsgeschenk

O. Henry

Der eigentliche Grund dieser leidigen Geschichte brauchte ungefähr zwanzig Jahre, um heranzuwachsen. Danach allerdings war er
allen Ärger wert.

Hätten Sie irgendwo im Umkreis von fünfzig Meilen um die
Sundown Ranch gelebt, hätten Sie von ihm gehört. Er hatte eine
Fülle samtschwarzer Haare, zwei sehr große dunkelbraune Augen
und ein Lachen, das durch die Prärie perlte wie ein verborgener
Bach. Sein Name lautete Rosita McMullen; sie war die Tochter des
alten McMullen von der Sundown Schafsranch.

Eines Tages kamen auf den Rücken zweier edler Rösser – oder,
um ganz genau zu sein, auf einem Schecken und einem Floh ver-
seuchten Fuchs – zwei Verehrer geritten. Einer war Madison Lane,
der andere war Frio Kid. Zu dieser Zeit nannte man ihn allerdings
noch nicht Frio Kid, weil er sich diesen Ehrennamen noch nicht
verdient hatte. Sein Name war ganz einfach Jonny McRoy.

Man darf nicht annehmen, dass diese beiden die einzigen Verehrer der reizenden Rosita gewesen wären. Die Mustangs eines Dutzend weiterer kauten an der langen Raufe der Sundown Ranch an ihrem Zaumzeug. Zahlreich waren die Schafsblicke in den Savannen, und sie stammten keineswegs von den Herden Dan McMullens. All diesen Kavalieren jedoch galoppierten Madison Lane und Jonny McRoy am weitesten voraus, weshalb von ihnen berichtet werden muss.

Madison Lane, ein junger Viehtreiber aus dem Nueces Country, gewann das Rennen. Er und Rosita heirateten an Weihnachten. Für alles gerüstet, ausgelassen, lautstark und großzügig legten die Rinder- und Schafzüchter ihren althergebrachten Hass beiseite und feierten den Anlass mit vereinten Kräften.

Die Sundown Ranch brummte vor krachenden Witzen und Revolverschüssen, dem Glänzen der Koppelschlösser und der leuchtenden Augen sowie den Gratulationen der Viehzüchter.

Als die Hochzeitsfeier jedoch auf ihrem Höhepunkt war, brach Jonny McRoy über sie hinein, von Eifersucht zerfressen, als sei er besessen.

»Ich gebe euch ein Weihnachtsgeschenk!«, kreischte er schrill. Er stand an der Tür und hielt seine .45er in der Hand. Sogar damals hatte er bereits einen gewissen Ruf als schneller Schütze.

Seine erste Kugel stanzte eine ordentliche Marke in Madison Lanes rechtes Ohr. Der Lauf seiner Waffe bewegte sich einen Inch. Der nächste Schuss hätte der Braut gegolten, hätte nicht Carson, ein Schafzüchter, einen Verstand mit gut geölten und bestens funktionierenden Abzügen besessen. Die Waffen hatte man während der Hochzeitsfeier in der Nähe der Tische in ihren Gurten an die Wand gehängt – ganz wie es der gute Ton gebot. Doch Carson schleuderte in letzter Sekunde seinen Teller mit gebratenem Wild und Bohnen auf McRoy und behinderte damit sein Ziel. Die zweite Kugel zerfetzte dadurch nur die weißen Blüten einer Spanischen Schwertlilie zwei Fuß über Rositas Kopf.

Die Gäste stießen ihre Stühle zurück und sprangen zu ihren Waffen. Man war sich einig, dass es sich nicht gehörte, während einer Hochzeit auf die Braut und den Bräutigam zu schießen. Innerhalb von sechs Sekunden zischten zwanzig oder mehr Kugeln in Richtung von McRoy.

»Nächstes Mal schieße ich besser«, schrie Jonny, »und es wird ein nächstes Mal geben!« Behände verschwand er rückwärts durch die Tür.

Carson, der Schafzüchter, den der Erfolg seines Tellerwurfs zu weiteren Heldentaten anstachelte, war der Erste, der die Tür erreichte. McRoys Kugel aus der Dunkelheit streckte ihn nieder.

Die Rinderzüchter stürmten über ihn hinweg nach draußen und schrien nach Rache. Denn auch wenn das Niedermetzeln eines Schafzüchters nicht in jedem Fall unverzeihlich erschien – in diesem Fall betrachtete man es als ausgesprochen ungehöriges Benehmen. Carson war unschuldig; er hatte mit der Eheschließung nichts zu tun, und es hatte ihn auch keiner im Kreis der Gäste sagen hören: »Weihnachten kommt nur einmal im Jahr.«

Doch Rache blieb den Verfolgern versagt. McRoy war auf seinem Pferd und auf und davon und schrie Verwünschungen und Drohungen, als er in das schützende Unterholz galoppierte.

Diese Nacht war die Geburtsstunde von Frio Kid. Er wurde der »böse Mann« dieses Teils des Staats. Die Zurückweisung seines Antrags durch Miss McMullen machte ihn zu einem gefährlichen Mann. Als ihn die Gesetzeshüter wegen der Erschießung Carsons jagten, tötete er zwei von ihnen und begann das Leben eines Geächteten. Er entwickelte sich zu einem prächtigen Schützen, mit beiden Händen. Er sollte im Folgenden in Städten und Siedlungen auftauchen, bei der kleinsten Gelegenheit einen Streit vom Zaun brechen, seinen Gegner abknallen und den Gesetzeshütern ins Gesicht lachen. Er war so kalt, so todbringend, so schnell, so unmenschlich blutdurstig, dass nur halbherzige Versuche unternommen wurden, ihn zu fassen. Als er endlich von einem kleinen einarmigen Mexikaner, der vor Angst fast selbst gestorben wäre, erschossen und getötet wurde, hatte Frio Kid das Leben von achtzehn Männern auf dem Gewissen. Etwa die Hälfte von ihnen wurde in fairen Duellen getötet, in denen die Schnelligkeit mit der Waffe entschied. Die andere Hälfte waren Männer, die er aus reiner Lust und Grausamkeit tötete.

Entlang der Grenze wird viel von seinem Wagemut und seiner Tollkühnheit erzählt, aber er gehörte nicht zu den Schurken, die Phasen von Großmut und gar Milde haben. Es heißt, er habe nie Gnade gegenüber jemandem walten lassen, der ihn wütend gemacht hatte. Nichtsdestotrotz ist es dieses und jedes Jahr an Weihnachten richtig, einem Mann zugutezuhalten, was auch immer er für ein Sandkorn an Gutem in sich gehabt haben mag – wenn es möglich ist. Wenn Frio Kid je auch nur einen Hauch von Großzügigkeit in seinem Herzen gehabt hat, dann war es zu eben dieser Jahreszeit, und auf folgende Weise ist es geschehen:

Wer einmal Pech in der Liebe hatte, sollte niemals den Duft der Blüten des Jerusalemsdorns riechen. Er weckt in einem gefährlichen Maß Erinnerungen.

In jenem Dezember stand im Frio Country ein Jerusalemsdorn in voller Blüte, da der Winter so warm wie der Frühling gewesen war. In diese Richtung ritten Frio Kid und sein Gefolgsmann und Mitmörder Mexican Frank. Kid zügelte seinen Mustang und setzte sich im Sattel auf, gedankenschwer und voller Ingrimm, mit gefährlich zusammengekniffenen Augen. Der mächtige süße Duft berührte ihn irgendwo hinter seinem Panzer aus Eis und Eisen.

»Ich weiß nicht, wo ich mit meinen Gedanken war. Ich habe völlig vergessen, dass ich noch ein Weihnachtsgeschenk überbringen muss, Mex«, sagte er in seiner gewohnt schleppenden Sprechweise. »Ich werde morgen Nacht rüberreiten und Madison Lane in seinem eigenen Haus erschießen. Er hat mein Mädchen. Rosita hätte mich als Mann genommen, hätte er sich nicht eingemischt. Ich frage mich, wie es passieren konnte, dass ich bis jetzt darüber hinweggesehen habe.«

»Oh Mann, Kid«, sagte Mexican. »Red keinen Unsinn. Du weißt, dass du morgen Abend nicht auf eine Meile an Mad Lanes Haus rankommst. Ich hab den alten Allen vorgestern gesehen, und er sagt, dass Mad dieses ganze Weihnachtsbrimbamborium bei sich zu Hause machen wird. Du erinnerst dich doch sicher, wie du die Feier zerschossen hast, als Mad geheiratet hat, und an deine Drohungen, oder? Glaubst du wirklich, Mad Lane wird nicht besonders wachsam sein und ein Auge nach einem gewissen Mr. Kid offenhalten? Du ödest mich an mit deinen Sprüchen, Kid.«

»Ich werde zu Madison Lanes Weihnachtsbrimbamborium gehen und ihn töten«, wiederholte Frio Kid ganz ruhig. »Ich hätte es schon längst tun sollen. Mensch, Mex, vor gerade zwei Wochen habe ich geträumt, ich hätte Rosita geheiratet, nicht er; und wir lebten in einem Haus, und ich konnte sehen, wie sie mir zulächelte und … oh! … Ich … Mex, er hat sie gekriegt, und ich werde ihn kriegen … Jawohl, an Weihnachten hat er sie gekriegt, und an Weihnachten werde ich auch ihn kriegen.«

»Es gibt andere Wege, sich umzubringen«, schlug Mex vor. »Warum ergibst du dich nicht einfach dem Sheriff?«

»Ich kriege ihn«, sagte Kid.

Der erste Weihnachtstag war so lind wie ein Apriltag. Vielleicht lag irgendwo ein Hinweis auf fernen Frost in der Luft, aber sie prickelte wie Selterswasser und roch schwach nach dem Duft später Prärieblumen und nach Honiggras.

Als der Abend kam, waren die fünf oder sechs Zimmer der Ranch hell erleuchtet. In einem Zimmer stand ein Christbaum, da die Lanes einen kleinen Sohn von drei Jahren hatten; und ein Dutzend oder mehr Gäste von den benachbarten Ranches wurde erwartet.

Bei Einbruch der Dunkelheit nahm Madison Lane Jim Belcher und drei andere Cowboys, die für ihn arbeiteten, zur Seite.

»Nun, Jungs«, sagte Lane. »Haltet die Augen offen. Geht ums Haus herum, und beobachtet die Straße gut. Jeder von euch kennt diesen ›Frio Kid‹, wie sie ihn jetzt nennen, und wenn ihr ihn seht, eröffnet das Feuer auf ihn, ohne Fragen zu stellen. Ich denke nicht, dass er kommt, aber Rosita hat Angst. Seit unserer Hochzeit fürchtet sie jedes Jahr an Weihnachten, dass er uns heimsucht.«

Die Gäste waren in einfachen offenen Kutschen und auf den Rücken ihrer Pferde gekommen und machten es sich im Haus bequem.

Es war ein angenehmer Abend. Die Gäste genossen und lobten Rositas exzellentes Abendessen, und anschließend zerstreuten sich die Männer in Gruppen über die Räume oder auf die breite »Galerie«, um zu rauchen und sich miteinander zu unterhalten.

Der Christbaum gefiel den Kindern natürlich, und sie waren über alle Maßen erfreut, als Santa Claus höchstpersönlich mit seinem prachtvollen weißen Bart und seinem Pelz erschien und die Geschenke verteilte.

»Das ist mein Papa«, verkündete der sechsjährige Bill Sampson. »Ich hab ihn schon mal so gesehen.«

Berkly, ein Schafzüchter und alter Freund von Lane, hielt Rosita auf, als sie auf der Galerie an ihm vorbeikam, wo er rauchend saß.

»Nun, Mrs. Lane«, sagte er. »Ich nehme an, dieses Weihnachten haben Sie endlich keine Angst mehr vor diesem McRoy, nicht wahr? Madison und ich haben über Sie gesprochen, Sie wissen schon.«

»Beinahe«, sagte Rosita lächelnd. »Aber ich bin immer noch manchmal ängstlich. Ich werde niemals diesen schrecklichen Moment vergessen, als er uns beinahe getötet hätte.«

»Er ist der kaltherzigste Bursche der Welt«, sagte Berkly. »Die Bürger entlang der ganzen Grenze sollten sich zusammentun und ihn jagen wie einen Wolf.«

»Er hat schreckliche Verbrechen begangen«, sagte Rosita, »aber … ich … Ich weiß nicht … Ich glaube, dass in jedem ein Funken Gutes steckt. Er war nicht immer schlecht, soweit ich weiß.«

Rosita ging zurück in den Flur zwischen den Räumen. Santa Claus kam ihr, eingehüllt in Bart und Pelz, entgegen.

»Ich habe durch das Fenster gehört, was Sie gerade gesagt haben, Mrs. Lane«, meinte er. »Ich war eben mit einem Weihnachtsgeschenk für Ihren Mann in der Tasche auf dem Weg nach unten. Aber ich habe stattdessen Ihnen eins dagelassen. Es ist im Zimmer zu Ihrer Rechten.«

»Oh, danke schön, lieber Santa Claus«, sagte Rosita strahlend.

Rosita ging in das Zimmer, während Santa Claus in die kühlere Luft des Vorgartens trat.

Sie fand im Raum niemanden außer Madison.

»Wo ist das Geschenk, das Santa Claus für mich hiergelassen haben will?«, fragte sie.

»Ich habe nichts gesehen, was einem Geschenk nahekommt«, sagte ihr Mann lachend. »Es sei denn, er hat mich gemeint.«

Am nächsten Tag platzte Gabriel Radd, der Vorarbeiter der XO Ranch in das Postamt von Loma Alta.

»Dieser Frio Kid hat endlich seine tödliche Ladung Blei bekommen«, sagte er dem Postbeamten.

»Tatsächlich? Wie ist das passiert?«

»Einer von den mexikanischen Schäfern vom alten Sanchez war's. Stell dir das mal vor! Frio Kid, getötet von einem Schäfer! Der Mexikaner sah ihn letzte Nacht gegen zwölf Uhr an seinem Camp vorbeireiten. Hat sich so erschreckt, dass er sich seine Winchester geschnappt und ihm ordentlich eins übergebrannt hat. Das Lustigste an der Sache ist, dass Kid einen weißen Bart aus Angorawolle trug und von Kopf bis Fuß in einem richtigen Santa-Claus-Kostüm steckte. Stell dir das mal vor: Frio Kid spielt den Weihnachtsmann!«

Originaltitel: *A Chaparral Christmas Gift*
Ins Deutsche übertragen von
Stefanie Heinen

Die Chopham-Affäre
Edgar Wallace

Es ist oft geschrieben worden – und vielleicht stimmt es sogar –, dass Edgar Wallace, der erfolgreichste Thrillerautor aller Zeiten, auf dem Höhepunkt seiner Popularität in den Zwanzigern der Autor jedes vierten Buches war, das in England verkauft wurde. Seinen ersten Roman, *Die Vier Gerechten*, hat er 1905 selbst publiziert. Es war eine finanzielle Katastrophe, doch Wallace produzierte einhundertdreiundsiebzig weitere Bücher, siebzehn Theaterstücke, unzählige Kurzgeschichten und das Drehbuch des ersten King-Kong-Films. *Die Chopham-Affäre* wurde zum ersten Mal in der Kurzgeschichtensammlung *The Woman From the East* veröffentlicht (London, Hutchinson, 1934).

Die Chopham-Affäre
Edgar Wallace

Juristen, die Bücher schreiben, sind bei ihren Kollegen in der Regel nicht gerade beliebt, doch Archibald Lenton, der brillanteste Rechtsanwalt seiner Zeit, stellte in dieser Hinsicht eine Ausnahme dar. Er führte Tagebuch über seine Fälle und veröffentlichte von Zeit zu Zeit Auszüge davon. Seine Theorie zur Chopham-Affäre hat er jedoch nicht publiziert, obwohl ich glaube, dass er eine formuliert hat. Ich präsentiere ihm hier die Fakten und die Wahrheit über Alphonse Riebiera, bisweilen auch Alphonso genannt.

Das war ein Mann, der bei den Frauen gut ankam, besonders bei solchen, die noch nicht allzu viel lebensweltliche Erfahrung besaßen. Er bezeichnete sich selbst als Spanier, obwohl sein Reisepass von einer südamerikanischen Republik ausgestellt worden war. Manchmal verteilte er Visitenkarten, auf denen »Le Marquis de Riebiera« stand, das aber nur zu besonderen Gelegenheiten.

Er war jung, hatte einen olivfarbenen Teint und makellose Gesichtszüge, und wann immer er lächelte, entblößte er zwei Reihen blendendweißer Zähne. Auch empfand er es als vorteilhaft, seine Erscheinung immer wieder zu verändern. Zum Beispiel: Wenn er als Tänzer in einem ägyptischen Hotel arbeitete, dann trug er einen Backenbart, der sein jugendliches Aussehen seltsamerweise noch betonte. Im Casino in Enghien, wo er irgendwie den Job des Croupiers ergattert hatte, hat er sich mit einem kleinen schwarzen Schnurrbart geschmückt. Respektable, nüchterne und fantasielose Beobachter seiner vielen Abenteuer waren erstaunt und verärgert zugleich, wenn sie sahen, wie die Frauen auf ihn reagierten. Allerdings fällt es wohl jedem Mann, nicht nur den fantasielosen, schwer, die attraktiven Qualitäten eines erfolgreichen Liebhabers zu erkennen.

In jedem Fall verfielen ihm die unwahrscheinlichsten Frauen und bereuten es später. So kam eine Zeit, da er zum Gast jener Etablissements wurde, wo er einst nur der bescheidenste und unzuverlässigste Diener gewesen war, eine Zeit, da er wie ein König in Hotels lebte, die ihm früher nur wenige Piaster pro Tanz gezahlt hatten. Diamanten zierten seine makellosen Hemden, und hübsche Maniküren, denen er stets mehr zusteckte als ihm früher seine einstigen Tanzpartnerinnen, kümmerten sich um seine Fingernägel.

Es gibt da eine bestimmte Art von wahrhaft ekelhaften Männern, die in den billigen Cafés auf dem nicht eleganten Ufer der Seine Domino spielen und erstaunlich gute Nachrichtenquellen sind. Sie wissen, wo die seltsamsten Leute leben, und sie haben stets offen über Alphonse gesprochen. Sie konnten einem von dicken Einschreiben erzählen, die Alphonse in seiner Wohnung am Boulevard Haussman erreichten – auch wenn der Himmel allein weiß, wie sie an diese Informationen gekommen sind. Diese Einschreiben enthielten jede Menge Geld und verzweifelte Briefe, in denen es in verschiedenen Sprachen hieß: »Ich kann dir nichts mehr schicken. Das ist das letzte Mal.« Doch sie schickten immer mehr.

Alphonse hatte ein gut organisiertes Geschäft aufgebaut. Er reiste im Schlafwagen nach London, Rom, Amsterdam, Wien oder Athen, fuhr in die besten Hotels und mietete die luxuriösesten Suiten. Mit Telefon! Für gewöhnlich traf sich dann die unglückliche Dame mit ihm. Diese Verabredungen waren tränenreich, hysterisch, voller Wut, verbittert, beleidigend und vor allem immer lukrativ.

Denn wenn Alphonse ihnen Ausschnitte aus den Briefen vorlas, die sie ihm geschickt und in denen sie ihm die Einkünfte ihrer Gatten bis aufs letzte Pfund oder den letzten Gulden genau erklärt hatten, dann verzichteten sie doch wieder darauf, ihren Männern alles zu erzählen, und Alphonse kehrte mit seiner Apanage wieder nach Paris zurück.

Um größere Beute zu machen, hatte er eine etwas andere Methode: Manchmal schrieb er einen diskreten Brief, in dem er seinen bevorstehenden Besuch ankündigte, anstatt darauf zu warten, dass die betreffende Dame sich an ihn wandte. Vor Ehemännern oder Brüdern fürchtete er sich nicht sonderlich. Aufgrund seiner Erfahrungen hatte er eine gewisse Verachtung für die menschliche Natur entwickelt. Er glaubte, dass die meisten Menschen Feiglinge seien und Angst vor ihrem eigenen Leben hätten. Noch mehr fürchteten sie sich jedoch vor den Regeln, die ihr Leben bestimmten. Alphonse trug stets zwei mit Silber beschlagene Pistolen in seinen Gesäßtaschen. Sie hatten hübsche Läufe aus Damaszenerstahl und Elfenbeingriffe, in die Nymphen geschnitzt waren. Alphonse hatte sie in Kairo von einem Mann gekauft, der Kokain aus Wien schmuggelte.

Alphonse hatte gut zwanzig »Kunden« in seinen Büchern, und wann immer sich die Gelegenheit ergab, stockte er die Liste auf. Von den zwanzig waren fünf wahre Goldminen (jedenfalls betrachtete er sie als solche). Bei dem Rest konnte man bestenfalls Silber fördern.

Eine dieser Silberminen lebte in England, ein ziemlich hübsches, aber stets traurig dreinblickendes Mädchen, das glücklich verheiratet war, wenn sie nicht gerade an Alphonse dachte. Sie liebte ihren Mann und hasste sich selbst. Und sie hasste Alphonse, war ihm jedoch machtlos ausgeliefert. Aber da sie über ein eigenes Vermögen verfügte, konnte sie bezahlen, und das tat sie auch.

Dann schrieb sie in einem Anfall von Verzweiflung: »Das ist das letzte Mal und so weiter und so fort …« Alphonse war amüsiert. Er wartete bis September, wenn ihre nächste Zahlung fällig war, doch sie kam nicht. Und sie kam auch nicht im Oktober oder November. Im Dezember schrieb er ihr. Dabei wollte er nicht im Dezember nach England fahren, denn um diese Jahreszeit war es dort finster und nebelig. In Ägypten war es viel schöner, doch Geschäft war Geschäft.

Sein Brief traf ein, als die Adressatin gerade ihre Tante in Long Island besuchte. Sie war gebürtige Amerikanerin. Alphonse hatte auf ihren letzten Brief nicht geantwortet, sodass sie mit einem Gefühl der Sicherheit in die USA gefahren war.

Ihr Mann, der dieselben Initialen hatte wie seine Frau, öffnete zufällig den Brief und las ihn sorgfältig. Er war kein Narr. Er betrachtete die Frau, die er umworben hatte, nicht als Aussätzige. Was sie vor ihrer Ehe getrieben hatte, war ihre Sache … Was sie jetzt tat, war seine.

Und da verstand er ihre wilden Träume und ihr wildes, scheinbar sinnloses Weinen, und er wusste, was die Zukunft für sie bereithielt.

Er fuhr nach Paris und zog ein paar Erkundigungen ein. Er suchte die Gesellschaft der ekelhaften Dominospieler, und er hörte viele interessante Dinge.

Alphonse traf in London ein und rief aus einer Telefonzelle an. Madame war nicht daheim. Ein mit Maschine geschriebener Brief erreichte ihn. Darin wurde ihm ein Treffen am Mittwoch vorgeschlagen. Alles war wie immer. Die Affäre lief normal.

Alphonse genoss die Tage des Wartens. Er kaufte sich das neueste Modell von Spanza, arrangierte den Transport des Wagens nach Paris und fuhr eine Zeit lang mit ihm herum.

Zur verabredeten Zeit fuhr er zum verabredeten Ort, klopfte an die Tür und wurde eingelassen …

Riebiera war grün im Gesicht. Ihm zitterten die Knie, und er gab seine beiden Zierpistolen ohne Widerstand ab …

Um acht Uhr am Weihnachtsmorgen erhielt Superintendent Oakington einen Anruf auf dem Apparat neben seinem warmen Bett.

Ein Milchmann, der durch Chopham Common gefahren war, hatte ein Stück von der Straße entfernt ein Auto gesehen. Offensichtlich handelte es sich um einen Neuwagen, und er musste die ganze Nacht dort gestanden haben, denn drei Zoll Schnee lagen auf dem Dach, und unter dem Wagen war das Gras grün.

Das war ein faszinierender Anblick, selbst für einen Milchmann um sieben Uhr früh an einem Wintermorgen, der einfach nur seine Kunden so rasch wie möglich versorgen und dann das Fest genießen wollte.

Der Milchmann stieg aus seinem Ford und stapfte durch den Schnee. Er sah einen Mann mit dem Gesicht nach unten auf dem Boden liegen. In der grauen Hand hielt er einen Revolver mit silbernem Lauf. Er war tot. Und dann sah der erschrockene Milchmann den zweiten Mann. Sein Gesicht war nicht sichtbar. Es lag unter einer dicken, grotesken Schneemaske.

Der Milchmann lief zu seinem Wagen zurück und fuhr zum nächsten Polizeirevier.

Eine Stunde nach dem Anruf erreichte Mr. Oakington den Tatort. Ein Dutzend Polizeibeamte standen bereits um den Wagen und die beiden Gestalten im Schnee herum. Gott sei Dank waren noch keine Reporter da.

Später am Nachmittag rief der Superintendent den einzigen Mann an, den er kannte und von dem er wusste, dass er ihm die verwirrende Lage erklären konnte.

Archibald Lenton war der vielversprechendste Treasury Junior, den die Anwaltskammer seit Jahren gesehen hatte. Normalerweise rümpft die Anwaltskammer die feine Nase, wenn ein Anwalt sich ausschließlich für Kriminalfälle interessiert, doch Archibald Lenton hatte die unausgesprochene Missbilligung seiner Mitbrüder überlebt und sich auf diesen eher unappetitlichen Aspekt der Jurisprudenz konzentriert. Inzwischen war er sowohl ein erfolgreicher Strafverteidiger als auch ein Experte für alle möglichen Verbrechen. Tatsächlich hatte er darüber sogar ein Lehrbuch verfasst.

Eine Stunde später saß er im Büro des Superintendents in Scotland Yard und hörte sich die Geschichte an.

»Wir haben die beiden Männer identifiziert. Einer ist Ausländer, ein Argentinier, soweit wir das anhand seines Reisepasses haben feststellen können. Er heißt Alphonse oder Alphonso Riebiera. Er lebt in Paris und war seit gut einer Woche im Land.«

»Gut situiert?«

»Nun, davon gehe ich zumindest aus. Wir haben etwa zweihundert Pfund in seiner Tasche gefunden. Er hat im Nederland Hotel gewohnt, und letzten Freitag hat er ein Auto für zwölfhundert Pfund bar bezahlt. Das ist auch der Wagen, den wir neben den Leichen gefunden haben. Ich habe mit Paris telefoniert. Dort wird wegen Erpressung gegen ihn ermittelt. Die Behörden haben seine Wohnung durchsucht und versiegelt, aber nichts gefunden. Offenbar hatte er alles, was er für seine Geschäfte brauchte, stets bei sich.«

»Sie haben gesagt, auf ihn sei geschossen worden … Wie oft?«

»Ein Mal. In den Kopf. Der andere Mann ist auf genau die gleiche Art getötet worden. Im Wagen fand sich eine Blutspur, aber sonst nichts.«

Mr. Lenton machte sich eine Notiz.

»Und wer ist der andere Mann?«, fragte er.

»Jetzt wird es seltsam … Es ist ein alter Bekannter von Ihnen.«

»Von mir? Was zum …?«

»Erinnern Sie sich noch an den Kerl, den Sie bei diesem Mordprozess verteidigt haben? Joe Stackett?«

»Das war in Exeter. Grundgütiger! Ist das der zweite?«

»Wir haben ihn anhand seiner Fingerabdrücke identifiziert. Tatsächlich waren wir hinter Joe her. Er war ein exzellenter Autodieb und ist erst letzte Woche aus dem Gefängnis entlassen worden. Gestern Morgen hat er ein Fahrzeug gestohlen, es nach einer kurzen Verfolgungsjagd aber wieder aufgegeben. Leider ist er den Beamten entkommen, die ihn verfolgt haben. Gestern Nacht hat er dann bei einem Gebrauchtwagenhändler einen Wagen gestohlen, aber auch diesmal wurde er entdeckt und verfolgt. Wir haben den Wagen in Tooting gefunden. Anschließend haben wir nichts mehr von Stackett gehört, bis wir ihn in Chopham Common entdeckten.«

Archie Lenton lehnte sich auf seinem Stuhl zurück und starrte nachdenklich an die Decke.

»Er hat den Spanza gestohlen; der Besitzer ist auf das Trittbrett gesprungen, und es ist zu einem Kampf gekommen ...«, begann er, doch der Superintendent schüttelte den Kopf.

»Wo hatte er die Waffe her? Englische Verbrecher haben für gewöhnlich keine Feuerwaffen. Und das waren keine gewöhnlichen Revolver. Silberläufe, geschnitzte Elfenbeingriffe mit Mädchenfiguren ... Zwei identische Waffen. Joe hatte fünfzig Pfund in der Tasche. Die Scheine besaßen fortlaufende Nummern, die zu denen passen, die wir bei Riebiera gefunden haben. Aber hätte Joe das Geld gestohlen, dann hätte er sich mit Sicherheit alles genommen. Und wie Sie wissen, hätte Joe nicht vor Mord zurückgeschreckt, Mr. Lenton. Er hat diese alte Frau in Exeter getötet, auch wenn er später freigesprochen worden ist. Riebiera muss ihm die fünfzig Pfund gegeben haben ...«

Das Telefon klingelte. Der Superintendent zog das Gerät zu sich und hörte zu. Nach einem Gespräch von rund zehn Minuten, bei dem Oakington eine Reihe kurzer Fragen stellte, legte er wieder auf.

»Einer meiner Beamten hat die Bewegungen des Fahrzeugs nachverfolgt. Es hat vor ›Greenlawns‹ gestanden, einem Haus in Tooting. Um neun Uhr fünfundvierzig hat der Postbote es dort gesehen. Wenn Sie nichts dagegen haben, den Weihnachtsabend mit ein wenig Detektivarbeit zu verbringen, können wir mal runterfahren und uns das ansehen.«

Eine halbe Stunde später trafen sie an einem Haus in einer äußerst respektablen Gegend ein. Die beiden Detectives, die sie erwarteten, hatten sich die Schlüssel besorgt, waren aber noch nicht reingegangen. Das Haus stand zum Verkauf und war leer. Es gehörte zwei alten Jungfern, die ihren Besitz einem Immobilienmakler anvertraut hatten, nachdem sie aufs Land gezogen waren.

Das Auftauchen des Autos vor dem leerstehenden Haus hatte das Interesse des Postboten geweckt. Er hatte kein Licht in den Fenstern gesehen und war zu dem Schluss gekommen, dass das Fahrzeug einem Gast aus einem der Nachbarhäuser gehören musste.

Oakington öffnete die Tür und schaltete das Licht an. Seltsamerweise hatten die alten Damen den Strom nicht abstellen lassen, obwohl sie in der Nachbarschaft als notorisch geizig galten. Der Flur war leer, abgesehen von ein paar Perlenvorhängen, die an den Stützbögen unter der Decke hingen.

Auch der vordere Raum war leer. Erst in einem der hinteren Zimmer im Erdgeschoss fanden sie Hinweise auf das Verbrechen. Da war Blut auf dem Parkett und ein Häuflein Asche auf dem Kaminrost.

»Da hat irgendjemand Papier verbrannt. Das habe ich schon gerochen, als wir hereingekommen sind«, erklärte Lenton.

Er kniete sich vor den Rost und nahm vorsichtig eine Handvoll Asche.

»In der ist so lange herumgestochert worden, bis wirklich kein Wort mehr zu lesen war«, sagte er.

Dann untersuchte er die Blutspuren und anschließend die Wände. Das Fenster war mit einem Fensterladen versperrt.

»Dadurch konnte kein Licht rein«, fuhr er fort, »und der Knall des Schusses auch nicht raus. Sonst gibt es hier nichts zu sehen.«

Der Detective Sergeant, der die anderen Zimmer inspiziert hatte, kehrte wieder zurück und berichtete, dass in der Küche ein Fenster aufgebrochen worden sei. Auf dem Küchentisch unter dem Fenster war ein schmutziger Fußabdruck zu sehen. Irgendjemand hatte nur halbherzig versucht, ihn zu entfernen. Hinter dem Haus befand sich ein großer Garten und dahinter lagen Gemüsebeete. Es war leicht, unbemerkt in das Haus einzudringen.

»Aber, wenn Stackett von der Polizei gejagt worden ist, warum sollte er dann ausgerechnet hierherkommen?«, fragte Lenton.

»Der Wagen, den er gestohlen hat, wurde keine zweihundert Meter von hier entfernt gefunden«, erklärte Oakington. »Vielleicht ist er ja in der Hoffnung eingebrochen, hier etwas Wertvolles zu finden. Und dann hat er Riebiera überrascht.«

Archie Lenton lachte leise. »Ich kann Ihnen eine bessere Theorie anbieten«, sagte er, und fast den gesamten Rest der Nacht schrieb er alles sorgfältig auf und rekonstruierte das Verbrechen überzeugend bis ins letzte Detail.

Dieser Bericht wird noch immer bei Scotland Yard verwahrt, und viele hochgestellte Beamte schwören darauf.

Und doch war an jenem 24. Dezember alles anders …

*

Die Straßen waren rutschig; der Verkehr staute sich, und Stacketts böser, kleiner Wagen drohte ständig auszubrechen. Er war schon schlecht gelaunt gewesen, als er zu seiner hungrigen Gralssuche aufgebrochen war, und je weiter der Abend fortschritt, ohne dass er etwas vorzuweisen hatte, desto wütender wurde er.

Selbst in der Vorstadt war die Hauptstraße überfüllt. Straßenbahnen fuhren nur noch im Kriechtempo und läuteten ihre Glocken. An den Gehsteigen drängten sich die Stände der Straßenhändler. Sie waren mit Ilex und schlecht gebundenen Mistelzweigen geschmückt. Marktschreier priesen ihr rohes Fleisch neben Gemüseständen an, während sich andernorts buntes Geschirr und Glas stapelten, in dem sich das Licht der Gaslaternen spiegelte ...

Der Wagen geriet ins Schleudern; dann knallte es. Das Klirren von zerbrechendem Geschirr war ein beängstigendes Geräusch, untermalt vom Schrei des Händlers. Stackett bekam sein Gefährt wieder unter Kontrolle und raste zwischen einer Straßenbahn und einem Handkarren hindurch ...

»Hey, Sie da!«

Er riss das Lenkrad herum und hätte fast den Polizisten überfahren, der ihn aufhalten wollte. Er bog in eine dunkle Nebenstraße ein und trat das Gaspedal durch. Rechts, links und wieder rechts. Stackett hatte eine lange, gerade Straße erreicht. Einförmige Häuser reihten sich hier aneinander, furchtbar trostlose Ziegelgebäude, in denen Männer, Frauen und Kinder lebten. Hier wurden sie geboren, hier zahlten sie Miete, und hier starben sie auch. Eine Meile weiter kam Stackett an einem Friedhofstor vorbei. Dort fanden die Bewohner dieser Gegend ihre letzte Ruhestätte, die Belohnung dafür, dass sie überhaupt gelebt hatten.

Die Polizeipfeife war ihm weniger als eine Viertelmeile weit gefolgt. Stackett war auch an einem Beamten vorbeigekommen, der in Richtung des Geräuschs gerannt war. Aber egal ... Die Plattfüße bereiteten ihm keine Sorgen. Tatsächlich hatte es seine Laune sogar ein wenig gebessert, den Bullen sinnlos rennen zu sehen.

Stackett brachte den lauten, kleinen Wagen am Straßenrand zum Stehen. Dann griff er nach unten und zündete sich die Zigarette wieder an, die er vorhin auf der verdreckten Fußmatte ausgetreten hatte, die im Takt des Motors zitterte ...

Zur selben Zeit fuhr ein Motorradfahrer genau dieselbe glatte Straße runter. Er hatte sich bis zum Kinn dick eingepackt, die Schutzbrille baumelte an seinem Hals. Bei dem uniformierten Polizisten an der Straßenecke bremste er ab, hielt mit einem Fuß im Schneematsch das Gleichgewicht und stellte dem Beamten Fragen.

»Ja, Sergeant«, sagte der Polizist. »Ich habe ihn gesehen. Er ist da runter. Ich wollte ihn wegen Verkehrsgefährdung anhalten, aber er hat sich einfach aus dem Staub gemacht.«

»Das muss Joe Stackett gewesen sein.« Sergeant Kenton vom CID nickte. »Hatte der Mann ein schmales Gesicht und eine spitze Nase?«

Der Beamte hatte das Gesicht hinter der Windschutzscheibe nicht gesehen, aber den Wagen, und den beschrieb er nun genau.

»Den hat er aus Elmers Werkstatt gestohlen. Zumindest sagt Elmer das; dabei hat er ihm die Karre vermutlich gegeben. Hehlerware. In welche Richtung ist er, haben Sie gesagt?«

Der Polizist deutete die Straße runter, und der Sergeant drehte das Gas auf und raste mit durchdrehenden Rädern in die Dunkelheit davon.

Dass er Stackett verpasste, war schlicht Pech – Pech für alle einschließlich Mr. Stackett, der nun am Anfang eines fantastischen Abenteuers stand.

Stackett schaltete den Motor aus. Er musste zu Fuß weiter. Knapp fünfzig Yards entfernt begann eine Straße, die in eine weit bessere Gegend führte als die, durch die er bis jetzt gekommen war. Selbst die trostloseste Vorstadt hat ihr West End, und hier standen Villen auf großen Grundstücken … äußerst beschauliche Villen mit Terrassen, Außenlampen aus Gusseisen, Buntglasfenstern und sorgfältig gestutzten Rasen und Rosenbüschen. Und nicht zwei dieser Villen glichen einander. Am anderen Ende der Straße sah Stackett kurz ein rotes Licht, und sein Herz machte einen Freudensprung. Weihnachten … Endlich war Weihnachten mit all dem guten Essen, den Getränken und den anderen Manifestationen von Glückseligkeit, die Joe Stackett so sehr liebte. Langsam schlenderte er die Straße runter.

Dann sah er den Wagen, einen verdammt großen. So einer lohnte sich mal wirklich. Stackett bemerkte eine Gestalt und blieb stehen. Im Dämmerlicht war schwer zu sehen, ob sie zu dem Wagen gehörte. Kurz darauf war sie verschwunden. Stackett lauschte. Weder knallte eine Autotür, noch heulte ein Motor beim Anlassen auf. Kühn ging er ein wenig näher heran. Dabei huschte sein Blick rastlos von rechts nach links und suchte nach Gefahren. Er hörte festliche Geräusche aus den Häusern. Zwei Grammophone spielten Tanzmusik. Doch sein Blick kehrte immer wieder zu der blankpolierten Limousine vor dem Haus am Ende der Straße zurück. Im Haus brannte kein Licht. Es war vollkommen dunkel, vom Giebel bis zu den Kellerfenstern.

Stackett beschleunigte seinen Schritt. Es war ein Spanza. Vor lauter Aufregung setzte sein Herz einen Schlag lang aus. Einen Spanza konnte man leicht verkaufen, sehr leicht sogar. Und ein neuer Spanza brachte bis zu hundert Pfund ein. Spanzas waren äußerst beliebt bei Eurasiern und wohlhabenden Hindus. Blinky Jones, der beste Fahrzeughehler Londons, würde ihm mindestens sechzig Pfund in bar zahlen. In einer Woche wäre der Wagen dann verpackt und auf dem Weg nach Indien, um dort für einen ordentlichen Profit wieder verkauft zu werden.

Die Fahrertür stand weit offen. Stackett hörte das leise Surren des Motors. Er stieg auf den Fahrersitz, schloss geräuschlos die Tür, und der Motor wurde auch kaum lauter, als der Spanza sich in Bewegung setzte.

Er war wirklich neu, funkelnagelneu. Hundert Pfund! Mindestens!

Stackett fuhr immer schneller, bis er am Ende der Straße eine breite Kreuzung erreichte und sie überquerte. Dahinter begann eine weitere Einkaufsstraße. Stackett wusste, dass er jetzt besser nicht direkt nach London zurückkehren sollte. Stattdessen würde er aufs Land hinausfahren, einen Umweg durch Esher nehmen und sich London über die Portsmouth Road wieder nähern. Die Kunst des Autodiebstahls bestand darin, so schnell wie möglich aus dem Gebiet des Polizeireviers zu verschwinden, in dem der Wagen gestohlen worden war, und durch das eines anderen zu fahren, das erst Stunden später von dem Diebstahl erfahren würde.

Wenn Stackett Glück hatte, hatte er auch noch andere Beute gemacht. Der Wagen hatte einen großen Kofferraum, und vielleicht verbarg sich auch noch das ein oder andere im Innenraum; ein Fahrrad hatte er schon beim Einsteigen auf dem Rücksitz gesehen. Sobald sich die Gelegenheit dazu bot, würde er sich genauer umsehen. Im Augenblick fuhr er erst einmal in Richtung Epson, um dann kehrtzumachen und die Umgehungsstraße in Kingston zu nehmen. Es schüttete wie aus Eimern, Schnee und Regen zugleich.

Stackett schaltete die Scheibenwischer ein und summte eine Melodie vor sich hin. Die Umgehungsstraße war vollkommen leer. Die Nacht war viel zu mies für allzu viel Verkehr.

Mr. Stackett überlegte gerade, wo er am besten anhalten sollte, um den Wagen erst einmal zu durchsuchen, als er hinter sich einen unangenehmen Luftzug spürte. Ein Schiebefenster trennte den Fahrersitz vom Fond. Vermutlich hatte sich das irgendwie gelöst. Er streckte die Hand aus, um es wieder zu schließen.

»Fahren Sie weiter, und drehen Sie sich nicht um, sonst puste ich Ihnen das Gehirn aus dem Kopf!«

Unwillkürlich drehte Stackett sich halb um, blickte in den Lauf eines Revolvers und trat vor lauter Schreck auf die Bremse. Der Wagen schleuderte von einer Straßenseite auf die andere, drehte sich halb und kam dann wieder in die Spur.

»Ich habe gesagt, fahren Sie weiter!«, sagte eine metallische Stimme. »Wenn Sie die Portsmouth Road erreichen, wenden Sie und fahren in Richtung Weybridge. Sollten Sie versuchen anzuhalten, werde ich Sie erschießen. Habe ich mich klar genug ausgedrückt?«

Joe Stackett klapperten die Zähne. Er brachte das Ja nicht über die Lippen. Er konnte nur noch nicken. Erst nach einer halben Meile wurde ihm klar, was er da tat.

Aus dem Fond kam kein weiteres Wort, bis sie an der Pferderennbahn vorbeikamen. Dann änderte die Stimme plötzlich die Richtung.

»Biegen Sie links ab, nach Leatherhead.«

Der Fahrer gehorchte.

Sie erreichten einen Anger. Stackett, der das Land gut kannte, wurde bewusst, wie einsam es hier war.

»Langsamer. Fahren Sie links ran ... Da ist kein Graben. Sie können jetzt das Licht ausschalten.«

Der Wagen rumpelte über den unebenen Untergrund und in ein Gestrüpp ...

»Stopp.«

Die Tür hinter Stackett öffnete sich. Der Mann stieg aus. Dann riss er die Fahrertür auf. »Raus«, befahl er. »Und schalten Sie vorher das Licht aus. Haben Sie eine Waffe?«

»Ei... Eine Waffe? Warum zum Teufel sollte ich eine Waffe haben?«, stammelte der Autodieb.

Die ganze Zeit über stand er in einem Ring aus Licht, das von einer außergewöhnlich hellen Taschenlampe stammte, die der Passagier auf ihn gerichtet hatte.

»Sie sind eine Fügung des Schicksals.«

Stackett konnte das Gesicht des Sprechers nicht erkennen. Er sah nur die Waffe in seiner Hand, denn der Fremde achtete sorgfältig darauf, dass sie auch vom Licht erfasst wurde.

»Schauen Sie in den Wagen.«

Stackett tat, wie ihm geheißen, und wäre fast zusammengebrochen. Da kauerte eine Gestalt im Fond, ein Mann. Und da war auch das Fahrrad, dessen Umrisse Stackett schon beim Einsteigen gesehen hatte. Ein Rad berührte das Dach, das andere den Boden. Das Gesicht des Mannes war kreidebleich ... Er war tot! Es handelte sich um einen schlanken, verhältnismäßig kleinen Mann mit dunklem Haar und dunklem Schnurrbart, einen Ausländer. An seiner Schläfe war ein kleines rotes Loch zu erkennen.

»Holen Sie ihn raus«, befahl die Stimme in scharfem Ton.

Stackett taumelte zurück, doch eine starke Hand stieß ihn wieder in Richtung Wagen.

»Holen Sie ihn raus!«

Das Gesicht feucht von kaltem Schweiß, gehorchte der Autodieb, schob die Hände unter die Achseln der leblosen Gestalt, zog sie raus und legte sie ins Gestrüpp.

»Er ... Er ist tot«, wimmerte er.

»In der Tat«, bestätigte der andere.

Plötzlich schaltete er die Taschenlampe aus. In der Ferne war ein Licht auf der Straße zu sehen, das sich ihnen rasch näherte. Es war ein Auto, das nach Esher fuhr. Es raste vorbei.

»Ich habe Sie kommen gesehen, kurz nachdem ich die Leiche in den Wagen verfrachtet habe. Ich hatte keine Zeit mehr, zum Haus zurückzulaufen. Ich hatte gehofft, Sie wären nur ein einfacher Fußgänger. Als ich jedoch sah, wie Sie in den Wagen eingestiegen sind, da war mir Ihr Beruf klar. Wie heißen Sie?«

»Joseph Stackett.«

»Stackett?«

Das Licht strahlte ihm wieder ins Gesicht. »Wie wunderbar! Erinnern Sie sich noch an die Schwurgerichtsverhandlung in Exeter? Wegen der alten Frau, die Sie mit einem Hammer erschlagen haben? Ich habe Sie verteidigt!«

Joe riss die Augen auf. Er starrte an dem Licht vorbei und auf das graue Ding, das ein Gesicht sein musste.

»Mr. Lenton?«, fragte er heiser. »Grundgütiger, Sir!«

»Sie haben sie für ein paar armselige Shilling kaltblütig erschlagen, und jetzt wären auch Sie tot, Stackett, hätte ich nicht einen Fehler in der Beweiskette entdeckt. Ich wette, Sie haben sich schon am Galgen gesehen. Erinnern Sie sich noch daran, wie wir im Gefängnis immer darüber gescherzt haben, dass die Falltür in Exeter nicht funktioniert, wann immer sie versuchen, einen Mörder zu hängen? Und wie Sie immer zufrieden gegrinst haben bei der Vorstellung, irgendwann auf genau dieser Falltür zu stehen?«

Joe Stackett grinste auch diesmal, allerdings nicht zufrieden, sondern verlegen.

»Ja, Sir«, sagte er. »Aber man kann einen Mann doch nicht zweimal wegen desselben Verbrechens …«

Dann fiel sein Blick auf die Gestalt zu seinen Füßen, den kleinen Mann mit dem schwarzen Schnurrbart und dem roten Loch in der Schläfe.

Lenton beugte sich über den Toten, holte eine Brieftasche aus dem Jackett des Mannes und nahm willkürlich zehn Geldscheine heraus.

»Stecken Sie die ein.«

Stackett gehorchte und fragte sich, was er für das Geld wohl tun musste und wie viel noch in der Börse des Toten steckte.

Lenton schaute zur Straße zurück. Inzwischen war der Schneeregen echtem Schnee gewichen. Die Flocken waren klein und fielen so dicht, dass es so aussah, als läge Nebel über dem Land.

»Sie passen perfekt da rein. Ein Mann, außerhalb der Gesellschaft. Das Schicksal hat uns zusammengeführt.«

Joe Stackett nahm all seinen Mut zusammen: Er hatte es mit einem Anwalt und Gentleman zu tun, der ihm vom Standpunkt eines Verbrechers aus unterlegen war. Mit dem Geld wollte Lenton offenbar sein Schweigen erkaufen.

»Was haben Sie getan, Mr. Lenton? Es ist schlimm, nicht wahr? Dieser Kerl hier ist tot, und …«

Er muss die Stichflamme gesehen haben, die aus der Hand des Anwalts schoss. Gespürt hat er jedoch vermutlich nichts, denn er war schon tot, bevor er auf der Leiche des anderen lag.

Mr. Archibald Lenton untersuchte den Revolver im Licht seiner Taschenlampe und klappte die Trommel aus und wieder ein. Er legte die Waffe neben die Hand des kleinen Mannes mit dem schwarzen Schnurrbart, packte Joe Stacketts Leiche, schleifte sie zum Wagen und ließ sie dort fallen. Schließlich bückte er sich noch einmal und schloss die noch immer warmen Finger um den Griff eines weiteren Revolvers. Dann holte er das Fahrrad aus dem Wagen und trug es zur Straße. Alles war bereits weiß, und es schneite immer noch.

Mr. Lenton radelte los und erreichte zwei Stunden später sein Haus, als die Glocken der anglokatholischen Kirche in der Nachbarschaft melodisch läuteten.

Ein Telegramm von seiner Frau wartete auf ihn:

Frohe Weihnachten, Liebling.

Mit geradezu kindlicher Freude las Mr. Lenton noch einmal das Telegramm von seiner Frau. Dass sie daran gedacht hatte … Er liebte seine Frau wirklich sehr.

Originaltitel: *The Chopham Affair*
Ins Deutsche übertragen von
Rainer Schumacher

Einzelnachweise für die Geschichten aus diesem Band und Band 18342: Nur einmal werden wir noch wach

Catherine Aird: »Gold, Frankincense and Murder« by Catherine Aird, copyright © 1995 by Catherine Aird. Reprinted by permission of K. H. McKintosh and Aitken Alexander Associates, Ltd.

Doug Allyn: »An Early Christmas« by Doug Allyn, copyright © 2009 by Douglas Allyn. Reprinted by permission of the author.

Isaac Asimov: »The Thirteenth Day of Christmas« by Isaac Asimov, copyright © 1981 by Isaac Asimov. Reprinted by permission of the Estate of Isaac Asimov.

Robert Barnard: »Boxing Unclever« by Robert Barnard, copyright © 1995 by Robert Barnard. Reprinted by permission of Robert Barnard and Gregory and Company, Authors' Agents.

Marjorie Bowen: »Cambric Tea« by Marjorie Bowen, copyright © 1928 by Marjorie Bowen. Reprinted by permission of Mrs. Sharon Eden.

Mary Higgins Clark: »That's the Ticket« by Mary Higgins Clark, copyright © 1989 by Mary Higgins Clark. Reprinted by permission of the author.

Max Allan Collins: »A Wreath for Marley« by Max Allan Collins, copyright © 1995. First published in *Dante's Disciples*, edited by Edward Kramer and Peter Crowther, White Wolf Publishing. Reprinted by permission of Max Allan Collins and Dominick Abel Literary Agency, Inc.

Joseph Commings: »Serenade to a Killer« by Joseph Commings, copyright © 1957 by Joseph Commings. Reprinted by permission of the Archdiocese of St. Petersburg, Florida, on behalf of the author's sister's estate.

Colin Dexter: »Morse's Greatest Mystery« by Colin Dexter, copyright © 1993 by Colin Dexter. Reprinted by permission of the author.

Stanley Ellin: »Death on Christmas Eve« by Stanley Ellin, copyright © 1950 by Stanley Ellin. First appeared in *Ellery Queen's Mystery Magazine*. Reprinted by permission of Curtis Brown, Ltd.

Ed Gorman: »The Christmas Kitten« by Ed Gorman, copyright © 1997 by Ed Gorman. First published in *Ellery Queen's Mystery Magazine*. Re-